LA MESSE

DES MORTS

Jacques Vandroux

ISBN-13 : 9781980477204

Dépot légal : mars 2018

Avertissement

Ce livre est une œuvre de fiction. Les noms des personnages, les événements ainsi que le village de Saint-Ternoc sont le fruit de l'imagination de l'auteur. En conséquence, toute homonymie, toute ressemblance ou similitude avec des personnages et des faits existants ou ayant existé ne saurait être que coïncidence fortuite et ne pourrait en aucun cas engager la responsabilité de l'auteur.

SOMMAIRE

1. BALADE DANS UNE CARRIÈRE. OCTOBRE 1984

Malmenés par le vent, les nuages jouaient avec la lune pleine. L'homme pesta une nouvelle fois. La luminosité insuffisante lui avait caché un rocher sur lequel il avait manqué de trébucher. Il approchait du lieu de rendez-vous. L'angoisse qu'il avait tenté d'occulter durant toute la journée exsudait de chaque pore de sa peau. Minuit moins vingt. Il était en avance et avait le temps de s'accorder une pause pour reprendre ses esprits. Il s'assit sur un bloc de granit et sortit un paquet de cigarettes de sa veste. Il en alluma une et inspira longuement la première bouffée. Il aimait la fumée âcre des Gitanes sans filtre. Il jeta un regard panoramique sur la carrière qui s'étendait à perte de vue : l'origine de la fortune de la famille Karantec ! C'est grâce à elle qu'il pouvait jouir pleinement des plaisirs de la vie. C'est aussi à cause d'elle qu'il était ici cette nuit… alors que c'est dans le lit d'une femme mariée qu'il baisait chaque mardi soir depuis plusieurs mois qu'il aurait dû se trouver. Chaque médaille a son revers.

Quand son père, Yann, l'avait appelé en fin de matinée, Patrick Karantec l'avait rejoint sans demander d'explication. Avec le vieux, on ne négociait pas, on obéissait. Bizarrement, son père avait l'air particulièrement nerveux. Ce n'était pas dans les habitudes du démiurge qui régnait sur Saint-Ternoc et les environs.

Yann Karantec avait ordonné à son fils d'aller dans la carrière de granit familiale à minuit. Patrick avait essayé de refuser la mission en arguant qu'il avait déjà des obligations. Malheureusement, son père connaissait tout de son agenda hebdomadaire, et même s'il avait effectivement eu un rendez-vous à l'autre bout de la France, le vieux le lui aurait fait annuler. Patrick avait donc cédé. Il profitait de l'argent familial en tant que directeur commercial largement payé à ne pas faire grand-chose. Il devait, par conséquent, rendre un service de temps à autre.

Yann Karantec avait résumé en quelques mots ce qu'il attendait de lui. Il avait reçu une lettre anonyme au courrier du matin. Son interlocuteur l'avait convoqué le soir même. Il détenait soi-disant de mystérieuses informations. Quand Patrick s'était inquiété d'une tentative de chantage, son père l'avait rabroué. Sa mission était simple : savoir ce que l'inconnu leur voulait. Yann s'occuperait lui-même de la suite des opérations. Patrick avait proposé de se faire accompagner par deux amis de confiance : ils pourraient si nécessaire menacer l'indésirable. La réponse s'était bornée à un silence glacial et méprisant.

Patrick Karantec écrasa le mégot de la cigarette qu'il avait fait durer le plus longtemps possible. Il n'avait jamais brillé par son courage, mais s'en satisfaisait parfaitement. Cette nuit, cependant, il ne pouvait compter que sur lui-même. Il reprit sa marche en regardant avec anxiété la vaste forêt limitrophe. Les légendes bretonnes rabâchées par sa grand-mère avaient laissé des traces. Il se secoua. Il n'allait pas explorer les bois, mais discuter avec un maître chanteur aux intentions louches… et il excellait dans l'art de la négociation.

Il était minuit moins cinq lorsqu'il arriva au point de rendez-vous. Personne ! L'inconnu s'était sans doute caché pour observer les environs et s'assurer que son interlocuteur venait seul, comme prévu. Patrick Karantec prit une pose aussi détendue que possible et attendit. Inconsciemment, son attention se porta sur les bruits qui l'entouraient. Au loin, le grondement de la mer, le souffle du vent dans les arbres, le cri d'un animal nocturne, de temps à autre un craquement sec. La lune disparut derrière un nuage, plongeant de longues secondes le paysage dans une obscurité presque totale. Tout parut soudainement plus angoissant. Putain, pourquoi avait-il oublié sa lampe de poche ? Lorsque l'astre réapparut, Patrick jeta un œil à sa droite et jura en reculant d'un pas. À cinq mètres de lui, une ombre le fixait, immobile. Depuis combien de temps se trouvait-elle là ?

Patrick Karantec observa la silhouette en tentant de dissimuler ses tremblements. Son ventre était noué et la sueur coulait le long de son dos. De grande taille, l'homme était coiffé d'un feutre à large bord et portait une cape noire sur les épaules. La pénombre empêchait de discerner son visage. À la main, il tenait un long bâton que Patrick assimila rapidement au manche d'une faux. Toutes ses terreurs d'enfant le submergèrent : l'Ankou ! Il faisait face au serviteur de la mort. « Qui voit l'Ankou sait sa fin proche ! » lui répétait sa grand-mère. Il saisit discrètement le couteau de poche dont il ne se séparait jamais. Mais que pouvait une lame contre une créature que la vie avait quittée ? Comme la silhouette restait immobile, Patrick Karantec se força à recouvrer son calme. Il avait trente-neuf ans et n'était pas l'un de ces paysans superstitieux ni un gamin terrorisé. Son père serait furieux de le voir dans un tel état de nerfs. Il respira profondément et prit le temps de détailler l'inconnu. Il remarqua une paire de rangers aux pieds de son vis-à-vis. Cette découverte le rassura. La mort ne s'habillait pas dans un surplus militaire. Un flot d'adrénaline lui insuffla du courage. Un rendez-vous à minuit un jour de pleine lune, un adversaire déguisé comme l'Ankou : il avait affaire à un type plus qu'étrange, mais il ne se laisserait pas impressionner.

— Je suis le fils de Yann Karantec. Mon père m'a donné tout pouvoir pour négocier. Qui êtes-vous ? lança Patrick Karantec d'une voix ferme.

L'apparition secoua lentement la tête et répondit d'un ton grave :

— Qui je suis n'a aucune importance, fils de Yann Karantec ! C'est ce que je sais qui intéresse ton père. Je vois qu'une nouvelle fois le maître de Saint-Ternoc brille par sa lâcheté ! Il n'ose pas m'affronter et envoie son valet.

Piqué au vif par l'insulte, Patrick Karantec réagit nerveusement.

— Écoutez, je me suis prêté à votre petite mascarade, mais je n'ai pas que ça à foutre. Alors vous me faites part de vos exigences, je les rapporte à mon père et il réglera tranquillement cette affaire avec vous.

— Je ne suis pas pressé. Mon message attend depuis quarante ans... Il ne t'a jamais rien raconté, n'est-ce pas ? interrogea l'inconnu qui n'avait toujours pas bougé.

Patrick Karantec, qui avait imaginé une sordide demande de rançon financière, bafouilla :

— Quarante ans ? De quoi parlez-vous ? Je n'étais même pas né. Bon, que voulez-vous que je lui dise ?

L'homme ne répondit pas, comme perdu dans ses pensées. Karantec tenta de s'approcher pour distinguer son visage. Ce type était dangereux pour sa famille, donc pour lui. L'inconnu étendit le bras, pointant la faux vers Karantec. La lame était tournée vers l'extérieur. Ce fou avait imité l'Ankou jusque dans les moindres détails. Peut-être la gendarmerie pourrait-elle retrouver facilement les traces d'un tel personnage ?

L'inconnu avança d'un pas et s'adressa à Karantec.

— C'est ton père que je voulais voir ce soir, mais il a eu peur des fantômes.

L'homme laissa passer un long silence, couvert par le vent qui s'engouffra soudain dans les branches des chênes centenaires de la forêt. Il ôta son chapeau, dévoilant une face squelettique. Son visage était d'un blanc crayeux et ses orbites d'un noir de corbeau : aucun signe de vie ne se manifestait là où auraient dû se trouver ses yeux. Karantec trembla et s'appuya au rocher derrière lui en baissant la tête. Qu'est-ce que son père avait donc fait pour mériter une telle vengeance ? Il releva cependant son regard et mit quelques secondes à réaliser que l'individu était grimé. Il était temps que cette entrevue prenne fin, mais, armé de sa faux, le fou était particulièrement dangereux.

— J'ai pris ma décision. Tu vas transmettre un message au grand Yann Karantec.

Rassuré, Patrick demanda anxieusement :

— Lequel ?

Soudain, la faux décrivit un arc de cercle et trancha la gorge de Patrick Karantec. Le sang jaillit, sombre, en longs jets. Dans un ultime réflexe, la victime porta ses mains à son cou, puis tomba sur les genoux et s'effondra sur une plaque de granit. L'inconnu regarda Karantec agoniser. Quand ce dernier eut cessé de bouger, le bourreau s'approcha du cadavre. Il déboucla la ceinture du mort et tira à coups secs sur le pantalon, dévoilant des cuisses claires et poilues. Ensuite, il lui retira un caleçon blanc décoré de lapins en train de s'accoupler. Patrick Karantec avait prévu d'assouvir ce soir ses pulsions sexuelles, mais sûrement pas ce qu'il allait subir dans quelques secondes. L'inconnu écarta les bras et les jambes du corps avec calme. Puis il fouilla sa poche et saisit un pieu en bois. Il le glissa entre les fesses du cadavre et sembla hésiter quelques instants. Puis, d'un geste brusque, il l'enfonça violemment dans l'anus de Patrick. Un filet de sang s'écoula des chairs déchirées. La lune éclaira le cul blanc et rebondi déformé par la protubérance obscène.

Une goutte de sueur perla sur le front de l'Ankou. Même si la vie dépravée de sa victime ne méritait aucune circonstance atténuante, ce n'était pas au fils Karantec qu'il avait voulu infliger cet outrage. Son père l'avait sciemment envoyé à la mort. Malgré tout, peut-être ce contretemps était-il le bienvenu ? À partir de ce jour, Yann Karantec allait vivre avec la peur au ventre. L'inconnu ne lui avait révélé qu'un seul indice dans le courrier expédié la veille de Brest. Il venait de lui en fournir un second. D'autres suivraient si cela s'avérait nécessaire... jusqu'à ce que le maître de Saint-Ternoc paye pour l'ignoble faute commise quarante ans plus tôt.

Le meurtrier déposa son chapeau de feutre à côté du cadavre et s'éloigna, le pas lourd, vers la lisière de la forêt. Sa mission était difficile à accomplir, mais rien ni personne ne l'arrêterait.

2. CONDOLÉANCES

Tête nue, Yann Karantec était seul à la sortie de l'église. Sa femme se tenait un pas derrière lui, comme depuis le début de leur mariage. Ses deux autres fils s'étaient décalés d'un bon mètre pour laisser le maître de Saint-Ternoc recevoir en premier les condoléances des villageois et des notables de la région. Sa fille n'avait pas pu les rejoindre pour la cérémonie. Marqué par la douleur, Yann Karantec restait cependant impassible. Jamais il n'avait voulu montrer de signe de faiblesse en public.

Mécaniquement, il serrait les mains qui s'offraient à lui. Il n'écoutait pas les paroles de réconfort, sincères ou hypocrites, que lui adressaient les participants à la messe d'enterrement de Patrick. D'abord le sénateur de la région, puis un député brestois, des conseillers régionaux, les maires des communes avoisinantes, des entrepreneurs locaux avec lesquels il avait l'habitude de faire des affaires. Il avait l'impression de prendre part à un meeting électoral alors qu'il s'agissait de la mort de son fils, nom de Dieu ! Dans un moment de lucidité, il reconnut que c'est lui qui avait imposé ce protocole depuis des années. Aujourd'hui, il s'en moquait. Il n'avait plus qu'une obsession : se venger. Se venger de ceux qui avaient assassiné son fils d'une manière aussi honteuse, se venger de ceux qui avaient humilié la famille Karantec à la face du monde. Il se remémora les événements de la semaine précédente.

Il travaillait à son bureau depuis sept heures du matin quand il avait reçu un appel de la gendarmerie. Il avait sauté dans la

205 GTI 1.6 qu'il s'était offerte quelques mois plus tôt et avait foncé vers les carrières, manquant deux ou trois fois de quitter la route. Les gendarmes avaient recouvert le cadavre d'une bâche. Malgré leur réticence, Yann Karantec avait souhaité voir Patrick. Son regard avait mis plusieurs secondes avant de se détacher du morceau de bois qui dépassait du derrière de son garçon. Quel était le taré qui en voulait ainsi à sa famille ? Avant même que Karantec ait pensé à une quelconque vengeance, son sens de l'organisation avait pris le dessus. Le corps avait été découvert par Jules Roux, un de ses plus anciens ouvriers. En maniant la carotte d'une rente et le bâton d'un licenciement sans indemnité, il arriverait à acheter son silence. Il savait que les gendarmes ne parleraient pas à leur entourage. Dès qu'il aurait le nom du procureur chargé de l'enquête à Brest, il l'appellerait pour lui demander de ne pas ébruiter le viol anal de Patrick. Quarante ans de bons et loyaux services échangés avec tous ceux qui avaient un peu de pouvoir dans la région lui garantissaient une protection presque totale. Il avait été soulagé en entendant, le lendemain, le rapport du médecin légiste : le viol s'était déroulé post-mortem. Faible consolation…

C'étaient maintenant les villageois qui lui présentaient leurs condoléances. Certains étaient effrayés par ce meurtre. Depuis un siècle, tout avait réussi à la famille Karantec. Ils étaient passés du statut de tailleurs de pierre à celui de notables économiques et politiques du pays de Léon. D'autres avaient du mal à cacher leur satisfaction : les maîtres des lieux commençaient à payer leur arrogance. C'est ceux-là que Yann Karantec méprisait par-dessus tout. Plutôt que d'essayer de le concurrencer ou de l'attaquer de front, ils jouaient le rôle de serviteurs zélés et se réjouissaient en secret des échecs de leur patron. Enfin, quelques rares personnes semblaient avoir de la peine pour les Karantec. Les mots les plus sincères s'adressaient d'ailleurs à son épouse, pas à lui. Son fils Patrick était certes un coureur et avait peu d'ambition professionnelle, mais Yann Karantec avait aimé sa façon de séduire toutes les femmes qui se présentaient à lui. Il s'était parfois montré rude avec son cadet, mais il avait toujours été son fils préféré. Il lui rappelait sa jeunesse, même si de réguliers voyages d'affaires permettaient au patriarche de se prouver qu'il avait encore de la vigueur.

Les gens d'ici ne l'appréciaient pas, mais il n'en avait cure. Les villageois de Saint-Ternoc et des environs l'avaient aidé, volontairement ou non, à asseoir sa puissance. En retour, il leur avait donné l'assurance d'un travail et d'un salaire et les avait dépannés financièrement quand ils en avaient besoin. Bien évidemment, tout prêt imposait des intérêts, ce qui expliquait le ressentiment de ceux qui lui étaient redevables, mais c'était le jeu. Les plus forts écrasent les plus faibles, et les plus intelligents savent laisser quelques miettes à ceux qu'ils réduisent en servage. Ils évitent ainsi les révoltes.

Les derniers villageois sortaient de l'église. Viendrait ensuite le tour du curé, qui lui ânonnerait quelques bondieuseries auxquelles il ne croyait plus depuis longtemps, et il pourrait accompagner son fils jusqu'à sa dernière demeure. Il l'enterrerait dans le nouveau caveau familial qu'il avait fait bâtir avec les plus belles pierres de la carrière. Il serait seul avec sa femme, ses deux fils et ses petits-enfants. Il pourrait alors se laisser aller. Il haïssait l'inconnu qui avait assassiné son fils, mais il se détestait également. Il était, lui aussi, responsable de sa mort. Pourquoi avait-il pris Patrick de haut quand le garçon lui avait suggéré d'emmener un ou deux gros bras avec lui au rendez-vous ? Yann Karantec avait craint une menace de chantage et avait souhaité la régler en famille. La lettre ne contenait que trois phrases : « Karantec, n'oublie pas l'année 44. Si tu veux la paix, viens seul ce soir à minuit en haut des carrières. Tu n'auras qu'une seule chance. »

Les Karantec avaient profité de la présence allemande pendant la guerre pour étendre leur pouvoir. En 1944, son père, Émile, et lui avaient soudoyé plusieurs hommes politiques influents pour qu'ils les aident à dissimuler leur collaboration active avec l'occupant allemand. En recevant la lettre, il avait imaginé un chantage à retardement, le corbeau ayant peut-être retrouvé une pièce compromettante. Une simple histoire de fric qu'il aurait dû savoir gérer. Rien ne s'était déroulé comme prévu ! L'inconnu avait sauvagement égorgé son fils, l'avait sodomisé avec un pieu et avait laissé comme signature un vieux chapeau de paysan. Il nageait en plein cauchemar, mais, surtout, il ne comprenait pas les motivations de son adversaire. Que lui reprochait-il ? Cela avait-il un rapport avec l'île ? Impossible ! Seule une poignée de personnes triées sur le volet étaient au courant. Cette mort lui était-elle réservée ? Le malade s'était-il acharné sur Patrick parce que lui, Yann Karantec, n'avait pas daigné se rendre à son « invitation » ? Pire que tout, pour la première fois depuis des dizaines d'années, le maître de Saint-Ternoc ne contrôlait plus la situation.

Il serra la main du curé, dont il n'avait pas écouté les paroles. Des années de pratique lui avaient cependant permis de simuler un intérêt poli pour le discours de son interlocuteur. Comme il se dirigeait vers le fourgon funéraire où était déjà installé le cercueil de son fils, un murmure courut dans l'assemblée de ceux qui n'étaient pas encore rentrés chez eux. Il se retourna, troublé. Une vieille femme s'avançait, accompagnée d'un épagneul qui gambadait à ses côtés. D'un pas alerte pour son âge, elle monta les quelques marches et s'approcha de lui. Elle était la dernière personne que Yann Karantec avait envie de croiser en cette terrible journée. Il décida de l'ignorer, mais elle se mit en travers de sa route. Une partie de la population les observait. Le maître de Ternoc devait faire face.

— Je ne savais pas que vous vous intéressiez à ma famille, Soizic Le Hir. À moins que vous ne vous réjouissiez de ce qui est arrivé à Patrick ? Cela fait des années que je ne vous avais pas rencontrée. L'événement est suffisamment important pour que vous ayez quitté votre tanière, tenta-t-il de crâner, bien conscient que chaque mot de leur conversation serait répété ce soir dans les foyers de Saint-Ternoc.

— Je ne me réjouis jamais de la mort d'un homme, Yann Karantec, même s'il vient d'une lignée aussi dévoyée que la tienne. Je regrette la mort de ton fils. Cependant, ton aïeul a défié les forces de la nature. Ton père et toi avez continué sur la même voie. Maintenant, elles se rebellent. Repens-toi, Yann Karantec, ou ta famille continuera de payer pour vos crimes.

Karantec ne supporta pas le discours moralisateur de cette vieille folle devant autant de témoins. Il n'avait de leçon à recevoir de personne, et surtout pas de ce rebut de l'humanité.

— Retourne te terrer dans la forêt, sorcière, et laisse-moi pleurer Patrick !

La colère de l'entrepreneur n'impressionna pas la femme. Elle le regarda d'un air songeur, tapa le sol de ses bottes, comme pour les décrotter, puis rebroussa chemin et lança d'une voix claire :

— La famille Karantec a rarement pleuré ceux qui sont morts de l'avoir croisée. Je t'aurai prévenu. Tu peux encore te faire pardonner ta conduite, mais fais vite.

— Dégage, vieille folle. Et veille à ne plus jamais me rencontrer !

Furieux, Yann Karantec quitta le parvis de l'église et monta dans sa voiture. Il démarra et partit vers le cimetière. La femme haussa les épaules, appela son chien et reprit la direction de la forêt. Sur la place, les conversations allaient bon train. La Soizic était considérée comme une originale arrivée d'on ne sait où dans sa jeunesse et qui n'avait jamais voulu abandonner sa cabane. Cependant, on l'évitait quand on le pouvait. Les anciens avaient appris aux villageois à se méfier de ces hommes ou femmes qui vivaient seuls et côtoyaient peut-être des forces maléfiques que les braves gens ne fréquentaient pas. Qu'était-elle venue raconter à ce pauvre Karantec ? La plupart des participants se regardaient sans comprendre. Quelques-uns, plus âgés, se doutaient que Saint-Ternoc allait connaître une tempête.

3. EN MER. 20 MARS 1985

La nuit était tombée sur la mer déchaînée. Les deux hommes n'avaient plus aucune notion du temps. Les flots enragés et les nuages sombres vomissant leurs hallebardes d'eau s'étaient ligués pour venir à bout des deux marins imprudents. Depuis la fin de l'après-midi, ils combattaient contre ce milieu hostile qui semblait avoir juré leur perte. Piloter le bateau pour éviter de chavirer, écoper, s'accrocher au garde-corps pour ne pas être projeté par-dessus bord. Ils avaient arrêté de parler depuis longtemps, leur voix était de toute façon couverte par le tumulte de la tempête. Passant du gris au noir, les vagues étaient parties à l'assaut de l'embarcation.

Malgré leur expérience, les deux hommes sentaient leurs tripes se nouer un peu plus chaque fois qu'un mur d'eau s'abattait sur le pont du petit chalutier. Par principe, ils avaient enfilé leur brassière de sécurité. Mais ils savaient bien que s'ils basculaient dans la mer ils seraient assommés par les vagues et noyés dans les secondes qui suivraient. Pêcheur depuis plus de quinze ans, Corentin n'avait jamais affronté une telle tempête. Son compagnon ne manifestait aucun signe extérieur de panique, cependant Corentin savait qu'il était aussi terrifié que lui. Ils avaient hésité à quitter le port au petit matin. La météo annonçait un avis de grand frais, mais les prévisions n'avaient jamais évoqué un vent de force 9. Ils s'étaient éloignés à une vingtaine de milles nautiques des côtes et avaient lancé leur chalut. La pêche avait été exceptionnellement bonne et ils avaient été trop gourmands. Les deux marins avaient sous-estimé la vitesse d'arrivée du mauvais temps. S'il s'attendait à devoir se bagarrer contre les éléments, jamais Corentin Corlay, le patron pêcheur, n'avait imaginé que le combat serait aussi déséquilibré.

Le système de navigation était inutilisable et Corentin avait sorti sa vieille boussole. Plein sud... en espérant éviter les récifs qui bordaient l'île de Maen Du. Dans l'obscurité presque totale, ils entendraient la coque craquer au contact des brisants avant de les apercevoir. Ne rien voir, deviner au dernier moment les trombes d'eau qui s'abattaient sur eux ! Pour ne pas sombrer dans la folie, les deux hommes se concentraient sur leurs gestes, évacuant la menace invisible qui les guettait chaque seconde. Soudain, à une distance que Corentin Corlay fut incapable d'évaluer, une lumière troua la nuit. Son cerveau entra en ébullition. Il n'y avait aucun port là où il pensait se trouver ! Ils avaient dû dériver de plusieurs milles. Cependant, où qu'ils soient, ils avaient rejoint un havre d'accueil dont le fanal allait les sauver. Il esquissa un signe de croix et dirigea son embarcation vers la lueur miraculeuse.

Sept heures du matin. Le vent s'était calmé et les dernières étoiles avaient crevé le plafond nuageux. Yves Le Goff était réveillé depuis longtemps. À son âge, les heures de sommeil devenaient rares. Il avait préparé un broc de café, avait étalé du pâté sur un morceau de pain sec, puis avait trempé cette tartine dans son bol avant de le mâcher lentement. Il devait maintenant vérifier si le toit de sa maisonnette avait tenu le coup. Parole de Breton, la tempête qui avait englouti la cité d'Ys n'avait pas dû être aussi violente que celle de la nuit ! Il se couvrit chaudement, saisit une lampe torche et quitta sa chaumière. Construite sur une lande battue par les vents, elle appartenait à sa famille depuis plusieurs générations. Il entendit le bruit des vagues qui se fracassaient contre la falaise. La mer voulait prouver qu'elle était encore dangereuse, mais Le Goff savait que le calme reviendrait dans l'après-midi. Il contourna la maison, attrapa une échelle et l'installa. En inspectant le toit, il jura. Les murs de granit étaient faits pour affronter les siècles, mais plusieurs ardoises avaient été arrachées. Il devrait les remplacer et cela lui ferait des frais. Il demanderait l'aide de ses amis. Il redescendit et se dirigea vers la côte. Les nuages s'effilochaient, laissant la place à une lune qui éclairait le paysage. À l'est, il apercevait les premières lueurs de l'aube. La marée serait basse dans trois heures et il irait ramasser des palourdes. Comme il s'approchait de la falaise, Yves Le Goff observa les rochers battus par les vagues. En bas, un reflet attira son attention. Malgré ses soixante-dix ans bien sonnés, dont près de cinquante passés sur les flots, sa vue était encore bonne. Il plissa les yeux pour percer l'obscurité et ce qu'il découvrit le glaça. Coincé entre deux blocs de granit, un petit chalutier à l'étrave déchirée semblait flotter au-dessus de l'eau. La marée avait commencé à baisser, laissant le bateau prisonnier des récifs. Y avait-il des hommes à bord ?

Trois cents mètres plus loin, sur sa droite, un sentier permettait d'accéder à une crique, nichée au pied de la falaise. Cependant, Le Goff devrait attendre que la mer soit suffisamment basse pour pouvoir l'emprunter. Il décida donc de couper directement à travers les rochers. Il accrocha sa lampe à la ceinture, se tourna face à la paroi et, avec prudence, entama la descente jusqu'à l'épave, assurant ses prises sur le granit mouillé. Ce n'était plus de son âge et une chute l'enverrait dans les flots bouillonnants, mais il y avait peut-être des marins à sauver, et cette mission était plus importante que d'économiser sa vieille carcasse. Bloc après bloc, posant avec précaution ses pieds à chaque mouvement, il atteignit enfin son but. Le souffle court, il s'accorda quelques instants de répit. Son cœur battait la chamade et tous ses membres tremblaient : pas le moment de faire un malaise. Il respira profondément, tira un paquet de cigarettes de sa poche et alluma une Gauloise.

Il attrapa la lampe et s'approcha de l'épave. Quand le faisceau éclaira la plaque du bateau, Yves Le Goff s'immobilisa. Comment avait-il pu ne pas le reconnaître ? Sans doute l'état de délabrement du navire supplicié par la mer. La *Morgane*, le bateau de Corentin Corlay ! Corentin Corlay, qui avait commencé comme apprenti sur son propre chalutier ! Il se précipita par-dessus le garde-corps. La coque tangua dangereusement, mais il n'y prit pas garde. Avec un peu de chance, le gamin et son équipier seraient encore à bord. Quelques secondes plus tard, ses épaules s'affaissèrent. L'embarcation était vide. La tempête avait eu raison d'eux et les avait projetés dans l'océan. Corentin et son drôle de matelot ne reviendraient jamais. Le vieil homme regarda le ciel. Il irait brûler un cierge à la chapelle de Bonne-Nouvelle, recommander à Notre-Dame l'âme de ces deux marins disparus en mer. Avant cela, il avait une démarche beaucoup plus difficile à accomplir. Il devait prévenir Yvonne Corlay, la mère du gamin. La mort de son fils allait la ravager. Après son mari et son fils aîné, c'est son second garçon que la mer venait de lui voler.

4. SAINT-TERNOC. 28 MARS 1985

Le train ralentissait imperceptiblement. Dans un grésillement nasillard, la voix du contrôleur annonça l'arrivée en gare et les deux minutes d'arrêt réglementaire accordées par la SNCF. Le passager se leva et saisit, au-dessus de son siège, une vieille valise au cuir tanné par les ans. Il salua ses compagnons de voyage d'un mouvement de tête et quitta le compartiment. Le trajet avait été interminable. La pluie n'avait pas cessé depuis le départ de Paris. Peut-être avait-elle un peu baissé en intensité depuis qu'ils avaient passé Rennes.

Le train s'arrêta en gare de Morlaix avec un crissement de freins déchirant. Michel Navarre descendit sur le quai, accueilli par un crachin qui semblait avoir vidé le paysage de ses couleurs. Il remonta le col de son manteau et regarda autour de lui. Le quai était pratiquement désert. Morlaix n'était pas une destination courue un jour de semaine du mois de mars. Comme la locomotive diesel emmenait son convoi de voyageurs jusqu'à Brest, il entra dans la gare. L'autobus pour Saint-Ternoc ne partait qu'à quinze heures. Il avait plus d'une heure à tuer. Il acheta un billet, sortit du bâtiment et se dirigea vers un restaurant qui lui permettrait d'attendre au chaud. Il pénétra dans l'établissement dans l'indifférence générale et examina rapidement le décor : un snack-bar moderne. Seules quelques marines accrochées au mur rappelaient au client qu'il avait rejoint le Finistère. Dans une ambiance enfumée, des ouvriers terminaient leur repas et des habitués s'invectivaient, lancés dans une partie de 421. Quelques voyageurs, comme lui, attendaient l'autocar qui, de village en village, les conduirait à leur destination finale.

Il n'avait pas mis les pieds en Bretagne depuis plus de vingt ans et aurait aimé le faire dans des conditions plus sereines. Il commanda le plat du jour, une daube de porc accompagnée d'un pichet de vin rouge, mangea tranquillement, puis saisit l'un des exemplaires du quotidien *Ouest-France* à la disposition des clients. La tempête qui avait sévi sur toute la France ces derniers jours faisait la une du journal. Six marins avaient péri en mer. La météo s'était apaisée, mais l'arrivée prochaine d'une nouvelle dépression risquait d'apporter des vents annoncés à plus de cent vingt kilomètres à l'heure. Malgré la crise économique qui commençait à frapper le milieu de la pêche, les bateaux resteraient au port. Michel regarda par la vitrine du bar. Un autocar d'un autre âge venait d'arriver. Il laissa un billet de vingt francs sur la table et rejoignit la gare routière.

Le crachin avait cédé sa place à un timide soleil. Depuis le départ de Morlaix, Michel Navarre, perdu dans ses pensées, avait admiré le paysage qui défilait sous ses yeux. L'autocar s'était peu à peu vidé de ses passagers ; ils n'étaient plus que trois à se rendre à Saint-Ternoc, terminus du voyage. Le véhicule quitta la route principale pour emprunter une départementale qui s'enfonçait dans une forêt d'arbres torturés. Les branches entrelacées offraient par moments un toit naturel qui filtrait la lumière. Michel ressentit une étrange sensation, comme s'il venait d'abandonner son monde quotidien pour plonger dans une dimension inconnue. Il haussa les épaules : dix années de recherches dans la vallée du Nil l'amenaient parfois à modifier sa perception de la réalité. Certaines divinités égyptiennes avaient gravé en lui une part de romantisme peu compatible avec sa fonction d'historien. La dernière avait marqué son histoire au fer rouge, le forçant à déserter le pays des tombeaux des pharaons. Il se rendait à Saint-Ternoc pour étudier des faits, non pas pour se laisser bercer par des jeux de lumière bretonne.

L'autocar quitta la forêt. Droit devant lui, sauvage et majestueuse, la mer, décorée par les crêtes blanches du moutonnement des vagues. Michel Navarre frissonna, mais chassa aussitôt la sensation d'oppression qui venait de le saisir. Le véhicule poursuivit son chemin au milieu de prairies protégées du vent par des haies, savant mélange de buis, d'aulnes et d'ajoncs. L'ajonc, l'or de la Bretagne, dont les fleurs jaunes annonçaient la fin d'un hiver rude. Sur sa gauche, il aperçut une forêt aux arbres décharnés. Au sortir d'un virage, une allée couverte envahie par les fougères. Sur la droite, en haut d'un promontoire, une vaste et sévère demeure semblait surveiller le village en contrebas. La route se mit à descendre. Au détour d'un lacet, le village de Saint-Ternoc s'offrit à la vue de Michel Navarre. Les premières maisons faisaient face au port, puis se regroupaient sous la protection d'une église plusieurs fois centenaire. Les dernières bâtisses se dispersaient sur le versant qui remontait vers le plateau qu'il venait de quitter. Commune de deux mille cinq cents âmes, Saint-Ternoc vivait de la pêche, de l'agriculture, de l'exploitation du granit et d'un peu de tourisme l'été. Une moue discrète marqua le visage de Michel Navarre : son arrivée ne passerait sûrement pas inaperçue.

L'air du large le sortit de sa torpeur. Le car s'était garé sur le petit parking du port et le chauffeur s'était précipité dans l'un des deux bistrots. Le rire des mouettes tournoyant au-dessus de lui, le vent dans ses cheveux, le claquement des vagues : tout était réuni pour que Michel intègre instantanément son nouvel univers. Il se dirigea vers un homme assis sur un vieux banc, le regard tendu vers l'horizon. Il le héla. L'homme, une soixantaine d'années, la peau burinée par le soleil et le vent, une vareuse remontée jusqu'au cou, se retourna et l'observa avec surprise. Pourquoi un inconnu venait-il traîner ses guêtres à Saint-Ternoc à cette époque de l'année ?

— Bonjour, pourriez-vous me renseigner ? entama l'étranger.

— Ça dépend ce que vous voulez savoir. Vous êtes en vacances ?

— On peut dire ça comme ça. Le climat a l'air sain chez vous, n'est-ce pas ?

Le Breton le fixa, consterné. Venir ici pour le climat ! Eux qui en pâtissaient pour essayer de faire pousser leur récolte malgré le vent et le sel, qui sacrifiaient la vie de leurs enfants à la mer pour en tirer leur subsistance. Même s'il ne quitterait son village pour rien au monde, le vieux ne pouvait s'empêcher de secouer la tête quand il entendait ça. Le gars venait de la ville !

— Ma foi, c'est sûr que si vous cherchez des embruns, vous allez être servi. Qu'est-ce que vous voulez savoir ?

— J'ai réservé une chambre à l'*Hôtel des Boucaniers*. Vous pouvez m'indiquer comment on y va ?

— Oh ben là ! s'exclama le villageois, c'est pas bien compliqué. Y a qu'une rue principale à Saint-Ternoc. Vous la remontez jusqu'à l'église. Sur la place, vous prenez sur votre gauche. Vous verrez, y a une petite venelle. Une fois au bout, vous serez arrivé chez la Katell.

— Je vous remercie.

La curiosité du Breton avait été éveillée. Ses copains du café les regardaient sans discrétion. Ils lui poseraient des questions. Il força sa nature taiseuse et, avant que Michel ne s'en aille, lui demanda :

— Sinon, pourquoi est-ce que vous venez respirer le bon air de la Bretagne ?

Michel Navarre suspendit son pas. Il hésita un instant à répondre, surpris. Il ne pouvait pas se permettre de braquer un habitant qui s'empresserait d'aller rapporter leur conversation.

— Je suis écrivain. Je recherche un endroit tranquille pour trouver des idées et rédiger quelques chapitres de mon nouveau livre. Je m'appelle Michel Navarre.

La mine étonnée du villageois prouva que le nom de Navarre lui était totalement inconnu. Sans doute les thrillers à tendance égyptologique n'avaient-ils pas encore atteint le rayon librairie de la *Maison de la Presse* de la bourgade. Il enchaîna :

— Une partie de mon roman en cours se déroule en Bretagne, dans le monde de la pêche. Quoi de mieux que de se renseigner sur place plutôt que d'inventer des bêtises ! Je me demandais même si je ne pourrais pas accompagner un patron pour une sortie en mer. Vous le savez peut-être ?

— C'est que vous n'arrivez pas vraiment au bon moment. On vient de perdre deux gars, il y a huit jours. La tempête les a emportés, ajouta-t-il en se signant.

Navarre respecta un temps de silence en mémoire des pêcheurs disparus. Puis il reprit :

— J'ignorais que Saint-Ternoc était en deuil. Je me ferai le plus discret possible.

Visiblement satisfait par les réponses de l'étranger, le Breton reporta son attention sur un chalutier en train d'accoster.

Ce soir, tout le village serait au courant qu'un écrivain cherchait des informations à Saint-Ternoc. Comment ses requêtes seraient-elles accueillies ? Mystère !

Michel Navarre se dirigea vers la grand-rue qui rejoignait le bourg. Il dépassa le second bistrot, puis une boutique d'artisanat local, fermée en cette période de l'année, et remonta la rue. Quelques enfants jouaient sur un minuscule trottoir, trois femmes discutaient devant une boulangerie. Il atteignit l'église. Sur la place qui l'entourait, il repéra la mairie, un restaurant, un café et une épicerie d'un autre âge qu'aucune grande surface n'était encore venue concurrencer. Il s'engouffra dans la venelle et parcourut une centaine de mètres qui le menèrent à l'hôtel, une vieille bâtisse qui aurait mérité d'être rénovée, mais qui offrait une vue splendide sur l'océan. Il poussa la porte d'entrée et trouva un comptoir déserté. Il tapa du bout du doigt sur la sonnette et observa l'établissement en attendant l'arrivée d'un employé. Pas de restaurant, une petite salle qui devait sans doute accueillir le petit déjeuner, un escalier aux effluves de cire d'abeille qui montait aux chambres. Bien suffisant pour ce qu'il avait à faire.

Une femme accorte le rejoignit, un large sourire sur le visage. Elle reçut son client d'une poignée de main ferme.

— Bonjour, je suis Katell Le Brozec, la gérante de cet hôtel.

— Bonsoir. Michel Navarre. Je vous ai téléphoné il y a deux jours pour une réservation d'une semaine.

— Je me souviens bien de votre appel. La période est plutôt calme. Vous n'êtes que trois à dormir ici cette nuit. Je vous ai gardé ma plus belle chambre au premier étage. Vous y serez bien. Suivez-moi, je vais vous la montrer.

Katell Le Brozec détacha une clé d'un tableau en bois et le précéda dans l'escalier. Inconsciemment, Navarre eut le regard attiré par le déhanchement de sa guide. Arrivée à l'étage, elle emprunta le couloir. Une quinzaine de chambres, tout au plus. Elle ouvrit la porte du fond et laissa son client découvrir la pièce. Vaste, un lit double orné d'un plaid vert bouteille, une petite commode envahie de bibelots bretonnisants et une grande table placée sous la fenêtre. Un peu plus loin, une porte donnait sur un balcon équipé d'une antique chaise en fer forgé.

— Alors ? demanda fièrement Katell.

— C'est une très belle chambre. J'y serai parfaitement à l'aise pour écrire mon roman.

— Vous êtes écrivain ? s'exclama la femme, l'œil brillant. Elle réfléchit quelques secondes avant de continuer. Mais oui… Vous êtes l'auteur de ce roman policier qui se passe dans la ville de Louxor, c'est ça ? … *Le Papyrus des morts* ! J'ai adoré.

Michel Navarre venait d'acquérir un nouveau statut aux yeux de la logeuse. Il avait volontairement annoncé sa profession, mais n'avait pas espéré récolter un tel succès. Avoir un allié dans la place ne serait sans doute pas un luxe.

— Je suis heureux qu'il vous ait plu. Le récit sur lequel je travaille actuellement se déroule en Bretagne. Peut-être accepteriez-vous de m'aider dans mes recherches ?

— Plutôt deux fois qu'une ! Quand mes amies apprendront que vous dormez ici... Il faudra dédicacer quelques livres.

— Ce sera avec grand plaisir.

— Bien, je vais vous laisser vous installer. Le petit déjeuner est servi demain entre sept heures et neuf heures dans la salle à côté de l'accueil… et si vous avez besoin de renseignements, n'hésitez pas à me solliciter quand vous le souhaitez. Je suis à votre entière disposition, ajouta-t-elle en lui prenant le bras.

Michel Navarre lui rendit son sourire, ne sachant pas comment interpréter la dernière phrase. Quoi qu'il en soit, il n'était pas à Saint-Ternoc pour trouver l'inspiration pour des nouvelles de charme, aussi agréable que soit son hôtesse. Il ferma derrière elle et s'assit sur le lit. Le grincement du matelas n'était pas trop alarmant. Il quitta son manteau et ouvrit la porte-fenêtre. Quelques rayons de soleil se frayaient un passage à travers les nuages. Il avait largement le temps de prendre une douche et de définir une stratégie avant d'aller dîner. Il se demanda un instant pourquoi il avait accepté cette enquête. Il était maintenant trop tard pour disserter sur ce genre de question.

5. PARIS, TROIS JOURS PLUS TÔT

Michel Navarre allongea le pas, évitant les flaques qui avaient envahi les trottoirs du boulevard Malesherbes. Cet hiver qui n'en finissait pas rendait la population parisienne morose, mais il était loin de ces considérations météorologiques. Son père l'avait appelé le matin même, le priant instamment de passer le voir dans l'après-midi. Cette injonction ne lui ressemblait pas : plutôt débonnaire et enclin à prendre son temps après une dure vie de labeur, Maurice Navarre estimait qu'il n'avait « plus l'âge pour être emmerdé par les urgences des autres ». Il avait poussé sa théorie à l'extrême, jetant un jour son téléphone dans le vide-ordures. Depuis, le concierge de l'immeuble tenait le rôle de postier et de commissionnaire. De très généreuses étrennes rétribuaient largement ces petits services quotidiens.

Veuf depuis plus de trente ans, Maurice Navarre menait son existence comme il l'entendait. Entré dans la Résistance à l'âge de vingt ans, il avait servi la France pendant près de cinq ans. Il avait tout de même trouvé le temps de tomber amoureux de celle qui allait devenir sa femme et d'avoir un charmant bambin répondant au prénom de Michel, en 1943. À la sortie de la guerre, il n'avait pas tiré parti de ses nombreux actes de bravoure ou de la considération que lui portait le général de Gaulle pour briguer un poste dans une administration. Il avait repris et développé l'atelier de mécanique de son père. Il l'avait revendu juste avant de partir à la retraite, regretté par ses trois cents employés. Maurice Navarre avait largement de quoi voir venir et, à l'âge où certains aspirent à

21

se retirer au fond de leur tanière, il avait décidé de découvrir le monde. Il avait dû suivre des cours d'anglais, langue qu'il n'avait plus pratiquée depuis son baccalauréat, et en avait profité pour apprendre également l'italien. Ses fréquents allers-retours à Rome et l'accroissement soudain de sa garde-robe amenaient son fils Michel à envisager que l'attrait des vieilles pierres du forum n'était plus l'unique objet de ses voyages.

Michel Navarre poussa la porte d'entrée, replia son parapluie et se dirigea vers une cage d'ascenseur minuscule presque aussi âgée que l'immeuble haussmannien. Le concierge sortit de sa loge à son passage.

— Bonjour, monsieur Michel.

— Bonjour, André, comment allez-vous ?

— Bien, bien, je vous remercie. J'allais monter chez votre père pour lui faire part d'un appel téléphonique, mais puisque vous êtes là…

— Je lui transmettrai le message. Que dois-je lui dire ?

— Que Mme Simona Antonelli l'attend dans deux jours à Rome, dans son hôtel habituel.

Michel marqua un instant de surprise, puis sourit à son interlocuteur.

— Vous en savez plus que moi sur les aventures de mon père. Soyez sans crainte, je lui donnerai l'information.

Il referma les deux grilles de l'ascenseur, se cala dans la vieille cabine en bois et rejoignit le quatrième étage dans un concert de grincements déchirants. Son père réagit au premier coup de sonnette. Il ouvrit et l'embrassa, puis, sans plus de cérémonie, le poussa vers le salon. Une femme était assise sur un fauteuil Chesterfield, un verre de porto à la main. Elle se leva et le salua avec grâce. Il s'inclina devant la visiteuse, curieux de connaître la suite des événements.

— Je te présente mon amie la vicomtesse Bernadette Borday. Je ne pense pas que vous vous soyez déjà rencontrés, attaqua le propriétaire des lieux.

— Effectivement, nous n'avons pas eu ce plaisir.

Elle portait avec élégance une petite soixantaine d'années. Les cheveux au carré, un maquillage très léger, elle dégageait une séduction discrète.

— Bernadette est venue me consulter hier. Je crois que tu pourrais lui rendre service, mon garçon. Je vais la laisser t'expliquer la situation.

Toujours plus surpris, Michel fit signe à la femme de se lancer.

— Comme vous l'a dit Maurice, je m'appelle Bernadette Borday. Nous avons fait connaissance il y a trois ans à un vernissage de tableaux et nous avons sympathisé.

Michel Navarre parvint à ne pas froncer les sourcils quand il apprit que son père s'était soudainement intéressé à la peinture et nota intérieurement qu'il n'évoquerait le rendez-vous romain qu'après le départ de leur invitée. Elle continua.

— Il m'a beaucoup parlé de vos travaux en Égypte et de la carrière d'écrivain que vous avez menée depuis votre retour en France. J'aime beaucoup ce mélange de roman policier et de légendes égyptiennes. Bravo pour votre réussite.

— Je vous remercie, Bernadette, mais je ne pense pas que mon père m'ait appelé cet après-midi uniquement pour que j'aie le plaisir d'obtenir vos félicitations.

— Non, effectivement. Le sujet est beaucoup plus sérieux.

Ils prirent place autour d'une table basse en bois massif rapportée d'un récent voyage africain. Michel refusa un verre de whisky et invita Bernadette Borday à poursuivre.

— J'ai une résidence secondaire en Bretagne, un peu à l'ouest de Roscoff, et je lis tous les jours le journal *le Télégramme de Brest*. Cela me permet de connaître les potins locaux. Quand je l'ai reçu hier matin, j'ai eu un choc en découvrant la première page.

Elle avait imperceptiblement pâli, comme pour confirmer ses dires. Elle attrapa le sac posé à ses pieds et en sortit le quotidien. Elle le tendit à Michel Navarre, qui le déplia et examina la une : six visages la couvraient, des visages d'hommes âgés de vingt à soixante ans. Les six marins disparus en mer pendant la fameuse tempête qui avait frappé tout l'ouest de la France ! Il survola l'article. L'identité des victimes était annoncée, mais aucun de ces noms ne lui était familier. Il rendit le journal avec un air interrogateur.

— C'est une tragédie pour ces pêcheurs et leurs proches, mais je ne vois pas en quoi je peux vous être d'une quelconque aide.

— Me permettez-vous de vous raconter une histoire ? Mais promettez-moi de la garder pour vous ! demanda la vicomtesse avec une pointe d'anxiété.

Michel la dévisagea, puis observa son père. Dans quel pétrin allait-il encore le fourrer ? Cependant, la requête qu'il lut dans ses yeux le poussa à acquiescer.

— Je vous écoute.

— Je vous remercie. J'ai cinquante-huit ans, Michel. À dix-neuf ans, je me suis mariée avec le vicomte Alexis Borday de La Faurie, de vingt-cinq ans mon aîné : un arrangement familial que je n'ai pas pu refuser à l'époque. C'était un homme d'affaires courtois, mais, à mon âge, j'aspirais à autre chose. Il passait beaucoup de temps à l'étranger pour obligations professionnelles. Arriva ce qui devait arriver. Au cours de l'une de ses nombreuses absences, j'ai rencontré un jeune lieutenant de vaisseau dont je suis tombée follement amoureuse. Nous réussissions à nous voir sans que ni mon mari ni sa famille ne s'en rendent compte. Six mois plus tard, j'étais enceinte. Mon époux était parti depuis plusieurs semaines en Afrique du Sud et n'avait pas prévu de rentrer avant un moment. Impossible, donc, lui faire endosser la paternité du bébé à venir. Dès que mon ventre a commencé à s'arrondir, avec l'aide de mes parents, j'ai simulé une maladie qui m'a écartée de mon foyer. Mon conjoint se contentait de m'envoyer un courrier pour prendre de mes nouvelles une fois par mois, ce qui m'arrangeait bien. J'ai donné naissance à un garçon, que j'ai appelé Christophe. À partir du jour où il avait appris ma grossesse, le beau marin avait disparu. Je n'ai jamais cherché à le revoir. J'ai confié l'enfant à un couple recruté par mes parents et je suis rentrée à Paris. Alexis ne s'était rendu compte de rien. Pendant trois ans, j'ai régulièrement rendu visite à Christophe, me faisant passer pour une cousine éloignée. Tout a basculé le jour de son troisième anniversaire. Je me souviens que j'avais une trottinette rouge pour lui dans mes bagages. C'est idiot, n'est-ce pas ? Quand je suis arrivée à Chambéry, dans sa famille d'accueil, j'ai vécu un moment terrible : la maison était vide.

Elle s'arrêta quelques instants, comme pour remettre ses pensées en ordre.

— Je l'ai fouillée de fond en comble, mais je n'ai trouvé aucun signe de vie. Paniquée, j'ai interrogé les voisins. Christophe et ses parents adoptifs avaient disparu quinze jours plus tôt. Je les ai fait rechercher, tout en veillant à ne pas éveiller les soupçons de mon mari. Personne n'a jamais su où ils étaient partis. Pendant des années, j'ai entendu dans mes rêves mon fils m'appeler, et puis le temps a fait son œuvre. Jusqu'à hier…

— Que s'est-il passé hier ?

— Je l'ai revu, après trente-quatre ans d'absence.

— Où l'avez-vous revu ?

— En première page de ce journal, avec cinq autres marins.

Michel ne savait pas à quoi s'attendre, mais sûrement pas à cela. Il regarda alternativement la femme, puis son père, qui semblait particulièrement concerné par cette histoire. Comme il fronçait les yeux, Maurice Navarre secoua discrètement la tête. Bernadette Borday n'était pas une mythomane et son père n'était pas le géniteur de l'enfant. Il s'adressa à leur invitée :

— La dernière fois que vous avez vu Christophe, il n'avait pas encore trois ans. Je veux bien croire en la puissance de l'instinct maternel, mais de là à reconnaître votre fils ! Par ailleurs, la qualité de la photo est médiocre.

— Je comprends parfaitement votre scepticisme, Michel, mais je suis convaincue que c'est lui. Son visage d'abord. C'est le portrait de son père. Il s'est certes comporté comme un lâche, mais j'ai follement aimé cet officier de marine pendant quelques mois. Son sourire est resté gravé dans mon cœur. Ensuite, nous disposons d'un élément fort, d'une preuve dirais-je même. Regardez son nom, invita-t-elle en tendant le journal.

— Christophe Maleval ? demanda Michel Navarre.

— C'est ainsi que s'appelait la famille qui l'a recueilli. Vous voyez, c'est lui !

Michel reposa *le Télégramme*, accepta le verre de whisky présenté par son père et observa intensément la vicomtesse Borday. Une tristesse qu'il ne savait décrypter flottait sur ses traits.

— Ce sont effectivement deux indices intéressants, mais le nom de Maleval est très répandu. Des dizaines de milliers de personnes portent ce patronyme. Par ailleurs, la ressemblance avec l'homme que vous avez aimé ne prouve rien.

— Vous ne me croyez pas, c'est cela ?

— Je n'ai pas de raison de mettre en doute votre histoire, Bernadette. Cependant, de là à me persuader que ce marin est votre fils...

Maurice Navarre s'approcha sur le rebord de son siège et brisa le silence gêné qui venait de s'installer dans la pièce.

— Quand Bernadette m'a annoncé la nouvelle, j'ai eu une réaction identique à la tienne, Michel. La coïncidence était trop surprenante ! Puis j'ai réfléchi. Même s'il n'y a qu'une chance sur cent pour que ce marin soit Christophe, la piste mérite d'être étudiée.

— Libre à toi de jouer au détective, mais en quoi ça me concerne ?

— J'aimerais que tu te charges de cette enquête, Michel. Bernadette souscrit à cette idée.

Michel le fixa pour s'assurer qu'il ne plaisantait pas.

— C'est très sérieux, lui confirma son père.

— Maurice m'a raconté vos recherches en Égypte, lorsque vous faisiez partie de l'équipe de Christiane Desroches Noblecourt, insista la vicomtesse. Il m'a narré dans les détails votre découverte de la tombe d'un vizir de Touthmôsis III. Elle est digne d'un roman de Jules Verne ou d'un film de Steven Spielberg !

— Il vous a aussi raconté que j'ai lu tous les livres d'Agatha Christie dans le texte à l'âge de quinze ans ? Je ne suis pas Hercule Poirot pour autant ! Écoute, papa, sans vouloir te vexer, on nage en plein délire. Si tu souhaites remonter la piste de Christophe Maleval, adresse-toi à un de tes amis. Avec les relations que tu entretiens dans le monde politique, tu auras sûrement accès à une bonne officine spécialisée.

— Je n'ai aucune confiance en eux, et tu sais bien que je ne les ai fréquentés que pour les besoins de mon entreprise. Réfléchis, mon garçon. Tu m'as expliqué la semaine dernière que tu avais l'intention d'écrire un roman qui se déroule en Bretagne, mais que tu n'en tenais pas encore le fil directeur. C'est une excellente occasion pour plonger dans l'action.

— Vous êtes bien conscients de ce que vous me demandez ? Partir enquêter sur l'identité d'un mort, reconstruire sa vie pour découvrir s'il n'a pas passé sa petite enfance en Savoie. Je suis un historien, pas un détective privé !

— Je compte sur ton imagination et ta débrouillardise, rétorqua le retraité. Quand on a négocié avec les autorités égyptiennes, on ne craint plus l'administration française. Je me permets d'insister, Michel : peux-tu au moins te rendre quelques jours dans le village de Saint-Ternoc et prendre des renseignements ?

6. LA FORÊT

Michel Navarre avait dormi comme une pierre et s'était levé tôt. Katell Le Brozec lui avait servi un petit déjeuner roboratif et avait pris le temps de discuter avec lui. Elle s'était installée à sa table et l'avait accompagné en buvant un bol de *robusta* à réveiller un mort. Elle lui avait succinctement raconté l'histoire du village et indiqué les principaux lieux à visiter. Elle lui avait aussi prêté une carte d'état-major. Michel avait dû promettre de lui dévoiler quelques anecdotes de sa vie égyptienne.

Le jour se levait quand le romancier avait rejoint le port, et un sentiment de plénitude l'avait envahi. Il ressentait la même impression lorsqu'il remettait les pieds sur le sol égyptien après un long séjour en France. Certes, tout opposait les paysages, mais cette sensation d'éternité était identique. Dans cent ans, mille ans, toute trace de son passage aurait disparu, mais la nature serait toujours là, immuable, sans un seul souvenir de ceux qui avaient pensé pouvoir laisser leur empreinte sur le monde. Peut-être en serait-il lui-même une particule, qui sait ? Éduqué entre le fervent athéisme de son père, la dévotion religieuse de sa grand-mère paternelle et son intérêt précoce pour les croyances égyptiennes, Michel Navarre avait une notion de l'au-delà toute personnelle.

Michel avait espéré discuter avec des pêcheurs, mais ils avaient pris la mer avant l'aube et reviendraient soit en fin d'après-midi, soit deux ou trois jours plus tard. Il avait alors traversé le village en remontant la rue principale et, arrivé sur le plateau qui surplombait l'océan, s'était dirigé vers l'ouest. Il avait emprunté un chemin communal qui desservait un hameau : quelques fermes et des maisons plus ou moins vétustes dont les cheminées fumantes indiquaient une présence. Il avait apporté dans ses bagages des chaussures de marche qui lui permettaient de parcourir les prés humides tout en gardant les pieds au sec. Il décida de suivre une voie à peine carrossable qui traversait une forêt de chênes et de frênes. Sans doute utilisée par les habitants durant les siècles précédents, la route n'était plus qu'une piste de randonnée. Au vu de la taille de certains arbres, elle était sans aucun doute très ancienne. Le soleil jouait avec les nuages, déposant sur les branches des touches d'ombre et de lumière. Quelques oiseaux profitaient de la douceur pour lancer leurs premiers trilles. Michel Navarre avança, envoûté par le silence bruyant des sous-bois. À cette époque de l'année, il devait être le seul promeneur à errer par là.

Il sursauta au son d'un jappement bref juste derrière lui et se retourna. À quelques mètres, assis sur son arrière-train, un grand chien l'observait de ses yeux perçants. L'homme, inquiet, regarda la bête qui le dévisageait sans crainte. Un chien sauvage se serait enfui à son passage. L'animal, au long pelage gris clair, ressemblait bien plus à un loup qu'à un chien. Comme pour lui confirmer son intuition, la bête poussa un court hurlement. La peur laissa la place à la surprise : que faisait un loup en Bretagne ? L'animal semblait être un solitaire. Il se releva et repartit en sens inverse sur le chemin. Michel le fixait sans bouger. Le loup esquissa un mouvement de tête, comme pour l'inviter à le suivre. Fasciné par la majesté de la bête et le côté irréel de la situation, il obtempéra. Visiblement satisfait, l'animal trottina sur une centaine de mètres, puis l'attendit. Michel le rejoignit, mais se retint cependant de le toucher. L'archéologue avait croisé des chacals en Afrique, mais ils ne dégageaient pas la même impression de puissance que cette bête. Le loup s'enfonça dans le bois. Michel le suivit sans plus d'hésitation. Au bout de quelques dizaines de mètres, la bête s'arrêta, s'assit et jappa. Devant elle, l'entrée d'une allée couverte, à moitié cachée par un mur de fougères et de ronces. Michel s'en approcha et passa la tête à l'intérieur. Le loup se releva puis disparut aussi mystérieusement qu'il était arrivé.

Michel Navarre ne comprenait pas ce qui se passait. Un loup sorti de nulle part lui avait servi de guide jusqu'à un mégalithe ! Il décida de remettre à plus tard les explications et de profiter de sa découverte. Les années passées en Égypte avaient ancré en lui une admiration sans bornes pour les bâtisseurs du Néolithique. Ce monument multimillénaire excitait sa curiosité. Il écarta la végétation qui barrait l'accès au dolmen. Puis, à la lumière de la flamme de son Zippo, il pénétra dans la demeure mortuaire et avança sur une bonne dizaine de mètres en se penchant, avant d'atteindre le bout du couloir. Plusieurs tables de pierre tenaient lieu de plafond, et de la terre bouchait les interstices entre les blocs. La forêt avait recouvert le monument et avait fait sien cet antique tombeau. Il observa attentivement la paroi du fond et y posa la main. Sous ses doigts, il sentit deux protubérances arrondies gravées dans la pierre. Avec émotion, il reconnut une représentation archaïque de la déesse-mère. Combien d'hommes et de femmes avaient été enterrés ici, accompagnés ou confiés à la miséricorde de leurs dieux ? À côté de la sculpture, il repéra des signes taillés dans la roche, dont il ne put deviner la signification. Il reviendrait avec une lampe torche et un appareil photo. Il continua à explorer le mur du mégalithe du bout des doigts. Peu à peu, le contact du granit sur sa peau le plongea dans une étrange torpeur. Il éteignit son briquet.

L'obscurité était presque totale. Un instant, il se revit enfermé dans un mastaba d'Oumm el Qa'ab, pièce funéraire qu'il avait découverte cinq ans plus tôt dans la nécropole des rois d'Égypte de la Ire dynastie. Poussé par une force intérieure, il s'assit alors en tailleur sur le sol humide et ferma les yeux. Il posa ses mains sur ses genoux et ralentit son rythme respiratoire. Il voulait savoir. Même si cela risquait de le perturber. Il se concentra et chassa de son cerveau toute pensée parasite. Au bout d'une durée qu'il ne put estimer, un immense calme l'envahit. Un léger frissonnement, semblable à celui que peut provoquer le froid, parcourut son corps. Puis une onde de chaleur engourdit ses membres et le plongea dans une semi-catalepsie. Il flottait hors du temps, protégé par les murs millénaires. Soudain, le silence se brisa : un bruit de fond d'abord, diffus. Le son s'amplifia peu à peu. Il devina un groupe d'hommes en discussion. Il était incapable de saisir ce qui se disait, encore moins de comprendre la nature des échanges. Cependant, ce bourdonnement lointain était apaisant. Puis une voix, claire, suave :

la voix d'une femme. Une voix d'homme lui répondit, chaude et rassurante : promesse de douceur et de paix. Soudain un cri, dément, qui annihila en un éclair la sensation de bien-être qui l'avait enveloppé. Les voix disparurent, remplacées par des cris déchirants. Des cris de peur, des cris de rage ! Ils vrillèrent la tête du visiteur réfugié dans le tombeau. Michel s'effondra et reprit conscience de son environnement, les yeux embués de larmes. Le sang battait dans son crâne à lui faire exploser les tempes. Pourquoi s'était-il livré à cette expérience ? Il n'avait jamais voulu croire les médecins, même s'il avait dû renoncer à sa carrière d'archéologue suite à ses hallucinations. Il resta allongé sur le sol jusqu'à ce que ses maux de tête s'estompent, puis il se releva et quitta l'allée couverte. Il espéra secrètement revoir le loup, mais il était seul. Que s'était-il passé dans cette tombe ?

Il regagna le chemin qui s'enfonçait dans la forêt. Vingt minutes plus tard, il lâcha un sifflement de surprise. Les arbres avaient disparu, remplacés par un immense amphithéâtre de pierre. Il comprit qu'il était arrivé à la limite des carrières de Saint-Ternoc. Pendant des dizaines d'années, les hommes avaient arraché du sol des milliers de blocs de granit pour construire des bâtiments dans la France entière. La surface de l'exploitation était vaste : plusieurs hectares au bas mot. Aujourd'hui, l'activité était devenue marginale. Pierres tombales et éléments de décoration représentaient sans doute la majorité de la production. Le temps où le propriétaire de la carrière était l'employeur principal et le maître de Saint-Ternoc serait bientôt révolu. Michel décida de bifurquer en direction du nord, vers l'océan.

7. YVES LE GOFF

Le paysage se transforma. Cessant d'être protégée par une barre rocheuse, la forêt laissa soudain place à une lande battue par les vents et parsemée d'amas granitiques. Seuls des genêts, de la bruyère et quelques arbustes pouvaient en coloniser le sol inhospitalier : le littoral breton dans sa simplicité et son dénuement. Michel Navarre traversa la lande et s'approcha du bord de la falaise. Vingt mètres en contrebas, le sable encore luisant d'humidité reflétait les rayons du soleil printanier. La marée était basse, et quelques pêcheurs à pied, essaimés sur la plage, grattaient le sable avec leur râteau, à la recherche de coques et de palourdes. L'historien emprunta un sentier qui se faufilait à travers les blocs de pierre et descendait jusqu'à une crique. Arrivé sur le sable, il ôta ses chaussures, remonta son pantalon en toile et se dirigea vers la mer. De petites vagues venaient mourir devant lui. Il avança, les pieds saisis par le froid de l'eau, et marcha plusieurs minutes, toujours perturbé par son expérience dans l'allée couverte. Il s'approcha de l'un des pêcheurs, presque envieux de la sérénité que dégageaient ses gestes répétitifs. Le seau était déjà à moitié rempli de coquillages.

— Si vous voulez les goûter, faudra manger chez le Gwenn ce soir ! annonça le Breton en enfonçant sa pelle dans le sol. Il dispersa le sable qu'il venait de retirer et se pencha pour ramasser trois palourdes. Il les nettoya rapidement dans une flaque et les jeta dans le seau.

— Gwenn ? demanda Michel sans quitter des yeux les gestes du pêcheur.

— Le patron du *Ty Gwenn*, le restaurant en haut du village. Le jeudi soir, il prépare une cotriade qui attire des clients de Brest ou de Morlaix. Si ça vous tente, dépêchez-vous de réserver.

Le pêcheur s'essuya les mains sur son pantalon et salua Michel en se retournant vers lui.

— Je suis Yves Le Goff. J'imagine que vous êtes l'écrivain qui dort chez Katell ?

— L'écrivain s'appelle Michel Navarre, lui sourit-il en lui rendant sa poignée de main. Je séjourne en effet dans l'hôtel de Mme Le Brozec.

— Bah, vous pouvez dire Katell, comme tout le monde. Pour être franc, je l'ai croisée ce matin et elle n'a pas arrêté de me parler de vous et de vos livres. Elle était excitée comme une puce, ma Katell. Bon, avec tout le respect que je vous dois, je m'intéresse pas trop à ce genre de couillonnades, mais ma femme adorait ça. J'ai jamais eu le courage de vendre ses bouquins après sa mort, même s'ils encombrent mon grenier. Faut avouer que j'ai jamais été un très grand lecteur.

Michel Navarre s'amusa de la franchise toute naturelle du vieil homme. Il ne devinait aucune provocation dans ses propos, juste un constat.

— Vous semblez bien connaître… Katell. Elle est charmante.

— C'est la fille de ma défunte sœur. C'est une gamine en or, mais elle peut retrouver le caractère de sa mère. Et là, mieux vaut faire un détour.

Michel ne tenta pas d'en savoir plus sur les relations familiales de son interlocuteur. Comme il hésitait sur la marche à suivre avec le pêcheur, Yves Le Goff ramassa son seau et s'étira.

— Allez, ça suffit pour aujourd'hui, décida le Breton. Vous faites quelques pas avec moi ?

L'écrivain se jeta sur l'occasion. Yves Le Goff devait connaître tout le monde dans le village. Ils remontèrent lentement la plage. Porté par le vent, l'écho lointain des cloches d'une l'église venait de sonner midi.

— Vous écrivez vraiment des bouquins ? interrogea Le Goff.

— Oui, pourquoi aurais-je inventé cette histoire ? Votre nièce vous l'a confirmé. Elle a même lu un de mes romans.

— Excusez-moi, je suis devenu trop méfiant.

Navarre ne broncha pas. Il devait laisser son voisin préciser le fil de sa pensée.

— C'est qu'avec tout ce qu'on a vécu ces six derniers mois… Une escouade de journalistes qui se croyaient partout chez eux a débarqué à Saint-Ternoc. Y a même eu des types de la télé qu'ont voulu faire un reportage sur la vie du village. Comme si on habitait dans un zoo ! Une idée à la con, tiens ! Heureusement, le maire les a chassés avant qu'ils nous envahissent. Ça s'est calmé depuis, mais la mort de nos deux gars pourrait relancer la danse.

— Je ne sais pas ce qui s'est passé à Saint-Ternoc, monsieur Le Goff, mais en quoi la disparition en mer de deux marins pourrait-elle être en rapport avec la mystérieuse affaire que vous évoquez ?

— Vous ne regardez pas la télé ?

— Je ne fais pas partie des admirateurs de Christine Ockrent et je m'intéresse peu aux faits divers, y compris aux plus dramatiques, répondit le romancier.

— Bah, vous avez sans doute raison. Avec ces infos, on nous force à recueillir la pourriture du monde tous les soirs dans notre assiette de soupe. Bref, on a retrouvé au mois d'octobre dernier le corps d'un habitant de Saint-Ternoc dans les carrières.

— Une chute mortelle ?

— Pas vraiment, non, le gars a été assassiné. Et pas de la plus belle des manières !

— C'est-à-dire ?

— C'est-à-dire qu'il a été égorgé comme un poulet. J'ai pas vu le cadavre, mais le Jules, qui l'a découvert, nous en parle chaque fois qu'on va boire un coup au bistrot. Le pauvre, il était déjà un peu simplet, mais là, ça l'a achevé. Y a des choses qu'il aimerait bien nous dire, mais il a pas le droit. Même la promesse de tournées de rhum y a rien fait.

— Merci pour cette explication. Je comprends mieux votre méfiance. Je peux vous rassurer en vous disant que je ne suis pas venu enquêter sur ce meurtre. La gendarmerie a retrouvé l'assassin ?

— Non. Le grand barnum a cessé, mais la gendarmerie cherche toujours. Le père Karantec ne laissera pas impunie la mort d'un de ses fils.

— Karantec ? Le propriétaire des carrières ?

— Vous connaissez ? s'étonna le pêcheur.

— Madame Le Brozec, enfin Katell, m'en a parlé ce matin quand elle m'a raconté l'histoire du village. C'est quelqu'un qui compte à Saint-Ternoc, n'est-ce pas ?

— La famille Karantec fait effectivement la pluie et le beau temps sur ce morceau du Finistère depuis un siècle. Pour le meilleur, mais surtout pour le pire, lâcha Le Goff avec un rictus de mépris.

Il s'aperçut qu'il s'était laissé aller à des confidences avec un étranger et reprit son sourire en arrivant en haut de la plage.

— Oubliez ce que j'ai dit. Je suis un vieil homme. Profitez plutôt de la beauté et du mystère de cette région. Elle est rude, mais n'hésite pas à s'offrir à ceux qui savent l'écouter. Je vous recroiserai peut-être à l'hôtel. Je passerai chercher Katell demain en fin d'après-midi. Le recteur célèbre une messe d'adieu en mémoire de nos deux marins disparus en mer.

Ils remontèrent en silence le chemin d'accès à la crique, puis débouchèrent sur la lande. Yves Le Goff tendit le bras et indiqua, plus bas, un amas de récifs découvert par la mer.

— C'est là que j'ai trouvé l'épave de *la Morgane*. Le bateau n'était pas trop abîmé, mais y avait plus personne à bord. Une fois de plus, l'océan nous a pris des enfants. À croire que c'est le tribut qu'on lui doit pour qu'il accepte de nous nourrir, ajouta-t-il, fataliste.

8. TY GWENN

Quand Michel Navarre avait rejoint le centre du village, il était trop tard pour déjeuner dans un restaurant. Il était descendu sur le port et avait réussi à se faire servir un sandwich par le patron de *La Frégate*, l'un des deux bars qui vivaient au rythme des marins. Une bière en main, il s'était assis à une table proche de la fenêtre. Il s'était abîmé dans la contemplation du port en songeant à sa matinée. L'activité était réduite. Les chalutiers n'étaient pas encore rentrés. Les mouettes dansaient au-dessus des flots dans un ballet hypnotique. Il prendrait des renseignements sur Yves Le Goff auprès de Katell. Le vieux pêcheur pourrait certainement lui fournir des informations sur Christophe Maleval. Cependant, sa pensée était essentiellement focalisée sur les événements de la forêt. Ce qu'il avait vécu s'était-il réellement déroulé ou l'avait-il fantasmé ? Il ne se voyait pas demander aux clients du bar si des loups se promenaient dans Saint-Ternoc sans passer pour un abruti de Parisien. Non seulement un loup, d'ailleurs, mais un loup capable de l'entraîner jusqu'à l'entrée d'une allée couverte cachée dans les bois ! Pire encore, son expérience à l'intérieur du mégalithe ! Au milieu d'une assemblée inconnue, comme si des esprits avaient transité par cette sépulture pour s'adresser à lui !

Il en aurait presque ressenti de l'excitation si cela ne l'avait pas replongé cinq ans plus tôt au cœur de la vallée des Rois. Le drame l'avait forcé à quitter l'Égypte, en proie à des questions auxquelles il n'avait toujours pas trouvé de réponse. Son père l'avait soutenu tout au long de cette épreuve, et Michel avait rapidement repris pied. Fort de ses connaissances sur l'Égypte, d'une solide imagination et d'une écriture fluide, il avait tenté sa chance dans la littérature. La chance lui avait souri, faisant de lui un auteur à succès en moins de trois ans. Il avait du coup abandonné tout suivi psychiatrique, sans savoir s'il avait vraiment vécu ses contacts avec les esprits des anciens Égyptiens ou s'il avait été victime de crises de schizophrénie. Il avait repoussé ses souvenirs au fond de sa mémoire, jusqu'à ce qu'ils réapparaissent ce matin. La peur était revenue, la peur de la maladie psychiatrique. Et si les autres avaient eu raison ? Ces murmures, puis ces voix et ces cris dans le mégalithe n'avaient aucun sens. Il garderait tout ça pour lui.

Il regagna l'hôtel et passa le reste de l'après-midi à organiser des notes pour son roman. La rencontre avec Yves Le Goff, l'ambiance de la forêt de Saint-Ternoc, la faconde de Katell Le Brozec, une saillie d'un client du bar : autant d'éléments qui, légèrement transformés, trouveraient place dans son manuscrit. Il attaqua également le recensement des personnes à interroger. Yann Karantec était en tête de liste. Le maître de Saint-Ternoc connaissait sans doute toutes les histoires du village. Accepterait-il de le recevoir ? Sûrement pas s'il le prenait pour un journaliste venu enquêter sur l'assassinat de son fils. À lui d'être vigilant sur l'image qu'il renvoyait à la population. Ce meurtre non résolu l'intéressait. Il n'avait aucun rapport avec la disparition en mer de deux marins, mais on n'égorge pas par hasard l'un des hommes les plus riches de la région sur le lieu symbolique de son ascension sociale. Il avait aussi prévu d'aller traîner dans les bars pour y chercher l'inspiration… ou la simuler. Les gens aiment se raconter, et quelle meilleure oreille que celle d'un écrivain qui glissera peut-être l'un de leurs exploits dans un roman ?

Michel avait obtenu une place au *Ty Gwenn* grâce à l'intervention de Katell Le Brozec. Il avait proposé à la gérante de l'hôtel de l'accompagner pour le dîner. Elle avait hésité quelques secondes, apparemment flattée par la demande, mais s'était ensuite rapidement assombrie. Michel avait compris qu'elle serait gênée de s'afficher avec un client tout juste débarqué. Il n'avait pas insisté et l'avait remerciée pour la réservation.

Le restaurant *Ty Gwenn* était un des fleurons de la région. Le chef, originaire de Saint-Ternoc, avait décidé de mettre son pays à l'honneur. C'est donc Brest et Morlaix qui venaient à lui pour goûter sa cuisine louée par toutes les fines gueules et les guides gastronomiques. Michel avait marché un bon quart d'heure pour rejoindre l'établissement, situé dans les hauts du village, non loin de la demeure de la famille Karantec. Caché de la route par une pinède, il proposait une terrasse qui offrait une splendide vue sur la mer. Les derniers rayons d'un soleil déclinant embrasaient l'océan. La soirée était belle. Michel Navarre devina, au loin, une île qui se découpait sur l'horizon. Il avait passé une veste et une cravate, ne voulant pas dépareiller la clientèle bourgeoise habituelle. Assis dans un coin de la salle, il aurait le loisir d'observer l'arrivée des convives. Son réflexe de romancier reprenait le dessus : étudier les faits, les analyser et, ultérieurement, les interpréter. Il avait aussi emporté un livre. Il détestait donner l'impression de s'ennuyer dans un restaurant ou, pire encore, d'espionner les autres.

Quelques minutes plus tard, une imperceptible excitation gagna le chef de rang. Quatre hommes venaient d'entrer. Ils devinrent aussitôt le centre de toutes les attentions. Sans un regard pour le personnel, un quadragénaire, deux quinquagénaires et un convive plus âgé s'installèrent à une table réservée près de la véranda. Michel Navarre questionna le serveur qui avait pris sa commande :

— Tous les jeudis, monsieur Karantec vient dîner ici. Ce soir, il a invité deux députés du coin et un sénateur parisien.

Le romancier le remercia et observa les nouveaux arrivants à la dérobée. Un rapide calcul : Yann Karantec devait avoir au moins soixante-dix ans. Les traits du plus âgé ne lui semblaient pas inconnus. L'air dominateur des gens de pouvoir, le visage en forme de lame de couteau et une abondante chevelure blanche. Où pouvait-il l'avoir croisé ? Les trois autres convives dégageaient eux aussi une suffisance certaine. Pas le genre de personne à qui il devait être simple de s'opposer. Le professionnalisme politique dévoyait les vocations de jeunesse, transformant nombre d'idéalistes en vieux routards spécialistes des arrangements de tout bord. Quatre ans à peine après son élection, François Mitterrand et son équipe avaient largement douché les illusions de nombreux Français qui avaient espéré voir les choses changer. Michel sortit son carnet et, en attendant sa cotriade, croqua rapidement les quatre convives. Tout comme certains ont besoin d'écrire pour mémoriser un mot ou une idée, dessiner l'aidait à graver dans son esprit des lieux ou des visages. Il passa plus de temps sur l'homme aux cheveux blancs : il voulait s'imprégner de la personnalité de Yann Karantec avant de le rencontrer.

9. JP

Michel Navarre s'était levé à cinq heures du matin. Il avait laissé la veille un mot sur le comptoir d'accueil pour prévenir Katell Le Brozec : il ne prendrait pas le petit déjeuner. Quand il avait ouvert la fenêtre, il faisait encore nuit noire et une pluie froide tombait sur le village. Il s'était habillé en conséquence et, silencieusement, avait descendu le vieil escalier.

L'air vivifiant l'avait rapidement sorti de son sommeil – de son mauvais sommeil d'ailleurs. Durant la nuit, il avait revécu plusieurs fois sa vision dans l'allée couverte, avec, chaque fois, une acuité croissante. Quand il s'était finalement réveillé, les vêtements trempés de sueur, il était convaincu d'avoir été sciemment choisi comme témoin de cette scène. Cependant, un des psychanalystes qu'il avait rencontrés auparavant lui avait appris que les hallucinations auditives étaient courantes chez les schizophrènes. Il lui avait même cité la phrase d'un psychiatre hongrois dont Michel avait oublié le nom : « Quand un homme parle à Dieu, on dit qu'il prie. Quand Dieu parle à un homme, on dit de ce dernier qu'il est schizophrène. » La science n'expliquait pas les visions de Navarre, mais étaient-elles pour autant le fruit de son imagination ? Le crachin le sortit définitivement de sa torpeur. Il retournerait dans la forêt et retenterait l'expérience. En attendant, il voulait solliciter les marins avant leur départ.

Sur le port, des phares de voitures et la vitre éclairée du bar *La Frégate* trouaient la noirceur de la nuit. L'autoradio d'une 504 diffusait la chanson *Cargo de nuit* d'Axel Bauer. Vareuse fermée jusqu'au cou, bonnet de laine enfoncé sur le crâne, les pêcheurs présents n'avaient rien des marins bodybuildés du vidéoclip qui avait cartonné l'année précédente. Les faisceaux des lampes de poche dansaient dans l'obscurité, lucioles géantes qui dévoilaient aux pêcheurs le chemin vers leur bateau. Michel Navarre essaya de se faire accepter sur un chalutier pour une journée de travail, ou au moins de prendre rendez-vous pour une prochaine sortie en mer. Il s'aperçut rapidement qu'il gênait ces hommes aux gestes mécaniques et réglés comme du papier à musique. Il essuya plusieurs refus avant de tomber sur un ancien qui lui promit de l'emmener avec lui deux jours plus tard. Quand Michel lui proposa même de le dédommager, le patron lui répondit clairement :

— Si je t'embarque, mon gars, c'est pour que tu racontes mon métier dans ton livre. On en a bien besoin. Mais dame ! je suis pas là pour demander l'aumône. Tu payeras ta journée avec tes bras. Si la pêche est bonne, tu pourras rapporter du poisson à la Katell. Elle saura te le cuisiner.

Michel Navarre nota son nom, le remercia et, satisfait, se replia vers le bar. Les derniers marins avalaient un café chaud avant d'affronter la mer. Rapidement, il se retrouva seul avec le patron. Dehors, l'aube commençait tout juste à poindre.

— Vous avez réussi à vous faire embaucher ? s'enquit le cafetier, heureux d'avoir de la compagnie. Les pêcheurs étaient partis et les habitués n'étaient pas encore arrivés. Michel décida de profiter de ce moment pour engager la conversation.

— Jos Laot a accepté de m'emmener après-demain.

— Jos ? releva le cafetier en soulevant ses épais sourcils. C'est surprenant, parce qu'il est du genre solitaire et même tête de mule. Mais c'est un des meilleurs marins. Avec lui, vous n'allez pas vous user la langue, mais vous aurez des ampoules aux mains en rentrant… et des sacrés morceaux de poissons. Bon, sinon, un p'tit blanc, ça vous dit ? Il faut chasser la froidure. C'est moi qui régale.

Avant que Michel réponde, il sortit deux verres ballon, une bouteille de muscadet ainsi qu'un pain et du pâté et les posa sur le zinc. Le romancier saliva à la vue de ce petit déjeuner bienvenu.

— Faites les sandwichs pendant que je fais péter le bouchon. Ne soyez pas mesquin sur le pâté, il va falloir tenir la journée ! Et puisqu'on y est, je m'appelle Jean-Pierre Lannor. Vous pouvez m'appeler JP, comme les autres. Moi, je sais qui vous êtes.

Pendant qu'ils préparaient ensemble leur collation, Michel lança la conversation sur un mode banal :

— J'ai mangé hier soir au *Ty Gwenn*. La cotriade était excellente.

— Au *Ty Gwenn* ! Eh ben, ça rapporte d'écrire des livres, commenta le patron en remplissant les verres. J'y suis allé qu'une fois, mais je m'en souviens ! C'est vrai que le jeune qui a repris l'affaire sait cuisiner. Je m'étais régalé.

— Il y avait du beau monde. J'ai même vu M. Karantec avec des hommes politiques de la région.

À la moue contrariée du cafetier, Michel saisit qu'il était encore trop tôt pour explorer la voie « Karantec ». Il poursuivit :

— En y allant, j'ai aperçu une île au large. Elle m'a semblé assez grande. Elle se visite ?

— Vous voulez vous rendre sur l'île de Maen Du ? Vous tenez à réveiller des fantômes ? s'étonna le patron, surpris par la requête.

Quand il lut de l'incompréhension dans le regard de son interlocuteur, il s'expliqua :

— Vous n'avez jamais entendu parler du pénitencier de l'île de la Pierre noire ?

— Pour tout vous avouer, hésita Michel, je sais qu'une prison avait été construite en face des côtes bretonnes au siècle dernier et qu'elle a été fermée après la Seconde Guerre. Une fois que je vous ai dit ça, j'ai fait le tour du sujet.

— On n'aime pas bien en parler à Saint-Ternoc. Ça rappelle encore de mauvais souvenirs. Mais puisqu'on n'est que tous les deux, je vais vous rencarder. Ça vous évitera d'avoir des problèmes avec des gens du village en posant trop de questions… surtout avec le père Karantec, ajouta-t-il avec un clin d'œil complice.

Navarre comprit que l'envie d'étaler ses connaissances auprès d'un écrivain dépassait l'aspect confidentiel. Il sortit son cahier de notes. Le patron fit un signe d'assentiment de la tête et débuta son récit :

— Maen Du, autrefois, c'était le cœur de Saint-Ternoc. Depuis un siècle, pratiquement plus personne n'y a mis les pieds, mais tous les marins la croisent quotidiennement et on la voit quand il fait beau. Ça n'a pas toujours été comme ça. Avant qu'on construise cette maudite prison, elle avait plutôt bonne réputation.

— Qu'y avait-il sur cette île qui mérite la visite ?

— Elle a été habitée il y a très longtemps. D'abord par des druides, ou des types du genre. Il y a d'immenses menhirs, ainsi qu'un dolmen taillé dans une pierre noire dont personne ne connaît l'origine… enfin, pas moi en tout cas, ajouta-t-il pour tempérer son propos. Ensuite, des moines sont venus s'y installer. Il y a aussi les ruines d'un très grand monastère et de quelques bâtiments autour. Mon père m'y a emmené une fois, en 1942. Il s'occupait du ravitaillement des prisonniers et des gardiens. Comme j'avais que sept ans et que je m'ennuyais en l'attendant, un des gardiens m'a fait faire un petit tour. C'était impressionnant. Maintenant, on peut plus y aller.

— L'île n'appartient pas au village ou à la région ? s'étonna le romancier.

— Non, elle a été vendue après la guerre. Je crois que c'est un Angliche qui l'a achetée. Saint-Ternoc avait besoin d'argent, et l'île rappelait trop de mauvais souvenirs. C'est dommage, parce que je suis certain qu'elle attirerait des touristes. Aujourd'hui, les gens aiment bien toutes ces vieilles pierres.

— Je vous le confirme, commenta Navarre en souriant. Je me suis intéressé aux pyramides pendant plus de quinze ans. Même si l'île est privée, qu'est-ce qui empêche de s'y rendre ? Observer les ensembles mégalithiques qui s'y trouvent ne dérangerait pas le propriétaire… qui doit sûrement habiter ailleurs.

— Ouais, il n'y a plus qu'une maison de gardiens près du port. Enfin, c'est ce qui se dit. On dit aussi que le propriétaire fait des trucs sur de l'énergie, vous savez, les expériences avec les marées, comme vers Saint-Malo. Bref, c'est secret, et personne n'a le droit d'y mettre les pieds. Pas les touristes ou les villageois en tout cas.

— Vous m'avez parlé de mauvais souvenirs, JP. J'imagine qu'ils sont en relation avec la prison.

— Oui, saleté de prison ! Le village lui doit sa prospérité, et tout particulièrement la famille Karantec. Je ne connais pas tous les détails, mais quand la France a décidé de construire ce pénitencier dans les années 1880 et quelques, les Karantec sont entrés dans la danse. Je ne sais pas ce qu'ils ont manigancé, mais ils ont réussi à se faire donner toute une partie de la forêt et de la lande pour en exploiter le granit. Mon grand-père m'a raconté que ça avait grondé dans le village, qu'il y avait même eu des émeutes. Mais ils ont su y faire, les salauds !

— Qu'est-ce qu'elle a de si spécial, cette forêt ?

— On disait, et certains anciens le disent encore, qu'elle était habitée par un très vieux peuple de Bretagne, d'avant l'arrivée des Celtes et des Romains. La forêt de Saint-Ternoc serait plus magique que celle de Brocéliande, celle de Merlin.

— Et vous y croyez ?

— Moi, non, mais à l'époque les gens étaient très accrochés aux traditions. Enfin, ça n'a pas gêné le père Karantec et ses amis. Pendant plusieurs années, tout le granit a servi à construire le pénitencier de Maen Du. Les Karantec ont commencé à se faire des couilles en or. Quand les premiers taulards sont arrivés, il a fallu du personnel pour la prison…

Le carillon de l'entrée sonna. Un client, pêcheur à la retraite, poussa la porte. JP arrêta net la conversation pour servir un café-calva. Avant que le nouvel arrivant entame la discussion, il griffonna quelques mots sur une feuille et déposa le morceau de papier devant Michel :

— Contactez ce type au Conquet. Dites-lui que vous appelez de ma part. Il connaît l'histoire de l'île bien mieux que moi. Évitez de parler de notre échange dans le village, ajouta-t-il avec un soupçon d'inquiétude. Certains fantômes sont encore vivaces… et dangereux.

Michel le rassura d'un signe de tête entendu. Comme un second client pénétrait dans le bar, JP rejoignit définitivement le zinc pour commenter le dernier but de Gérard Buscher, l'avant-centre du Brest Armorique. Michel Navarre regarda le message laissé par son nouvel ami. Il y décrypta le nom d'un certain Pierre Quénéhervé, ainsi qu'un numéro de téléphone. Même quarante ans après sa fermeture, le pénitencier de Maen Du était toujours présent dans la mémoire de Saint-Ternoc. Et, depuis plus d'un siècle, l'histoire de la famille Karantec était intimement liée à celle de la région, pour le meilleur, mais surtout, au vu de la réaction de JP, pour le pire. Pourquoi ce patron de café s'était-il confié à lui alors qu'il craignait d'éventuelles représailles ? Cela n'apportait pas au romancier d'information sur le *curriculum* de son marin mort en mer, mais il sentait là matière à intrigue. Après tout, il était venu pour trouver des idées de scénario. Il allait explorer cette piste. De toute façon, vu le temps pluvieux prévu pour la journée, il n'avait pas envie d'arpenter les bois et les landes. Il n'avait plus qu'à attendre une heure décente, se rendre à la poste et appeler Quénéhervé pour convenir d'une entrevue. Il avait repéré l'enseigne d'un artisan taxi dans le centre du village. Cela lui éviterait de multiplier les trajets interminables d'autocar.

10. LE MANOIR DE KERCADEC

Après avoir mangé sur le pouce, Michel Navarre s'était dirigé vers l'est en direction du manoir de Kercadec, imposante demeure en granit bâtie à la fin du XIXe siècle et propriété de la famille Karantec. Cette famille était l'âme financière du village et de ses environs. Elle possédait une partie de Saint-Ternoc et avait fait fortune en exploitant la carrière de granit pendant plus d'un siècle, carrière aujourd'hui presque à l'abandon. Les Karantec avaient investi leurs richesses dans d'autres secteurs plus lucratifs et dictaient toujours leur loi à la région. JP avait dressé d'eux un portrait peu flatteur, mais peut-être Michel obtiendrait-il un rendez-vous ? S'il y avait des informations à glaner, c'est ici qu'il devait commencer.

Arrivé devant un portail monumental, il prit le temps d'observer l'endroit à travers les grilles. Au bout d'une longue allée trônait une imposante bâtisse de deux étages : elle comportait au bas mot une dizaine de pièces. Accolées à la maison, deux tourelles rondes conféraient à l'ensemble un côté moyenâgeux kitsch. Le premier propriétaire avait voulu laisser son empreinte : son domaine serait le centre du pouvoir local. Les lieux étaient entretenus avec soin. Malgré le vent qui balayait régulièrement la lande, le jardinier avait réussi à profiter des moindres recoins abrités pour créer des massifs arborés. Non loin de l'escalier conduisant à une majestueuse terrasse, un magnifique bosquet de pins maritimes offrait en été son ombrage aux occupants de la place. Enfin, un mur de granit de près de deux mètres de haut entourait le manoir. Michel estima sa longueur à plus d'un kilomètre. La famille Karantec protégeait sa tranquillité... ou se méfiait des Saint-Ternociens.

Avant d'appuyer sur la sonnette qui saillait sur le pilier du portail, il observa avec plus d'attention les véhicules garés devant l'entrée principale : une Jaguar, une grosse Mercedes, une Renault 25 et une 205 GTI. Les propriétaires de Kercadec collectionnaient les signes extérieurs de richesse ! Il sonna. Dans un crachotement quasi inaudible, une voix peu amène l'interpella :

— C'est pour quoi ?

— Je m'appelle Michel Navarre. J'aimerais m'entretenir avec M. Karantec.

— Pourquoi vous voulez le voir ?

— Je suis romancier et je souhaite connaître l'histoire de Saint-Ternoc. Je me suis dit que monsieur Karantec pourrait peut-être m'accorder un peu de son temps, expliqua le visiteur en tentant de mettre les formes à sa requête.

— Vous avez pris rendez-vous ?

— Non, je ne…

— Alors, dégagez ! Vous croyez qu'on dérange M. Karantec comme ça ? le coupa la voix nasillarde.

L'écrivain ne s'était pas attendu à être reçu les bras ouverts, mais l'accueil était des plus désagréables. Il décida de persévérer.

— Pourriez-vous me renseigner sur ses disponibilités ? Je suis au village pendant au moins une semaine et je pourrai me déplacer dès qu'il sera libre.

— Vous êtes bouché ou quoi ? Je lâche le chien.

La vibration de l'interphone cessa, preuve que le mystérieux interlocuteur avait mis fin à la conversation. Quelques secondes plus tard, des aboiements furieux déchirèrent l'atmosphère. Un dobermann de la taille d'un veau se précipitait vers la grille d'entrée. Même si la porte était solidement fermée, Michel Navarre préféra battre en retraite. Il devrait trouver un autre subterfuge pour rencontrer le maître de Saint-Ternoc. Il s'éloigna, convaincu d'être observé.

Il repartit vers l'ouest, traversa la route principale et emprunta une départementale pratiquement abandonnée qui serpentait à travers des prés et des bois de chênes, de châtaigniers et de frênes. Le paysage était reposant et l'esprit de Michel Navarre vagabonda.

Pierre Quénéhervé lui fournirait sans doute des informations sur les Karantec. Même si ces recherches n'avaient aucun rapport direct avec la quête de l'identité du marin perdu en mer, l'histoire de ce bourg, écrasé par la domination centenaire d'une famille, était une belle source d'inspiration.

11. JUILLET 1941

Le soleil noyait la Bretagne et les stridulations des sauterelles se mêlaient à l'air surchauffé en ce dimanche d'été caniculaire. Yann Karantec sifflotait en marchant d'un bon pas sur un sentier qui le ramenait vers le domaine familial de Kercadec. Il avait échappé au déjeuner dominical et aux discussions avec son père, qui se réjouissait du lancement de l'opération Barbarossa. Hitler et les nazis débarrasseraient ainsi le monde de la vermine juive et bolchevique. Yann n'avait pas une conscience politique marquée. Il se voulait pragmatique. S'il appréciait l'organisation des Allemands et leur sens de l'ordre, il aimait surtout leur propension à réinvestir les lourdes taxes de guerre qu'ils imposaient à la France dans des constructions. Grâce à eux, les carrières de Saint-Ternoc tournaient à plein régime. Les comptes n'avaient jamais été aussi florissants que depuis le début de l'Occupation.

Mais tout cela ne valait pas la fermeté d'un beau cul, le velouté d'une jolie paire de seins ou le sentiment de victoire quand il baisait pour la première fois la femme d'un autre. Il venait de passer une heure chez l'épouse du directeur d'une entreprise de travaux publics voisine. Il avait rencontré Ginette au cours d'un dîner donné à l'occasion de la signature d'un contrat. Elle était habillée de façon très classique, mais Yann avait rapidement deviné, aux regards qu'elle lui lançait, que ses dessous étaient sûrement plus affriolants que son tailleur bleu vieux jeu. Il en avait eu la confirmation cet après-midi en découvrant ses sous-vêtements en dentelle et ses bas de soie. Une vraie tigresse ! Il avait marqué sa frustration en devant partir alors qu'il avait encore des idées salaces derrière la tête. Mais il ne pouvait pas risquer de croiser le mari cocu de retour de son repas d'affaires. Cela aurait été mauvais pour l'image de la société et son père ne le lui aurait jamais pardonné.

Devant lui, quelqu'un se promenait sur le sentier. Qui fréquentait ce chemin sous une telle chaleur ? Il plissa les yeux, mit sa main en visière et reconnut Blandine Prigent. Les battements de son cœur s'accélérèrent comme celui d'un adolescent en route pour son premier rendez-vous galant. La jeune femme avançait en dansant, et sa robe d'été bleu pâle dévoilait ses cuisses au rythme de sa marche gracieuse. Cette fille, comptable dans l'entreprise familiale, l'obsédait. Son père l'avait embauchée trois ans plus tôt. Les premiers mois, il ne l'avait pas remarquée plus qu'une autre, jusqu'au jour où il l'avait croisée sur une plage, en août 1939. Alors que les rares femmes qui allaient au bord de l'eau à Saint-Ternoc portaient en général des jupes longues et des chemises, la tenue de bain de Blandine avait fait sensation. Sans aucune gêne et du haut de ses vingt-deux ans, elle était arrivée avec un maillot qui mettait en valeur sa silhouette élancée. Puis, elle était entrée dans la mer et avait pratiqué un crawl digne de Johnny Weissmuller, le héros des films de Tarzan projetés pendant les séances de cinéma de plein air. Il ne savait pas où elle avait appris à nager comme ça, mais, comme les curieux assis sur le sable, il ne l'avait pas lâchée des yeux durant toute sa baignade. Il l'avait ensuite observée dans les bureaux de l'entreprise. Elle souriait en permanence et s'entendait avec tout le personnel, même Renée, la secrétaire particulière acariâtre de son père… ce qui était un exploit que personne n'aurait cru réalisable.

Depuis ce jour, il lui faisait une cour assidue. Blandine Prigent lui répondait toujours avec politesse et gentillesse, mais elle s'était montrée insensible à ses avances. Sortir avec le fils du directeur ne l'intéressait pas. La rumeur disait qu'on la croisait régulièrement avec Paul Carhaix, un contremaître de la carrière. Il s'était déplacé pour voir à quoi ressemblait ce type. S'il avait été honnête avec lui-même, il aurait vu un jeune homme charmant respecté par ses camarades, mais il n'avait vu qu'un prolétaire… un prolétaire qui lui volait la femme qui, chaque jour, mettait secrètement le feu à son bas-ventre. Il en avait parlé une fois à son père, mais le patron lui avait clairement signifié qu'il ne tolérerait aucun scandale dans son entreprise. La Bretagne regorgeait de courtisanes et Yann pouvait satisfaire ses besoins sans nuire à la bonne marche des carrières de Saint-Ternoc. Mais, plus il multipliait les conquêtes, plus Blandine Prigent envahissait les moindres recoins de son cerveau. Il avait même pensé à elle alors qu'il était en train de prendre Ginette à quatre pattes et qu'elle hurlait son plaisir. Il s'était promis de la séduire. Cependant, Blandine n'était pas le genre de fille qu'on basculait à la va-vite sur une table. Il voulait posséder non seulement son corps, mais aussi son âme.

Il allait saisir l'occasion qui s'offrait à lui. La chaleur amollissait souvent la volonté. Il était bel homme et savait parler aux femmes. Comme il se décidait à la héler, elle obliqua soudain sur la gauche et pénétra dans un petit bois. Elle ne s'était toujours pas retournée et ne l'avait pas remarqué. Il garda le silence et la suivit, curieux de voir ce qu'elle trafiquait dans le bois des Lavandières. Un ruisseau le traversait et la légende y avait installé les lavandières de la mort, âmes damnées nettoyant des suaires à longueur de nuit en rémission de leurs péchés. Mettre en regard cette tradition morbide et ces frondaisons baignées par le soleil semblait totalement déplacé. Yann entra dans le bois à son tour. Il marcha quelques minutes et arriva en vue d'une cabane de berger à moitié en ruine. Il gagnait rapidement l'abri des arbres quand, une vingtaine de mètres devant lui, il aperçut l'homme que Blandine venait de rejoindre. Il reconnut instantanément Paul Carhaix, bronzé, une chemise blanche aux manches remontées jusqu'aux coudes. Il sentit la colère l'enflammer : l'ouvrier tenait Blandine dans ses bras et l'embrassait sans retenue dans le secret de la nature. Puis, main dans la main, ils se dirigèrent lentement vers la cahute. Un des murs était tombé et des rayons de soleil éclairaient la pièce. Quelqu'un y avait étalé des herbes sèches, sans doute pour y passer la nuit. Yann aurait dû repartir, mais son envie de les observer surpassa sa résolution. Avec discrétion, il se déplaça dans le taillis et, caché à leurs regards par un épais fourré, se retrouva à quelques pas de la masure.

Les deux amants étaient restés silencieux. Leurs corps racontaient à la place des mots ce qu'ils avaient à se confier. Paul s'était adossé à l'un des murs encore debout et Blandine s'était plaquée contre lui. Leurs bouches se cherchaient au rythme des imperceptibles gémissements de la jeune femme. Yann ne la voyait que de dos, mais à la frustration s'ajouta l'excitation quand il remarqua les mains de Carhaix qui, centimètre par centimètre, remontaient le long des cuisses, puis relevaient avec une insupportable lenteur la petite robe bleue. Une violente érection le gagna lorsque les mains atteignirent la lisière de la culotte. Paul passa délicatement les doigts dans l'élastique et fit glisser le tissu, dévoilant une splendide paire de fesses. La robe retomba, mais Yann savait que Blandine ne portait plus de sous-vêtements.

Ensuite, Paul joua avec les bretelles de la robe alors que la jeune femme avait commencé à lui déboutonner la chemise. Ils avaient décidé de ne pas brusquer les choses, de profiter de chaque seconde de cette rencontre secrète. La première bretelle glissa de l'épaule bronzée, puis la seconde. Blandine avait coiffé ses cheveux en un simple chignon et le haut de son dos dénudé apparut au voyeur. Peu à peu, la robe descendit sur ses hanches. Carhaix cajolait la poitrine de sa partenaire avec douceur et, à son souffle saccadé, Yann comprit qu'elle appréciait ces attouchements. Mais Blandine se tenait de dos, et il ne pouvait pas se délecter de la vue des seins lourds qu'il imaginait chaque jour sous les vêtements de son employée. « Retourne-toi, nom de Dieu, montre-les-moi ! » La bouche de Paul avait remplacé ses mains, et le corps de Blandine s'agitait sous la caresse de la langue qui excitait ses tétons.

Malgré sa volonté de conserver sa dignité, Yann ouvrit les boutons de sa braguette et libéra son sexe comprimé. Il regarda sa verge gonflée et la femme presque nue à quelques mètres de lui : mais à quoi jouait-il, lui qui les avait toutes mises dans son lit ? Il mit fin à ses réflexions quand il vit Blandine s'agenouiller devant son partenaire et lui baisser le pantalon. Les doigts de la jeune fille enlacèrent la verge qui venait d'apparaître, puis elle la prit délicatement entre ses lèvres. « Putain, elle fait ça aussi ! » C'était l'un des fantasmes préférés de Yann, et peu de filles acceptaient de bonne grâce de lui prodiguer ce genre de gâterie. Sous ses yeux, Blandine se transformait en amante idéale. Elle se releva, retira enfin sa robe et se tourna involontairement vers les bois. Yann resta bouche bée, abasourdi par le corps parfait de son employée. Jamais il n'avait ressenti un tel désir en regardant une femme nue ! Et il ne pouvait pas en profiter !

Paul s'était allongé dans l'herbe fraîchement coupée. Yann ne remarquait plus que le sexe dressé vers le ciel, ce sexe qu'il imagina soudain sien ! Yann les voyait maintenant de profil. Blandine s'accroupit et, avec douceur, s'empala sur son partenaire sur toute la longueur. Elle remua son bassin en lents allers-retours avant d'accélérer le rythme. Derrière le taillis, la respiration de Karantec était entrée en symbiose avec celle des amants. Il ne quittait pas des yeux le corps de Blandine, l'enregistrant pour des rêves à venir. Ses fesses qui montaient et descendaient toujours plus rapidement, la sueur qui luisait sur sa poitrine, ses seins libres qui dansaient au rythme de son mouvement, ses aréoles claires durcies par la volupté, sa bouche tordue par le plaisir, ses cris qui se perdaient dans la forêt. Ce qu'il fit, il ne l'aurait jamais imaginé une heure plus tôt ! Il saisit son sexe brûlant et se branla. Il cala la cadence de sa main sur celle des hurlements de la jeune femme. Il se mordit les lèvres pour ne pas crier à son tour quand il éjacula en entendant les râles de Blandine. Il ferma les yeux et son sperme jaillit en jets saccadés, terminant sa course dans les branches basses d'un genêt. Il se recula et s'adossa à un arbre, secoué par la violence de son propre orgasme. Jamais il n'avait joui comme ça en se masturbant. Dans la cabane, Blandine s'était allongée sur son compagnon, qui l'avait tendrement prise dans ses bras. Et lui ? Lui, il était là comme un con, avec sa bite dans la main… comme un terre-neuvas à la recherche d'un peu de réconfort après deux semaines passées en mer à pêcher la morue ! Lui, Yann Karantec, le futur maître de Saint-Ternoc, venait de se branler comme un pauvre type en espionnant deux de ses employés en train de baiser. Une rage noire remplaça le souvenir de cet orgasme volé. Cette femme, il l'aurait un jour, et ce jour-là, elle se donnerait volontairement à lui. Ce jour-là, lui aussi la ferait jouir ! Quant à Carhaix, il lui payerait cette humiliation… Il se rhabilla et, la tête remplie d'idées sombres, quitta le bois des Lavandières.

12. LA MESSE DES MORTS. 30 MARS 1985

Sans surprise, la disparition de Corentin Corlay et Christophe Maleval avait été officialisée la veille par l'administration. Le travail de deuil pouvait commencer. Même s'il n'était arrivé que deux jours plus tôt, Michel Navarre voulait assister à la messe célébrée à cette occasion. Pas qu'il fût spécialement croyant, mais par respect pour ces deux hommes emportés par les flots en faisant leur métier. Il avait vu Yves Le Goff entrer dans l'hôtel pour emmener sa nièce Katell à la cérémonie, mais n'avait pas essayé de se joindre à eux. Il n'était qu'un étranger et ne se sentait pas en droit de se mêler à leur peine.

Michel eut du mal à trouver une place dans l'église bondée. Plusieurs centaines de personnes étaient venues rendre un dernier hommage aux marins disparus. Comme le prêtre et une demi-douzaine d'enfants de chœur faisaient leur apparition, le romancier s'installa à côté d'un pilier du fond. Dans l'allée centrale, devant l'autel, pas de cercueil, mais deux croix en cire déposées sur une petite table. De sa place, Navarre pouvait observer la célébration à sa guise. La messe se déroula dans un profond recueillement. Aux premiers rangs, les proches suivaient dignement les propos du recteur. Une femme d'un certain âge, accrochée au bras de sa voisine, pleurait sans retenue : sans aucun doute la mère de Corentin Corlay. Après le sermon, un quadragénaire à l'allure sportive, une mèche rebelle sur le front, se fendit d'un classique discours sur la rudesse du destin et la beauté du métier de marin. Navarre le regarda avec attention et reconnut l'un des politiciens qui avaient accompagné Yann Karantec au cours de la soirée au restaurant *Ty Gwenn*. Après la communion, le prêtre bénit les deux petites croix qui seraient portées en terre et appela l'assemblée à l'imiter. Un cri tira le romancier de sa torpeur. Il se mit sur la pointe des pieds pour observer la scène. La femme en larmes venait de se précipiter sur les croix et d'en jeter une au sol :

— Maudit sois-tu, Christophe Maleval ! C'est de ta faute si mon second fils a été emporté par la mer. Que ton âme se perde dans les enfers !

Un grondement couvrit l'anathème. La famille Corlay s'occupa de la mère éplorée pendant que l'un des participants ramassait la croix et la reposait à sa place. Le prêtre prononça quelques mots d'apaisement et le défilé reprit. Avec un goupillon qui passait de main en main, chaque fidèle aspergeait les petites croix d'eau bénite d'un geste sec. Plusieurs paroissiens refusèrent de rendre hommage à celle qui représentait Christophe Maleval. Navarre se joignit à la foule et, à son tour, marqua son respect aux deux disparus. Au retour, il s'installa près de la sortie. Il pourrait partir dans les premiers, sans passer pour un voyeur aux yeux des habitants. Alors que le prêtre s'apprêtait à entonner le cantique de fin, une vieille femme, accompagnée d'un épagneul au poil noir et blanc, entra dans l'église. Elle remonta l'allée centrale jusqu'à l'autel et s'arrêta devant les deux croix en cire. Un murmure parcourut l'assemblée, mais elle n'en tint pas compte. Les yeux au ciel, elle marmonna quelques paroles, puis, dans le même silence de cathédrale, elle refit le chemin inverse. Comme elle allait quitter les lieux, elle tourna la tête et posa son regard sur Michel Navarre. Le chien s'approcha du romancier, qui ne bougea pas, et lui lécha la main avec douceur, comme s'il le connaissait déjà. Surpris, Michel eut le temps de noter que tout le monde avait les yeux fixés sur lui avant que la vieille, à quelques centimètres de son oreille, lui glisse discrètement : « Je t'attendais mon garçon, et te voilà enfin. Nous nous reverrons bientôt. » Puis elle sortit aussi tranquillement qu'elle était entrée. Comme le recteur prononçait la bénédiction finale, Navarre sortit à son tour. Il se précipita vers la femme qui partait.

— C'est quoi cette histoire ? Et qui êtes-vous ?

— Je m'appelle Soizic Le Hir. Je sais que je ne t'ai pas fait un cadeau en te parlant, mais c'était nécessaire.

— Pourquoi m'avoir dit que vous m'attendiez alors que je n'ai jamais mis les pieds dans ce village ? insista Michel.

— Tu as encore des choses à découvrir avant qu'on se revoie. Prends soin de toi et sois prudent.

Le laissant sans réaction, elle reprit son chemin. Le romancier nageait dans la confusion. Qui était cette femme, et quels risques courait-il ? Sans parler de la mère de Corentin Corlay, qui avait lancé, en pleine messe, une malédiction sur celui dont il devrait remonter l'arbre généalogique ! Cette scène lui permettrait cependant de s'intéresser à Christophe Maleval sans que cela paraisse suspect. Il s'écarta du centre du parvis quand l'assemblée commença à sortir. Celui qui avait prononcé le discours se dirigea vers lui d'un pas martial, accompagné des regards d'une partie de la foule.

— Si vous êtes venu à Saint-Ternoc pour y foutre le bordel, je vous invite fermement à faire vos bagages, monsieur Navarre. Nous n'avons pas besoin d'un fouilleur de merde dans notre communauté.

Agacé par le ton agressif de son interlocuteur, le romancier répliqua.

— Il me semblait que le sens de l'hospitalité était l'une des vertus de la Bretagne, monsieur…

Comme l'homme ne répondait pas, il continua :

— Mais je constate qu'elle n'est pas partagée par tous. Je suis à Saint-Ternoc pour découvrir votre région, et pas pour y semer une quelconque… merde. Si le fait que cette femme m'ait parlé vous a troublé, sachez que je le suis au moins autant que vous. Maintenant, si vous voulez me présenter vos excuses pour votre comportement, je suis disposé à les accepter.

— C'est ça, essayez de vous foutre de ma gueule. Vous savez qui je suis ?

— Si vous ne le savez pas vous-même, je ne serai pas en mesure de vous aider, ironisa Navarre.

L'homme pointa un index agressif sur la poitrine du romancier.

— Vous êtes peut-être fort pour pisser des mots sur du papier, mais ici, c'est chez moi et c'est moi qui fais la loi. Alors, me faites pas chier ! Dégagez de Saint-Ternoc.

Abasourdi, Michel vit l'inconnu s'éloigner, suivi par une cohorte de villageois. Il tenta de repérer un visage familier, mais personne ne souhaitait lui parler. Il quitta la place et descendit vers le port. Il avait envie de retrouver de la sérénité avant de rejoindre sa chambre d'hôtel. Pourquoi cet abruti l'avait-il traité ainsi ? Et qui était-il ?

Le soleil venait de se coucher. Les nuages qui l'avaient accompagné toute la journée s'étaient déchirés et avaient pris une teinte orangée. Assis sur un banc à quelques mètres de l'eau, Michel ferma les yeux pour écouter le bruit des vagues sur les rochers. Le son hypnotique du ressac le détendit. Il cessa de penser aux événements et se recentra sur lui. Chaque inspiration lui rendait un peu de son calme. Une voix forte le tira de sa méditation.

— Ben mon ami, j'ai l'impression que vous vous êtes pas fait un copain ce soir.

Il rouvrit les yeux et se retourna. Yves Le Goff le regardait avec un sourire. Cravate et veston, manteau en laine et bonnet d'astrakan sur la tête, il ne ressemblait plus au pêcheur de la veille. Navarre l'invita à s'asseoir à ses côtés.

— Un coup de déprime ?

— Ça va, mais j'ai déjà connu des accueils plus chaleureux.

— Saint-Ternoc n'est pas un village comme les autres, Michel. Vous permettez que je vous appelle Michel ?

— Bien évidemment, Yves.

— Vous avez rencontré Karantec, et je dois avouer qu'il vous a sorti le grand jeu. Que vous lui ayez résisté l'a particulièrement énervé, mais j'ai trouvé ce moment assez réjouissant. Et pour vous prouver que l'hospitalité n'est pas un vain mot en Bretagne, je vous propose de venir dîner chez moi… si une soupe de poisson vous convient. J'en fais pas souvent, et elle est toujours meilleure mangée à deux.

— Avec plaisir, mais j'arriverai les mains vides.

— Votre conversation vaudra tous les cadeaux. Moi aussi j'ai besoin de compagnie, certains soirs.

Comme les deux hommes se levaient, Navarre demanda :

— J'ai entendu dire que Yann Karantec avait plusieurs fils. Lequel m'a accueilli avec tant d'honneurs ?

— Ce n'était pas l'un de ses rejetons, c'est au père lui-même que vous avez eu affaire.

— Mais ce type est dans la force de l'âge ! Je l'ai vu dîner au Ty Gwenn avec des hommes plus âgés. J'étais persuadé que c'était un politicien du coin invité par Karantec. Mais Yann Karantec doit avoir plus de soixante-dix ans !

— Il a soixante-treize ans exactement. Allez, venez, je sens que la conversation du dîner sera intéressante.

13. UN DÎNER

Les deux hommes avaient marché près d'une bonne heure pour rejoindre la maison d'Yves Le Goff. Quand l'obscurité était devenue trop profonde, le pêcheur avait sorti de son manteau une lampe de poche dont le faisceau leur avait permis d'éviter les embûches d'un chemin capricieux. À la lueur d'un pâle rayon de lune, Michel avait entrevu au loin une chaumière adossée à un amas de rochers. Prenant la direction de la mer, ils avaient quitté le sentier pour atteindre la demeure du marin.

Le dîner touchait à sa fin. Michel avait dégusté plusieurs assiettées de soupe accompagnée de pain et de fromage et sentait la somnolence de la digestion s'emparer de lui. Il écoutait Yves Le Goff, remarquable conteur, lui décrire la Bretagne de son enfance. Un verre de goutte avalé en fin de repas le sortit de sa douce torpeur.

— Est-ce que je peux vous poser une question, Yves ?

— J'imagine que vous souhaitez me parler de Yann Karantec ?

— Tout à fait. Comment se fait-il qu'un homme de soixante-treize ans fasse trente ans de moins que son âge ? Même s'il s'astreint à un exercice quotidien, le temps fait son effet, au moins sur la peau.

Le Goff se leva. Navarre l'aida à débarrasser la table. Le pêcheur apporta la vaisselle à la cuisine, la posa dans l'évier et tendit un torchon à son invité.

— Je vais vous raconter ce qui se dit.

Alors qu'il faisait couler l'eau, il entama :

— Yann Karantec est né en 1912. Je suis né la même année que lui, mais nous n'avons pas eu le même destin. La Vierge m'en préserve, ajouta-t-il en se signant rapidement.

— Pourquoi donc, Yves ?

Inconsciemment, Le Goff regarda la fenêtre, comme pour vérifier qu'aucun fantôme ne venait les espionner.

— Je suis fils et petit-fils de marin. Ma famille a toujours peiné pour gagner de quoi vivre, et personne ne pourra nous accuser d'une quelconque malhonnêteté. La maison dans laquelle nous sommes, c'est mon arrière-grand-père qui l'a construite de ses mains à la fin de sa vie. J'étais alors enfant et je l'ai aidé à transporter quelques cailloux. Je peux vous assurer que les pierres étaient lourdes… mais ce n'est pas demain qu'elle tombera en ruines. J'y ai passé toute ma vie, avec ma Jeanne. Quand ma femme est morte, plusieurs personnes m'ont incité à me rapprocher du village. Impossible ! Ma vie est là, liée à la lande et à la mer. J'y ressens la présence de tous les miens… enfin, c'est une façon de parler.

Il s'arrêta, chercha un vieux flacon de liquide vaisselle jaune vif et poursuivit :

— Tout ça pour vous dire, Michel, que je considère la droiture comme une qualité indispensable pour tout homme qui se respecte.

— Apparemment, elle n'a pas été cultivée avec la même ardeur chez les Karantec.

— L'argent et le pouvoir les ont rendus arrogants et prétentieux. Ils possèdent tout ici. Les terres, des maisons, mais également des âmes. Tout le village, ou presque, leur est redevable.

— Vous aussi ? se hasarda le romancier.

— Non, pas moi, et c'est une des raisons pour lesquelles Yann Karantec ne m'aime pas. Je suis un des seuls qui ose dire ce qu'il pense, même si je ne suis pas un grand bavard. Je n'ai jamais baissé les yeux devant lui. Allez, je m'égare, vous n'avez pas besoin de connaître tous les ragots de Saint-Ternoc. Pour répondre à votre question sur l'aspect du père Karantec, plusieurs rumeurs courent, qu'il se garde bien de confirmer ou de contredire. Il y en a deux principales, et j'en ajouterai une troisième.

— Commençons par les deux premières, proposa Michel.

— Jusqu'à l'âge de trente ou trente-cinq ans, Karantec a vieilli comme vous et moi. C'est à partir de ce moment que… comment dire... le changement s'est opéré. Certains affirment que c'est dû à une sorte de maladie génétique qu'il tiendrait du côté de sa mère et qui réduit la vitesse de vieillissement des tissus. Je vous répète juste ce que j'ai entendu, et ne me demandez pas plus de détails : je ne suis pas savant. D'autres racontent qu'il va régulièrement en Angleterre faire de la chirurgie esthétique. Pourquoi pas ? Ça devient à la mode cette connerie-là. Tous ces vieux qui tentent de ressembler à des jeunes : comme si on ne pouvait pas laisser faire la nature ! Ils finiront dans une boîte comme nous autres ! Faites votre choix entre les deux.

— Donnez-moi votre troisième proposition pour que j'aie une vision complète de l'histoire.

Le Goff posa son éponge et retourna dans la salle à manger. Il se signa et déclara :

— Il peut aussi avoir vendu son âme au diable...

Navarre ne rompit pas le silence que le pêcheur laissa planer. Il était sérieux. Yves Le Goff avait affronté les pires tempêtes, risqué sa vie des dizaines de fois, mais l'évocation du diable l'avait clairement mis mal à l'aise.

— Vous pensez à un pacte, comme celui de Faust, reprit finalement le romancier.

— Je ne connais pas ce Faust, Michel, mais je connais Yann Karantec. C'est un séducteur. Il ne tolère pas qu'une fille lui résiste. Jeune, il était plutôt bel homme… et riche, ce qui facilitait ses projets. Quand une fille tentait de rejeter ses assauts, cela se terminait souvent mal pour elle… souffla-t-il, comme pour lui-même. Il était prêt à tout pour conserver ce pouvoir.

— Je veux bien croire qu'il n'ait pas supporté l'idée de se voir vieillir, mais de là à invoquer le diable, s'il existe !

Yves Le Goff réagit aussitôt.

— Vous ne connaissez pas tout du monde des esprits !

— Désolé, je ne voulais pas vous blesser.

Le marin se détendit.

— Vous pouvez penser que citer le diable est le délire d'un vieil homme. Mais il est présent en Bretagne depuis des siècles, et ce n'est pas le fait du hasard. Vous savez, toutes les légendes ont une origine, parfois très déformée, mais elles ne sont pas de simples inventions humaines. Regardez le monde autour de vous et vous comprendrez que le diable est à l'œuvre. Nommez-le différemment si vous le souhaitez, mais il est là, tapi, prêt à saisir sa chance et à apporter le malheur.

— Je crois en ce que vous appelez « le monde des esprits », Yves. Qu'est-ce qu'on laisse quand on meurt : des vibrations, un champ magnétique, une autre trace subtile que la science n'a pas encore découverte ? Je n'en ai aucune idée. Cependant, je suis persuadé que nous ne disparaissons pas complètement et que nous laissons une empreinte que certains, par un grand mystère, arrivent à décrypter. J'ai seulement du mal à croire en un dieu ou au diable, mais, comme vous le dites, je suis loin de tout savoir.

Le marin parut satisfait de l'opinion du romancier. Il sortit du tabac brun, du papier et réfléchit en roulant une cigarette. Puis, l'allumant, il fixa son nouveau compagnon.

— Alors je sais pourquoi Soizic Le Hir s'est adressée à vous.

— Eh bien pas moi ! Je ne la connais ni d'Ève ni d'Adam, je n'ai jamais mis les pieds à Saint-Ternoc et elle m'annonce qu'elle m'attendait et que je la recroiserai. Elle a encore toute sa tête ?

— Je comprends votre surprise, s'amusa le Breton, et je suis bien incapable de vous expliquer ses paroles. Beaucoup de gens la prennent pour une folle à moitié sorcière. Elle vit depuis longtemps dans la forêt, elle a quelques poules, deux ou trois chèvres et son chien. Elle met rarement les pieds dans le bourg. Comme vous avez pu le remarquer, beaucoup d'habitants, même chez les plus jeunes, s'en méfient et l'évitent. Tout ce que je peux vous assurer, c'est qu'elle est loin d'être folle. Si elle vous a prévenu, vous la reverrez, pour sûr.

— C'est incompréhensible, murmura Michel Navarre.

— Pourquoi êtes-vous venu à Saint-Ternoc ? demanda Yves Le Goff.

Surpris par la question, le romancier se retourna.

— Pour trouver l'inspiration pour un futur livre, je vous l'ai déjà dit.

— C'est l'unique raison ?

Michel décida de raconter la vérité.

— Il y en a une autre, qui va vous sembler étrange. Une amie de mon père est persuadée que l'un des deux pêcheurs noyés en mer est son fils, un fils qu'elle a vu pour la dernière fois lorsqu'il n'avait que trois ans. Cela me paraît totalement impossible, mais mon père a tellement insisté pour que... comment dire... j'enquête... que j'ai accepté de tenter de savoir qui est vraiment Christophe Maleval. Je pensais interroger Jos Laot durant ma journée de pêche avec lui, mais la réaction de Mme Corlay à la messe m'a stupéfait. Je commencerai mes recherches dès demain.

— Je n'ai jamais beaucoup fréquenté Maleval. On buvait de temps en temps un verre au troquet. C'était un solitaire, mais un brave gars... même si tout le monde ne partage pas mon opinion. Excusez-moi si j'insiste, mais il n'y a pas d'autre motif à votre venue ?

— Non, confirma Michel. Vous avez une idée en tête ?

— Non, non, répondit un peu trop précipitamment le pêcheur. C'était juste pour savoir. Bon, il est presque minuit. Trop tard pour rentrer. Vous allez rester dormir ici. Ce n'est pas luxueux, mais j'ai un lit confortable pour vous dans la chambre à côté. Vous partirez tôt pour que ma Katell ne s'inquiète pas si elle ne vous voit pas au petit déjeuner.

— C'est très gentil à vous, Yves, mais je vais retourner à l'hôtel. Marcher un peu me fera du bien et m'aidera à digérer.

— Vous n'allez pas rentrer à cette heure... pas aujourd'hui ? s'alarma le marin.

— Si vous me prêtez une lampe, que peut-il m'arriver ? s'amusa le romancier. Que je croise un korrigan ou une lavandière ?

— Sans doute pas, réagit le Breton, mais cette nuit est... spéciale.

Comme le vieil homme hésitait, Michel l'encouragea à poursuivre son explication.

— Il n'est pas bon de se promener dans la lande la nuit où on enterre des hommes disparus de mort violente.

— Et pourquoi donc ?

— On dit qu'ils veulent revenir sur terre et qu'ils cherchent des imprudents à envoyer à leur place dans le monde des morts... et que les âmes qui errent encore dans les landes se joignent à eux. Alors, ces nuits-là, on reste chez soi. On laisse les défunts tranquilles. C'est tout.

— Je serai prudent, c'est promis. Votre accueil et votre compagnie m'ont permis de passer une excellente soirée, Yves, merci beaucoup. Maintenant, je vais vous laisser vous reposer : j'ai un bout de chemin qui m'attend avant de retrouver mon lit.

Yves Le Goff comprit qu'il était inutile d'insister. Son invité n'était pas prêt à entendre ses mises en garde. Il se dirigea vers son vieux bahut, lui tendit sa lampe de poche et lui donna une franche accolade. Il le regarda partir avec une pointe d'appréhension nichée au fond du ventre.

14. LA LANDE

Michel Navarre alluma la torche et laissa la mer derrière lui. Il croiserait forcément le chemin. En avançant d'un bon pas, il lui faudrait moins d'une heure pour rejoindre l'hôtel. Yves Le Goff était vraiment sympathique et accueillant, mais particulièrement superstitieux. L'histoire des défunts qui reviennent hanter la lande l'avait fait sourire. Le marin avait par contre excité son imagination lorsqu'il lui avait parlé de Yann Karantec. Comment cet homme pouvait-il avoir soixante-treize ans ? Michel avait vu son visage de près au cours de leur altercation, et ses traits ne révélaient que de rares signes de vieillesse. Yves Le Goff en savait-il plus qu'il n'avait bien voulu en dire ? En tout cas, il tenait décidément un sujet intéressant pour un futur roman.

Michel marchait depuis environ dix minutes quand il remarqua que le vent était tombé. Il s'était écarté de la mer et n'entendait plus que le chuchotement lointain du ressac. Il resserra son écharpe autour de son cou. Ce calme était incroyable ! À l'aller, avec Yves, ils avaient essuyé de sérieuses rafales ! Venant du large, un étrange brouillard gagnait rapidement le plateau de granit désertique. Surpris par ce phénomène, il accéléra le pas et se dirigea vers la forêt. Comme s'il était doué d'intelligence, le brouillard se déplaça plus rapidement encore. Deux minutes plus tard, il l'avait complètement enveloppé. Michel, l'esprit empli des histoires du Breton, se força à rester serein. Malgré l'exercice, il frissonna, transpercé par l'humidité ambiante. Au bout d'une bonne centaine de mètres, il remarqua qu'il avait quitté le sentier. Il tourna sur lui-même. Plus aucun repère pour s'orienter. Même le bruit de la mer avait disparu, comme absorbé et digéré par la brume qui recouvrait maintenant toute la lande. Le faisceau de sa torche ne portait pas à plus de quatre ou cinq mètres.

Il s'arrêta pour réfléchir. Inutile de paniquer. Partir dans une direction qu'il choisirait au hasard n'avait aucun sens. Il pourrait s'éloigner de son but, voire s'approcher dangereusement de la falaise. Il n'y avait qu'une solution intelligente : s'asseoir sur l'un des nombreux rochers alentour, éteindre la lampe pour économiser les piles et patienter. Le brouillard finirait bien par se déchirer. Les bras serrés contre lui, il se recroquevilla pour lutter contre le froid toujours plus mordant. Soudain, une lueur gagna la lande. Que faisait un promeneur en ces lieux au milieu de la nuit ? Des images, d'abord diffuses, puis de plus en plus précises, s'imposèrent à lui. Un homme vêtu d'un habit de fête courait, affolé, en jetant des regards derrière lui. Trois individus le poursuivaient. Les hurlements rageurs des traqueurs s'amplifiaient. Ils parlaient en breton. Le fuyard, jeune, boîtait et se tenait régulièrement la cuisse. Il était blessé et saignait. Si personne n'intervenait, il se ferait attraper. Inconsciemment, Michel avait pris fait et cause pour lui. La jambe du jeune homme lâcha et il s'effondra avec un cri d'impuissance. Les assaillants foncèrent sur lui comme une meute de chiens sur une proie épuisée. Ils le frappèrent sauvagement, riant de ses appels à la pitié. Michel entendait le craquement des os qui se brisaient sous les bottes des agresseurs ; il vit la pommette de l'homme à terre exploser sous un coup plus brutal que les autres. Son joli gilet était couvert de sang et son chapeau en feutre avait depuis longtemps glissé au sol. Michel avait envie de hurler, de lui porter secours, mais il était immobile, incapable de se rapprocher de cette scène de violence.

Puis les trois assaillants, comme saoulés par leur accès de haine, cessèrent le lynchage. Ils attrapèrent leur victime par les épaules et la relevèrent, insensibles à ses cris de douleur. Elle se débattit encore quand elle vit qu'on l'entraînait vers la mer et tenta de se défaire de l'emprise de ses bourreaux, mais ses forces lui faisaient défaut. Atterré, Michel avait compris ce qui se jouait. Le fuyard lança une dernière supplique accueillie par des rires moqueurs. Comme ils étaient au bord de la falaise, Michel entendit à son tour le bruit sourd des flots déchaînés qui s'écrasaient en contrebas sur les rochers. Il dévisagea avec attention les quatre personnages, essayant de graver leurs traits dans sa mémoire. La voix de la victime, soudain plus forte que les éléments, éclata à ses oreilles : « Je vous maudis, vous et vos fils ! » À peine eut-il fini de prononcer ces mots qu'il disparut dans les vagues, violemment poussé par ses agresseurs. Les trois hommes s'éloignèrent en se frottant les mains : « On voulait juste lui donner une petite leçon, mais il a glissé : pas de chance ! Et bienvenue en enfer ! » Michel avait compris les dernières phrases.

Il n'eut pas le temps d'y réfléchir davantage. Une brusque gangue de froid le maintenait paralysé. Il n'arrivait plus à bouger ses membres et sentait ses forces le quitter peu à peu. Son corps ne répondait plus. Mais qu'est-ce qui se passait, bon Dieu ? C'était comme si le feu qui brûlait en lui s'éteignait doucement, sans qu'il puisse rien y faire ! Comme la panique le submergeait, un hurlement le sortit de sa torpeur. Dans un effort, il souleva les paupières. Deux yeux lumineux le fixaient tranquillement. Le hurlement retentit une seconde fois. Une langue râpeuse réchauffa la main de Michel : un superbe loup blanc veillait sur lui. La chaleur regagna ses os petit à petit, comme s'il se réveillait d'un cauchemar. Il se leva avec difficulté, ralluma sa lampe et suivit l'animal qui s'éloignait lentement.

15. RETOUR À L'HÔTEL

La sonnerie tira Katell Le Brozec de son cauchemar. En sueur, elle mit quelques secondes à reprendre ses esprits. Elle repensa à sa soirée et, une nouvelle fois, se détesta. Pourquoi avait-elle encore accepté ? Elle méprisait son manque de courage, ses grandes résolutions qui disparaissaient à sa venue. Elle était faible : quand l'heure approchait, une autre en elle rejetait tous les arguments qu'elle s'était juré de lui jeter au visage. Elle fondait à son arrivée et l'accueillait à bras ouverts. Elle le haïssait lorsqu'il repartait et elle se haïssait encore plus.

Le second coup de sonnette la ramena définitivement à la réalité. Elle regarda sa montre. Qui pouvait bien la réveiller à cinq heures du matin ? Elle passa une robe de chambre sur sa nuisette et descendit l'escalier. Elle alluma une lampe extérieure et observa l'intrus par une fenêtre du salon.

Elle mit quelques secondes à le reconnaître : Michel Navarre ! Mais que faisait-il en pleine nuit dans Saint-Ternoc ? Il était allé chez son oncle Yves la veille. Ne l'ayant pas vu rentrer à minuit, elle était persuadée qu'il dormirait là-bas. Elle se dépêcha de déverrouiller la porte pour le laisser entrer. Michel marmonna quelques mots et s'effondra pratiquement dans ses bras. Katell Le Brozec prit la situation en main. S'il y avait eu le moindre bar ouvert après vingt-deux heures, elle aurait compris, mais la vie nocturne à Saint-Ternoc à cette période était des plus monacales. Elle l'aida à retirer son manteau et l'installa dans un fauteuil du petit salon de lecture où trônait la télévision. Michel Navarre était glacé.

Avant de poser toute question, elle se dirigea vers la cuisine et fit chauffer de l'eau. Puis elle saisit une couverture dans un placard et en enveloppa son invité.

— Qu'est-ce qui vous est arrivé, monsieur Navarre, je pensais que vous dormiez chez mon oncle Yves ?

— Il me l'a proposé. J'aurais dû l'écouter.

— Comment avez-vous fait pour vous mettre dans un état pareil ?

— Je suis parti de chez lui vers minuit. Le brouillard s'est levé et… je me suis perdu. J'ai décidé d'attendre qu'il se dissipe plutôt que de risquer de me retrouver par erreur dans un fossé ou à la mer. Je me suis endormi et réveillé, congelé, il y a une heure.

— Du brouillard ? Sur la lande ? Vous êtes sûr ?

Michel sourit faiblement.

— Vu le temps que j'ai passé à attendre, j'en suis même certain.

Katell était étonnée.

— Je ne dormais pas encore à minuit, et il y avait un sacré vent sur Saint-Ternoc. Enfin... Je vais m'occuper de vous. Vous êtes gelé et vous risquez d'attraper la mort. Je vais vous faire couler un bon bain. Ça vous réchauffera et vous évitera peut-être une pneumonie.

Avant que le romancier proteste, elle poursuivit :

— Je vous laisserai seul dans la salle de bains, ne vous inquiétez pas.

— Ce n'est pas le genre de choses qui m'inquiète le plus, tenta de plaisanter Michel. Puis, le regard ailleurs, il posa une question qui surprit son interlocutrice :

— Il y a des loups à Saint-Ternoc ?

— Des loups ? Vous voulez dire l'animal ?

— Oui, un grand loup, blanc. Je crois que j'en ai vu un, cette nuit.

Un soupçon de doute passa dans les yeux de l'hôtelière. Elle observa son invité durant quelques secondes avant de répondre. Dès le départ, elle lui avait trouvé beaucoup de charme avec son air d'éternel rêveur. Mais là, il avait dépassé le seuil du rêve standard. Elle lut cependant dans son regard une lueur d'inquiétude et lui dit sans moquerie :

— Je suis née à Saint-Ternoc il y a trente-six ans et j'y ai toujours vécu. Je peux vous assurer que je n'ai jamais vu un loup de ma vie.

J'imagine que le dernier a été tiré il y a une centaine d'années. Vous avez peut-être rencontré un chien blanc. Charles Quéré a un labrador au pelage très clair. Et s'il y avait un grand loup blanc, il n'aurait pas pu échapper à la population. Par ailleurs, une bête comme ça ne se nourrit pas des fleurs des champs. On aurait retrouvé les cadavres de ses proies. Allez, venez chez moi, je vais vous faire couler un bain.

La porte de la salle de bains était ouverte et Katell, assise sur son lit, discutait avec le romancier, installé dans la baignoire. En fait, elle monologuait plus qu'elle ne discutait. Elle avait décidé de ne pas le laisser seul et avait essayé de l'interroger sur ses activités nocturnes, mais il n'était pas sorti de son mutisme. Il était impossible de trouver du brouillard sur la lande un jour de vent ! Cependant, il ne se moquait pas d'elle, elle en était certaine. Il avait vécu quelque chose qui semblait l'avoir déstabilisé.

Elle l'avait aidé à se déshabiller, ne le laissant que lorsqu'il ne lui restait plus que son caleçon à retirer. Elle avait pris plaisir à le materner. Même s'il n'avait pas un physique à gagner un concours de culturisme, elle n'était pas insensible à son corps mince et élancé. Elle avait sans doute eu besoin de cela après la soirée qu'elle avait passée.

Il lui avait succinctement résumé son dîner avec Yves Le Goff, puis elle lui avait raconté ses souvenirs d'enfance avec son oncle. Au bout d'un certain temps, elle s'aperçut qu'il ne réagissait plus. Elle frappa à la porte et, sans réponse, entra discrètement dans la salle de bains. Il s'était assoupi dans la baignoire. L'eau allait refroidir. Elle tapota doucement sur son épaule. Encore endormi et à moitié inconscient, il se leva. Troublée, Katell le sécha délicatement. Elle l'emmena ensuite dans son lit dont elle venait de changer les draps. Elle le coucha et le recouvrit de sa couette. Puis elle éteignit la lumière. Il était six heures trente : elle descendit préparer le petit déjeuner pour les rares clients de l'hôtel.

16. L'ÎLE DE LA PIERRE NOIRE

Installé à côté de la cheminée d'une crêperie du Conquet qui dispensait une agréable chaleur, Michel Navarre étudiait son interlocuteur en train de consulter le menu. Chauve, une longue barbe broussailleuse, Quénéhervé ressemblait plus à un pirate qui aurait eu la chance d'atteindre l'âge de la retraite qu'à un ancien fonctionnaire de préfecture. À quatre-vingts ans, il était encore une force de la nature. Le Breton, passionné par l'histoire de sa région, partageait son temps libre entre la pêche… et la plongée dans les archives locales. Il n'hésitait pas à se rendre à Rennes ou à Paris, aussi bien que dans des petites paroisses, pour traquer les informations qui lui manquaient. Les deux hommes avaient immédiatement sympathisé. Ils avaient attaqué avec un pastis accompagné d'une assiette de bigorneaux, de pain et de beurre. Michel avait amadoué son invité en lui relatant quelques anecdotes égyptiennes. Ses récits archéologiques avaient fait autant que la référence à JP pour obtenir la confiance de Quénéhervé.

Le serveur repartit avec une commande de deux galettes aux fruits de mer et d'une bouteille de muscadet. Quénéhervé, tripotant inconsciemment sa barbe, entra dans le vif du sujet.

— Ainsi, ce bon JP s'est souvenu de moi. J'étais un ami de son père. Il faudra que j'aille voir le gamin dans son troquet, mais j'ai toujours une mauvaise excuse pour faire autre chose à la place. Qu'est-ce qu'il vous a dit de moi ?

— Rien. Il a uniquement noté votre nom et votre numéro de téléphone en me précisant que vous étiez l'homme qui saurait me renseigner sur l'île de Maen Du.

— Continuez…

— Quand je lui ai demandé si on pouvait se promener sur l'île, il a été surpris. Nous étions seuls, et il a commencé à m'en raconter l'histoire. Lorsque des clients sont entrés, il s'est fermé comme une huître. Il m'a juste glissé un papier en me conseillant d'être très vigilant, parce que des fantômes pourraient reprendre du service. Je compte sur vous pour m'aider à décrypter ce message. Et pour répondre à votre prochaine question, c'est en tant qu'écrivain, et aussi en tant qu'historien, que je m'intéresse à Maen Du. L'île semble avoir un passé particulièrement riche.

Quénéhervé remplit les deux verres avec le vin blanc que le serveur venait de poser sur la table. Ils trinquèrent une nouvelle fois.

— Il faudra au moins deux bouteilles pour un début de découverte de Maen Du ! Vous pourrez raconter la plupart des anecdotes dont je vais vous parler. Mais il y a des détails que je vous demanderai de garder pour vous. D'accord ?

Le regard échangé par les deux hommes eut valeur de pacte. Quénéhervé avala une gorgée de muscadet et attaqua :

— Enez Maen Du… l'île de la Pierre noire ! Géologiquement, c'est une partie de l'anticlinal du pays de Léon, sans doute séparée du continent il y a quelques milliers d'années. L'île fait deux kilomètres de long pour un kilomètre de large. Elle est granitique et ressemble un peu à Ouessant, même si elle est de plus faibles dimensions. Il y a une baie naturelle au sud, utilisée comme port par tous ceux qui l'ont habitée. De mémoire, elle culmine à une cinquantaine de mètres de haut et abrite une petite forêt, je devrais plutôt dire un bois. Si vous avez la chance d'y mettre les pieds, vous pourrez aussi voir une vallée qui a été cultivée en son temps. Tout est maintenant abandonné.

— Vous êtes une des rares personnes à l'avoir visitée ? questionna l'archéologue.

— Je ne sais pas si visiter est le mot. Je dois avoir près de deux fois votre âge, et j'y ai régulièrement accosté. Avant la guerre, je m'y rendais en tant que fonctionnaire de la préfecture de Brest.

Après la guerre, j'ai continué à l'explorer, intéressé par son histoire… Oui, je sais, elle est privée et normalement inaccessible. Cependant, il existe à l'est une plage qui se découvre à marée basse et permet d'y aller discrètement en Zodiac.

— Vous l'avez toujours, votre Zodiac ? demanda Navarre.

— Patience, mon ami, répondit Quénéhervé en regardant le serveur arriver avec les galettes. Mangeons d'abord !

Quelques minutes plus tard, le Breton avait vidé son assiette et repris son récit.

— Les premières traces d'occupation de l'île remontent au Néolithique. Des hommes sont venus, il y a quatre à six mille ans, édifier un cromlech de toute beauté. Il n'est pas aussi grand que celui de Stonehenge en Angleterre, mais il est bien mieux conservé. Ce cromlech est composé d'un cercle de pierres de plus de sept mètres de haut. Elles ont pratiquement toutes été élevées à la même époque et non sur plusieurs siècles ou millénaires comme à Stonehenge. Il a fallu plusieurs centaines d'ouvriers et des dizaines d'années pour construire ce joyau historique. C'est la raison pour laquelle je pense que l'île était encore reliée au continent quand les travaux ont été réalisés.

— JP m'a parlé d'un surprenant dolmen noir qui aurait donné son nom à l'île, avez-vous une idée de son origine ?

— J'en ai une, mais elle vaut ce qu'elle vaut. Il y a des galets basaltiques sur l'île d'Ouessant. Ils viennent d'Islande et ont été transportés par des icebergs lors des glaciations du quaternaire. J'ai imaginé qu'un bloc plus conséquent aurait pu, lui aussi, faire le voyage, être déposé sur l'île puis, taillé par les hommes.

— C'est osé, mais ça tient la route. Vous avez également des hypothèses sur la fonction de ce sanctuaire ?

— Je n'ai malheureusement pas eu l'occasion de l'étudier en détail lors de mes petites visites de courtoisie. Les plans du site réalisés au XIXe siècle, avant la construction de la prison, ne nous en apprennent pas beaucoup plus. Je suppose que, comme un peu partout en Europe, cet endroit avait essentiellement un rôle funéraire.

— Ce que vous me racontez est tout de même étonnant ! Que les archéologues n'aient pu s'y rendre quand le pénitencier était en activité, je le comprends ! Mais comment se fait-il que ces monuments, qui d'après vos dires sont parmi les mieux conservés d'Europe, ne soient pas accessibles aux spécialistes aujourd'hui ?

— L'île est privée, remarqua Quénéhervé.

— Votre ami m'a parlé d'un Anglais qui s'amuse à jouer avec l'énergie des vagues ou des courants marins. Avoir durant quelques mois des archéologues et historiens sur Maen Du ne perturberait pas le rythme des marées !

— Vous imaginez bien que j'ai fait des pieds et des mains pour m'y rendre. Travaillant pour la préfecture, j'ai fait toutes les demandes possibles. Je n'ai essuyé que des refus. J'ai même fait intervenir des membres éminents des Monuments historiques, mais ça n'a servi à rien. Le maître des lieux veut sa tranquillité et doit sans doute avoir des relations haut placées. Du coup, j'ai cherché à le contacter, mais impossible d'avoir ses coordonnées. Et comme je ne parle pas anglais… Mais continuons à avancer dans le temps. Une petite galette-saucisse pour se redonner de l'énergie ?

Une fois la commande passée, Quénéhervé reprit la parole.

— Nous avons peu de traces des hommes du Néolithique, hormis leurs magnifiques réalisations de pierre. Leur civilisation était orale. On sait juste d'eux qu'ils étaient très religieux. Saviez-vous que la Bretagne était habitée depuis plus de cinq cent mille ans ? Nous sommes une très ancienne peuplade, ajouta-t-il en riant.

— Nous passons donc à l'arrivée des Celtes ?

— Et là, je vous attendais, jeune homme. Les Celtes ne sont pas venus directement s'installer en Armorique. Arrivant d'Europe centrale, ils se sont séparés en deux groupes. Un premier groupe, passant par la Belgique et la Normandie, s'est dirigé vers les îles Britanniques. L'autre, passant par le centre de la France, est descendu vers la péninsule Ibérique. Soit la Bretagne n'intéressait pas les Celtes, peuple nomade par essence, soit la culture des populations locales était trop forte pour permettre une assimilation !

— Merci pour ce cours d'histoire, monsieur Quénéhervé, je ne m'étais jamais intéressé de près à l'histoire bretonne. La Bretagne celte est donc un mythe…

— … créé par Napoléon Bonaparte, qui a voulu unifier la France autour de bases identitaires très marquées. Il leur avait même accordé la paternité des constructions mégalithiques. Il serait néanmoins faux de dire qu'une partie de la culture celte n'est pas arrivée en Armorique. Toutefois, elle est arrivée via l'Irlande ou la Bretagne, la Grande. Cependant, la culture des druides étant elle aussi essentiellement orale, nous n'avons à notre disposition que quelques textes romains, sans doute orientés, et des textes monacaux de la fin du premier millénaire. On peut supposer que les hommes ont continué à utiliser les mégalithes de Maen Du pour leurs cérémonies religieuses, mais nous n'en avons aucune preuve. Par contre, ce que nous savons avec certitude, c'est qu'un monastère primitif y a été construit au IXe siècle, avec l'appui du roi d'Armorique Erispöe. Il a été pillé par les Normands avant d'être reconstruit au XIIe siècle par les Bénédictins. Bien que bâti sur une île à plusieurs kilomètres de la côte, il a connu un grand succès, notamment grâce à la présence de reliques de saint Ternoc : un fémur et quelques os de sa main droite, celle avec laquelle il avait fait tant de miracles ! Puis, comme beaucoup de monastères, il a décliné à partir du XVIIe siècle avant d'être abandonné définitivement en 1761.

— Que reste-t-il des bâtiments ?

— Les ruines d'une belle église abbatiale. Contrairement à celle de la pointe Saint-Mathieu, elle a été laissée à l'abandon depuis plus d'un siècle.

— Vous me donnez vraiment envie de visiter cette île, monsieur Quénéhervé.

— Pierre, appelez-moi Pierre. Je comprends votre envie, mais je ne vous y encouragerai pas. Ceux qui tentent l'aventure et se font attraper s'en sortent avec un procès pour violation de propriété privée, voire quelques horions. Le Rosbif n'est pas prêteur.

17. LE PÉNITENCIER

— Racontez-moi ce qui a poussé l'administration française à transformer cette île, digne de figurer aux monuments historiques, en une prison.

— Pas n'importe quelle prison, mon ami, mais ce qu'on appellerait de nos jours un quartier de haute sécurité. Qui est à l'origine du projet ? Je n'en sais rien. Je peux par contre vous dire que l'appel d'offres a été lancé en 1884. J'ai vu les différents documents de la transaction. L'objectif était de bâtir un établissement permettant d'enfermer jusqu'à cinquante détenus considérés comme particulièrement dangereux. L'île se situe à huit kilomètres de la côte la plus proche et est entourée de forts courants. Impossible de s'enfuir à la nage : quelques cadavres ont été retrouvés sur les côtes de Saint-Ternoc.

— Une sorte d'Alcatraz avant l'heure, commenta Navarre.

— Exactement. Pour édifier un tel pénitencier, il faut de la matière première et de la main-d'œuvre. La matière première provient des carrières de granit de Saint-Ternoc. Le filon était connu, mais il n'avait jamais été exploité à l'échelle industrielle. En 1885, Georges Karantec, à la tête d'une petite entreprise de tailleurs de pierre, va réussir à négocier avec l'administration française. Un troc qui fera sa richesse. Il s'engage à fournir toutes les pierres nécessaires à la construction de la prison en quatre ans, en échange de l'exploitation du site durant les cinquante années suivantes. L'administration accepte et Georges Karantec transforme une partie de la forêt en un gigantesque chantier. Il gagne son pari et s'enrichit alors en poursuivant l'exploitation du granit. Cinquante ans plus tard, la famille Karantec est devenue tellement puissante politiquement qu'elle obtient un nouveau bail de soixante-dix ans, soit jusqu'en l'an 2000.

— Voilà donc l'origine de la fortune de cette fameuse dynastie Karantec, commenta Michel.

— Fortune, c'est bien le mot. L'héritier actuel possède toute une partie des terres de Saint-Ternoc et des environs. La carrière ne rapporte plus grand-chose, mais les Karantec pourront vivre de leurs rentes pendant des générations.

— Puisque nous parlons d'eux… pourquoi ne faut-il prononcer qu'à voix basse le nom de Karantec quand on est à Saint-Ternoc ?

— Laissez-moi commander une autre galette et vous raconter la suite de l'histoire, répondit Quénéhervé. Vous comprendrez pourquoi. Vous en voulez une aussi ?

— Non merci, mais allez-y. Si je reviens à la construction de la prison et que je calcule bien, elle s'est terminée fin 1889.

— Exactement. Elle a été inaugurée par Sadi Carnot, président de la République française, le 4 avril 1890. Fait amusant, la date a été décalée d'une semaine à cause d'une tempête. Un mois plus tard, les premiers détenus prenaient leurs quartiers.

— Entre la fabrication des bâtiments et le gardiennage, Saint-Ternoc a dû sacrément s'enrichir.

— Les Karantec, oui, mais le village, pas tant que ça. L'administration avait imposé que le personnel pénitentiaire ne soit pas originaire des communes avoisinantes. Peut-être craignait-elle des filières d'évasion ? Par ailleurs, le départ des prisonniers vers l'île ne se faisait pas de Saint-Ternoc, mais de Ploubestan, plus au nord.

— Pourquoi donc ?

— J'ai mis du temps à le comprendre, mais il s'agissait d'un accord économique. Saint-Ternoc avait profité de la construction, Ploubestan assurerait la logistique, même si quelques bateaux partaient régulièrement de Saint-Ternoc.

— Comment étaient les conditions de détention ?

— Terribles. N'y étaient internés que des prisonniers condamnés à perpétuité pour crime de sang. Une partie des archives a disparu en 1944, et je pense que ce n'est pas dû au hasard.

La violence était partout et le taux de mortalité, élevé. Rien de plus simple que d'annoncer une tentative d'évasion par la mer quand on voulait se débarrasser d'un corps.

Quénéhervé entama la nouvelle galette que le serveur venait de déposer devant lui.

— Il y avait quand même des contrôles ? Les gardiens ne pouvaient pas en faire qu'à leur tête ?

— J'avais quarante ans quand le pénitencier a fermé, et j'ai eu l'occasion de discuter avec des personnels… du moins les rares qui ont accepté de parler. Cette prison avait un statut spécial et les matons n'y travaillaient jamais bien longtemps. Le seul qui soit resté à son poste est le dernier directeur : Émile Karantec, le père de Yann.

— Quoi ? Un membre de la famille a réussi à se faire nommer directeur ?

— Surprenant, n'est-ce pas ? Député et directeur de la prison, ce n'est pas commun. Il a dû y trouver un avantage financier confortable. Si vous voulez en savoir plus sur les conditions d'incarcération, c'est à ses descendants qu'il faut vous adresser ! ajouta-t-il avec une grimace. Bref, comme vous l'avez compris, l'île de Maen Du, qui faisait la fierté de Saint-Ternoc avant 1890, était devenue un lieu qui inspirait la peur et le rejet.

— Quand est-ce que le pénitencier a fermé ?

— À la fin de la guerre. En 1941, les Allemands avaient repéré l'île. Ils y ont mené de nouveaux travaux. Dans un premier temps, les nazis ont fait agrandir les bâtiments pour y « accueillir » des prisonniers politiques ou des résistants. En 1943, l'île est devenue un des éléments du projet Todt, le fameux mur de l'Atlantique. Deux belles opportunités pour la famille Karantec, qui a collaboré allégrement. Les carrières tournaient à plein régime et Émile Karantec s'est même lancé dans le béton. L'argent n'a pas d'odeur et les projets nazis lui en rapportaient beaucoup. En juin 1944, les Alliés ont débarqué en Normandie et l'île de Maen Du a été libérée le 4 août sans combat. Les Allemands avaient fui, laissant derrière eux les cadavres de nombreux détenus.

— J'imagine que l'étoile des Karantec a pâli, conclut Michel.

— Pensez-vous ! Ils ont fait jouer leurs relations et s'en sont sortis avec une amende ridicule au vu des saloperies qu'ils avaient faites. Il avait été question de leur confisquer les carrières, comme pour les usines Renault, mais ils ont réussi à en garder l'exploitation. La République ne s'est pas couverte de gloire avec eux. Ils ont continué à mener leurs affaires comme si la guerre n'avait été qu'une parenthèse. « Tout le monde peut retourner sa veste, mais il faut un certain talent pour la remettre à l'endroit », avait dit Churchill. Je peux vous garantir qu'Émile Karantec avait ce talent.

— Et qu'est devenue l'île ?

— Tout a été fait pour que cette sinistre prison soit effacée des mémoires de la France. Quand un Anglais est venu proposer de l'acheter, fin 1945, l'administration s'est jetée sur l'occasion. Elle la lui a laissée pour une bouchée de pain et s'est même engagée à assurer à ce mystérieux citoyen britannique la tranquillité qui permettait d'écarter les historiens ou journalistes trop curieux du pénitencier de Maen Du.

— Comment la France a-t-elle pu occulter toute cette partie de son passé ?

— En jouant avec le temps. La plupart des détenus avaient été abattus par les Allemands avant leur départ, les gardiens ne voulaient pas revivre ce cauchemar ni avouer, pour certains, une complaisance à l'égard de l'occupant. Les rares personnes qui ont essayé de parler ont fini calomniées, voire pire. Ça a été particulièrement efficace ! Hormis pour les habitants de la région, cet endroit ne signifie plus rien. Voilà donc l'histoire de l'île de Maen Du. Mais je suis persuadé qu'elle ressuscitera un jour.

— Et d'après vous, quand ?

— Je n'en ai aucune idée, mais trop d'hommes y ont sacrifié leur vie et y ont prié leurs dieux pour qu'elle demeure un simple caillou au milieu de la mer.

Michel Navarre observa son interlocuteur avec attention pendant qu'il prononçait ces derniers mots. Quénéhervé s'en aperçut et sourit :

— Je ne me mets pas à prophétiser, mais avec les années, je me suis attaché à Maen Du. Cela me désole que l'île reste une terre de souffrances sur laquelle personne n'a pu venir pleurer ceux qui y sont morts, assassins ou non.

— Vous pourriez m'y emmener, Pierre ?

— Je suis trop âgé pour ça, mon ami. Par ailleurs, il faut être initié pour découvrir les secrets de Maen Du.

— Qu'est-ce que c'est que cette histoire d'initiation ? réagit Michel.

— Vous n'y verriez qu'un amas de vieilles pierres, que ce soit le cromlech, l'abbaye, les bâtiments de la prison ou les blockhaus allemands. Vous n'en sentiriez pas l'âme.

— Voilà que vous parlez comme un druide ! plaisanta Michel.

— J'en ai déjà la barbe, mais je ne descends ni de Merlin ni de Morgane, s'amusa Quénéhervé. Ce que je veux dire, c'est que ces lieux se ressentent, par le corps et par l'esprit. Il faut être capable de s'en imprégner. Vous devez me prendre pour un vieux fou, n'est-ce pas ?

— Absolument pas, répondit l'historien en retrouvant tout son sérieux. Je vous comprends… j'ai déjà connu cette initiation… en d'autres lieux et en d'autres temps.

Quénéhervé le fixa sans ajouter un mot. Michel ne lui mentait pas, il le voyait. Le Breton joua avec un morceau de blanc d'œuf qui traînait dans son assiette. Michel était ailleurs, les yeux perdus dans les flammes de la cheminée, mais l'esprit bien loin du village du Conquet. Quénéhervé posa sa fourchette.

— Laissez-moi un numéro de téléphone où je puisse vous joindre. Si vous restez dans la région suffisamment longtemps et si par hasard mes pas me portent vers Saint-Ternoc, je vous contacterai.

18. CHRISTOPHE MALEVAL

Il était presque seize heures quand Michel Navarre rejoignit son hôtel. Il décida de se rendre au bar de *La Frégate* et de tenter sa chance auprès de Jean-Pierre Lannor, le tenancier. L'homme avait été de bon conseil en lui donnant les coordonnées de Quénéhervé. Il prendrait le prétexte de l'intervention de la mère de Corentin Corlay à l'église pour aborder le sujet de Christophe Maleval.

En descendant au port, Michel repensa à sa matinée. Il s'était réveillé nu, dans un lit qu'il ne connaissait pas. Il lui avait fallu un long moment avant de reconstituer les faits. Il se rappelait juste s'être endormi dans la baignoire de l'appartement de Katell. Il n'avait pas souvenir de la suite des événements. Elle avait dû le sortir de son bain, à moitié endormi, pour le coucher. Il en avait été gêné *a posteriori*. Pas tant de s'être retrouvé nu devant Katell que de s'être imposé d'une telle façon et de l'avoir chassée de chez elle. Il lui offrirait un cadeau pour la remercier, mais il se demanda ce qu'il pourrait dénicher à Saint-Ternoc. Il irait à Morlaix et trouverait au moins un chocolatier. Il avait occulté sa mésaventure de la nuit. Il était incapable d'en donner une explication.

Arrivé au port, il s'assit quelques instants sur l'un des bancs face à la mer. Observer l'activité de retour de pêche lui vida l'esprit. Les marins travaillaient presque mécaniquement et chaque geste était le fruit d'années d'habitude et d'expérience. Les hommes se hélaient, heureux du fruit de leur pêche et pressés de regagner leur foyer ou l'un des bistrots qui les attendaient. Michel se leva quand il vit un pêcheur poser quelques caisses en plastique sur le sol. Deux femmes s'étaient approchées de lui et soupesaient les poissons tout juste sortis de l'eau. Il se joignit au petit groupe et reconnut Jos Laot. Celui-ci lui adressa une grimace qu'il interpréta comme un sourire et poursuivit sa négociation avec ses clientes. Un instant, Michel envia le marin. Certes, sa vie était rude, voire très rude, mais il était vivant, au contact quotidien de la réalité des éléments et de la nature. Michel admira le poisson et regretta de ne pas avoir de quoi cuisiner. Puis il confirma au pêcheur sa présence sur la jetée le lendemain à cinq heures et se dirigea vers le bar.

Dans une atmosphère chaude et brouillée par la fumée des cigarettes, une quinzaine de clients parlaient fort, attablés devant une bière ou un verre de vin blanc. C'était le coup de feu. Le bruit des conversations diminua quand le romancier entra, mais reprit pratiquement aussitôt. Michel s'installa au comptoir et commanda un demi. Il le but en écoutant d'une oreille distraite les échanges des marins et des quelques habitués qui profitaient de l'animation et d'un verre supplémentaire pour tromper leur solitude. À une table, la discussion se déroulait en breton. La langue n'était pas encore morte. Au cours d'un moment d'accalmie, Jean-Pierre Lannor s'adressa à Navarre :

— Alors, vous avez rencontré Pierre Quénéhervé ?

— Oui, ce midi. Il est très agréable et il connaît vraiment bien l'histoire de Saint-Ternoc.

— Pour sûr. C'est un des anciens les plus respectés de toute la région.

— Merci pour le tuyau. Je dois aussi vous transmettre ses amitiés. Il a promis de passer vous voir sans tarder.

— Sacré Pierre. Il dit toujours ça, mais ce sera avec plaisir, s'exclama le tenancier.

Avant qu'il reparte vers une table, Michel posa la main sur son avant-bras et lui demanda d'une voix imperceptiblement plus basse :

— J'ai une autre question.

JP s'assura d'un œil professionnel que les consommateurs pourraient encore attendre une ou deux minutes.

— Je vous écoute.

— J'ai assisté hier à la messe en mémoire des deux marins disparus. J'ai été très surpris par la réaction de Mme Corlay. Qu'est-ce que Christophe Maleval a fait pour mériter un tel traitement ?

Le visage de Jean-Pierre Lannor se ferma. D'un geste de la main, il signifia à son client de cesser la conversation. Il se pencha vers lui et expliqua :

— Je le connaissais pas trop, Maleval, mais c'était un drôle de gars. Un bon marin, pour sûr, mais certains, ici, affirmaient qu'il avait le mauvais œil. Alors, il vaut mieux pas prononcer son nom.

— Qui pourrait m'en parler sans... comment dire… sans en être affecté ?

— Pourquoi vous vous intéressez à lui ?

— Pour tout vous avouer, la scène d'hier m'a choqué. Je cherche juste à comprendre ce qui a pu provoquer ce sentiment de rejet. Vous avez le droit de trouver que c'est de la curiosité mal placée, mais, à mon avis, un homme ne mérite pas un tel traitement le jour de son enterrement.

— Oui, je suis d'accord avec vous. Mais faut pas en vouloir à Yvonne Corlay. Après son mari, c'est le deuxième fils que la mer lui prend. Ça lui a mis la tête de travers, plaida le patron de *La Frégate.*

— Je n'en veux à personne, JP.

— Bon, glissa le tenancier en voyant ses clients qui s'agitaient. Je ferme vers dix-neuf heures ce soir. Si vous passez à cette heure, je pourrai vous dire ce que je sais. Mais je sais pas grand-chose.

— Merci.

Il restait une grosse heure à tuer avant l'heure de la fermeture. Le romancier en profita pour boire des bières, éplucher *le Télégramme de Brest* et écouter discrètement des bribes de conversation. Elles tournaient autour de la météo qui allait se dégrader dans les jours à venir. Après le naufrage de la *Morgane,* nombreux étaient ceux qui s'inquiétaient de la tempête à venir. La nouvelle augmentation du gazole était l'autre sujet de préoccupation du jour. Vivre décemment de leur métier devenait de plus en plus difficile. Malgré tout, ces gars n'auraient abandonné leur bateau pour rien au monde. Ils étaient comme génétiquement liés à la mer et ne voulaient pas se transformer en terriens.

Après avoir poussé son dernier client vers la sortie, Jean-Pierre Lannor baissa un rideau de fer en grommelant.

— J'ai dû l'installer il y a une semaine. Si c'est pas malheureux. Mon collègue du bar d'à côté, *Le Surcouf*, s'est fait casser deux fois sa vitrine en un mois. Des bandes de loubards qui descendent de Brest et qui ont voulu lui piquer sa recette. On n'avait jamais vu ça à Saint-Ternoc. J'ai dû acheter ça aussi, ajouta-t-il en lui montrant un vieux pistolet automatique allemand : un Walther P38 qui n'était pas reparti avec les troupes allemandes en 1944. Après la deuxième attaque, on a fait des rondes avec les copains. Ça a dû se savoir, parce que les gars sont pas revenus. Je peux vous assurer que s'ils avaient tenté de toucher ne serait-ce qu'à une pierre de *La Frégate*, ils auraient fini comme appât à crabe. Moi, je dis que des parasites qu'ont pour seul but d'emmerder les braves gens qui travaillent honnêtement, ils ont rien à faire dans notre société et faut s'en débarrasser.

Michel était prêt à croire son vis-à-vis sur parole. JP se rendit dans une arrière-salle et rapporta une bouteille de condrieu. La journée avait été particulièrement arrosée, cependant Michel ne pouvait pas refuser un tel vin sans risquer de vexer son interlocuteur.

— Avant tout, Jean-Pierre, entama Michel après avoir dégusté une gorgée de condrieu, je voudrais comprendre une chose. Vous êtes forcément au courant de mon altercation d'hier avec Karantec et j'ai l'impression que ça ne m'a pas fait marquer des points dans le village. Ce face-à-face ne vous dérange pas ?

JP Lannor le regarda avec un rictus de contentement.

— Karantec est un con et je l'emmerde. Bon, je le crie pas sur tous les toits, mais je l'emmerde quand même. Il possède pratiquement tout le village, mais mon bar m'appartient. Il a essayé plusieurs fois de me le racheter, mais j'ai toujours refusé. Ce qui le rend encore plus fou, c'est qu'il n'est propriétaire d'aucun des chalutiers de Saint-Ternoc. Depuis un siècle, les marins pêcheurs n'ont jamais accepté l'argent des Karantec. Je sais pas d'où ça vient, mais la tradition est gravée dans le granit. Alors, même si Karantec a fait pression sur les banques locales pour qu'elles leur bloquent les accès aux prêts, ils se débrouillent entre eux. L'autre salaud, il en fait une jaunisse.

— Pourtant, il est suffisamment riche comme ça, s'étonna le romancier.

— C'est pas une question de fric, c'est juste qu'il supporte pas d'avoir des gens qui lui résistent ! Ici, tout le monde le craint. Y en a à qui on peut pas en vouloir, parce que si Karantec se fâchait contre eux, ils crèveraient la dalle. Mais il a toute une cour de lèche-culs qui me fait gerber, des types qu'ont pas un sou d'honneur. Quand vous lui avez tenu tête hier, il était fou de rage. Ça vous a rendu sympathique auprès d'une petite partie de la population, dont moi.

— Merci, je me sens moins seul.

En arrivant à Saint-Ternoc, Michel Navarre n'avait pas imaginé un instant tomber sur un village aussi déchiré. Il devait avouer que le personnage de Yann Karantec, archétype du potentat local dépourvu d'états d'âme, exerçait sur lui une certaine fascination.

— Pour en revenir à Christophe Maleval, c'était un gars secret. Il a débarqué ici il y a trois ans et, d'après ce que je sais, il a jamais parlé de sa vie à personne. Inutile de vous dire que ça a alimenté les conversations et que les mauvaises langues s'en sont donné à cœur joie. Quand on sait pas, on invente ! Les pires horreurs ont circulé sur lui. Il a forcément été au courant, mais il s'en foutait. Il venait de temps en temps boire un coup ici. En général, il était seul. Les rares fois où je l'ai vu discuter, c'était soit avec Corentin Corlay, soit avec le père Le Goff. Les autres pêcheurs, il les fréquentait pas, sauf quand le métier l'exigeait. Il a rapidement été embauché par le petit Corlay, qui venait de se séparer de son employé. Enfin petit, il avait quand même près de trente ans ! Je sais pas pourquoi, mais entre ces deux-là le courant est passé. Peut-être parce que Corentin était lui aussi un solitaire ?

— Maleval n'avait aucun ami à Saint-Ternoc ? Il serait resté trois ans ici sans se confier à personne ?

— D'après ce que j'ai entendu dire, il avait un pote. Le gars qui tient le magasin de photos. Un original, mais bien sympathique, toujours le sourire aux lèvres. Vous pourrez aller lui causer, il s'appelle François Menez.

— Je le ferai, merci. Donc il était plutôt taciturne, mais qu'est-ce qui lui a valu la haine de Mme Corlay et la méfiance des autres villageois ?

— Pour certains des habitants, il y a une raison très simple. Corentin Corlay a une jeune sœur, Annick. Un joli brin de fille qui fait rêver plus d'un gars du village et des environs. Il y a six mois, une commère l'a vue dans un bois, dans les bras de Maleval. Cette belle femme avec un inconnu qui n'était pas de la région, ça en a révolté plus d'un. J'ai su par un des clients que l'Annick s'était fait sermonner par sa mère, qui l'aurait même giflée. Tu parles ! Ça faisait que renforcer ses sentiments pour son amoureux ! Un jour, quelques gars ont tendu une embuscade à Maleval. Je les avais entendus comploter dans le bar, et j'avais bien tenté de les en empêcher… mais sans succès ! Le lendemain, un chalutier ne prenait pas la mer parce que son propriétaire avait quelques côtes cassées et un serveur du *Ty Gwenn* avait huit jours d'arrêt. Il aurait glissé dans sa baignoire. Ben tiens, mon cul ! Le Maleval, il leur a juste cassé la gueule… et pourtant, c'étaient pas des enfants de chœur.

— J'imagine que ses relations avec le reste de la population ont encore dû se dégrader ?

— Oui et non. Curieusement, il a fini par gagner le respect des pêcheurs. Par contre, les autres hommes le regardaient mauvais. Quant aux femmes… certaines le considéraient avec un intérêt nouveau. Mais, d'après ce que je sais, il a toujours été fidèle à l'Annick.

— Vous êtes au courant de tout ce qui se passe dans le village, admira le romancier.

— Avec moi au bar et ma régulière qui travaille à la mercerie du bourg, on est effectivement, comme qui dirait, au cœur des petites histoires.

— Cela n'explique pas pourquoi Yvonne Corlay l'a maudit en pleine église ?

Le tenancier remplit une nouvelle fois les verres en soupirant.

— Une sale affaire, qui s'est déroulée juste avant Noël. Vous connaissez la chapelle de Ker Christ ?

— Non, elle est où ? demanda Navarre.

— Sur la lande, à plus d'une heure de marche d'ici, indiqua Lannor.

— Vers la maison d'Yves Le Goff ?

— C'est ça, vous faites un petit kilomètre de plus et vous arrivez au cimetière marin. Vous en rajoutez encore un et vous y êtes. C'est un lieu de pardon célèbre pour la fête de la Vierge. Ça attire du monde au 15 août.

— Qu'est-ce qui s'est passé ? relança le romancier.

— Le recteur y célèbre, une fois par mois, une messe à la mémoire des marins disparus en mer. Le 22 décembre, il a remarqué que la statue de la Vierge s'était volatilisée.

— Elle avait de la valeur ?

— D'après le recteur, elle était en bois peint, vieille d'au moins cinq ou six cents ans. Une vraie perte pour Saint-Ternoc. Il a tout de suite prévenu les autorités. Inutile de vous dire que le village était en émoi. Deux jours plus tard, les gendarmes la retrouvaient dans la chambre de Christophe Maleval.

Michel Navarre réagit aussitôt :

— Ça pue le coup monté, cette histoire. Revendre une statue de cette valeur nécessite de négocier avec des receleurs qui trouveront les bons clients. Par ailleurs, il faudrait être complètement abruti pour garder chez soi un tel objet alors que tout le monde le recherche ! Il y en a qui ont mordu à l'hameçon ?

— Plus d'un. Vous connaissez le proverbe : « Quand vous voulez tuer votre chien, dites qu'il a la rage. » Christophe Maleval était en mer quand les gendarmes ont fait leur découverte. Ils l'ont arrêté à son retour au port.

— Et comment a réagi Maleval ? interrompit Michel.

— J'étais sur la cale à ce moment. Je peux vous dire qu'il est tombé des nues et que sa tête m'a convaincu de son innocence. Il a obéi aux pandores et a demandé à Annick, qui l'attendait, de prévenir le photographe.

— Et ?

— Le jour suivant, un avocat est arrivé de Rennes. Il a regardé le dossier et un quart d'heure plus tard Maleval était libre. Les gendarmes n'avaient aucun mandat pour perquisitionner sa maison. Le lendemain, il rejoignait Corentin sur *La Morgane* pour repartir à la pêche.

— Et la population ?

— Les rares qui le soutenaient ont crié au traquenard, et les autres ont hurlé au laxisme judiciaire. Annick en a été encore plus amoureuse, et sa mère a fait savoir partout que jamais sa fille se marierait à un pilleur d'église qui ne respectait pas la Vierge Marie et ses saints. Yvonne Corlay était sincèrement inquiète, même si ses cris n'avaient pas de sens. De bonnes âmes en ont rajouté en expliquant à qui voulait l'entendre que la faute de Maleval porterait malheur aux pêcheurs de Saint-Ternoc. Je suis sûr que certains de ces salauds ont jubilé lorsqu'ils ont appris le naufrage de *La Morgane*. Voilà la triste histoire de Christophe Maleval.

— Et d'après vous, Yann Karantec était aussi dans la boucle ?

— J'en sais rien. Avec lui, tous les coups fourrés sont permis. Mais, pour être vraiment honnête, rien ne l'accuse.

— Merci, JP. Vous avez des talents de conteur, et votre condrieu, c'était le petit Jésus en culotte de velours.

Le propriétaire de *La Frégate*, un large sourire de satisfaction aux lèvres, apprécia les compliments. Il n'avait pas tous les jours l'attention d'un tel public.

De retour à son hôtel, Michel fut déçu de ne pas croiser Katell Le Brozec. Il voulait la remercier pour ses bons soins. Il hésita un instant, puis se décida à monter l'escalier qui grimpait jusqu'à l'appartement de la Bretonne. Alors qu'il allait frapper, il entendit des bruits de conversation. Il reconnut la voix de Katell, mais ne put mettre un nom sur celle de l'homme qui lui répondait. Comme les échanges avaient l'air tendus, il prit le parti de ne pas l'importuner. Il la reverrait le lendemain soir, après sa journée de pêche. Il regarda sa montre : vingt et une heures. Il devait aller se coucher s'il ne voulait pas s'effondrer en travaillant sur le bateau de Jos Laot.

19. L'ANKOU

Assis sur un banc dans son garage, l'homme regardait fixement la lune, hypnotisé par le corps céleste. Il attrapa le manche de la faux posée à ses côtés et fouilla dans la poche de sa veste de chasse pour en tirer une pierre à aiguiser. À gestes lents, amoureusement, il affila la lame en acier. Le tranchant devait être en parfait état. Chaque soir, il affinait le futur scénario.

Six mois plus tôt, il avait été surpris par l'arrivée de Patrick Karantec. Il savait que Yann avait compris le message qu'il lui avait adressé. Il ne s'attendait cependant pas à ce que le maître de Saint-Ternoc envoie son fils pour discuter. Jamais il n'avait eu l'intention de négocier. Yann Karantec devait payer, et le seul prix qu'il pouvait donner pour ses forfaits était sa vie. Il avait eu un instant d'hésitation, puis avait décidé de faire expier toute la famille. Puisque le patriarche fuyait ses responsabilités, il allait semer la mort dans son entourage proche. Il avait donc décapité Patrick et l'avait empalé avec le pieu prévu pour son père.

Il avait ensuite laissé s'écouler le temps. L'enquête avait commencé tambour battant, mais il savait que Yann Karantec ferait tout pour éviter que son passé soit fouillé par la police. Après quelques semaines d'agitation, le calme était revenu à Saint-Ternoc. Yann Karantec était devenu plus sombre, plus méfiant. Les villageois ne s'en rendaient pas compte, mais il avait remarqué que le propriétaire des carrières avait perdu de sa superbe. Après un siècle d'exploitation de la région et de ses habitants, les Karantec allaient payer !

Le lendemain de l'exécution, il s'en était voulu. Cependant, il avait rapidement su tirer parti de cet événement imprévu. Après tout, Patrick avait profité de la fortune de ses ancêtres pour mener sa vie de débauche. Il prenait l'argent et ne rendait rien en échange, si ce n'est des costumes achetés en Angleterre, des voitures importées d'Italie et du malheur. Patrick Karantec ? Un être inutile ! Pire, un personnage nuisible !

Il n'était pas là pour juger de la moralité de ses contemporains, mais il s'était souvenu de l'histoire de Véronique, la fille d'un simple marin pêcheur. Patrick Karantec l'avait séduite à force de promesses et de déclarations enflammées, puis abandonnée quelques semaines plus tard, sans même lui accorder une parole d'adieu ou de regret. Longtemps, la jeune femme, qui avait cru à son discours sur l'amour immortel, l'avait supplié de revenir. Elle s'était même humiliée en le priant, au cours d'une fête du village, de lui donner une chance de bâtir sa vie avec lui. Elle était habillée de blanc… et enceinte de leurs ébats. Entouré de ses amis, il s'était publiquement moqué d'elle et de son ingénuité. Dans la nuit qui avait suivi, Véronique s'était pendue à un arbre de la forêt. Son père, veuf, n'avait pas supporté la perte de sa fille et s'était noyé au large de l'île de Maen Du. Cette triste histoire s'était déroulée il y avait plus de dix ans. Plusieurs personnes la lui avaient racontée. On disait même que, certaines nuits, on pouvait encore deviner la silhouette de Véronique, le ventre arrondi, légère et balancée par le vent au bout de la branche d'un chêne centenaire. Finalement, Patrick méritait son sort.

Il avait eu plusieurs mois pour réfléchir à la suite des événements. Il allait reprendre les exécutions. Ce n'était pas pour lui qu'il agissait ainsi. Il n'était que l'instrument consentant d'une cause supérieure. Les Karantec devaient disparaître et cesser de nuire.

Il avait été particulièrement prudent dans l'organisation des opérations. Chaque détail avait été soupesé et il avait hésité à abandonner son chapeau en feutre. Pas question de laisser traîner des indices ! Il avait donc fait ce qu'il fallait. Depuis son achat à l'autre bout de la Bretagne, il ne l'avait manipulé qu'avec des gants. Avant de partir en expédition, il avait enfilé une cagoule en coton.

Aucun cheveu ne serait retrouvé sur le chapeau. Il aimait la symbolique de la mise en scène. Quoi que l'on tente, on n'échappe pas à l'Ankou et à sa charrette.

Il était conscient qu'à chaque meurtre les mailles du filet se resserraient. Mais si jamais il se faisait prendre, c'est que c'était inscrit dans les étoiles. Il priait juste pour que son arrestation ait lieu après la disparition de Yann lui-même.

Il cessa ses gestes lents et caressa du doigt la lame de la faux. Il sourit à la nuit. La tête d'un Karantec volerait bientôt comme de la paille au vent. Satisfait, il démonta la lame du manche et la dissimula dans un renfoncement de la paroi en granit. Il replaça la pierre qu'il avait descellée, posa une bêche et un râteau sur le mur pour parfaire le camouflage. Personne ne pourrait jamais mettre la main sur son outil de vengeance ! La prochaine fois qu'il le rangerait dans sa cachette, elle serait de nouveau recouverte du sang d'un Karantec.

20. UN FOULARD

Michel Navarre avait décidé de s'accorder un peu de répit. Neuf heures : son réveil venait de sonner. Sa journée de la veille à bord du *Janny*, le bateau de Jos Laot, l'avait lessivé. Ils avaient appareillé le matin à six heures et étaient rentrés à dix-sept heures. Entre l'apprentissage des manœuvres de base et la pêche proprement dite, Michel avait passé onze heures épuisantes. Il avait mis un point d'honneur à ne pas fléchir et à tenir au mieux son rôle d'équipier. Ils avaient tout juste fait une vingtaine de minutes de pause à midi. Les deux hommes avaient peu discuté sur le chalutier. Ils avaient seulement échangé quelques paroles durant le repas. Michel avait deviné que Jos faisait partie des défenseurs de Maleval. Le Breton le considérait comme un pêcheur courageux et honnête, et cela lui suffisait. Le reste, il ne voulait pas s'en occuper.

Ils avaient fait un saut à *La Frégate* en rentrant au port. Jos Laot s'était gentiment moqué de lui, mais tous avaient compris que, s'il n'était pas encore un marin chevronné, le romancier parisien en avait dans le ventre. En parlant ainsi de son compagnon, Jos avait adoubé Michel dans le petit monde des pêcheurs de Saint-Ternoc. Avant de partir, le Breton lui avait mis de force un splendide homard dans les mains. Michel l'avait déposé dans la cuisine de l'hôtel. Une fois de plus, il n'avait pas réussi à voir Katell. Il espérait qu'elle ne serait pas trop surprise en préparant le petit déjeuner.

Il s'était endormi à vingt heures et avait passé une nuit de treize heures de sommeil sans interruption, ce qui ne lui était plus arrivé depuis des années. Malgré les deux cachets d'Aspirine avalés la veille au soir avant le coucher, il ne sentait plus ses bras et son dos. Michel s'étira et rejoignit la salle de bains. Après avoir pris une douche chaude, il serra les dents et s'aspergea le torse d'un jet d'eau glacée. Il ne put réprimer une série de jurons. Quel était le con qui avait dit que le froid était bon pour les muscles ? Il venait de frôler l'attaque cardiaque ! Il enfila un 501, un polo et un pull en shetland blanc en regardant le ciel couleur d'azur. L'odeur de café l'appelait irrésistiblement vers le petit déjeuner.

Michel était seul dans la salle à manger. Les autres pensionnaires étaient déjà partis vaquer à leurs occupations. C'est avec plaisir qu'il entendit Katell entrer dans la pièce. Un foulard sur les cheveux, elle tenait à la main une assiette contenant trois crêpes fumantes.

— Bien dormi ? Je les ai faites à l'instant.

— Comme un bébé. Rien ne vaut l'exercice physique.

— C'est vrai. J'ai trouvé votre compagnon sur le sol de la cuisine ce matin. Il est sorti de la marmite dans laquelle vous l'aviez installé.

— Je suis désolé. Je ne connais pas encore bien les mœurs des homards. C'est mon salaire pour la journée de pêche. Je voulais vous l'offrir. Ce n'est pas très romantique, mais je n'avais rien de mieux hier soir, annonça Michel avec une moue faussement contrite.

La Bretonne éclata de rire.

— J'aurais effectivement pu attendre autre chose d'un romancier égyptologue, parisien de surcroît. Mais le fait que vous l'ayez gagné à la sueur de votre front lui donne une valeur toute particulière.

— Et n'oubliez pas les courbatures de mes bras, de mes épaules et de mon dos !

— Mon pauvre, il faudra de nouveau que je m'occupe de vous.

Comme elle repoussait une mèche de ses cheveux bruns, son foulard glissa, dévoilant un hématome sur sa tempe. Elle le remit rapidement en place.

— Qu'est-ce qui vous est arrivé ? demanda Michel.

— Rien de grave, bafouilla Katell. Je suis tombée dans l'escalier. J'étais fatiguée et j'ai raté une marche.

Il se leva et s'approcha, souleva doucement l'étoffe et observa la blessure. À sa surprise, Katell ne bougea pas. Une partie de l'œil avait aussi été touchée. Un tremblement s'empara de sa main.

— Quel est le fumier qui vous a fait ça ?

Katell réagit et, comme piquée, recula vivement :

— Je vous l'ai dit, je suis tombée.

Sans l'écouter, Michel Navarre continua :

— Si je trouve celui qui vous a frappée, je lui casse la gueule !

Surprise par les propos de son client d'habitude si mesuré, elle le fixa. Ses yeux brillaient de colère. Secouant la tête, celui-ci se rassit.

— La violence faite à une femme est la pire des lâchetés, ajouta-t-il. Puis, pris d'un doute, il enchaîna d'un ton plus rapide :

— C'est à cause de moi ? À cause de la fin de nuit que j'ai passée dans votre lit ? J'ai voulu vous remercier avant-hier soir, et j'ai entendu que vous vous disputiez avec quelqu'un. Je me suis éclipsé, mais j'ai eu tort. J'aurais dû…

Katell Le Brozec le coupa dans sa logorrhée.

— C'est ma vie, Michel, et vous n'avez pas à y intervenir ! Vous ne savez rien. Dans une semaine vous serez parti, mais moi, je vais passer toute mon existence à Saint-Ternoc.

Un flot de tristesse traversa le regard de la femme. Michel eut envie de la prendre dans ses bras, de la protéger à son tour. Mais qui était-il pour jouer les chevaliers servants de quelqu'un qu'il connaissait à peine et qui venait de lui demander de ne pas entrer dans sa vie ? Il ne put retenir un soupir. Katell ne méritait pas cela.

— Je vous laisse tranquille, mais je vous jure que si je vois quelqu'un lever la main sur vous, je lui rentre dedans, même si je ne suis pas taillé comme Stallone.

Katell sourit à cette déclaration. Cet échange lui avait fait du bien. Il lui réinjectait une partie de la pureté qu'elle perdait semaine après semaine.

— Qu'est-ce que vous avez prévu de faire aujourd'hui ? s'enquit-elle en changeant de sujet de conversation.

— On m'a dit qu'il y a un photographe au village. J'ai oublié mon appareil et, de toute façon, je voulais en acheter un nouveau. S'il est de bon conseil, pourquoi ne pas profiter de cette occasion ? Il y a de belles photos à faire par ce temps.

— Il y a assez de paysages splendides pour y passer des dizaines de pellicules. François Menez a sa boutique du côté de la plage de Crec'h Hellen. Vous y êtes déjà allé ?

— Non, je n'y ai encore jamais mis les pieds, avoua le romancier. On s'y rend comment ?

— En descendant vers le port, vous prenez la route qui part sur la droite, juste après la boulangerie. Vous la suivez sur cinq cents mètres et vous arrivez directement sur un parking. La plage est là : c'est une petite crique sympa et bien appréciée en été. Il y a trois commerces : un bar-crêperie-restaurant, un bazar et le magasin de François. C'est le seul qui soit ouvert à cette époque de l'année. François va parfois se balader : dans ce cas, il accroche toujours un papier et un crayon à la poignée pour qu'on puisse laisser un message.

— Parfait, je m'y rendrai dès que j'aurai fait honneur à vos crêpes.

Alors qu'il s'apprêtait à déguster la première, il remarqua que Katell hésitait à lui demander quelque chose. Il l'invita à poser sa question.

— Qu'est-ce que vous faites ce soir ?

Surpris, il répondit en souriant.

— Rien de spécial, pourquoi ?

— Je vous avais parlé d'une veillée au coin du feu avec certaines de mes amies qui ont aimé vos livres. Vous accepteriez de vous joindre à nous ?

— Avec plaisir, s'exclama le romancier. Donnez-moi l'heure et je suis votre homme.

21. FRANÇOIS MENEZ

Le panorama était magnifique. La crique de Crec'h Hellen était bordée par deux presqu'îles rocheuses recouvertes de végétation. Protégée du vent, elle offrait un havre de tranquillité. Contrairement aux jours précédents, l'eau était presque turquoise et prenait des tons verts quand le regard se portait vers l'horizon. Michel inspira l'air du large. Lui qui n'avait pratiquement jamais mis les pieds en Bretagne se sentait dans son élément. Il admira les mouettes qui planaient au-dessus de lui en criant, hésita un moment et se décida : après tout, rien ne pressait. Il se dirigea vers la plage et fit quelques pas sur le sable sec. Il s'assit et, les yeux fermés, se laissa bercer par le bruit des vagues. Il était seul, le temps lui appartenait.

Il retourna tranquillement vers les quelques commerces de bord de mer. La boutique du photographe était ouverte bien que le parking fût désert. Il s'arrêta quelques secondes devant la vitrine. Du matériel de qualité était exposé et un Canon retint toute son attention. Si François Menez réussissait à le convaincre de l'acheter, il craquerait pour ce petit bijou. Il entra dans le magasin.

Un homme grand, les cheveux en bataille, l'accueillit en souriant. Il portait autour du cou un chèche que n'aurait pas renié Yasser Arafat. Michel le trouva instantanément sympathique. Il avait à peu près son âge. François Menez s'approcha de son client et lui adressa une poignée de main franche.

— Bienvenue dans mon laboratoire. Qu'est-ce que je peux faire pour vous ?

— Bonjour. Il y a plusieurs sujets dont je voudrais vous parler, répondit Michel… si vous avez un peu de temps à m'accorder.

Surpris, le photographe l'observa, puis fronça les sourcils.

— Vous êtes le romancier, c'est ça ? L'égyptologue arrivé il y a quelques jours ?

— Oui, c'est ça.

— J'ai séjourné plusieurs semaines en Égypte, juste après la signature de l'accord de paix sur le Sinaï en 1975. J'ai aimé ce pays, même si les conditions de travail y étaient difficiles. On pourra partager nos souvenirs. Parmi tous les sujets à traiter, il y en a un qui concerne la photo ?

— Vous avez un superbe appareil Canon en vitrine qui me tente bien…

— Alors on en a pour un moment. Je vais fermer le magasin et on va aller boire un café au bout de la pointe de Penmarch, déclara-t-il en indiquant l'une des deux avancées rocheuses qui protégeaient la crique. J'ai un thermos et deux gobelets. Ça vous dit ?

Le romancier ne s'attendait pas à une telle proposition, mais l'accepta sans hésiter. François Menez attrapa une veste, glissa le récipient de café et une boîte de galettes bretonnes dans un sac à dos, puis griffonna un message qu'il scotcha sur la porte.

— Je laisse un mot, mais en cette saison les clients ne se bousculent pas. J'étais en train de travailler sur une série de photos que je vais exposer à Brest au printemps. Ça me changera les idées d'aller faire un petit tour.

Ils quittèrent la boutique et se dirigèrent vers la pointe de Penmarch. Ils empruntèrent le sentier des douaniers qui longeait la mer en serpentant entre les rochers, les ronces et les genêts et atteignirent le bout de la presqu'île en moins d'un quart d'heure. Menez désigna un amas granitique en forme de siège.

— On va s'asseoir là ; c'est à l'abri du vent. Je vous présente le trône de Corwaden. C'était un noble guerrier breton. La légende dit que des géants lui auraient taillé ce siège en une nuit pour qu'il puisse admirer la mer et tout le territoire qui lui était promis.

Michel mit sa main en visière et cligna des yeux en direction de l'horizon.

— C'est l'île de Maen Du que l'on voit là-bas ?

— Enez Maen Du, ou l'île de la Pierre noire. C'est bien elle. On vous en a raconté l'histoire ?

— J'ai eu la chance de déjeuner avec Pierre Quénéhervé.

François Menez siffla.

— À Saint-Ternoc depuis quelques jours et déjà reçu par notre druide ? Vous savez taper aux bonnes portes, monsieur Navarre.

— Votre druide ?

— C'est juste un surnom. Il essaie de faire revivre le passé de Saint-Ternoc et je suis l'un de ses disciples virtuels, un de ses marcassins aurait-on dit à l'époque. Pierre est un magnifique conteur et un fameux historien. C'est lui qui vous a envoyé chez moi pour… discuter ? ajouta-t-il.

— Non, c'est Jean-Pierre Lannor qui m'a donné votre nom.

Le photographe ne cacha pas sa surprise.

— Lannor n'est féru ni de photo ni d'histoire. De quoi est-ce qu'il s'agit, monsieur Navarre ?

— Appelez-moi Michel, on doit avoir à peu près le même âge et on a tous les deux connu l'Égypte.

— D'accord, mais vous n'avez pas répondu à ma question.

— Je souhaiterais parler de Christophe Maleval.

— Christophe ? s'exclama François Menez, qui ne s'attendait visiblement pas à ça. Pourquoi est-ce que vous vous intéressez à lui ?

Le romancier n'hésita pas et raconta la requête invraisemblable de Bernadette Borday. Le photographe se détendit au fur et à mesure de l'explication.

— Si je comprends bien, conclut François Menez, le fils de votre amie disparaît à l'âge de trois ans. Près de quarante ans plus tard, elle voit une photo floue dans le *Télégramme* et croit reconnaître son garçon. Comme il porte le même prénom, elle est persuadée qu'il s'agit bien de lui. En gros, elle vous demande d'enquêter à partir de rien sur quarante ans de vie d'un parfait inconnu.

— Vous résumez bien, confirma Michel. Je n'avais pas prévu d'y consacrer trop de temps, mais la personnalité de Christophe Maleval m'a donné envie de le découvrir. JP m'a dit que vous étiez son meilleur ami. D'où ma présence.

Il laissa s'écouler quelques instants de silence et reprit :

— Ma démarche peut vous sembler bizarre et je comprendrais qu'elle vous choque. Mon intérêt pour votre appareil photo reste cependant d'actualité.

— Une histoire comme ça, ça ne s'invente pas. Mais, sincèrement, si c'est le fils de votre amie, je suis prêt à vous offrir le Canon. Christophe était vraiment un mec bien, et certains jours j'ignore comment il faisait pour garder son calme face à ces cons de Saint-Ternoc.

— Vous n'êtes pas du village ? s'étonna Michel.

— Non, mais si j'en avais été originaire, j'aurais dit la même chose. Pendant trois ans, il a bossé comme un malade, rendu service à ceux qui avaient besoin de lui et, malgré tout, la plupart des villageois l'ont toujours considéré comme un étranger.

— Qu'est-ce que vous pouvez me raconter sans trahir de secret ? demanda le romancier.

— Que comptez-vous faire de vos informations ? interrogea le photographe.

— Je garderai tout pour moi, François, je vous le promets. Je veux juste mener mon enquête et savoir s'il y a une chance pour que Bernadette Borday ait raison.

— Bien, je fais le choix de vous croire.

François Menez sortit le thermos de café de son sac et les servit. Haut dans le ciel, le soleil devenait presque chaud. Non loin de la ligne d'horizon, un cargo s'apprêtait à quitter la Manche pour rejoindre l'océan. Derrière eux, le vent jouait avec les branches des pins. Des goélands, majestueux, planaient lentement avant de plonger dans les flots et d'en émerger, une proie frétillante coincée dans le bec.

— Tous les habitants de Saint-Ternoc ne sont pas à mettre dans le même sac. Yves Le Goff, Jos Laot et quelques autres sont des gens de valeur. Christophe était comme eux.

Le commerçant affable avait gagné en profondeur. François Menez n'accordait sûrement pas sa confiance à n'importe qui.

— Christophe est arrivé à Saint-Ternoc au printemps 1982. Il venait de nulle part et a logé un mois dans l'hôtel de Katell Le Brozec avant de se trouver une piaule. Je l'ai croisé sur le port, le lendemain de son arrivée. Un mec plutôt grand, le visage tanné par le soleil, les cheveux courts, pas vraiment causant : un look d'aventurier ou de truand qui a vite fait naître des ragots. On a échangé quelques mots. Il m'a demandé si j'avais du travail à lui offrir. Je n'avais rien pour lui, mais je me suis renseigné. Je m'étais installé quelques mois plus tôt et je savais ce que c'était que de débarquer seul dans ce village. Il était prêt à accepter n'importe quoi. Au bout d'une semaine, j'ai réussi à lui dénicher du boulot à la ferme de Kermeur. Christophe n'était pas taillé comme Schwarzenegger, mais je peux vous assurer que c'était une force de la nature. Il pouvait bosser des journées entières sans fatiguer, ou au moins sans le montrer. On a rapidement sympathisé : deux célibataires quadragénaires dans un village de deux mille et quelques âmes ! On était tous les deux amateurs de rock. Certains soirs, après son travail, il venait dans la boutique et on écoutait de la musique en fumant un peu d'herbe. D'autres soirs, il rentrait chez lui en solitaire. Il a trimé pendant quelques mois à la ferme de Kermeur. Il était payé au lance-pierres, mais il s'en foutait. Il avait de quoi se loger, manger, acheter un disque ou un bouquin de temps en temps. En octobre, Corentin Corlay, le pêcheur également disparu en mer, s'est engueulé avec son employé et l'a viré. Je ne sais pas comment Christophe l'a appris, mais, le jour même, il allait voir Corlay pour lui proposer ses services. Il l'a convaincu de le prendre à l'essai et, à partir de ce jour, ils ne se sont plus quittés. Disons plutôt qu'ils n'ont plus quitté *La Morgane*, le bateau de Corlay.

— Lannor m'a raconté qu'il sortait avec la sœur de son patron.

— Exact, et c'était surprenant. Christophe, c'était le genre de gars qui résistait à tout. Un mec qui voulait sa tranquillité, mais il ne fallait pas trop le chercher non plus. Quelques grandes gueules l'ont provoqué d'un peu trop près et l'ont regretté. Quand il a craqué pour Annick, je n'ai pas compris. Je l'imaginais comme quelqu'un qui se payait de temps en temps une pute ou une femme délaissée par son mari, pour son hygiène mentale. En deux ans, je ne lui ai connu aucune histoire officielle à Saint-Ternoc, ou alors il a été discret. Un jour, il est arrivé chez moi comme s'il avait eu une apparition, genre Bernadette Soubirous à Lourdes… les muscles et la barbe en plus. Je ne sais pas ce qui s'est passé entre eux. Annick et Christophe s'étaient déjà rencontrés plusieurs fois, mais là, c'était le coup de foudre. Ça lui a attiré l'animosité d'une partie des hommes du village, mais il s'en foutait royalement.

— Et elle ?

— Elle en était raide dingue. J'étais vraiment heureux pour lui, heureux de le voir sortir de sa coquille. C'est à partir de ce jour qu'il a commencé à parler de lui. Je lui avais raconté mes missions de photographe sur des zones de conflit. J'étais intervenu en Afrique en 1977. Il avait poliment écouté, mais il n'avait jamais commenté mes souvenirs. Il y a huit mois, il m'a raconté qu'il avait travaillé au Mozambique… enfin, travaillé... Il a loué ses services comme mercenaire pendant plusieurs années. Un soldat de fortune ! Un soir, il m'a avoué qu'il avait besoin de laver son âme et que seule la mer pourrait le faire : la mer et Annick.

— S'il était mercenaire, réfléchit le romancier, c'est qu'il a servi avant dans l'armée. Il vous en a dit plus ?

— Non, et je n'ai pas tenté de lui tirer les vers du nez. De toute façon, il ne m'aurait rien dit.

— Maleval pourrait donc être un nom d'emprunt, conclut Michel.

— C'est possible. Je vous ai appris tout ce que je sais sur son origine, s'il m'a dit la vérité. Mais je ne vois pas pourquoi il m'aurait menti…

— Merci. Il avait déjà pratiqué la pêche ?

— Non, jamais sur un chalut. Pourtant, après quelques semaines, il en savait presque autant que les anciens et il avait le flair pour sentir le poisson. Corentin ne tarissait pas d'éloges sur lui.

— J'ai passé la journée d'hier sur le *Janny* de Jos Laot. Il me faudrait des années avant de maîtriser ce métier ! J'imagine que Christophe Maleval était un phénomène. Du coup, il y a quelque chose que je ne comprends pas : si les deux hommes étaient des marins avérés, comment ont-ils pu se faire surprendre ainsi par la tempête ? Ils sont passés par-dessus bord, c'est bien ça ?

— Le gros temps est arrivé bien plus rapidement que l'avait prévu la météo. Tout le village a été étonné quand le père Le Goff a découvert l'épave de *La Morgane* sur les rochers. On pensait tous que ces deux-là s'en tireraient toujours. Pas ce coup-ci…, ajouta François d'un air mélancolique. On s'agite, on défie la nature, et on finit par croire qu'on saura toujours la dompter. Grave erreur : elle a le temps, alors qu'on n'est que de passage. Voilà, je vous ai tout dit.

— Non, François, vous ne m'avez pas encore expliqué pourquoi je dois craquer pour le Canon que vous exposez dans la vitrine de votre magasin.

François Menez éclata de rire.

— Vous avez raison, c'est un superbe appareil. Je peux d'autant plus l'affirmer que j'utilise un modèle pratiquement identique pour mes activités professionnelles. Après avoir photographié les victimes de conflits à travers le monde, j'immortalise maintenant les mariages, les fêtes de village, les inaugurations de centres commerciaux et je suis freelance de Morgat pour les journaux *Ouest-France* et *le Télégramme de Brest*. Mon CV a plu : se faire tirer le portrait par un homme qui a shooté Mouammar Kadhafi et Anouar el Sadate, ça a de la gueule, ajouta-t-il en se moquant de lui-même. En tout cas, c'est plus reposant pour moi. C'est moins risqué d'affronter la colère d'un sous-préfet de région que celle d'un dictateur africain.

Michel sourit à son tour. Puis il se leva et s'étira :

— Montrez-moi votre merveille technologique, débrouillez-vous pour que j'aie envie de l'acheter et je vous invite ensuite à déjeuner. Ça nous permettra de parler de nous et de faire plus ample connaissance… si vous n'avez pas d'engagement déjà prévu.

— Je suis désormais maître de mon temps, Michel, et j'accepte votre invitation avec plaisir.

22. ANNICK CORLAY

En fin de matinée, François Menez avait proposé à Michel de rencontrer la fiancée de Christophe. Ils étaient retournés dans le magasin et le photographe s'était isolé dans son arrière-boutique pour téléphoner. Dix minutes plus tard, il lui offrait sur un plateau un rendez-vous avec la jeune femme. Convaincue par les arguments de François, elle avait accepté de le voir. Michel avait ensuite invité son nouveau compagnon à déjeuner. Un courant de sympathie s'était établi entre les deux hommes. Ils avaient mangé dans le restaurant face à l'église et s'étaient régalés d'un plat de moules-frites et d'un imposant morceau de far aux pruneaux qui les avait lestés pour l'après-midi. Leur présence dans l'établissement n'était pas passée inaperçue.

Cinq heures. Une jeune femme montée sur un vélo s'approchait de Michel. Elle posa sa bicyclette le long d'un mur, défroissa sa jupe d'une main et se dirigea vers le romancier. Un carré blond aux cheveux chahutés par le vent, des taches de rousseur, un petit nez retroussé. Elle adressa un rapide sourire à son interlocuteur. La tristesse regagna aussitôt ses traits à la fois adultes et encore enfantins. Elle réajusta son étole et serra la main de Michel. Il comprit pourquoi un homme comme Christophe Maleval avait pu trouver le salut auprès d'elle. Ce n'était pas une beauté sculpturale, mais elle avait ce sourire qui vous fait dire que la vie est belle.

— Je suis Annick Corlay. Vous êtes l'écrivain avec qui j'ai rendez-vous, n'est-ce pas ?

— Je suis bien Michel Navarre, mademoiselle Corlay. Je vous remercie d'avoir bien voulu me rencontrer. Tout d'abord, je vous prie d'accepter mes plus sincères condoléances.

La jeune femme le scruta avant de répondre. Il avait l'air honnête dans ses propos.

— Rien ne chassera jamais la douleur qui m'a frappée deux fois en une nuit. Pourtant, il faut continuer à vivre, ne serait-ce que pour honorer la mémoire de ceux que j'ai aimés. C'est pour Christophe que je suis là.

— Merci. François vous a expliqué la raison de ma demande ?

— Il m'a parlé d'une mère qui recherche son fils. C'est vrai ? interrogea-t-elle franchement.

— Tout ce qu'il y a de plus vrai. J'étais plutôt réticent pour mener cette enquête, mais les portraits de Christophe que m'ont dressés Yves Le Goff, Jos Laot et François m'ont donné envie de mieux le connaître.

— Quand vous aurez fini de discuter avec moi, soupira Annick, vous aurez rencontré les quatre seules personnes du village qui appréciaient Christophe. Venez, nous allons nous promener sur le sentier des douaniers. Un grand bol d'air me videra la tête : les enfants étaient excités comme des puces cet après-midi.

Devant le regard surpris du romancier, elle expliqua :

— Je suis une des deux institutrices. L'approche des vacances les met dans tous leurs états.

— Vous faites un beau métier. Sinon, ça ne vous dérange pas de vous afficher avec moi ? Je ne suis pas le bienvenu partout.

— Qu'est-ce que ça peut faire ? Si on devait vivre en fonction de ce que les gens disent de nous, on ne ferait plus rien. Avant de connaître Christophe, j'étais la gentille Annick que tous les jeunes – et parfois les moins jeunes – voulaient avoir à leur côté. J'aurais pu aller au restaurant, au cinéma ou en boîte gratuitement toute l'année. Ça m'amusait, mais je ne donnais pas suite. Quand je suis sortie avec Christophe, je suis devenue la salope du village. Pourtant, je n'avais pas changé. J'étais seulement amoureuse d'un homme venu de nulle part. Je n'ai jamais rencontré quelqu'un d'aussi prévenant que lui avec ceux qui avaient besoin d'un coup de main. Pratiquement personne ne le remerciait, mais il s'en moquait. Je ne pourrai plus jamais aimer quelqu'un comme je l'ai aimé.

Comme ils avaient atteint le sentier empierré du littoral, elle s'arrêta et regarda la mer. Comme pour elle-même, elle ajouta :

— Deux semaines avant leur naufrage, il m'a demandée en mariage…

Une larme perla le long de sa joue, vite séchée par le vent.

— Assez parlé de moi, comment est-ce que je peux vous aider dans vos recherches ?

— En me racontant des anecdotes qui pourraient me permettre de reconstruire son passé. Je précise tout de suite que je n'essaie pas d'écrire sa biographie, mais uniquement de savoir s'il aurait pu être le fils de Bernadette Borday.

— Bernadette… Bernadette, répéta Annick, rêveuse. Ce serait le nom de sa mère. C'était l'un des grands drames de Christophe : ne pas avoir connu ses parents, ne pas avoir trouvé des bras dans lesquels se réfugier quand il était enfant, ne pas avoir eu un père avec qui aller jouer au foot, ne pas avoir eu d'histoire au moment du coucher. Qui croirait qu'un homme de trente-huit ans qui a baroudé à travers le monde se confie ainsi à une jeune institutrice de vingt-trois ans ? Je pense que je suis tombée définitivement amoureuse de lui lorsqu'il m'a avoué tout ça. C'est stupide, n'est-ce pas ? sourit-t-elle tristement en se tournant vers lui.

— Non, je comprends.

Annick détailla son interlocuteur avant de reprendre son chemin. Il était habillé pour une promenade bretonne : veste, pantalon à pinces, bonnet bleu en laine négligemment enfoncé sur la tête, pull marin à grosses mailles et écharpe autour du cou. Plutôt bel homme, le regard parfois lointain, mais un peu trop sophistiqué à son goût. Il ne cherchait ni à l'impressionner ni à la séduire, ce qu'elle apprécia. Annick savait qu'elle était jolie et qu'elle avait beaucoup de charme. C'était à la fois sa force et son drame : elle attirait malgré elle tout ce qui s'intéressait à un jupon. Elle se remit en route.

— Notre histoire a officiellement commencé le 13 juillet de l'année dernière. En fait, je connaissais Christophe depuis bien plus longtemps, puisqu'il passait régulièrement à la maison avec Corentin. On échangeait juste quelques mots, mais, dès le premier jour, j'avais ressenti quelque chose pour lui, là, ajouta-t-elle en tapotant son cœur de l'index. Vous rencontrez quelqu'un et, instantanément, vous comprenez qu'il est fait pour vous. J'ignore si vous avez déjà eu ce genre de coup de foudre, mais ça n'arrive sans doute qu'une fois dans la vie. Je demandais toujours à Corentin si Christophe lui parlait de moi. Ça agaçait ma mère, mais lui, ça le faisait éclater de rire. Mon frère se marrait tout le temps. Je suis certaine qu'il racontait mes angoisses à son ami, car j'ai senti Christophe devenir plus chaleureux lorsque nous discutions. Mais il ne m'a jamais invitée à sortir. Le soir du 13 juillet, j'avais participé au bal avec des copines et on avait un peu bu. Au retour, vers une heure du matin, un type m'a suivie. Il a commencé à se montrer entreprenant. J'ai l'habitude et je l'ai rembarré. Il n'a rien voulu savoir et il est devenu carrément agressif. J'ai à peine eu le temps d'avoir peur. Christophe est arrivé de nulle part et l'a étalé en deux coups de poing, sans un mot. Puis il a proposé de m'escorter jusqu'à ma porte. Je me suis dit que si je ne tentais pas quelque chose ce soir-là il ne se passerait jamais rien. Alors je l'ai emmené… se promener. Il m'a avoué plus tard qu'il n'aurait jamais osé prendre les devants.

— Un grand timide qui savait quand même se battre.

— Oui. Il m'a raconté une partie de sa jeunesse. Il était parfois silencieux et pouvait rester des heures sans parler. Par contre, il ne mentait jamais. Il a passé plusieurs années en Afrique comme mercenaire, et a juste évoqué qu'il avait fait des choses moches qui le poursuivaient sans arrêt, sauf quand il était avec moi.

— Il vous a précisé ce qu'il a fait avant ?

— Il a été parachutiste et il a parcouru le monde.

— Vous savez dans quel régiment il a servi ? insista Michel.

— Non, mais il m'a dit plusieurs fois qu'il en avait gardé de bons souvenirs et qu'il me ferait découvrir le frésinat, sans jamais m'expliquer de quoi il s'agissait.

— Castres, murmura Michel. Il y a de fortes chances pour qu'il ait servi au 8ᵉ RPIMa.

— Qu'est-ce que c'est ?

— Le huitième régiment parachutiste d'infanterie de marine. J'y ai aussi fait mon service militaire, sûrement à la même époque que lui. Si c'est le cas, je devrais pouvoir retrouver sa trace… à moins qu'il ait changé de nom, suite à son passage en Afrique.

— Pourquoi aurait-il changé de nom ?

— Vous m'avez dit vous-même qu'il avait fait des choses « moches » en Afrique. Je vais sans doute vous paraître brutal, mais certains mercenaires ont été condamnés par la justice pour des exactions sur les populations.

— J'ai du mal à l'imaginer en train de brûler des villages, si c'est ce que vous avez en tête.

— Je ne l'accuse pas, Annick. C'était seulement une réflexion.

— D'accord. En tout cas, il s'appelait bien Christophe. Il gardait toujours une petite médaille autour du cou. D'un côté il y avait le visage de la Vierge Marie et de l'autre, son prénom gravé. Il m'a raconté que c'était son plus vieux souvenir.

— Il vous en a dit plus sur son enfance ? demanda Michel, intéressé par le tour que prenait la discussion.

— Il en parlait rarement. Sa jeunesse ne lui a pas laissé de bons souvenirs. Peu après sa naissance, il a été confié à un orphelinat, puis il a été placé dans une famille de paysans. Une vie de brimades, mais il avait foi en l'avenir, en un futur loin de tout cela. C'est ce qui l'a aidé à tenir.

Les deux promeneurs avaient atteint le haut de la falaise. Michel savait qu'en continuant il parviendrait chez Yves Le Goff. Annick Corlay l'invita à descendre vers la mer par un sentier qu'il n'avait pas remarqué. Deux minutes plus tard, ils débouchèrent dans une petite crique sauvage.

— Je venais souvent jouer ici avec Corentin et ses copains. J'étais une princesse ou une morigane, au gré de notre imagination d'enfant. On appelait cet endroit le repaire des fantômes. On aimait croire que des esprits venaient traîner la nuit pour tourmenter ceux dont l'âme était noire…

Elle reprit son récit… pour le romancier, mais surtout pour faire revivre son amant :

— Le lendemain de Noël, Christophe m'a dit qu'il m'emmènerait à Londres l'année suivante. On aurait mangé du *Christmas pudding* et après, il m'aurait offert un repas dans un bon pub. On s'est chamaillés quand il a maintenu que, parfois, le cidre anglais était meilleur que notre cidre breton. Je lui ai répondu que, de toute façon, il ne parlait même pas anglais. Alors il s'est mis à me réciter les paroles d'une chanson des Beatles avec un super accent. Je ne m'attendais pas à ça. Il m'a juste expliqué qu'il connaissait Londres.

— Il ne s'est pas plus étalé que cela sur le sujet ?

— Non... C'est bête à dire, mais ma mère m'attend, monsieur Navarre. Même si elle n'a jamais aimé Christophe, c'est ma mère, et elle vient de perdre son fils. Nous sommes deux veuves qui essayons de nous soutenir, conclut-elle tristement. Je pense vous avoir raconté tout ce qui pouvait vous aider.

— Merci, Annick. Est-ce que je peux faire quelque chose pour vous ?

— Allez faire une petite prière pour son âme au cimetière marin, au bout de la lande. Il ne faut pas abandonner les morts.

— Je ne suis pas vraiment croyant, mais je m'y rendrai demain matin.

— Merci pour lui. Une dernière chose : le frésinat, c'est quoi ?

— Une sorte de ragoût de porc que les paysans préparaient juste après avoir tué le cochon. Une spécialité tarnaise... Pas forcément le plat le plus léger qui existe, mais un délice, ajouta-t-il avec un sourire.

23. CAUCHEMAR. 3 AVRIL 1985

Trois heures du matin. Les volets de la chambre étaient fermés et les rideaux occultaient toute lumière. Malgré cela, tous les sens de Yann Karantec étaient en alerte. Lui qui avait toujours dormi la fenêtre grande ouverte pour profiter de la fraîcheur bénéfique de la nuit se planquait comme un couard. Son cœur s'accéléra lorsqu'il l'entendit. Cela faisait maintenant six mois qu'il venait le narguer. La première fois, c'était la veille de la mort de son fils Patrick. Il avait été surpris, mais n'y avait guère prêté attention. Il était ensuite revenu toutes les semaines et, depuis huit jours, c'était chaque soir qu'il poussait ses hurlements lugubres. Un loup dont les plaintes se faisaient chaque nuit plus menaçantes. Rapidement, Yann s'était persuadé que l'assassinat de Patrick et l'entrée en scène de cette bête étaient intimement liés. Il avait évidemment tout mis en œuvre pour traquer l'individu qui se jouait de lui. Il s'était renseigné, mais il n'y avait plus de loups dans la région depuis des dizaines d'années. Il avait fait surveiller son domaine, mais aucun des gardiens n'avait remarqué quoi que ce soit, pas une trace du passage de l'animal ! Il avait fait recenser les chiens dont l'allure aurait pu prêter à confusion. Il en avait même discrètement fait disparaître une demi-douzaine. Rien n'y avait fait : la bête revenait le hanter.

Quelques semaines plus tôt, il avait évoqué le sujet à un déjeuner dominical. Si chacun vivait comme bon lui semblait durant la semaine, toute la famille, des grands-parents aux petits-enfants, se retrouvait le dimanche au manoir de Kercadec. Seule Elsa, sa benjamine, n'avait plus mis les pieds dans la propriété depuis une quinzaine d'années. Personne n'avait entendu ce loup, et son fils aîné, Christian avait suggéré les effets d'une digestion difficile. Yann n'avait pas insisté. Cependant, après que la domestique eut débarrassé la table, Ève, sa femme, avait voulu lui parler en tête à tête. Si leur vie commune était depuis longtemps réduite à la participation à des œuvres de charité ou des inaugurations de maisons de retraite, il lui reconnaissait le mérite de lui avoir donné cette famille sur laquelle il régnait. Elle avait toujours admis, par obligation, qu'il découche. Il avait connu des centaines de maîtresses, mais elle ne lui en parlait jamais. Une seule fois, elle n'avait pas accepté ses incartades. En 1950, il avait choisi une secrétaire qui faisait fantasmer tous les mâles des carrières de Saint-Ternoc et dont les talents dépassaient ceux d'une simple dactylo. Les gémissements à peine étouffés qui s'échappaient régulièrement du bureau directorial ne laissaient planer aucun doute sur leur relation. Il n'avait pas écouté les remontrances de sa femme, jusqu'à ce qu'il la découvre dans son lit, nue, avec l'un des jardiniers du domaine. Le message avait été clair : sortir avec son assistante au vu et au su de tous était pour Ève l'humiliation de trop, la dégradation sociale. De son côté, Yann Karantec ne pouvait se permettre ce genre de ragots sur sa famille. Son image aurait été mise à mal et son influence sur la population en aurait pâti : on se moque toujours d'un cocu, surtout lorsqu'il est puissant. Il avait aussitôt licencié sa secrétaire ; Ève avait renvoyé le jardinier à ses hortensias et avait cessé de jouer à Lady Chatterley.

La sueur coula entre les épaules de Karantec lorsqu'il se remémora leur discussion de ce dimanche. Sa femme, blanche comme un linge, lui avait serré les mains presque hystériquement.

— C'est grave ce qui t'arrive, Yann, c'est très grave.

Surpris, Yann ne l'avait pas interrompue.

— Ce n'est pas un loup, pour sûr. J'ai le sommeil très léger, et je ne l'ai jamais entendu. Pas une fois.

— C'est que j'ai dû rêver, tenta de conclure le maître de Saint-Ternoc. Ou alors c'est le clébard d'un des péquenots du coin !

— Non, et tu le sais parfaitement. Tu n'es pas le genre d'homme à raconter ce genre d'histoire sans en avoir été effrayé. L'un des gardiens m'a confié qu'il recherchait activement les traces d'un loup ou d'un chien sauvage. Comme tu ne m'en avais pas parlé, je n'ai pas voulu aborder le sujet, mais maintenant…

— D'accord, je l'ai évoqué. Et ensuite, quoi ?

— Tu as toujours regardé les choses et les gens de haut, Yann. Tu es riche, puissant, et tu as ce visage qui refuse les marques du temps. Tu te crois peut-être immortel, mais les morts, eux, s'en moquent !

— Que viennent foutre les morts dans cette affaire ? s'énerva le mari.

— Tu le sais très bien. Tu fais l'esprit fort mais, comme moi, tu as entendu les histoires de nos parents et de nos grands-parents. Tu sais que les morts vivent auprès de nous et qu'ils peuvent revenir quand ils le veulent.

— Arrête ça tout de suite, Ève, tu es ridicule !

Sa femme avait pourtant poursuivi :

— Souviens-toi du père Faouët, celui qui avait tué son frère Victor pour hériter seul du domaine. Pendant des années, chaque nuit, Victor a attendu le père Faouët dans le champ où il avait eu le crâne fracassé. Plus personne n'osait passer là-bas. Moi, je l'ai vu de mes propres yeux, le Victor. Faouët a fini par se pendre, fou de terreur. Le jour de ses obsèques, on a entendu le bruit des sabots du mort derrière le corbillard. Alors, ne dis pas que je suis ridicule !

Yann Karantec avait éclaté d'un rire sonore et moqueur.

— À l'heure où les Américains construisent des ordinateurs et des navettes spatiales, ma femme vient me parler du claquement des sabots d'un fantôme. Bienvenue dans le XXᵉ siècle ! Assez joué, Ève, j'ai du travail.

Son épouse ne s'était pas laissé impressionner et, pour la première fois, elle l'avait fixé droit dans les yeux sans lâcher son regard.

— Je ne sais pas tout ce que tu as fait au cours de ton existence, mais je suis persuadée que tes agissements ne sont pas étrangers à la mort de Patrick. Alors, reste en tête à tête avec ta conscience, mais si, à cause de toi, il arrive quelque chose à un autre de nos enfants, je te le jure, Yann Karantec, je ne te le pardonnerai jamais.

Puis, sans attendre de réponse, elle avait quitté la pièce.

111

Comme un enfant, Yann Karantec remonta les couvertures sur lui. Il ne savait plus s'il tremblait de froid ou d'inquiétude. Ce jour-là, les propos de sa femme l'avaient consterné. Cependant, le temps et les événements irrationnels avaient érodé son assurance. Et si ce loup l'appelait à expier une faute ! Il avait vécu durant soixante-treize ans sans l'ombre d'un remords. Depuis six mois, il doutait. Non, il ne regrettait rien, mais il doutait. Et si tout devait se payer un jour ? La bête hurla une nouvelle fois. Elle chantait toujours sa complainte de mort. Soudain, un bruit sec troua la nuit et le hurlement cessa. Le silence ! Karantec attendit un long moment et lâcha un soupir de soulagement. Elle était partie. Il se décontracta et fit jouer ses muscles. La peur qui le saisissait lui paraissait infiniment stupide dès que l'animal disparaissait. Comme il se détendait, une mélodie s'infiltra dans la pièce, une mélodie qu'il avait écoutée si souvent : le canon de Johann Pachelbel. Une immense sensation de calme le gagna. C'était son morceau préféré. Il aimait ces variations qui se répondaient à l'infini, il les aimait viscéralement. Mais, imperceptiblement, les notes perdirent leur incroyable douceur, les accords devinrent dissonants. Que se passait-il ? Les cordes des violons lui déchirèrent les tympans et les souvenirs liés à ce morceau prirent vie, envahirent son esprit et l'entraînèrent dans une contrée qui devait sans doute s'apparenter à l'enfer.

24. PÈRE ET FILS

— Yann, mon ami, je ne vois aucun symptôme alarmant. Ton cœur et ta tension sont parfaits, tes réflexes sont bons. Il faudra par contre que tu bosses un peu moins. Ton cauchemar de cette nuit devrait te pousser à prendre du repos. Même si tu es encore une force de la nature, tu as quand même soixante-treize ans.

— Tu penses qu'une hallucination peut être une cause suffisante pour que je me chie dessus ? lança Karantec.

— Si tu as vécu un épisode de peur intense, pourquoi pas ? Tu ne te rappelles vraiment plus ce rêve ? insista le docteur Kerazou.

— Non, mentit Karantec. Je me souviens juste d'un moment de panique. Endormi dans des draps propres et réveillé dans ma merde. Je ne deviendrais pas fou ?

— Fou, non, mais quelque chose te travaille sans doute, consciemment ou inconsciemment. Si tu es prêt à livrer tes sombres secrets, plaisanta le médecin, je peux te donner le nom d'un excellent psy.

— Tu crois que je vais m'allonger sur un divan pour raconter ma vie à un crâne d'œuf ?

— Mon crâne d'œuf est une charmante praticienne.

— Les charmantes praticiennes, c'est sur elles que je m'allonge, pas sur leur divan. Prescris-moi plutôt une boîte de calmants et je m'occupe de gérer mon moi ou mon surmoi, comme tu préfères. Et merci de t'être déplacé si tôt.

— Au ton de ta voix, j'ai compris que tu avais besoin de parler, compatit le médecin en rédigeant son ordonnance. Il la lui tendit, ramassa son manteau et se leva. Avant de sortir, il ajouta :

— Je compte sur toi dimanche prochain pour le tournoi de golf de Saint-Samson.

Seul, assis dans le fauteuil club de son bureau, Yann Karantec réfléchissait. Il ne savait plus ce qu'il devait croire. Il se souvenait parfaitement de sa nuit, chaque détail était resté imprimé dans son cerveau. Il n'avait pourtant aucune explication.

Il avait repris connaissance à six heures du matin. La maisonnée dormait encore. L'odeur de ses excréments l'avait tout de suite indisposé. Il s'était rendu dans le petit cabinet de toilette attenant pour se laver. Pas question qu'un seul membre de Kercadec apprenne que le maître de Saint-Ternoc s'était vidé les entrailles dans son lit. Il avait pris une douche, avait passé des vêtements propres et même retiré ses draps. Ils finiraient à la poubelle, avec son caleçon. Puis, il avait appelé son médecin de famille et était descendu boire un café. Le jour commençait à poindre et la bonne arrivait tout juste. Elle lui avait servi son petit déjeuner.

Dix heures. La colère avait remplacé ses peurs nocturnes. Le jardinier venait de l'informer de la mort de son chien préféré : un dobermann du nom de Mériadec. Il avait découvert l'animal près d'un bosquet de noisetiers, sans marque apparente. Empoisonné ? Il fit aussitôt le lien avec le claquement sec qui avait suivi les derniers hurlements du loup ! Devenait-il vraiment fou ?

Il avait convoqué Christian, son fils aîné. Christian était directeur adjoint des carrières et avait, aux yeux de son père, la carrure pour prendre les rênes de l'entreprise. Le garçon était intelligent et ses scrupules étaient suffisamment ténus pour qu'il puisse réussir dans les affaires. C'était celui qui lui ressemblait le plus. Le maître de Saint-Ternoc avait également dans l'idée de lui confier, plus tard, la gestion de ses activités. À ce jour, personne d'autre que lui n'en connaissait la teneur exacte. Les mieux informés savaient que Yann Karantec avait investi dans l'industrie pharmaceutique et que cela payait bien, mais aucun détail n'avait filtré. L'alerte de la nuit avait incité Yann à passer la main plus rapidement que prévu. Il dévoilerait à Christian les vraies origines de la fortune actuelle des Karantec. Lui-même jouerait ensuite un rôle de conseiller occulte qui lui conviendrait à merveille.

— Vous vouliez me parler, père ? J'étais aux carrières et on vient de me transmettre votre message. Des soucis ? s'enquit Christian Karantec.

— Rien de grave pour le moment.

Il hésita un instant et poursuivit :

— Mais… quelque chose me tracasse. Je pense que depuis le meurtre de ton frère quelqu'un continue à en avoir après la famille.

Christian Karantec fut surpris par le ton donné à la conversation. Son père n'était pas du genre à s'inquiéter, encore moins à faire part de ses états d'âme à son entourage.

— Comment ça, nuire à la famille ? Je croyais que la mort de Patrick était liée à une histoire de fesses qui avait mal tourné. La gendarmerie a trouvé quelque chose ?

Yann Karantec n'avait raconté à personne les conditions exactes de l'assassinat de Patrick. Il n'avait jamais avoué que c'était lui qui l'avait envoyé à l'abattoir, ni que les gendarmes avaient retrouvé le cadavre de son fils avec un pieu en bois enfoncé dans l'anus. Il en était resté à un étrange rendez-vous avec un inconnu. Patrick avait cocufié assez de maris dans la région pour que la thèse de la vengeance soit crédible. La maréchaussée avait, de son côté, gardé le secret et discrètement poursuivi son enquête, mais sans succès. Ils n'avaient aucune piste, si ce n'est un chapeau en feutre détrempé par la pluie : aucune trace de cheveu. L'assassin avait été vigilant.

— Non, ils continuent à m'assurer qu'ils travaillent sur l'affaire, mais je suis persuadé qu'ils ont refermé le dossier. Si je t'ai fait venir, c'est parce que deux trucs me préoccupent. Le premier, c'est qu'un des jardiniers a trouvé Mériadec mort dans la propriété ce matin.

— Mériadec ? Merde ! Qu'est-ce qui s'est passé ? Pauvre bête… s'attrista Christian.

— Son cadavre était juste sous ma fenêtre. Je pense qu'il a été tué.

— Les autres chiens auraient dû réagir si on s'était introduit chez nous. Vous avez prévenu la gendarmerie ?

— Pas encore. Je vais les appeler pour déposer plainte, mais je ne me fais pas d'illusions sur leur efficacité. Par contre, je te jure que je retrouverai l'ordure qui a fait ça et qu'il le regrettera. Huit ans que Mériadec m'accompagnait dans toutes mes balades. Le seul de mes proches dont je n'ai jamais douté de la fidélité !

— Merci pour moi !

Yann embraya sans relever l'intervention de son fils :

— J'imagine que le fils de pute qui a fait cela veut nous effrayer.

— Nous effrayer ? Enfin, père, on tient toute la région entre nos mains ! Si je voulais nuire aux Karantec, je m'y prendrais autrement qu'en empoisonnant un chien dans leur propriété.

L'inquiétude soudaine du patriarche était étrange. Quel secret cachait encore son père ? Il ajouta, comme pour le rassurer :

— On découvrira qui a fait ça, soyez-en certain. Sinon, le second élément dont vous souhaitiez me parler, c'est quoi ?

— Ce romancier, Navarre, il est en train de s'informer sur la vie du village. Je n'arrive pas à savoir ce qu'il est exactement venu foutre ici. Officiellement, il cherche l'inspiration. Officieusement, il n'arrête pas de fouiner à gauche et à droite, de poser des questions. Je suis persuadé qu'il enquête sur notre famille et sur la mort de Patrick.

— Excusez-moi, père, mais vous êtes peut-être en train de faire des raccourcis, non ? Ou alors vous avez d'autres révélations à me faire ?

Yann Karantec ouvrit un tiroir de son bureau. Il sortit une boîte de cigares et en proposa un à son fils. Quelques secondes plus tard, les deux hommes expulsaient de concert des ronds de fumée épaisse qui s'élevaient doucement dans l'air.

— Tu as raison, Christian, je ne t'ai pas tout raconté. Promets-moi d'abord de ne jamais répéter à ta mère ce que tu vas entendre.

— Je vous le promets, je garderai tout pour moi, répondit Christian, méfiant. Il connaissait assez son père pour s'attendre à tout, voire au pire.

— Ton frère n'a pas été la victime d'un cocu, avoua Yann.

— Pourtant, vous avez fait enquêter sur tous les maris des maîtresses de Patrick !

— C'était pour offrir aux habitants et à la famille une cause de décès plausible. Un meurtre passionnel, ça émeut sur le coup et on le range ensuite dans les faits divers. La vérité est différente. Le matin de la mort de Patrick, j'ai reçu un courrier anonyme qui me donnait rendez-vous le soir même dans les carrières. L'auteur avait un secret à me dévoiler, ou à me vendre, je ne sais pas. Il faisait allusion à la dernière guerre, mais il n'en disait pas plus.

— Vous avez pris cette lettre au sérieux ? s'étonna Christian. Ce n'est pas la première fois qu'on essaie de nous faire chanter pour nous soutirer de l'argent.

— Non, mais ton frère était dans le bureau et a insisté pour que j'aille à ce rendez-vous. Comme j'ai refusé, il a proposé de me remplacer.

Christian Karantec fronça les sourcils. Que son frère Patrick, le trouillard de la fratrie, offre d'aller seul en pleine nuit dans les carrières était très surprenant. Cependant, il ne fit aucun commentaire, laissant son père poursuivre.

— Comme un con, j'ai accepté, et il ne se passe pas un jour sans que je le regrette.

— Patrick a donc été assassiné à votre place ? lâcha froidement Christian.

— Non. Le tueur me connaissait forcément. Il a bien vu que ce n'était pas moi.

— Alors c'est encore pire ! Il a voulu vous infliger une leçon !

— Je n'en sais rien. J'ai fait mener une enquête discrète en parallèle de celle des gendarmes, mais elle n'a rien donné. C'est comme si un fantôme s'attaquait à nous.

Christian ne trouva rien à répondre. Seul le ronronnement du poêle à bois meublait le silence. Il avait toujours considéré son père comme un pragmatique, que personne ni aucune croyance n'arrêtait. Il l'avait vu humilier des partenaires, faire chanter des politiciens qui lui mangeaient maintenant dans la main, abuser sans vergogne de son pouvoir et de sa richesse, même auprès des plus fragiles. Il n'écoutait aucune complainte, sauf celles qui pouvaient renforcer sa position ou lui permettre de mettre la femme d'un autre dans son lit. Cet homme inébranlable avait été son modèle. Et voilà que, ce matin, il parlait de fantômes ! Son père ne lâchait jamais rien au hasard. Christian frissonna malgré lui : il pressentit que des nuages allaient bientôt s'accumuler au-dessus de la tête des Karantec.

25. RÉVÉLATIONS

Yann Karantec se redressa sur son siège et s'étira. Il était mal à l'aise. Pour la première fois de sa vie, il allait avouer publiquement qu'il ne maîtrisait plus la situation. Si une personne était capable d'entendre ce qu'il avait à dire, c'était son fils Christian. De toute façon, il aurait bien fallu, à un moment ou un autre, transmettre le flambeau. Yann avait trente-deux ans quand son père Émile lui avait cédé les rênes de l'entreprise, à la fin de l'année 1944. Au sortir de la guerre, Émile Karantec, collaborateur zélé de la première heure, avait su manœuvrer et faire jouer ses relations pour échapper à la justice de la République. Cependant, il n'avait pas échappé à celle d'un père... Il était mort l'année suivante, victime du geste d'un déséquilibré. Il avait été poignardé en gare de Brest et avait rendu l'âme juste avant l'arrivée de son fils. Yann en avait gardé un douloureux regret pendant de longues années. L'enquête avait rapidement montré que le déséquilibré ne l'était pas tant que cela. C'était le père de l'un des prisonniers du pénitencier, un résistant de dix-sept ans dénoncé par Émile Karantec et assassiné sur l'île de Maen Du.

Contrairement à son père, Yann ne s'était pas lancé dans une carrière politique. Néanmoins, il avait fidélisé de nombreux amis bretons au sein de tous les partis. Son sens des affaires l'avait amené à investir dans l'industrie pharmaceutique. Il avait vite compris que l'âge d'or de l'exploitation du granit était révolu et avait profité des opportunités de l'après-guerre pour placer son argent dans un secteur en plein essor. La majeure partie de la fortune des Karantec était maintenant à l'étranger, mais seuls un comptable au-dessus de tout soupçon et lui-même en maîtrisaient les détails.

— Il faut que je te parle de l'histoire de la carrière, entama Yann Karantec.

Christian ne vit pas de rapport immédiat avec le sujet d'inquiétude de son père, mais il lui signifia son attention d'un hochement de tête.

— Je voulais fêter l'anniversaire de son premier siècle cette année, mais la mort de Patrick a mis fin à ce projet.

— Un siècle ? Je croyais pourtant qu'elle datait de 1890.

— En 1890, Sadi Carnot a inauguré le pénitencier de Maen Du. Le contrat a été passé en janvier 1885.

— Oui, c'est vrai. Et alors ?

— En tant que fils aîné et futur héritier du domaine, tu dois connaître les conditions dans lesquelles ce contrat a été obtenu.

Christian s'épargna tout commentaire et se cala dans son fauteuil. La suite ne serait sans doute pas des plus reluisantes, mais cela l'excitait. On ne bâtit pas un empire sans se salir les mains. Le même sang que celui de son père et de ses aïeux coulait dans ses veines. Seul le résultat importait ! Le chemin pour y arriver n'était qu'un ensemble de péripéties.

— Comme tu le sais, auparavant, nos ancêtres étaient des tailleurs de pierre. La famille avait une petite entreprise, prospère, certes, mais sans pour autant classer les Karantec parmi les plus riches du village. Quand ton aïeul Georges en a hérité en 1876, cinq personnes y travaillaient. Peu avant le lancement de l'appel d'offres pour la construction du pénitencier de Maen Du, en 1884, la société comptait déjà trente employés. Mon grand-père Georges avait un sens inné pour les affaires. En quelques années, il s'était forgé un bon réseau de relations. Sa femme, Louise, magnifique, l'a parfaitement secondé. Mon père n'en a jamais parlé, mais des rumeurs laissaient entendre qu'elle n'hésitait pas à réchauffer quelques lits pour faciliter l'obtention de contrats. Va savoir ! Si cela était le cas, le jeu en a valu la chandelle.

Quand le projet de construction du pénitencier a pris forme en 1884, personne n'imaginait un instant que la famille Karantec puisse y faire autre chose qu'une pitoyable figuration. Une filiale de la Société de construction des Batignolles et des grands noms du

BTP breton s'étaient mis sur les rangs. Le génie de Georges fut de soumettre une technologie différente de celle de ses concurrents. Les solutions en vogue à l'époque reposaient sur l'emploi du ciment. C'était moderne ! Georges a proposé de réaliser le pénitencier en granit.

— Les autres entreprises bretonnes ont dû avoir la même idée, non ? Sincèrement, je ne vois pas de fulgurance particulière.

— S'ils l'ont eue, ils se sont vite retrouvés confrontés à la pénurie de matière première. Il n'y avait pas de grosse carrière à proximité de l'île de Maen Du, et le transport des blocs de granit aurait coûté une fortune. Par ailleurs, ils voulaient s'aligner sur les entreprises de la capitale pour proposer des techniques « de pointe », ajouta Yann.

— D'accord, mais il n'y avait pas plus de granit disponible pour les projets de notre aïeul que pour ceux de la concurrence. De mémoire, on n'exploitait que la partie basse du gisement.

— Exact. Le génie de Georges a été d'exploiter non pas quelques milliers de mètres carrés de pierres, mais plusieurs dizaines d'hectares. La carrière actuelle était, à l'époque, recouverte par la forêt communale de Saint-Ternoc. Personne n'aurait imaginé pouvoir obtenir l'autorisation d'abattre une partie de cette forêt millénaire.

— Bonne-maman m'a raconté plus d'une fois les légendes qui couraient sur ces bois. Je suppose que la lutte pour décrocher le permis d'exploitation a dû être épique, commenta Christian.

Yann Karantec regarda instinctivement par la fenêtre et baissa la voix sans même s'en rendre compte.

— Rien n'a arrêté ton arrière-grand-père dans son projet. Il était comme un fauve qui sent l'odeur du sang. Dès qu'il a commencé à discuter officiellement avec le maire et le sous-préfet, le village s'est opposé à lui. La forêt de Saint-Ternoc était l'une des plus anciennes de Bretagne et fourmillait de lieux sacrés. Des menhirs, des chênes, des rivières, des sources… Un saint s'y était abreuvé, un esprit l'habitait, une fée venait s'y baigner. Le peuple était profondément chrétien, mais il avait ajouté à sa foi des superstitions millénaires.

— D'accord, père, merci pour le rappel culturel, mais c'était le cas partout en Bretagne. Un tel contrat apportait de la richesse à

Saint-Ternoc et à ses environs ! Et le terrain appartenait à la commune. Donc où était le problème ?

— L'administration pensait comme toi. Mais, pour la majorité des villageois, la forêt faisait partie du patrimoine local. Un avocat brestois s'est joint à eux pour défendre leur cause. En plus de ça, ils s'étaient choisi un représentant du nom d'Erwan Le Bihan. Georges a négocié plusieurs mois avec lui. Finalement, en échange de la conservation de quelques lieux sacrés et de la promesse de deux cents emplois pour les gens de Saint-Ternoc, il a obtenu l'autorisation d'abattre cinq hectares de forêt. Entre-temps, Georges avait préparé une alliance avec plusieurs architectes brestois et travaillé son réseau d'amitiés politiques. Il a pu rendre son offre la veille de la date limite. Elle a été sélectionnée.

— Si on revenait à la forêt ? Elle faisait quelle superficie à l'époque ?

— Plus de deux mille hectares. Rien à voir avec la forêt de Brocéliande, mais elle était tout de même vaste. L'accord a été conclu et le contrat a été signé le 15 janvier 1885. Dès le lendemain, Georges a envoyé une armée de bûcherons recrutés dans toute la Bretagne. Deux semaines plus tard, les cinq hectares prévus avaient été défrichés. Au bout de trois mois, c'étaient quinze hectares, et à la fin de l'année 1885 trente hectares avaient disparu.

— Là, vous êtes en train de m'expliquer qu'il s'est assis sur ses promesses, c'est ça ?

— Tu sais bien que les promesses n'engagent que ceux qui les croient. Les élus du village et du canton étaient coincés. Ils ne pouvaient plus arrêter les travaux sans se décrédibiliser aux yeux de l'État français. Georges avait gagné son pari. Il a fait venir des centaines d'ouvriers de Bretagne, trop heureux de trouver un boulot et prêts à recevoir des salaires minimes. Il a toujours eu l'art et la manière de réduire au silence les syndicalistes trop revendicatifs.

— Il a parfaitement mené sa barque. Où est le problème, père ?

— Les opposants au projet n'ont pas accepté la trahison de Georges. Ils ont d'abord fait appel auprès de la justice. Malgré leur avocat, brillant paraît-il, ils n'ont pas obtenu gain de cause. Un groupe de plusieurs familles, supervisé par cet enragé d'Erwan Le Bihan, a fait courir des rumeurs : les Karantec avaient volontairement profané des lieux sacrés et cherchaient, sur ordre de la capitale, à détruire les traditions bretonnes.

— Rien que ça ! Qui y a cru ?

— Beaucoup de monde. Il y a un siècle, les morts accompagnaient les vivants dans leur quotidien. Plus d'un solide gaillard est rentré chez lui terrifié, assurant avoir croisé l'Ankou et sa carriole. Alors, peu à peu, le venin a commencé à produire son effet. Des grèves se sont déclenchées sur le chantier, des plaintes ont été déposées. Georges a dû réagir.

— Il s'y est pris comment ?

— Pas de la façon la plus élégante, mais sans aucun doute de la plus efficace. Lors d'une fête organisée au village, il a réussi à envoyer Erwan Le Bihan dans la lande. Mon père ne m'a pas précisé quel prétexte avait été utilisé. Georges et plusieurs de ses amis l'ont menacé. Il s'est défendu et une bagarre s'en est suivie. Seul contre plusieurs, Le Bihan n'avait aucune chance. Ils l'ont poursuivi, puis jeté du haut de la falaise. Ils sont revenus sans rien dire. Les rares qui les avaient vu partir ensemble se sont tus. Le pouvoir des Karantec était déjà bien assis.

— Donc, c'était gagné !

— En mémoire de Le Bihan et pour obtenir le paiement de leurs salaires, un groupe d'irréductibles a convaincu la majorité des ouvriers de lancer une grève illimitée. Un des meneurs les a trahis en prévenant Georges de ce qui se tramait. Ton arrière-grand-père a aussitôt fait appel aux autorités. Le préfet a envoyé la troupe pour les chasser. Cinq paysans et bûcherons ont été tués.

— Des gars du pays morts pour la carrière ? Comment ça se fait que je n'aie jamais entendu parler de cette histoire ? s'exclama Christian en se redressant dans son siège.

— La presse de l'époque a passé les faits sous silence. Elle a évoqué un décès et quatre personnes condamnées au bagne en comparution immédiate. Officiellement, ils sont rapidement morts là-bas.

— Je sais qu'on ne fait pas d'omelettes sans casser des œufs, mais une justice aussi expéditive, c'est étonnant, commenta Christian.

Son père eut un sourire ironique :

— Souviens-toi de ce qui s'est passé quand Joseph Le Brozec s'est tué dans les carrières. Maintenant, sa femme, Katell, te mange dans la main… pour garder une expression polie.

— C'est vrai, et je ne m'en plains pas. Vous avez raison : sur ce coup-là, Georges a réussi un coup de maître. Je vous remercie, père, pour cette édifiante histoire de famille, mais pourquoi me la raconter aujourd'hui ? Elle a eu lieu il y a un siècle, et depuis, nous avons régulièrement usé de certaines méthodes pour mettre de l'ordre dans nos affaires.

— Au moment de mourir, Erwan Le Bihan a lancé une malédiction sur notre famille et sur le village, continua gravement son père.

— Écoutez, père, s'alarma Christian en voyant son interlocuteur pâlir, pourquoi est-ce que cette histoire prend de l'importance aujourd'hui ? Ce Le Bihan est mort il y a près de cent ans.

— Dans quatre mois, ça fera exactement cent ans.

— D'accord, mais depuis un siècle il ne s'est plus jamais rien passé, et il n'y a aucune raison pour qu'un malheur nous tombe dessus tout d'un coup.

— Tu te souviens de la façon dont est mort ton arrière-grand-père Georges ? reprit Yann Karantec.

— Oui, il a fait une chute en inspectant la carrière et il est mort sur le coup.

— Ça, c'est la version officielle. Il est bien mort dans les carrières, effectivement. Mais seul, en pleine nuit. On n'a jamais su pourquoi il s'y était rendu. Une bonne qui ne dormait pas l'a vu partir, visiblement affolé, en direction de la lande. On l'a retrouvé le lendemain avec la colonne vertébrale brisée en trois endroits. Pas le fruit d'une simple chute !

— Eh bien, j'en apprends chaque minute ! Georges aura été victime d'un traquenard. Mais en quoi…

Christian Karantec s'arrêta net, fixa son père et reprit :

— Vous pensez qu'il y a un lien entre la mort de Georges et l'assassinat de Patrick ?

— Je n'en sais rien, mais je ne t'ai pas encore tout dit.

Le futur héritier des carrières de Saint-Ternoc ne souriait plus. Pour que son père, l'homme le plus pragmatique qu'il ait connu, s'alarme d'histoires d'un autre temps, il devait y avoir de bonnes raisons.

Yann lui raconta sa terreur de la nuit, n'omettant aucun détail, si ce n'est le relâchement de ses sphincters. Il avait besoin de faire le point avec quelqu'un de confiance et parler l'aidait à mettre en ordre ses idées.

— Ce n'est qu'un cauchemar, père ! Quant à cette histoire de loup…

— Le loup gris…

— Quoi, le loup gris ?

— C'était le surnom d'Erwan Le Bihan.

26. LE SECRET

Christian Karantec ne sut quoi répondre. Voir son père dans cet état le perturbait, l'inquiétait même. Yann Karantec était le pilier de la famille. Il avait été dur dans l'éducation de ses enfants, hormis celle de Patrick, à qui il avait presque tout passé. Ses deux autres fils et sa fille lui avaient souvent reproché son peu de tendresse, mais ils n'avaient manqué de rien. Malgré ses quarante-deux ans, Christian se sentait aussi démuni qu'un enfant. La figure tutélaire s'effondrait devant lui.

Il changea de sujet :

— Quand je suis arrivé tout à l'heure, vous m'avez dit avoir des doutes sur Navarre, le romancier. Qu'est-ce qui vous fait croire qu'il tenterait de nous nuire ?

Yann Karantec releva les épaules, bomba inconsciemment le torse et se cala sur son siège. Christian eut un sourire en coin. C'était comme cela qu'il préférait voir son père. Il avait encore besoin du patron.

— On s'est engueulés à la sortie de la cérémonie pour les deux pêcheurs. La vieille sorcière Soizic Le Hir venait de lui parler. J'ai voulu en savoir plus sur ce type. Ancien égyptologue, écrivain à succès, qu'est-ce qu'il fout ici ? Il m'a clairement pris pour un con. Alors j'ai décidé de le faire suivre. Et devine qui il a rencontré ?

Il ne laissa pas à son fils le temps de faire des propositions :

— Yves Le Goff, le pêcheur Jos Laot et l'autre cafetier alcoolique de Lannor, JP comme il se fait appeler. Hier, il a discuté avec Menez, le photographe, et Annick Corlay, la sœur du marin disparu. Cerise sur le gâteau, j'ai appris par le chauffeur de taxi qu'il était allé déjeuner avec Pierre Quénéhervé au Conquet.

— Sans compter qu'il a l'air de faire du gringue à Katell. Je n'ai pas du tout apprécié. Cette petite salope l'a compris !

— Petite salope que tu baises quand même toutes les semaines. Je t'ai déjà dit ce que je pensais de la raclée que tu lui avais mise. On ne frappe pas une femme, surtout quand on est marié. Ça peut donner une mauvaise image de ton couple et des Karantec. Et ça, il n'en est pas question, ne l'oublie jamais !

Christian s'agaça. Son père avait retrouvé ses esprits et le donneur de leçons avait suivi. Yann Karantec avait eu assez de maîtresses pour se dispenser des commentaires sur la vie amoureuse de son fils. Christian recentra cependant leur discussion sur le romancier.

— Bien, il a croisé tous ces gens, et alors ?

— Réfléchis deux secondes. Il a pris contact avec toutes les fortes têtes de la région, tous ceux qui en veulent à notre famille.

— D'accord, mais Le Goff a plus de soixante-dix ans et vit reclus dans sa chaumière. Laot ne quitte jamais son bateau et Lannor ne prendrait pas de risque pour son fonds de commerce. Le photographe parle avec tous ceux qui le souhaitent. Sincèrement, il n'y a rien d'inquiétant là-dedans. Quant à la petite Corlay, qu'est-ce qu'elle vient faire dans cette histoire ?

— Avant qu'elle s'amourache de ce Maleval, ton frère avait des vues sur elle, expliqua Yann.

— Patrick avait des vues sur tout ce qui a une paire de seins et qui porte une jupe.

— Il m'a avoué avoir tenté de la forcer un soir, et s'être fait remettre à sa place par le marin.

— Ah, c'est donc ça le cocard qu'il avait pendant deux semaines ! J'avais eu du mal à croire à son excuse bidon de balle de tennis prise en pleine tête. Vous pensez que Navarre a interrogé Annick Corlay pour avoir des informations sur Patrick ou sur nous ?

— Je n'en sais rien, mais c'est troublant. Ce qui est encore plus troublant, c'est son entretien avec Quénéhervé.

— Si quelqu'un veut connaître l'histoire du pays, il va voir Quénéhervé et il l'invite au resto. Ce n'est pas une nouveauté ! Tout le monde est au courant de son obsession pour l'île de Maen Du.

— Justement…

— Justement quoi, père ?

— En tant qu'héritier de la famille, je vais te livrer le secret de Maen Du.

Quand, une heure plus tard, Christian Karantec quitta le bureau de son père, le monde avait pris un air différent. Son propre avenir également.

Ils devaient effectivement s'assurer que ce romancier ne viendrait pas fouiller de trop près dans leurs affaires.

27. RENCONTRE DANS UN CIMETIÈRE

Juste après un déjeuner pris au restaurant de la place de l'église, Michel Navarre s'était mis en route vers le cimetière de la lande. Étonnamment, deux cimetières accueillaient les défunts du village de Saint-Ternoc. Le premier se situait derrière l'église, au plus près de la protection divine, le second était éloigné du bourg, perdu dans la nature, face à la mer. Les marins et leur famille étaient traditionnellement inhumés sur la lande. Katell Le Brozec n'avait pas su lui expliquer l'origine de cette pratique. C'était comme ça, et, jusqu'à peu, personne n'aurait osé braver cette règle ancestrale sous peine de fâcher l'Anaon, le peuple des âmes en peine, et de se créer de graves problèmes.

Le cimetière avait été construit au bord de la falaise, surplombant l'océan qui brillait de mille feux. Le soleil jouait avec les vaguelettes. Elles réfléchissaient ses rayons au hasard de leur danse incertaine. Un muret de pierres entourait des tombes modestes. Michel entra dans l'enclos. Des sépultures simples, offertes à leurs morts par des familles en deuil, et de nombreux crucifix en granit fleurissaient au gré de ses pas, signes d'espérance en une vie meilleure et de protection contre les forces du mal. Il avança sur l'allée de gravier parsemée de quelques rares mauvaises herbes et déchiffra les noms gravés sur les pierres tombales. Il erra de longues minutes, apaisé par la paix du lieu. Pourquoi était-il venu ? Sans aucun doute pour tenir la promesse faite à Annick, mais aussi pour se plonger dans l'âme de ce village dont l'ambiance l'imprégnait peu à peu. Il s'arrêta devant la sépulture de la famille

Le Goff. Un nom avait été récemment gravé : « Yvonne Le Goff, 1915-1982 ». Michel eut une pensée pour elle et termina son circuit en rejoignant le modeste monument où avaient été déposées les croix de Corentin Corlay et Christophe Maleval. Il lut l'inscription avec attention : « *Ici sont déposées les croix de proëlla en mémoire de nos marins qui meurent loin de leur pays, dans les guerres, les maladies et les naufrages.* » Saisi par l'émotion, il tourna les yeux vers la mer. Elle avait offert la vie à ces marins avant de la leur arracher.

Il avait réalisé son pèlerinage et pouvait maintenant retourner à Saint-Ternoc. Comme il quittait le cimetière, il aperçut deux individus près de l'entrée. Ils étaient de dos et regardaient l'océan. Perdu dans ses pensées, il ne les avait pas vus arriver. Ils lui bouchaient le passage ; il s'adressa à eux :

— Bonjour messieurs…

Les deux inconnus firent volte-face. Michel marqua un temps de surprise : ils portaient une cagoule. Seuls les yeux, le nez et la bouche apparaissaient. Des ennuis en perspective !

— Qu'est-ce que tu fiches là ? aboya l'un d'eux.

Michel décida de garder son calme. Même si la situation était inquiétante, c'était pour lui l'unique moyen de s'en sortir.

— Je suis venu admirer ce magnifique endroit et me recueillir sur la tombe des deux marins morts en mer il y a deux semaines.

— Un cimetière, c'est pas là qu'on fait du tourisme, grogna l'homme. Si on veut faire du tourisme, on va à la plage.

— Ah, désolé. J'ignorais qu'il fallait un permis pour circuler sur la commune de Saint-Ternoc. Qui les délivre ? Monsieur le Maire ?

— Te fous pas de ma gueule, le Parisien, lui cracha son interlocuteur.

Michel regretta son trait d'ironie. Ce n'était pas ainsi qu'il arrangerait les choses.

— Loin de moi cette idée, mais…

— Y a pas de mais ! Tu fais tache dans le village. Alors tu vas dégager et vite fait !

L'archéologue fixa les visages, tentant de mémoriser les détails qui apparaissaient malgré la cagoule. La voix agressive le rappela à l'ordre.

— T'as compris ? Tu te casses !

Michel n'était pas dans une position qui lui permette de négocier. Rentrer et enquêter ensuite sur ces deux hommes, c'était ce qu'il avait de mieux à faire.

— Bien, j'ai compris. Je rentre à l'hôtel, puis je quitte Saint-Ternoc. C'est ce que vous souhaitez, n'est-ce pas ?

— T'as tout compris, le Parisien. T'as emmerdé un peu trop de monde depuis que t'es là.

— Alors j'obtempère et je m'en vais. Messieurs, je ne vous salue pas.

Comme il avançait vers la sortie de l'enclos, l'individu le plus proche le saisit par le col de sa veste. Michel avait anticipé un tel geste. Il avait attrapé une pierre posée sur le muret et, la serrant dans sa main, en frappa violemment son agresseur au menton. L'assaillant hurla et le lâcha immédiatement. Les deux inconnus étaient costauds, mais lourds. Pas du genre à courir tous les jours. Sa seule chance était de les distancer rapidement, puis de rejoindre la forêt. Une fois au village, il serait en sécurité. Il n'avait pas fait deux pas qu'on l'agrippa par l'épaule, le forçant à pivoter. Il ne put éviter le poing qui arrivait sur sa pommette. Il recula et trébucha sur un rocher. Il n'eut pas le temps de se relever. Son adversaire était revenu à la charge. Il se roula en boule pour protéger ses organes vitaux : une terrible douleur dans la cuisse, puis dans les côtes, deux fois, trois fois. Comment allait-il supporter la pluie de coups qui s'apprêtait à tomber ? Soudain, au loin, un hurlement… puis un autre. Les inconnus discutèrent entre eux. Il ne comprit qu'un : « Et que ça te serve de leçon, parce que si y a une deuxième fois… ! » avant de les voir s'éloigner. Il resta allongé, terrassé par la souffrance et la peur rétrospective.

28. UN ÉTRANGE ALLIÉ

— Monsieur ?... Ça va, monsieur ?

Michel Navarre devina les mots qui arrivaient à ses oreilles. Il se força à ouvrir les yeux. Il passa la langue dans sa bouche : le goût du sang lui donnait la nausée.

— Monsieur, comment vous allez ?

Il fit un effort pour tourner la tête vers celui qui s'adressait à lui. Accroupi à ses côtés, un jeune garçon d'une dizaine d'années lui effleurait timidement la main, comme pour s'assurer qu'il reprenait bien connaissance. L'enfant, maigre et flottant dans une salopette trop grande, l'observait gravement. Il esquissa un vague sourire quand Michel s'assit sur le sol.

— Je sais qui c'est, y sont méchants. Y'en a un, c'est le garagiste, ajouta-t-il en regardant par en dessous l'homme qui se palpait les membres.

— T'as vu ce qui s'est passé ? demanda Michel.

— Oui. C'est moi qui les ai fait partir.

L'écrivain fixa le garçon immobile. Il ressemblait à un oiseau effrayé et semblait hésiter entre rester et s'enfuir. Il y superposa l'image des deux brutes qui l'avaient tabassé.

— Alors je te remercie. Comment est-ce que tu as fait ?

— J'ai appelé le loup, confia-t-il doucement.

L'explication surprit Michel, mais il se souvenait bien avoir entendu un loup. Il chercherait à comprendre plus tard.

— C'était une bonne idée et ça a marché.

Un sourire de satisfaction effleura un instant les lèvres du garçon.

— Je n'ai même pas demandé son nom à mon sauveur.

— Je suis Pierrick, le Pierrick de la ferme des Rapilles, répondit l'enfant d'un ton rapide et saccadé. Moi, je sais qui vous êtes.

Michel se releva avec difficulté. Il aurait sans doute de nombreux hématomes, mais rien de cassé *a priori*. Cette scène avait été totalement hallucinante. Ces deux hommes masqués sortaient de nulle part. Ils l'avaient forcément suivi depuis le village. Michel ne voyait qu'un commanditaire possible à cette agression : Yann Karantec. Cependant, leur joute verbale méritait-elle un tel traitement ? Il s'étira, mais suspendit son geste avec une grimace de douleur. Son attention se reporta sur le garçon qui attendait toujours à côté de lui. Michel lui passa la main dans les cheveux. Il lui devait beaucoup. Sans son intervention, les deux brutes auraient poussé la correction bien plus loin.

— Je voudrais te remercier, Pierrick. Qu'est-ce que je peux faire pour toi ?

Le garçon s'était relevé lui aussi. Il semblait flotter dans l'air. Inconsciemment, Michel le compara à son ange gardien, un ange descendu du ciel, ou plutôt de la ferme des Rapilles, juste quand il avait eu besoin de lui.

— Là, faut que je rentre, expliqua Pierrick, parce que sinon le père va m'engueuler.

Joignant le geste à la parole, il fit demi-tour et entama une course rapide vers le village. Il allait disparaître comme il était apparu. Michel le héla :

— Pierrick, tu ne m'as pas dit ce qui te ferait plaisir. Demande-moi n'importe quoi… S'il te plaît.

Le garçon se figea. Un timide sourire illumina son visage si sérieux.

— Un jour, avant de repartir, vous voudrez bien me raconter une histoire… rien que pour moi ?

29. PLAINTE

Il avait fallu deux bonnes heures à Michel pour rejoindre Saint-Ternoc. Non seulement il avait mal partout, mais il avait aussi subi un sacré choc psychologique. Jamais il n'aurait imaginé se faire tabasser sur cette lande, qui plus est dans un cimetière, lieu de repos et de paix. Il avait régulièrement surveillé les environs, craignant le retour improbable des deux hommes. « Le garagiste », avait dit le gamin. Il reprendrait l'enquête dès qu'il aurait retrouvé ses esprits. Sous la tranquillité apparente du petit village côtier, un feu couvait à Saint-Ternoc.

Plus le temps passait, plus il était satisfait de son séjour en Bretagne. Enfin, un peu moins lorsque ses côtes endolories gênaient sa respiration. Il devait d'abord aller chez le médecin du bourg pour vérifier qu'il n'avait rien de cassé et se faire soigner. Puis il irait porter plainte à la gendarmerie. Il avait pensé un instant demander à Pierrick de témoigner, mais le garçon serait sans doute très mal à l'aise face aux autorités. Il devait pourtant réagir. Ne rien faire équivalait à laisser le champ libre à Karantec.

Il dénombra ensuite ses alliés potentiels : le compte était vite fait. Hormis François Menez et peut-être Katell Le Brozec, personne ne pouvait l'aider efficacement dans ses recherches. Et d'ailleurs, que cherchait-il ? Si Karantec était à l'origine de son agression, c'est que Michel touchait du doigt quelque chose de vraiment gênant pour le maître de Saint-Ternoc. Il ne voyait que deux raisons possibles : soit son enquête sur Christophe Maleval, soit sa rencontre furtive avec la vieille femme à l'église. À moins qu'il ne s'approche sans le savoir de quelque chose d'autre ? Ses recherches risquaient de lui apporter de nouveaux problèmes !

Après sa visite chez le médecin, Michel fit halte à la pharmacie et ressortit avec un sac rempli de bandages, pommades et antalgiques. Le praticien l'avait rassuré : il n'avait rien de cassé. Lorsque Michel avait interrogé le docteur Kerazou sur les motivations potentielles de ses deux agresseurs, le praticien n'avait pas répondu, se contentant de l'examiner avec soin. Le romancier n'avait pas insisté. Le médecin en savait peut-être plus qu'il ne voulait en dire, mais il n'en tirerait rien. On ne se confie pas à un étranger, surtout quand il commence à mettre son nez dans vos petits secrets.

Il se rendit ensuite à la brigade de gendarmerie de Saint-Ternoc. Elle comptait quatre hommes. Il ne se passait en général pas grand-chose dans le village. Lors de l'assassinat de Patrick Karantec, ils avaient fait les premières constatations avant d'être très rapidement remplacés par des gendarmes de Brest. Ils s'étaient très bien accommodés de cette situation et avaient passé la main avec soulagement.

Michel Navarre poussa la porte du local accolé à la mairie. Un militaire, assis nonchalamment derrière un bureau d'un autre temps, discutait au téléphone, une cigarette aux lèvres. Quand il remarqua la présence du visiteur, il eut un geste agacé et lui indiqua un siège poussiéreux. Cinq minutes plus tard, il raccrocha.

— Alors, que puis-je faire pour vous ? demanda le sous-officier.

— Je viens porter plainte pour coups et blessures.

Le gendarme sursauta et dévisagea le plaignant. La joue du romancier avait commencé à bleuir et sa lèvre supérieure était fendue.

— Agressé ? À Saint-Ternoc ? Vous plaisantez ! On n'est pas à Paris, ici !

Le ton condescendant du fonctionnaire irrita aussitôt Michel.

— Je plaisante ! Je me suis fait attaquer à cent kilomètres d'ici, mais je suis venu pour vous donner du travail supplémentaire. J'avais peur que vous vous ennuyiez… si jamais vous n'aviez plus personne à qui téléphoner.

Le gendarme allait répondre, mais un instinct de service et de prudence lui recommanda de cesser les hostilités. Ce Parisien avait peut-être la main longue. Il saisit une antique machine à écrire, hésita un instant, puis la repoussa.

— Dites-moi d'abord ce qui vous est arrivé. Je ferai le rapport plus tard.

Michel prit le temps de tout lui raconter dans le détail. Il ne parla cependant pas de l'intervention de Pierrick, conscient que le témoignage du garçon ne vaudrait rien pour la maréchaussée. Il termina donc en expliquant que les deux hommes étaient repartis, une fois satisfaits de lui avoir donné une bonne leçon.

— Vous n'avez donc aucun témoin pour valider la véracité de votre agression, conclut le gendarme.

Michel manqua de se pincer pour s'assurer qu'il ne rêvait pas. Il tenta toutefois de garder son calme.

— Non, maréchal des logis. Seul au milieu de la lande, j'ai eu du mal à trouver quelqu'un. Par contre, j'ai un papier du docteur Kerazou qui prouve que j'ai des ecchymoses en plusieurs endroits, ajouta-t-il en tendant le certificat médical.

Le fonctionnaire s'en saisit à regret et le parcourut d'un œil distrait. Puis il le rendit à son propriétaire.

— Je veux bien noter que vous êtes arrivé avec un certificat faisant mention de traces de chocs, mais je n'ai toujours aucune preuve qu'il s'agit d'une agression. Comprenez-moi, vous auriez très bien pu tomber en glissant dans les rochers et chercher une excuse pour… ne pas avoir de problèmes avec votre mutuelle par exemple. Mettre en cause des habitants de notre village pour ça, ce serait moche tout de même.

Malgré ses intentions, Michel ne put s'empêcher de réagir.

— Mais vous êtes vraiment con ou vous faites semblant ?

— Ça suffit, hurla le gendarme en se levant et en tapant du poing sur la table. Si vous me poussez à bout, je vous verbalise pour outrage à un représentant de la force publique.

Nullement impressionné par cette tentative d'intimidation, le romancier se redressa lui aussi, regarda le nom inscrit sur la veste et approcha son visage de celui de son interlocuteur.

— Maréchal des logis Begard, je ne sais pas à quoi vous jouez, mais je vous assure que ma plainte va remonter d'une manière ou d'une autre. Si ce n'est pas par vous, ce sera par vos supérieurs hiérarchiques, qui seront sans doute ébahis de découvrir le fonctionnement de la brigade de Saint-Ternoc.

Sans attendre la réponse du militaire, il quitta le poste, furieux.

30. DÎNER

Entre la douleur qui avait empiré et ses échanges avec le gendarme, Michel Navarre était rentré abattu à l'hôtel. Certes, il aurait dû réagir avec plus de calme, mais, après son agression, il n'était pas prêt à subir une telle mauvaise foi. Le gendarme avait évidemment protégé quelqu'un. C'était stupide, car Michel ne s'arrêterait pas à la tentative d'obstruction d'un sous-officier de village.

Après avoir avalé quatre comprimés d'antalgique et un verre d'eau, Michel s'était allongé en douceur sur son lit. Il était dix-neuf heures, mais il n'avait pas envie d'aller dîner au restaurant. Les habitués l'auraient dévisagé comme une bête curieuse. Entre les indiscrétions du médecin, du pharmacien ou du gendarme, le récit de ses mésaventures de l'après-midi avait sans aucun doute déjà circulé. Il ne se sentait pas le courage d'affronter ces regards inquisiteurs tout en sachant que l'un d'eux appartenait peut-être à l'un de ses assaillants. Il essaya sans succès de se reposer. Impossible de retrouver un semblant de tranquillité. Les événements de la journée tournaient en boucle dans sa tête et il broyait du noir. Sa présence ici lui paraissait soudainement déplacée. Ce n'était pas à lui de plonger dans les secrets de Saint-Ternoc. D'ailleurs, personne ne lui avait rien demandé ! Enfin, la recherche de l'identité de Christophe Maleval ne rimait à rien. Un privé mènerait l'enquête bien plus efficacement que lui, et cela ne rendrait de toute façon pas à Bernadette Borday un enfant déjà perdu depuis trente-cinq ans. Pour qui se prenait-il ? Il n'était qu'un raconteur d'histoires, qui avait, de plus, terminé de façon peu glorieuse sa carrière d'archéologue. L'auteur qui charmait ses lectrices était paumé... Quand il remarqua que ses yeux s'humidifiaient, il jugea qu'il était temps de se secouer. Il se releva en grimaçant et décida d'aller à la réception. Avec un peu de chance, Katell serait là et il lui demanderait si elle pouvait lui faire cuire des pâtes.

Il descendit prudemment l'escalier en bois, se dirigea vers la porte de l'appartement de la gérante et frappa discrètement. Comment serait-il accueilli ? Il entendit des pas, puis le bruit d'une clé dans la serrure. Quand il vit apparaître la Bretonne, il en fut heureux. C'était le premier visage amical qu'il croisait depuis plusieurs heures. Tout en écoutant sa requête, elle l'observa attentivement.

— Ainsi, c'est donc vrai, chuchota-t-elle malgré elle.

— Malheureusement, oui. Selon les gendarmes, j'ai glissé dans les rochers. En réalité, je me suis fait tabasser dans le cimetière de la lande. Vous avez eu quelle version ?

— J'ai rencontré le pharmacien. Comme il sait que vous logez chez moi, il m'a parlé de ce qui vous est arrivé. Qui vous a fait ça ?

— Aucune idée ! Ils avaient pris soin de mettre une cagoule. Sinon, euh... pour des pâtes, ce serait possible ?

— Bien sûr. Je ne vais pas, en plus, vous laisser mourir de faim. Accordez-moi une petite demi-heure et redescendez. Nous dînerons ensemble chez moi.

— Je peux vous aider. Cuisiner est une des rares tâches domestiques pour lesquelles je pense pouvoir tenir la route.

— Reposez-vous plutôt. De toute façon, j'avais prévu de manger ici ce soir. Vous me tiendrez compagnie.

Katell Le Brozec regarda le romancier remonter dans sa chambre, un nœud au ventre. Il ne faisait pas l'unanimité dans le village, pourtant Michel lui était sympathique. Mais, car il y avait un « mais » gigantesque, pas plus tard que ce midi elle avait dû promettre à Christian Karantec de l'informer des faits et gestes de son client. Ce rôle d'espionne la dégoûtait. Elle avait d'abord refusé, mais il lui avait souri ironiquement en lui rappelant qu'il pouvait, du jour au lendemain, changer de gérante pour s'occuper de l'*Hôtel des Boucaniers*. Katell avait baissé la tête. Elle avait besoin de cet emploi pour vivre. L'hôtel appartenait à la famille Karantec : ils étaient maîtres chez eux. Inutile de parler d'inspecteur du travail ou de prud'hommes, elle aurait instantanément été placée sur une liste noire dans toute la région. Après son corps, les Karantec lui volaient son honnêteté.

Elle avait finalement accepté, et, pire encore, elle avait attiré Christian dans son salon pour une étreinte rapide avant qu'il s'en aille. Il l'avait juste basculée sur le canapé, avait remonté sa jupe en laine, arraché sa culotte et, sans aucun préliminaire, l'avait pénétrée brutalement, excité par la situation. Après une vingtaine d'aller et retour sauvages, il avait éjaculé en hurlant. Elle aussi avait joui, puis s'était effondrée en larmes quelques secondes plus tard. Il était parti en lui rappelant sa mission, la laissant abattue. Pourquoi ressentait-elle ce besoin de se faire prendre par cette ordure ? Elle regrettait ensuite pendant des heures ces minutes de plaisir. Semaine après semaine, elle perdait l'estime de soi. Un jour, il faudrait bien qu'elle en parle. Mais qui pourrait l'écouter et la comprendre ?

Michel félicita à nouveau son hôtesse. Le plat de spaghettis aux palourdes qu'ils venaient de déguster était délicieux et l'avait mis dans un état proche de la béatitude. La bouteille de vin de Loire ne gâtait rien. Ils débarrassèrent la table et s'installèrent dans un canapé du salon, un verre de cognac à la main.

— Merci pour cet excellent dîner, Katell. Vous ne pouvez pas vous imaginer à quel point il m'a fait du bien. Je m'apprêtais à passer la soirée en tête à tête avec mes interrogations, et vous m'avez offert un magnifique moment.

La Bretonne lui sourit. Le compliment la touchait. Elle avait préparé le repas avec plaisir. Soudain, elle s'assombrit en repensant à la mission confiée par Christian. Elle tenta de retrouver un ton enjoué :

— Et si vous me racontiez votre mésaventure sur la lande ? Je pourrais peut-être vous aider à y voir clair.

— Ma cote de popularité baisse de jour en jour auprès des édiles du village, et je ne veux pas vous causer de problèmes.

— Tout ce que vous me direz restera entre les murs de ce salon, Michel, ajouta-t-elle d'une voix tremblante, consciente de sa future trahison.

— D'accord. J'ai confiance en vous, Katell.

Le romancier ne remarqua pas le trouble de son hôtesse. Il lui détailla sa visite au cimetière, son altercation avec les deux brutes et, après un instant de réflexion, lui parla de Pierrick.

— C'est très étonnant, conclut Katell. Je connais bien Pierrick. Il avait des difficultés à l'école et j'ai passé du temps avec lui pour l'aider à apprendre à lire. Il a vite progressé : il avait juste besoin d'attention. C'est un garçon intelligent, mais aussi sauvage. Pierrick est un orphelin qui a été déposé devant l'église du village. Comme dans les livres. À deux ans, il a été placé chez Guillaume et Geneviève Lelan, les propriétaires de la ferme des Rapilles. Il a maintenant onze ans. Lelan et sa femme sont durs avec lui, comme ils le sont avec leurs employés. Du coup, Pierrick est devenu un solitaire. En deux ans, je n'ai jamais réussi à créer de véritables liens avec lui. Il était respectueux et suivait mes leçons. Je l'aimais bien… Il vit dans son monde, ce qui en fait la tête de Turc de ses camarades de classe. Il ne fait jamais bon être différent, surtout dans un village. Et voilà qu'il vient vous sortir des griffes de ces deux brutes ! Et il vous a parlé plus qu'à n'importe qui à Saint-Ternoc.

— Vous en déduisez quoi ? relança Michel.

— Je dirais qu'il n'était pas là par hasard.

— Peut-être qu'il est seulement curieux ? Après tout, je suis en passe de devenir une attraction.

— Non, Pierrick avait certainement une raison pour intervenir, le coupa Katell.

Surpris, Michel haussa les sourcils.

— Vous pensez qu'il m'avait suivi ? s'étonna le romancier. C'est juste un enfant qui se promenait et qui a du courage.

Katell réfléchit quelques instants et reprit d'une voix basse :

— Si Pierrick est mis de côté par les autres enfants, c'est parce qu'on dit qu'il a le mauvais œil.

— Le mauvais œil ? réagit Michel.

— Certains font courir le bruit qu'il a un don et qu'il est capable de jeter des sorts à ceux qui s'opposent à lui.

— J'ai du mal à comprendre, là. Je croyais qu'il était timide. D'ailleurs, j'ai beau vous regarder, je ne vois pas les effets du sort qu'il vous aurait lancé, ajouta-t-il en s'amusant. Vous avez l'air en pleine forme.

Elle soupira profondément et détourna la tête. Michel constata qu'il avait sans aucun doute parlé trop vite.

— Vous êtes gentil, Michel, mais vous ne savez rien de ma vie. Ce n'est pas un chemin couvert de fleurs ! Pierrick ne m'a jeté aucun sort. Sa réputation lui vient de sa famille d'accueil, essentiellement de Geneviève Lelan. C'est une des commères les plus redoutables du village. D'après elle, Pierrick sort régulièrement la nuit pour se rendre en cachette dans la forêt. Elle raconte qu'elle l'a suivi une fois et qu'elle l'a vu parler avec des créatures inconnues.

— Comment ça, des créatures inconnues ?

— Elle n'en a pas dit plus, mais elle se méfie de lui. Il aurait empoisonné des animaux de paysans qui lui auraient cherché des noises… et même une de leurs propres vaches, après avoir reçu une correction.

— C'est du grand délire là. On est au XX^c siècle et le temps des chasses aux sorcières est révolu ! Et vous, qu'est-ce que vous en dites ?

— Je suis désolée de constater ce que les ragots de Geneviève Lelan font endurer à Pierrick. Pourtant, ce garçon a parfois des comportements étranges.

Involontairement, Michel haussa le ton :

— Si tous les enfants timides, renfermés sur eux-mêmes ou qui refusent les modèles qu'on veut leur imposer, étaient considérés avec plus d'empathie par les adultes, le monde se porterait nettement mieux ! La bêtise de certains éducateurs a détruit plus d'un gosse !

Il se reprit en lisant l'incompréhension dans les yeux de sa voisine.

— Excusez-moi, Katell, je m'enflamme. Vous n'y êtes absolument pour rien… Ma mère est morte quand j'étais petit et j'ai vécu des années difficiles. Si mon entourage avait été à l'écoute, je pense que ma vie aurait été plus facile. Mais assez parlé de moi...

Katell s'approcha de lui et posa sa main sur son avant-bras.

— Inutile de vous excuser, Michel. Vous êtes une personne franche, et c'est bon de discuter avec vous. Si j'avais rencontré plus de gens comme vous au cours de mon existence, moi non plus je n'en serais pas là.

Michel Navarre la dévisagea. Il ne vit plus son hôtesse, mais une jolie femme mature au regard plein de charme.

— Qu'est-ce qui vous est arrivé ?

Les épaules de Katell s'affaissèrent. Elle hésita. Elle allait dévoiler sa piteuse histoire. Elle ne voulait pas que Michel l'apprenne par des ragots.

— Jurez-moi de garder ça pour vous.

— Bien sûr.

Elle repensa à la promesse qu'elle avait faite à Christian, mais ravala sa honte. Après tout, elle n'était pas obligée de tout raconter à son amant...

31. CONFIDENCES

— Je suis née à Saint-Ternoc et ma famille y habite depuis plusieurs générations. Vous connaissez mon oncle, Yves Le Goff. Je suis fille unique. Mon père est mort quand j'avais trois ans. Il était conducteur d'autocar et il a percuté un camion. Je ne me souviens plus de lui. Entre la modeste pension versée par la compagnie qui l'employait, les travaux de dentelle et de couture de ma mère et l'aide de son frère, on n'a manqué de rien. Je peux même dire que j'ai eu une enfance heureuse. À quinze ans, j'ai commencé à m'intéresser aux garçons. J'étais une adolescente assez sage… Enfin, pas plus délurée que les autres, corrigea-t-elle.

— J'imagine que, malgré votre sagesse, vous deviez avoir une cour autour de vous ? s'amusa Michel en se prêtant au jeu.

— J'avais mon petit succès, mais je n'en abusais pas. J'ai arrêté mes études à seize ans pour aider ma mère. Rapidement, j'ai créé des vêtements. Créer est sans doute un bien grand mot, mais j'avais quelques clientes fidèles. J'habitais toujours avec maman, et cela nous permettait de vivre décemment. À vingt-cinq ans, je me suis mariée. J'ai épousé un garçon du village, Joseph Le Brozec. On s'est installés dans une petite maison. Lui travaillait aux carrières de Saint-Ternoc, et moi je faisais de la couture. Tout aurait été parfait si on avait pu fonder la famille dont on rêvait. Hélas, on n'a jamais réussi à avoir d'enfant. Un jour, Joseph a commencé à boire. Au début, il allait juste au bar avec des collègues de temps en temps ; à la fin, il y était tous les soirs. On en discutait souvent, et les disputes devenaient plus fréquentes. Heureusement, il n'a jamais levé la main sur moi. Après chaque querelle, il me promettait d'arrêter, mais il replongeait deux jours plus tard. Malgré ça, je l'aimais toujours. Je voulais le tirer de ce cauchemar. Et puis, il y a trois ans, il a eu un accident dans les carrières. Il a fait une chute mortelle de plus de dix mètres… Ce jour-là, il était saoul.

Perdue dans des souvenirs qui n'avaient pas encore cicatrisé, elle accéléra le débit de ses propos.

— J'étais au fond du trou. Maman était décédée deux mois plus tôt et Joseph venait de disparaître en laissant derrière lui une réputation d'alcoolique. C'était horrible ! Yann Karantec m'a alors convoquée à son bureau. Dans le cadre de la solidarité entre villageois de Saint-Ternoc, il m'a proposé la gérance de l'*Hôtel des Boucaniers*. C'était un rayon de lumière dans la nuit. Je savais que, grâce à son offre, je survivrais financièrement et socialement. Comme mon mari était ivre au moment de son accident, l'assurance ne voulait rien payer. À ce moment, j'ai béni M. Karantec et j'ai accepté sur-le-champ. J'ai mis du temps pour faire le deuil de Joseph, mais, peu à peu, j'ai repris une vie normale. Jusqu'au jour où…

Elle s'arrêta. Une larme coula sur sa joue. Gêné, Michel comprit que Katell avait besoin d'exorciser ce qu'elle vivait. Sans un mot, il lui passa le bras délicatement autour des épaules. Elle se cala contre lui, à la recherche de réconfort, et continua :

— Il y a six mois, juste après le meurtre de son frère Patrick, Christian Karantec s'est présenté à l'hôtel. J'avais fréquenté Patrick plus jeune, car on avait à peu près le même âge. Par contre, je ne connaissais Christian que de vue. Il m'a mis un marché ignoble en main : si je voulais garder la gérance de l'hôtel, je devais devenir sa maîtresse… Il m'a donné vingt-quatre heures pour me décider. Inutile de vous dire que je n'ai pas dormi de la nuit. J'ai retourné le problème dans tous les sens. J'aurais toujours pu loger chez mon oncle Yves, mais je n'ai pas fait ce choix. J'ai cédé à la demande de Christian Karantec. Je ne pouvais pas me résoudre à perdre ce que j'avais… C'est pitoyable, n'est-ce pas ? conclut-elle sans regarder Michel.

Le romancier ne répondit pas tout de suite. Il ne s'attendait pas à une telle révélation. Il comprit alors la cause de l'hématome sur le visage de Katell. Une rage froide le saisit. Comment pouvait-on ainsi disposer de la liberté d'une femme ?

— Je n'ai pas à te juger, Katell. C'est la proposition de Karantec qui était dégueulasse !

Elle n'osa pas faire part à Michel du dilemme qui la torturait. Son corps aimait baiser – il n'y avait pas d'autre mot pour désigner leurs rapports – avec la personne qu'elle détestait le plus au monde. Elle était incapable de dire ce qui l'attirait chez Christian. Son esprit le méprisait, mais son ventre lui faisait perdre la raison. Elle n'osa pas non plus lui avouer qu'elle sortait régulièrement avec un autre homme… ni qu'elle se sentait bien contre lui. Elle appréciait d'ailleurs qu'il soit passé spontanément au tutoiement.

Le romancier se redressa avec une grimace. L'effet des antalgiques se dissipait. Katell se leva du canapé.

— Tu m'as dit que tu n'as pas pu voir d'infirmière. Laisse-moi m'occuper de toi. Je suis secouriste et je vais te faire tes soins.

— Je ne veux pas te déranger plus longtemps, Katell. Tu m'as déjà offert l'hospitalité.

— Où sont tes médicaments ?

— Dans la salle de bains de ma chambre, sur la tablette.

— Alors, va les chercher. Tu ne vas pas aller dormir dans cet état. Ce qu'un habitant de Saint-Ternoc a cassé, un autre va le réparer, ajouta-t-elle dans un sourire.

32. 24 JUILLET 1944

Portée par le vent, la pluie fine fouettait Paul Carhaix. Il frissonna et resserra sa veste en cuir. Malgré le froid glacé qui lui giflait le visage, il se réjouissait de ce temps totalement inhabituel pour la saison. Il avait réussi à échapper aux membres du Kommando Shaad lancés à sa poursuite et avait rejoint la cale du port. Il allait emprunter une plate, cette petite barque permettant de rejoindre les bateaux attachés à des corps-morts au milieu du port. Dans cinq minutes, il embarquerait sur celui d'Yves Le Goff. Il savait où le pêcheur cachait la clé de contact. Il lui faudrait la nuit et une partie de la journée du lendemain pour atteindre l'Angleterre. Il ferait prévenir Yves et trouverait ensuite un moyen pour se rendre à Londres. Il avait des informations à fournir à l'état-major du général de Gaulle. Il ne pouvait pas se permettre de rester : il risquait sa vie !

Comme il soulevait la barque pour la mettre à l'eau, il jeta un regard inquiet derrière lui. Il lui avait semblé entendre le bruit d'un moteur. Il se recula et se cacha à l'abri d'une cabane où l'on entreposait des casiers à crustacés. Il attendit deux bonnes minutes, mais rien... Son angoisse et l'agitation de la mer lui avaient joué des tours. Il tira la plate, la glissa sur l'eau, saisit l'aviron, s'équilibra et godilla en se dirigeant au jugé. La nuit était noire et si cela ne l'aidait pas à trouver le bateau d'Yves, cela facilitait sa fuite. Même si ses poursuivants retrouvaient sa trace jusqu'au port, il leur faudrait des yeux de chat pour le repérer en pleine mer.

Il avait pris le risque de repasser chez lui pour embrasser son jeune fils et sa femme Blandine, avant de partir. Il lui avait rapidement expliqué sa découverte et lui avait donné rendez-vous à la fin de la guerre. Les Alliés avaient débarqué en Normandie et les Allemands allaient bientôt craquer, ce n'était qu'une question de jours ou, au pire, de quelques semaines. Blandine connaissait l'activité de son époux dans la Résistance et savait qu'un jour il devrait fuir. Son travail de contremaître aux carrières avait permis à Paul Carhaix d'accéder à des renseignements confidentiels au sujet du projet Todt et de les transmettre à de Gaulle. Sur les ordres de Rommel, les Allemands avaient accéléré la fortification des côtes bretonnes ces derniers temps. Hitler craignait un débarquement des forces alliées sur les côtes françaises. Celui de Normandie, un mois et demi plus tôt, lui avait donné raison. La panique avait gagné les troupes allemandes et les collabos, les incitant à toujours plus de brutalité. Les arrestations et les exécutions se multipliaient à travers la Bretagne, mais leur défaite était inéluctable. Par un fait du hasard, Paul venait de récupérer des informations qui pourraient hâter cette défaite. Il devait rapidement les faire parvenir aux Alliés.

Le fugitif s'approcha d'un groupe de trois navires. Il reconnut le *Saint-Méen*, le bateau de Le Goff. Il attacha la plate au corps-mort et grimpa sur le chalutier. Il adressa à Dieu une courte prière pour que Le Goff n'ait pas, exceptionnellement, pris ses clés, et poussa un soupir de soulagement en les trouvant à leur place habituelle. Il espérait que le bruit du vent couvrirait celui du moteur. La sortie du port était la partie la plus délicate de l'opération. Il largua l'amarre et lança le moteur. Il était obligé d'avancer au ralenti. La nuit était d'encre et il devait naviguer doucement, de peur d'aller se fracasser sur les rochers. Malgré le froid, il sentait la sueur couler dans son dos. Un choc sourd le fit sursauter. Il avait touché une barque. Il se précipita vers l'étrave du *Saint-Méen* : aucun dommage apparent. Il se remit à la barre et repartit, plus vigilant encore. Quand il ressentit enfin la houle qui forcissait, il poussa un soupir de soulagement. Il venait de quitter le port. Dans quatre milles, il passerait au large de l'île de Maen Du et rejoindrait alors la pleine mer. Avec cette météo, il y avait peu de chance qu'il croise une vedette de la marine allemande en patrouille. Les yeux sur le compas, il fit route plein nord. L'Angleterre lui tendait les bras.

Tous les quinze jours, Carhaix transmettait les informations qu'il pouvait récupérer à un correspondant de la Résistance venu de Brest. Il ne connaissait pas son identité : il ne pourrait pas le trahir si jamais les Chleuhs l'attrapaient. Cependant, ces derniers temps, la situation s'était dégradée. Créé trois mois plus tôt à Landerneau, le Kommando Shaad, numéro IC343, faisait régner la terreur. Dix-huit hommes de la Wehrmacht, suppléés par des miliciens sur les dents, multipliaient les arrestations. Les méthodes de ces militaires n'avaient rien à envier à celles de la Gestapo et se révélaient malheureusement efficaces. Même le plus brave peut craquer sous la torture ! Carhaix se rendait régulièrement sur Maen Du pour s'assurer que les matériaux étaient livrés en temps et en heure et que leur qualité permettait de réaliser des fortifications solides. Il enrageait en voyant les chantiers avancer, mais il savait que son travail de renseignement était plus utile que toute tentative de sabotage. Les Allemands avaient fait agrandir la prison de l'île, toujours en activité, et y transféraient les résistants… quand ils étaient encore vivants. Une partie du pénitencier avait été transformée en camp de concentration. Un espace souterrain servait à enfermer les détenus amenés à disparaître. Nombre d'entre eux étaient ensuite jetés à la mer. Les courants les emportaient et leurs cadavres étaient perdus à tout jamais.

Ce qu'il avait découvert ce matin-là pendant sa tournée d'inspection dépassait l'imagination. Il était descendu vérifier la solidité des fondations. Paul détestait travailler dans ces sous-sols, il se sentait l'âme d'un collaborateur. Les gémissements des prisonniers le rendaient fou. Les gardiens de cet étage étaient tous des Allemands ou des collaborateurs zélés. Il ne s'y attardait jamais. Devant lui, une porte était exceptionnellement entrouverte. Six mois plus tôt, les Allemands avaient décidé de construire une nouvelle zone de « mise au secret ». Elle avait été creusée par des condamnés appelés à mourir à la tâche en perçant le granit de Maen Du. L'accès en était interdit à Paul et à tous les personnels qui ravitaillaient l'île. Qui voulait-on y enfermer, et que subiraient les prisonniers ainsi cachés aux yeux du monde ? Il avait remis ses réflexions à plus tard. Aujourd'hui, aucun gardien ne traînait dans les parages. La curiosité l'avait emporté sur la prudence et Paul était entré. Un long corridor brut taillé dans la roche s'ouvrait devant lui. En refermant derrière lui, il avait allumé sa torche électrique et s'était engagé dans le boyau. Régulièrement s'enfonçaient à droite et à gauche des couloirs donnant sur de futures cellules. Soudain, il s'était arrêté et avait tendu l'oreille. Des voix lui parvenaient. Il avait éteint précipitamment sa lampe et s'était accroupi. Ses yeux s'étaient habitués à l'obscurité et il avait pu deviner une lueur au loin. Il avait repris lentement sa progression. Arrivé près de la source lumineuse, il s'était tapi dans l'une des cavités. Il avait calmé sa respiration et reconnu l'un des protagonistes : Émile Karantec. Qu'est-ce que le directeur de la prison, qui était d'ailleurs aussi son patron, faisait à cette heure dans les entrailles de l'île ? Paul avait écouté les échanges et sa surprise avait augmenté à chaque phrase. Soit ces hommes déliraient, soit il était lui-même en plein rêve, soit, soit… Il avait juste eu le temps de se blottir au fond de son trou pour ne pas se faire repérer par Karantec et son invité qui rebroussaient chemin laissant derrière eux le corridor replonger dans l'obscurité. Carhaix avait attendu cinq minutes pour être certain d'être définitivement seul. Puis il s'était levé et avait rallumé sa lampe. Après avoir parcouru les derniers mètres, il avait atteint un mur. Il y avait forcément un passage quelque part. Il l'avait trouvé ensuite sur sa droite : une ouverture sommairement cachée par quelques matériaux de construction, mais suffisamment grande pour laisser passer une personne. Sans hésiter, il s'y était engagé. Le spectacle lui avait coupé le souffle. Une gigantesque caverne naturelle se dévoilait sous le faisceau de sa torche. Il était resté bouche bée, fasciné par les proportions harmonieuses des lieux. Paul avait repris ses esprits, puis avait fait le tour de la cavité. En forme de cercle, elle mesurait bien une trentaine de mètres de diamètre. Il n'y avait plus qu'à vérifier si Karantec disait vrai : il avait retiré sa veste et sorti son couteau. Il allait savoir…

Une sirène déchira le bruit du vent et des vagues. Un puissant projecteur cibla le chalutier. Non, ce n'était pas possible ! Comment l'avaient-ils retrouvé dans la nuit noire ? Paul reconnut tout de suite l'une des deux vedettes qui mouillaient normalement dans le port de Maen Du. Le Breton n'obtempéra pas lorsqu'on lui demanda de s'arrêter. Au contraire, il poussa le moteur à fond, mais la manœuvre était dérisoire. Les Allemands prirent le bateau d'assaut et trois soldats sautèrent à bord. Paul Carhaix connaissait le sort qui l'attendait s'il ne leur échappait pas. Il sortit son couteau et fonça sur le premier homme. D'un geste rageur, il lui enfonça la lame dans le ventre. Puis il se précipita sur le second et le jeta par-dessus bord. Quand il se retourna vers le troisième, il se retrouva face au canon d'un pistolet-mitrailleur. La vague qui fracassa le chalutier à cet instant dévia le tir, mais deux balles se fichèrent dans sa jambe droite. Le Breton s'effondra, frappé par la douleur. D'autres soldats venaient de monter à bord. Dans un effort désespéré, Paul se traîna jusqu'au garde-corps et, l'escaladant, se laissa tomber à l'eau. Plutôt mourir tout de suite que finir dans les salles de torture de Maen Du ! Le froid de la mer le saisit. Il leva les bras pour s'enfoncer dans les flots, mais s'aperçut qu'il ne coulait pas, retenu par son gilet de sauvetage. Comme il se débattait pour le retirer, un cri de rage perça le bruit des éléments : « Vivant, il nous le faut vivant. Repêchez-le ! »

33. PAUL CARHAIX

Paul Carhaix ouvrit lentement les yeux et les referma aussitôt. La lumière projetée sur son visage par une ampoule de forte puissance lui vrilla le cerveau. Son corps n'était plus que douleur et il ne sentait plus ses jambes. Il tenta de bouger, mais sans succès. Il était solidement attaché à un lit en fer. Pourquoi était-il dans cet état ? Peu à peu, la mémoire des dernières heures lui revint. Il avait échoué. Il allait vivre un cauchemar : il avait entendu assez de cris dans les cachots pour connaître le sort qui l'attendait. Mais il avait aussi peur pour sa famille et ses amis. Il avait tué deux Allemands et découvert un secret que Karantec ne voudrait en aucun cas voir divulgué. D'ailleurs, pourquoi l'avait-il sauvé de la noyade plutôt que de le laisser mourir avec ses informations ? Paul n'était pas en état de réfléchir davantage. Il repensa à Blandine et à son fils. Pour eux, il faudrait qu'il se taise. Serait-il un héros anonyme ou trahirait-il malgré lui ceux qu'il aimait le plus au monde ? Cette question le minait, mais, hélas, il aurait bientôt la réponse. Il plissa les yeux quelques secondes : il était seul dans la pièce. Le faisceau en pleine figure était juste un hors-d'œuvre pour lui faire comprendre ce qui l'attendait.

Un claquement de porte sortit le prisonnier de sa torpeur. Il était incapable de dire combien de temps il avait somnolé, mais son état physique ne s'était pas amélioré. Il grelottait et ne pouvait contrôler ses tremblements de fièvre. Deux hommes retirèrent ses liens et le soulevèrent avec brutalité. À moitié inconscient, il sentit qu'on l'asseyait sur une chaise et qu'on lui attachait les poignets aux accoudoirs avec des cordes.

— Alors, Carhaix, on écoute aux portes ? On ne t'a jamais dit que c'était mal ?

Paul rouvrit les yeux en reconnaissant la voix de Yann Karantec, le fils de son patron. Ils avaient à peu près le même âge et se connaissaient depuis que Paul avait commencé à travailler aux carrières, onze ans plus tôt. De milieux opposés, ils n'auraient jamais dû se croiser ailleurs que sur les chantiers, mais ils avaient une passion commune : Blandine. Blandine Prigent était une jeune femme brillante embauchée au service de comptabilité de la société des Karantec. Elle était non seulement compétente, mais aussi particulièrement jolie. Yann Karantec avait très rapidement jeté son dévolu sur elle. Cependant, Blandine, fille d'un marin de la Royale et d'une des premières institutrices féministes, n'était pas du genre à céder au premier venu ni à la couleur de l'argent. Par ailleurs, les manières cavalières de Yann Karantec ne lui plaisaient pas du tout. Elle avait toujours repoussé ses avances. Elle était, en revanche, tombée amoureuse de Paul Carhaix, l'un des contremaîtres. Yann Karantec serait bien passé outre le consentement de la jeune femme, mais son père l'en avait empêché. La réputation de Yann avec les femmes était sulfureuse et Blandine Prigent, tout comme Paul Carhaix, était appréciée par les employés. « Pas question de se mettre le personnel à dos pour une histoire de fesses », avait ordonné Émile Karantec. Le fils avait obtempéré. Cependant, le mariage de Blandine et la naissance de son bébé n'avaient fait qu'exacerber le désir de la posséder. Avoir aujourd'hui à sa merci celui qui lui avait volé cette femme était particulièrement jouissif. Il allait payer pour ces années de frustration !

— Tu nous auras donné du fil à retordre, Carhaix.

— On se tutoie maintenant ? lança le prisonnier avec toute la morgue dont il était capable. Tu n'avais qu'à me laisser me noyer. Vos soi-disant petits secrets seraient morts avec moi.

— Soi-disant ! Tu as encore le sens de l'humour, Carhaix. Profites-en bien, parce que tu ne seras bientôt plus en état d'en faire. Si ça n'avait tenu qu'à moi, tu nourrirais déjà les crabes. Mais mon père est plus méfiant. Il craint que tu sois allé raconter tes découvertes ailleurs. Il veut savoir, par n'importe quel moyen, si tu es allé baver auprès de tes amis terroristes.

— Et pour leur dire quoi ? Je n'ai fait que visiter une galerie que je ne connaissais pas.

— Le problème, c'est qu'un gardien t'a vu sortir deux heures après mon père alors que personne ne t'a vu entrer. Il y a donc de fortes chances pour que tu aies entendu certaines choses. Ce n'est pas une certitude, j'en conviens, mais on ne peut pas prendre de risques.

— Alors, mène-moi à tes bons copains de la Gestapo.

— Mes bons copains ! Tout de suite les grands mots ! ironisa Karantec. C'est juste des affaires et tu sais bien que l'argent n'a pas d'odeur. Non, tu ne le sais pas. Tu vis avec tes petites valeurs de merde. Tu n'as jamais été personne, Carhaix, et je ne pense pas que ton court avenir te permette de changer. Mes amis du Kommando Shaad veulent se déplacer jusqu'ici pour t'interroger.

— Pour une promenade dans une caverne ?

— Non, non. Disons que nous avons des intérêts communs. Shaad a débarqué sur l'île hier après ton départ. D'après ce que j'ai compris, ils ont arrêté des terroristes à Brest la semaine dernière. L'un d'eux a fini par balancer que tu avais régulièrement livré à de Gaulle des informations secrètes sur le mur de l'Atlantique. Les boches n'ont pas aimé. Alors nous avons mené nos recherches ensemble. Je dois t'avouer que je me serais bien passé de cette balade nocturne en mer, mais que n'aurais-je pas fait pour te sauver la vie ? ajouta-t-il avec un sourire méchant.

— Et si je dévoilais votre petit secret aux Allemands ? Ils seraient sans doute très heureux de le connaître. Les Karantec seraient peut-être même remerciés par Hitler lui-même pour service rendu au Reich, provoqua le résistant. Une croix de fer, sur vos poitrines de salopards de collabos, ça ferait bien, non ?

— Des menaces, Carhaix ? Tu crois que je vais prendre ce risque ? C'est sûrement parce que je ne t'ai pas expliqué le déroulement exact des opérations. Les spécialistes de l'IC343 ont prévu de t'interroger demain après-midi. D'ici là, on a bien le temps de discuter un peu. Je suis assez doué pour ce genre d'exercice. Après notre petit tête-à-tête, je crains que tu ne sois plus en mesure de dire quoi que ce soit à la Gestapo. Le cœur qui lâche, à ton âge, c'est vraiment pas de chance…

Abattu, Paul comprit que son bourreau ne mentait pas. Yann Karantec s'approcha d'une sacoche posée sur une table et en sortit divers instruments tranchants.

— Il est déjà près de huit heures du soir. Nous avons une longue nuit à passer ensemble et tu as une belle histoire à me raconter, ajouta-t-il, moqueur. Au fait, j'allais oublier la bonne nouvelle de la journée ! Cet après-midi, j'ai rendu visite à Blandine. Elle a finalement accepté de…, comment dire…, coopérer avec moi pour te maintenir en vie jusqu'à la fin de la guerre. Elle me recevra demain. Bien sûr, elle ne saura pas que tu n'as pas survécu à l'interrogatoire. Je la laisserai espérer le plus longtemps possible. Je n'aime pas rendre les gens tristes.

— Salopard ! Fils de pute ! hurla Paul en tentant en vain d'arracher ses liens. Ne touche pas à Blandine !

— Mais ta femme est d'accord, Carhaix. Elle est d'accord parce qu'elle t'aime ! Je vais vite découvrir jusqu'à quelles extrémités elle est prête à aller par amour pour toi. Tu sais quoi ? Pour une fois, j'espère qu'elle t'adore vraiment !

— Bâtard, si tu poses la main sur elle, je te tuerai, je te le jure, cracha le prisonnier.

— Tss, tss. Ne fais pas de promesse que tu ne pourras jamais tenir. Et puis, il n'y a pas que la main que je compte poser sur elle, conclut-il, salace. Allez, je te laisse cogiter quelques minutes. Je vais boire un verre d'eau et je reviens.

Yann Karantec ferma la porte, abandonnant dans sa cellule un Paul Carhaix ravagé. Il se doutait que sa femme se sacrifierait pour le sauver. Karantec avait dû lui faire croire qu'il pourrait influencer le verdict d'un hypothétique procès ou ses conditions de détention. Elle ne savait pas qu'il était déjà mort.

34. BLANDINE

Blandine regarda le calendrier des postes accroché au mur de la cuisine : 2 août 1944. Paul était retenu prisonnier sur l'île de Maen Du depuis neuf jours. Elle suivait au jour le jour l'avancée des Américains et avait appris que de nombreuses troupes avaient pénétré en Bretagne. Dans quelques jours, Saint-Ternoc serait libéré et elle retrouverait l'homme de sa vie. Elle avait accepté les conditions de Yann Karantec. Ce salaud pensait la posséder tous les soirs, mais ce n'était qu'une enveloppe charnelle qu'il violait. Son âme était loin de la chambre à coucher. Ce porc de Yann Karantec devait se vanter auprès de ses amis, expliquant à qui voulait l'écouter qu'il faisait jouir la femme de son prisonnier. Elle s'en moquait, tout comme elle méprisait les regards de travers de certains villageois toujours prompts à juger sans savoir. Elle allait patienter jusqu'à ce que les Alliés arrivent et lui ramènent son mari. Elle les accompagnerait pour prendre d'assaut le pénitencier de Maen Du s'il le fallait. Ce ne serait plus très long. Puis Yann payerait pour son comportement ignoble.

Elle jeta un œil sur la pendule. Six heures et demie. Karantec arrivait tous les jours à neuf heures et partait une heure plus tard, rassasié. Le petit dormait et n'entendait pas les cris qu'elle devait pousser pour le satisfaire. Ensuite, elle se lavait méthodiquement pour se purifier des souillures de la soirée.

Elle sursauta : on avait frappé trois coups secs. Son fils, assis dans un coin, jouait avec des cubes en bois. Il était sage. Elle retira son tablier et ouvrit à son visiteur. Yves Le Goff se tenait dans l'encadrement de la porte. Proche ami de Paul, il ne lui avait pas tenu rigueur de l'emprunt de son chalutier : il était juste désolé qu'il n'ait pas réussi à atteindre les côtes anglaises. Depuis l'arrestation, Yves venait la voir tous les jours pour avoir de ses nouvelles et lui apporter son aide quand il le pouvait : du poisson, un peu de lait ou quelques œufs. Elle aimait sa présence discrète et sa façon de ne pas la juger. Il avait compris qu'elle se sacrifiait pour maintenir son mari en vie. Ce soir, Yves avait l'air particulièrement sombre. Son allure alarma Blandine, qui l'invita à entrer. Il retira sa casquette et la suivit. Il caressa la tête du garçon pris par son jeu et refusa de s'asseoir pour boire un bol de cidre.

— J'ai une mauvaise nouvelle, Blandine, une très mauvaise nouvelle.

La jeune femme, sans un mot, saisit l'avant-bras de son ami et le serra de toutes ses forces.

— C'est Paul ? demanda-t-elle la voix sèche.

Yves Le Goff desserra son étreinte et lui prit maladroitement la main. Il hésita un instant, et lança un laconique :

— Il a été exécuté la semaine dernière. Je viens de l'apprendre.

Blandine s'effondra sur une chaise, incapable de parler. Le monde autour d'elle avait cessé d'exister. Paul était mort. Il avait disparu de sa vie, comme ça, sans même pouvoir lui dire adieu. Elle regarda son fils, qui lui offrit un grand sourire. À côté d'elle, Yves ne lui lâchait pas la main.

— Tu veux que je reste un peu avec toi ? demanda timidement le pêcheur.

— Non, tu es gentil. J'ai besoin d'être seule. Et puis il ne faudrait pas que ta Juliette soit jalouse, tenta-t-elle de plaisanter.

— Tu sais que Juliette vous aime bien tous les deux. Elle aurait voulu m'accompagner, mais elle a dû aider son père pour la naissance d'un veau. Ça ne se présentait pas bien.

— Va la rejoindre, Yves. Je sais que ça a dû être difficile pour toi de venir m'annoncer cette nouvelle. Mais ça va aller, je vais être forte.

— Et ce soir ? ajouta-t-il d'un ton plus ferme. Tu veux qu'on reçoive Karantec ensemble ? Je vais lui apprendre la vie !

Blandine le regarda, étonnée. Elle devina que le marin était prêt à faire payer au tourmenteur les sévices qu'il lui avait fait endurer. Un éclair glacial passa dans ses yeux :

— Je vais l'accueillir moi-même. Rentre chez toi, Yves.

À contrecœur, il obéit à la jeune femme et, après lui avoir exceptionnellement déposé un baiser sur le front, la laissa avec son fils.

35. VENGEANCE

Sous sa robe à fleurs, Blandine avait revêtu des dessous à dentelles offerts par Yann Karantec. Il les lui avait donnés trois jours plus tôt, alors qu'il savait forcément que Paul était déjà mort. Peut-être l'avait-il d'ailleurs tué lui-même avant de venir lui faire sa proposition de... coopération ! Depuis le départ d'Yves Le Goff, un bloc de glace avait remplacé son cœur. Elle savait ce qu'il lui restait à faire. Elle avait écrit une longue lettre et préparé une valise avec les affaires de son fils. Puis elle était allée le confier à Anne, sa meilleure amie, en lui recommandant de suivre les instructions du courrier. Anne ne lui avait pas posé de questions et avait accueilli le petit. Les deux femmes s'étaient embrassées et Blandine était rentrée chez elle.

Elle avait pris un bain, puis s'était habillée. Pas habillée, plutôt déguisée ! Ce soir, elle n'était plus la gentille Blandine Prigent, épouse de Paul Carhaix, mais une femme qui allait se venger. Elle avait tressé en nattes sa chevelure blonde, comme les fières guerrières dans les histoires que lui racontait son père quand elle était enfant. Dès demain, son fils serait hors de danger et son propre destin ne l'inquiétait plus.

Neuf heures. On frappa violemment à la porte. Blandine réajusta sa tenue, se parfuma, puis alla ouvrir. Un sourire mécanique s'afficha sur son visage alors que Yann Karantec entrait. Elle réussit à ne pas réagir face à son air conquérant.

— Regarde, lança-t-il, j'ai apporté du vrai champagne pour bien commencer la soirée !

— Comment va Paul ?

— Paul, Paul… Laisse-le où il est, Paul !

— Je veux savoir comment il va ! Tu dois me le dire !

— D'accord, tu as raison. Je l'ai aperçu cet après-midi. Je ne te cache pas qu'il est un peu affaibli, mais il tiendra le coup. Même si cela m'a coûté cher, j'ai pu convaincre les Allemands de faire preuve de clémence. Tu vois, je n'ai qu'une parole. Grâce à nous, il va s'en sortir.

En l'entendant mentir avec autant d'aplomb, Blandine eut du mal à contenir son envie de vomir. Une remontée de bile lui brûla l'œsophage. Cet homme était tout simplement ignoble ! Occupé à ouvrir la bouteille, Karantec ne remarqua pas la colère de la jeune femme.

— Tu t'es faite belle pour moi. C'est que tu commences à l'avoir dans la peau, ton Yann, pas vrai ? Pour tout t'avouer, je serai sacrément en manque de toi quand ton mari quittera Maen Du pour te retrouver. Mais tel est notre contrat ! Allez, ce soir, on fait la fête ! Ton fils est encore là ? ajouta-t-il avec un brin de contrariété.

— Non, je l'ai amené chez une amie. Il était malade.

— La soirée sera donc bruyante, annonça-t-il dans un grand rire. On ne sera plus obligés de jouir la bouche fermée. Allez, buvons à l'amour et à ses délices.

En moins de dix minutes, Yann Karantec avait vidé la bouteille de champagne. Contrainte et forcée, Blandine en avait bu un verre. Cette boisson, qu'elle avait découverte et adorée le jour de son mariage, avait ce soir le goût de la mort.

Yann Karantec se sentait invincible. Il avait réussi à conquérir la femme qu'il convoitait depuis des années. Certes, il n'avait pas la prévenance constante et irritante de Paul, mais il l'avait séduite par le sexe. Si elle avait été réticente au début, il avait remarqué qu'elle avait vite pris plaisir à toutes leurs étreintes nocturnes. Elle aimait quand il la prenait comme une chienne. La sainte s'était métamorphosée en démone de la luxure. Elle avait mis la tenue qu'il lui avait offerte et l'avait invité à caresser son corps en montrant de la satisfaction. Il adorait laisser courir ses doigts sur ses hanches pleines et sa poitrine ferme. Habillée et maquillée comme ce soir, Blandine Carhaix-Prigent était tellement plus excitante qu'Ève, celle qui partageait officiellement sa vie. Karantec la trompait sans vergogne et ne cherchait pas à lui cacher ses aventures extraconjugales. Pour lui, son épouse était uniquement là pour lui fabriquer des héritiers, tâche dont elle s'acquittait parfaitement bien. Elle lui avait donné un fils l'an passé et était enceinte de leur deuxième enfant. Il repoussa l'image de sa femme et reporta son regard lubrique sur Blandine. Son désir s'accrut encore en la voyant se pencher pour ramasser les éclats du verre qui venait de tomber.

Il savait que les Alliés arriveraient sous peu et avait déjà préparé sa défense. Le nouveau gouvernement aurait besoin d'hommes efficaces pour faire régner l'ordre. Cependant, il ne concevait pas d'arrêter sa relation avec Blandine. Il n'avait plus que quelques jours pour qu'elle oublie son Paul et devienne sa maîtresse consentante. La forme des fesses et le galbe des cuisses nues mises en valeur par la robe rendirent son érection presque douloureuse. Il s'approcha d'elle, lui saisit les hanches et la renversa sur la table. Blandine se débattit :

— Pas comme ça. On dirait un patron pressé qui bascule sa bonne à la sauvette. Tu ne crois pas qu'on mérite mieux ?

— Oui, mais dépêche-toi. Tu m'excites comme un fou !

— Viens dans la chambre.

Il opina et la poussa pratiquement dans la pièce.

— Déshabille-toi, ordonna-t-il.

Blandine obéit, retirant lascivement sa robe. Le sous-vêtement ivoire sur sa peau blanche lui donnait l'air d'une reine. Elle serait sa reine pour toujours.

— Maintenant, enlève ta culotte et mets-toi à quatre pattes.

— On a le temps, ce soir, chuchota Blandine. J'ai envie que tu m'embrasses.

Si le bas-ventre de Karantec appelait à quelque chose de plus violent, il ne put s'empêcher de sourire en pensant qu'il avait gagné son pari. Elle était accro à lui, et tout ça en à peine une semaine.

Elle s'allongea sur le dos, les jambes écartées. Il se précipita sur elle, l'écrasant de son poids et de son désir. Comme il cherchait ses lèvres, une douleur fulgurante lui traversa l'épaule. Avant qu'il comprenne ce qui se passait, un second coup lui déchira les reins. Il regarda le visage de Blandine et n'y lut que de la haine. Elle le repoussa du genou. Alors qu'il glissait sur le côté, il vit le bras gracile de la jeune femme fondre sur lui, armé d'un couteau déjà couvert de sang. Blandine frappa encore une fois, deux fois, dix fois, mettant dans chaque coup la rage et le désespoir qu'elle avait accumulés depuis l'emprisonnement de Paul. Puis elle s'arrêta. Ses draps étaient complètement rouges, rouges de la vie qui quittait le corps de Karantec. Elle aussi était maculée du sang de son amant maudit. Elle l'entendait râler : il agonisait. Qu'il meure !

Elle se leva et se dirigea vers le bac contenant l'eau qu'elle avait fait chauffer plus tôt. Elle retira ses sous-vêtements et se frotta consciencieusement. Elle lava également ses cheveux et se revêtit de ses habits du dimanche. Elle jeta ses sous-vêtements ainsi que sa robe à fleurs dans le poêle. Plus jamais elle ne les porterait. Puis elle attendit. Elle savait que Karantec avait toujours rendez-vous vers onze heures avec ses amis pour se vanter de ses exploits. En ne le voyant pas arriver, ils viendraient sans doute se renseigner chez elle. Alors, elle leur montrerait le corps.

Elle aurait pu s'enfuir, mais elle voulait affronter son jugement et ne pas laisser Yann Karantec endosser le rôle de la victime. Qu'il meure ou pas lui importait peu. La vie du futur maître de Saint-Ternoc était de toute façon ruinée, vu l'état dans lequel elle l'avait mis. Dans sa lettre, elle avait aussi demandé à Anne de prévenir un proche de sa famille, maître Yves Larher, célèbre avocat au barreau de Brest. Il avait la stature et les relations nécessaires pour la tirer des griffes des sbires des Karantec et lui assurer un procès équitable.

Elle jeta un dernier regard à l'homme qui geignait lamentablement, quitta la chambre, referma la porte, saisit sa dentelle et s'installa dans le fauteuil de la salle à manger. Elle n'avait pas avancé son napperon depuis l'arrestation de Paul.

36. PROCÈS

3 août 1944. Les Alliés étaient aux portes de Rennes et les troupes américaines avançaient à toute vitesse vers l'ouest. Les Allemands offraient une résistance acharnée qui ne servait plus à rien, sinon à retarder l'échéance de la défaite du Reich et à offrir aux dieux de la guerre des centaines de milliers de victimes supplémentaires.

Ce n'était peut-être qu'une question d'heures avant qu'ils atteignent Saint-Ternoc. Blandine Prigent, épouse Carhaix, avait été arrêtée le 2 août à minuit moins vingt et avait été inculpée de tentative de meurtre. Elle avait été envoyée le 3 août sur l'île de Maen Du. Il n'y avait pas de quartier pour femmes, mais la situation actuelle et l'arrivée imminente des Alliés perturbaient grandement le fonctionnement de la justice. Quand les gendarmes s'étaient présentés chez elle, Yann Karantec n'était pas encore mort, mais il ne valait pas mieux. Il avait été ramené en urgence dans le domaine familial plutôt que d'être hospitalisé. Qu'auraient pu faire des chirurgiens débordés face à ce qu'elle avait infligé à son bourreau ? On l'avait jetée dans une cellule suintante d'humidité. Elle avait appris par le gardien que Mᶜ Larher avait modifié son programme pour la rencontrer une première fois dès le lendemain.

Blandine ne se faisait que peu d'illusions sur l'issue du procès, même si elle cultivait sans trop y croire une étincelle d'espoir. Si les choses se passaient mal, elle serait condamnée à mort. Si les choses se passaient normalement, elle écoperait d'une longue peine de prison, et si maître Larher était vraiment brillant, elle serait acquittée. La date du procès n'avait pas encore été fixée, mais il aurait sans doute lieu après l'été. La famille Karantec avait activement collaboré avec l'occupant au cours de ces trois dernières années. Blandine espérait secrètement que cela jouerait en sa faveur.

Elle sursauta en entendant la porte de la geôle s'ouvrir. Un gardien entra, essoufflé.

— Madame Blandine, les Alliés sont aux portes de Saint-Ternoc. Les Allemands ripostent un peu, mais, avec l'aide de la Résistance, le village devrait être libéré d'ici demain.

Pour la première fois depuis l'annonce de la mort de Paul, la jeune femme sourit.

— C'est une superbe nouvelle. J'imagine que les Karantec doivent être en train de se cacher.

— J'en sais rien, mais ce que je sais, c'est qu'une vingtaine de boches viennent de débarquer sur l'île et que tous les gardiens officiels doivent retourner à terre. Je partirai le dernier.

La nouvelle alarma la prisonnière. L'état-major allemand avait-il décidé de faire de Saint-Ternoc un îlot de résistance ? Ou pire, venait-il faire du nettoyage pour effacer toute trace des activités menées depuis 1942 ?

— Je repasserai vous voir, madame Blandine, ajouta le gardien. Je l'ai promis à Le Goff… et, même si je dois pas le dire, vous avez eu raison de tuer ce pourri. J'espère juste que les Karantec vont payer très cher pour leurs saloperies, chuchota-t-il en sortant.

Blandine serra ses bras contre sa poitrine. Même si l'été s'était invité ces derniers jours, l'humidité de la cellule et l'annonce de l'arrivée des Allemands sur Maen Du lui glaçaient les os. Si les Alliés étaient demain au village, ils donneraient peut-être l'assaut à l'île dès le jour suivant. Il fallait qu'elle tienne jusque là. Elle le ferait, en mémoire de Paul et de tous les compagnons tombés avec lui. Pour leur fils aussi.

Un bruit sourd la sortit brusquement de ses réflexions. Deux hommes venaient de pénétrer dans sa cellule. Ce n'étaient ni des gardiens ni des soldats allemands. Elle frissonna quand elle en reconnut un. C'était un milicien proche du Bezen Perrot, un tortionnaire dont la réputation de dévotion absolue aux nazis et aux Karantec avait largement dépassé les frontières du village de Ploubestan.

— Bouge ton cul, sale pute, M. Karantec veut te voir.

Sous l'insulte, Blandine lui retourna une gifle sonore. Dans un geste réflexe, l'homme lui envoya son poing dans la figure. Puis, une fois Blandine à terre, il eut le temps de lui asséner un coup de pied avant que son compagnon l'interrompe.

— Arrête, Robert, tu sais bien que M. Karantec la veut en bon état.

— T'as raison, ricana le milicien, faut qu'elle soit présentable.

Il attrapa la jeune femme par un bras et la releva violemment. Elle hurla, mais le milicien n'en tint pas compte. Blandine trottina derrière eux pour ne pas leur donner l'occasion de la brutaliser à nouveau. Une seule interrogation occupait son esprit. Pourquoi Émile Karantec, directeur de la prison, voulait-il soudainement la voir ? Pour lui annoncer officiellement la mort de son fils Yann ? Pour lui parler du procès ? Pour pouvoir l'humilier ? Inutile de poser la question à ses deux tortionnaires. Elle le saurait bien assez tôt et resterait digne, quels que soient les propos tenus par le maître de Saint-Ternoc.

Les deux miliciens la propulsèrent dans une pièce aux larges fenêtres. Elle fit un effort pour garder son équilibre et réussit à ne pas s'effondrer. Émile Karantec la regarda faire son entrée. Il l'invita presque comiquement à s'asseoir sur un siège. Elle obéit, estimant qu'il était inutile de perdre de l'énergie avant de comprendre la situation.

— Bonjour, madame Carhaix.

Comme pour s'octroyer un public, il s'adressa aux deux miliciens :

— Messieurs, vous avez devant vous Blandine Prigent, l'épouse de Paul Carhaix. Deux employés de la carrière de Saint-Ternoc très bien notés avant que Paul Carhaix ne se rende coupable d'espionnage et qu'elle tente d'assassiner mon fils. Elle avait d'ailleurs attiré mon fils Yann dans son lit le lendemain de l'arrestation de son mari, en prévision de son forfait.

Blandine n'en revenait pas. Comment pouvait-il à ce point déformer les faits ? En y réfléchissant, cela ne la surprenait pas : elle avait compris qu'il n'avait pas d'honneur, mais uniquement le goût du pouvoir et de l'argent. Cependant, comment pouvait-il parler avec une telle désinvolture alors que son fils était, au mieux, entre la vie et la mort ? Il aurait dû la haïr, l'agonir d'insultes, peut-être même la frapper. Émile Karantec poursuivait son discours.

— Madame Carhaix, l'administration est débordée avec les événements actuels. Comme leur temps est précieux, je n'ai pas voulu les déranger pour rien. Afin que vous disposiez d'un jury, j'ai désiré que ces deux personnes, dont je connais la droiture, soient présentes quand je vous annoncerai mon verdict.

— C'est quoi ce cirque ? Vous êtes complètement fou ! De quel droit vous vous accordez ce rôle de juge ? paniqua Blandine. Je ne veux pas de simulacre de procès avant l'arrivée de mon avocat. Maître Larher a d'ailleurs été prévenu.

— Gardez votre sang-froid, Blandine, si vous permettez que je vous appelle ainsi, ajouta Karantec.

— Non, je ne vous le permets pas !

— D'après ce que m'ont rapporté de nombreux villageois, vous étiez infiniment plus conciliante avec mon fils, persifla le directeur de la prison. Allez, assez perdu de temps. Ah non, une dernière chose : levez-vous et dirigez-vous vers la fenêtre.

Blandine obéit et se leva, suivie comme son ombre par les deux miliciens. Elle s'approcha de la fenêtre et vit cinq hommes qui attendaient dans une courette entourée par les bâtiments du pénitencier. Le cerveau de Blandine s'était mis en veille, comme pour se protéger de ce qu'elle allait apprendre.

— Voyez-vous, Blandine, enchaîna Karantec, ces cinq personnages sont soit des prédateurs sexuels, soit des hommes qui ont assassiné des proches. Tout comme vous, en fait !

Comme dans un cauchemar, le directeur de la prison continua.

— J'ai examiné votre cas avec la plus grande attention, pris des renseignements dans le village, considéré votre bonne réputation dans la société des carrières de Saint-Ternoc. J'en ai conclu que vous avez séduit Yann, pourtant marié et père d'un enfant, dans le but de l'assassiner.

Les larmes coulaient sans discontinuer sur le visage de Blandine. Elle avait compris le sort qui lui était réservé. Karantec, une fois de plus, faisait fi de la justice et utilisait son droit de vie et de mort sur les habitants du village.

— C'est la raison pour laquelle je vous condamne à une peine exemplaire. Vous serez livrée dans les minutes qui viennent à ces bêtes. Je leur ai assuré qu'aucune des actions qu'ils pourraient commettre à votre encontre ne sera retenue contre eux, même si, par malheur, vous ne surviviez pas à leur traitement. Pour une fois, ils seront du bon côté de la justice.

— Du bon côté de la justice ? hurla la jeune femme. Trompant leur vigilance, elle se jeta sur l'un des gardiens et saisit son pistolet. Elle tira deux fois en direction d'Émile Karantec. Tremblant d'énervement, elle rata sa cible. Comme les deux miliciens se précipitaient vers elle, Blandine retourna l'arme contre elle et visa le cœur. Un coup de l'un des hommes détourna sa main et la balle brisa la vitre de la fenêtre. Elle hurla de douleur quand le milicien la frappa violemment au foie et la désarma.

Blandine se releva avec difficulté et regarda mécaniquement par la fenêtre cassée. Les cinq hommes, adossés contre un mur, attendaient toujours. Un sixième, arrivé entretemps, leur parlait et semblait retenir leur attention.

— Yann, mais c'est Yann ? s'écria Blandine. Il n'est pas mort !

— C'est bien Yann, confirma Émile Karantec, blanc comme un linge. S'il a survécu aux coups que vous lui avez portés, ce n'est pas grâce aux médecins, mais à sa famille.

— Alors, pourquoi vous m'infligez cette condamnation atroce si votre fils est encore en vie et est déjà rétabli ? Ça ne rime à rien ! C'est de la pure cruauté ! Épargnez-moi et assurez-moi un procès honnête, supplia la jeune femme en se jetant aux pieds de son bourreau.

— Il est trop tard pour les larmes, coupa Émile Karantec. Je ne reviendrai pas sur ma décision au prétexte que Yann a survécu à vos coups de couteau.

Blandine essaya de chasser la panique pour trouver un argument, un seul, qui pourrait faire changer d'avis le directeur de prison.

— Si vous faites ça, les prisonniers vont parler et raconter leurs exploits. Vous vous retrouverez à votre tour devant des juges, et des vrais cette fois-ci !

— Parce que vous pensez que nous laisserons ces hommes en vie ? Comme vous l'avez sans doute appris, les troupes anglo-américaines sont aux portes de Saint-Ternoc. Ce soir, nous les abattrons tous, épargnant à la société de voir sévir à nouveau de tels monstres. Je n'aurai qu'à expliquer que les troupes allemandes ont dû faire face à une rébellion des prisonniers et les tuer. Nos amis allemands repartiront par la mer à l'aide des bateaux que je mettrai gracieusement à leur disposition. J'aurai évité à la population les massacres qui ont commencé dans d'autres villages. Finalement, qui s'inquiétera du sort de ces rebuts de la société enfermés sur Maen Du ? J'apprécie donc votre sollicitude, madame Carhaix, mais n'utilisez pas les deux heures qui vous restent à vivre à vous faire du souci pour moi.

— Vous êtes la pire des pourritures ! Vous en rendrez compte à Dieu !

— Si Dieu existait, il m'aurait arrêté avant. Allez, assez discuté. Messieurs, ordonna-t-il aux deux miliciens, cinq personnes attendent impatiemment de faire plus ample connaissance avec Blandine. Je vous prie de ne pas les faire patienter davantage.

Les deux hommes se saisirent de la jeune femme avec difficulté. Elle se débattait comme une lionne. Comme ils quittaient la pièce avec elle, elle hurla :

— Je te maudis, Émile Karantec. Je te maudis et tes enfants aussi ! Vous pourrirez tous en enfer.

— C'est cela, c'est cela. Messieurs, dépêchez-vous. Nous n'avons pas que ça à faire.

Karantec s'installa à la fenêtre. Cinq minutes plus tard, Blandine était livrée aux fauves de la cour. Comme une bande de charognards, les cinq détenus l'entourèrent. Deux fois, elle leur échappa en courant. La troisième fois, un homme la plaqua au sol. La meute se jeta sur elle. Karantec retourna alors à son bureau. Il devait préparer son avenir avec les nouveaux vainqueurs.

37. RÉVEIL. 4 AVRIL 1985

Michel s'était fixé quatre objectifs pour la journée. Il allait d'abord contacter le colonel Meyrieu, ancien chef de corps du 8ᵉ RPIMa. Il en profiterait pour appeler ensuite son père et discuter de la situation. Il pourrait peut-être l'aider. Après tout, Michel payait de sa personne pour satisfaire son amie Bernadette. Puis il prendrait le car et irait porter plainte directement à la gendarmerie de Brest. Pas question de se laisser intimider par Karantec ! Enfin, il louerait une voiture. Il avait envie de voir du pays et de recouvrer sa liberté de mouvement.

Il attendit neuf heures pour gagner la poste. Il s'installa dans l'une des quatre cabines d'un autre temps, referma la porte en bois derrière lui et composa le numéro du colonel Meyrieu. À la quatrième sonnerie, un interlocuteur décrocha :

— Yvan Meyrieu, à qui ai-je l'honneur ?

La retraite n'avait pas émoussé les habitudes du militaire.

— Bonjour, mon colonel, Michel Navarre. Je ne sais pas si vous vous souvenez de moi, mais j'ai servi sous vos ordres en…

— Navarre ? Bien sûr que je me souviens de vous : le pharaon ! C'est comme cela que vos camarades vous surnommaient, n'est-ce pas ?

— Je suis impressionné par votre mémoire, mon colonel.

— Vous pensiez que la retraite m'avait ramolli le cerveau, Navarre ? Bon, j'ai suivi vos aventures littéraires. Bravo, mon ami ! Quand j'ai reconnu votre photo sur l'un des livres de ma femme, j'ai lu le roman aussitôt. Je vous remercie doublement. D'abord pour m'avoir fait passer un agréable moment, ensuite pour le regard d'extraterrestre de ma femme lorsqu'elle m'a vu avec votre bouquin entre les mains. Malgré quarante-cinq ans de mariage, elle est toujours persuadée que je ne lis que *le Figaro* et les biographies des grands hommes qui ont fait la France... ou des grandes femmes d'ailleurs. J'ai récemment parcouru un excellent ouvrage sur Lucie Aubrac, que j'ai connue pendant la guerre.

Michel Navarre était amusé. Le militaire n'avait pas perdu son habitude de s'écouter parler.

— Bon, ma femme me dirait que je pérore : c'est son expression favorite. Si vous me contactez, c'est certainement parce que vous avez besoin de mes lumières. Que puis-je pour vous ?

— Je voudrais faire appel à votre mémoire de chef de corps du « 8 », mon colonel.

— Je vous écoute.

Le romancier lui raconta sa rencontre avec Bernadette Borday et la mission qu'il avait acceptée. Il résuma ensuite les conclusions de son enquête préliminaire.

— L'homme s'appelait, ou se faisait appeler, Christophe Maleval. Il s'est engagé sans doute autour de 1968. Grand, un mètre quatre-vingt-dix, brun, les yeux noirs. Je n'en sais pas beaucoup plus, mais...

— Mais ce ne sera pas la peine. Pourquoi dites-vous qu'il se serait fait appeler Maleval ?

Un frisson d'excitation parcourut Michel. Yvan Meyrieu semblait tenir quelque chose.

— Son amie n'a retrouvé que très peu de papiers chez lui. Comme Christophe Maleval a combattu en Afrique comme mercenaire, je me suis dit qu'il avait peut-être changé d'identité.

Le militaire laissa un long silence s'établir. Il rassemblait ses idées.

— J'ai eu dans mon régiment un garçon qui pourrait être votre Christophe Maleval. Il s'appelait Christophe Barioz. Un bon soldat. Pas bavard pour deux sous, mais quelqu'un qui avait des tripes. Il est parti avec moi au Tchad. C'est avec beaucoup de tristesse que j'apprends sa disparition... même si mourir en affrontant la mer est digne de lui.

— Vous le connaissiez donc bien ?

— Barioz était un combattant de grande valeur. Cependant, si j'ai toujours respecté mes hommes, je n'ai jamais cherché à être proche d'eux. Nous partions ensemble en opérations, pas en colonie de vacances. Notre passion commune pour l'Égypte était l'exception qui confirme la règle, Navarre. Je vais contacter d'anciens camarades pour tenter de retrouver son dossier.

Michel serra le poing en répondant :

— J'accepte avec plaisir votre proposition, mon colonel.

— Alors, rappelez-moi après-demain. Si je trouve des informations sur Barioz, vous me devrez une visite. Nous irons pêcher tous les deux sur le lac d'Annecy. Nous aurons plein de choses à nous raconter.

38. AU NOM DU PÈRE

Michel passa la tête à travers l'entrebâillement de la porte pour annoncer au postier qu'il conservait la cabine. Le bureau était vide de clients et le préposé leva à peine le nez de son journal pour acquiescer.

Le succès du deuxième appel de Michel était plus aléatoire. Il tentait de joindre André, le concierge qui, s'il était là, monterait ensuite frapper au domicile de Maurice Navarre. Il savait que son père avait des affaires à régler et n'était pas encore parti retrouver sa nouvelle amie italienne.

Dix minutes plus tard, son père était au bout du fil. Michel s'amusa en l'imaginant installé à la table de la cuisine du concierge.

— Bonjour, mon garçon ! Je désespérais d'avoir de tes nouvelles. Comment vas-tu ? L'air du large te réussit ?

— J'ai essuyé un bon coup de tabac. Tu as du temps pour que je te raconte tout ça ?

— Autant que tu veux. J'ai rendez-vous chez mon coiffeur dans une demi-heure. Mais il est très patient et saura s'accommoder d'un éventuel retard.

— Parfait. Alors, demande à André un broc de café et écoute les aventures de « Michel à la mer ».

Michel lui exposa en détail les événements de ses journées bretonnes. Il lui épargna cependant ses visions. Son père ne l'interrompit pas, concentré sur le récit, mais explosa et perdit son flegme habituel à la fin.

— Mais pour qui il se prend ce connard de Karantec ? Jean-Claude Duvalier ? Fidel Castro ? Et l'autre abruti de pandore qui refuse d'enregistrer ta plainte ! Ne le rate pas, celui-là ! Tiens, j'ai un de mes meilleurs amis qui travaillait à Brest. Il a été flic là-bas et il vient de partir à la retraite au bord de l'océan. Il devrait pouvoir t'aider. Je l'appellerai dès qu'on aura raccroché.

— Je veux bien, je…

— Quant à tes recherches sur Christophe, elles sont simplement époustouflantes. Félicitations, mon garçon. Bernadette aura bientôt sa réponse.

— Ne t'emballe pas trop vite. Je vais voir ce que me trouve Meyrieu, mais, même s'il y a de fortes chances pour que ce Christophe Barioz soit le marin disparu, rien ne dit qu'il soit le fils de ton amie.

— D'accord, d'accord. Il n'empêche que tu progresses bien.

— J'ai aussi envie de m'intéresser de plus près à la famille Karantec. Pourquoi le maître de Saint-Ternoc a-t-il peur de moi ?

— Je n'en ai aucune idée. Je te demande juste d'être prudent. Tu as sans doute involontairement touché un truc qui les chatouille.

— Ne t'inquiète pas, je serai vigilant. Sinon, pour changer de sujet, tu pars quand en Italie ?

Il entendit un sourire de satisfaction dans la voix de son père.

— Je serai à Rome dans une semaine. Tu ne peux pas imaginer à quel point j'ai hâte d'y être.

— Si une belle Italienne t'attend pour te faire découvrir la face cachée de la ville, je n'ai aucun mal à concevoir ton impatience.

— Je te promets que celle-là, je ne suis pas près de la lâcher !

— Comme les cinq précédentes, c'est ça ?

— Non, ça n'a rien à voir. Simona est magique.

Maurice Navarre, qui avait toujours été un mari fidèle, était devenu un vrai cœur d'artichaut depuis la mort de Suzanne.

— Bon, d'ici là, je contacte mon copain Loïc Kerandraon. Il s'occupera bien de toi. Allez, rappelle-moi dans une heure.

39. SOPHIE

Michel raccrocha, dubitatif. Ses relations avec son père avaient toujours été étranges. Les deux hommes s'appréciaient et Michel aimait passer du temps en sa compagnie. Cependant, il n'avait jamais trouvé en lui le complice dont il avait rêvé toute sa vie. Pas un copain, mais quelqu'un auprès de qui il aurait pu s'épancher quand il en avait besoin, quelqu'un qui aurait su l'écouter et lui donner des conseils... Ou même ne rien dire : juste l'écouter. Plus tard, il aurait à son tour accueilli ses confidences et lui aurait apporté son énergie de jeune homme.

Les choses ne s'étaient pas déroulées ainsi. Enfant, Michel était constamment avec sa mère. Il l'adorait et Suzanne le lui rendait bien. Maurice était un bourreau de travail. Il s'employait à faire croître l'entreprise familiale. Quand il n'était pas dans les ateliers, il parcourait la France pour trouver des contrats. Il était toujours bienveillant avec Michel, mais il arrivait régulièrement qu'il ne le voie pas pendant des semaines entières. Michel avait vécu avec un père absent. La mort brutale de Suzanne Navarre l'avait détruit. Son père ne s'était pas rendu plus disponible pour autant. Il avait demandé à sa sœur aînée de venir à Paris pour s'occuper de son foyer. Madeleine Navarre avait quitté sa ville de Bergerac par devoir et ne s'était jamais acclimatée à la capitale. Même si c'était une brave femme, cette célibataire inflexible n'avait pas su s'y prendre avec son neveu. Maurice accordait à son fils quelques jours de vacances au mois d'août, quand il fermait l'usine. Mais cela faisait presque plus de mal que de bien à l'enfant. Le retour à la vie quotidienne lui apportait des sensations de manque toujours plus brûlantes. C'est à l'âge de douze ans qu'il avait rencontré pour la première fois un psychiatre, sur l'insistance du proviseur du lycée Carnot. Il s'était alors révolté et enfermé dans son monde, devenant le souffre-douleur de sa classe. Il avait essayé d'en parler à son père qui l'avait écouté d'une oreille distraite. Maurice Navarre était, à ce moment, obnubilé par un contrat de fabrication de pièces pour le nouveau Mystère IV de Dassault.

Ses séances de thérapie s'étaient transformées en enfer. Plus il se rebellait, plus il avait l'impression que les médecins cherchaient à violer son intimité. Deux ans plus tard, sa tante était repartie dans son Périgord natal. Le comportement de son neveu l'effrayait trop. Elle avait supplié son frère d'emmener Michel chez un exorciste. Maurice Navarre en avait ri, mais le garçon en avait été profondément meurtri.

Pour autant, le père ne s'était pas rapproché de son fils. Il avait engagé une gouvernante plus jeune, recommandée par son amie du moment, et avait continué à se consacrer à son entreprise. La cohabitation entre Michel, qui venait d'avoir quatorze ans, et Sophie avait d'abord été tendue. Même s'il savait qu'elle ne faisait qu'exercer son métier, il ne pouvait s'empêcher de lui reprocher de prendre la place qu'aurait dû occuper sa mère. Sophie ne s'en offusquait pas : elle tenait la maison et préparait les repas. Jamais elle n'interférait dans les affaires de Michel. Qu'il s'enferme des heures dans sa chambre ou qu'il aille s'épuiser sur des terrains de sport, elle ne lui faisait aucun commentaire. À quinze ans, Michel s'était plongé dans la lecture et passionné pour l'histoire. Il passait des nuits entières à lire, se privant de sommeil et se reposant pendant les heures de cours. Il ne réagissait plus aux moqueries permanentes au collège et s'était créé son propre monde. Il ne le partageait avec personne, au grand dam du psychiatre qu'il continuait de consulter. Tout avait basculé quelques mois plus tard. Ses relations avec Sophie avaient changé. La remplaçante de sa mère s'était soudainement métamorphosée en une femme qui peuplait ses rêves nocturnes. La célibataire trentenaire avait évidemment remarqué sa modification de comportement. Michel s'était aussi transformé physiquement. Le garçon un peu enrobé s'était affiné et musclé ; son visage était beaucoup moins ingénu. Il avait noté que l'attitude des filles de sa classe à son égard avait évolué, mais cela lui importait peu. Il n'oubliait pas ce qu'elles lui avaient fait endurer il n'y avait pas si longtemps.

À force de vivre ensemble, Sophie et Michel s'étaient rapprochés. La jeune femme trouvait finalement le garçon à son goût. Son père étant une nouvelle fois absent, ils avaient fêté tous les deux ses seize ans. En cadeau, elle lui avait fait perdre sa virginité. Ce qui n'était au début pour elle qu'un jeu s'était transformé en passion. Ils étaient devenus des amants furieux. Cette relation avait rendu à Michel toute sa confiance. Il avait fait un retour éclatant dans sa vie sociale. Les médecins n'expliquaient pas ce revirement. Seul son père avait compris. Quand Michel avait essayé d'en parler avec lui, il avait de nouveau botté en touche. Après six mois d'étreintes débridées, Sophie avait disparu. Un soir, en rentrant du lycée, il avait trouvé sa chambre vide. Pas un mot ! Personne ne l'avait jamais revue. Michel avait fait deux semaines d'école buissonnière pour la retrouver, mais sa tentative s'était soldée par un échec. Cette fois, il n'avait pas replongé. Il avait puisé dans sa passion pour Sophie la force d'accepter son absence. Elle lui avait donné l'énergie nécessaire pour s'imposer dans le monde, il lui devait de continuer son intégration sociale, pour elle. Un an plus tard, la police avait découvert Sophie, pendue, dans le bois de Boulogne. Crime ou suicide ? Le mystère n'avait jamais été élucidé.

Un raclement de gorge le ramena au présent :

— Il compte encore téléphoner ou il me paye ? Y en a déjà pour vingt-quatre francs.

Michel régla ses communications et quitta la poste. Il décida de descendre vers la plage et d'y passer quelques minutes avant de rappeler son père.

Assis face à la mer, le romancier ferma les yeux et se concentra sur les cris des mouettes et le bruit des vagues. Son esprit revint rapidement à Sophie. Pourquoi venait-il de penser à elle avec tant de force ? Il n'avait jamais retrouvé un tel désir sexuel avec aucune partenaire, exacerbé par le sentiment d'interdit qui l'accompagnait. Avait-il aimé Sophie ? Ils avaient connu une parfaite symbiose physique, mais jamais ils n'avaient eu envie de se dire des mots doux. Jamais il ne lui avait envoyé une lettre, lui qui adorait écrire.

Jamais elle ne lui avait demandé un signe de tendresse visible. Quand ils allaient au cinéma, ce n'était pas pour déguster une glace en se tenant par la main. Ils choisissaient une petite salle, s'installaient dans le coin le plus discret et se donnaient du plaisir. Michel voulait prouver à la face du monde qu'il était devenu un homme ! Sophie, elle, aimait contrôler ce jeu trouble qui l'excitait terriblement. Ils s'étaient offert leurs corps, mais pas leur cœur. C'est sans doute pour cette raison que leur relation avait été aussi torride.

— *Homme libre, toujours tu chériras la mer…*

Michel sursauta et se retourna. Debout, François Menez le regardait, un appareil photo à la main.

— *La mer est ton miroir, tu contemples ton âme…* lui répondit-il

— Monsieur connaît ses classiques. De la part d'un écrivain renommé, ça ne me surprend pas, conclut le photographe en souriant. Comment vas-tu ?

— À part quelques ecchymoses, tout va bien. J'imagine que tu es au courant de ce qui m'est arrivé ?

— Bien évidemment, tout Saint-Ternoc est au courant. Tu sais à qui tu dois ça ?

— Ils étaient cagoulés, mais il semblerait que l'un des deux soit le garagiste du bourg.

Menez ne lui demanda pas d'où il tenait son information, mais poursuivit :

— Leclerc ? C'est le roi des cons. Un mec qui pense avec ses muscles la plupart du temps et avec sa bite quand bobonne rend visite à sa mère à Quimper. Désolé pour l'expression, mais t'as rencontré la fine fleur du village. Tu connais la cause de ce traitement de faveur ?

— Même si ce n'était pas dit comme ça, il semblerait que je gêne les Karantec. Mais pourquoi ? Alors là, aucune idée !

— Qu'est-ce que tu vas faire ?

— Porter plainte à Brest. On m'a mis des bâtons dans les roues, mais il n'est pas question que je laisse cette affaire sans suite.

— Tu as raison. Et après ? demanda Menez.

Michel Navarre s'octroya un moment de réflexion avant de répondre. Quelle confiance pouvait-il vraiment accorder à son vis-à-vis ? Il le connaissait à peine, mais c'était le seul qui pourrait l'aider. Par ailleurs, il n'était pas originaire d'ici, donc, *a priori*, pas inféodé à la famille Karantec. Et surtout… François lui avait tout de suite été sympathique.

— Je veux enquêter sur les Karantec, comprendre pourquoi ma présence les dérange.

— Vaste programme. Tu sais par où commencer ?

— Pas vraiment. En découvrir plus sur les causes de la mort du fils Patrick, trouver s'il y a un lien entre les Karantec et Christophe Maleval. C'est pendant que j'allais lui rendre hommage au cimetière de la lande que j'ai été attaqué.

— Et tu as une idée de la façon dont tu vas t'y prendre ? insista Menez.

— J'ai quelques pistes…

Michel se releva et étudia son interlocuteur. Il appréciait la franchise de ses yeux délavés par le vent et par la vie. Il décida de jouer son va-tout. C'était maintenant ou jamais.

— Ma question va sans doute te surprendre, mais serais-tu prêt à m'aider ?

— J'ai creusé mon trou ici, expliqua le photographe. Je fais ce qui me plaît, j'ai mon affaire qui marche gentiment, je suis libre. Pourquoi est-ce que je risquerais d'aller me mettre les Karantec à dos ?

— Peut-être parce que tu es un homme d'action et que ta vie tranquille commence à te lasser ? Peut-être parce que tu n'as pas aimé l'accueil réservé à ton ami Christophe ? Peut-être parce que tu as envie de côtoyer le danger, comme lorsque tu étais photographe de guerre ? Ou peut-être que je me plante complètement et que tu ne veux vraiment pas te créer des emmerdements pour rien…

— C'est avocat que tu aurais dû être, pas romancier ! Tous tes arguments pourraient tenir la route. On mange ensemble ce soir, et je te donnerai ma réponse. Je t'invite à la maison. Je passe te récupérer à ton hôtel à vingt heures.

— Super. Quelle que soit ta décision, je me réjouis d'avance de ce dîner.

40. LOÏC KERANDRAON

Quatorze heures trente. Michel Navarre s'étira. Le car avait mis près d'une heure et demie pour parcourir la soixantaine de kilomètres qui séparaient Saint-Ternoc de Brest. Il s'était arrêté dans chaque village, prenant un malin plaisir à emprunter les routes départementales les plus sinueuses. Michel avait hâte de rencontrer l'ami de son père et avait moins apprécié la campagne sauvage derrière la vitre qu'à son arrivée à Saint-Ternoc. Il n'y avait plus à hésiter : il louerait une voiture pour être autonome !

Le commissaire à la retraite Loïc Kerandraon lui avait donné rendez-vous devant la gare. Un mètre quatre-vingt-dix, de larges épaules, une crinière presque rousse et particulièrement fournie pour un sexagénaire : difficile de le rater. Il lui donna l'accolade, comme s'ils étaient amis depuis toujours.

— Le fils de Maurice ! La dernière fois que je t'ai vu, tu étais un gamin de quatre ou cinq ans. J'étais tout jeune flic à l'époque. Heureusement que ton vieux forban de père a eu besoin de moi pour que je puisse faire ta connaissance. Bienvenue au pays du chouchen, de la galette et de la cornemuse.

Surpris par la bonhomie du personnage, Michel lui rendit son accueil chaleureux.

— Je vous remercie de m'accorder votre temps, monsieur Kerandraon. J'espère que vous ne vous vexerez pas si je vous dis que le gamin ne se souvient pas de cette rencontre.

— Pas de monsieur entre nous. Appelle-moi Loïc, comme mes amis. Bon, même si le crachin est vivifiant, je te propose de nous abriter dans un bar. Ce n'est pas ce qui manque dans le coin de la gare.

Attablé devant un verre de muscadet et une assiette de coques et de bigorneaux pêchés du jour, Michel avait entamé la discussion en donnant des nouvelles de son père et en résumant sa propre vie. Puis il avait raconté son agression, la réaction du gendarme de Saint-Ternoc et ses premières conclusions.

— Karantec fait donc toujours chier son monde ! lâcha l'ancien flic.

— Vous l'avez déjà rencontré ?

— J'ai passé les dix dernières années de ma brillante carrière à Brest. Impossible de ne pas connaître cette légende régionale qu'est Yann Karantec. Il a des intérêts et des relations un peu partout. Si ton hypothèse s'avère, je ne suis pas surpris que le gendarme local ait fait preuve d'autant de mauvaise foi. J'irai avec toi à la gendarmerie de Brest, j'y ai encore des amis. Bon, ne nous leurrons pas, aucune poursuite ne sera engagée. Par contre, on tiendra Saint-Ternoc informé de ta démarche. Je suis prêt à parier un billet de cent que ça t'assurera une paix royale.

— Je vous remercie, Loïc. Je m'en suis remis, mais j'en fais une question de principe.

— C'est même plus que ça ! La Bretagne est une région d'accueil, pas un vulgaire quartier de Chicago ou de New York. Karantec se prend pour un parrain et ne respecte plus les bases de notre culture. Et ça, c'est très grave !

L'air sérieux de Kerandraon contrastait avec sa bonhomie précédente.

— Sinon, enchaîna-t-il, ton père m'a dit que tu avais besoin de moi pour autre chose, mais il n'a pas été bavard sur le sujet. Ce n'est pas son genre, pourtant.

— Parce que c'est une demande plus gênante…

— Il a rarement été gêné, commenta Kerandraon.

— Il s'agit du meurtre de Patrick Karantec. J'aurais aimé en connaître les conditions.

Surpris, le flic le scruta.

— Je ne m'attendais effectivement pas à ça. Pourquoi tu t'y intéresses ?

— Ça va vous paraître léger, mais j'ai été accueilli très froidement par Yann Karantec. Il a fait un scandale à la sortie d'une messe en mémoire de deux marins de Saint-Ternoc disparus en mer il y a deux semaines. Il m'a accusé de chercher à foutre le bordel et de jouer les fouille-merde – je reprends à peu près ses mots. À part la mort de son fils Patrick, je ne vois pas quelle « merde » j'aurais pu remuer. Ensuite, il m'a menacé devant tout le monde. Puis, il y a eu mon agression. Tout ça me fait penser que je ne suis peut-être pas loin de quelque chose.

Loïc Kerandraon saisit une petite pique en bois, extirpa un bigorneau de sa coquille et l'avala.

— En gros, si je résume, tu demandes à la police de balancer les résultats de son enquête ? Gonflé, le gamin, ajouta-t-il, amusé. De quoi es-tu au courant ?

— Patrick Karantec a été assassiné de nuit dans les carrières. Le bruit court qu'il a été égorgé par un mari cocu. Point final. Vu comme ça, c'est glauque, mais ça ne fouette pas un chat.

— Et pourquoi es-tu persuadé qu'il y a des détails qui t'échappent ?

— Un mari bafoué qui donne rendez-vous à l'amant de sa femme à minuit dans un lieu aussi marqué par l'histoire du village pour l'égorger… Le cocu aurait l'esprit vraiment tordu. Un parking désert ou une quelconque entrevue loin de Saint-Ternoc auraient mieux fait l'affaire. Et puis, qu'est-ce qui aurait pu pousser le fils Karantec à quitter son lit en pleine nuit pour aller se faire trucider dans le froid ? Franchement, Loïc, je sais que c'est la version officielle, mais c'est bancal. Si Karantec pense que je viens mettre mon nez là-dedans, c'est qu'il a des trucs à cacher… Donc, je me suis dit que vous pouviez m'aider en me livrant un ou deux indices.

— Ben mon gars, t'es comme Maurice. Quand tu veux quelque chose, t'y vas franco.

— Qui ne tente rien n'a rien, me rappelait régulièrement mon père.

— Il a raison. Tu imagines bien qu'étant ancien flic je ne peux te divulguer aucun renseignement.

— Bon, tant pis, capitula Michel.

— Alors là, tu n'es pas dans la lignée de Maurice. Il aurait dit qu'étant à la retraite depuis plus d'un an ce n'est pas moi qui me suis occupé de cette affaire. Que, par conséquent, je ne suis pas lié par mon serment de fonctionnaire de police et que je pourrais lui donner quelques indications. J'aurais refusé, il aurait insisté et j'aurais trouvé un arrangement avec ma morale d'airain.

Le romancier éclata de rire. Décidément, Kerandraon lui plaisait.

— Quel dommage que vous ne soyez pas venu plus souvent chez nous quand j'étais petit ! Cela aurait mis de l'ambiance à la maison. J'en aurais eu besoin : à la mort de ma mère le ciel m'est tombé sur la tête.

Michel se tut en s'apercevant qu'il avait parlé de son mal-être d'enfant. Il se sentait plus complice avec l'ancien policier en moins d'une heure qu'avec son père en plus de quarante ans.

— Désolé, je ne voulais pas vous ennuyer avec ça.

Loïc Kerandraon posa sa large main sur le bras de Michel.

— Maurice m'a régulièrement invité, mais c'est moi qui ai refusé. Je le regrette aujourd'hui.

— Mais pourquoi ? Vous êtes pourtant amis !

— Nous le sommes, et c'est pour le rester que je n'ai pas répondu à ses demandes.

— Excusez-moi, mais j'ai du mal à comprendre, insista Michel.

— Allez, devant des bigorneaux, on peut tout balancer. J'étais très amoureux de ta mère. On a connu Suzanne en même temps avec ton père, quand nous étions dans la Résistance. J'étais plus jeune qu'elle de cinq ans, mais j'en étais fou. Elle a choisi Maurice. Ça m'a rendu malade, mais j'ai respecté sa décision. Je pensais que le temps effacerait mes sentiments et j'ai revu Suzanne et Maurice. Mais ce n'était pas le cas. Rien n'avait été effacé. Je n'ai pas voulu prendre le risque de briser involontairement votre famille.

Michel laissa un silence s'établir, couvert par le tintement des verres entrechoqués et les discussions des habitués. Il fixa le géant roux avec un mélange d'incrédulité et d'affection. Kerandraon sortit de sa torpeur :

— Tu peux te vanter d'être le seul à avoir recueilli une confidence de ma part en quarante ans ! Je vieillis ! Bon, on revient à du plus sérieux.

— Votre aveu me touche beaucoup, Loïc, et c'est vraiment dommage que vous n'ayez pas été là plus souvent. Mais le passé est le passé !

— Et cela m'a permis de faire la connaissance de ma femme Sylvie et d'avoir deux splendides filles. Allez, il est temps d'aller retrouver l'inspecteur Palangon.

Michel déposa un billet de vingt francs sur le comptoir et ils quittèrent le bar.

41. AUGUSTIN PALANGON

L'inspecteur Augustin Palangon, jeune enquêteur prometteur, était l'une des étoiles montantes de la police judiciaire de Brest. Débarqué quatre ans plus tôt de Paris, c'est à lui que le procureur de Brest avait officiellement confié l'affaire Karantec. En arrivant à proximité du commissariat, Kerandraon gara sa 504 et fit signe à Navarre de l'attendre. Il ressortit avec un homme d'une trentaine d'années à l'allure sportive. Cheveux longs, veste pied-de-poule, chaussures italiennes, il n'avait pas le look classique – baskets et blouson de cuir – des inspecteurs dans les films policiers. Les présentations furent rapides. Ils regagnèrent la voiture. Kerandraon s'éloigna du centre-ville et s'arrêta devant une typique petite chaumière bretonne. Barrières blanches, murs en granit et hortensias de chaque côté de la porte d'entrée.

— Nous serons plus à l'aise chez moi.

Les trois hommes s'étaient installés autour d'une table basse. Sans attendre leur accord, Kerandraon avait servi du whisky breton au blé noir. Il entama :

— Pour des raisons qui lui sont propres, l'inspecteur Palangon accepte de discuter avec toi. Tu imagines bien qu'une telle réunion est contraire à toutes les règles de la maison, mais les règles sont faites pour être transgressées de temps en temps. Il ne faudra donc répéter nulle part ce que tu entendras, mais tu t'en doutais, n'est-ce pas ?

— Évidemment. Je m'y engage formellement.

— Très bien. Augustin, je te laisse la parole.

L'inspecteur vida son verre, claqua de la langue et le reposa sur la table.

— Bien, pourquoi je vais vous raconter ce qui s'est passé ? C'est simple ! Yann Karantec a intrigué à la préfecture pour que mon enquête sur la mort de son fils soit interrompue et que les premières conclusions soient tronquées. Je n'ai pas vraiment apprécié le procédé et j'ai fait un peu de ramdam. Ce connard a demandé à ses amis haut placés dans la maison de me casser. J'ai senti le vent du boulet et je me suis écrasé. Mais je peux vous assurer que ça m'est resté là, acheva-t-il en portant son pouce et son index au niveau de la gorge. Notre discussion va me servir de thérapie.

Michel sourit devant la verve du policier et le laissa poursuivre.

— Patrick Karantec est effectivement mort égorgé, mais l'histoire du mari cocu a été mise en avant par son père pour cacher une vérité. C'est quand j'ai cherché cette vérité que la pression est montée.

— Donc, pour vous, il n'a pas été victime d'un jaloux.

— Allez, j'accorde à ce scénario une cote de cent contre un. Le fils Karantec avait la queue à l'air la moitié du temps, mais sa mort ne ressemble pas à la vengeance d'un cocu.

— C'était une hypothèse que j'avançais aussi, sauf que je n'ai aucun argument pour l'étayer.

— Je vais vous en donner, de l'argument ! Le premier : Patrick Karantec a été égorgé par une lame de faux. Nous avons fait une simulation et il n'y a aucun doute possible. D'ailleurs, sa tête était pratiquement décollée de son thorax. Une telle œuvre ne peut être réalisée avec un couteau ! Le cocu aurait été particulièrement imaginatif. Le second : l'assassin a ensuite baissé le futal de Karantec et lui a planté un pieu en bois dans le cul. La sodomie version prince des Carpates ! Le cocu devenait vraiment pervers. Faut en vouloir, pour empaler un type sur une profondeur de quinze centimètres… et posséder de la force. Troisième argument : nous avons retrouvé près du corps un feutre noir, du genre de ceux que portaient les paysans il y a encore cinquante ans. Notre cocu ne serait par conséquent plus tout jeune, et sa femme non plus, normalement. Or, Karantec n'avait pas la réputation d'être gérontophile. Tout ceci étant exposé, ça sent le piège bien réfléchi, avec une symbolique importante. Quand on est breton, on pense immédiatement à l'Ankou. Vous connaissez ?

— Oui, le serviteur de la mort qui va chercher les âmes des défunts.

— Une faux, un feutre noir, et le pieu en option. L'assassin avait bien préparé son coup. S'il avait juste voulu punir Karantec d'avoir baisé sa femme, il n'aurait sûrement pas mis au point un scénario aussi tordu.

— Donc ?

— Je me suis tout de suite dit que ce n'était pas Patrick Karantec qui était visé, mais quelqu'un d'autre. Lorsque j'ai commencé à évoquer cette hypothèse avec son père, il est instantanément monté sur ses grands chevaux. J'étais un jeune con de Parigot, je cherchais à salir la réputation d'une ancienne famille bretonne... J'ai vite compris en enquêtant dans le village que c'était surtout un clan d'escrocs. Les gens parlent quand on leur promet la confidentialité de leurs déclarations.

— Vous en avez appris beaucoup ?

— Je n'étais pas là pour mener une enquête de moralité sur la famille Karantec, mais pour découvrir pourquoi un meurtrier s'était acharné sur un de ses membres. J'ai rapidement saisi que le fils avait été victime d'un mauvais concours de circonstances. C'était un coureur, mais un type sans relief, un gars qui se sert plus de ses couilles pour les fourrer entre les cuisses des femmes des autres que pour faire preuve de courage. À force d'interrogatoires plus ou moins discrets, il est devenu évident que son père et son frère aîné avaient la même propension à tirer leur crampe ailleurs. En quelques jours, j'ai appris que le patriarche s'était tapé presque toutes les jolies filles du coin depuis cinquante ans ; que Christian, le frère aîné, allait régulièrement finir ses soirées avec les putes de Recouvrance, à Brest ; et que Malo, le plus jeune, vivait avec un peintre et avait un faible pour les marins de la rade. Quant à Elsa, la benjamine, elle s'est engueulée avec les mâles de sa famille et est partie s'installer à Paris il y a plusieurs années. Elle est toujours célibataire et, d'après les bruits qui courent, elle ne s'ennuie pas dans son lit.

— Ils ont une sexualité partageuse, confirma Kerandraon. Seule la mère est la gardienne de la vertu familiale.

— Effectivement, reprit Palangon. Les Karantec ont semé des cocus à travers tout le Finistère. Chacun des hommes de la tribu aurait pu tomber dans les mains de l'assassin. J'ai cependant écarté cette hypothèse, même si la présence du pieu enfoncé dans le cul est loin d'être anodine. Je me suis penché sur les indices. Un : la faux. Au lieu d'avoir une lame tournée vers l'intérieur, celle-là était à l'extérieur, comme celle que l'on voit sur les représentations de l'Ankou. On a donc fait du porte-à-porte pour savoir qui fabriquait ce genre d'instrument peu commun. Le chapeau de feutre ensuite. Il a volontairement été abandonné sur place, avec une symbolique sans doute évidente pour la famille Karantec. La mort n'a pas été donnée au hasard, mais c'est une exécution liée à la terre, à l'âme de la Bretagne. J'ai regardé comment exploiter ce chapeau, si on pouvait analyser des marqueurs génétiques. Je l'ai transmis à la police scientifique, qui l'a envoyé à Paris. Pour le moment, ils n'en ont rien tiré. Ils ont dû reléguer le dossier en bas de la pile. Le mec est mort depuis six mois, il n'y a encore eu aucune récidive et…

— Pourquoi dites-vous encore ? l'interrompit Michel.

Palangon jeta un œil à son ancien supérieur, qui hocha subrepticement la tête.

— Parce que, plus tard, j'ai récolté un autre indice. Il vient directement de l'entourage de Yann Karantec. Le matin même du meurtre, le père a reçu un courrier qui l'a mis hors de lui. Peu de temps après, il convoquait son fils Patrick. Impossible de savoir ce qu'ils se sont raconté, mais de là à supposer qu'il l'a envoyé au casse-pipe à sa place, il n'y a qu'un pas.

— Vous croyez que l'assassin pourrait de nouveau tenter sa chance ?

— Le père Karantec est sur ses gardes, mais si le tueur lui en veut à ce point, rien n'est à écarter.

— D'où sa hargne s'il imagine que j'enquête sur le meurtre… conclut Michel.

— Ça pourrait effectivement l'expliquer, confirma Palangon.

— Et vous avez avancé sur la faux et le feutre ? demanda le romancier.

— Oui, mais pas assez pour cibler une liste de suspects potentiels. Il me manquait quelques semaines pour pousser les investigations. Se cogner les forgerons et les chapeliers de toute la

Bretagne, c'est long ! Je pense que j'aurais pu progresser sur le sujet si Karantec n'avait pas œuvré en sous-main pour que l'on considère l'enquête comme terminée.

— Pourquoi ? C'était pourtant son fils !

— Officiellement, il se bat pour avoir des réponses, mais il a fait en sorte qu'on réduise les moyens au minimum. Je n'ai plus qu'un stagiaire et mon temps libre pour travailler dessus. Alors, même si je me suis engagé pour servir l'ordre et la justice, il ne faut pas me prendre pour un con. À mon avis, il a la trouille de ce qu'on pourrait découvrir et il mène son enquête de son côté. Qu'il se démerde ! Il y a assez de problèmes à Brest pour m'occuper à plein temps !

— Je vous remercie, inspecteur Palangon. C'est assez édifiant, murmura Michel.

— De rien. Si vous voulez continuer, cherchez du côté de Yann Karantec et de ses petits secrets. Mais faites attention à vous. Si vous vous en approchez trop, j'ai peur que la plainte que vous venez de déposer avec le commissaire ne soit plus en mesure de vous protéger.

42. MOZAMBIQUE. 1981

Par habitude, Christophe Barioz vérifia une nouvelle fois le réglage de la lunette de son fusil d'assaut HK33. L'action était proche. La vingtaine d'hommes qui composaient le groupe Kruger, commando infiltré aux ordres officieux de l'Afrique du Sud, campaient discrètement dans la savane depuis deux jours. Ils avaient repéré leurs cibles. Chacun connaissait son objectif. Barioz était accompagné de mercenaires originaires de toute la planète. Il opérait au Mozambique depuis quatre ans, et le *red beret* avait obtenu le respect de ses compagnons. Il avait gagné ce surnom à cause du béret rouge qu'il avait gardé après l'armée. Sniper doté d'un sang-froid à toute épreuve, Christophe Barioz était très apprécié de ses employeurs sud-africains. Efficace dans sa mission, pas d'états d'âme et aucun débordement à signaler : le rêve d'un patron !

Le Mozambique avait acquis son indépendance six ans plus tôt, au grand désespoir des colons blancs, qui avaient dû partir dans la précipitation et se réfugier, pour nombre d'entre eux, chez le voisin sud-africain. Le Portugal avait remis les clés du pays au Front de libération du Mozambique ou FRELIMO. Le FRELIMO avait rapidement accaparé le pouvoir, rejetant les autres partis qui avaient participé à la lutte pour l'indépendance. Il avait annulé les élections pluralistes prévues dans le traité signé avec le Portugal. Puis il s'était rapproché du bloc soviétique. En ces périodes de restructuration de la carte du sud de l'Afrique, les alliances du

FRELIMO avaient été très peu appréciées dans la région. En quelques années, le Mozambique avait été ruiné, miné par l'échec de la politique du FRELIMO et le départ massif des cadres portugais qui avait tout désorganisé. Par ailleurs, l'hostilité de l'Afrique du Sud et de l'ex-Rhodésie avait fini par achever l'économie mozambicaine.

L'Afrique du Sud subventionnait le mouvement de Résistance nationale du Mozambique, la RENAMO. Une guerre civile avait éclaté et la RENAMO, naviguant entre actions de rébellion et actes de banditisme, tenait une partie du pays. Christophe Barioz travaillait officieusement pour le compte de la RENAMO. Il n'avait aucun engagement politique, et son seul objectif était de gagner de l'argent. Ses employeurs payaient bien et les virements tombaient le premier de chaque mois : c'était tout ce qui lui importait. Les Africains mouraient de faim ou sous les balles des combattants de tout bord, mais c'était la vie. Avec ou sans lui, la situation de ces hommes et femmes n'aurait pas été meilleure. Barioz était un militaire et avait son code d'honneur. Il ne pillait pas les maigres ressources des paysans ou artisans des villages qu'il « libérait » et il ne s'était jamais livré au viol. Il était par contre sans pitié au combat et les soldats du FRELIMO craignaient sa réputation et son tir d'exception. Il était payé pour cela et il méritait son salaire.

— *Hello guys, let's go.*

Christophe Barioz s'installa dans l'un des véhicules tout terrain de la RENAMO gracieusement offerts par l'Afrique du Sud. Même si son groupe était censé soutenir la résistance mozambicaine, il n'y avait aucun combattant local dans ses rangs. Rory Duplessis, leur chef, de nationalité sud-africaine, haïssait les Noirs. Quelques semaines plus tôt, Duplessis avait fait couper les mains des anciens d'un village qu'ils venaient de conquérir… pour laisser un message à leurs adversaires. La nuit, les deux hommes avaient eu une explication musclée. Au matin, ils avaient conclu un accord. Barioz ne commenterait plus les ordres de son supérieur et Duplessis s'épargnerait ses actes de cruauté gratuits. Barioz avait tenu parole et Duplessis avait été plus discret dans ses exactions.

Dans un nuage de poussière, les véhicules quittèrent l'abri des arbres pour foncer sur la piste qui menait à la ville de Kigazi. Les services de renseignement sud-africains avaient localisé Maxime Nigawa, un leader important du FRELIMO. Les mercenaires s'étaient infiltrés dans cette région sous contrôle gouvernemental et devaient enlever ou faire disparaître le Mozambicain.

Devant eux apparut Kigazi, cité de dix mille habitants. Un ensemble de bâtiments blancs surchauffés par le soleil et envahis par la poussière. Ça puait la pauvreté. La ville ne survivait que grâce à quelques mines exploitées dans les environs et grâce à l'aide des Scandinaves. Pris entre les deux forces politiques du pays, les habitants n'avaient chaque jour qu'un objectif : vivre une journée supplémentaire. Une artère principale traversait la cité. Ils repérèrent immédiatement le poste de garde qu'ils devaient mettre hors d'état de nuire. Ils entreraient ensuite dans la ville. Une partie du groupe se rendrait à la caserne pour en prendre le contrôle. Les autres combattants se dirigeraient vers la villa de Maxime Nigawa. Elle était protégée, mais un indicateur leur avait fourni un plan détaillé des lieux... pour peu qu'il soit exact et non issu de l'imagination fertile d'un mythomane cherchant à gagner une poignée de dollars. C'était l'Afrique, et toute opération, même bien organisée, devait tenir compte de ce genre de paramètres non maîtrisables. De toute façon, ils n'avaient pas le choix. La disparition de cet homme était une des priorités de leurs employeurs, et ils étaient payés pour leur donner satisfaction.

Le groupe Kruger avait peint les véhicules aux couleurs du FRELIMO. Capote remontée, les gardiens ne pourraient pas deviner leur origine. Installé dans la voiture de tête, Barioz s'épongea le front avant de remettre ses lunettes de soleil. Putain de chaleur africaine ! Sur ordre des soldats gouvernementaux de Kigazi, le premier 4x4 s'arrêta à une cinquantaine de mètres du poste de contrôle. Sur un mot de Duplessis, le Français introduisit son fusil dans une ouverture spécialement aménagée dans le pare-brise. Sa cible : deux hommes qui servaient une mitrailleuse prête à balayer la route. Il fallait être rapide et précis ou les projectiles de 12,7 mm feraient des dégâts mortels dans leur unité.

— *Now* !

Les deux militaires s'effondrèrent, touchés en pleine poitrine. Paralysés par la surprise, les soldats n'avaient pas réagi. Quand ils virent les Blancs jaillir des 4x4, il était déjà trop tard. Les tirs durèrent moins de dix secondes. Les mercenaires enjambèrent la barricade, égorgèrent les blessés et remontèrent dans les véhicules. Les gardiens n'avaient pas eu le temps de prévenir leur QG. Quant aux habitants, ils étaient habitués aux détonations. Ils craindraient un nouveau règlement de comptes entre bandes rivales et s'enfermeraient chez eux en priant pour ne pas être débusqués par des pillards en quête d'argent, d'alcool ou de chair fraîche.

Avec quatre autres combattants, Barioz avait été affecté au groupe d'assaut de la villa de Maxime Nigawa. Duplessis lui avait confié la direction des opérations. Ancien sous-officier, le Français avait appris l'anglais au contact de ses compagnons venus du monde entier. Après quatre ans, il maniait parfaitement la langue.

Ils foncèrent vers le sud de la ville. À cette heure étouffante de l'après-midi, ils ne croisèrent que des poulets faméliques et de rares habitants en quête d'un improbable travail. Cinq minutes plus tard, ils arrivèrent en vue de leur objectif. Un grand mur recouvert de barbelés entourait le logement de Maxime Nigawa. Le 4x4 s'arrêta devant l'entrée principale, protégée par des chevaux de frise. Les deux soldats de garde, inquiets, saisirent leur arme et s'approchèrent du véhicule. Ils ne firent pas un mètre avant de rouler dans la poussière, la tête perforée par les balles du sniper. Trois mercenaires se précipitèrent vers la porte et écartèrent les protections. Une fois les battants repoussés, ils regagnèrent leur voiture et pénétrèrent dans la propriété. Ils furent surpris un instant par la luxuriance et le calme du jardin, si différents de l'aridité de la ville. Devant eux, un ensemble de trois bâtiments blancs d'un seul étage. La disposition des lieux n'avait rien à voir avec celle du plan qu'ils avaient récupéré. Leur indicateur s'était moqué d'eux. Barioz laissa deux hommes en faction près du véhicule pour surveiller leurs arrières et s'adressa aux deux autres.

— Un bâtiment chacun. *No risk*. S'il y a du danger, on élimine discrètement. Mais pas de massacre inutile. On se foutrait la population à dos.

— Je les encule, les nègres, commenta un ex-Rhodésien.

— Tu mettras ta bite où tu veux quand on aura fini, mais d'abord, tu fais le job !

— *Yes Sir*! conclut le soldat en touchant la lame de son couteau. Il fonça vers le premier bâtiment.

Un ancien membre des forces spéciales portugaises s'introduisit dans le second. Comme Barioz pénétrait dans la zone qui lui était dévolue, il devina un cri étouffé. Ses compagnons de combat étaient rapidement entrés en action. Après tout, il n'était pas le mieux placé pour leur faire des leçons de morale.

43. MAXIME NIGAWA

Barioz poussa brusquement la porte et attendit quelques secondes contre le mur extérieur. Il connaissait la façon de combattre des milices mozambicaines. On tire et ensuite on réfléchit.

Rien ! Il entra dans le couloir en rasant les parois. Il prit le temps de s'habituer à la pénombre, puis avança prudemment. Il avait abandonné son fusil d'assaut dans le 4x4 et avait emporté un pistolet-mitrailleur Uzi, un Colt 45 et un poignard. Il ouvrit la première porte sur la droite. Une chambre, avec trois jeunes enfants et une femme qui prenait soin d'eux. La nounou roula des yeux terrifiés. Barioz esquissa un sourire et posa l'index devant sa bouche. Elle comprit instantanément que sa survie passait par son silence. Tremblante, elle s'occupa de nouveau des petits, qui n'avaient pas remarqué la présence du mercenaire. Le Français poursuivit sa progression. La seconde pièce était vide. Il se força à respirer lentement. La sueur coulait entre ses épaules. La chaleur n'en était pas la seule responsable. Il était terriblement vulnérable. La troisième porte était entrouverte. Deux hommes, lunettes de soleil sur le nez, jouaient aux cartes. L'un lui tournait le dos et l'autre était concentré sur son jeu. Une bouteille de vodka vide trônait sur la table, à côté de quelques billets de banque crasseux. Deux Kalachnikov étaient posées contre le mur. Barioz hésita un instant. Soudain, les deux hommes s'invectivèrent bruyamment. Maintenant ! Il fit irruption dans la salle. En trois pas, il atteignit le premier et lui plongea son poignard dans le cou. D'un geste sec, il trancha la carotide. Le garde s'effondra en essayant, dans un réflexe inutile, d'arrêter le sang qui giclait à gros bouillons de sa gorge. Le second réagit plus rapidement que Barioz l'avait prévu. Il attrapa un coupe-coupe à sa ceinture et se jeta sur son adversaire. Barioz tenta de parer le coup, mais ne put empêcher la lame d'entailler la chair de son bras droit. L'attaquant crut en sa victoire en voyant la blessure. Erreur fatale ! Christophe Barioz avait passé son poignard dans sa main gauche et l'avait enfoncé dans le cœur du gardien. De l'incompréhension dans les yeux, le Mozambicain glissa au sol.

Le mercenaire observa sa plaie. La viande était bien entamée. Il récupéra une bande dans sa poche et se fit un pansement de fortune. Il verrait le toubib de l'équipe quand ils auraient accompli leur mission. Il sortit de la salle de garde et s'approcha de la quatrième et dernière porte. Les deux hommes qui gisaient par terre étaient là pour protéger quelqu'un : Nigawa ? Sa cible devait se trouver dans cette pièce. Prenant son Colt 45, il se positionna face à l'entrée et envoya un violent coup de pied. La serrure explosa sous l'impact. Tendu comme un arc, Barioz se précipita dans la chambre. Allongés sur un grand lit aux draps défaits, un homme et trois femmes, nus, le regardèrent, affolés. Le mercenaire reconnut aussitôt Nigawa. Les trois prostituées crièrent à la vue de l'assaillant. Nigawa retrouva son sang-froid et sortit une arme de sous son oreiller. Il n'eut pas l'occasion de l'utiliser. Barioz tira deux balles dans les jambes de sa cible. L'homme hurla comme un damné. Son genou droit et sa cuisse gauche étaient déchirés par un projectile. Sur un geste de Barioz, les trois filles disparurent, sans se soucier de leurs vêtements ni du sort de leur client. Le Français s'approcha du lit :

— Allez, Nigawa, tu vas quitter ton pieu et venir avec moi. La partouze est terminée.

Malgré la douleur intense, le Noir le dévisagea avec assurance.

— T'es là pour le fric, c'est ça... Je peux te rendre très riche.

— Rien à foutre. Suis-moi, reprit le *red beret* en l'attrapant fermement par le bras.

— *Bullshit*, hurla Nigawa. Si tu fais ce métier de merde dans ce pays de merde, c'est pas pour les beaux yeux de la RENAMO...

T'en as rien à branler du Mozambique ! File-moi vite la fiole qu'est dans ma veste, là-bas, et t'auras un paquet de pognon.

Barioz réfléchit quelques secondes. Si l'Africain disait vrai, il pourrait quitter le Mozambique plus rapidement que prévu et accomplir son projet. Nigawa, tordu de douleur, comprit qu'il avait gagné.

— Dans la poche extérieure…

Le mercenaire en tira un petit flacon en verre dépoli, sans aucune inscription.

— Où est le fric ?

— Derrière le meuble, y a un sac rempli de dollars. Prends-en la moitié, grimaça le leader du FRELIMO.

— Tu te fous de moi, Nigawa ?

— L'autre moitié, c'est pour me laisser filer. T'es seul dans cette baraque, sinon tes hommes seraient avec toi… Tu diras que j'étais pas là, que le tuyau était percé. Allez, magne-toi, je me vide de mon sang.

Barioz était impressionné par le courage et l'aplomb de son adversaire. Qu'il le fasse prisonnier ou non ne changeait rien ! D'ailleurs, dans l'état où il était, Nigawa avait de grandes chances de succomber à ses blessures. Dans le meilleur des cas, on le retrouverait dans un fauteuil ou sur des béquilles. Le mercenaire ramassa le sac et le fouilla. Des liasses de billets de cent dollars usagés et une aumônière en toile. Il l'entrouvrit et le scintillement des pierres ne le surprit pas : des diamants de guerre.

— Laisse-moi les cailloux, le Blanc. C'était pas dans le deal !

— Tes trois copines viennent de se barrer. Elles te les réclameront pas en cadeau de mariage.

Il lui lança le flacon. L'homme dévissa le bouchon et avala goulûment le liquide.

— Maintenant, casse-toi et démerde-toi pour éviter mes collègues. Ils tirent à vue.

Nigawa déchira un drap pour en faire des bandes, pansa sommairement ses blessures et s'enfuit pratiquement en rampant. Barioz leva son arme, puis se ravisa : il avait conclu un marché.

Cinq jours plus tard, les mercenaires du groupe Kruger se déplaçaient à cinq cents kilomètres au nord de Maputo, la capitale, pour intervenir au bord de l'océan Indien. Ils tombèrent dans une embuscade préparée par une centaine de soldats gouvernementaux. Ils avaient été balancés. La moitié de l'équipe, dont Duplessis, y laissa la vie. Barioz, grâce à une manœuvre d'une audace inouïe, réussit malgré tout à sauver une dizaine de ses camarades de combat. Il n'avait pas profité pleinement de leurs remerciements. En effet il avait reconnu, debout sur le capot d'un 4x4 en tête des troupes du FRELIMO, Maxime Nigawa. Il semblait n'avoir aucune séquelle de ses blessures.

Malgré l'insistance de ses employeurs et une proposition financière alléchante, Barioz refusa de remplacer Duplessis comme leader du groupe Kruger. Il avait perdu ses compagnons et son honneur de soldat en permettant à Nigawa de s'enfuir pour une poignée de dollars. Sur la tombe de João, le commando portugais, son seul ami en quatre ans, il jura de retrouver Nigawa. S'il le fallait, il y laisserait l'argent de la trahison et toutes ses économies. Il voulait comprendre ce qui s'était passé. Il devait venger ses frères d'armes. C'était le prix à payer pour pouvoir, un jour, se regarder à nouveau dans un miroir.

44. EMBARQUEMENT. 5 AVRIL 1985

Michel Navarre avait parfaitement dormi après être rentré tard de son dîner chez François Menez. Il avait ressenti l'extraordinaire impression d'avoir retrouvé un ami d'enfance… même s'il n'en avait jamais eu. Ils partageaient des passions communes et pouvaient se comprendre dans un silence. Par ailleurs, le photographe lui avait finalement promis de l'aider dans ses recherches sur les Karantec. Ce séjour à Saint-Ternoc lui permettait chaque jour de nouvelles rencontres. La soupe de poisson chez Yves Le Goff, sa soirée avec Katell, la connaissance de Loïc Kerandraon, qui l'avait presque considéré comme un fils, cette amitié naissante avec François. Et dire qu'il était plutôt avare de ses sentiments et n'avait jamais aimé se confier !

Il repensa à sa soirée avec Katell. Il s'était demandé un moment si elle ne finirait pas avec lui au fond de son lit. Mais, dans un accord tacite, ils n'avaient pas franchi le cap. Même si elle avait un physique voluptueux, ils avaient sans doute choisi la bonne solution. Katell avait assez de problèmes à gérer pour ne pas se lancer dans une autre aventure. Et où cela les aurait-il menés ? Une nouvelle complicité s'était cependant établie entre eux.

Katell réapparut dans la salle du petit déjeuner et s'approcha de lui :

— Michel, il y a un coup de téléphone pour toi.

— C'est qui ? demanda-t-il en se levant.

Elle haussa les épaules pour signifier qu'elle n'en avait aucune idée et lui indiqua la pièce près du comptoir d'accueil. Le romancier s'y rendit et attrapa le combiné posé sur le bureau.

— Michel Navarre, j'écoute.

— Bonjour, monsieur Navarre, c'est Pierre Quénéhervé. Je suppose que vous vous souvenez de moi.

— Bien évidemment, monsieur Quénéhervé. Qu'est-ce qui me vaut le plaisir de votre appel ?

— La météo a prévu du beau temps pour la journée et notre récente conversation a éveillé chez moi l'envie de faire un petit tour sur l'île de Maen Du. Comme vous sembliez intéressé, je voulais vous proposer de m'accompagner.

— Avec joie ! s'enthousiasma Michel. J'imagine que je vous rejoins au port de Saint-Ternoc ?

— Non, plutôt à la cale du port de Ploubestan. Le village est à dix kilomètres au nord de Saint-Ternoc. Ce sera plus discret. Vous pourrez vous y rendre ?

— Pas de problème, j'ai loué une voiture à Brest. Je vous retrouve quand ?

— Alors, il est huit heures trente. Disons, midi ?

— Parfait. À tout à l'heure !

Michel raccrocha en souriant. Cette île, dont tout le monde parlait à voix basse, le fascinait. Il allait enfin la voir de près et, avec un peu de chance, en fouler le sol.

Ploubestan, onze heures quarante-cinq. Vêtu d'une solide vareuse prêtée par Katell, Michel Navarre attendait son pilote. Il avait emporté avec lui l'appareil photo fraîchement acheté à François Menez et deux rouleaux de pellicule. Avec ce ciel clair, il discernait au loin les contours de l'île de Maen Du. En la voyant de Ploubestan, on devinait mieux son aspect montagneux. Son regard fut attiré par un Zodiac qui s'approchait de la cale. Le marin amarra son bateau à une bitte en fonte mangée par la rouille et gravit les quelques marches d'une vieille échelle. Une fois sur le quai, Quénéhervé héla Michel.

— Accordez-moi quelques minutes, lui dit-il en lui serrant la main. J'ai oublié le casse-croûte pour midi chez moi. Saleté d'âge ! Ça ne me serait jamais arrivé il y a quelques années.

— Ne vous inquiétez pas, le rassura Michel en désignant son sac à dos. Katell nous a préparé des sandwichs qui nous permettront de tenir jusqu'à ce soir.

— À qui avez-vous parlé de notre petite virée ? demanda Quénéhervé, visiblement contrarié.

— À la gérante de l'*Hôtel des Boucaniers* à Saint-Ternoc. Je lui ai juste dit que nous allions nous promener en mer.

— D'accord. Cette île me rend parfois paranoïaque. Montrez-moi ce que vous avez dans votre besace, moussaillon.

L'inspection satisfit le Breton.

— Elle sait vivre, votre Katell. Allez, on embarque ! La traversée durera environ une demi-heure.

Un bonnet enfoncé sur la tête et une paire de lunettes de soleil sur le nez, Michel ne vit pas passer le temps. Sans mentionner les menaces dont il avait fait l'objet, il avait lancé Quénéhervé sur l'histoire de la famille Karantec. Volubile, le Breton lui dévoila de nouveaux détails. Les maîtres de Saint-Ternoc n'accordaient aucune pitié à leurs adversaires quand leurs affaires le justifiaient.

L'île grandissait minute après minute. À la pointe nord, les restes de l'abbaye se découpaient clairement sur le ciel couleur d'azur. Au temps de sa splendeur, elle avait accueilli une communauté de plus de cinquante moines, mais seuls les arcs principaux de l'église avaient résisté aux siècles. Non loin des ruines, le cromlech n'avait, quant à lui, pas souffert des intempéries. Michel photographia ces vestiges, puis emprunta les jumelles de Quénéhervé. Disposés selon un cercle parfait, de majestueux menhirs donnaient vie à ce monument millénaire.

— Vu de près, il est encore plus impressionnant, commenta Quénéhervé. Et la pierre noire est fascinante. Allez, on va essayer d'accoster directement au port. Il est planqué derrière la presqu'île de Bihit, la pointe sud qu'on voit juste devant nous. C'est désert maintenant, mais je peux vous assurer qu'il y avait un sacré trafic jusqu'en 44.

— Pourtant, vous m'avez dit qu'il y a des gardiens plutôt vindicatifs ?

— S'ils sont partis bricoler leur usine marémotrice, on pourra y accéder. Et puis, si on les croise et qu'on le leur demande, peut-être qu'ils accepteront de nous laisser nous balader… même si je n'y crois pas trop. Comme dit l'autre, qui ne tente rien n'a rien ! J'aurais bien abordé par une petite crique plus au nord, mais il faut ensuite faire de la grimpette dans les rochers. C'est plus de mon âge.

Comme le Zodiac dépassait la presqu'île, ils découvrirent une puissante vedette amarrée à la cale du port. Elle était le centre d'une activité intense pour un lieu pratiquement abandonné. Le Breton remit les gaz et s'éloigna de la zone. Puis il ralentit de nouveau, arrêta le bateau et saisit ses jumelles. Il observa attentivement la scène qui se déroulait au loin. Michel, lui, utilisa le zoom de son appareil photo. Un reflet de lumière attira son œil. Deux hommes s'approchaient de la vedette, une lourde caisse métallique entre les mains. Ils montèrent à bord, la déposèrent et retournèrent au bout de la cale pour revenir avec un nouveau chargement.

— Ils embarquent quelque chose qui a l'air précieux, commenta le romancier en shootant les deux individus à l'aide de son objectif de 180 mm. Vous avez une idée de ce qu'ils peuvent emporter ? Il y a d'anciennes armes ?

— Peut-être, répondit Quénéhervé, mais ils ne prendraient pas de telles précautions pour quelques vieilleries.

Un nouvel individu apparut sur le pont de la vedette. Le Breton y braqua aussitôt ses jumelles, puis siffla :

— Christian Karantec ! Qu'est-ce qu'il fout là ?

Sur l'île, les hommes s'agitèrent. Des bras se tendaient vers le Zodiac. Quénéhervé se rapprocha du moteur et le relança.

— On va repartir doucement et éviter de les alarmer. Je ne sais pas ce qui se passe, mais c'est louche. Et surtout, qu'est-ce qu'un Karantec vient magouiller dans cette histoire ? C'est lui qui avait l'air de mener les opérations.

Il reprit la direction de Ploubestan, et poussa les gaz à fond une fois arrivés derrière la presqu'île.

— Inutile de traîner ici. Mon ami, ce n'est pas aujourd'hui que vous allez découvrir les pierres levées de Maen Du, mais je vous promets qu'on reviendra… un peu plus discrètement.

45. ÉGYPTE. 23 SEPTEMBRE 1980

— Ohé, Michel, réveille-toi !

Les deux mains qui le secouaient tirèrent définitivement l'homme de son sommeil. Il ouvrit les yeux, hagard.

— Mais je suis où ?

— Sympa pour moi ! répondit une voix féminine. Tu es dans notre magnifique chambre d'hôtel de Louxor, mon amour, et je coucherai peut-être ce soir avec l'égyptologue le plus célèbre depuis Howard Carter.

Michel s'assit sur le lit et reprit progressivement pied dans la réalité. Il attrapa un pan du drap pour essuyer la transpiration qui coulait déjà sur son torse, puis passa les mains dans ses cheveux humides de sueur. À côté de lui, une femme vêtue d'un simple caraco blanc le regardait avec une moue amusée.

— Tu reviens d'où ? demanda-t-elle en lui posant un baiser sur les lèvres.

Michel regarda sa compagne comme s'il la découvrait pour la première fois.

— Je viens de faire un cauchemar monstrueux.

— C'était quoi ?

— Je ne sais plus, mais j'ai encore mal au ventre de peur.

— Je veux bien te croire. Tu as hurlé plus fort que les chiens errants qui rôdent dehors. C'était impressionnant. Tu ne te souviens vraiment de rien ?

— Non, il y a comme un mur noir devant moi, une sorte de noir visqueux.

Marina Johansen se leva et se cala face à lui, mi-moqueuse, mi-inquiète. Michel avait de temps en temps ce genre de visions qui le laissaient chaque fois dans des états seconds. Mais jamais il n'avait été aussi paniqué.

— Tu as reçu un message privé de la grande déesse Isis ?

— Si j'ai communiqué avec l'au-delà, c'était avec l'ami Seth en direct du royaume des morts, tenta Michel pour faire retomber la pression. Bon, je suis désolé pour ce réveil désastreux. On va aller se boire un café au bar de l'hôtel et ça ira mieux.

Michel Navarre resta cependant assis et contempla la femme qui partageait sa vie en train de se préparer. Il avait eu une chance folle de rencontrer Marina Johansen. Archéologue comme lui, elle respirait la joie de vivre ; ils s'étaient tout de suite entendus. Il savait que la plupart des mâles de la mission le jalousaient et que certains lui vouaient une franche inimitié à cause de sa relation avec sa collaboratrice. Tant pis pour eux. Elle venait de retirer ses sous-vêtements et, nue, posa un collier en or piqué de grenats rouge sombre sur son cou. Elle se colla à lui. Quelques pierres perlaient entre ses seins, gouttes de sang rubis sur la blancheur immaculée de sa peau.

— Ce soir, si on a trouvé le secret de la tombe de Chentyt, je te fais l'amour. Je ne porterai que ce bijou. Je serai ta courtisane dévouée. Ça te tente ?

— Si ça me tente ? Si tu continues à jouer à ça, je vais soit te sauter dessus et mettre toute l'équipe en retard, soit passer une journée entière en érection dans la vallée des Rois. Ce ne serait pas très discret, mais ce serait peut-être une première.

Elle éclata de rire, fit danser sa poitrine sous ses yeux et partit s'habiller. Michel se leva à son tour, s'accorda une douche qui crachota un jet asthmatique d'eau à la couleur indéfinissable. Il se frotta vigoureusement, puis enfila un sarouel et une chemise blanche. Il n'était que six heures et demie du matin, mais la chaleur était déjà étouffante dans la vallée des Rois. À défaut de proposer une climatisation en état de marche, le petit hôtel de la périphérie de Louxor qui servait de camp de base à la mission avait le mérite de pratiquer des prix raisonnables.

Une partie de l'équipe française était attablée dans la salle de restaurant à la décoration surannée. Cet hôtel avait eu son heure de gloire avant-guerre et ne tenait plus debout que grâce à la volonté des dieux et à quelques rénovations qui défiaient les règles de sécurité élémentaires. L'excitation monta d'un cran lorsqu'ils virent Michel Navarre et Marina Johansen apparaître dans la pièce. La veille, ils avaient terminé les travaux de désensablement de l'accès au tombeau de Chentyt, une concubine de Séthi II. Michel Navarre avait trouvé par hasard un texte qui faisait allusion à cette Chentyt, inconnue jusqu'à ce jour au bataillon des femmes ou maîtresses officielles du pharaon. Les activités de recherche menées par la suite permettaient de supposer que Séthi II avait exceptionnellement enterré sa maîtresse dans la vallée des Rois. Quand ils avaient localisé la tombe, deux semaines plus tôt, Christiane Desroches Noblecourt, la sommité française de l'égyptologie, ainsi que le responsable égyptien du département archéologique du Caire les avaient félicités. Il était fort possible que la tombe soit restée inviolée et qu'elle contienne encore tous les objets mortuaires d'origine. Des trésors qui pourraient dépasser en magnificence ceux découverts en 1922 dans le tombeau de Toutankhamon ! Aujourd'hui était le grand jour ! Ils allaient pénétrer dans ce monument fermé il y avait trois mille deux cents ans.

Alors que Marina saluait et plaisantait avec les membres de la mission, Michel héla un serveur, lui commanda un café et s'installa dans un coin. La frayeur de son réveil ne s'était pas dissipée. La sensation de danger proche gâchait l'excitation des fabuleuses heures à venir. Enfant, il était régulièrement sujet à des crises d'angoisse, mais il n'en avait pas connu depuis plus d'une vingtaine d'années.

— Alors, Navarre, on se la joue poète maudit seul dans son monde plutôt que de motiver son équipe ? Ou peut-être que tu imagines ta future gloire ?

Michel releva la tête et, sans surprise, reconnut Jean-Marc Python. Depuis cinq ans qu'ils collaboraient, ce type jalousait son succès. Au début, Michel avait essayé d'arranger les choses et de mettre son collègue en avant, quitte à lui octroyer certaines de ses propres découvertes. Mais sa récente relation avec Marina avait attisé la rancœur de Python, qui fantasmait sur la jeune femme.

— Tu fais chier, Jean-Marc, rétorqua Michel. C'est notre travail à tous, bordel, et je ne m'en suis jamais attribué la paternité.

— Allez, fais pas le modeste. C'est ton nom qui va apparaître dans les revues et c'est toi qui vas faire le beau à la une des journaux. On ne parlera pas du petit tâcheron Jean-Marc Python, même s'il écume les déserts égyptiens depuis près de trente ans, mais de l'illustrissime Michel Navarre. Et peut-être qu'on citera la sublime Marina Johansen, fille d'un diplomate norvégien et d'une ex-championne française de tennis... si votre mariage a lieu en même temps. Ça plaira à la presse people.

— Tu sais parfaitement que... commença Michel. Et puis merde, va t'assurer que tout le matériel a été correctement installé dans les véhicules. Après tout, comme tu le dis, c'est ton job de tâcheron.

Comme Python s'éloignait, furieux, Michel se leva pour s'adresser à son équipe qui avait deviné la classique altercation entre les deux hommes. Si la plupart des membres appréciaient Michel et sa façon de mener les travaux, l'égyptologue n'aimait pas cette ambiance délétère que tentait de faire régner son rival. Mais aujourd'hui, ils allaient tous toucher du doigt le Graal, le rêve de chaque archéologue, professionnel ou amateur. Plonger dans le passé inviolé de l'Égypte !

46. RAPPORT. 5 AVRIL 1985

Yann Karantec ajusta les réglages de son fauteuil, puis saisit un bloc de papier et son stylo à plume. Son informateur parisien avait tenté de le joindre alors qu'il discutait avec son homme à tout faire dans le jardin : après l'épisode de la mort du chien, Karantec voulait améliorer la sécurité du manoir de Kercadec.

Il composa le numéro de l'avocat sur son vieux téléphone à cadran. Il avait équipé les locaux administratifs de la carrière avec des postes à touches pour donner à l'entreprise un ton de modernité, mais lui-même préférait les modèles plus anciens. Malgré ce qu'en disaient les vendeurs des PTT, le son était meilleur et l'appareil était plus fiable. De toute façon, c'était lui le client, et ces jeunes commerciaux ne l'avaient pas emmerdé longtemps.

— Cabinet Lagardère à votre service.

— Yann Karantec. Passez-moi Roger Lagardère. Il a essayé de m'appeler il y a quelques minutes.

— Effectivement. Un instant, monsieur Karantec, je vous le passe.

Le Breton se demanda ce que l'avocat pouvait avoir découvert. Il lui avait confié la mission depuis moins de quatre jours. Même s'il avait eu l'occasion d'apprécier l'efficacité du cabinet Lagardère autrefois, il ne s'attendait pas à avoir déjà de leurs nouvelles. Une voix nasillarde le sortit de ses pensées.

— Maître Lagardère à l'appareil. Je suis heureux que vous m'ayez recontacté aussi rapidement, monsieur Karantec.

— Bonjour, Lagardère. Ma femme m'a fait part de votre appel. Vous avez titillé ma curiosité.

— J'espère même que je vais la satisfaire. Nous avons avancé bien plus vite que prévu. L'enveloppe financière que vous avez mise à notre disposition a permis de dédier deux de nos meilleurs enquêteurs à votre affaire.

Karantec secoua la tête en écoutant le baratin de l'avocat. Il était en train de lui préparer la facture, et une sévère. Cependant, si l'information s'avérait de qualité, le Breton ne négocierait que pour le principe.

— Nous vous enverrons notre premier rapport par courrier dès cet après-midi. Vous l'aurez lundi matin sur votre bureau.

— Je prends note. Au fait, maintenant ! s'agaça Karantec.

— À votre demande, nous avons donc fait des recherches sur Michel Navarre. Je vais vous présenter une version synthétique de nos résultats. Il est né en 1943 à Paris, de Maurice et Suzanne Navarre. Il vit une jeunesse normale jusqu'à la mort de sa mère, en 1954. Il a alors onze ans, et cette disparition le marque dramatiquement. Une de ses tantes vient s'occuper de lui. En 1957, une dénommée Sophie Balmain la remplace. Elle tiendra le rôle de bonne et, d'après quelques indiscrétions, d'initiatrice du garçon durant les derniers mois de son contrat. Pour la petite histoire, elle sera retrouvée pendue en 1960, un an après avoir quitté le service de ses employeurs.

— Navarre y est pour quelque chose ?

— Non, d'après le rapport de police, la fille s'est suicidée. Par contre, ce qui peut vous intéresser, c'est le comportement du jeune homme. Durant son adolescence, il a régulièrement consulté en psychiatrie.

— Et alors ? relança Karantec.

— Je n'ai pas eu accès au dossier. Il était mineur et n'avait commis aucun crime. Mais, malgré le court laps de temps dont nous disposions, nous avons collecté quelques données intéressantes. Nous avons réussi à mettre la main sur le proviseur du lycée Carnot, où Navarre a mené ses études. D'après lui, Navarre s'était créé son propre univers à la mort de sa mère et était déjà pratiquement asocial quand il est entré en sixième. C'était un bon élève, avec des notes très correctes, mais il était rapidement devenu le souffre-douleur de ses condisciples. Après une virulente bagarre qui l'avait opposé aux caïds de sa classe, le proviseur a insisté pour qu'il rencontre un psychiatre. Apparemment, les résultats n'ont pas été à la hauteur des attentes des médecins, puisque cela a éveillé une grande violence chez Michel Navarre. Bien sûr, je ne dispose pas de version contradictoire et, selon mon enquêteur, ce cher proviseur est la caricature idéale du personnage omniscient et incapable de se remettre en cause. Cependant, pendant plus de trois ans, le garçon a vécu replié sur lui-même. Le proviseur ne lui connaissait pas d'amis, et je vous avoue que je n'ai pas eu le temps de chercher.

— Inutile de perdre votre temps là-dessus. Continuez.

— Quand il entre en seconde, quelque chose modifie radicalement son comportement. Sa relation avec Sophie Balmain ? Quoi qu'il en soit, il se transforme en un jeune homme brillant et très sociable. En terminale, il est même délégué de classe. Il est aussi devenu la coqueluche de ces demoiselles… et il en profite.

— Tous ses troubles auraient donc disparu ?

— Apparemment. Mais attendez la suite. Il obtient son baccalauréat en 1961, poursuit en parallèle des études d'histoire à la Sorbonne ainsi qu'à Sciences-Po, puis se passionne pour l'égyptologie. Il est unanimement reconnu comme un élève très doué, ce qui ne l'empêche pas de mener également une vie mondaine active. Un seul accroc : une étudiante, sa petite amie pendant trois mois, est repêchée noyée dans la Seine deux semaines après l'avoir quitté.

— Vous y voyez un rapport ? Une crise de jalousie ?

— Cette jeune personne n'était pas connue pour avoir une existence rangée, mais Navarre non plus. La justice l'a entendu uniquement en tant que témoin et n'a rien retenu contre lui. Impossible d'avoir accès au dossier. Cependant, il semblerait qu'un nuage noir flotte au-dessus de sa tête. En 1966, il part faire son service militaire chez les parachutistes, à Castres. Dix-huit mois plus tard, il quitte l'armée et rejoint, en 1968, une équipe d'historiens sous la direction de Christiane Desroches Noblecourt. Il a alors vingt-cinq ans.

47. SETH

— Il rejoint qui ?

— Madame Desroches Noblecourt, la sommité française en matière d'égyptologie. La femme qui a contribué à sauver les temples d'Abou Simbel à Assouan.

Maître Lagardère remarqua que le nom ne rappelait aucun souvenir à son client et enchaîna :

— Imaginez que vous êtes un jeune énarque et que vous rentrez directement dans le cabinet de Mitterrand, ou que vous êtes un footballeur de vingt ans et que l'équipe de Saint-Étienne vous recrute. C'est un peu la même carrière fulgurante.

— Vous me prenez pour un con, Lagardère ? Tous les provinciaux ne trompent pas leur ennui mortel en s'intéressant au football.

L'avocat serra le combiné de son téléphone, mais ne dit rien. Le client est roi, surtout lorsqu'il paye bien. Il replaça inconsciemment ses notes en ordre sur son bureau et en poursuivit la lecture.

— Navarre s'impose rapidement comme un élément essentiel de l'équipe. Il adore participer aux fouilles. D'après l'une de ses anciennes collègues, il allie à la fois une rigueur scientifique sans reproche et une intuition toute personnelle. Il sera vite le chouchou, et cela ne va pas sans susciter des jalousies, surtout avec ses confrères. Un jeune qui, du jour au lendemain, met la main sur une tombe jusqu'alors introuvable et attire les regards, voire plus, de ses collègues féminines, cela fait un peu beaucoup ! Madame Desroches, en fine psychologue, le renvoie régulièrement en

France pour préparer des expositions. Il en profite pour se créer un réseau et devient en quelques années l'un des bras droits de la directrice. Mais c'est chaque fois qu'il retourne en Égypte qu'il vit sa passion. Les deux dernières années, il va partager la vie de Marina Johansen. C'était, d'après les différents témoignages, une archéologue talentueuse et une jolie femme, pour ne rien gâcher. De quoi rendre dingues ceux qui le jalousaient déjà !

— Qui vous a fourni des renseignements aussi précis ? l'interrompit Karantec.

— La protection de mes sources est sacrée, monsieur Karantec.

— Peut-être, mais c'est moi qui les arrose, vos sources ! Prouvez-moi qu'elles sont fiables !

Lagardère comprit qu'il n'aurait pas le dernier mot. Il réfléchit quelques secondes et lâcha :

— Ces informations proviennent du dossier traitant de la mort de Marina Johansen, Jean-Marc Python, Paul Morane et Abdul Razuz. Navarre fut l'un des principaux suspects.

— C'est quoi cette histoire ? s'étrangla Karantec.

— Laissez-moi le temps d'y arriver. Ce que je vais vous révéler n'était, normalement, pas accessible… sauf si une personne généreusement rémunérée parvenait à se procurer discrètement et illégalement une copie du dossier. J'ai un ancien collaborateur financièrement aux abois. Il travaille aujourd'hui dans le cabinet qui s'est occupé de la défense de Navarre. Nous nous sommes mutuellement rendu service.

Ces méthodes parlaient au maître de Saint-Ternoc. Quelques liasses de billets de deux cents étaient un argument que peu de gens sensés déclinaient.

— Ça me va, continuez ! ordonna-t-il.

— 23 septembre 1980. Navarre et son équipe recherchent depuis des mois le sanctuaire d'un membre de la famille du pharaon Séthi II. Trois ans plus tôt, il a découvert la superbe tombe d'un vizir de Touthmôsis III dont il avait retrouvé lui-même la trace. Son étoile est au plus haut et c'est lui qui dirige la mission. Ce 23 septembre, vers midi, ils finissent de désensabler une chapelle funéraire, peut-être l'entrée d'un complexe architectural bien plus étendu. Navarre demande à y pénétrer seul. La requête est étrange, mais, comme il est responsable du chantier et connu pour son originalité, personne n'ose lui refuser ce caprice. Quand, une heure plus tard, les archéologues et les ouvriers vont aux nouvelles, la pièce est vide. Aurait-il disparu sans que personne ne le remarque ? C'est fortement improbable. Pendant qu'un groupe part à la recherche de Navarre, Marina Johansen prend les choses en main. Elle étudie de près les ornements de la chapelle. Les parois sont recouvertes de peintures et hiéroglyphes représentant Seth, le dieu de la mort. Je suis moi-même égyptologue amateur, et je peux vous assurer que c'était très inhabituel et loin des rites religieux classiques des Égyptiens. Ses collègues sont aussi impressionnés qu'elle. Sur quoi sont-ils tombés ? En inspectant la pièce, ils découvrent dans l'un des murs des interstices qui laissent supposer qu'un couloir part derrière et qu'il a été récemment exploré.

— Ils ont trouvé la tombe qu'ils cherchaient ? interrompit Karantec, happé par le récit.

— L'équipe attend le retour de Navarre jusqu'au milieu de l'après-midi. C'est à lui que revient le choix de poursuivre les fouilles ou non. Partagée entre inquiétude et excitation, Marina Johansen décide malgré tout de sonder la paroi. À l'instant même où elle transmet ses ordres, Navarre réapparaît, descendant d'une montagne toute proche du site. Il est échevelé et vocifère comme un damné. D'après les témoins, il hurle dans une langue étrange que personne ne comprend. Il saisit une pioche et s'installe devant l'escalier qui mène à la pièce funéraire. Il est comme fou, les yeux révulsés. Les ouvriers s'enfuient, effrayés par l'irruption de cette sorte de djinn. Ses collègues tentent de le maîtriser, mais rien n'y fait. Dès que l'un d'eux approche, il le menace avec son outil… même Marina Johansen dont, il était pourtant très amoureux. Ils envoient chercher du secours. Quand, une heure plus tard, un médecin égyptien arrive sur place, la situation n'a pas évolué. L'Égyptien réussit cependant à nouer un contact avec Navarre et à lui parler. Un dialogue, dont le praticien ne révélera jamais le contenu, s'établit entre les deux hommes. L'archéologue se calme et pose sa pioche. Soudain, la peur remplace la fureur dans ses yeux. Il regarde ses collègues et leur crie une phrase que certains ne prendront pas au sérieux : « Ne violez pas la tombe, ne déclenchez pas la colère de Seth. » Et ensuite, il s'effondre, épuisé.

— C'est du Grand-Guignol que vous me servez là ! commenta Karantec.

— À vous de juger. Tous les participants ont livré le même témoignage, y compris le médecin. Bref, Navarre est emmené à Louxor. Les archéologues restent seuls sur place. Cette mise en garde trouble Marina Johansen et quelques membres de la mission qui souhaitent attendre que leur chef retrouve ses esprits. S'il aimait faire la fête, Navarre était toujours professionnel dans ses recherches. D'autres, sous la conduite de Jean-Marc Python, le concurrent déclaré de Navarre, sont totalement excités par cette menace de malédiction venue d'un autre siècle. De vives discussions s'engagent et, même si Marina Johansen est officiellement le numéro deux de l'équipe, un putsch s'organise. Python prend la tête des opérations. Avec l'aide de l'un de ses collègues, Paul Morane, il récupère les outils abandonnés par les ouvriers. Les deux hommes et un fellah, Razuz, descendent dans la chambre funéraire. Malgré sa réticence, Marina Johansen les accompagne pour s'assurer que, dans leur précipitation, ils n'iront pas détruire de précieuses fresques. Ils font régulièrement des photos de l'avancée de leurs travaux. Alors que la nuit tombe, la porte bouge d'un seul coup. Elle pivote sur ses gonds millénaires et donne accès à un couloir obscur.

— Et alors ? demanda Karantec plus excité par l'histoire qu'il ne voulait le laisser paraître. Ils remontent un cercueil en or massif et une momie en prime ?

— Alors… on ne saura jamais ce qu'ils ont découvert.

— Vous vous foutez de moi ? tonna le maître de Saint-Ternoc.

— Dix minutes après l'annonce de l'ouverture de la porte, leurs compagnons les voient ressortir, livides, incapables de s'exprimer. Quand l'un d'eux redescend, la porte est refermée et seul l'appareil photo repose sur le sol. Il développe la pellicule à son retour au campement, mais aucun cliché n'avait été pris au-delà de la porte. D'ailleurs, les trois archéologues et l'ouvrier ne disent pas un mot de la soirée, murés dans une terreur que personne n'arrive à comprendre. Les autres membres de l'équipe appellent le responsable de la mission en Égypte, qui leur conseille de rentrer dès que possible au Caire.

Ils rentreront, mais pas tous : Johansen, Python, Morane et Razuz meurent égorgés durant la nuit.

48. ENQUÊTE ÉGYPTIENNE

Lagardère laissa un silence s'établir. Il imaginait les réflexions de Karantec. Lui-même avait été stupéfait en lisant ces lignes. Étonnamment, cette affaire n'avait pas eu d'écho en France. Les médias auraient pu s'en donner à cœur joie pendant des mois : quatre meurtres, des tombeaux millénaires, une malédiction divine, une histoire d'amour et un possédé. Celles ou ceux qui avaient réussi à étouffer le scandale avaient le bras très long.

— Je ne sais pas si tout ça va nous conduire quelque part, mais vous pouvez vous vanter de m'avoir captivé, poursuivit Karantec. Et Navarre là-dedans ? Je suppose qu'il n'est pas blanc comme neige, votre Parisien !

— Être parisien n'est pas forcément une tare, monsieur Karantec, ne put s'empêcher de commenter sèchement l'avocat, crispé par le ton péremptoire de son client.

Puis il reprit d'une voix plus professionnelle :

— Effectivement, il s'est vite retrouvé au centre de cette affaire. J'ai pu parcourir la déposition de son médecin, le docteur Ahmed Tarik. Après l'évanouissement de Navarre, il l'a installé à l'arrière de son 4x4 et l'a ramené chez lui pour le mettre sous perfusion : son patient était totalement déshydraté. Navarre était plongé dans un état cataleptique que le praticien n'a jamais pu éclaircir. À la tombée de la nuit, il a repris connaissance. Dans son témoignage, Tarik a parlé d'envoûtement, mais sans pouvoir prouver quoi que ce soit. La justice n'a pas souhaité orienter l'enquête dans ce sens. Quand Tarik l'a interrogé, Navarre a été incapable de lui donner des explications sur son état. Ses derniers souvenirs remontaient au moment où il était descendu seul dans la chapelle. Il avait commencé à étudier les hiéroglyphes, puis... un grand blanc. Navarre voulait retourner à son campement, mais le médecin a insisté pour le garder en observation pendant la nuit. Son patient semblait avoir repris ses esprits, mais il a tout de même accepté la proposition de son hôte. Il s'est couché juste après un dîner léger. Le docteur Ahmed Tarik ne l'a plus jamais revu chez lui.

— Comment ça ? s'étonna Karantec.

— Quand il s'est levé à cinq heures du matin, le lit de Navarre était vide.

— Il était passé où ?

— Il est arrivé à l'hôtel qui leur servait de camp de base à huit heures. La mort des trois archéologues et du contremaître avait été découverte une demi-heure plus tôt. La police venait de débarquer. Inutile de vous dire que Michel Navarre a rapidement été un suspect de choix. Son inimitié connue de tous avec Jean-Marc Python et l'agressivité extrême dont il avait fait preuve la veille ne plaidaient pas en sa faveur. La police l'a interrogé de façon musclée pendant les premières heures de sa garde à vue, mais son discours est resté le même : au lever du jour, il s'était retrouvé à plusieurs kilomètres de l'hôtel et l'avait ensuite rejoint à pied. Quelques fellahs se souvenaient effectivement d'avoir croisé Navarre seul sur la route. Par contre, le suspect était incapable d'expliquer ce qu'il avait fait entre son coucher chez le docteur Tarik et son « réveil » au milieu de nulle part.

— Après un tel scandale, il a dû croupir quelques mois dans les geôles égyptiennes, commenta le Breton avec une satisfaction à peine cachée. Il a sûrement morflé !

— Cinq semaines pour être exact. Mais sa réputation l'avait précédé, et il était craint. Les prisonniers, même les plus endurcis, se méfiaient de celui qu'ils surnommaient « le djinn blond ». Non que le fait qu'il ait tué quatre personnes les impressionnât, mais on ne provoque pas celui qui communique avec Seth, l'ancien dieu des morts. Vous savez, que vous soyez chrétien ou musulman, les peurs ancestrales finissent toujours par remonter et submerger vos convictions ! En tant que Breton, vous devez comprendre ça, n'est-ce pas ?

— Arrêtez de me prendre pour un arriéré, Lagardère ! Conseil d'ami ! Bon, et au bout de ces cinq semaines, qu'est-ce qui s'est passé ?

— Le procès.

— Aussi rapidement ? Et en Égypte ?

— Un citoyen égyptien était mort. Le gouvernement était très ennuyé avec cette affaire. Trois scientifiques français invités par Sadate lui-même avaient été assassinés. Maurice Navarre, le père de Michel, avait tout de suite fait appel à l'un des meilleurs cabinets d'avocats de Paris. Le procès n'a pas duré longtemps. La police n'avait retrouvé aucune empreinte de Navarre sur les corps… ni aucune arme à proximité. Ils n'ont pas expliqué comment un homme seul avait pu assassiner les quatre victimes dans ces conditions sans que personne ne donne l'alerte dans l'hôtel. Par ailleurs, une amie de Marina Johansen a révélé que Navarre avait demandé sa collaboratrice en mariage une semaine avant le drame. Impossible qu'il ait égorgé celle qu'il aimait ! Toute son équipe, du moins ce qu'il en restait, l'a présenté comme quelqu'un de calme et posé. Enfin, dernier élément qui a joué en sa faveur : les affaires de valeur des trois Français avaient disparu. La cour l'a donc innocenté.

— Mais votre Tarik machin, le toubib, il avait bien parlé d'envoûtement ?

— Vous imaginez un procureur en train d'accuser un archéologue français renommé d'avoir été ensorcelé par une divinité ancienne, puis d'avoir, sous l'inspiration de ce dieu, tué quatre personnes qui avaient violé une tombe ? Pas sérieux !

— Et ça s'est terminé comme ça ? Quatre morts et hop, on passe l'éponge !

— Je n'en sais pas plus que ce que j'ai trouvé dans le dossier. Cependant, je vous avoue que jamais je n'aurais espéré tomber sur une telle mine d'informations. Les autorités égyptiennes ont finalement arrêté une bande de truands locaux et les ont accusés du quadruple homicide. Étaient-ils coupables ? Rien n'est moins sûr, mais leur condamnation a permis de clore l'affaire. Trois hommes ont été pendus. Les familles des victimes ont tenté de faire rouvrir le procès, mais, d'après une note écrite à la main dans le dossier, Giscard d'Estaing lui-même serait intervenu pour calmer le jeu et apaiser les relations entre les deux pays.

— Et la chambre funéraire ? insista Karantec. Merde, qu'est-ce qui a bien pu terroriser Python et les autres à ce point ?

— Vous avez raison. J'avais oublié ce détail édifiant. Le lendemain du meurtre, une équipe réduite s'est rendue avec la police sur le lieu des fouilles pour élucider ce que cachait cette fameuse porte. Quand ils sont arrivés sur place, la chapelle et l'escalier d'entrée avaient été remplis de pierres, puis recouverts de sable. Toute trace de la profanation avait disparu.

— Qui avait fait ça ? s'étonna Karantec.

— Personne ne le sait. Le gouvernement égyptien a ordonné de laisser le tombeau en l'état et d'y cesser toute recherche. C'est tout ce que contenait le dossier, conclut l'avocat.

— Là, Lagardère, vous m'avez scotché ! Bon, comment se passe le retour de Navarre en France ?

— Discrètement. Navarre a de nouveau consulté en psychiatrie, mais volontairement cette fois-ci. Il a donné sa démission. Après un tel drame, il ne pouvait plus continuer à exercer son métier.

— Vous avez récupéré le rapport des psychiatres ?

— Non.

— Alors qu'est-ce que vous attendez ?

— Vous savez, monsieur Karantec, collecter les informations que je vous ai transmises en si peu de temps tient du miracle.

— Je vous paye pour accomplir des miracles, Lagardère, coupa le maître de Saint-Ternoc. Investissez la somme nécessaire, mais dégotez-moi ce rapport, et vite !

— Nous mettrons tout en œuvre pour vous satisfaire. Pour finir, Navarre s'installe chez son père et reste une année sans activité professionnelle. Puis il se lance dans la rédaction d'un roman, le présente à une maison d'édition, qui l'accepte en première lecture. Ça tient du prodige. Son livre devient un best-seller dès 1982, ce qui est un second prodige. Il en a publié deux autres depuis et vit très largement de ses droits d'auteur. Voilà où nous en sommes, monsieur Karantec.

— Vous avez fait du bon boulot, Lagardère ! reconnut le Breton. Trouvez-moi les conclusions des psychiatres et envoyez-moi votre facture.

Puis il poursuivit, comme pour lui-même :

— Un homme instable psychologiquement depuis son enfance, un assassin possible, trois des femmes qu'il a aimées mortes dans des conditions violentes... Le personnage est plus complexe que dans le CV imprimé au dos de ses livres. Vous en pensez quoi, Lagardère ?

— Comme vous. De vastes zones d'ombre jalonnent son parcours, mais je n'ai pas les moyens de les éclairer.

— Une dernière question, Lagardère, s'enquit Karantec. Savez-vous si Navarre possède des ascendances bretonnes ?

Pendant quelques secondes, Karantec devina le bruit des pages feuilletées par l'avocat.

— Oui, par sa mère. Elle est née à Brest et y a passé sa jeunesse avant de monter à Paris. Avant son mariage, elle s'appelait Suzanne Prigent.

Yann Karantec pâlit aussitôt. Sans ajouter un mot, il reposa le combiné en tremblant. Suzanne Prigent ! Prigent comme Blandine ! Le nom le replongea quarante ans en arrière. Il en était maintenant certain : la présence de Navarre à Saint-Ternoc ne devait rien au hasard.

49. NÉGOCIATIONS

Il était quinze heures quand Michel Navarre avait quitté Quénéhervé. Ils avaient bu un verre dans un café du bourg de Ploubestan, se perdant en conjectures sur le contenu de ces coffres embarqués sur la vedette. Et pourquoi Christian Karantec se trouvait-il à bord ? Depuis la fin de la Seconde Guerre mondiale, les maîtres de Saint-Ternoc n'entretenaient officiellement plus de liens avec l'île de Maen Du.

Rentré à Saint-Ternoc, Michel n'avait pas pu rester dans sa chambre d'hôtel. Il avait décidé d'aller à la rencontre de Pierrick Lelan, l'enfant qui lui avait évité un tabassage en règle sur la lande. Il était persuadé que le garçon ne s'était pas retrouvé là par hasard. Mais alors pourquoi ? Encore un mystère à élucider ! Le romancier aurait pu prendre sa R5 de location jusqu'à la ferme des Rapilles, mais il avait préféré marcher. Il n'avait pas jugé utile de salir ou d'abîmer la voiture sur des terrains boueux et défoncés. L'exploitation se situait pratiquement à la lisière de la forêt.

Comme Michel s'avançait vers la cour de la ferme, des aboiements furieux l'accueillirent. Un bâtard aux muscles puissants courait vers lui, la bave aux lèvres. La main de Michel se crispa sur le bâton ramassé pour la balade. Alors que l'animal s'approchait dangereusement, une voix s'éleva :

— Suffit Satan ! Reviens !

Comme par miracle, le chien s'arrêta net, regarda vicieusement l'intrus, grogna et retourna vers la cour à petits pas.

— Faut pas rentrer comme ça, nom de Dieu ! Il pourrait vous bouffer une jambe !

— Je vous remercie de l'avoir rappelé, mais je n'ai pas trouvé la sonnette. Vous devriez penser à en installer une pour éviter les accidents.

Le paysan observa l'arrivant d'un drôle d'air, se demandant s'il se moquait de lui. Il haussa les épaules en dévisageant l'inconnu.

— Mais je vous reconnais ! Je vous ai vu à la messe avec M. Karantec. Qu'est-ce que vous venez foutre ici ?

Michel ne supportait plus ces accueils agressifs. Cependant, il se força à garder son calme. Inutile de braquer son interlocuteur !

— Je voudrais voir Pierrick.

L'homme le regarda, clairement inamical.

— Qu'est-ce que vous lui voulez, au Pierrick ?

— Il m'a aidé il y a peu. Je tenais à le remercier.

— Il est encore à l'école.

— Alors qu'elle ferme à seize heures ? Il est vraiment très consciencieux.

— Bon, arrêtez de jouer au plus fin. Je vous dis qu'il est pas là, et c'est tout ! asséna le paysan en faisant demi-tour.

— Dommage, répondit Michel en tirant un billet de cinquante francs de son portefeuille. Je lui avais promis une récompense.

La vue de l'argent fit son effet. Cinquante francs, ce n'était pas rien… surtout lorsqu'il n'y avait qu'à tendre le bras pour le ramasser. Le fermier tenta d'adoucir le ton :

— Laissez-le-moi. Je lui donnerai quand il reviendra, proposa-t-il.

— Je préférerais le lui offrir moi-même.

Devant l'air insatisfait de son interlocuteur, Michel sortit un billet de cent francs.

— Si vous pouvez m'aider à le trouver, je vous dédommagerai du temps que vous y passerez.

Les yeux de Lelan ne quittaient plus l'argent à portée de main. La Geneviève l'emmerdait depuis des semaines pour aller fêter leurs vingt ans de mariage. Une idée de bonne femme ! Ils se voyaient déjà tous les jours ! Avec ça et les cinquante francs qu'il piquerait au gamin, il pourrait l'emmener manger au restaurant *Ty Gwenn* et avoir la paix.

— Donnez-moi le billet, je vais voir si je le trouve.

Une fois l'argent en poche, il repartit vers chez lui, laissant son bienfaiteur sous la garde du chien. Michel en profita pour détailler la ferme. Les bâtiments étaient vieux et délabrés : une maison principale à la toiture d'ardoise abîmée, une grange qui servait sans doute à ranger le matériel agricole, et une étable. Quelques poules vaquaient à leurs occupations dans la cour. La terre n'offrait certainement qu'un chiche revenu aux Lelan.

Cinq minutes plus tard, deux silhouettes se dirigeaient vers lui. L'homme grand et massif avançait d'un pas rapide, accompagné, un mètre derrière, par un enfant maigre qui trottinait pour le suivre. Le pourboire avait fait son effet !

— Bon, j'ai réussi à le retrouver. Donnez ce que vous avez pour lui, et il retournera prendre soin des bêtes, claironna Lelan.

— J'aimerais me promener un peu avec Pierrick. Si vous n'y voyez pas d'inconvénient, bien sûr…

— C'est que, les cages des lapins, elles vont pas se réparer toutes seules ! s'énerva-t-il.

— Vous avez raison, tout a un coût, confirma-t-il en lui tendant un nouveau billet de cinquante francs. Je vous le ramène avant le dîner.

Abasourdi par la manne tombée du ciel, le paysan les laissa partir sans ajouter un mot.

50. PIERRICK

— Je savais que t'allais venir, annonça le garçon une fois qu'ils eurent disparu de la vue du paysan.

— Bien sûr, je t'avais promis une histoire !

— Non, c'est pas pour ça.

— Pourquoi alors ?

— Parce que tu veux comprendre pourquoi les esprits te parlent…

Ébahi, le romancier s'arrêta net et fixa l'enfant. Il n'avait plus rien du gamin timide qui accompagnait Guillaume Lelan. Pierrick le regardait avec un sérieux qui le déconcerta.

— Pourquoi est-ce que tu dis ça ?

— Viens avec moi. Faut que je t'emmène quelque part.

Michel le suivit sans poser de questions. Comment un enfant de onze ans avait-il pu deviner qu'il avait des hallucinations ? Ils pénétrèrent dans la forêt de Saint-Ternoc par la piste principale. Rapidement, Pierrick la quitta et, s'enfonçant dans des futaies plus touffues, emprunta un sentier de traverse. Des oiseaux poussaient quelques trilles et les bourgeons couvraient les arbres de promesses de verdure. De part et d'autre du chemin, de gros blocs de granit tapissés de lichen offraient au paysage un aspect un peu magique.

— On dit que c'est des géants qui ont été changés en pierre quand le petit peuple a disparu. Ils auraient pu s'enfuir, mais ils ont préféré rester au pays… pour toujours, annonça doctement le garçon.

— Et tu y crois ?

Pierrick éclata de rire.

— Quand on va à l'école ou à la messe, y a plein de choses que la maîtresse ou monsieur le recteur nous demandent de croire sans expliquer pourquoi. Que Jésus est le fils de Dieu, qu'un tout petit bang a fait les étoiles du ciel tout entier. On nous a même dit cette semaine en cours d'instruction civique que tous les hommes naissent égaux. C'est drôle, hein ! Y a qu'à regarder à Saint-Ternoc. Alors pourquoi pas des géants de pierre ?

Le romancier était de plus en plus surpris par son jeune compagnon. Il était vif et raisonnait avec justesse.

— Maintenant qu'on est à l'abri, tu peux me dire où tu m'emmènes ?

Pierrick s'arrêta, s'assit sur un rocher et fit signe à son invité de prendre place à ses côtés. Michel posa ses fesses sur le granit froid.

— On est un peu pareils, toi et moi, expliqua Pierrick. Dans le village, y en a qui me prennent pour un idiot, mais je m'en fiche. Je connais des secrets qu'ils ne connaîtront jamais. Et toi aussi…

Michel repensa à toutes les visions subies au cours de sa vie. Un orphelin de onze ans était en train de lui apprendre qu'il n'était pas schizophrène, mais que des esprits lui auraient parlé. Sincèrement, il ne savait pas ce qu'il préférait.

— Continue, s'il te plaît, l'encouragea-t-il, perplexe.

— C'est Soizic qui m'a raconté tout ça.

— Qui est Soizic ?

— Soizic, c'est la gardienne de la forêt. Elle t'a déjà vu.

Le romancier fit un effort pour deviner quand il avait croisé cette femme. Soudain, la rencontre à la sortie de la messe lui revint à l'esprit.

— Une vieille dame aux cheveux blancs, accompagnée d'un chien.

— Oui, c'est elle. Y a des gens qu'en ont peur, mais ils sont bêtes. Elle est très gentille.

— Et c'est elle qui t'a expliqué que je possédais ce… pouvoir.

— Oui. On va chez elle.

Michel nageait en plein délire. Pourtant, il n'aurait fait demi-tour pour rien au monde. S'il pouvait récolter ne serait-ce qu'une parcelle d'éclaircissement, même bancale, sur ces visions qui lui pourrissaient la vie depuis sa jeunesse, alors il était prêt à traverser toute la Bretagne à pied. Comme Michel se relevait, le garçon l'arrêta d'une main. Une étrange anxiété avait gagné ses traits et il souffla :

— On va passer par un des chemins les plus sacrés de la forêt. Suis-moi bien !

— D'accord, répondit mécaniquement l'adulte en souriant de la peur de l'enfant.

Ils poursuivirent leur route. Michel veilla cependant à marcher dans les traces de Pierrick. Les nuages étaient de retour et la température, déjà fraîche, avait singulièrement baissé. Le romancier remonta sa veste jusqu'au cou, regrettant de ne pas avoir emporté son bonnet de laine. Peu à peu, les couleurs du paysage s'affadirent, se délitant dans des teintes grises. Un frisson enveloppa Michel. Il regarda de plus près les environs, à la recherche d'une présence hostile, mais ne remarqua que des arbres sans feuilles, des rochers, et une petite rivière qui serpentait non loin d'eux.

— Faut qu'on se dépêche, prévint le jeune guide en accélérant le pas. Ils aiment pas voir un étranger ici.

Michel ne chercha pas à deviner ce que signifiait cet avertissement. Il espérait avoir une discussion avec Soizic Le Hir pour comprendre ce qui se passait. Le vent se leva à travers les hêtres centenaires. Le sentiment de malaise empira. Il avait éprouvé la même chose sur la lande, quelques jours plus tôt. Des sons aigus résonnèrent dans sa tête, mélange improbable de cris de bêtes et de crissements déchirants. Dans une tentative de protection dérisoire, Michel plaqua ses mains sur ses oreilles. Il attacha son regard aux bottes en caoutchouc de Pierrick et ne les lâcha pas des yeux. La foulée régulière de l'enfant avait un pouvoir hypnotique qui l'aidait à ne pas succomber à cette peur irrationnelle.

— C'est là ! annonça le garçon en montrant du doigt un menhir imposant.

Dès qu'ils eurent dépassé le monolithe, Michel sentit sa tension se relâcher. Un profond soulagement le gagna. Il fit encore quelques pas et posa enfin la question qui le travaillait.

— Qu'est-ce qui s'est passé ? Tu as ressenti ça, toi aussi ?

— C'étaient les esprits des korrigans. Ils sont méchants quand on sait pas comment leur répondre. Ils aiment bien faire peur.

— D'accord, réagit simplement le romancier, à court d'arguments.

Si Soizic Le Hir lui servait le même genre d'explications, la discussion risquait de tourner court rapidement.

— Et quand tu viens avec des copains, les korrigans les embêtent aussi ? tenta Michel.

Le garçon s'attrista.

— J'ai pas de copains.

La température s'était radoucie, le ciel s'était dégagé et Michel appréciait maintenant cette balade. Les sous-bois touffus, les clairières éclairées par quelques rayons de soleil, de temps à autre un petit étang, quelques promontoires à escalader... Pierrick jouait les guides avec le plus grand sérieux. Malgré son âge, il semblait connaître toutes les légendes des lieux : ici vivait une dame blanche ; là avait œuvré un sorcier ; à tel autre endroit avait habité un géant. Il évoluait dans son monde magique et Michel l'écoutait avec fascination. Pierrick s'était créé son univers comme lui-même l'avait fait après la mort de sa mère. Ils s'arrêtèrent dans une vaste clairière. Sur leur gauche, Michel découvrit une maisonnette de granit au toit de chaume, qui paraissait aussi ancienne que la forêt environnante. Autour du logis, un muret de pierre, plus symbolique qu'efficace. Quelques poules et trois chèvres se nourrissaient des rares touffes d'herbe au sol. Venu de nulle part, un chien jappa et courut vers eux. Michel reconnut l'épagneul de la vieille femme. Ce dernier se précipita vers le garçon qui ouvrit les bras et lui prodigua de vigoureuses caresses. Puis l'animal se dirigea vers le romancier et lui lécha la main. Michel ne put s'empêcher de sourire devant cet accueil amical.

— Je suis obligé de rentrer pour m'occuper de la cage des lapins, sinon le père va me flanquer une raclée, expliqua Pierrick. Tu pourras le dire à Soizic ?

Navarre hésita quelques instants. Il était seul, au milieu de la forêt. Bon, il saurait de toute manière retrouver son chemin. En prenant une direction et en la suivant, il finirait bien par croiser une route à un moment ou un autre.

— Je te reverrai ? Je te dois une histoire… et cinquante francs, ajouta-t-il en se souvenant de sa promesse.

— Ben oui, bien sûr qu'on se reverra. Cherche-moi plutôt à la sortie de l'école qu'à la ferme. Ça te coûtera moins de sous.

Il hésita, puis continua :

— Les cinquante francs, je les veux bien. Pas pour moi, parce que le père va me les prendre. Mais si j'ai rien à lui donner, il dira que j'essaye de le voler et je passerai un sale quart d'heure.

Michel sortit deux billets de cinquante francs de son portefeuille :

— Tu en garderas un pour toi. Si un jour tu en as besoin…

— Oh, merci, s'émerveilla l'enfant, qui tenait pour la première fois de sa vie une telle fortune entre ses doigts. Il rangea son trésor dans sa poche et lui tendit sa petite main.

— À bientôt.

Pierrick repartit en courant. Seul au milieu de la clairière, Michel examina la maison. Soizic Le Hir l'attendait-elle ? Pourquoi souhaitait-elle le rencontrer ? Une boule au ventre, il se mit en marche.

51. RENCONTRE AVEC SOIZIC

Escorté par l'épagneul, Michel Navarre s'approcha de la maisonnette. Il frappa à la porte, mais aucune voix ne répondit à son appel. Jetant un coup d'œil par la fenêtre, il devina, à travers la vitre opaque, une pièce à vivre modestement meublée. Le manque de luminosité l'empêchait de distinguer les détails, cependant il ne nota aucun mouvement. Et si Soizic Le Hir se promenait en ce moment à l'autre bout de la forêt ? Il avait suivi Pierrick et n'avait pas tenté de se souvenir du chemin. Par ailleurs, le sentier des korrigans ne lui avait pas laissé une impression des plus sympathiques. La mise en garde du jeune garçon lorsqu'ils avaient emprunté ce « chemin sacré » avait-elle pu, à elle seule, être à l'origine de son trouble, de ces sons qui l'avaient angoissé ? À son retour d'Égypte, il avait passé des dizaines d'heures avec des psychiatres à essayer de comprendre ce qui lui était arrivé. La mort de Marina Johansen l'avait bouleversé, et il n'excluait pas d'avoir pu assassiner son amie dans une crise de démence. Cela l'aurait psychologiquement achevé, mais il voulait savoir. Il avait testé différentes méthodes pour retrouver la mémoire, de l'hypnose à l'absorption de substances chimiques diverses. Cela avait généré toutes sortes d'hallucinations. Après une longue année de consultations hebdomadaires et quelques séjours en hôpital psychiatrique, les spécialistes avaient conclu à une capacité d'autosuggestion extrêmement développée. En pénétrant dans le tombeau couvert de hiéroglyphes à la gloire du dieu Seth, il aurait inconsciemment activé toutes les connaissances qu'il avait emmagasinées sur ce dieu de la mort. Il aurait plongé dans un état second, persuadé que la divinité lui avait confié la mission de protéger la chambre funéraire. Pourquoi pas, après tout ? Mais alors, en suivant cette théorie, se serait-il convaincu qu'il devait assassiner les profanateurs ?

Après un an de traitement, il avait pratiquement fait une overdose médicamenteuse. Au désespoir de certains de ses médecins, il avait décidé de cesser de servir de cobaye consentant. Il s'était lancé dans une thérapie par l'écriture qui lui avait bien mieux réussi. Il n'avait pas oublié Marina, mais le sentiment de culpabilité s'était peu à peu éloigné. Seule une question restait prégnante : qu'avait-elle vu dans cette tombe en Égypte ? Et l'avait-il vu aussi ?

Michel regarda sa montre : six heures et demie. Deux heures avant l'arrivée de la nuit ! De toute façon, il n'allait pas rebrousser chemin maintenant. Il s'assit sur une borne en pierre et observa le soleil qui jouait avec les nuages. Le vent était tombé et l'air était doux. L'épagneul s'était couché près de lui et Michel le caressa inconsciemment. Il se sentait bien et, si la vieille femme ne revenait pas, il forcerait la porte de l'appentis qui jouxtait la maison pour dormir à l'abri. Un sifflement le tira de ses rêveries. Le chien bondit sur ses pattes et s'éloigna en aboyant. À l'orée du bois, la silhouette frêle de Soizic Le Hir se découpait dans la lumière. Impressionné, il se leva et se dirigea vers la fameuse gardienne de la forêt. Il la salua gauchement d'une courbette. Les yeux vert d'eau l'hypnotisèrent. Dans un long silence, il l'observa. La peau ridée par le soleil, un foulard sur les cheveux, elle dégageait une vitalité étonnante.

— Bonjour, madame Le Hir. Nous nous retrouvons, comme vous me l'aviez prédit devant l'église, entama Michel. Pierrick m'a guidé jusqu'à chez vous. Il m'a dit que vous souhaitiez me parler.

— Pierrick est un gentil garçon, répondit Soizic.

Elle ne ressemblait plus à cette vieille dame, un peu sorcière, croisée quelques jours plus tôt. Elle n'avait… plus d'âge.

— Je te remercie de lui avoir fait confiance. Je voulais te rencontrer pour te révéler… certaines choses.

Sa curiosité piquée par l'accueil de la femme, il ne tiqua pas au tutoiement.

— Viens, tu vas m'aider à préparer le dîner.

L'entrée n'était pas verrouillée. Soizic Le Hir poussa la porte et invita son visiteur à la suivre. À la lumière du jour, la salle principale apparaissait parfaitement en ordre. Des odeurs de plantes séchées et d'épices vinrent au nez de Michel, d'abord puissantes, puis d'une douceur apaisante. Elle referma et retira son manteau, qu'elle rangea dans un bahut patiné par les siècles, sans doute transmis de génération en génération. La pièce était agréable, meublée sommairement, mais avec un goût simple et chaleureux.

— Mets-toi à l'aise, Michel, et puis tu allumeras le feu dans la cheminée. Il reste quelques bûches à côté. Pendant ce temps-là, je vais nous préparer un petit cordial. Ce n'est pas si souvent que j'invite des gens chez moi.

Michel obéit en se demandant où il était tombé. Cette femme le recevait comme un ami ou un neveu de passage. Elle semblait le connaître, alors qu'une semaine plus tôt ils ne s'étaient encore jamais rencontrés. Elle lui apporta un verre rempli d'un liquide d'un rouge presque noir. Il le prit en souriant, puis trinqua. Il dégusta l'apéritif à petites gorgées.

— Même si la plupart des villageois m'appellent « la sorcière », tu peux boire ça en toute confiance, s'amusa Soizic ; c'est de la liqueur de mûres. Est-ce que tu aimes le civet de lièvre ? Je l'ai préparé pour notre dîner : plus on le fait réchauffer, meilleur il est. On va se régaler, mon garçon.

Michel avait perdu la maîtrise de la situation et accepta l'invitation. Comment rentrerait-il plus tard ? C'était le cadet de ses soucis. Il suivit Soizic dans la petite cuisine et remarqua la cocotte en fonte posée à côté du poêle à bois.

— On va manger des cocos avec ça. Tiens, j'ai quelques vieilles bouteilles de vin dans la remise. On me les a offertes il y a très longtemps. Moi, je n'y connais rien, mais tu es certainement bien plus doué que moi. Il en reste sans doute encore une bonne. C'est l'occasion idéale pour la boire.

— J'y vais, Soizic, mais dites-moi ce que nous fêtons si dignement.

— Ton retour, Michel !

52. RÉVÉLATION MACABRE

Minuit vingt. Christian Karantec éteignit les phares de sa BMW 316. Qu'est-ce qu'elle était allée lui coller un rendez-vous à une telle heure ? L'agacement le disputait à l'excitation. Malgré ce qu'elle avait voulu lui faire croire, cette petite salope avait aimé le traitement qu'il lui avait réservé aujourd'hui.

L'après-midi même, Karantec s'était éclipsé des bureaux des carrières pour retrouver Katell Le Brozec. Il savait que c'était le moment de la semaine où elle faisait ses comptes. L'activité et les recettes, en cette période encore calme, ne nécessitaient pas des heures de travail, mais il devait lui reconnaître la tenue d'une comptabilité parfaite. Si elle n'avait pas épousé son loser de mari, elle aurait pu avoir une vie bien plus confortable et enthousiasmante que celle qu'elle menait à Saint-Ternoc. Il ne s'en plaignait pas, car elle était une maîtresse des plus satisfaisantes. Depuis quelque temps, il attendait leurs rencontres avec une impatience qu'il avait du mal à dissimuler à sa femme.

Il avait donc débarqué à l'hôtel à seize heures et avait directement rejoint l'appartement de Katell. Elle avait été étonnée par la visite et n'avait fait aucun effort pour l'accueillir chaleureusement. Quand il était passé derrière la chaise où elle était assise et lui avait caressé les seins, elle l'avait rejeté sans ménagement. Surpris, il avait arrêté, puis avait repris d'un ton doucereux.

— Alors, qu'est-ce que tu as à m'apprendre sur ton client ?

— Michel ?

— Ah, c'est Michel maintenant. Il t'a baisée, lui aussi, pour que tu en parles comme ça ?

— Tu es vraiment immonde, Christian ! Qui c'est qui vient me baiser toutes les semaines en cachette de sa femme ?

— Ne me dis pas que tu n'aimes pas ça, ma petite pute !

— Ah oui, tu peux le dire, tu m'as transformée en pute. Un salaire contre mon corps !

— Je ne t'ai jamais obligée à accepter !

— Tu sais très bien que je n'ai nulle part où aller ! Ton père a montré plus de classe que toi, à la mort de mon mari. Quand Joseph s'est tué dans les carrières, il aurait pu m'abandonner. Après tout, ce n'était pas de sa faute si Joseph avait trop bu une fois de plus. À la place, il m'a offert la gérance des *Boucaniers*, sans rien en échange.

Christian Karantec éclata d'un rire sec. Il attrapa Katell et la tira sans ménagement de son siège. Elle cria, mais il n'en tint pas compte.

— Yann Karantec défenseur de la veuve et de l'orphelin ! Un jour où il n'aura pas le moral, je lui dirai ça. Ça lui redonnera un coup de fouet. Écoute-moi, pauvre petite conne, je vais te raconter quelque chose, un secret uniquement partagé par mon père, un médecin et moi. Et si tu le répètes, tout le monde te prendra pour une folle : ce sera peut-être ça le plus difficile !

— Fous-moi la paix ou gare à toi ! le menaça Katell en se débattant.

— Hmm, ça m'excite quand tu joues la dure. Mais avant d'en profiter, je t'offre mon scoop. Le jour où ton Joseph est mort en chutant de plusieurs mètres, il était à jeun. L'échelle sur laquelle il se tenait a cassé. C'était un accident du travail et c'était plutôt gênant pour la réputation des carrières de Saint-Ternoc. Avec la complaisance du toubib, mon père et moi avons réécrit le scénario et ça a marché comme sur des roulettes. Même toi, son épouse aimante, tu y as cru. Alors, tu vois, mon père ne vaut pas mieux que moi… mais il a un sacré sens des affaires.

Katell était restée sans voix, anéantie par la révélation de Christian Karantec. Son mari était mort dans la honte. Il n'avait laissé que la trace d'un pauvre type sans volonté qui avait sombré dans l'alcool et avait abandonné sa femme sans ressources. Les Karantec n'avaient pas volé à Joseph sa vie, mais, pire, ils lui avaient confisqué son honneur. Katell, quant à elle, avait perdu sa dignité. Il lui avait fallu du temps pour oser affronter le regard des autres… et elle n'avait pas su défendre correctement le nom et la mémoire de Joseph. Des larmes coulèrent sur ses joues, pour son mari mais aussi pour elle, pour l'amertume injuste ressentie chaque jour de son existence. Elle revint à la réalité en sentant les mains de Karantec qui attrapaient ses hanches et l'attiraient vers lui. Elle le gifla si violemment qu'il lâcha prise.

— Des salauds, vous n'êtes que des salauds ! Je te jure que ça ne se passera pas comme ça !

— Et qui va te croire ? grimaça-t-il. Hein ? Une mythomane qui calomnie ses bienfaiteurs !

— Fous le camp de chez moi, je veux plus voir ta sale gueule !

— Mais c'est où, chez toi ? ricana Karantec en regardant autour de lui. Il me semble que cet hôtel appartient aux maîtres de Saint-Ternoc. Je me trompe ?

Katell tenta de le gifler une seconde fois, mais, averti, il lui bloqua le poignet et lui plia le bras dans le dos. Ignorant ses cris, il écarta d'un geste brusque les papiers déposés sur la table. Puis il y bascula la femme, remonta sa robe jusqu'aux hanches et lui baissa la culotte.

— Salaud, rugit-elle d'une voix hystérique, ne me touche pas !

— Tu m'as pourtant souvent dit que je te baisais mieux que ton défunt mari et que tu jouissais bien avec moi. Tu ne t'en souviens pas, ma bonne cochonne ? lui souffla-t-il dans l'oreille en débouclant sa ceinture.

— Laisse-moi tranquille ! Ne me touche pas !

— Alors que tu me fais bander comme un âne ? Détends-toi, ça va passer tout seul.

— Non ! hurla-t-elle quand elle sentit le sexe en érection se frotter contre elle.

— Tsss, tsss, je serais un rustre si je ne rendais pas honneur à ton beau cul bien rond avant de retourner bosser aux carrières. Tu vas voir, je suis sûr que tu vas aimer ça…

— Non, pas comme ça ! supplia-t-elle en devinant ses intentions.

Sans l'écouter, il s'enfonça avec brutalité entre ses fesses et la pilonna à grands coups de reins, excité par les cris de douleur de sa proie. Les larmes de Katell se mêlèrent aux ahanements de bête de Christian Karantec. Elle ne bougea pas quand il éjacula en elle et qu'il se rhabilla.

— Tu ne m'as toujours pas raconté ce que t'avais appris sur Navarre. C'est pas bien, tu me l'avais promis. Me déçois pas ! M'oblige pas à confier la gérance des *Boucaniers* à quelqu'un d'autre. Tu sais bien que les candidats ne manqueraient pas. J'attends ton rapport.

Christian Karantec avait sorti une lampe de poche de la boîte à gants. Même si la lune perçait de temps à autre les nuages, il ne voulait pas trébucher sur une pierre. Au fond de lui, il était persuadé que Katell avait aimé être humiliée ainsi. C'est comme ça qu'elle prenait son pied. Cet après-midi, il avait connu un orgasme aussi intense que rapide et sauvage.

Elle ne lui avait pas laissé ce message pour rien. Heureusement que c'était lui et non sa femme qui l'avait découvert sous la porte après le dîner. « Viens chez moi. J'ai tes informations sur MN. K. ». Le billet télégraphique n'en était pas moins explicite. Christian avait expliqué à son épouse qu'un client souhaitait fêter un contrat dans un bar américain de Brest et qu'il ne rentrerait que tard dans la nuit. Cela lui était déjà réellement arrivé plusieurs fois et il n'abusait pas de ce prétexte pour lui conserver de la crédibilité. Sa femme n'aimait pas le voir partir ainsi et revenir souvent ivre en voiture, mais les affaires tournaient au ralenti et il ne pouvait pas se permettre de refuser ces invitations. Les révélations de son père sur leur participation dans ce laboratoire pharmaceutique anglais avaient illuminé son avenir !

Il parcourut les cinquante mètres qui le séparaient de l'entrée de l'hôtel et hésita à sonner. À tout hasard, il poussa la porte : ouverte. Un client avait encore oublié de la verrouiller. Il monta silencieusement les quelques marches qui menaient au logement de Katell et frappa discrètement. Aucune réponse, et pas un bruit à l'intérieur. Il utilisa le double des clés qu'il avait emporté avec lui et opéra une rapide inspection des lieux : personne. Elle s'était bien foutue de lui ; elle l'avait dérangé et avait tenté de le discréditer auprès de sa femme juste pour se venger. Elle lui payerait ça dès le lendemain. Furieux, il quitta l'appartement sans le refermer et regagna sa voiture.

Le pinceau de lumière ne laissa pas planer le doute. Son pneu avant droit était crevé. C'était bien sa veine. Au point où il en était, il avait le temps de changer sa roue. Il fit le tour de son véhicule et, par prudence, vérifia les trois autres. Stupéfait, il s'agenouilla et caressa le caoutchouc du bout des doigts. Ses quatre pneus venaient d'être entaillés volontairement. Les traces étaient sans appel : ils étaient irréparables. Des pneumatiques spécialement importés d'Allemagne ! Cette garce lui en avait mis pour plus de deux mille balles ! Il se retint de hurler pour ne pas se donner en spectacle à un éventuel client encore réveillé. Elle était peut-être cachée dans le coin, se réjouissant de son sale coup. Elle allait le regretter, et bien plus qu'elle ne pouvait l'imaginer ! En attendant, sa voiture était totalement inutilisable. Deux solutions s'offraient à lui. Soit il marchait jusqu'au bourg et appelait son père depuis une cabine pour qu'il envoie quelqu'un le récupérer. Soit il dormait ce soir chez son père au domaine de Kercadec en s'y rendant par la lande et le marais de Kergen, et il revenait discrètement le lendemain à l'aube avec Leclerc, le garagiste. La seconde option lui parut plus prudente. Leclerc, dévoué à la famille Karantec et fidèle compagnon de chasse, saurait l'aider efficacement et garder le silence. Il éviterait ainsi un sermon de son père.

En colère, il s'éloigna vers l'est en direction du chemin des douaniers.

53. RENCONTRE NOCTURNE

Mû par sa colère et son désir de vengeance, Christian Karantec n'avait pas vu passer le premier quart d'heure de marche. De nuit, ce chemin se montrait impressionnant et particulièrement dangereux. Sur la gauche, à moins de deux mètres, les vagues se fracassaient sans répit au pied de la falaise, invisibles dans la noirceur des ténèbres. En face, la lande se transformait rapidement en un marécage peuplé de batraciens. Parvenu à la hauteur d'un menhir, Christian Karantec bifurqua sur un sentier à peine marqué qui montait en serpentant, puis traversait le marais de Kergen. Dans moins de vingt minutes, il aurait rejoint Kercadec et pourrait aller se coucher... si son énervement ne l'empêchait pas de dormir.

Enfants, il se lançait avec ses frères ou ses amis dans de terrifiants paris nocturnes : un franc à celui qui pénétrait dans le marais et rapportait un objet qu'ils avaient déposé de l'autre côté avant que l'obscurité ne tombe. Il était invariablement parmi les plus téméraires et affrontait ses peurs pour épater la galerie... et pour gagner un franc. Il fermait alors les yeux pour ne pas voir les monstres et korrigans qui peuplaient ses rêves de petit garçon. Même si les années avaient chassé les lutins maléfiques de sa jeunesse, ses anciennes angoisses rôdaient encore quand il passait ici la nuit.

Il était à peine arrivé sous les premiers arbustes rabougris et entrelacés du marais de Kergen, quand le faisceau de sa torche faiblit. Karantec pesta contre lui-même : sa femme lui avait demandé de changer les piles plusieurs fois et il avait toujours répondu par un haussement d'épaules agacé. Il secoua la lampe avec énergie : pas question de perdre la lumière et de risquer de glisser dans les trous d'eau cachés par des nappes de roseaux. Inconsciemment revenu à l'époque de son enfance, il compta ses pas. Il y en avait trois cents de l'entrée du marais de Kergen jusqu'à l'étang des Sorcières, puis autant pour en sortir. Ensuite, il aurait pratiquement atteint le domaine familial. Comme il arrivait en vue de l'étang, les piles rendirent l'âme définitivement. Christian Karantec jura comme un charretier, puis s'arrêta quelques instants pour calmer les tremblements de ses jambes. Les branches malingres des arbres torturés par le vent se transformaient à nouveau en terrifiants bras crochus. Le roulement lointain des vagues avait pris une tonalité lugubre qui résonnait dans son esprit comme un bourdon funeste, de ceux qui sonnent la mort des marins noyés les jours de tempête. Il se força à rire pour chasser cette peur irraisonnée. Il leva les yeux vers le ciel qui, comme pour répondre à sa prière secrète, écarta les nuages pour lui offrir les rayons de la lune.

Le sentier pour ressortir de Kergen commençait donc juste devant lui... juste devant lui... Juste devant lui, une silhouette sombre bloquait le passage ! Il déglutit et, l'espace d'un instant, une folle envie de repartir en courant vers la mer le submergea. Cependant, ses jambes étaient inertes, comme paralysées par cette apparition surnaturelle. Il tenta de faire bonne figure et fixa l'étranger. Le peu de courage qu'il avait réussi à rassembler s'évapora lorsqu'il reconnut l'intrus. Chapeau de feutre noir, long manteau déchiré, visage blanc comme la mort et, au bout du bras, une faux dont la lame reflétait la pâleur de la lune : l'Ankou, son pire cauchemar d'enfant, le dévisageait ! L'Ankou s'était invité au marais de Kergen ! Sous l'effet de la panique, il s'urina dessus. La sensation chaude du liquide lui rendit un semblant de lucidité. Il n'avait plus huit ans, et personne n'avait jamais menacé un Karantec sur les terres de Bretagne. Il ne montrerait pas sa peur à cet individu.

— Dégagez, vous êtes sur mon domaine, ordonna-t-il, la gorge serrée.

L'Ankou ne bougea pas. Seul le vent qui jouait avec les franges de sa cape donnait une illusion de vie à l'apparition.

— Partez avant que j'appelle les flics. Vous croyez que votre déguisement de carnaval m'impressionne ? ajouta-t-il en avançant d'un pas.

D'un geste sec, le revenant saisit la faux à deux mains, arrêtant net Karantec dans ses velléités de passage en force.

— Mais vous êtes qui, putain ? gémit-il malgré lui.

— Je suis l'envoyé de la Mort, je prends la vie de ceux que le destin a choisis, lui répondit une voix métallique. Cette nuit, c'est avec toi que je repartirai.

— Bon, ça suffit, s'énerva Karantec d'une voix chevrotante, vous êtes chez moi et vous n'avez rien à y foutre.

— Je suis sur les terres de Bretagne, Christian Karantec ! Ces terres que ta famille et toi vous êtes un jour appropriées ont toujours appartenu aux Bretons. Vous avez méprisé les croyances les plus sacrées de vos ancêtres ! Les tiens et toi avez voulu asservir ce peuple, mais ce n'est qu'une illusion. Tu n'es qu'un être malfaisant qui va disparaître, Karantec.

— Je… je m'excuse pour tout ce qui s'est passé ! pria Christian en sentant son courage s'évanouir définitivement.

Dans une manœuvre désespérée, il ajouta :

— Ce n'est pas de ma faute, mais…

— Il est trop tard pour regretter le mal que tu as fait à ceux que tu as écrasés et à celles que tu as humiliées. Hier c'était ton frère, cette nuit c'est toi, demain ce sera le reste de ta famille. Maintenant, tu vas payer !

Les images du corps martyrisé de Patrick l'assaillirent soudainement. Le tueur de son frère le tenait à sa merci. Il se jeta à genoux, perdant l'once de dignité qu'il avait tenté de conserver.

— Épargnez-moi, je vous en supplie ! Épargnez-moi et je ferai de vous un homme riche, très riche ! Je vous donnerai… la vie.

Un long rire amer lui répondit.

— Que ferait le serviteur de la Mort de l'argent que tu as volé aux autres ? Plus encore de la vie que tu as l'audace de lui proposer ? Tout le long de ton existence, tu n'as jamais eu un comportement respectable : sache au moins réussir ta fin ! Regarde-moi, Karantec !

Christian releva la tête et, soudainement déconnecté de la réalité, observa son adversaire. Comme dans un rêve, il vit la faux se lever et, dans une arabesque macabre, fondre sur lui comme un oiseau de proie. La gorge tranchée, il s'écroula sur le sol détrempé.

54. RÉVEIL BRUTAL. 6 AVRIL 1985

Michel Navarre s'assit sur son lit, bâilla longuement, puis s'étira. Un étau lui serrait la tête et il se sentait nauséeux. Une angoisse diffuse lui nouait l'estomac. Son réveil indiquait huit heures, mais il avait l'impression de ne pas avoir fermé l'œil de la nuit. Il se leva et se regarda dans la glace de l'armoire bretonne. Il avait dormi complètement habillé ! Le bas de son pantalon était maculé de boue. Mais pourquoi était-il dans cet état ? Il tenta de replacer dans l'ordre les événements de sa journée d'hier. Le matin, il était allé naviguer vers Maen Du en compagnie de Quénéhervé, puis ils avaient mangé ensemble. Ensuite… ah oui, ensuite, il avait rendu visite à Pierrick, qui l'avait accompagné jusque chez Soizic Le Hir. Ses souvenirs revenaient doucement. Elle lui avait offert un succulent dîner, puis ils avaient longtemps discuté. Elle voulait lui révéler un secret, mais lequel ? Malgré ses efforts, une sorte de voile de fumée obscurcissait son cerveau. Il devinait quelque chose derrière ce voile, mais impossible de le déchirer ! Et comment avait-il rejoint son lit ? Mystère total ! Un bon café et des tartines ne pourraient que l'aider à retrouver la mémoire.

Un brouhaha inhabituel provenait de la salle du petit déjeuner. Quand Michel entra dans la pièce, deux gendarmes s'entretenaient avec Katell. Il reconnut l'abruti qui l'avait reçu comme un malpropre trois jours plus tôt. Le militaire grimaça en le voyant.

— Monsieur Navarre, vous tombez bien. J'ai quelques questions à vous poser.

— Je suis à votre disposition, répondit-il le plus aimablement possible. Si vous me laissiez le temps de boire une tasse de café avant, cela me faciliterait les choses.

— Vous remettrez ce plaisir à plus tard, le coupa le gendarme, qui, à en juger par sa réaction agressive, devait avoir eu droit à une remontée de bretelles en règle par sa hiérarchie.

— Soit, que voulez-vous savoir ? s'enquit posément Michel.

— Où avez-vous passé la nuit ?

— Dans mon lit. J'espère que cela ne constitue pas une infraction, ajouta-t-il en regrettant immédiatement ses paroles. Vu son amnésie partielle, il devait éviter de provoquer le militaire.

— Vous êtes le spécialiste pour me prendre pour une andouille. Mais si vous jouez au con, vous allez perdre. Attention, aujourd'hui, plus question de petits bobos : on a un meurtre sur les bras, et pas n'importe lequel. On vient de retrouver le corps de Christian Karantec, qui a été assassiné dans le marais de Kergen.

Le regard abasourdi de son potentiel coupable déçut le représentant de l'ordre, mais il poursuivit.

— Avant de vous coucher, où étiez-vous ? Avec qui avez-vous passé la soirée ? Il serait préférable pour vous que vous n'ayez pas été seul hier.

Le cerveau de Michel tournait à toute allure. S'il racontait la vérité, il risquait des ennuis. Il avait conscience qu'un dîner en pleine forêt avec la sorcière du village suivi d'une amnésie le placerait aussitôt dans la case des parfaits suspects et l'enverrait directement à la case prison sans toucher vingt mille francs. Comme il cherchait un alibi crédible, Katell intervint :

— Il était avec moi, brigadier. Mon oncle Yves nous a invités tous les deux à manger chez lui. Nous sommes rentrés ensemble.

— Pourquoi est-ce que vous ne me l'avez pas dit quand je vous ai interrogée ?

— Je ne pensais pas que la présence de M. Navarre avec nous vous intéresserait, j'en suis désolée, s'excusa Katell.

— C'est vrai ? aboya le gendarme en fixant le romancier toujours debout devant lui.

— Évidemment, c'était même une soirée très agréable, s'exclama Michel.

— Et si je pose la question au père Le Goff, il confirmera votre alibi ?

— Ce n'est pas un alibi, s'offusqua Katell, c'est juste une invitation de mon oncle. Je ne vous aurais pas menti alors qu'un meurtre aussi terrible vient de se produire.

— D'autant plus que j'ai entendu dire que Christian Karantec ne vous laissait pas insensible, Katell, glissa sournoisement le gendarme.

— Appelez-moi madame Le Brozec, maréchal des logis Begard ! Christian Karantec n'était que le fils de mon employeur, répondit-elle sèchement.

Le militaire comprit qu'il s'aventurait dans des eaux dangereuses et n'insista pas.

— Nous n'en sommes qu'aux premières constatations, mais vous imaginez bien que la présence du véhicule de M. Karantec, garé avec les quatre pneus crevés sur le parking de l'hôtel, vous désigne comme des témoins de premier ordre.

— Je vous promets de tout faire pour vous aider à démasquer l'assassin, assura Katell.

— Vous pourrez aussi compter sur ma coopération, ajouta Michel.

— J'en ai pas fini avec vous : on se reverra très bientôt, lança le gendarme, apparemment rancunier. Madame Le Brozec, nous reviendrons dans une heure pour entendre les clients qui dorment encore. Merci de leur demander de bien vouloir attendre notre passage avant de vaquer à leurs occupations, conclut-il pompeusement en quittant l'hôtel.

Les deux militaires s'éclipsèrent et se dirigèrent vers la voiture. L'un des deux resta en poste sur place pour éviter l'intervention d'un curieux qui aurait pu détruire de précieux indices. Ils avaient contacté les équipes techniques de Brest, mais elles étaient encore en chemin. Le maréchal des logis monta dans son Estafette et repartit vers le centre du village. Katell baissa le rideau et retourna dans la salle sous le regard interrogateur de Michel.

— Je te remercie, Katell.

— Tu étais où hier soir ?

— Chez Soizic Le Hir, répondit Michel sans remarquer la surprise de son interlocutrice.

— Soizic ? Et t'es revenu comment ?

Il n'hésita pas un instant. Elle lui avait, à court terme, retiré une belle épine du pied.

— Sincèrement, j'en sais rien. Je me souviens du dîner, et ensuite... plus rien ! Je me suis réveillé il y a quelques minutes au fond de mon lit. Le trou noir !

— Je vais t'aider à le combler. Tu es rentré à trois heures du mat. Tu as sonné et je suis descendue ouvrir. Quand je t'ai demandé d'où tu venais, tu as bafouillé quelque chose d'incompréhensible, comme si tu parlais dans une langue inconnue. Tu avais l'air complètement à l'ouest. Je n'ai pas insisté et je t'ai accompagné jusqu'à ta chambre. Tu t'es écroulé sur ton lit et tu t'es endormi aussitôt.

— Heureusement que tu étais là. Si j'avais raconté ça à l'autre, il m'emmenait directement soit en taule, soit à l'asile. Mais s'ils vont voir ton oncle Yves, il dira forcément que je n'ai pas dîné avec vous, s'alarma Michel.

— T'inquiète pas. Il est parti tôt ce matin pour une journée en mer. Je lui écrirai un petit mot que je remettrai à JP, le patron du bar les Goélands. Yves ne parlera pas aux gendarmes avant d'avoir bu son verre de blanc, et il lira le message en même temps.

— Qu'est-ce qui est arrivé à Karantec ?

— Le régisseur de son père l'a découvert à l'aube dans le marais de Kergen, entre ici et le manoir familial des Karantec. Il était mort, la gorge tranchée. Je n'ai pas plus d'infos.

Michel ne put éviter un mouvement de surprise. L'assassinat de Patrick Karantec n'était donc bien que le premier d'une série de meurtres.

— Et pourquoi sa voiture est-elle garée là ? reprit-il.

— Je n'en ai aucune idée, répondit Katell. Soit quelqu'un lui avait donné rendez-vous à l'hôtel, soit il venait me voir. Mais... je doute fortement de la seconde hypothèse, conclut-elle avec un rictus crispé.

Michel n'insista pas et laissa Katell continuer.

— Les quatre pneus crevés... On peut imaginer que le tueur a voulu l'attirer dans un piège. Un de ses complices, ou lui-même, rend sa BM inutilisable pour le forcer à rentrer à pied. Il l'attend sur le chemin et l'égorge.

— Karantec aurait pu appeler quelqu'un pour le ramener chez lui en voiture, non ? s'étonna Michel.

— Effectivement, c'était un pari. En tout cas, c'est quelqu'un qui connaissait le raccourci du marais de Kergen.

— Toi, qu'est-ce que tu en penses ?

Katell s'accorda un moment avant de répondre, le regard perdu sur les poutres en bois du plafond de la salle.

— Sincèrement… s'il est mort comme ça, c'est qu'il le méritait. Si je peux protéger son assassin, je n'hésiterai pas un instant ! lança-t-elle soudain, un trémolo de haine dans la voix.

Surpris, Michel ne posa aucune question. Katell lui avait expliqué la relation contrainte et ambiguë qu'elle entretenait avec Christian Karantec. Les choses avaient dû mal tourner.

— C'est pour ça que tu m'as aidé avec les gendarmes ?

— Non, sourit-elle. Je ne t'imagine pas en train d'égorger quelqu'un. En plus, comment est-ce que tu aurais deviné qu'il passerait par le marais de Kergen ?

— Je ne suis plus sûr de rien, murmura Michel, subitement sombre. Jusqu'à hier, j'étais persuadé de n'avoir jamais mis les pieds à Saint-Ternoc. Depuis mon dîner avec Soizic, je suis paumé.

— Pourquoi, qu'est-ce qu'elle t'a raconté ?

— Dis-moi d'abord ce que tu penses de Soizic Le Hir. Tu la connais ?

— Elle venait régulièrement à la maison quand j'étais petite. Je l'aimais bien. Elle apportait un petit cadeau pour moi à chaque fois : une poupée qu'elle avait sculptée dans un morceau de bois, du miel sauvage… Une fois, elle m'a même offert un écureuil qu'elle avait apprivoisé. C'est un de mes plus beaux souvenirs d'enfance. Soizic est toujours restée à l'écart et elle n'a jamais respecté le pouvoir des Karantec, ce qui la rend suspecte auprès de la majorité des villageois. Alors ils l'ont affublée d'une réputation de sorcière. Tu sais, les gens ont vite fait de rejeter ceux qui sont différents d'eux !

— Oui, j'en ai fait l'expérience. À ton avis, elle a toute sa tête ou elle a tendance à partir en vrille ?

Katell le regarda, surprise par la question.

— Elle a toute sa tête ! De ce côté-là, ne te fais pas de souci.

55. PRIGENT

Michel Navarre approchait du cimetière marin. La traversée de la forêt de Saint-Ternoc n'avait fait qu'accroître son trouble. Il s'y était senti accueilli comme un ami. Il avait pourtant dépassé les mêmes pierres et marché sous les mêmes frondaisons qu'une semaine plus tôt. La Bretagne n'avait pas fini de se jouer de lui. Arrivé sur la lande, il pressa le pas et allongea sa foulée face au vent qui giflait son visage et tentait de le ralentir. Il ne s'attarda pas en croisant la maison d'Yves Le Goff. Il accéléra et se mit à courir, toujours plus vite, sans écouter son cœur qui battait la chamade. Les poumons en feu, il s'effondra devant l'entrée du cimetière. Étendu sur le dos, les bras en croix, il reprit sa respiration en regardant passer les nuages. Une fois son rythme cardiaque calmé, Michel pénétra dans le petit enclos.

Il se rendit vers une tombe modeste au fond du cimetière et s'accroupit devant elle. De la bruyère sauvage poussait dans une fente de la pierre mal entretenue. Du plat de la main, il essuya la poussière et découvrit les noms qui y étaient gravés : Paul Carhaix 1915-1944, suivi de celui de sa femme, sans doute : Blandine Carhaix 1917-1944. La guerre, d'une façon ou d'une autre, avait eu raison de ce jeune couple. Il examina ces noms avec plus d'insistance, mais ils n'éveillaient en lui absolument aucun souvenir. C'est en remontant dans sa chambre le matin même qu'il avait eu un flash : cette stèle funéraire s'était imposée à lui, aussi nette qu'une photographie. Excité, il en avait parlé à Katell, en la décrivant avec force détails. Elle lui avait conseillé de se rendre au cimetière marin… au cas où… Il se répéta plusieurs fois le nom : Carhaix, Carhaix, Carhaix. Non, il en était certain, il ne l'avait jamais entendu. Il se releva, se posa sur le muret et ferma les yeux. Le cri des mouettes qui pêchaient en survolant les eaux et le bruit des vagues sur les rochers apaisèrent sa respiration et le plongèrent dans une transe involontaire.

Des images, d'abord floues, puis de plus en plus précises, affluèrent. Il reconnut les lieux : la maison de Soizic Le Hir. La vieille femme était assise à côté de lui. Il venait de connaître une expérience dont il n'avait plus conscience, mais il était choqué.

— Il ne me reste que de vagues sensations : du froid et du chaud, de l'obscurité et de la lumière, de la souffrance et du bien-être. Que s'est-il réellement passé ? demanda-t-il à Soizic.

— C'est inscrit au fond de toi et cela remontera quand tu en auras besoin. Tu es revenu pour fermer le cycle de malheur ouvert par les Karantec.

— Vous êtes pour le moins sibylline, Soizic ! Et vous maîtrisez l'art du suspense. Vous n'auriez pas un petit indice supplémentaire ?

— Je t'apporterai mon aide, mais tu dois découvrir certaines choses par toi-même.

— Bien, si vous le dites…, lâcha Michel, légèrement agacé par les mystères de la vieille femme. Et ensuite ? Une fois le héros révélé à lui-même, on me confiera une quête sacrée ?

Soizic Le Hir ne réagit pas à l'ironie. Elle savait qu'elle allait perturber sa vie. Elle reprit avec douceur :

— Tu tiendras effectivement un rôle important… si tu l'acceptes bien évidemment.

— Alors on verra ça le moment venu. Je commence à tomber de sommeil. Vous m'avez offert un festin et j'ai passé une excellente soirée, mais je ne voudrais pas abuser de votre hospitalité. Si vous pouviez m'indiquer le chemin du retour, cela m'éviterait de tourner dans les bois et de me retrouver chez les korrigans de Pierrick. Quoi que ce soit, je n'ai pas envie de tenter l'expérience en pleine nuit.

— Tu n'as plus rien à craindre d'eux, mais c'est de la famille Karantec que tu devras te méfier. Quand ils découvriront que tu es de retour, tu courras un grand danger.

— Soizic, par pitié, soyez plus claire. J'ai bien compris que je leur posais un problème, mais pourquoi ?

Elle ne s'expliqua pas, mais appliqua les mains sur les tempes de Michel.

— Sur cette tombe, tu auras une première réponse à toutes les questions qui encombrent ton cœur.

Il se remémora avoir ensuite quitté la chaumière, guidé par Avallon, l'épagneul de Soizic.

Une voix douce sortit Michel de ses souvenirs. À une dizaine de mètres, une jeune femme se dirigeait vers lui. Il cligna des yeux et mit quelques secondes à la reconnaître.

— Bonjour, monsieur Navarre, vous méditez ? Ce lieu est à la fois empli de tristesse et de paix, vous ne trouvez pas ? Je viens là quand Christophe me manque trop, soupira Annick Corlay. Je vous observe depuis quelques minutes et vous sembliez en symbiose avec la nature.

— Bonjour, Annick, répondit-il en se relevant et en serrant la main tendue. Ça me fait plaisir de vous rencontrer. Comme vous le dites, j'ai l'impression de me faire peu à peu happer par Saint-Ternoc.

— Comme Christophe ! La mer lui avait rendu la vie.

— La mer, et surtout la fille d'un marin, précisa-t-il en souriant.

— Je ne sais pas si je me remettrai de sa mort. Il me manque un peu plus chaque jour.

— Ça va encore durer pendant des mois, peut-être des années, jusqu'à ce que, un jour, la douleur qui vous tord les entrailles toutes les nuits commence à s'apaiser. Vous ne l'aurez pas oublié, mais il restera quelque chose de beau et son souvenir ne vous fera plus souffrir.

— Vous avez déjà vécu un deuil ?

— J'ai perdu ma mère quand j'étais enfant.

— Vous êtes gentil de partager ça avec moi. J'espère que vous avez raison ! Sinon, vous êtes là pour quoi ? s'enquit Annick.

— Je suis venu examiner une tombe, mais le nom des deux personnes qui y sont enterrées ne me dit absolument rien, avoua Michel.

— De qui s'agit-il ?

— Paul et Blandine Carhaix.

La jeune femme marqua un temps d'arrêt et l'observa, surprise.

— Qui vous a envoyé ici ?

— Une vieille amie. Comme ils sont morts en 1944, vous ne les avez évidemment pas rencontrés, mais vous en avez peut-être entendu parler.

— Ma grand-mère a travaillé avec Blandine Carhaix aux carrières. Un jour, elle m'a raconté son histoire, ou du moins ce qu'elle en connaissait. Paul et Blandine formaient un couple que tout le monde aimait. Blandine était adorable – c'étaient les mots de ma grand-mère –, sans doute un peu trop, car Yann Karantec tournait sans cesse autour d'elle. Mais elle l'a toujours repoussé et a épousé Paul.

— Yann Karantec, celui qui règne sur Saint-Ternoc ?

— Lui-même. Pendant la guerre, Paul a renseigné la Résistance, mais les Allemands l'ont arrêté en 1944. Ils l'ont enfermé à la prison de Maen Du et Karantec a profité de cette occasion pour abuser de sa femme Blandine. Certains dans le village ont pensé qu'elle s'était livrée à la débauche, mais, d'après ma grand-mère, Karantec avait fait chanter Blandine. Je suis prête à la croire, car j'aurais fait n'importe quoi pour sauver Christophe de la mort. Son mari a quand même été exécuté. Un soir, Blandine a confié son fils à des voisines, a reçu une dernière fois Karantec et a essayé de le tuer. Elle l'a raté... alors elle a échoué elle aussi au pénitencier de Maen Du et, peu après, elle était morte.

— Ça s'est passé comment ? se révolta Michel.

— Je suis incapable de vous le dire. Je peux seulement vous raconter la version de ma grand-mère, et je vous avoue que je ne lui ai pas posé de telles questions. J'étais encore petite, mais cette histoire m'a impressionnée. Comme un conte de fées qui finit mal...

— Je pourrais rencontrer votre grand-mère ? demanda Michel.

— Ce sera impossible. Elle est morte il y a plus de dix ans.

— Ah, je suis désolé. Vous connaissez peut-être quelqu'un qui aurait fréquenté les Carhaix ? Cette histoire m'intrigue.

— C'est votre côté romancier qui ressurgit ? s'amusa-t-elle. D'après grand-mère, Yves Le Goff était le meilleur ami de Paul Carhaix et Blandine Prigent.

— Vous avez dit quel nom ? sursauta Michel. Prigent, c'est ça ?

— Oui, s'étonna Annick. Elle n'était pas encore mariée quand ma grand-mère l'a connue. Pourquoi ?

— Ma mère s'appelait Suzanne Prigent. Elle était fille unique et venait de Brest. Mais la coïncidence est surprenante.

— Vous savez, Prigent est un nom assez courant en Bretagne.

— Merci pour votre gentillesse, Annick. Il est temps que je vous laisse en tête-à-tête avec Christophe.

Elle le dépassa en souriant et marcha d'un pas tranquille vers le monument dédié aux marins perdus en mer. Le vent jouait avec sa chevelure et ses vêtements. Michel l'observa quelques secondes : il comprenait qu'un baroudeur comme Christophe Maleval ait eu envie de tout donner pour une femme comme elle. Elle respirait l'innocence. Il repartit vers le village. Il devait récupérer sa voiture et filer à Brest : il avait rendez-vous avec un ami de Kerandraon qui travaillait à la préfecture. Il voulait connaître le vrai propriétaire de l'île et découvrir ce qui s'y trafiquait. Ensuite, il irait rendre visite à Yves Le Goff. Ce couple maudit l'intriguait : Soizic Le Hir ne lui avait pas imprimé cette image dans la tête pour rien.

56. HISTOIRE DE FAMILLE

Vingt et une heures. Après la courte nuit de la veille, Michel Navarre sentait la fatigue peser sur ses épaules. La journée avait été riche en événements : l'annonce de la mort de Christian Karantec, puis la révélation de l'existence de l'étrange couple Carhaix !

Michel avait ensuite dû se rendre à la gendarmerie de Saint-Ternoc pour subir un nouvel interrogatoire. Il avait répété la leçon que lui avait apprise Katell et cela avait eu l'air de convenir aux enquêteurs. Le Goff avait tenu un discours identique : l'alibi était parfait, même si Michel ne s'expliquait toujours pas ce qu'il avait trafiqué dehors jusqu'à trois heures du matin. Le procureur n'avait pas encore confié le dossier à la police judiciaire de Brest. Ce n'était sans doute qu'une question d'heures. Yann Karantec ne pourrait pas étouffer l'affaire et mener ses investigations de son côté.

De la lumière filtrait à travers les volets fermés de la maison d'Yves Le Goff. Une nouvelle fois, Michel avait traversé une partie de la forêt, puis il avait arpenté la lande pour venir interroger son ami. Il n'avait plus autant marché depuis des années, alors il avait pris son temps, profitant de la relative douceur de la soirée. Il avait senti la force tranquille des roches se diffuser lentement dans ses veines. Ces pierres affrontaient la mer et les éléments depuis une éternité et avaient résisté à toutes les catastrophes... jusqu'à ce que les hommes arrivent et les exploitent pour les transformer en prisons et autres lieux de misère. En s'approchant de la maison, Michel évacua ses délires new age et se recentra sur l'objectif de sa visite : pourquoi l'histoire des Carhaix l'avait-elle perturbé tout l'après-midi ? Il frappa à la porte. Après de longues secondes d'attente, elle s'ouvrit.

— Michel… Je me doutais bien que vous finiriez par passer. Entrez et ne regardez pas le bazar. J'étais en mer aujourd'hui, et je n'ai pas eu le courage de ranger mes affaires en rentrant ce soir.

— Je suis désolé de vous importuner, s'excusa le romancier en découvrant le visage fatigué du Breton. J'aurais dû penser que vous souhaiteriez vous coucher tôt après votre journée de pêche.

— Vous faites pas de bile, vous êtes le bienvenu ici. J'hésitais entre me mettre directement au lit et boire un petit calva avec mon chat sur les genoux. Vous m'avez évité un choix difficile. Allez, venez donc.

Yves Le Goff rajouta quelques pommes de pin dans le foyer de la cheminée, sortit une bouteille et deux verres et invita Michel à s'asseoir avec lui à table.

— Il me reste du far que m'a offert Nolwenn, la mère de la boulangère. La Nolwenn a pris sa retraite depuis quelques années, mais elle a toujours eu le béguin pour moi… Depuis l'école primaire, en fait. Mais qu'est-ce qui me vaut le plaisir de votre passage ?

— Je voulais d'abord vous remercier pour votre témoignage auprès des gendarmes. Ça m'a tiré d'un sacré embarras.

— Vous ne me devez rien. J'ai confiance en ma nièce et vous êtes un type bien. Alors, je n'ai pas hésité à vous aider. Par ailleurs, ne comptez pas sur moi pour plaindre Christian Karantec : il a trop fait souffrir Katell. Si j'avais été plus jeune, vous auriez pu me mettre en tête de la liste des suspects. Un Karantec qui disparaît est une bénédiction pour Saint-Ternoc, ajouta-t-il sèchement.

Étonné par la dureté des propos de Le Goff, Michel comprit que Katell, un jour de dépression, avait dû se livrer à son oncle.

— Il y a une autre raison à ma visite, Yves. Je suis allé ce matin au cimetière marin, sur la tombe de Paul et Blandine Carhaix. J'ai croisé Annick Corlay, qui m'a dit que vous étiez leur meilleur ami.

Les traits du Breton s'affaissèrent imperceptiblement. Paul et Blandine, c'était si loin, mais tout cela devait remonter à la surface un jour ou l'autre. Devait-il le craindre ou s'en réjouir ? Il observa longuement Michel, qui accepta d'être ainsi dévisagé.

— Alors, ça y est… vous avez rencontré Soizic.

Puis, sans laisser à son interlocuteur le temps d'être surpris, il continua.

— Que vous a appris la petite Corlay à leur sujet ?

— Elle m'a raconté le peu qu'elle tenait de sa grand-mère. J'aurais souhaité avoir plus de détails.

— Allez-y, invita Yves Le Goff en avalant son calva d'un trait.

— Que savez-vous de la famille de Blandine Carhaix, ou plutôt Blandine Prigent ?

— Blandine était une fille extraordinaire. Si je n'avais pas connu ma Juliette, j'aurais soupiré auprès de Blandine. En fait, non, je l'aurais pas fait, parce que Paul, qui était mon ami, l'aimait, et elle l'aimait aussi, et… enfin, vous comprenez ce que je veux dire, s'embrouilla Yves.

— Oui, vous m'expliquez qu'elle était une belle femme qui ne vous a pas laissé indifférent, en tout bien tout honneur bien sûr.

— Non seulement belle, mais surtout très gentille et serviable, insista Le Goff. Je ne pardonnerai jamais à Yann Karantec ce qu'il lui a fait.

— Annick m'a raconté que Blandine avait essayé de le tuer, relança Michel.

— Pendant des jours, cette charogne l'a violée en lui faisant croire qu'il pourrait libérer Paul si elle acceptait de coucher avec lui. Je suis convaincu qu'il n'en a jamais eu l'intention et, même si je ne dispose d'aucune preuve, je suis persuadé que c'est lui qui a manigancé son exécution. Quand Blandine a appris que Paul était mort, elle s'est vengée. Ce soir-là, elle a reçu Karantec, comme si de rien n'était et elle l'a poignardé à plusieurs reprises. Je sais pas comment il s'en est sorti, mais, malheureusement, elle n'a pas réussi à porter le coup fatal. Elle ne s'est pas enfuie. Paul avait disparu et elle était moralement brisée. Quand la police est venue l'arrêter, ils l'ont embarquée directement sur l'île de Maen Du.

— Ils n'auraient pas dû l'emmener à Brest ? On n'enferme pas un prévenu dans un pénitencier, *a fortiori* une femme !

— Vous avez tout à fait raison ! Mais les Alliés étaient aux portes du Finistère et c'était un véritable foutoir ici. Du coup, Émile Karantec, le père de Yann, s'était adjugé tous les pouvoirs.

L'administration était dépassée et les Chleuhs l'ont laissé faire. Ils avaient d'autres chats à fouetter et ils devaient organiser leur repli.

— Qu'est-ce qui s'est passé là-bas ?

— À cette heure, c'est encore un mystère. Il ne restait que des prisonniers de droit commun, des soldats allemands et quelques gardiens. J'en connaissais un, que j'ai revu plus tard. Ce n'était pas un mauvais gars, mais il a toujours confirmé la version officielle d'Émile Karantec : Blandine s'était noyée en voulant s'échapper par la mer. C'était ridicule ! Elle nageait très bien et elle savait qu'il était impossible de rejoindre la côte à la nage ! Ça aurait été un suicide. Bref, je savais qu'il me mentait, tout comme il savait que je ne le croyais pas, mais, malgré mes demandes, il n'a jamais parlé. J'imagine que la vérité n'était pas bonne à dire. Pour revenir à votre question initiale, Blandine venait de Brest. Elle était comptable et avait été embauchée aux carrières à l'époque de leur grandeur. C'est là qu'elle a rencontré Paul, son futur mari.

— Annick m'a appris que Blandine s'appelait Prigent. Vous connaissiez sa famille ?

— Elle avait une sœur, que j'ai croisée plusieurs fois, juste avant la guerre. Quand les deux sœurs se retrouvaient, elles savaient faire la fête ! Je peux te dire qu'on ne s'ennuyait pas avec elles, ajouta-t-il avec un soupçon de mélancolie dans la voix.

— Vous vous souvenez de son prénom ? interrogea Michel, soudain anxieux.

— Elle avait le même prénom qu'une actrice américaine que j'avais vue dans un film à Brest juste avant la guerre. Elle s'appelait Suzanne.

Yves Le Goff s'arrêta en voyant son invité pâlir.

— Et à quoi ressemblait-elle ? continua Michel.

— C'était aussi un joli petit brin de femme : brune, toujours en train de rire, et surtout des sourcils qui lui donnaient un air perpétuellement étonné.

— C'est ma mère, souffla Michel. C'est ma mère !... Mais elle ne m'a jamais parlé de sa sœur. Jamais… Elle m'a dit qu'elle était fille unique. Pourquoi ?

Michel retournait ce qu'il venait d'apprendre dans tous les sens, tentant de découvrir une explication plausible à cette omission. Soudain, un détail le frappa. Non, ce n'était pas possible !

— Annick m'a dit que Paul et Blandine avaient un fils. Vous me le confirmez ?

— Oui, un petit Pierre. J'étais même son parrain. C'était un bon gars, toujours en train de rire.

— Quel âge avait-il ?

— Il est né juste après la plus belle chute de neige que j'ai connue dans ce pays : en janvier 1943.

À cette réponse, la main de Michel trembla sans qu'il puisse la contrôler. D'une voix blanche, il ajouta :

— Où est-ce que je peux le trouver ?

Les traits de Le Goff se contractèrent.

— Personne ne le sait. Avant de recevoir Karantec pour la dernière fois, Blandine a amené Pierre chez Anne Le Coz, sa meilleure amie. Anne devait confier l'enfant à quelqu'un, mais elle n'a jamais voulu dire à qui elle l'a donné. Je peux vous jurer que, plus d'une fois, je l'ai suppliée pour qu'elle m'avoue où vivait mon filleul, mais elle avait une vraie caboche de Bretonne et elle a toujours respecté son serment.

— Vous n'avez jamais cherché à contacter Suzanne ? Elle aurait forcément pu vous renseigner sur son neveu, insista Michel.

— Je n'avais plus revu Suzanne depuis 1941. Un jour, Blandine m'avait dit que sa sœur avait rejoint la Résistance et qu'elle s'était mariée. Mais je ne connaissais ni le nom de son mari ni la ville où ils habitaient. Personne n'a pu me renseigner ! Elle n'a jamais remis les pieds à Saint-Ternoc, même pour l'enterrement de Blandine… enfin, la cérémonie d'adieu, puisqu'on n'a jamais retrouvé son corps.

— Navarre. Son mari s'appelait Maurice Navarre. Vous n'êtes donc pas au courant que Suzanne, ma mère, est morte en 1953 ? conclut Michel.

— Non, bien sûr. Comment j'aurais pu le savoir ?

Yves Le Goff laissa de nouveau le silence s'installer, donnant à Michel le temps d'assimiler la nouvelle qui, en quelques secondes, venait de bouleverser sa vie. Michel inspira profondément, attrapa le regard du vieux marin, et réussit à lâcher la phrase coincée dans sa gorge.

— Moi aussi, Yves, je suis né en janvier 1943. De là à penser que votre filleul se trouve face à vous, il n'y a qu'un pas !

D'un air décidé, il se leva et enfila sa veste.

— Merci pour ces révélations. Je n'imaginais pas me découvrir une nouvelle famille ce soir, dit-il d'un ton grave et faussement détaché.

— Tu t'en vas ? s'alarma Le Goff, ému, en le tutoyant soudain. Pars pas comme ça ! Pas maintenant !

— Je rentre à l'hôtel. En partant maintenant, je devrais pouvoir arriver à Paris vers cinq heures du matin. Une discussion avec mon père s'impose, vous ne croyez pas ? Au revoir Yves, on se reverra très bientôt.

Avec émotion, il serra le vieux marin dans ses bras, puis s'enfonça dans la nuit.

57. VENGEANCE AFRICAINE. 1982

Les yeux vissés sur sa cible, Christophe Barioz ne sentait pas la chaleur lourde qui pesait sur ses épaules. Il observait Maxime Nigawa qui discutait derrière la fenêtre d'une villa délabrée. Les deux hommes se traquaient mutuellement depuis plus de douze mois. Deux fois, Barioz avait échappé de justesse à des pièges tendus par le FRELIMO de Nigawa. L'Africain voulait arrêter et exécuter celui qui l'avait humilié et lui avait volé une partie de sa fortune. Le mercenaire blanc avait juré sur la tombe d'un de ses camarades abattus le jour de l'embuscade fatale qu'il le vengerait, quel qu'en soit le prix. Il désirait aussi comprendre comment Nigawa, à moitié mort quelques jours plus tôt, s'était retrouvé à la tête de la troupe qui avait massacré le groupe Kruger.

Dans ce Mozambique en guerre, Nigawa possédait l'avantage du terrain et du nombre. Cependant, Barioz avait fait face, grâce à une volonté farouche et à l'argent accumulé pendant toutes ces années. Il avait corrompu, acheté des renseignements et engagé les tueurs les plus efficaces. Les deux hommes se craignaient et se haïssaient autant l'un que l'autre, mais, au cours des dernières semaines, Barioz avait pris le dessus. Dans un travail de guérilla parfaitement mené, il avait éliminé pratiquement tous les soldats de la garde rapprochée de son adversaire. Il était devenu *the White ghost* et Nigawa commençait à avoir peur. Cinq commandos lourdement armés le protégeaient.

Barioz étudia la maison par la lunette de son fusil. À ses côtés, un journaliste freelance qui l'avait aidé à localiser sa cible et quatre mercenaires embauchés six mois plus tôt attendaient ses ordres. Lui qui s'était toujours imposé des règles strictes avait perdu son âme. En fait, il l'avait perdue le jour où il avait laissé Nigawa s'échapper contre quelques billets et de la caillasse ! Depuis, Barioz avait renié les principes qui lui avaient permis de conserver un minimum d'humanité. Il avait torturé, assassiné, tout comme les tueurs qui l'accompagnaient : un ancien soldat mozambicain du FRELIMO qui collectionnait les oreilles de ses victimes et un Anglais ascétique que rien n'émouvait et qui récitait un verset de la Bible avant d'exécuter ses proies. Plus tard, il y avait ajouté deux sadiques sud-africains qui se faisaient appeler *the Nigga killers*. Ils formaient une belle équipe de dégénérés, mais cela lui était égal ! Il s'occuperait de ses états d'âme une fois que la tête de Nigawa pourrirait sur la tombe de Joao.

— Il dort ici ce soir, annonça le freelance en roulant une cigarette. Il doit rencontrer demain un des chefs du RENAMO prêt à changer de camp.

Barioz haussa les épaules. Ce conflit s'éternisait et il ne prendrait pas fin avant longtemps. Les leaders autoproclamés se disputaient le pouvoir et le peuple crevait lentement de faim, qu'il soit sous la coupe du FRELIMO ou celle du RENAMO. Lui quitterait peut-être définitivement l'Afrique dans quelques jours. Il n'en pouvait plus de ce pays. Les paysages magnifiques qu'il traversait depuis des années n'exhalaient que misère et mort. Il referait sa vie, s'il en avait encore le courage... D'ici là, il allait régler ses comptes.

— On se repose, et on agira dès la tombée de la nuit. On nettoie tout, on capture Nigawa et on repart ensuite dans la brousse. Une longue discussion avec notre ami m'attend.

L'intervention s'était déroulée sans accroc. Dans une chorégraphie macabre, ils avaient mis les gardes du corps hors de combat. Barioz admirait l'efficacité de son équipe, malgré ses méthodes, et en éprouvait une satisfaction malsaine. Ils avaient récupéré leurs véhicules et rejoint la protection des forêts du Gorongosa. De nuit, personne n'oserait s'y aventurer pour les pourchasser.

Maxime Nigawa était assis sur le sol, solidement attaché au tronc d'un arbre à fièvre. Il n'avait pas ouvert la bouche depuis son enlèvement, tout comme Barioz ne lui avait pas adressé la parole. L'Africain l'avait tout de suite reconnu, il avait compris qu'il ne verrait probablement pas le soleil se lever. Pourquoi Barioz ne l'avait-il pas encore tué ? Il allait passer de sales moments, mais le Français l'avait déjà épargné une fois. Il était vénal. Peut-être existait-il une infime chance de négocier sa vie à nouveau ? Barioz s'approcha, s'assit en tailleur en face de lui et alluma un cigare. Il tira longuement sur le barreau et relâcha quelques ronds de fumée qui montèrent vers le ciel.

— Tu as vu comme la nuit est belle, Maxime ? Tu vis dans un pays magnifique que tu as transformé en enfer. Quel dommage… entama Barioz d'une voix calme.

— T'y as largement participé, sale Blanc ! cracha Nigawa.

— J'y ai sans doute un peu contribué, mais ici, ce n'est pas chez moi. Quoi qu'il en soit, la lune est propice aux confidences, tu ne crois pas ? ajouta-t-il en fixant Nigawa dans les yeux.

Comme il s'apprêtait à affronter le Français, Nigawa marqua un geste de surprise. Le regard de Barioz n'exprimait plus rien, toute vie s'en était retirée. Il repensa aussitôt aux histoires que lui racontait son père, sorcier du village, lorsqu'il était enfant. Dans certains lieux reculés et sacrés de la forêt, des démons s'emparaient des imprudents venus violer leur domaine. Ils leur dévoraient le cœur et le cerveau, puis utilisaient ensuite leur corps pour se mêler discrètement aux populations et commettre leurs méfaits. Son père les avait toujours mis en garde, ses frères et lui : « Si vous voyez un homme dont la flamme ne brille plus au fond des yeux, fuyez : c'est un diable. » Il avait écouté d'une oreille distraite, persuadé que le sorcier accordait trop d'importance aux vieilles légendes de leur tribu. À cet instant précis, il sut que c'était la vérité. Un démon lui faisait face, impassible, la tête penchée en arrière et le regard dans les étoiles. D'une voix monocorde et épuisée, Barioz reprit la parole :

— Ça fait plus d'un an qu'on se court après, Maxime. Au mois de mars, dans cette maison de Maputo où tes hommes et toi avez massacré tous les membres de la famille qui m'accueillait, tu m'as manqué d'un rien. Si tu avais pensé à ouvrir la porte du placard contre lequel tu as violé puis éventré l'épouse de mon hôte, tu m'aurais trouvé. Je n'étais même pas armé, bon à cueillir comme un fruit mûr. Quand je suis ressorti et que j'ai vu tous ces enfants, femmes et vieillards baignant dans leur sang, j'ai définitivement compris que les gens comme toi avaient perdu leur droit de vivre. Je n'avais pas encore complètement basculé, mais ce jour-là tu as réussi à m'arracher les dernières traces de pitié qui faisaient barrage à mon désir de vengeance. Alors on a mené une belle chasse, Maxime : un coup pour toi, un coup pour moi. Si tu avais été plus professionnel, tu aurais sans doute pu nous attraper et me détruire. Mais le temps a joué en ma faveur. Plus tu commettais d'exactions, plus la population prenait mon parti. C'est d'ailleurs assez étonnant, car je n'ai jamais eu l'âme d'un héros. Ensuite, j'ai éliminé tes lieutenants un à un, et j'ai même ressenti du plaisir à les faire mourir de ma main.

— Accouche, crâna Nigawa, tu m'as pas amené ici pour me raconter ta vie !

— Tu as raison, Maxime, n'importe quel psy deviendrait fou avec moi. Et si je devais compter sur toi pour m'en sortir…

— On est deux chefs de clan. Entre patrons, on peut toujours s'entendre, tenta Nigawa. T'as beau jouer au dur, j'ai sûrement quelque chose qui t'intéresse.

Barioz se releva et se campa devant son prisonnier.

— C'est amusant que, dans ta situation précaire, tu cherches encore à négocier. Mais oui, j'ai une proposition à te faire.

Nigawa reprit secrètement espoir.

— Tu sais que tu dois disparaître, cette nuit. La seule question qui vaille la peine d'être posée est : combien de temps veux-tu mettre pour mourir ?

— Comment ça ? paniqua Nigawa.

— C'est comme ça que devait se terminer notre histoire. Il ne restait qu'une inconnue : qui capturerait qui ? Si j'étais à ta place, tu serais déjà en train de me torturer, et sans doute de filmer tout ça pour faire trembler tes ennemis. Mais voilà, tu as perdu ! Alors je répète ma question : combien de temps veux-tu mettre pour mourir ? Tu as le choix entre une élimination rapide et huit heures de souffrance. Pourquoi huit heures ? D'abord, parce que tu deviendrais fou de douleur si ça durait plus, mais surtout, parce que tout doit être fini au petit matin. Tu peux donc décider de t'éteindre proprement égorgé ou d'être débité en tout petits morceaux de viande, étalés dans la clairière. Je les vois d'ici : un bout d'estomac près des acacias, un testicule sous le bel ébénier à côté du 4x4, un œil dans le terrier sur ta gauche. J'ai assez attendu ce moment pour faire parler mon sens créatif, Maxime, et je te promets que je m'attellerai à la tâche avec délice.

La distance que mettait Barioz entre ses propos et sa voix calme était simplement terrifiante.

— Mes hommes vont me retrouver et ils te massacreront ! tenta le responsable du FRELIMO, paniqué.

— Tu te berces d'illusions, Maxime. Tu viens de passer dans le camp des losers et ta réputation est définitivement tachée. On ne se déplace pas pour un perdant, surtout s'il faut affronter *the White ghost*.

Nigawa savait que le mercenaire avait raison. Si par miracle il restait en vie, personne ne l'accepterait à nouveau comme chef. Mais cette vie, il s'y accrochait comme un fou. La seule fois où il s'était trouvé en réel danger de mort, c'était déjà contre ce Blanc, un an plus tôt. Il avait réussi à l'acheter et à s'enfuir. L'histoire se répétait, mais ce n'était plus le même homme. Son adversaire n'aurait pas pitié de lui… sauf s'il pouvait l'intéresser.

— Bien, quelle est ta proposition ? souffla Nigawa.

— J'ai une sœur. C'est l'unique personne qui compte pour moi.

— Parce que t'aimes des gens ? le provoqua Nigawa.

— Ma sœur est très malade, continua Barioz, sans répondre à l'interruption de son prisonnier. Si je suis venu me perdre dans ton pays, Maxime, c'est pour gagner de l'argent pour la faire soigner en Amérique, et ça coûte cher, très cher.

— Pourquoi t'es pas parti avec les diams que tu m'as volés ?

— À cause de toi. Si tu n'avais pas détruit le groupe Kruger, j'aurais pris l'avion et tu n'aurais plus jamais entendu parler de moi. Mais tu as voulu te faire justice et je n'ai pas eu d'autre choix que celui de les venger.

— T'es complètement fou, le Blanc.

— Tu as raison, Maxime, la folie s'est emparée de moi, jour après jour, comme un cancer incurable. Tu comprends maintenant ce qui peut abréger ta souffrance. Tu me dis où je peux me procurer le produit que tu as avalé à Kigazi, et je te promets une fin rapide.

Sinon, je t'arracherai moi-même l'information. Je t'accorde dix minutes. Ça te laissera du temps pour réfléchir et ça me permettra de manger un morceau. Je déteste travailler le ventre vide.

Barioz abandonna son prisonnier et se dirigea vers ses compagnons qui bivouaquaient une centaine de mètres plus loin. Nigawa tremblait malgré lui. Il aspirait à vivre, à continuer à jouir de l'existence. Il n'avait pas d'autre choix que celui de se taire. Tant qu'il ne dirait rien, le Blanc ne pourrait pas le tuer. Il voulait sauver sa sœur. Son silence, donc sa souffrance, était son passeport pour la survie.

Quand Christophe Barioz rejoignit ses partenaires, l'aube pointait sur la forêt, qui avait retrouvé son calme. Les cris de Nigawa s'étaient éteints avec son dernier souffle. Les mercenaires tournèrent à peine la tête en voyant arriver leur chef. Ses mains étaient couvertes de sang et son treillis était maculé de multiples taches sombres. De larges traces rouges bariolaient son visage, effacées çà et là par des sillons creusés par la sueur. L'air absent, Barioz annonça à ses équipiers :

— *The game is over.*

Il ajouta, en s'adressant aux quatre combattants qui l'avaient fidèlement assisté pendant plusieurs mois :

— *Boys*, une prime conséquente vous attend à la banque centrale de Maputo. Je vous donnerai les codes nécessaires pour la récupérer. Je vous remercie pour votre professionnalisme.

Les quatre hommes hochèrent la tête, déçus de la fin de l'aventure. Ils ne gagneraient plus autant d'argent en se livrant à leur petit jeu préféré : la guerre.

— Et toi ? demanda le journaliste.

— Direction Londres. Je dois rencontrer Edward Burrough, le représentant d'une société pharmaceutique anglaise, la Frowlies Ltd.

58. PASSAGE À BRUXELLES

Christophe Barioz s'examina une nouvelle fois dans le miroir de sa minuscule salle de bains et resserra le nœud de sa cravate. Les cheveux courts, le teint encore mat et un costume sur mesure acheté chez Jean-Manuel Moreau, un grand tailleur parisien : il avait presque tout du parfait gentleman. Il éteignit la lumière, quitta la pièce et parcourut le labyrinthe de couloirs et de demi-étages caractéristique des hôtels londoniens. Il se retrouva sur le trottoir luisant d'humidité après avoir salué le portier pakistanais. Il avait loué une chambre tranquille du côté de la gare de Paddington. Ce quartier regorgeait de touristes à la recherche de logements à des prix à peu près abordables. Il aurait eu les moyens de s'offrir une suite dans un palace, mais il préférait ne pas attirer l'attention.

Barioz déplia son parapluie. Après plusieurs années passées en Afrique, il avait oublié ce petit crachin froid à l'air anodin qui finit par transpercer vos vêtements et vous glacer. Rompu depuis des années à une existence clandestine, il observa les alentours par réflexe. Même s'il n'avait aucune raison de craindre une quelconque surveillance, il demeurait prudent. Il avait fixé le long de son mollet, à même la peau, un couteau effilé acheté chez Harrods, au rayon cuisine. Discret, il ne se remarquait pas sous le pantalon et tenait compagnie à l'ancien mercenaire. Difficile de se débarrasser de cette habitude africaine qui lui avait sauvé la vie à plusieurs reprises. Si la secrétaire d'Edward Burrough disait vrai, le représentant de la société pharmaceutique rentrait aujourd'hui de voyage. En fait, Christophe n'avait pas rendez-vous, mais il comptait bien rencontrer celui qu'il recherchait depuis deux mois et demi, l'homme dont Nigawa avait hurlé le nom alors qu'il lui élargissait l'anus avec son poignard. Cette nuit dans les montagnes du Gorongosa lui paraissait tellement loin.

Barioz avait quitté l'Afrique deux semaines après l'assassinat de Nigawa. Sa mort ne changerait pas la politique mozambicaine : un autre chef de guerre l'avait sans doute déjà remplacé au FRELIMO. Le mercenaire était passé en Afrique du Sud, puis avait pris l'avion à Johannesburg en direction de Bruxelles. Il avait séjourné près de deux mois dans la capitale belge, pour reprendre pied et enquêter sur Edward Burrough et la compagnie Frowlies Ltd. Il avait été accueilli par Manu Van Kip, un ancien camarade de combat avec lequel il avait fraternisé au Mozambique. Parti d'Afrique trois ans avant lui, Van Kip avait monté une société d'import-export qui servait de couverture à toutes sortes de trafics. Il avait conservé un lien avec l'Afrique en fournissant en armes les belligérants mozambicains de tous bords. La seule vertu requise était de payer les livraisons en temps et en heure. En trois ans, le mercenaire belge avait réussi à se créer un impressionnant réseau. Bien peu de gens résistent à la tentation d'une semaine de vacances sous les tropiques, agrémentée de voluptueuses fleurs des îles pour les célibataires ou les couples enclins aux nouvelles expériences exotiques.

Van Kip avait retrouvé son compagnon d'armes avec plaisir et l'avait efficacement aidé dans ses recherches. Il avait récupéré l'adresse de Burrough, avait tracé un portrait de l'homme d'affaires anglais, puis avait contribué à la préparation de l'expédition de Barioz sur le sol britannique. En un mois, il était parvenu à lui procurer un passeport belge aussi beau que s'il avait été décerné par le roi Baudouin lui-même. Christophe Barioz, qui devenait Paul Mazarin par la magie d'un pot-de-vin habilement dispensé, n'avait pas pu dédommager son ami : pas de ça entre frères de combat !

Barioz avait profité de son séjour bruxellois pour se réacclimater à l'Europe. Ses années africaines l'avaient définitivement isolé de la vie du vieux continent : politique, mode, films, musique. Ses exploits mozambicains ne dépasseraient sans doute pas les frontières du pays en état de déliquescence, mais il ne devait pas attirer l'attention en paraissant totalement déconnecté lors de discussions avec des quidams. Il avait fréquenté les salles de cinéma, autant par plaisir que pour se rééduquer, et avait dévalisé les disquaires, découvrant les nouveaux sons de Cure ou de U2. Il avait aussi lu attentivement les derniers numéros du *Times*. Une fois qu'il s'était senti prêt, il s'était rendu en France, puis, à Calais, avait pris le ferry pour Douvres pour finalement rejoindre Londres en train. Il préférait éviter les aéroports. La traversée avait été particulièrement agitée et la majorité des passagers avaient vidé leurs tripes. Petit entraînement pour s'accoutumer à la gastronomie anglaise ? Manu Van Kip avait laissé à Barioz les coordonnées de l'un de ses partenaires en affaires de Chelsea : « Un mec qui a fait du bon boulot en Rhodésie dans le temps. Si t'as besoin d'informations, d'une gonzesse ou d'un flingue, hésite pas à l'appeler. Je l'ai prévenu. »

Barioz, alias Mazarin, était donc à Londres depuis huit jours dans l'attente de cette rencontre avec Burrough. Pour être très franc, il n'avait pas de plan bien précis. Il voulait tout d'abord jauger l'Anglais et tenter de l'acheter. Les recherches menées à Bruxelles avaient permis de dresser le portrait d'un homme sans scrupules, riche, mais toujours à la recherche d'une bonne affaire. Bref, un pourri, comme ceux qu'il fréquentait depuis des années ! Il comptait sur les pierres de Nigawa pour arriver à ses fins. Il était prêt à échanger le reste de son pactole contre une dose du produit miracle qui avait remis l'Africain sur pied. Il avait fait expertiser sa fortune par un diamantaire bruxellois. Les yeux du spécialiste avaient brillé en lui annonçant qu'il y en avait pour plus d'un million de dollars, tout en mentionnant que ces diamants de guerre étaient invendables sur le marché officiel. Le bijoutier lui en avait généreusement offert cent mille dollars. Barioz l'avait poliment remercié. Il avait ostensiblement laissé dépasser de sa veste la crosse du revolver Smith & Wesson fourni par Van Kip, n'ayant qu'une confiance modérée dans l'honnêteté du commerçant, et avait quitté l'échoppe. Vu le pedigree de Burrough, le Français ne doutait pas un instant de la capacité de son interlocuteur à refourguer des diamants de guerre.

Christophe Barioz avait pris des nouvelles de sa sœur avant de partir à Londres. Elle était dans un état de faiblesse extrême et avait sombré dans le coma. Il n'avait plus beaucoup de temps pour trouver le produit miracle. Si Burrough refusait son offre, il ne s'interdisait aucun moyen pour arriver à ses fins.

59. CHELSEA

Barioz se dirigea vers la gare de Paddington et s'engouffra dans le métro. Il connaissait maintenant par cœur le trajet jusqu'à Chelsea. En quelques jours, son comportement dans les transports en commun était devenu parfaitement *british*. Il respectait les consignes de priorité pour monter dans les rames et en descendre, attendait sur le quai quand un wagon était plein plutôt que de pousser les passagers pour tenter de les rendre compressibles. Il accueillait enfin avec flegme les annonces de retard chroniques. La veille, il s'était même surpris à reprendre de jeunes adolescents français en voyage culturel qui avaient laissé traîner des papiers gras sur les sièges. Au cours de ses années africaines, il avait acquis un excellent niveau d'anglais, la langue des mercenaires. Les lycéens avaient lancé quelques commentaires désobligeants en français, puis avaient fui la queue entre les jambes lorsqu'ils avaient croisé son regard glacial. Deux vieilles dames l'avaient félicité, preuve de son intégration réussie dans la vie souterraine londonienne.

Barioz descendit à Sloane Square Station, emprunta King's Road avant de tourner dans Shawfield Street. Il se trouvait dans Chelsea, l'un des quartiers les plus huppés de Londres. Il sentait l'excitation le gagner. Il longea une dizaine de maisons à l'architecture identique avant d'arriver à destination. C'était aujourd'hui ou jamais. Il sonna, échangea quelques mots à l'interphone et poussa la porte, dont la serrure venait de claquer. Au rez-de-chaussée, il traversa un hall vide aux murs décorés de quelques tableaux de chasse au renard, puis grimpa un escalier étroit. Il frappa à l'une des deux portes donnant sur le palier, entra et salua d'un discret hochement de tête une femme d'une cinquantaine d'années qui le reçut avec un plaisir évident.

— *Mister Mazarin, what a pleasure! How are you doing today?*

— *Very well, Mrs Mayburn, thank you. And you? Did you enjoy your dinner with your daughter?*

— J'ai passé une excellente soirée, merci beaucoup. J'ai même parlé de vous à ma fille et je l'ai presque rendue jalouse.

Paul lui adressa un sourire chaleureux qui la fit rougir.

— Si elle a autant de charme que vous, elle doit avoir beaucoup de succès.

Le Français avait rencontré Audrey Mayburn pour la première fois huit jours plus tôt. Même si l'accueil avait été frais, il s'était efforcé de garder une courtoisie toute française. Il avait étudié le dossier de son interlocuteur et avait découvert qu'il avait récemment fondé une société qui faisait des affaires avec l'Afrique : la EB international, immatriculée dans un paradis fiscal britannique. Il s'était annoncé comme le représentant de commanditaires sud-africains à la recherche de médicaments. Rigide, la secrétaire de Burrough n'avait pas tiqué et s'était contentée de lui préciser que son directeur était en déplacement professionnel pour une durée indéterminée. Il était revenu tous les matins s'enquérir de la date de retour de Mr Burrough : il avait un deal lucratif à lui proposer. Audrey Mayburn connaissait certainement la teneur des transactions commerciales de son patron, et l'insistance de M. Mazarin ne l'avait pas surprise. Dès la seconde rencontre, il avait remarqué qu'il ne laissait pas l'assistante insensible. Il s'était créé un personnage de séducteur discret assez éloigné de son caractère, mais il s'en sortait plutôt bien et s'était pris au jeu. Elle avait très vite apprécié ces rendez-vous quotidiens et s'était mise à discuter avec son visiteur français. Barioz, malgré ses années de brousse, avait noté les efforts vestimentaires de son interlocutrice et son maquillage, chaque jour un peu plus appuyé.

À force d'échanges, il avait appris qu'EB international, la société de trading de Burrough, salariait dix collaborateurs à travers le monde, essentiellement en Afrique. Trois personnes travaillaient à Londres : un comptable, Edward Burrough et elle-même. Seuls son employeur et elle étaient basés dans cet immeuble de Chelsea. L'étage supérieur était occupé par un institut géographique royal dont les membres ne se réunissaient ici qu'une fois par semaine. La veille, Barioz lui avait apporté un bouquet de fleurs et des chocolats pour la remercier de sa gentillesse. Les derniers remparts de la secrétaire étaient tombés. Elle lui avait révélé le départ récent aux Caraïbes de James, son mari, avec une *young brunette*, *God damn them*. Barioz trouvait Audrey Mayburn sympathique et appréciait son charme quand elle lui souriait avec son air faussement ingénu. Cependant, il n'était pas là pour consoler une sujette de Sa Majesté.

Il la considéra d'un œil interrogatif et elle répondit, presque peinée :

— Je suis au désespoir de vous dire que Mr Burrough est arrivé ce matin. Je n'aurai plus le plaisir de mener ces délicieuses discussions avec vous. Je lui ai transmis votre demande de rendez-vous. J'ai réussi à vaincre sa réticence et à le persuader de vous accorder une entrevue. Il vous attend.

— Vous êtes mon ange gardien britannique, Audrey. Je ne sais comment vous remercier.

— Peut-être en concluant vos affaires et en m'invitant à dîner. Ce soir ? Ou demain, si cela vous convient mieux ? ajouta-t-elle d'un air coquin.

À son regard, il comprit que, sans insister beaucoup, il aurait même droit au dernier verre et au petit déjeuner s'il le désirait.

— Avec joie, Audrey. Par contre, je ne connais pas les bonnes adresses de Londres. Acceptez-vous de réserver une table pour nous deux, où vous le souhaitez ?

— Dix-neuf heures, au restaurant de l'hôtel *Dorchester*, ça vous irait ? répondit-elle du tac au tac. Elle avait apparemment déjà réfléchi à tout.

— C'est parfait. J'espère que nous pourrons fêter une fructueuse collaboration entre la EB international et mes commanditaires… et une rencontre tellement inattendue et excitante, glissa-t-il à son oreille.

Audrey Mayburn réagissait comme une étudiante et Paul était étonné par son propre culot. Peut-être devrait-il vraiment se rendre à ce dîner et profiter de la spontanéité de l'Anglaise… si les négociations avec Burrough ne tournaient pas au vinaigre. La secrétaire se leva et l'escorta vers le cabinet de son patron. Elle lui frôla au passage l'intérieur de la cuisse d'une main innocente.

— *Mister Burrough, here is Mr Mazarin.*

— *Thank you Audrey*, vous pouvez nous laisser seuls.

Elle ferma la porte et abandonna les deux hommes face à face. La pièce était meublée dans un pur style du XIXe siècle : un bureau, une table de travail près d'une cheminée alimentée au gaz, deux fauteuils club et la classique bibliothèque aux ouvrages reliés pleine peau. Burrough, un havane à la bouche, fit signe à son invité d'approcher et de prendre un siège. L'Anglais était petit, le cheveu gominé et la peau tannée par le soleil. Vêtu d'un costume de chez Gieves & Hawkes, il ressemblait plus à un repris de justice passé entre les mains d'un relookeur de luxe qu'à un respectable homme d'affaires anglais. Les deux hommes se dévisagèrent et se jaugèrent d'un seul coup d'œil : ils venaient du même monde, ce qui faciliterait sans doute les discussions.

— Ma secrétaire m'a parlé d'un mystérieux business. Vous connaissez bien l'Afrique, monsieur… ?

— Mazarin, Paul Mazarin. Oui, j'y ai vécu plusieurs années.

— Dans quels pays ?

— Essentiellement au Mozambique.

Barioz remarqua la mimique de surprise que Burrough n'avait pas réussi à dissimuler.

— Le Mozambique n'est pas un lieu de tout repos, commenta Burrough.

— Effectivement. Vous avez eu l'occasion de vous y rendre ?

— Quelques fois, répondit évasivement l'Anglais. Expliquez-moi donc ce besoin en médicaments de vos commanditaires. Je suis toujours disponible pour rendre service… en toute légalité, bien sûr.

Un ange passa, aussi digne qu'un politicien jurant à ses électeurs qu'il n'a jamais tapé dans la caisse.

— Vous avez l'air d'être un homme pragmatique, Burrough, et je ne vais pas y aller par quatre chemins. Nous avons un ami commun en Afrique, qui m'a dit le plus grand bien d'un produit que vous lui avez procuré. J'en ai même vu les effets, et je dois vous avouer que son efficacité m'a impressionné.

— Qui est-ce ? demanda Burrough, à la fois surpris et méfiant.

— Maxime Nigawa.

— Je ne connais personne de ce nom-là, répondit trop rapidement l'Anglais.

— J'ai besoin de ce produit, et je suis prêt à y mettre le prix… un très bon prix, continua Barioz sans prendre en compte le commentaire de son vis-à-vis.

Il sortit un petit sac de sa poche, ouvrit le lacet et versa dans le creux de sa main quelques diamants. Il en attrapa un au hasard et le posa sur le bureau de Burrough. L'Anglais, subjugué, ne pouvait quitter le brillant des yeux. Il décrocha le combiné de son téléphone.

— Mrs Mayburn, je vous offre votre matinée. Vous reviendrez après le *lunch*.

Puis il saisit la pierre, se leva, s'approcha d'un lampadaire et observa attentivement ses reflets à la lumière artificielle.

— Je ne suis pas un spécialiste, mais il a l'air de bonne qualité.

— Pensez-vous un instant que je perdrais mon temps à vous proposer de la pacotille, Burrough ? Nous sommes entre gens sérieux.

— Combien accepteriez-vous de payer ce mystérieux produit dont aurait parlé notre ami commun Maxime Nigawa ?

— Un million de dollars, en diamants. À prendre ou à laisser.

Burrough manqua de laisser tomber la pierre. Puis, songeur, il la fit lentement rouler entre ses doigts.

— Vous savez provoquer l'intérêt, Mazarin. D'ailleurs, permettez-moi de vous dire que vous avez transformé mon assistante : félicitations. Vous imaginez bien que nous ne pouvons pas mener une telle transaction en quelques secondes sur un coin de table. J'ai besoin de passer quelques appels téléphoniques. Vous pouvez attendre dans le bureau de ma secrétaire ? J'en aurai sans doute pour un certain temps.

— Prenez le temps nécessaire, et convainquez votre fournisseur. Je suis prêt à conclure ce deal avec vous dès aujourd'hui, affirma Barioz en récupérant le diamant des mains de Burrough.

60. NÉGOCIATIONS LONDONIENNES

Christophe Barioz attendait depuis plus d'une demi-heure dans le bureau d'Audrey Mayburn. Il devait s'armer de patience. Il avait réussi à susciter la convoitise de l'Anglais : en offrant un million de dollars, il surpayait sans doute cinquante à cent fois le produit. Cela lui était égal : la vie de sa sœur n'avait pas de prix et ces diamants avaient le goût du sang.

Il décida de se dégourdir les jambes et d'aller fumer une cigarette. Il poussa silencieusement la porte, puis s'avança sur le palier. Il alluma une Marlboro. Pour tuer le temps, il observa l'extérieur à travers la fenêtre du rez-de-chaussée : peu de piétons empruntaient cette rue résidentielle. Soudain, une voiture apparut et se gara en empiétant sur le trottoir. Le passager en sortit en pointant du doigt l'entrée de l'immeuble. Le conducteur fourragea dans la boîte à gants et lui tendit un objet sombre. Barioz s'écarta en gardant un œil sur la scène : une alarme interne venait de retentir. Edward Burrough voulait les diamants… mais pour rien. Un grand poids s'abattit sur ses épaules. Il avait espéré régler tout ça tranquillement et il replongeait dans la violence. Le Français devait réagir en quelques secondes. Il releva le bas de son pantalon, arracha l'adhésif qui retenait le couteau et glissa ce dernier dans sa ceinture. Puis il descendit discrètement l'escalier pendant que l'inconnu fouillait dans sa poche. Il disposait même d'un jeu de clés ! Quand l'Anglais entra, il fut surpris de se retrouver directement face à un Barioz souriant.

— *Hello Sir*, annonça le Français en se dirigeant vers la sortie.

— Vous êtes le client d'Edward Burrough ? demanda l'arrivant en lui barrant la route.

— Oui, c'est bien moi… enfin, si nous faisons affaire, confirma Barioz en reculant dans un coin du hall. À qui ai-je l'honneur ?

— Ça n'a aucune importance, répondit l'Anglais en tirant un Browning Hi-Power de sa poche.

Barioz prit un air paniqué et regarda soudain fixement vers les étages. Son adversaire détourna son attention et eut à peine le temps de sentir une brûlure dans son flanc avant de mourir. Quinze centimètres d'acier venaient de pénétrer entre ses côtes et de percer son cœur. Il s'effondra au sol en silence. Barioz leva rapidement la tête : la porte du bureau de Burrough ne s'était pas ouverte. Il ne s'était rendu compte de rien. Il ramassa le Browning de son agresseur, fouilla l'imperméable pour trouver les clés de l'entrée et les glissa dans sa poche. Il attrapa ensuite le cadavre sous les aisselles, le cacha sous l'escalier, puis sortit de l'immeuble. Le conducteur eut un moment de surprise quand il entendit frapper contre la carrosserie de sa voiture. Méfiant, il vit l'homme inquiet qui lui faisait signe de baisser sa fenêtre. Il obtempéra finalement :

— Venez vite, votre ami se sent mal, expliqua Barioz dans un souffle. Il m'a dit de vous prévenir.

— C'est quoi cette histoire ? s'étonna le chauffeur en ouvrant la porte.

— Je l'ai croisé dans le hall et, comme je le saluais, il a fait un malaise. Ne perdons pas de temps !

Barioz entra le premier, immédiatement suivi du complice de Burrough. En apercevant le sang sur le sol, le truand comprit la situation. Il tenta d'attraper une arme dans sa poche, mais Barioz lui bloquait déjà la poitrine avec le bras droit. De la main gauche, l'ancien mercenaire saisit le menton de l'Anglais et le tourna d'un coup violent. Le craquement sec ne laissait aucun doute. L'homme s'effondra, sans vie. Le Français le porta auprès de son camarade. Il avait tué deux fois en moins de trois minutes ! Il y repenserait plus tard. Il devait maintenant avoir une conversation musclée avec Burrough, mais ailleurs. Pas question de voir Audrey Mayburn débarquer dans ce champ de bataille. Elle appellerait aussitôt la police et il ne se sentait pas en état de défier les *bobbies* de Sa Majesté. Il monta tranquillement au premier étage et, pistolet au poing, entra dans le bureau du directeur de la société EB international.

— Je vous propose une petite discussion, Burrough.

L'Anglais comprit instantanément qu'il n'avait aucun intérêt à jouer au plus fin. Il garda un visage impassible. Son mystérieux client se doutait de quelque chose. Il devait faire diversion pour laisser à ses acolytes le temps d'arriver.

— Pouvez-vous m'expliquer ce qui se passe ? Je m'emploie au maximum pour vous rendre service et…

— Une partie de votre maximum se trouve sous l'escalier. Je ne sais pas où vous les avez recrutés, mais j'espère que vous serez plus efficace pour me satisfaire qu'ils l'ont été pour me neutraliser.

Burrough pâlit soudainement. Il avait sous-estimé son adversaire et de sérieux problèmes s'annonçaient à court terme. Il avait été trop gourmand et il devait maintenant rattraper le coup.

— *You're right*, monsieur Mazarin, nous sommes partis sur de mauvaises bases. Asseyez-vous et reprenons nos négociations, tenta-t-il. J'ai réussi à joindre mes fournisseurs et je peux vous faire une très belle offre.

Barioz ne put s'empêcher d'esquisser un sourire narquois.

— Vous ne doutez vraiment de rien, et c'en est presque admirable. Mettez plutôt votre manteau, on va poursuivre nos discussions ailleurs.

Vif comme l'éclair, Burrough plongea la main dans un tiroir de son bureau et en ressortit un Beretta 84. Avant qu'il ait eu le temps d'appuyer sur la détente, deux balles se fichèrent dans son abdomen. Il lâcha l'arme en hurlant. Barioz s'approcha et examina les blessures : elles étaient sérieuses et Burrough se viderait rapidement de son sang s'il ne l'emmenait pas à l'hôpital. Il avait prévu de l'interroger dans un entrepôt désaffecté sur les bords de la Tamise, mais son plan venait de tomber à l'eau. Il regarda sa montre : il était dix heures. Il pouvait s'accorder deux heures pour questionner Burrough. Ensuite, il devrait s'enfuir : il avait commis un double homicide, qui se transformerait sans doute en triple meurtre, pensa-t-il devant l'Anglais qui avait perdu toute sa superbe.

61. RETOUR EN FRANCE

Douvres. Barioz garda un air détaché devant l'employé de l'immigration qui détaillait son passeport. Il saurait dans les secondes à venir si quelqu'un avait découvert Burrough et ses complices. Le fonctionnaire feuilleta le document une dernière fois et le lui rendit. Barioz hocha la tête et avança dans la salle d'embarquement. Il avait franchi la première barrière.

Effrayé par le sang qui se vidait de son corps et la détermination qu'il avait lue dans le regard de son bourreau, Edward Burrough s'était rapidement mis à table. La société Frowlies Ltd. lui fournissait le produit, qui n'apparaissait évidemment sur aucun catalogue officiel. Lui-même n'approvisionnait qu'une dizaine de clients, et il était incapable de dire combien de personnes dans le monde profitaient de cette potion magique. Il en ignorait la composition, qui d'ailleurs ne l'intéressait pas, mais vendait chaque fiole de vingt centilitres pour la modique somme de cinquante mille dollars. Il touchait une commission de trente pour cent. Il n'en avait jamais gardé en stock ; c'était formellement interdit. Quand quelqu'un le sollicitait, il appelait un numéro de téléphone aux États-Unis et la marchandise lui était livrée dès confirmation du virement sur un compte bancaire aux îles Vierges britanniques. Barioz avait dû faire preuve de persuasion pour obtenir tous ces renseignements. Il avait vite compris qu'il ne repartirait pas avec la dose qu'il espérait. Avant de mourir, Burrough lui avait lâché une ultime révélation vraiment surprenante : il avait appris par hasard que cette potion provenait d'un petit village breton du nom de Saint-Ternoc.

Quand l'Anglais avait rendu son dernier soupir, il était midi. Barioz avait nettoyé les lieux. Il avait forcé une porte qui donnait sur le hall : une chambre qui servait de débarras. Il y avait caché les trois cadavres et avait essuyé le sol du rez-de-chaussée. Cela ferait illusion si personne n'y regardait de trop près. Enfin, il avait trouvé dans les papiers de Burrough le numéro de téléphone personnel d'Audrey Mayburn. Par chance, elle déjeunait chez elle. Il lui avait expliqué qu'il partait dans l'après-midi avec Burrough pour finaliser leurs affaires et qu'il passerait la soirée avec lui. Se confondant en excuses, il avait repoussé son dîner avec la secrétaire au lendemain. Il avait apparemment su effacer la déception d'Audrey à force de compliments et de promesses. Il avait ajouté que Burrough lui donnait sa journée et avait été rassuré quand l'Anglaise avait sauté sur l'occasion en lui glissant qu'elle irait flâner chez Harrods pour rafraîchir sa garde-robe et s'offrir un détour par le rayon lingerie. Un autre en profiterait sans doute : c'était tout le mal qu'il lui souhaitait.

Calais. Le débarquement s'était déroulé sans problème. Barioz avait décidé d'éviter le train. Si les corps étaient découverts entre-temps, Audrey Mayburn citerait évidemment son nom et tous les trains au départ de Calais risquaient d'être contrôlés. Un camionneur qui se rendait en région parisienne lui proposa rapidement de faire un bout de chemin ensemble. Il quitta son compagnon de route au marché de gros de Rungis et emprunta les transports en commun pour rejoindre la capitale. Paris : il n'y avait plus mis les pieds depuis cinq ans. Il s'installa à la terrasse d'un café de la place Saint-Michel et commanda une bière et un jambon-beurre. Un ciel gris pesait sur Paris et il était pratiquement l'unique client assis à l'extérieur, mais il n'avait pas envie de se mêler aux autres consommateurs. Il se sentait infiniment seul et désemparé. Il avait foulé aux pieds tous ses principes pour sauver sa sœur, et il revenait les mains vides. Même son argent ne lui servait plus à rien : les médecins jugeaient l'état de la jeune femme trop dégradé pour tenter une intervention. Pour la première fois depuis des dizaines d'années, des larmes roulèrent sur ses joues. Tous ces morts, tous ces cauchemars, toute cette souffrance pour rien ! Sa vie valait-elle encore le coup d'être vécue ? Il chassa momentanément ses idées noires en sortant de son sac l'atlas acheté dans une librairie de Calais. Il le feuilleta et finit par localiser Saint-Ternoc : une bourgade en bord de mer, en plein Finistère Nord. Il termina son repas, hypnotisé par le petit point rouge qui symbolisait le village sur la carte. Il s'y rendrait dès que possible et chercherait la fabrique dont lui avait parlé Burrough. Avant cela, il passerait voir Irène sur son lit de douleur. Il lui demanderait de vivre encore un peu pour lui donner du temps et sauterait dans le premier train pour la Bretagne.

Il coinça un billet de vingt francs sous le verre à bière et se dirigea vers le pont Saint-Michel. Il s'arrêta au milieu et attrapa son passeport belge. Sous le regard surpris d'un badaud, il le déchira en morceaux et le dispersa aux quatre vents. Puis il tira de la poche de son pantalon l'étui en cuir objet de la convoitise des hommes. Il l'ouvrit et contempla les diamants qui brillaient sous le pâle soleil parisien. Il passa son bras au-dessus du parapet, retourna le sac et laissa tomber les pierres, une à une, dans les eaux sombres de la Seine. Elles avaient déjà fait couler trop de sang.

62. LES ORIGINES. 7 AVRIL 1985

Dimanche, six heures et demie du matin. Michel termina son troisième expresso et avala un nouveau croissant. La route avait été particulièrement épuisante, mais la révélation d'Yves l'avait tenu éveillé tout au long du voyage. Pourquoi son père ne lui avait-il jamais rien dit ? Colère, étonnement, déception : Michel ne savait pas quel sentiment l'emportait sur les autres…

Il quitta le bistrot encore vide et traversa le boulevard Malesherbes. Il pénétra dans l'immeuble de son père et grimpa quatre à quatre les marches de l'escalier en colimaçon. Arrivé devant la porte, il appuya plusieurs fois sur la sonnette. Au bout de longues secondes, il entendit du bruit dans l'appartement. Son père venait de se réveiller et s'apprêtait à engueuler l'intrus matinal. Son rictus furieux s'effaça dès qu'il reconnut son fils. Michel entra, referma derrière lui et se rendit dans la cuisine.

— Tu as des choses à me raconter ! attaqua-t-il froidement.

— Ça ne pouvait pas attendre une petite heure de plus ? demanda Maurice.

— Ça attend depuis quarante-deux ans. Ça commence à faire, non ?

Maurice se laissa tomber lourdement sur une chaise.

— Alors… tu as fini par l'apprendre ?

— Disons que je voulais ta confirmation, et ça n'a pas l'air de te surprendre. Je suis le fils de Blandine et Paul Carhaix, c'est bien ça ?

— Oui, c'est ça.

Michel dévisagea son père. Ce n'était plus le retraité encore fougueux, mais un homme sur qui les années venaient de s'abattre. Michel se dirigea vers l'armoire, prit du café, mit de l'eau à chauffer et s'assit en face de lui. Finalement, c'était la curiosité qui l'emportait. Sans un mot, il attendit que l'eau frémisse et prépara un broc complet de café. Maurice profitait de ces minutes de calme pour ordonner ses idées. Michel remplit deux bols, posa le sucre sur la table et interrogea son père du regard.

— Je t'écoute.

Maurice s'éclaircit la voix et entama son histoire.

— Tout a débuté il y a trois mois. Une femme, que je ne connaissais ni d'Ève ni d'Adam, est venue me rendre visite. Je n'avais pas l'intention de la laisser entrer, mais cinq minutes plus tard nous étions installés au salon. Ce qu'elle m'a dit m'a bouleversé. Elle savait tout de toi, enfin… de ta jeunesse en Bretagne. Elle m'a donné des détails sur la vie et surtout la mort de tes parents. Rapidement, je lui ai demandé pourquoi elle me parlait de tout ça. Elle ne m'a pas répondu, mais elle a remonté le temps, d'abord de quelques dizaines d'années, puis de plusieurs siècles. J'étais fasciné, comme un enfant à qui son père raconte une histoire, si tu vois ce que je veux dire…

— Non, pas vraiment. Je n'ai pas le souvenir de moments passés avec toi à t'écouter me lire des contes. Mais continue, je vais essayer d'imaginer la scène.

Maurice se mordit les lèvres en percevant l'amertume dans la voix de son fils. Il hésita un instant à se justifier, mais il savait qu'il était trop tard pour les regrets. Michel attendait la suite.

— Je vivais son récit. C'était envoûtant, ou plutôt… elle m'envoûtait. Quand je suis revenu à moi, je me suis rendu compte qu'elle avait parlé pendant plus de deux heures. J'ai compris que tu devais jouer un rôle primordial dans ce village de Saint-Ternoc que je connais à peine.

— À peine ? Tu y es déjà allé ?

— Une fois, oui, au début de l'année 1944. J'avais rendez-vous avec Paul Carhaix dans le cadre de nos activités de résistance. Je t'avais aperçu dans les bras de Blandine. Je les avais déjà rencontrés, le jour de notre mariage, à Paris en 1942. Jamais je n'aurais imaginé que…

La voix de Maurice se cassa. Michel devina l'émotion de son père, mais il ne se sentait pas prêt à pardonner en quelques instants à celui qui lui avait caché ses origines pendant quarante-deux ans.

— Je n'y ai jamais remis les pieds, ajouta-t-il.

— Maman et sa sœur ne se sont jamais revues après votre mariage ? s'étonna Michel.

— Suzanne est régulièrement retournée chez ses parents, à Brest, pendant la guerre. Elle a sans aucun doute revu Blandine à ces occasions. J'étais trop occupé pour l'accompagner à cette époque.

— Et quand vous m'avez raconté que mes grands-parents étaient morts en Bretagne sous les bombardements alliés, vous avez encore « arrangé » la vérité ?

— Non, c'était vrai. Tu es le dernier descendant de la famille Prigent.

Michel regarda par la fenêtre le jour qui se levait au-dessus des toits de Paris. Il prit conscience de tous ces trous de son histoire qu'il avait à combler.

— Ta visiteuse a évoqué un rôle pour moi. Lequel ?

— Ça va te paraître incroyable, mais j'ai tout oublié. Par contre, elle a réussi à ancrer en moi la nécessité de ta présence en Bretagne.

— Pourquoi est-ce que tu n'as pas profité de cette occasion pour me parler en tête à tête de mes parents ? Là, tu m'as envoyé mener une enquête complètement bidon… parce que j'imagine que ta vicomtesse Borday n'a jamais eu de fils qui s'appelle Christophe qui ressemble au pêcheur noyé en mer ?

— Tu as raison. C'est quand j'ai vu la une du journal que j'ai eu cette idée. J'ai dû longuement insister pour que Bernadette accepte de jouer cette petite pièce.

— Sincèrement, tu es encore plus tordu que moi ! Quel besoin tu as eu d'inventer ce truc-là ?

— Tu devais découvrir les choses par toi-même. C'est ce que m'avait expliqué ma visiteuse. Ce naufrage à Saint-Ternoc était une occasion inespérée de t'y envoyer. Ensuite, je n'ai plus rien maîtrisé. C'était à toi de tracer ton chemin pour faire la lumière sur tes origines… ou pas.

— Qu'est-ce que tu souhaitais ? Que je retrouve la trace de mes parents ou que je reste à jamais le garçon de Maurice Navarre ? interrogea froidement Michel.

Maurice souffla sur le café et en but une gorgée pour se donner une contenance.

— Je ne sais pas... J'avais envie que tu restes mon fils unique, le trésor de ta mère Suzanne. En même temps, j'ai beaucoup réfléchi depuis ton retour d'Égypte suite à ce drame. Je peux t'assurer que, pour la première fois de ma vie, j'ai culpabilisé. Je me suis demandé si tout ce que tu avais vécu dans ta jeunesse et plus récemment n'était pas lié au secret de ta naissance.

— Sinon, à quoi ressemblait cette mystérieuse femme qui a débarqué chez toi ? continua Michel sans reprendre les arguments de son père.

— Grande, de longs cheveux roux, des yeux verts...

— La parfaite guerrière celte !

— Tu plaisantes, mais il y avait un peu de ça. Elle était très attirante, mais elle dégageait une telle autorité qu'il ne me serait pas venu à l'esprit de lui témoigner autre chose que du respect. Elle portait un tailleur noir très strict, des bottes en cuir, un manteau et des bijoux vraiment originaux.

— Elle t'a donné son nom ?

— Non.

— En gros, tu as reçu la visite d'une sorte de walkyrie ou de morigane, version XXᵉ siècle ! Une apparition, mais plus dans le style Boadicée que Vierge Marie.

— Ne te moque pas de moi. Je n'ai pas osé lui demander d'où elle tenait tout son savoir. Par contre, j'ai compris que tu comptais beaucoup pour elle.

— C'est bien la première fois que je te vois impressionné par une femme !

Michel se servit un nouveau bol de café, puis se dirigea vers la salle de bains. Il prit deux cachets d'Aspirine et retourna dans la cuisine. Il les avala avec un verre d'eau et, après un instant de réflexion, fixa son père dans les yeux.

— Pourquoi est-ce que tu ne m'as jamais parlé de ma naissance ? Je pense que j'aurais pu l'entendre sans finir traumatisé...

— Ne crois pas que je cherche à trouver des excuses, mais, sur son lit d'hôpital, Suzanne m'a fait jurer de ne jamais rien te dire.

— Pourquoi ? demanda Michel, ahuri.

— D'après elle, pour te protéger. Mais laisse-moi te raconter comment ta mère et moi t'avons accueilli, pour notre plus grand bonheur. C'était en août 1944. À l'époque, on habitait dans un appartement rue d'Odessa, près de la gare Montparnasse. Un matin, alors que j'étais parti travailler, une villageoise de Saint-Ternoc est arrivée chez nous. Ta mère l'a reçue à la maison. La Bretonne lui a mis dans les bras un petit gars d'un an et demi, une trousse et une lettre. C'était une lettre de Blandine. Je n'ai jamais eu le droit de la lire : je sais juste qu'elle faisait trois pages. Puis la femme est repartie, sans que j'aie eu le temps de la voir et de discuter avec elle. Quand je suis rentré, Suzanne était en larmes. Elle avait lu le courrier : sa sœur et son beau-frère venaient de mourir et Blandine lui avait confié son fils. Suzanne voulait à tout prix t'adopter. J'ai essayé de la raisonner, mais c'était comme si je m'adressais à un mur. Elle n'avait jamais réagi comme ça auparavant. Au bout de quelques semaines, elle déprimait complètement, elle qui était d'habitude si pleine de vie. J'ai compris que je n'avais pas d'autre choix que de me soumettre à sa volonté. Et, pour être tout à fait honnête, le petit blond aux boucles folles qui riait en permanence dans l'appartement avait su m'apprivoiser. Au mois d'août, j'ai participé à la libération de Paris. Ensuite, j'ai lancé la demande d'adoption. Le 14 septembre, je me suis rendu à la mairie de Paris. J'avais tenu un rôle assez important dans la Résistance et j'avais de nombreux amis dans la nouvelle équipe aux commandes. Par un tour de magie administrative, tu es officiellement devenu Michel Navarre, fils de Suzanne Prigent et de Maurice Navarre, né le 30 janvier 1943 à Suresnes.

— Ça a dû surprendre vos proches de vous voir soudain avec un enfant.

— Nous leur avons raconté que tu étais le fils de cousins tués dans des bombardements et que nous t'avions adopté. On n'est pas rentrés dans les détails.

— Ça n'explique pas pourquoi maman n'a jamais voulu que tu me parles de mon passé après sa mort.

— C'est cette fameuse lettre. Elle m'a juste dit que... personne ne devait savoir que tu avais été Pierre Carhaix. J'ignore pourquoi. Elle m'a fait jurer de la brûler quand elle aurait disparu.

— Et tu lui as obéi ?

— Oui. Par contre, j'ai toujours gardé la trousse. Je ne me suis jamais résolu à la jeter.

— Tu l'as ici ? demanda Michel, soudain agité.

— Dans ma chambre. Ça t'intéresse ?

— Quelle question ! Évidemment.

Il suivit son père dans la chambre à coucher. Maurice se dirigea vers une vieille armoire lorraine, se hissa sur la pointe des pieds et passa la main sous une pile de couvertures. Il en ressortit un sac en toile qu'il tendit à son fils.

— C'est là-dedans. Je ne l'ai jamais ouvert : ordre de ta mère. Maintenant, c'est au petit Pierre Carhaix que je le donne, même si pour moi tu seras à jamais Michel.

Michel regarda son père. Il ne l'avait jamais vu aussi fragile. Il le prit dans ses bras et, sans un mot, le serra contre lui.

— Je n'ai jamais été bien doué pour t'aimer, chuchota Maurice avec un hoquet dans la voix, et aujourd'hui je m'en veux. J'ai pris conscience que j'ai raté tellement de belles choses avec toi...

— Inutile de regretter quoi que ce soit. Même si, plus d'une fois, j'aurais souhaité t'avoir à mes côtés, je savais que tu m'aimais à ta manière.

Il tira du sac une grande trousse en drap élimée. Brodé sur une face, à l'aide de fil rouge, le prénom « Pierre ». Il avait entre les mains tout ce que ses parents lui avaient laissé. Ému, il ouvrit cette trousse fermée depuis plus de quarante ans. Un à un, il en sortit délicatement quatre objets : un ours en peluche, une vieille photo jaunie représentant un jeune couple souriant à un bébé hilare, un petit bonnet de marin en laine et une gourde en métal écaillé. Il la secoua : un bruit de liquide résonna contre la paroi. Il regarda le récipient avec curiosité et déchiffra les quelques mots écrits à l'encre délavée sur une étiquette de fortune : « Pour Pierre. Ton père est peut-être mort pour ça. Pourquoi ? »

63. YVAN MEYRIEU

Assis dans un fauteuil du salon, Michel ne pouvait pas lâcher la photo que lui avait léguée Blandine Prigent. Il n'arrivait pas à dire « sa mère », titre qu'il réservait à celle avec laquelle il avait passé toute son enfance. Même à plus de quarante ans, cette révélation si soudaine et tellement inattendue l'avait violemment secoué. Blandine ressemblait étonnamment à sa sœur Suzanne, avec une étincelle supplémentaire dans le regard. Michel comprenait l'émotion d'Yves Le Goff quand le pêcheur lui avait parlé de la jeune Bretonne dramatiquement disparue.

Paul Carhaix avait une main sur l'épaule de Blandine, dans une attitude particulièrement détendue pour les canons photographiques de l'époque. Le couple respirait la joie de vivre. Un instant, Michel, submergé par une bouffée de mélancolie, envia le bonheur de ses parents et du garçon qui riait avec eux. Que serait devenue sa vie si… ? Il leva les yeux vers son père qui l'observait en souriant tristement. Il reposa le cliché, saisit la mystérieuse gourde et la fit tourner entre ses doigts.

— Tu as une idée de ce qu'elle peut contenir ? demanda Michel.

Maurice secoua négativement la tête. Alors qu'il allait répondre, il sursauta en entendant la sonnerie de l'entrée et alla ouvrir. Michel reconnut la voix d'André, le concierge et homme à tout faire de Maurice Navarre.

— Excusez-moi de vous déranger, monsieur Navarre, mais il y a un appel téléphonique pour vous. Un certain colonel Meyrieu qui cherche à vous joindre. Vous le connaissez ?

— Bonjour, André, c'est pour moi, intervint Michel.

Puis, s'adressant à son père :

— C'était le patron du 8ᵉ RPIMa quand j'y ai fait mon service. Il enquête pour moi sur ton fameux Christophe Maleval.

— Heureux de vous croiser là, monsieur Michel, se réjouit le concierge en restant sur le pas de la porte.

— Merci, André, je serais de toute façon passé vous saluer avant de partir. En attendant, descendons et ne faisons pas trop patienter ce brave colonel.

— Eh bien, mon cher Michel, je ne pensais pas vous avoir directement. J'ai réussi à trouver les coordonnées de votre père et j'espérais lui demander de vous localiser. Nous allons gagner du temps.

— Vous avez du nouveau, mon colonel ?

— Dès que j'ai raccroché après notre conversation, je n'ai pas cessé de courir derrière Christophe Barioz. Je l'aimais bien, ce petit gars, et j'ai eu envie de comprendre comment il s'était retrouvé en pleine tempête sur un chalutier. Je peux vous assurer que ma note téléphonique de ces derniers jours rendra le sourire au comptable des PTT. J'ai fait appel à de nombreuses connaissances et vous verrez que le colonel Meyrieu aurait pu faire une carrière aussi brillante dans les renseignements généraux que dans les parachutistes. Je vous fais grâce des détails de mon enquête, car je souhaite garder l'anonymat de certains de mes contacts et je ne veux pas vous assommer de discours. Je vais aller droit au but.

— Je vous remercie, mon colonel, s'amusa Navarre en tendant l'écouteur à son père qui venait d'arriver. Je suis tout ouïe.

— Barioz a servi le pays jusqu'au 12 février 1977. Il a alors quitté l'armée, avec le grade de sergent-chef et la Légion d'honneur. Il l'avait gagnée sur le terrain, lui, contrairement à ces parvenus ou intrigants qui ne rêvent que de l'arborer pour se pavaner dans les soirées mondaines, se révolta l'officier. Bref, il a disparu du paysage militaire français. Comme vous m'avez parlé d'Afrique, j'ai appelé différentes sources et le lendemain je prenais pour la première fois le TGV pour Paris : l'ère de la machine à vapeur est définitivement derrière nous ! J'avais un rendez-vous en fin de matinée dans un bar du XVIIIᵉ arrondissement. Entre nous, Navarre, ce quartier me rappelle plus mes campagnes en Afrique que le gai Paris vendu aux touristes américains. Bon, je dois être de la vieille école et les bien-pensants diront que je suis raciste, mais reconnaissez que ça surprend quand même…

— Qu'avez-vous appris, mon colonel ? intervint Michel pour recadrer le débat.

— En 1979, Christophe Barioz opérait comme mercenaire pour le compte du RENAMO, au Mozambique. Je n'ai pas trouvé trace de ses activités des deux années précédentes, mais c'est un recruteur français qui l'a proposé au gouvernement sud-africain.

— Félicitations, votre réseau est efficace.

— Attendez, je ne vous aurais pas appelé pour vous donner une information aussi incomplète. J'ai voulu en savoir plus sur la carrière de Barioz. Pendant deux jours, j'ai redécouvert la capitale, passant de troquet minable en officine ministérielle. Barioz a marqué les esprits, et ses exploits au Mozambique l'ont élevé au rang de héros pour certains, d'homme à abattre pour d'autres. Souhaitez-vous entendre ses aventures ?

— Bien sûr ! Je vous écoute.

— Ces choses ne se dévoilent pas au téléphone, et l'un de ses anciens compagnons a accepté de vous les raconter… mais dans un cadre discret.

— Je comprends tout à fait. Dites-moi où vous êtes et je saute dans le prochain métro.

— Je crains que la RATP ne soit pas en mesure de vous conduire jusqu'à nous. Je vous attends à Bruxelles. Si vous disposez d'un véhicule et que vous partez tout de suite, nous pourrons déjeuner ensemble. Mon hôte connaît un excellent restaurant juste à côté de la Grand-Place. Je réserve pour trois et on peut s'y donner rendez-vous directement.

— Verriez-vous un inconvénient à ce que mon père se joigne à nous ? Il pourra conduire. Je n'ai pas dormi de la nuit et je suis crevé. Je ne me sens pas vraiment en forme pour trois à quatre heures de route. Je réponds de sa discrétion, ajouta-t-il en remarquant le silence qui s'était établi au bout de la ligne.

Il devina des bribes de conversation entre Yvan Meyrieu et son compagnon et patienta.

— Nous vous faisons confiance, Navarre.

— Merci, mon colonel. Donnez-moi votre adresse et je vous promets qu'avec le style de conduite de mon père, on sera là pour l'apéritif.

64. GRAND-PLACE

Malgré les envolées de Carmina Burana dans la voiture, Michel avait réussi à somnoler pendant deux heures au cours du trajet. Son père avait besoin des accords pompiers de l'œuvre de Carl Orff pour tenir sa moyenne de cent soixante-dix kilomètres à l'heure sur l'autoroute. Comme prévu, ils avaient atteint la capitale belge avant midi. Ils avaient trouvé une place de parking non loin du centre historique avec une étonnante facilité et étaient arrivés en même temps que le colonel Meyrieu et son informateur devant le lieu de leur rendez-vous, une brasserie centenaire.

Manu Van Kip, habitué des lieux, les avait accueillis, puis invités à le suivre, escorté par un serveur au gilet noir impeccable. Michel était heureux de revoir Yvan Meyrieu, qui portait son costume sombre avec autant d'élégance que l'uniforme d'officier supérieur ou le treillis lorsqu'il accompagnait ses hommes sur le terrain. L'allure de leur hôte belge différait singulièrement : la mâchoire carrée, des yeux gris, les épaules larges, une caricature de baroudeur, hormis son ventre qui témoignait de son amour pour la bonne chère. Avant qu'ils aient commandé, le serveur apporta sur la table quatre Chimay bleues, une terrine de lapin et une corbeille de pain. Yvan Meyrieu entama les présentations.

— Messieurs, s'adressa-t-il aux Navarre, voici l'ex-sergent Manu Van Kip, devenu, depuis quelques années, un prospère homme d'affaires bruxellois. Van Kip a servi deux ans dans mon unité et a accepté de vous recevoir. Il connaissait bien Christophe

Barioz et a été peiné d'apprendre sa mort. Michel, je vous laisse briefer notre ami.

Michel Navarre résuma ses recherches, conservant le scénario auquel il avait cru jusque dans la matinée. Il voulait savoir si Christophe Maleval, ou plutôt Christophe Barioz, avait pu être le fils disparu de la vicomtesse Bernadette Borday. Van Kip l'écouta attentivement en étalant sur du pain une couche de terrine plus épaisse que la tranche elle-même. Il en engloutit une bouchée, avala un demi-verre de bière, étouffa un rôt discret. Pendant quelques secondes, le bruit de mastication couvrit les notes d'une ballade triste diffusée en sourdine. L'ancien mercenaire s'exprima à son tour.

— Christophe était un vrai pote. On a combattu ensemble sous les ordres du colonel Meyrieu : j'ai la double nationalité, française et belge. Ensuite, on a quitté l'armée pour vendre nos services à des dictateurs. Il m'a sauvé la vie dans le merdier africain. Soyons clairs : jamais je ne vous aurais adressé la parole si vous aviez mené une simple enquête à la con, mais le fait que Christophe soit mort et que vous recherchiez ses origines change les choses. Tous les deux, on avait un truc en commun : on était des orphelins. Si je peux lui retrouver sa mère, même s'il est déjà là-haut, je le ferai. Bien sûr, ce que je vous raconte ne sortira pas de ce resto. Ceci dit, si on commandait avant de rentrer dans les détails ? Je vous propose des moules-frites suivies d'un stoemp. Pour le dessert… on décidera quand ce sera le moment. Ça vous convient ?

Les trois commensaux répondirent positivement à cette question qui n'en était pas une. À ce rythme, ils n'étaient pas près de quitter la brasserie, ce qui leur laisserait du temps pour les confidences.

— Je savais que Christophe était parti en Bretagne, mais je ne suis jamais allé le voir. Je l'avais hébergé à la maison pendant environ deux mois, à son retour du Mozambique. Il avait besoin de se « désafricaniser » avant d'aller à Londres. Il y a mené ses affaires, puis il est retourné en France. Après… il était adulte et vacciné.

— Il ne vous a plus donné de nouvelles ? s'étonna Michel.

Manu Van Kip hésita un instant et jeta un coup d'œil vers son ancien officier.

— Si vous êtes d'accord, Van Kip, je vous propose de répéter à ces messieurs ce que vous m'avez révélé hier. On peut leur accorder notre confiance.

Michel se demanda quelle garantie le colonel Meyrieu pouvait apporter au Belge, mais cela sembla suffire à leur hôte. Il comprit aussi que trahir ses secrets pourrait leur valoir de très graves ennuis. Van Kip leur dévoila son amitié avec Barioz, leur complicité au cours des premières années de combat. Il leur raconta ensuite leur séparation : usé par ses années africaines, Van Kip était rentré monter ses affaires en Belgique tandis que Barioz demeurait en Afrique. Enfin, il décrivit le retour de Christophe à Bruxelles, puis son départ pour Londres.

— Savez-vous pourquoi il allait à Londres ? questionna Michel une fois que le serveur se fut éloigné avec le reste de leurs coquilles de moules.

— Bien sûr. Ça m'a paru assez étrange, mais je lui ai apporté mon soutien sans réfléchir. Il recherchait un produit miracle pour sauver sa sœur.

— Quel genre de produit ? le relança l'historien.

Van Kip lui relata les confidences de Maxime Nigawa, sans s'appesantir sur la méthode utilisée par Barioz pour les obtenir.

— Le nègre lui avait donné le nom d'un contact à Londres. J'ai aidé Christophe à le localiser et à se rendre en Angleterre. Là-bas, le British a tenté de la lui faire à l'envers et les choses ont mal tourné. Ça, c'est un truc que mon pote n'appréciait pas.

Un ange passa dans le restaurant, emportant avec lui l'âme d'un sujet de Sa Majesté.

— Du coup, il a dû quitter l'Angleterre plus tôt que prévu. Il est rentré directement à Paris et m'a téléphoné. Il m'a demandé si je pouvais lui créer une nouvelle identité, ajouta Van Kip. Je lui ai fait parvenir des papiers au nom de Christophe Maleval dans son bled de Bretagne. Je ne me souviens plus comment il s'appelait...

— Saint-Ternoc... indiqua Michel. Il y avait de la famille ?

— Non, sa seule famille, c'était sa sœur. C'est pour elle qu'il est parti s'enterrer en Bretagne. Le Rosbif lui avait dit que le produit qu'il cherchait arrivait de votre Saint-Ternoc.

— Il y était donc dans un but bien précis, murmura Michel pour lui-même.

La potion magique derrière laquelle courait Maleval, la gourde qu'il venait de découvrir dans son « héritage », l'étrange manège observé sur la cale de l'île de Maen Du... Quand il sortit de ses pensées, il remarqua tous les regards braqués sur lui.

— Vous avez évoqué la sœur de Maleval, ou Barioz. Vous la connaissiez ? relança Michel.

— Je l'ai rencontrée deux fois.

— Vous savez si on peut lui parler ? Ça nous aiderait sans doute à retrouver sa famille.

— Irène est morte peu de temps après l'installation de Chris en Bretagne. Elle avait chopé une maladie dégénérative incurable qui l'avait complètement paralysée. D'après les toubibs, elle avait conscience de ce qui lui arrivait, mais elle ne pouvait plus bouger ses muscles : son corps était son cercueil. Si Christophe a fait le mercenaire, c'était pour gagner le fric pour la guérir. Ensuite, il a tout quitté pour trouver son produit miracle. Mais ça n'a servi à rien… Il a assisté en secret aux obsèques de sa sœur. On n'était pas plus d'une dizaine à l'enterrement : le prêtre, des membres de la clinique où elle était soignée et moi. Lui, il a suivi ça de loin, planqué dans le cimetière derrière une tombe.

— Pourquoi ?

— Il n'avait pas laissé que des bons souvenirs à Londres, et certains ont la rancune tenace. Il est reparti juste après la cérémonie, sans que je puisse causer avec lui.

— Vous avez pu discuter avec Irène Barioz avant qu'elle meure ?

— Non, pauvre gamine ! Elle était dans le coma.

— Quel âge avait-elle ?

— Trente et un ans pile. Un joli brin de fille, fragile comme un roseau. Christophe m'avait expliqué ce qu'elle avait, et je m'étais senti comme un con en allant lui rendre visite pour la première fois dans sa clinique à Paris. Je pensais rester cinq minutes, histoire de dire que j'avais tenu mon serment. Croyez-le ou non, en fait, je suis resté plus de deux heures à côté d'elle, à ne rien faire, comme un couillon. Je n'ai jamais été un grand sensible au cours de ma carrière, et j'en ai vu, des saloperies… J'en ai fait aussi. Mais ça me faisait mal de la voir si seule.

Michel regarda l'ancien mercenaire et eut peine à l'imaginer en garde-malade. Cependant, la sincérité perçait dans la voix du Belge.

— Ça lui fait quelques années d'écart avec Barioz, et vous m'avez dit qu'il était orphelin… nota l'historien.

— Irène n'était pas sa sœur de sang, mais une bambine adoptée par sa famille d'accueil quand il avait cinq ans. En fait, c'était la gamine d'une fille de ferme engrossée par un inconnu. Le curé du village a insisté pour que le père adoptif de Christophe s'occupe de la petiote. Allez deviner ce qui s'était raconté en confession ! Le vieux a accepté, mais sa femme n'était pas ravie, c'est le moins qu'on puisse dire. Pendant près de dix ans, c'est Christophe qui a joué les nounous. Irène, c'était ce qui comptait le plus au monde pour lui, et c'était vrai aussi dans l'autre sens.

— Vous savez ce que sont devenus ses parents adoptifs ?

— À dix-sept ans, Christophe s'est battu avec son père quand il l'a surpris en train de tripoter Irène. Le salaud tentait de se la taper ! En tombant, le vieux s'est empalé direct sur une fourche. Chris m'a raconté que sa mère avait témoigné en sa faveur, trop contente d'être débarrassée de son mari et de pouvoir refaire sa vie ailleurs. L'accident a quand même valu trois ans de taule à mon pote, et puis il s'est engagé. La suite, vous la connaissez…

— Et Irène ?

— La mère n'en voulait plus. Elle a placé la fillette chez les bonnes sœurs et ça s'est bien passé… jusqu'à ce qu'elle chope sa maladie à vingt ans. C'est pour la guérir que Christophe a quitté l'armée et est allé faire la pute de guerre en Afrique. Les Ricains lui avaient fait miroiter la possibilité de l'opérer, mais ça coûtait la peau du cul. Le fric qu'il gagnait lui a au moins permis d'offrir à Irène un lit en clinique plutôt que de la voir crever comme une pauvresse dans un caniveau… Chienne de vie !

Une autre tournée de bières aida à chasser la morosité ambiante. Yvan Meyrieu et Maurice Navarre sympathisèrent en échangeant leurs souvenirs de résistants, alors que Manu Van Kip, toujours disert, entreprit Michel sur ses campagnes africaines. Il avait une vision très désabusée des choses. Des sociétés internationales françaises, belges ou anglo-saxonnes se faisaient des couilles en or sur le dos des populations en exploitant les ressources de l'Afrique. Leurs gouvernements mettaient en place des dictateurs dont ils graissaient largement la patte ou excitaient les rebelles locaux, selon les besoins. Ils leur fournissaient du matériel de guerre et les Noirs se massacraient entre eux. Quelques colons européens abandonnaient aussi leurs tripes sur le sol africain, mais on ne fait pas d'omelette sans casser des œufs. Des deux côtés, les décideurs blancs faisaient appel à des mercenaires qui tentaient d'organiser les troupes en présence et calmaient à coups de fusil-mitrailleur les plus réfractaires à l'ordre blanc. Sans oublier les Russes, qui attisaient régulièrement le merdier avec leurs idées révolutionnaires, leurs caisses de kalachnikov et leurs agents formateurs du KGB. Bref, Van Kip avait laissé depuis longtemps sa morale au vestiaire. Quand des responsables en costard gavés de champagne s'enrichissent sans bouger le cul de leurs bureaux parisiens, bruxellois ou londoniens, quand ils ne s'émeuvent ni de la terreur ni des tueries qu'ils subventionnent, en quoi voulez-vous croire ?

Michel l'écoutait distraitement, obsédé par l'histoire qu'il venait d'apprendre. Karantec régnait donc sur un trafic lucratif, mais personne ne semblait en avoir conscience. À moins que ce ne soit la raison de la visite de la mystérieuse inconnue à son père ? Une fois de retour, il se rendrait chez Soizic Le Hir : la vieille femme était forcément partie prenante de cet imbroglio.

65. RETOUR À SAINT-TERNOC. 8 AVRIL 1985

La Mercedes filait sur l'asphalte de la RN 12. Michel avait dépassé Guingamp et arriverait à Saint-Ternoc dans moins d'une heure. Il avait appelé Katell Le Brozec avant de quitter Paris. Malgré le débarquement des journalistes attirés par l'odeur du sang, la Bretonne lui avait gardé la chambre qu'il occupait. Maurice Navarre n'avait pas eu à insister beaucoup pour que son fils reparte avec le nouveau jouet qu'il venait de s'offrir. Michel s'était traîné à l'aller dans sa Renault 5 de location, et conduire la Mercedes W124 relevait du pur plaisir. Il avait poussé l'engin jusqu'à 200 kilomètres à l'heure sur l'autoroute, mais roulait maintenant plus prudemment.

Ces deux dernières journées avaient littéralement bouleversé sa vie. La veille, à l'aube, il arrivait devant l'immeuble de son père, débordant de questions et d'amertume. Cet après-midi, il avait gagné en plénitude, comme si la découverte de ses origines avait comblé une faille secrète ouverte depuis plus de quarante ans. Il revenait en Bretagne pour rendre justice au petit Pierre Carhaix qui avait si patiemment sommeillé en lui. Il revenait pour venger Paul et Blandine, ses parents tragiquement disparus. Il prendrait tout son temps, mais Yann Karantec ne sortirait pas indemne de leur confrontation. Il avait cependant pris conscience du risque de se laisser griser par son enthousiasme presque mystique. Les Karantec gouvernaient le pays depuis un siècle et ne manquaient pas de complices zélés, qu'ils tenaient par des promesses ou des menaces.

Son père, Maurice, était lui aussi soulagé par cette révélation. Il s'était mué, en l'espace de quelques heures, de père rongé par la culpabilité en allié prêt à tout pour l'aider. Il avait décalé son voyage en Italie pour partir à la chasse aux informations. Malgré sa répugnance, Maurice avait recontacté ses connaissances politiques et économiques pour en savoir plus sur le propriétaire de l'île de Maen Du et sur les activités qu'elle abritait. Ses anciennes amitiés aux renseignements généraux avaient rapidement porté leurs fruits. L'île appartenait à une société basée sur l'île de Jersey. Michel avait obtenu des réponses qu'il n'aurait jamais espéré collecter par lui-même.

Maen Du avait été achetée en 1946 par un certain Philip Mayerthomb. Officiellement, il était le propriétaire de l'île, mais il avait revendu ses parts en sous-main à une société-écran du nom de Black Isle, immatriculée à Jersey. Cette société, dont Mayerthomb avait gardé la gérance, était, grâce à un montage financier opaque, sous la tutelle, du célèbre groupe pharmaceutique Godfather Ltd. Ce groupe trônait dans le domaine des médicaments contre l'hypertension et le cholestérol, mais était également mouillé jusqu'à l'os dans quelques scandales d'essais cliniques officieux sur des populations africaines ignorantes des traitements qu'on leur injectait. Comme d'habitude, leurs avocats étouffaient les litiges à coups de menaces contre les plaignants et de dollars pour les autorités locales.

Leur informateur devait sans aucun doute disposer de moyens de persuasion efficaces pour récolter ces renseignements aussi vite. Ils avaient été abasourdis en découvrant le nom d'un second propriétaire des parts de Black Isle : Yann Karantec. En conclusion, cela signifiait qu'une partie de l'affaire appartenait au maître de Saint-Ternoc, en toute confidentialité. Lors de leur premier entretien, dans la crêperie du Conquet, Pierre Quénéhervé lui avait révélé que l'Anglais avait fait installer un ensemble de production d'énergie utilisant les marées au large de l'île. Tout s'expliquait : la Godfather Ltd. élaborait cette potion miracle sur Maen Du. Cette potion après laquelle avait couru Christophe Maleval et qui avait peut-être causé la mort de Paul Carhaix !

Maurice, d'une impressionnante efficacité, ne s'était pas arrêté en si bon chemin. Il s'était aussi intéressé à la fortune des Karantec. Michel comprenait maintenant pourquoi son père s'enfermait parfois des heures entières dans son bureau : c'était un battant et un bourreau de travail.

Maurice avait passé presque tout son temps dans la loge d'André. Il avait réquisitionné le téléphone et s'était muni de son carnet d'adresses, d'un bloc-notes, de son stylo Mont-Blanc et d'une cafetière régulièrement remplie par le concierge. Michel avait été surpris par la complicité qui unissait les deux hommes. Maurice avait téléphoné en français, en anglais, en allemand et même en russe. Au cours de la matinée, Michel avait laissé son père à sa mission de renseignement et en avait profité pour faire une sieste. Puis, de retour dans la loge, il y avait trouvé Maurice tout excité, qui lui avait agité sous le nez six pages remplies de notes griffonnées dans tous les sens. La plume du Mont-Blanc avait souffert de l'enthousiasme caféiné de son propriétaire. Michel s'était assis pour comprendre ce qui le mettait dans cet état. Il siffla entre ses dents en parcourant un extrait de la comptabilité des Karantec : sûrement pas celle qui était annuellement fournie au ministère des Finances. Les carrières de Saint-Ternoc auraient fermé leurs portes si, ces trois dernières années, des fonds n'étaient pas tombés régulièrement en provenance d'un paradis fiscal. Comment les amis de Maurice avaient-ils pu découvrir que la fortune de Yann Karantec s'élevait en réalité à plus de cent cinquante millions de francs ? Mystère ! Mais une évidence s'imposait : le trafic sur l'île de Maen Du était aussi lucratif que discret !

Le père et le fils étaient remontés dans l'appartement et, d'un commun accord, s'étaient dirigés vers la chambre de Michel, avaient attrapé la gourde dans son sac et l'avaient religieusement décapsulée. Michel avait fait glisser une goutte d'eau sur son doigt et l'avait portée à sa bouche. Rien... Juste de l'eau avec un petit goût de rouille. Il avait refermé et rangé le récipient : c'est à Saint-Ternoc que se cachait la solution !

Ils avaient ensuite déjeuné dans une pizzeria napolitaine, puis Michel avait pris la route en direction de la Bretagne.

66. VEILLÉE FUNÈBRE

Dix-neuf heures. Le dernier invité venait de partir. D'un pas lourd, Yann Karantec quitta la chambre où Christian reposait, étendu sur un grand lit, une écharpe en soie blanche autour du cou. Les conclusions avaient été sans appel : Christian avait été égorgé par un objet tranchant, sans doute une faux. Le médecin, qui avait également pratiqué l'autopsie de Patrick, affirmait sans hésitation que le modus operandi de la décapitation était identique pour les deux frères. Il était presque acquis que le même assassin avait perpétré les deux crimes. Et, pire que tout, Christian avait été mutilé encore plus atrocement que son frère. Son appareil génital avait été arraché ! Yann Karantec avait dû batailler avec les autorités pour que l'institut médico-légal de Brest lui rende le cadavre de son fils la veille de l'enterrement.

De nombreux villageois et notables du département avaient défilé devant la dépouille de Christian Karantec. Ève, l'épouse de Yann, avait insisté pour respecter cette ancienne tradition. Elle n'avait pas pu offrir ce dernier hommage à Patrick, mais elle tenait à ce que son aîné soit dignement accompagné dans la mort. Son mari, abattu par le chagrin, n'avait pas eu le cœur de s'opposer aux vieilles superstitions bretonnes de sa femme. Recevoir les condoléances lui avait changé les idées. Cependant, les doutes l'assaillaient : après un siècle de règne sans partage sur la région, un individu défiait la suprématie des Karantec. Il balançait entre colère et peur. Après avoir tué son premier fils dans les carrières, origine de la fortune de leur famille, l'assassin avait massacré son second garçon à moins de cinq cents mètres de sa maison ! Que voulait-il ? En fait, c'était surtout cette question qui taraudait Yann Karantec. Qu'avait-il donc fait pour que, quarante ans après la Seconde Guerre mondiale, un inconnu commence à s'en prendre aux siens ? À moins que ce ne soit qu'un prétexte fallacieux et que la raison soit tout autre : l'argent ? Et qui serait le prochain sur la liste ? Lui ?

C'est avec un réel déplaisir qu'il avait vu débarquer, la veille, l'inspecteur Augustin Palangon. Il avait demandé à ses relations de lui envoyer un autre fonctionnaire de police, mais sa requête avait été refusée. Palangon était peut-être un flic efficace, mais il détestait ce policier qui ne lui marquait pas plus de déférence qu'au cantonnier du village. Il avait fourni à Palangon le peu d'informations dont il disposait. Personne n'avait proféré de menaces à l'encontre de Christian. L'enquête préliminaire de la gendarmerie n'avait apporté aucune piste intéressante. La forme de la blessure béante au cou de son fils montrait qu'il était à genoux quand on l'avait exécuté. Il n'avait donc pas tenté de se défendre, mais semblait avoir imploré son bourreau de lui laisser la vie sauve. Son bas-ventre avait été déchiqueté avec la pointe de la faux qui avait servi à l'égorger. Karantec n'avait qu'une confiance modérée dans les capacités d'investigation des gendarmes de Saint-Ternoc. Certains d'entre eux lui étaient dévoués, ce qui était une qualité essentielle, mais ils n'étaient pas taillés pour ce genre d'affaires. Karantec n'avait pas parlé à l'inspecteur Palangon de sa suspicion à l'égard de Michel Navarre. Il ne détenait aucune preuve tangible, même si un sixième sens lui soufflait de se méfier de cet écrivain trop curieux arrivé de nulle part. Il s'en occuperait lui-même.

Il rejoignit sa famille au salon. Malo, son dernier fils, était rentré de Brest, où il tenait une galerie d'art. Il s'était installé avec un artiste du sud de la France et vendait les peintures de son compagnon. Vingt ans plus tôt, Karantec avait vu l'homosexualité de Malo d'un très mauvais œil : elle ternissait sa réputation dans une Bretagne encore conservatrice. Contrairement à sa femme, il n'avait jamais accepté le côté sensible de son fils. Sensible, tu parles ! Le garçon auquel il avait fait le don de la vie se faisait enculer à longueur de journée par un barbouilleur provençal et fainéant ! Yann n'avait jamais aimé Malo, même dans ses plus jeunes années. Il avait, consciemment ou inconsciemment, poussé ses frères à lui mener la vie dure. Il voulait en faire un homme, mais il n'en avait fait qu'une fiotte, couvée par sa mère. Toutefois, la galerie marchait très bien et, à trente-huit ans, son fils était reconnu comme un expert dans le marché de l'art moderne. Yann avait donc fait contre mauvaise fortune bon cœur. Personnellement, il trouvait les toiles atroces, mais leurs prix comportaient suffisamment de zéros pour qu'elles trouvent grâce à ses yeux.

Sa fille Elsa, la benjamine, était exceptionnellement venue de Paris. Elle n'avait pas remis les pieds au manoir de Kercadec depuis des années. Juriste dans un cabinet d'avocats américain, elle avait quitté Saint-Ternoc quinze ans plus tôt, à la suie d'une violente dispute avec son père. En permanence entre deux avions, elle n'avait pas pu assister à l'enterrement de Patrick. Elle se ressourçait alors dans le désert du Sahara et n'avait appris la nouvelle de la mort de son frère qu'à son retour, quelques jours après l'inhumation. Elle avait hérité du caractère fort de son père et s'était opposée à lui dès l'adolescence. Le point de rupture avait été atteint quelques jours après son dix-huitième anniversaire. À la manière des anciens hobereaux, Yann Karantec avait décidé d'étendre son domaine et sa richesse en utilisant Elsa comme monnaie d'échange. Quoi de mieux qu'un beau mariage pour allier deux fortunes… dont il prévoyait de prendre la tête à terme, bien évidemment ! Il avait déjà organisé l'union d'Elsa avec le fils unique d'un très grand propriétaire terrien du Finistère. Il n'en avait parlé à sa fille qu'une fois les termes du contrat de mariage agréés par les deux parties. La réaction d'Elsa avait été apocalyptique : la faïencerie familiale avait volé à travers la maison. Yann, ulcéré par le refus de sa fille, l'avait enfermée dans sa chambre avec l'aide de son jardinier. Une heure plus tard, elle s'était enfuie par la fenêtre du premier étage, s'était précipitée dans un des bars du village et avait mis la main sur le premier marin venu. Elle avait couché avec lui pendant deux jours et s'était débrouillée pour que son père et tout Saint-Ternoc apprennent son exploit. Le marin en avait gardé un souvenir impérissable et le projet d'union rémunératrice avait été tué dans l'œuf. Elsa avait ensuite déménagé à Paris pour y suivre ses études de droit, subventionnée par Malo, qui partageait avec elle l'argent qu'il commençait à gagner. Son frère était le seul membre de la famille pour lequel elle éprouvait une réelle affection. Indépendante, elle avait rapidement subvenu elle-même à ses besoins et menait une vie libre, aussi bien professionnellement que sexuellement. Bref, son père et elle se haïssaient cordialement.

Ils avaient cependant conclu une trêve devant la dépouille de Christian. Elsa n'était pas particulièrement attachée à Christian ni à Patrick, mais elle ne pouvait empêcher certains souvenirs de jeunesse de remonter à la surface. Les parties de pêche où Malo et Patrick l'appelaient pour aller chercher à leur place les étrilles repérées sous les rochers, de peur de se faire pincer au sang. Les défilés de la soirée du 13 juillet, où elle était fière d'être la dernière dont le lampion en papier crépon prenait feu. D'un geste automatique, elle passa sa main dans ses cheveux auburn pour se donner une contenance : elle n'aimait pas se laisser aller devant les autres, surtout devant son père.

La cuisinière apporta une soupière fumante et servit les quatre convives. Puis elle déposa un grand pain, un jambon à l'os et un couteau.

— Je vous remercie, Geneviève, vous pouvez rentrer chez vous.

— Bien madame, répondit la domestique avec un signe de tête.

Alors qu'elle s'éclipsait, Yann Karantec saisit le jambon et, concentré, en découpa plusieurs morceaux. Puis il trancha le pain. Il attaqua ensuite sa soupe, imité par sa femme et ses deux enfants. Un silence gêné planait dans la pièce.

— J'ai rencontré le recteur avec Malo, entama Ève. La messe aura lieu demain à seize heures. La chorale de la cathédrale de Brest a accepté de venir chanter.

— Tu as prévu tout le cinéma, c'est ça ? grinça son mari.

— C'est toi qui oses parler de cinéma ? réagit instantanément Ève, les nerfs à vif. Ça fait plus de quarante ans que tu mets notre vie en scène, et regarde le résultat ! Deux de nos garçons sont morts, égorgés comme des porcs ! C'est critiquable de vouloir leur offrir un départ honorable ?

— Bon, ça va, ça va, désolé, la coupa-t-il en prenant conscience de la tension qui régnait. Je suis perturbé et ce n'est pas le moment de s'engueuler, d'autant plus que Christian repose à côté de nous. Je m'excuse, voilà, tu es contente ?

— En parlant de Chris, les flics ont des pistes ou il est prévu que toute la famille y passe, du genre *Les Dix Petits Nègres*, version bretonnisante ? intervint Elsa.

— Ton sens de l'humour est toujours aussi déplacé, siffla Yann Karantec.

— Même si son style ne vous plaît pas, Elsa a posé la question que nous avons tous en tête, réagit Malo. Je peux vous assurer que je suis mort de peur.

— C'est le contraire qui m'aurait étonné, cingla le patriarche. Je n'ai aucune réponse, mais je ne peux pas imaginer que les flics seront aussi inefficaces que pour Patrick.

— Écoutez, père, ne me laissez pas croire que vous allez regarder vos derniers enfants se faire tuer sans remuer ciel et terre pour mettre la main sur l'assassin ! insista Malo.

— Tu sais bien que les cheminements intellectuels de notre père sont parfois impénétrables, ironisa Elsa.

— Ça suffit, coupa sa mère. Je suis sûre que votre père fera son maximum, n'est-ce pas, Yann ? Peut-être qu'un homme peut voir disparaître ses enfants sans réagir, mais ce n'est pas le cas d'une mère ! Depuis six mois, je pleure chaque nuit l'absence de Patrick, et maintenant c'est Christian qui m'a été volé ! Je fais bonne figure parce que tu me le demandes, jeta-t-elle à son mari, pour prouver la dignité de la famille Karantec. Mais la dignité, ce ne serait pas plutôt de crier notre désespoir à ceux qui nous entourent ? Retrouve les assassins de mes garçons, Yann Karantec, va chercher dans tes affaires pourries, dans tes frasques passées, ou alors…

Ève ne termina pas sa phrase et laissa un silence froid s'installer. Les autres la regardèrent, abasourdis par la menace qu'elle venait de proférer.

— Qu'est-ce que tu sous-entends, maman ? interrogea Elsa.

— Rien, je ne sous-entends rien. Je demande juste à votre père de fouiller dans sa mémoire pour comprendre qui pourrait lui en vouloir au point de tuer nos enfants ! Et ensuite... de faire ce qu'il faut. Ce n'est pas l'argent qui manque ! Et toi, Elsa, reprit-elle plus calmement, tu restes avec nous jusqu'à quand ?

— Je n'ai pas encore décidé. J'ai réservé une chambre à l'*Hôtel des Boucaniers* pour quelques jours.

— Tu n'iras pas là-bas, tu dors ici ! ordonna Yann.

Elsa eut un rire forcé et répliqua avec ironie :

— Mon petit papa adoré, la dernière fois que j'ai mis les pieds dans une chambre à Kercadec, j'ai dû sortir par la fenêtre, car tu avais laissé la clé sur la serrure, mais du mauvais côté de la porte. Tu as oublié cet épisode ? Pas moi. Alors je passerai vous voir, bien sûr, mais je me sentirai plus en sécurité à l'hôtel. D'ailleurs, si j'ai bonne mémoire, il t'appartient aussi. Je serai un peu à la maison par procuration et j'apporterai mon humble obole au chiffre d'affaires annuel de la société Karantec et compagnie.

— Après tout, tu seras mieux là-bas pour faire la pute ! grinça Karantec.

Le corps d'Elsa se tendit et elle trembla imperceptiblement. Les mâchoires crispées, elle ne lâcha pas son père des yeux et le provoqua :

— C'est pas ce que tu voulais me voir faire quand t'as essayé de me vendre pour récupérer les propriétés du père Kerbrat, le roi des céréales de Brest ? Ça ne te gênait pas de me jeter dans les bras de son fils à moitié débile pour quelques millions de francs. Ou encore les fois où maman était en cure ou chez ses cousines et que ton ami banquier de Brest venait ici ? Tu savais que j'aimais bronzer en monokini dans un coin reculé du jardin et, comme par hasard, tu lui offrais une balade dans la propriété à ce moment-là, ce que tu ne faisais jamais d'habitude… Ça lui plaisait de mater une ado de seize ans en train de lire un roman ? Il t'a remercié comment ensuite ? Avec un prêt à taux préférentiel ? Alors tes leçons de morale…

— C'est vrai ? gémit Ève, livide.

— Bordel, tu ne vas pas croire les délires de cette petite conne ! Tu sais bien qu'elle me hait et qu'elle est prête à tout pour me faire passer pour un salaud.

— Elsa ? demanda la mère en se tournant vers sa fille.

— Libre à toi de croire la version qui t'arrange…

Elsa se leva de sa chaise et se dirigea vers la sortie.

— Je vous rejoindrai demain sous le porche de l'église, un quart d'heure avant le début de la messe. Vous aurez la photo de la famille unie pour *le Télégramme* et *Ouest-France*.

Une fois la porte refermée, Yann Karantec nota les regards hostiles de Malo et de sa femme. Lui-même tremblait de rage.

Furieux, il quitta la table à son tour sans un mot. Ce soir, alors qu'ils auraient dû être unis dans la douleur, il avait réussi à se mettre à dos tout ce qui lui restait de famille.

67. ELSA KARANTEC

Vingt heures. Quand Elsa Karantec claqua la porte de sa voiture de location, elle n'avait pas réussi à chasser l'énervement du dîner. Elle n'avait pas vu son père depuis quinze ans et s'était juré de garder son calme en mémoire de Christian et Patrick. Cependant, il l'avait mise hors d'elle dès les premières minutes. Comment avait-elle pu supporter un connard pareil pendant dix-huit ans et vingt-huit jours ? Le visage presque juvénile de son père ne l'avait pas aidée à faire remonter les quelques rares souvenirs qui auraient pu apaiser son humeur. Elle n'avait jamais su ce qu'il subissait comme traitement, mais il avait l'air presque aussi jeune que Malo alors qu'il avait trente-six ans de plus ! Son apparence, son fric, la prétendue supériorité de la dynastie Karantec sur les ploucs de la bourgade qu'il professait à longueur de journée : tout l'exaspérait ! Ces griefs, associés à ses peurs adolescentes qu'elle pensait enterrées, avaient ressurgi comme s'ils ne l'avaient jamais quittée. Elle avait de la peine pour sa mère, même si elle n'avait jamais accepté sa passivité face à ce tyran qui l'avait trompée sans vergogne durant toute sa vie. Heureusement, elle avait revu Malo, qu'elle avait toujours aimé. Quand elle n'avait que six ans, elle le défendait déjà contre Christian et Patrick qui, pour complaire à leur père, l'appelaient « fifille » ou « Malo la tapette » devant leurs copains. Elle ne savait pas ce que c'était qu'une tapette, mais elle avait compris que son frère souffrait en entendant les moqueries des autres enfants.

Sa valise à la main, Elsa poussa la porte de l'*Hôtel des Boucaniers*. Le brouhaha qui l'accueillit la surprit. Elle ne gagna pas directement sa chambre, mais fit un crochet par la salle à manger. Katell Le Brozec avait exceptionnellement ouvert le petit bar à la demande de ses pensionnaires. Une quinzaine de clients buvaient des bières ou des apéritifs plus sérieux. L'entrée d'Elsa causa un instant de silence. Elle connaissait l'effet de son charme et de son physique. Aucun des visages ne lui était familier. Cependant, son regard s'arrêta sur un quadragénaire blond, mince, les cheveux légèrement bouclés, en train de discuter avec un homme plus jeune, aux épaules larges et aux traits carrés. Pas mal ! Après tout, il n'était que vingt heures et elle avait une longue soirée à tuer avant d'aller se coucher.

Elle s'approcha de ses cibles et les aborda :

— Est-ce qu'un gentleman offrirait un whisky à une naufragée qui n'a pas bu une goutte d'alcool depuis au moins vingt-quatre heures ? demanda-t-elle en les observant à tour de rôle.

— Avec plaisir, acquiesça le blond en se levant pour ajouter une chaise à leur table. Katell, tu pourras nous apporter un verre de Chivas s'il te plaît ?

— Je m'appelle Elsa Karantec, le remercia-t-elle en lui accordant une franche poignée de main.

À ce nom, tous les regards se portèrent sur elle. Un moustachu quitta le comptoir, et l'apostropha.

— Denis Poilane, de Paris-Match. Vous m'accordez une interview ?

Elsa le dévisagea et lui rétorqua froidement :

— Je n'attendais pas d'un journaliste des assauts de civilité, mais votre rustrerie, monsieur Poilane, arrive tout de même à me surprendre. Ma réponse est évidemment « non », quelle que soit la façon dont vous formulerez la demande. Je ne vous retiens pas et vous pouvez retourner à votre table.

Déçus par ce scoop qui leur échappait, les autres journalistes comprirent qu'il était inutile d'insister et reprirent leurs conversations faites de supputations autour du second meurtre de Saint-Ternoc.

Katell déposa le verre de whisky devant Elsa. Elle lui adressa un sourire qui la replongea dans son passé.

— Tu es Katell, c'est ça ? Oui, c'est toi qui aidais mademoiselle Mireille à animer la troupe de théâtre de l'école, ajouta-t-elle sans hésitation. J'étais en onzième et t'étais chez les « grands ». C'est toi qui m'as déguisée en abeille pour une des fêtes de fin d'année scolaire. Ça me fait plaisir de te revoir.

— Moi aussi, s'exclama Katell en se remémorant la fillette qui ne tenait jamais en place dans la classe. Mais je suis désolée que ce soit dans de telles conditions.

— Tel semble être le destin des Karantec ! Mais on a bien cherché ce qui nous arrive, non ?

Surpris par une telle sortie, l'homme brun assis à la table la relança.

— Qu'est-ce qui vous fait dire ça, mademoiselle Karantec ?

— Vous êtes qui, vous ?

— Inspecteur Augustin Palangon, de la police judiciaire de Brest, responsable des investigations sur le meurtre de votre frère.

— Après un journaliste, un flic ! Cela étant, ce serait presque rassurant si je n'avais pas entendu il y a quelques minutes les propos de mon père.

— Qui sont ?

— Si vous avez aussi enquêté sur la mort de Patrick, vous devez vous en douter. Le « maître de Saint-Ternoc » vous considère comme un incompétent ; mais ne vous inquiétez pas, il réserve le même traitement à vos collègues, vos supérieurs et toute la gendarmerie.

— Je savais qu'il ne m'aimait pas trop, grimaça le policier devant la spontanéité de la jeune femme. Malheureusement, malgré tous nos efforts, nous n'avons pas réussi à arrêter l'assassin de Patrick Karantec. Cependant, nous mettrons tout en œuvre pour…

— Allez, ne vous cassez pas la tête. En dépit des tentatives de mon père pour garder ces meurtres à un niveau local, l'histoire de la malédiction des Karantec est en train de prendre une ampleur nationale, conclut-elle en désignant la table où pérorait le journaliste de Paris-Match. Et vous ? continua-t-elle en regardant Michel. Flic, militaire, privé, magistrat ?

— Rien de tout ça. Je suis ici depuis dix jours. Je suis romancier et je suis venu chercher l'inspiration pour un nouveau livre.

— Vu les événements, j'espère pour vous que vous faites dans le polar. Et vous vous appelez ? insista Elsa.

— Michel Navarre.

— Ah, c'est vous ?

— Vous connaissez mes romans ? demanda Michel.

— Le prenez pas mal, mais je n'ai aucune idée de ce que vous écrivez.

— C'est donc que votre père vous a parlé de moi ! Vu la teneur de nos rares échanges, je ne pense pas que c'était pour commenter mes bouquins.

— À part les cours de la Bourse, ses livres de comptes et les articles à sa gloire, mon père n'a jamais rien lu. Ses propos n'étaient effectivement pas flatteurs, mais, pour moi, ce serait plutôt à mettre à votre crédit. Mon père est un gros con qui ne supporte pas qu'on ait un avis différent du sien.

Les deux hommes se regardèrent, surpris par la virulence des paroles de l'héritière Karantec. Elle éclata d'un rire franc.

— Personne ne vous a parlé de mes relations avec le maître de Saint-Ternoc ?

Devant leurs hochements de tête négatifs, elle leur raconta son mariage avorté.

— Je suis la seule, dans un rayon de plusieurs dizaines de kilomètres, qui ose officiellement s'opposer à ses désirs.

— Dans ce cas, intervint Palangon, vous pourrez me donner votre opinion sur la mort de votre frère. Vous lui connaissiez des ennemis ? Tout ce que vous pourrez me révéler sera précieux pour l'enquête.

Elsa fixa ostensiblement sa montre.

— Il est vingt heures vingt-trois, inspecteur Palangon, et vous êtes attablé devant un verre d'alcool. Partant du célèbre principe selon lequel un policier ne boit jamais durant son service, j'en déduis que votre journée professionnelle est terminée. Je vous propose donc de me convoquer demain. Je vous raconterai le peu que je sais sur Christian.

Augustin Palangon haussa les épaules de dépit, mais reconnut, beau joueur :

— Votre démonstration est imparable, mademoiselle Karantec. Je n'ai pas eu le courage de rentrer à Brest ce soir et je suis resté passer la nuit ici. Demain, à onze heures, si ça vous convient.

— Où ça ?

— Madame Le Brozec a mis une petite salle à ma disposition dans l'hôtel.

— Je viendrai, inspecteur. Même si je n'ai jamais eu une grande affection pour Christian, il est hors de question que quelqu'un s'amuse à décimer la famille. Surtout si le prochain sur la liste est Malo…

— Le propriétaire de la galerie ?

— C'est ça. C'est le seul homme qui n'ait pas hérité des gènes de notre père et qui ait réussi à sortir des griffes de notre tribu. Il ne se considère pas comme le suzerain de la région… mais je ne vais pas tout vous raconter tout de suite. Sinon, vous avez dîné ? ajouta-t-elle en adressant un clin d'œil à Michel.

— Je pensais manger quelque chose dans un des restaurants du village. On y va ensemble ? proposa-t-il.

— Merci, répondit Palangon, mais il faut que je fasse le bilan de ce que j'ai appris aujourd'hui. J'ai besoin d'un peu de calme pour mettre de l'ordre dans mes idées. Je dois organiser les opérations de demain en coordination avec la gendarmerie. Même si Karantec me prend pour un trou du cul, je veux quand même coffrer ce tueur. Il n'est pas question que Saint-Ternoc devienne un nouvel *OK Corral*.

— Je ne doute pas de vos compétences, inspecteur, et je compte sur vous, concéda Elsa.

Puis elle se tourna vers le romancier :

— Je connaissais un ou deux bars sympas à Brest et j'ai envie de voir s'ils sont encore là quinze ans après. Ça vous dit ? J'ai à peine dîné, et on trouvera bien une pizzeria, ajouta-t-elle en lui jetant un regard prometteur.

68. SOIRÉE BRESTOISE

Après avoir dégusté un poisson grillé dans un restaurant du port de commerce, Michel Navarre et Elsa Karantec étaient partis dans les rues de Brest. Elle avait été déçue en découvrant que le premier bar de ses souvenirs s'était transformé en agence bancaire, mais n'avait pu contenir un cri de joie en voyant que le second existait toujours. Adolescente, elle échappait à la vigilance de ses parents pour s'y rendre avec des amis plus âgés qui avaient une voiture.

C'était d'abord la possibilité d'en savoir plus sur la famille Karantec qui avait poussé Michel à accompagner sa compagne de rencontre au lieu de se reposer après son séjour parisien. Le sourire charmeur et les yeux pétillants d'Elsa l'avaient définitivement convaincu d'avoir fait le bon choix. Pendant le repas, ils avaient bavardé et échangé sur leurs voyages. Les activités professionnelles d'Elsa Karantec l'envoyaient à travers le monde, et elle profitait de chaque déplacement pour tenter de nouvelles expériences. Les mots « peur » et « prudence » ne semblaient pas appartenir à son vocabulaire, même si Michel était persuadé qu'elle avait une conscience aiguë des risques qu'elle prenait et des limites à ne pas dépasser. Le patron du bistrot l'avait reconnue et leur offrait verre après verre. Une partie de la fortune des Karantec avait dû partir en tournées pour qu'il se souvienne, quinze ans plus tard, d'une adolescente alcoolique transformée depuis en femme d'affaires séduisante. À la troisième vodka, Michel avait essayé de calmer le rythme, comprenant qu'il s'effondrerait bien avant sa compagne. Elsa s'était gentiment moquée de lui en apportant une margarita.

— Allez, on va continuer avec une boisson de nana. Tu sais, je n'imaginais pas que je passerais une soirée sympa quand j'ai quitté Paris ce matin.

— On se tutoie ?

— Tu me trouves sans gêne ?

— Si je te disais ce que je pense, c'est toi qui serais peut-être gênée, répondit Michel, l'esprit embrumé par l'alcool.

Les yeux d'Elsa brillèrent et elle effleura de la main la cuisse de son compagnon de beuverie :

— Tu me l'expliqueras plus tard, mais je te préviens que ça fait longtemps qu'un homme ne m'a pas fait rougir.

— Je prends le pari. Même si j'ai une cote à cent contre un, la peur de perdre ne m'arrête pas.

— J'aime bien les joueurs. Avant ça, et puisqu'on est débarrassés de ton ami flic, qu'est-ce que tu as fait à mon père pour qu'il te déteste comme ça ?

Quelle confiance Michel pouvait-il accorder à la fille de l'assassin de ses parents ? Derrière la séductrice, il entrevoyait une femme franche et honnête, mais pouvait-il courir le risque de se griller auprès d'elle ? En même temps, une telle chance d'entrer dans les secrets familiaux de son ennemi ne se présenterait pas deux fois. Elsa nota son hésitation : elle avait compris qu'il y avait quelque chose de grave entre Michel et son père. Elle savait que le vieux était capable du pire et elle voulait aider cet homme qu'elle ne connaissait pas trois heures plus tôt. Elle maîtrisait parfaitement l'effet qu'elle exerçait sur la gent masculine. Grande, les cheveux coupés à la garçonne, un corps mince, une poitrine ronde et menue bien mise en valeur : rien ne résistait à son visage parsemé de taches de rousseur. Plus d'un homme ou d'une femme avait perdu tous ses moyens en plongeant dans ses yeux gris. Michel l'avait cependant troublée : c'était un mec qui avait du charme, mais il ne faisait pas preuve de la suffisance dont débordaient les mâles en rut qu'elle pêchait dans les bars ou au cours de ses congrès professionnels. Elle décida de parler en premier. Peut-être avait-elle besoin de se confier après avoir revu son père et les souvenirs qu'il traînait avec lui ?

— Je suis l'héritière d'une drôle de lignée, Michel. Un siècle d'autoritarisme, de compromissions, de coups fourrés, de règlements de comptes... Tout ça pour des carrières qui permettent à peine d'entretenir les rêves de grandeur familiaux et qui nous ont transformés en objet de mépris pour la population. Seuls mon père et mes deux frères aînés pouvaient encore croire à leur toute-puissance. Quand le fameux Yann Karantec perdra sa mainmise économique sur la ville – et ça arrivera bien un jour –, ce sera la révolte. Un peu comme dans ces films où les gueux vont brûler le château du seigneur qui les a exploités ! Personnellement, ça ne me dérangerait pas de contempler le manoir de Kercadec en train de flamber : je donnerais cher pour que mes souvenirs partent en fumée.

— C'est ton dernier frère qui reprendra la suite ?

— Non, Malo est propriétaire de sa galerie de peinture et mon père le déteste. Malo est un garçon sensible, pas un coq de basse-cour. Le grand Yann Karantec, archétype du mâle viril, ne l'a pas supporté. Il l'a traité sans pitié, en pensant l'endurcir à force de brimades. Tu vois la psychologie de primate ! Quand il s'est rendu compte des tendances homosexuelles de Malo, il est carrément devenu fou. Rien n'était trop méchant ni trop humiliant pour faire rentrer dans le rang ce fils dégénéré ! Sincèrement, je ne comprends pas comment Malo a tenu le coup. Je ne sais pas comment il peut encore adresser la parole au monstre qu'est notre père... et je peux t'avouer qu'utiliser le mot de père pour Yann Karantec me hérisse le poil. Malo a courbé l'échine et, dès qu'il a pu, il a quitté Saint-Ternoc. Ma mère l'a aidé à monter son affaire en secret et son sens artistique lui a permis de réussir comme un chef.

— Alors ce sera toi ?

Elsa éclata d'un rire sec.

— T'es sérieux quand tu dis ça ?

— J'imagine mal la scène, mais, à moins de sortir un héritier du chapeau, je ne vois pas de solution.

— Pour ce qui est de l'héritier, on pourrait certainement en ramasser à la pelle. Mon père a disséminé son sperme dans toute la région, et un bâtard Karantec vit sans doute dans chaque village du Finistère Nord. Non, mon père est persuadé que l'éternité lui est due. La mégalomanie du pouvoir ! Malgré tout, je t'avoue que j'ai été ébranlée en le retrouvant cet après-midi. Il a soixante-treize ans et toujours l'air d'un jeune premier.

— C'est vraiment troublant et, sincèrement, j'ai eu du mal à le croire quand on me l'a présenté. Le portrait de Dorian Gray en version XXᵉ siècle ?

— Je n'ai trouvé aucune toile à la cave. Je l'aurais déchirée avec plaisir ! Selon ma mère, il est porteur d'une maladie génétique rare et il est soigné dans une clinique du côté de Londres. Il y allait régulièrement. Ils ont réussi à bloquer la dégénérescence de ses cellules. D'après ce que j'ai compris, ça lui coûte une fortune. Mais, honnêtement, qui supporterait de voir mourir ses enfants et tous les siens en restant éternellement jeune ? À part Yann Karantec…

— Tu sais ce qui se passe sur Maen Du ? demanda abruptement Michel.

Elsa le dévisagea, balançant entre suspicion et curiosité.

— Il va falloir que tu m'en dises plus. Cet après-midi, mon père a fait allusion à toi et t'a appelé le fouille-merde, terme tout à fait adapté au vu des odeurs de purin que dégagent ses affaires. Personnellement, je m'en fous, mais tu leur cherches quoi aux Karantec ?

Michel prit son temps pour répondre. Il se concentra et ferma les yeux. Au cours de sa jeunesse, il arrivait parfois à cerner l'état d'esprit de quelqu'un rien qu'en se recentrant sur lui-même et en analysant ce qu'il ressentait. Ça pouvait être une couleur, une impression de chaud ou de froid, une forme, une mélopée, n'importe quoi… Il n'avait plus pratiqué ces introspections depuis la mort de Marina, près de cinq ans auparavant. Cependant, l'alcool rejeta au loin ce souvenir et les barrières qu'il s'était fixées. Presque instantanément, une image s'imposa à lui : une sphère rouge aux contours imprécis. Elle était vivante et brûlante, comme de la lave bouillonnante. Autour de cette forme qui tournait lentement sur elle-même, tout était opaque, d'un noir effrayant qui absorbait la lumière qu'elle émettait. Cette obscurité rappelait celle d'un ciel de nouvelle lune et il y devina une présence malfaisante. Un frisson glacial parcourut son dos ; il se reconcentra aussitôt sur la sphère et, une fois la première sensation négative évacuée, une douce chaleur se diffusa en lui.

— Eh, qu'est-ce que tu nous fais ? Tu prépares un coma éthylique ?

Michel rouvrit brusquement les yeux et mit quelques secondes à replacer le décor du bar.

— Non, tout va bien, excuse-moi, la rassura-t-il en esquissant un sourire. La jeune femme effaça un rictus de contrariété.

— C'est flippant, ton truc. Pendant trente secondes, tu es devenu pâle comme un mort : tu semblais sur une autre planète.

— Je cherchais juste la bonne réponse à t'apporter, mentit-il.

— Attention, je détecte tout mensonge dans un rayon d'un mètre, prévint-elle en se rapprochant de lui.

— Tu es prête à entendre la vérité, ou du moins la mienne ?

— Elle est si difficile à accepter que ça ?

— Vu l'amour que tu portes à ton père, peut-être pas.

— Assez bavardé, balance tout !

69. CONFIDENCES

Michel lui raconta sa recherche des origines de Christophe Maleval, sans s'appesantir sur les détails de son enquête. Il conclut en évoquant le titre de propriété de l'île de Maen Du. Il ne parla ni de la vieille Soizic Le Hir, ni des relations qu'il entretenait avec Yves Le Goff ou Katell.

Si Elsa avait d'abord commenté les propos de Michel, elle s'était rapidement tue pour l'écouter avec attention. Ses traits étaient passés de l'incrédulité à la surprise, puis à la fureur. Après avoir entendu ces révélations, elle n'avait pu contenir des tremblements de rage. Elle leva la main pour commander deux nouvelles margaritas et se donner le temps de se ressaisir. Michel comprenait parfaitement qu'il venait d'ébranler l'héritière Karantec. Il lui avait dévoilé que son père possédait à la fois une fortune aussi louche qu'inattendue, mais également la recette de la jeunesse éternelle.

— Tu penses que mon père se doute que tu le suis à la trace ?

— Tu crois vraiment qu'il me laisserait boire tranquillement un verre avec sa fille s'il soupçonnait un seul instant que j'ai éventé son secret ?

— Et tu me fais confiance ?

— Oui.

Elsa le dévisagea, étonnée.

— Eh bien, tu aimes le risque !

— Je t'ai dit tout à l'heure que j'étais joueur. Mais, sur ce coup, je suis convaincu que j'ai eu raison.

— C'est plutôt flatteur. Mais si tu me racontes tout ça, c'est que tu attends quelque chose de moi.

— Sans doute, mais je ne sais pas exactement quoi. Vu ta réaction, tu ne savais rien de tout ça.

— Non, bien sûr, mais ça explique beaucoup de choses. Ça explique pourquoi cet enfoiré conserve les carrières de Saint-Ternoc pour blanchir l'argent de son trafic. Ça explique pourquoi il continue de se pavaner et de mener ses luttes de pouvoir pitoyables. Ça explique aussi pourquoi il a toujours ce physique de jeune premier. Maladie génétique et clinique anglaise : *fuck you*, Yann Karantec !

— Il ne vous a jamais proposé de suivre ce « traitement » ?

— Ça fait quinze ans que je me suis barrée, et nos relations sont pourries. Sur les photos que j'ai vues à la maison, Christian et Patrick semblaient vieillir normalement. Mon père préférerait crever plutôt que d'aider Malo en quoi que ce soit. Quant à ma mère, elle pécherait en s'opposant aux desseins de Dieu !

Puis, encore plus sérieuse, elle questionna Michel :

— Tu es arrivé à Saint-Ternoc comme romancier en panne d'inspiration et là, tu viens de me présenter les résultats d'une enquête digne de Sherlock Holmes. Pourquoi est-ce que tu t'es donné autant de mal à fouiller dans la vie des Karantec ? Tu pourrais tout balancer aux flics… Il y a forcément quelque chose de personnel dans ta démarche !

— Je n'avais jamais entendu parler des Karantec en mettant les pieds ici. Depuis, j'ai découvert des choses qui m'ont profondément secoué.

Elsa avait perdu une partie de la superbe qu'elle affichait au début de la soirée. Avec inquiétude, elle lâcha les mots qui lui brûlaient les lèvres depuis quelques secondes :

— Et le meurtre de Christian ? Tu y as trempé ?

— J'ai des griefs contre Yann Karantec, se cabra Michel, mais je ne suis pas un assassin !

— D'accord, je te crois, le calma Elsa, mais je suis prête à imaginer n'importe quoi.

— Je peux te poser quelques questions à mon tour ? s'enquit Michel.

— Après tout ce que tu m'as raconté, je peux difficilement dire non. Vas-y !

— Parle-moi de Maen Du !

— Pour ça, c'est Malo que tu devrais rencontrer. Malgré tous les efforts de mon père pour l'en dégoûter, il s'est toujours intéressé à cette île.

— Pour tout t'avouer, j'en ai déjà discuté avec Pierre Quénéhervé. Tu le connais ?

— Oui ! En fait, je connaissais surtout son fils Alain, qui tenait une librairie sympa à Brest. Quand j'étais ado, j'y passais ma vie. Pour revenir à Malo, il a traîné des centaines d'heures dans les bibliothèques pour découvrir l'histoire de Maen Du. Ces rochers inhospitaliers le fascinent. Va comprendre pourquoi !

— Et il t'en a parlé ?

— Un peu, mais je l'écoutais d'une oreille distraite. Si tu veux, je t'organise un rendez-vous avec lui. Je suis persuadée qu'il partagera avec plaisir ses connaissances sur Maen Du, surtout après une nuit à Kercadec. Sincèrement, avec tout ce que le vieux lui envoie, je me demande comment il fait pour rester dormir là-bas. Je te propose de le retrouver demain matin à dix heures à l'hôtel.

— Tu maîtrises son emploi du temps ?

— Non, mais il ne peut rien refuser à sa petite sœur… surtout une rencontre avec un bel homme.

— Alors je penserai à me coiffer, plaisanta Michel.

— Parfait, il adore les gens propres sur eux. Mais, ajouta-t-elle en lui posant délicatement les doigts sur la nuque, je ne peux pas lui laisser la primeur d'un mec comme toi. Malgré tes révélations sur mon père, tu n'as pas réussi à me retirer l'idée de faire l'amour avec toi. Au contraire…

— Effectivement, c'est que tu en as très envie, réagit-il en lui glissant une main sur la hanche.

— Pas toi ? souffla-t-elle en remuant lentement son bassin.

— Je dois vraiment te répondre ? éluda-t-il en plongeant ses yeux dans le regard d'Elsa, véritable appel à la luxure.

— Dis-moi ce que tu vas me faire, ordonna-t-elle en se collant lascivement à lui.

Totalement désinhibé par l'alcool et la sensualité d'Elsa, Michel lui chuchota quelques mots à l'oreille.

— Hmmm, tu sais parler aux femmes ! s'amusa-t-elle. Mais cette nuit, on verra si tu agis aussi bien que tu racontes.

70. LA GEÔLE

Le silence lourd et épais lui comprimait les parois crâniennes. Ou peut-être était-ce le traitement qu'il endurait depuis maintenant... depuis quand d'ailleurs ? Il ne savait plus s'il était retenu prisonnier dans cette cave depuis deux jours, une semaine, un mois ou davantage. Il avait totalement perdu la notion du temps. L'obscurité complète de la cellule, le froid permanent, la violence de ses geôliers et surtout les expériences ignobles qu'ils lui faisaient subir l'avaient rendu à moitié fou ! À la fin de la dernière séance, il avait souhaité mourir, juste pour que la souffrance cesse. Cependant, une petite voix secrète lui intimait de rester en vie. La première fois qu'il l'avait entendue, trois jours auparavant, il avait pensé délirer, anéanti par trop de douleur. Depuis, elle lui avait de nouveau parlé, rassurante ; alors, sans savoir pourquoi, il lui avait obéi. Son intuition l'avait déjà sauvé, même s'il n'imaginait pas quelle issue favorable pourrait le sortir de là.

Qu'avait-il fait pour mériter un tel acharnement ? Le destin s'était-il uniquement amusé à le mettre au mauvais endroit au mauvais moment ? Il secoua les bras pour tenter de chasser l'engourdissement qui le paralysait depuis des heures ou des jours. Il était nu, un bracelet de fer, relié au mur par une chaîne, attaché à chaque poignet. Il ne pouvait se déplacer que sur une surface d'un mètre carré. Régulièrement, ses tortionnaires venaient l'arroser avec de l'eau glacée, par pur sadisme. Il grelottait alors pendant des heures et avait attrapé une fièvre terrible... dont il avait guéri. Ils lui apportaient une sorte de brouet qu'ils lui faisaient ingurgiter de force. Il l'avalait, car il devait rester en vie. Il avait fait fi de sa dignité et n'avait d'autre choix que de faire ses besoins sur place, quitte à devoir ensuite s'asseoir dans sa propre merde. De temps en temps, le contenu du seau d'eau ne lui était pas destiné, mais chassait l'urine et les excréments qui s'entassaient sous lui. Il ne savait pas pourquoi, mais même si sa torture semblait éternelle, il fallait survivre et repousser la terreur grandissante.

Le claquement d'une clé dans la serrure le fit sursauter. Peut-être lui apportait-on à manger ? Une boule d'angoisse noua son ventre. Il devina trois ou quatre ombres qui pénétraient dans sa cellule.

— Alors mon ami, je vois que vous êtes en pleine forme ?

Aveuglé par la lumière crue des deux spots braqués sur lui, il ferma les yeux.

— Êtes-vous satisfait du gîte et du couvert ? ironisa l'un de ses visiteurs.

Cette voix, la même à chaque séance ! Son état de fatigue ne lui permettait pas assez de concentration pour y associer un nom ou un visage.

— Vous devenez une véritable vedette ! poursuivit l'inconnu alors qu'un deuxième geôlier poussait une servante métallique. Cela en est arrivé à un point tel que nombre de vos admirateurs veulent savoir jusqu'où vous pourrez mener votre performance. En tant que maître de cérémonie, vous comprendrez bien que je ne peux pas les décevoir.

Le prisonnier avait plissé les yeux pour tenter de reconnaître celui qui s'adressait ainsi à lui. La panique lui glaça la colonne vertébrale lorsqu'il vit son bourreau saisir un objet qui brilla sous les rayons du projecteur.

— Marc, installez la caméra et vérifiez la lumière. La dernière fois, le film était un peu surexposé, ce qui en a gâché la qualité. Maintenant, je vais m'occuper de notre invité.

L'inconnu s'approcha du captif et, malgré ses mouvements désespérés, lui attrapa le bras droit sans difficulté. Il l'inspecta et, satisfait, appela l'un de ses acolytes.

— Mais tout cela est parfait, un vrai membre d'adolescent. Marc, filmez-le avec un cadrage serré, s'il vous plaît. Ce reportage doit convaincre les spectateurs, même les plus réticents.

— Ça y est, monsieur, c'est dans la boîte.

— Commencez par un plan large, puis vous vous concentrerez sur mon travail.

Le prisonnier se força à garder les yeux ouverts. Il finirait bien par distinguer les traits de son bourreau dans la lumière du projecteur. L'homme regarda amoureusement le scalpel et glissa à l'oreille de sa victime.

— On va bien s'amuser tous les deux.

Le détenu devina une fraction de seconde le visage de son tourmenteur… Un masque, il portait un masque de carnaval ! La douleur coupa court à sa déception. La lame venait de s'enfoncer dans la chair de son avant-bras. D'une voix guillerette, le tortionnaire expliquait son cheminement à un spectateur invisible.

— J'ai d'abord pelé un morceau de peau d'une quinzaine de centimètres de longueur, vous me voyez maintenant inciser le muscle. Je mettrai l'os à nu afin que vous puissiez apprécier l'efficacité du produit que nous vous offrons. Notez que c'est la troisième fois que je mène ces travaux sur ce patient si coopératif.

Quand les cris de sa victime couvraient ses paroles, il opérait une pause dans ses commentaires, sans pour autant mettre fin à son dépeçage :

— Après avoir étudié le bras, intéressons-nous à des organes vitaux, par exemple le foie. Nous savons comme il est précieux et fragile.

Il n'entendait plus ce que racontait son tourmenteur. Seule la petite voix, implorante, lui demandait de résister encore un peu. Tout son corps lui disait d'abandonner, de ne plus tenter de supporter cette souffrance qui le conduisait irrémédiablement vers la folie. Quand la lame s'enfonça dans son abdomen, il perdit connaissance.

71. MALO. 9 AVRIL 1985

Il était neuf heures quand Michel descendit dans la salle du petit déjeuner. La nuit qu'il avait passée avec Elsa avait été torride. La jeune femme avait transformé la rage qui bouillonnait dans ses veines en une débauche physique et sensuelle. Elle avait ensuite rapidement regagné sa chambre, le laissant seul dans les draps encore brûlants. Alors qu'il pensait s'effondrer de sommeil, Michel avait mis du temps à s'assoupir. Toutes les révélations des deux journées précédentes, son dîner et sa nuit avec Elsa s'entrechoquaient dans sa tête. Il ne savait pas vraiment dire ce qu'il éprouvait exactement pour cette fille, mais il était évidemment sous le charme. Vers quatre heures, il avait ouvert la fenêtre, et le bruit des vagues qui, au loin, s'écrasaient sur les rochers l'avait bercé puis endormi.

Michel remarqua, au fond de la pièce, Elsa attablée avec un inconnu. Il se dirigea vers eux. Elsa se leva et l'embrassa sur la joue.

— Michel, voici mon frère Malo. Malo, c'est le romancier dont je t'ai parlé et avec qui j'ai passé la nuit.

Au moins, les choses avaient le mérite d'être claires. Les deux hommes se serrèrent la main et Michel s'installa. Katell, un sourire aux lèvres, déposa devant lui un broc de café et une panière remplie de croissants. Affamé, Michel avala une viennoiserie, puis s'adressa à Malo.

— C'est sympa de vous être joint à nous aussi vite, monsieur Karantec.

— Appelez-moi Malo, le coupa l'homme replet qui le regardait avec un sourire triste. Elsa est passée me réveiller ce matin à l'aube et m'a raconté votre histoire.

Ennuyé, Michel tourna la tête vers la jeune femme, qui touillait machinalement son café. Elle haussa les épaules d'un air distrait.

— Malo est la seule personne en qui j'aie confiance.

— Bien, vous connaissez maintenant l'origine de la fortune de votre père, admit Michel, fataliste.

De toute façon, le mal était fait. Il ne restait qu'à voir ce que le benjamin des garçons Karantec pourrait lui apprendre.

— Vous le saviez ? questionna-t-il en saisissant un second croissant.

— Non, bien sûr, mais ça ne m'a pas étonné. Je n'ai jamais vraiment cru à cette maladie génétique qui n'aurait frappé que lui, même si l'explication que vous apportez est très surprenante. Je vous propose qu'après votre petit déjeuner nous allions nous promener en bord de mer. Ce sera plus tranquille que dans cette pièce bourrée de journalistes qui se dévissent le cou à force de tendre l'oreille.

Elsa avait laissé les deux hommes quitter l'hôtel seuls, puis avait regagné sa chambre pour tenter de grappiller quelques heures de sommeil. Elle ne voulait pas apparaître aux funérailles de son frère avec cette mine de déterrée. Son père se réjouirait de cet aveu de faiblesse. Après ses ébats, elle n'avait pas pu dormir et avait passé la nuit à pleurer : les digues qui contenaient ses émotions depuis tant d'années s'étaient brisées ! Elle ne l'avait pas vu venir. Retrouver son père avait été beaucoup plus traumatisant qu'elle ne l'avait imaginé : malgré les années, elle méprisait toujours autant son géniteur. Les révélations sur l'origine de la richesse de Yann Karantec avaient ajouté une couche supplémentaire à la haine qu'elle entretenait avec une obstination presque masochiste. C'est la soirée avec Michel qui avait rompu ses défenses. Depuis son adolescence, elle avait évité toute relation amoureuse et ne cherchait avec les hommes qu'une intense, mais vaine, satisfaction physique. Elle était le « super-coup » que les mâles se vantaient d'avoir « tiré ». Aucun ne se rendait compte que c'étaient eux qui rampaient à ses pieds. Nombre d'entre eux étaient devenus dingues d'elle ! Elle dédaignait leurs sentiments sirupeux, les fleurs ou les bijoux qu'ils lui envoyaient, leurs regards implorants. Cependant, elle savait qu'ils éprouvaient une sensation de manque terrible ; passer une nouvelle nuit avec elle devenait leur obsession et ils commettaient toutes les folies pour retrouver son lit... Jamais elle ne leur avait offert ce plaisir !

La bienveillance naturelle de son partenaire l'avait déstabilisée. Elle n'avait décelé en lui aucune tentative de manipulation et, pour la première fois, elle avait baissé la garde. Tout avait alors basculé, et la vacuité de sa vie lui avait sauté au visage. Elle faisait semblant depuis l'âge de l'adolescence, depuis que, jour après jour, son père avait vicieusement détruit sa confiance en elle. Pour se préserver, elle s'était créé cette image de femme forte et fatale à laquelle tout le monde croyait. Tout le monde, sauf Malo. Elle rencontrait son frère chaque fois qu'il venait à Paris pour affaires, et il était son confident. Ce matin, quand elle lui avait parlé de Michel, il ne l'avait pas interrompue, puis il avait souri. Ce sourire la réjouissait et la terrorisait. Elle ne se sentait pas prête à abandonner ses défenses.

Épuisée, Elsa décida de repousser son introspection à plus tard. Elle referma le rideau, jeta ses vêtements sur le sol et, après avoir pris une longue douche, s'enfouit sous ses draps.

Malo Karantec et Michel s'étaient dirigés vers la plage de Crec'h Hellen, sur une des presqu'îles qui protégeaient la crique. Ils avaient entamé une conversation presque mondaine.

— Quand j'étais petit, j'allais souvent au bout de la pointe de Penmarch. J'y trouvais une solitude bienvenue et je pouvais contempler l'île de Maen Du. Vous vous êtes déjà promené dans le coin ?

— J'ai eu l'occasion de marcher jusqu'au « trône de Corwaden » et d'y admirer l'océan.

— Alors vous êtes en train de vous intégrer à la région. Une tradition dit que si l'on s'assied une fois dans le fauteuil du roi on s'y installera au moins trois fois… Vous vouliez donc des informations sur l'île de Maen Du.

— Exact. Comme votre sœur vous a raconté notre discussion, j'imagine que vous avez compris ce que je recherche ?

— Maen Du et le mystère de l'éternelle jeunesse !

— Vous y croyez ?

— Oui. Peut-être parce que je suis breton et que ces légendes sont inscrites dans mes gènes ?

— Je le suis également, mais je ne pense pas que mes gènes soient aussi réactifs que les vôtres.

— Regardez-la bien ! suggéra Malo en tendant le bras vers l'île qui apparaissait au loin. Elle va hanter votre esprit pour longtemps.

— Pierre Quénéhervé m'en a déjà parlé, mais je n'aurais rien contre quelques compléments.

72. MAEN DU

Malo Karantec raconta l'histoire de l'île, l'édification du cromlech et de l'allée couverte, la première construction d'un monastère au IXe siècle, sa mise à sac par des pillards nordiques, puis sa rénovation et son embellissement par les bénédictins. Saint-Ternoc était devenue l'une des deux mille abbayes bénédictines du XIIe siècle.

— Qui était saint Ternoc ? demanda Michel.

— L'un des nombreux moines arrivés du pays de Galles, d'Irlande ou d'ailleurs pour évangéliser l'Armorique. Il est très difficile de séparer la légende de la réalité à cette époque. Une théorie le présente comme l'un des compagnons de saint Paul Aurélien, appelé aussi saint Pol de Léon, un Gallois qui a christianisé la région au VIe siècle. La grande histoire a retenu le patronyme de sept moines, mais saint Ternoc n'en fait pas partie. Il a cependant été à l'origine du succès de l'abbaye à laquelle les bénédictins ont donné son nom. Saint Ternoc avait une réputation de thaumaturge. Les pèlerins accouraient de la Bretagne entière pour approcher les reliques de Ternoc et demander la guérison de leurs maux. J'ai découvert, après des années de recherches, que le roi Louis VII s'y serait même rendu en secret en 1164.

— 1164… Ça s'est donc passé juste avant la naissance de son fils Philippe Auguste, c'est bien cela ?

— Bravo ! D'après ce texte écrit par un moine inconnu, Louis VII, qui n'avait eu que des filles, ne pouvait plus procréer. La vénération des reliques de saint Ternoc lui a permis d'avoir non seulement un nouvel enfant, mais en plus un garçon, le futur héritier du trône de France. J'ai également retrouvé la trace d'un gros versement du trésor royal à l'abbaye, précisa Malo.

— Vous n'avez jamais pensé à faire des études d'histoire ? Vos travaux m'impressionnent.

— L'histoire ainsi que la peinture sont mes deux passions. Malheureusement, mon père m'a forcé à me lancer dans le commerce, ce qui ne m'intéressait absolument pas. Ce n'est qu'à vingt et un ans que j'ai repris ma liberté. Mais trêve de digressions : à la lumière de ce que vous nous avez raconté, nous nous trouvons peut-être face au premier cas officiel d'utilisation de cette eau miraculeuse.

— Si on en croit les dires de Christophe Maleval, cette eau permet de guérir de graves blessures. Pour revenir à Louis VII, à votre avis, pourquoi n'a-t-il pas mis la main sur cette source extraordinaire... car, qu'est-ce que ça pourrait être d'autre qu'une source ?

— Vous pouvez faire confiance aux bons moines pour garder leur secret bien protégé. Ils ont sans doute accordé à saint Ternoc la paternité de ce miracle pour éviter d'attiser la convoitise. Imaginez la richesse de ceux qui détiendraient la puissance de ne jamais vieillir !

— Votre père est l'un de ceux-là, Malo, et son compte en banque est chargé à millions ! Par contre, on a beau être breton et au pays d'Astérix, difficile de comprendre l'origine d'une telle potion magique… ou de cette source miraculeuse.

— Impossible même, mais les faits parlent d'eux-mêmes.

— Avez-vous découvert d'autres documents qui attesteraient l'existence de cette source ? poursuivit Michel.

— L'abbaye est restée très renommée jusqu'au milieu du XIVᵉ siècle, puis elle a rapidement perdu de son prestige. La guerre de succession de Bretagne a apporté beaucoup de troubles dans la région. Les moines ont sûrement préféré tarir la source plutôt que de la voir tomber entre des mains mal intentionnées. Ensuite, je n'ai plus trouvé une seule allusion au pouvoir des reliques de saint Ternoc dans des écrits officiels, conclut Malo.

— Et d'après vous, à quelle époque cette source serait-elle réapparue ? Elsa m'a dit qu'elle avait toujours connu votre père jeune.

— Certainement juste après la Libération. Si les Allemands avaient deviné son existence, ils l'auraient bien évidemment exploitée. Le rachat de l'île fin 1945 corrobore cette hypothèse.

— Ça fait quarante ans que ce trafic a débuté, commenta Michel, pensif.

La gourde que sa mère avait jointe à son maigre trousseau contenait sans doute le produit miracle. Paul Carhaix, son père, serait mort pour avoir percé le secret des Karantec. Et, pendant ce temps, Yann abusait de Blandine, qui se sacrifiait par amour pour son mari. Une fureur froide s'empara de Michel, mais il la chassa rapidement. Il y avait un temps pour tout.

— Vous êtes-vous déjà rendu sur Maen Du ? demanda Michel à son voisin, qui ne quittait pas l'île des yeux.

— Oui, souvent.

— Quénéhervé m'a pourtant dit qu'elle est sévèrement surveillée.

— Elle l'est, mais j'ai toujours échappé à la vigilance des gardiens… même si j'ai parfois frôlé la correctionnelle, sourit Malo. À huit ans, je m'étais inscrit à l'école nautique de Saint-Ternoc. Malgré ce qu'il m'infligeait, je voulais me faire aimer par mon père et qu'il soit fier de moi. Je comptais sur la voile pour ça. Une fois de plus, il m'a raillé en racontant que du sang de pêcheur coulait dans mes veines. Pour lui qui était un terrien et méprisait tous ceux qui tiraient leur subsistance de l'océan, c'était une insulte. Ça ne m'a pas empêché de continuer et ça m'a même sans doute motivé. Quand je naviguais sur mon bateau, je m'éloignais des brimades que je subissais à terre. Cette île représentait pour moi le paradis : un havre de paix où personne ne me harcèlerait, où je pourrais me consacrer à la peinture sans essuyer les moqueries permanentes. Bon, je ne vais pas me psychanalyser devant vous, cela vous déprimerait. À l'âge de treize ans, je savais parfaitement me débrouiller avec tout ce qui flottait sur la mer. Dès que j'en avais l'occasion, je me rendais sur Maen Du, de préférence au crépuscule. J'accostais dans une petite crique discrète à la tombée de la nuit et je me promenais. Je ne me suis jamais fait attraper. J'y ai abordé plus d'une cinquantaine de fois entre 1962 et 1970. J'y suis retourné pour la dernière fois il y a cinq ans. Ma vigilance avait baissé, et seule ma connaissance des lieux m'a permis d'échapper aux gardiens. Ils avaient ajouté un chien à leur système de protection.

Pressé d'entendre la suite, Michel respecta tout de même la rêverie du dernier héritier Karantec. Il attendit un moment, puis rompit le silence.

— Qu'avez-vous découvert ?

— C'est un site magique… si l'on fait fi des bâtiments du pénitencier et des blockhaus. J'ai réussi à passer deux nuits de pleine lune au centre du cromlech. Ça peut sembler étrange, mais j'avais l'impression d'être en communion avec tous ceux qui s'y étaient recueillis au fil des millénaires.

— Et pour la source ? interrogea le romancier, pour revenir à ce qui était pour lui l'essentiel.

— Aucune idée de l'endroit où elle peut se trouver. Évidemment, aucun document n'en fait mention. À l'époque, une demi-douzaine de personnes résidaient en permanence sur Maen Du. Il y a un poste de garde à côté de la cale, au sud de l'île. En 1970, deux gardiens occupaient la maison. Les autres habitaient dans l'une des ailes du pénitencier spécialement réhabilitée. J'y ai poussé plusieurs fois des excursions. La porte d'entrée est blindée et les fenêtres sont toujours équipées de barreaux. Au bout de la pointe nord, ils ont transformé un blockhaus en salle technique. C'est au pied de cette falaise qu'ils ont installé l'usine marémotrice sous-marine qui fournit en électricité le réseau de l'île. Du temps de l'exploitation de la prison, le courant était généré par des groupes électrogènes alimentés au pétrole.

— Comment pensez-vous qu'on puisse accéder à cette source ?

— Comme ma famille l'a manifestement redécouverte en 1944 ou 1945, j'imagine que c'est en partant du pénitencier. C'est sans doute en creusant pour construire de nouvelles cellules que mon grand-père est tombé dessus. À quoi peut-elle ressembler ? Je n'en ai aucune idée. Et vous ?

— Pas mieux. Une question qui va vous sembler stupide : l'eau, dans la région, possède-t-elle des propriétés particulières ?

— Pas que je sache. L'eau du robinet est chargée en nitrates et en résidus de pesticides, mais jamais je n'ai entendu dire que ça offrait des bienfaits quelconques pour la santé.

— Et une source sur une île située à huit kilomètres de la côte, ça ne vous paraît pas bizarre ?

— Je ne suis pas spécialiste en hydrologie, mais ça me surprend moins qu'une eau miraculeuse.

Michel hocha la tête en signe d'assentiment. Tout cela n'avait pas de sens…

— Est-ce que je peux vous demander quelque chose à mon tour ? sollicita Malo d'une voix douce.

— Je vous en prie.

Le galeriste, vêtu d'une chemise blanche, d'un manteau en laine, d'un foulard en soie noué autour du cou et de mocassins en daim à pompons, semblait décalé dans cette tenue, assis face à l'océan.

— Quels sont vos projets ? Vous voulez prendre l'île d'assaut et récupérer le précieux breuvage ? ajouta-t-il en souriant.

— Pour être franc, je n'en ai aucune idée. Et, par ailleurs, je n'ai pas de tendance suicidaire.

— Et si vous aviez mon père entre vos mains, quel sort lui réserveriez-vous ?

Surpris par la question, Michel bafouilla :

— Comment ça ?

— Elsa m'a dit que vous ne l'aimiez pas, et j'en ai eu la confirmation pendant nos échanges. Je connais sa capacité à détruire. Hier soir, malgré son air bravache, il était effrayé. Bien sûr, on a tous peur à cause de l'assassin qui rôde, et moi le premier… mais vous l'effrayez tout particulièrement. Veuillez m'excuser, reprit Malo, soudain mal à l'aise, mes propos n'ont aucun sens.

Il se leva et secoua son manteau.

— J'ai promis à ma mère de rentrer à Kercadec pour l'heure du déjeuner. Elle a besoin de moi pour finir de préparer la messe d'enterrement de Christian. Je vais devoir y aller.

Les deux hommes rebroussèrent chemin pour rejoindre l'hôtel. Ils croisèrent François Menez, qui les salua amicalement. Le photographe avait réalisé quelques reportages sur la galerie de peintures de Malo et semblait bien le connaître. Il les quitta rapidement pour s'occuper de son magasin. La présence de la presse à Saint-Ternoc représentait une occasion qu'il ne devait pas rater de faire grossir son chiffre d'affaires. Malgré la volonté de la famille Karantec, la cérémonie des funérailles serait observée de près et largement commentée.

Arrivé sur le parking, Malo se dirigea vers une Jaguar XJ6 coupé. Même si les voitures ne l'attiraient pas spécialement, Michel ne put s'empêcher d'admirer les formes racées du bolide. Malo lui serra la main.

— Vous viendrez à l'enterrement ?

— Je ne pense pas y être le bienvenu. Je vous remercie pour le temps que vous m'avez accordé et pour vos précieux renseignements. Peut-être nous croiserons-nous avant votre départ ?

— L'avenir nous le dira. Dans tous les cas, je serais heureux de vous faire les honneurs de ma galerie à Brest. Passez me rendre visite, j'en serai flatté.

— Avec plaisir.

Malo lui sourit, puis ajouta gravement :

— Vous reverrez sans doute ma sœur. Je ne sais pas ce que vous ressentez pour elle, et ça ne me regarde pas. Mais je vous demande une chose : respectez-la. Sous ses airs de femme fatale, elle est particulièrement fragile. Ne jouez pas avec elle… s'il vous plaît.

Avant que Michel puisse répondre, Malo lui adressa un petit signe de la main et s'engouffra dans sa voiture. Il démarra et s'éloigna sur la route, laissant Michel dans un abîme de perplexité.

73. ENTENTE CORDIALE

Une limousine aux vitres teintées était garée dans le parking du domaine de Kercadec. Costume noir, épaules de déménageur et cheveux en brosse, deux gardes du corps à l'allure caricaturale surveillaient le véhicule. Un autre vigile était posté devant la porte du bureau de Yann Karantec, un talkie-walkie à la ceinture et un revolver sous la veste.

Dans l'antre du maître de Saint-Ternoc, Philip Mayerthomb et Yann Karantec se regardaient sans aménité : deux requins dans une piscine.

— Je veux d'abord vous présenter mes condoléances, Yann. Transmettez-les à votre femme de ma part. La perte de votre second garçon doit être terrible… mais elle est aussi très inquiétante. Expliquez-moi le foutoir qui règne à Saint-Ternoc ! Vous savez que nos clients tiennent au nectar que nous leur livrons comme à la prunelle de leurs yeux. Un problème de fourniture s'avérerait… *how could I say ?*... particulièrement préjudiciable pour vous.

— Vos condoléances me vont droit au cœur, Philip, réagit Karantec, amer. Cette situation serait potentiellement autant préjudiciable, comme vous dites, pour vous que pour moi. Quoi qu'il en soit, vous pourrez rassurer les huiles de la Godfather Ltd. Je contrôle parfaitement l'île. Pour Christian, c'est une autre histoire.

Les deux hommes se connaissaient depuis quarante ans, et leur aspect physique n'avait pas évolué depuis l'année 1945. Ils n'avaient jamais eu de relations d'amitié, mais reconnaissaient mutuellement leur efficacité et leur sens des affaires. Toutefois, si rien ne menaçait leur trafic pour le moment, les alertes se multipliaient.

— Encore désolé pour votre fils, Yann. Vous êtes sûr que son meurtre n'est pas lié à nos activités ?

— Oui ! Il est victime d'un règlement de comptes. Par contre, je ne comprends pas qui peut en vouloir à ce point à ma famille, et surtout qui aurait assez de couilles pour commettre ces crimes ! Je pensais tenir une piste, mais elle s'est effondrée avec la disparition de Maleval et la mort de Christian.

— Vous, les Français, et vos *balls* que vous mettez à toutes les sauces...

La tension entre les deux hommes avait baissé d'un cran. Cependant, la contrariété se lisait sur le visage généralement impassible de l'Anglais.

— Il fallait que je vous voie : nous devons absolument prendre des mesures très sérieuses, Yann. C'est la raison pour laquelle j'ai décollé à l'aube de Cambridge.

— Je vous écoute, Philip. Vous pouvez parler sans crainte. Mon bureau est sûr.

— L'un de mes contacts, un ancien agent du MI5, m'a appelé hier : il a gardé d'excellentes relations avec ses collègues du service. Je vous passerai les détails, mais je peux vous dire que quelqu'un s'est intéressé à notre société Black Isle ainsi qu'à nous deux.

Karantec se redressa aussitôt. Pour la première fois en quarante ans, son nom était officiellement mêlé à ce trafic.

— Qui est-ce ? gronda-t-il.

— On ne connaît pas l'identité de notre curieux ; on sait juste que la demande de renseignement vient de France. Vous avez une idée ? glissa l'Anglais.

Karantec pensa instantanément à Navarre. Comment ce romancier aurait-il pu remonter jusqu'à Black Isle ? Certes, Navarre avait discuté avec quelques habitants du village, mais personne ici n'imaginait que Maen Du puisse contenir un tel trésor.

— Non, je ne vois pas, répondit Karantec, agacé.

— Et Maleval ? Quand on a fini par découvrir le mois dernier que c'était lui qui avait assassiné Edward Burrough, le revendeur de Chelsea, ça en a surpris plus d'un. Vous pouvez m'assurer qu'il n'a pas réussi à tromper votre vigilance ? insista Mayerthomb.

— S'il cherchait quelque chose à Saint-Ternoc, Maleval n'a rien trouvé, s'insurgea Karantec. Par ailleurs, si vous choisissiez des collaborateurs un peu plus fiables, ça ne se serait jamais passé.

— *All right*, ne nous fâchons pas. Je suppose que vous avez tout de même enquêté sur son entourage.

— Vous savez ce qui est arrivé à Maleval. Nous n'avons plus rien à craindre de sa part. Quant à ses fréquentations, elles se comptaient sur les doigts d'une main : une instit plus jeune que lui de quinze ans dont il s'est amouraché, un marin asocial et un autre à la retraite depuis plusieurs années. Je termine avec le photographe du village, qui vit dans son coin, mais est inoffensif.

— Vous avez fouillé les antécédents de ce type ? s'entêta l'Anglais.

— Bien sûr, vous me prenez pour un amateur. D'ailleurs, j'ai régulièrement affaire à lui. Ces trois dernières années, il a assuré tous les reportages de toutes les commémorations auxquelles je participe en tant qu'élu. C'est quelqu'un de fiable.

— Il ne s'est jamais intéressé à Maen Du ? continua Mayerthomb.

— Pas spécialement. Il m'a demandé une fois s'il pouvait s'y rendre pour photographier les ruines de l'abbaye, mais il n'a pas insisté quand je lui ai dit que l'île était privée et que l'accès en était interdit.

— Peut-être aurait-il pu rencontrer Maleval au cours d'une vie professionnelle antérieure ?

— Écoutez, Philip, vous commencez à me fatiguer. D'après ce que vous avez appris, Maleval aurait été mercenaire en Afrique. J'ai poussé mes recherches, et François Menez a bourlingué à travers le monde. Il est aussi passé en Afrique, mais l'Afrique, c'est grand comme plus de cinquante fois la France. Alors je veux bien croire aux coïncidences, mais il y a des limites.

Philip Mayerthomb esquissa une moue, pas totalement convaincu par les arguments de son partenaire. Il enchaîna :

— Et ces dernières semaines, vous avez noté des présences suspectes à Saint-Ternoc ?

Yann Karantec hésita encore un instant et lâcha finalement le nom de Navarre. Les deux hommes poursuivirent leur discussion animée pendant une quinzaine de minutes. L'Anglais la conclut :

— Surveillez-le de très près. Même s'il ne semble pas être votre meurtrier, son intérêt pour ce pêcheur sorti de nulle part est louche. Rien ne dit qu'il n'aurait pas téléguidé l'assassinat de votre fils Patrick depuis Paris. Peut-être devrait-il avoir un malheureux accident…

— Faire disparaître un concurrent ne m'a jamais dérangé, mais il y a un paquet de flics dans le coin en ce moment.

— À vous de voir, mais je ne peux que vous inviter à la prudence, Yann. Êtes-vous prêt à ne plus mettre les jolies filles qui vous excitent dans votre lit ? Plus encore, êtes-vous prêt à vieillir, Yann ? Vous savez comme moi ce qui se passe quand on arrête une cure après plusieurs années de traitement… Alors après quarante ans…

Non, Karantec ne se laisserait dépouiller ni de son argent ni de sa jeunesse.

— Je n'ai pas besoin de vos conseils pour me protéger et venger mes fils, Philip. Soyez rassuré de ce côté-là.

— *Perfect* ! Et en ce qui concerne l'accélération de la production, vous avez trouvé une solution ?

— Comme je vous l'avais dit, un géologue m'avait fait chier avec des mises en garde alarmistes. Je l'ai dégagé, et j'ai fini par y arriver. Tout est en place, et je viens de lancer notre projet. Je vais multiplier par trente la quantité de produit disponible sur le marché.

— Excellente nouvelle ! Non seulement nos clients se battent pour notre potion, mais la *Godfather* a réussi à tripler les prix en créant une pénurie fictive. Pour utiliser une expression qui vous parle, Yann, on va se faire des *golden balls* !

Yann Karantec accompagna Mayerthomb jusqu'à sa limousine. La satisfaction que lui apportaient ses affaires était obscurcie par la mort de ses deux fils aînés. L'insouciance de Patrick l'amusait et il avait compté sur Christian pour reprendre la société familiale : il aurait eu le temps de le former ! Mais ils étaient morts, morts massacrés ! Il ne lui restait plus qu'un garçon qu'il rejetait et une fille qu'il détestait… peut-être parce qu'elle avait un caractère aussi fort que le sien. Qui avait commis ces crimes ? Cette question l'obsédait ! Il devait se protéger, car il savait qu'il était le prochain sur la liste. Il devait se protéger… ou disparaître.

74. SORTIE DE CLASSE

Michel avait décidé de ne pas assister à la messe d'enterrement de Christian Karantec. Il n'éprouvait que mépris pour cet homme qui avait abusé de Katell. Il n'avait pas non plus envie de croiser le maître de Saint-Ternoc.

Après les révélations de Malo, il était retourné à l'hôtel et Augustin Palangon l'avait officiellement interrogé dans le cadre de l'instruction. Si l'enquêteur avait été très disert au cours de leur précédente réunion chez l'ex-commissaire Kerandraon, il avait fait preuve de beaucoup plus de discrétion lors de leur entretien matinal. Malgré la cordialité de leurs échanges, Michel avait compris qu'il figurait sur la liste des suspects. Sans doute pas en première ligne, cependant le mystère autour des homicides forçait l'inspecteur à prendre en compte toutes les hypothèses, même les plus folles. Palangon avait noté sans tiquer son alibi de la nuit du meurtre, mais il ne semblait pas totalement convaincu par le dîner chez Yves Le Goff avec Katell. Michel avait quand même appris qu'une bonne partie de la population de Saint-Ternoc avait déjà été entendue par les forces de l'ordre. Toutefois, si le policier avait des pistes, il s'était bien gardé de les partager. Ils s'étaient séparés juste avant le déjeuner. Augustin Palangon était descendu sur le port avec l'un de ses collègues pour poursuivre ses investigations. Il était persuadé qu'il récolterait plus de confidences en face d'un café ou d'un verre de blanc que dans sa salle d'interrogatoire improvisée de l'*Hôtel des Boucaniers*.

Après un repas pris sur le pouce, Michel s'était octroyé une petite sieste. Les dernières nuits avaient été courtes et il avait besoin de conserver sa vigilance durant les journées à venir. Il avait un rendez-vous à seize heures.

L'école primaire de Saint-Ternoc accueillait une centaine d'élèves de six à douze ans. Quatre salles de classe occupaient un bâtiment austère aux murs de granit, prolongé par un préau recouvert de tuiles d'ardoise. Devant les classes, une cour de récréation, agrémentée des classiques platanes plantés dans presque toutes les écoles de France. Michel, discrètement posté à une cinquantaine de mètres du portail, ne s'était pas mêlé aux mères de famille qui attendaient les enfants. Quelques femmes s'étaient portées volontaires pour récupérer les plus petits et les garder le temps d'un goûter. Elles permettaient ainsi aux autres d'assister à la cérémonie funèbre qui se déroulait au même moment à l'église. Il n'y avait pas tous les jours autant d'animation et de mystère à Saint-Ternoc !

Une sonnerie stridente couvrit les conversations durant quelques secondes, remplacée peu après par les cris des enfants galopant vers la liberté. Les plus jeunes arrivèrent en premier, suivis des élèves des classes intermédiaires. Michel reconnut la silhouette fine et le pas pressé de Pierrick, chaussé de ses bottes en caoutchouc, un vieux cartable en cuir sur le dos. Comme il passait le portail et s'éloignait en direction de la ferme des Lelan, trois garçons visiblement plus âgés débouchèrent d'une propriété où ils s'étaient embusqués et sautèrent sur l'écolier. Le premier le jeta au sol et, avec l'aide d'un second, l'immobilisa. Le troisième adolescent se baissa et murmura quelque chose à l'oreille de Pierrick. Puis il se releva et lui asséna plusieurs coups de pied dans les côtes. Aucun des adultes présents n'avait esquissé le moindre mouvement. Fou de rage, Michel courut à la rescousse de son jeune ami. À la scène qui se jouait sous ses yeux se superposaient des images, plus anciennes... celles d'un garçon blond qui se faisait harceler dans la cour d'un collège parisien. Aux appels de Pierrick se mêlaient les prières qu'il adressait lui-même, trente ans plus tôt, à ses agresseurs, les supplications pour qu'ils le laissent rentrer tranquillement chez lui. Il était timide et orphelin, c'étaient ses seuls défauts. Bouillonnant de colère, Michel attrapa un adolescent et l'envoya chuter plus loin. Puis il en saisit un qui maintenait Pierrick au sol et le rejeta sur le côté sans ménagement. Comme le troisième tentait de se sauver, il l'empoigna et l'attira sèchement à lui.

— Alors, tu fais moins le fier maintenant, petite merde ! À trois contre un, c'est facile, mais là, la chance tourne, tu crois pas ? menaça-t-il.

Tous les regards des adultes étaient braqués sur lui. Il fit un gros effort pour contrôler sa poussée de haine et relâcha le jeune persécuteur, qui en profita pour s'enfuir à toutes jambes. Il tendit la main à Pierrick. Celui-ci, les yeux brillants de larmes difficilement retenues, se frottait convulsivement les côtes. Brusquement, un inconnu agrippa Michel par l'épaule et le tira violemment en arrière. L'écrivain peina à conserver son équilibre puis fixa son adversaire. Rougeaud et trapu, l'agresseur lui cracha au visage :

— Qu'est-ce que t'as à faire chier mon gamin, le Parisien ?

Il avait déjà entendu cette voix. Il se concentra et fouilla sa mémoire.

— Tu me réponds pas, connard ? C'est plus facile de s'en prendre à des merdeux qu'à un adulte baraqué comme moi, non ?

Cette diction, la cicatrice récente que son vis-à-vis arborait sur la pommette... C'était l'un des deux hommes qui l'avaient frappé au cimetière marin : le garagiste dont lui avait parlé Katell !

— Y t'a fait quoi, mon gars ? aboya Leclerc.

Nullement impressionné par la carrure de catcheur de son adversaire, Michel lui rétorqua froidement :

— Alors c'est votre fils ? J'aurais dû m'en douter. Se mettre à plusieurs pour tabasser sa victime doit être une de vos valeurs familiales.

Il fallut au garagiste quelques secondes pour comprendre que Navarre l'avait reconnu. Après un instant de flottement, la colère l'emporta sur la sagesse.

— Je vais terminer le boulot que j'ai pas fini au cimetière. Après tout, un père qui défend son mioche, c'est normal !

Sans ajouter un mot, il fonça droit devant lui, le poing levé. Michel avait anticipé sa réaction et s'était écarté, évitant son agresseur qui manqua de trébucher. Furieux, Leclerc revint à la charge. Malgré son envie de se faire justice, Michel ne voulait pas se battre comme un chiffonnier en pleine rue de Saint-Ternoc. Cependant, il ne voyait pas d'autre issue possible. Leclerc pesait une vingtaine de kilos de plus que lui, mais sa vitesse d'exécution laissait à désirer. Maintenir la distance, refuser le contact direct et espérer que quelqu'un viendrait mettre fin à cette situation ridicule avant qu'elle dégénère ! Il jeta un coup d'œil rapide vers le portail de l'école. Les mères se désintéressaient de la rixe et traînaient derrière elle des garçons passionnés par cette bagarre d'adultes. Leclerc chargea de nouveau ; Michel l'écarta du bras.

— T'as la trouille, espèce de pédé. T'as pas de couilles et t'oses pas te battre.

— Calmez-vous, Leclerc. On ne va pas se donner en spectacle devant des gamins de primaire, le raisonna Michel.

Après son intervention musclée pour défendre Pierrick, il ne voulait pas définitivement ternir sa réputation auprès des habitants.

— Montre à tous que t'as pas oublié tes burnes dans le plumard de la Karantec ! Y parait qu'elle sait bien les essorer ! hurla Leclerc en fonçant droit sur son adversaire.

Michel laissa son instinct prendre le dessus. En quelques centièmes de secondes, la solution lui apparut, évidente. Il évita le poing de Leclerc, se détourna d'un quart de tour et, quand le garagiste arriva sur lui, remonta brusquement le genou. Les testicules écrasés par l'extrême violence du coup, l'homme s'effondra sans un mot sur le trottoir, les yeux exorbités, le souffle coupé par la douleur. Pierrick contemplait la scène, admiratif. Une jeune femme sortit de l'école et se dirigea vers eux en courant.

— Mais qu'est-ce qui se passe ici ? cria Annick Corlay en agitant les bras.

— J'ai eu un différend avec ce monsieur, expliqua calmement Michel.

— Et c'est comme ça que vous réglez vos affaires ? s'énerva Annick en se penchant sur Leclerc qui gémissait, les mains en coquilles inutiles sur ses parties génitales dévastées.

— Le grondez pas, mademoiselle, il m'a aidé, intervint la petite victime. Y a Gilbert et sa bande qui m'ont encore battu, et lui, il les a chassés. Je crois qu'ils reviendront plus, ajouta-t-il rassuré.

Annick Corlay soupira et secoua la tête.

— Je suis désolé pour le spectacle que j'ai offert, Annick. J'aurais aimé l'éviter, mais il ne m'en a pas laissé l'occasion.

— Je sais que c'est une brute finie, mais qu'est-ce que vous lui avez fait pour qu'il veuille à tout prix en découdre avec vous ?

— Son fils était un des agresseurs de Pierrick et je l'ai remis en place.

Annick reporta son attention sur le garagiste recroquevillé, un filet de bave entre ses mâchoires crispées.

— Pourquoi est-ce que personne n'est intervenu quand les trois gamins ont roué Pierrick de coups ?

— Ces adolescents sont les enfants de collaborateurs proches de Karantec. Par moments, on vit encore au Moyen Âge, ici. Et puis, certaines personnes superstitieuses craignent Pierrick : un orphelin qu'on accuse de commerce avec le diable, ça ne se défend pas !

Michel ne commenta pas. Pour en avoir été victime, il n'ignorait pas le mal que pouvaient générer des propos malfaisants.

— Il a quand même l'air mal en point, ajouta l'institutrice. Vous avez tapé fort ?

— Pour tout avouer, j'ai évité son poing et je n'ai trouvé que ce moyen pour le calmer.

— Je pense que vous l'avez calmé pour un bout de temps. Ses amis ne vont pas tarder à arriver. Je vous conseille de vous éloigner avec Pierrick. Je vais appeler un médecin et gérer l'affaire. Je… je témoignerai en votre faveur, mais ne restez pas là. La situation pourrait dégénérer très vite, avec l'ambiance de peur qui règne en ce moment.

— Il faudra aussi que je vous parle, Annick, temporisa Michel. J'ai appris des choses sur Christophe et j'aimerais les partager avec vous.

La jeune institutrice, surprise, allait l'interroger, mais elle remarqua un groupe qui venait de déboucher au bout de la rue.

— Passez chez ma mère, tout le monde la connaît. Je la préviendrai et elle saura où me trouver. Maintenant, vous devez vraiment partir.

Michel la remercia, attrapa la main de Pierrick et quitta les lieux.

— Merci, glissa l'enfant en lui serrant les doigts.

— Tu veux que l'on aille voir un docteur ? s'enquit Michel.

— Non, ça va, j'ai pas trop mal… et puis j'ai l'habitude.

Une boule se forma dans le ventre de l'adulte.

— Pas question que ce genre d'agression devienne une habitude, s'enflamma Michel.

— Ils disent que j'ai le mauvais œil et que c'est de ma faute si les bêtes sont malades cette année.

— Ce sont des abrutis !

— Je sais, je ferais jamais souffrir un animal. Sinon… pourquoi t'es venu me chercher ?

— Tu ne t'en doutes pas un peu ?

— Pour que je t'emmène chez Soizic, c'est ça ? suggéra le garçon.

— Tout à fait. Tu peux le faire ?

— Oui, bien sûr. Et puis, Soizic m'a demandé de t'aider dès que t'auras besoin de moi.

— On va d'abord passer à la ferme prévenir les Lelan.

— C'est pas la peine. Ils sont à la messe, et après, ils iront à la fête des Karantec. Ils ont dit qu'il y aura à boire et à manger gratuitement. Alors ils seront complètement saouls et ils tomberont sur leur lit en rentrant… s'ils arrivent à rentrer.

75. SUR LE PARVIS

La célébration avait débuté depuis plus de trente minutes et l'église était bondée. Les grandes portes avaient été ouvertes et une partie des fidèles suivait l'office depuis le parvis. Malgré la volonté de la famille, la messe d'enterrement de Christian Karantec était l'événement à ne pas rater. Aux amis, connaissances et villageois s'étaient joints des représentants de la presse et de nombreux curieux attirés par l'odeur du sang.

Augustin Palangon, assis sur l'un des bancs qui bordaient la place de l'église, observait les allées et venues des participants qui avaient abandonné la cérémonie pour fumer une cigarette ou discuter avec des relations perdues de vue depuis longtemps.

— Alors Palangon, on prend une pause ?

L'inspecteur sursauta, brusquement tiré de ses réflexions. Il reconnut Loïc Kerandraon, son ancien patron, et s'écarta pour lui laisser une place. Le policier à la retraite accepta et, la pipe à la main, remercia Palangon d'un mouvement de tête.

— Je suppose qu'il y a du beau monde ?

— Encore plus pour le second fils que pour le premier. Le malheur excite et les charognards sont de sortie !

— Vous n'êtes pas bien charitable avec ces pauvres gens, Palangon !

— Ne me dites pas que votre vision de la vie a changé en un an, commissaire. J'imagine que vous n'êtes pas là pour présenter vos condoléances à Karantec. Tailler les hortensias n'était plus assez passionnant pour le flic qui sommeille en vous ?

— Je n'ai jamais porté Karantec dans mon cœur, mais je ne peux pas tolérer qu'un tueur sème la mort dans mon pays. Et puis, je viens voir comment se débrouille mon ex-collaborateur préféré. Vous avancez, Palangon ?

— L'enquête est censée être confidentielle, n'est-ce pas ?… Mais je ferai une exception pour vous, s'amusa l'inspecteur. Pour être très franc, je patine. Je suis persuadé que le ou les assassins sont dans cette église ou sur le parvis. Peut-être même en train de préparer le prochain meurtre, qui sait ?

— Les assassins ? Mais je croyais que le *modus operandi* était identique pour les deux crimes.

— Presque, mais il y a une petite différence. Patrick a été retrouvé avec un pieu enfoncé dans l'anus et Christian s'est fait sauvagement émasculer. Comme si le premier meurtre avait été maîtrisé et le second, perpétré sous l'emprise de la colère. Ce n'est pas grand-chose, mais je ne veux négliger aucun indice.

— Vous pensez que c'est un proche des Karantec ?

— Sans doute, comme tout le monde. Ça fait plusieurs jours que je fréquente les bars du coin avec certains de mes hommes. Karantec fait peur, mais quand on prend le temps de les laisser se dégeler, on s'aperçoit que toute une partie des villageois se réjouiraient presque de ces meurtres. Ensuite, il faut faire le tri entre la réalité et les ragots, et là, par contre… j'ai eu quelques entretiens très instructifs. Vous connaissez Elsa, la benjamine de la famille ?

— J'avais entendu parler d'elle. Une fille qui a du caractère, c'est ça ? commenta pudiquement Kerandraon.

— Elle a eu une aventure assez folklorique et, quinze ans après, ça choque encore. Elle déteste cordialement son père et elle n'aimait pas beaucoup plus ses deux frères aînés. Mais bon, les histoires de famille… À la fin de la conversation, elle m'a suggéré avec insistance de me pencher sur la fortune de son père et sur l'île de Maen Du. La veille, j'avais reçu Yves Le Goff, un vieux pêcheur qui m'a conseillé de fouiller dans le passé des Karantec, notamment dans leurs activités sur Maen Du durant la Seconde Guerre. Ça vous parle ?

Kerandraon sembla hésiter quelques secondes. Il tapota sa pipe sur l'accoudoir du banc pour en vider le tabac brûlé et se lança :

— Depuis le début, et même si j'avais terminé ma carrière de flic, le meurtre de Patrick Karantec m'a intéressé. J'ai enquêté de près sur cette famille. Ce que j'ai appris ne fait pas honneur à Yann Karantec.

— Ce n'est pas un scoop ça ! Tout le monde sait que c'est un fumier !

— Ce que je vais vous raconter, continua Kerandraon sans commenter l'avis de son ancien subordonné, je ne l'ai appris que tout récemment. Bien sûr, je ne vous l'ai jamais dit.

— Bien, chef ! Vous avez ma parole.

— Je tiens ça d'un gardien du pénitencier de l'île de Maen Du à la retraite. J'ai mis du temps à le retrouver. Il a d'abord refusé de me parler, mais j'ai fini par le persuader. Il y a des souvenirs qu'il est difficile d'évoquer.

Et Kerandraon lui exposa toute l'histoire de Paul et Blandine Carhaix…

— Pierre, le fils du couple Carhaix, n'est jamais réapparu, conclut-il. Anne Le Coz, l'amie à qui Blandine l'avait laissé, a toujours clamé qu'elle l'avait confié à une institution, mais elle n'a jamais voulu dire laquelle. Sans doute pour protéger le gamin de la malfaisance des Karantec ! Elle est morte en emportant son secret.

— J'en ai vaguement entendu parler, mais pas avec autant de détails, commenta l'inspecteur. Qu'est-ce que votre ancien maton vous a révélé de plus ?

— Blandine ne s'est pas noyée en cherchant à s'évader.

— Qu'est-ce qui lui est arrivé ?

— C'est ce qu'a fini par me raconter mon informateur. Tout le monde l'a crue morte après son viol collectif. Émile Karantec a demandé à un autre gardien, qui avait assisté à la scène, de jeter le corps à la mer. Quand celui-ci l'a ramassée, elle respirait encore. Il a pris tous les risques, l'a ramenée chez lui et l'a soignée.

— Vous êtes en train de dire que Blandine Carhaix est en vie ? s'exclama Palangon.

— Tout ce que je sais, c'est qu'elle a survécu aux sévices qu'elle a endurés. Si elle est toujours de ce monde, elle a soixante-huit ans… et elle a forcément changé d'identité depuis longtemps.

— Comment s'appelle celui qui l'a recueillie ? insista Palangon.

— Mon contact n'a pas voulu me le dire, avoua Kerandraon.

— Ne me faites pas croire que ça vous a arrêté !

Les cloches se mirent à sonner et les premiers fidèles quittaient l'église. L'ex-commissaire haussa les épaules :

— Arrive un âge où la négociation n'a plus cours, Palangon. Il m'en avait déjà dit beaucoup.

— Vous pensez que Blandine Carhaix pourrait être derrière ces meurtres ? Mais pourquoi quarante ans après les faits ?

— Je n'affirme absolument pas une telle chose, et je n'ai d'ailleurs pas l'ombre d'une preuve pour le faire. Néanmoins, notre métier nous a appris que la vengeance est un plat qui se mange froid, même parfois glacé. Si vous avez un peu de temps libre, essayez donc de jeter un coup d'œil de ce côté-là.

76. LA FAMILLE

Pierrick semblait avoir oublié l'agression dont il avait été victime. Ils s'étaient accordé une rapide halte à la ferme des Lelan pour que le garçon dépose son cartable et se change de pied en cap : il ne voulait pas salir ses vêtements d'école de peur de se faire disputer. Comme ils quittaient la cour de l'exploitation, un chien déboucha de la forêt et courut vers eux en jappant. Pierrick, un immense sourire aux lèvres, se précipita vers lui et le serra dans ses bras.

— C'est Avallon ; tu le connais ?

— Oui, c'est lui qui m'a ramené à la maison quand j'ai dîné chez Soizic.

Il s'étonna quand même de la présence de l'épagneul.

— Il est très intelligent, lui expliqua Pierrick. Il devine quand je suis là… ou alors c'est Soizic qui le sait et qui l'envoie me chercher. En tout cas, c'est mon meilleur copain.

Il le lâcha et le chien trotta vers Michel. Les animaux ne l'attiraient pas particulièrement, cependant c'était la troisième fois qu'il croisait Avallon et il ressentait une sorte de sympathie pour lui. Il s'agenouilla et lui flatta l'encolure. Pendant quelques secondes, Avallon ne bougea pas, appréciant la caresse, puis il se remit en marche vers les bois. Pierrick et son compagnon lui emboîtèrent le pas. Le romancier ne pouvait évacuer une pointe d'inquiétude en se remémorant la traversée du « chemin sacré ». Allait-il éprouver la même impression de malaise ? Il se concentra sur la topographie du chemin afin de pouvoir retrouver la maison de Soizic sans faire appel à son guide. La forêt était accueillante sous le soleil de la fin de journée. Il éclairait les rochers moussus d'une lumière apaisante, et les arbres qui bourgeonnaient lorsque Pierrick et Michel étaient passés là quelques jours plus tôt, offraient maintenant une canopée d'un tendre vert printanier. Il repéra un ruisseau qu'ils avaient enjambé ce jour là. Les fantômes des korrigans de Pierrick approchaient à grands pas. Le chien marqua un imperceptible temps d'arrêt quand ils pénétrèrent dans leur domaine. Michel n'en tint pas compte et avança d'un pas décidé. Des gémissements, d'abord faibles, s'engouffrèrent dans sa tête et montèrent en puissance. Puis, une voix pleine d'autorité s'imposa, pacifiant aussitôt le tumulte. Le ton baissa et les sons agressifs se calmèrent, se transformant en chuchotements respectueux. Michel ne comprenait pas ce qui s'était passé, mais une partie de lui-même avait réussi à amadouer les korrigans. Dans un silence retrouvé, il poursuivit tranquillement sa route à la suite du jeune guide. Il remarqua soudain le loup blanc qui les escortait : il n'avait donc pas rêvé ! Majestueuse, la bête trottait d'un pas souple et l'observait avec des yeux presque complices. Ils atteignirent sans encombre le menhir indiquant la fin du « chemin sacré » et s'y arrêtèrent un instant. Pierrick fixa son compagnon avec déférence.

— Je savais pas qui tu étais pour de vrai ! murmura-t-il.

— Je ne te l'ai jamais dit ? Je m'appelle Michel, j'ai étudié l'histoire de l'Égypte, j'écris des livres et je suis toujours prêt à me fourrer dans les ennuis… ce que je fais parfaitement en ce moment.

— Peut-être, mais t'es pas que ça !

— Je suis qui alors ?

— Tu sais vraiment pas ?

— Dis-le-moi et, promis, je te croirai. Après les korrigans et le loup blanc, plus rien ne pourra m'étonner. D'ailleurs, il est passé où ? s'enquit Michel en regardant autour de lui.

L'animal s'était évaporé.

— Et toi, reprit-il, tu es qui réellement ?

— Je suis Pierrick, fils du père et de la mère Lelan.

Michel lui passa une main dans les cheveux : son jeune ami avait de la repartie.

— Moi, je suis pas assez fort pour t'expliquer les choses, mais j'ai deviné pourquoi Soizic veut te revoir. En tout cas, je suis bien content que tu sois là. Viens, on y va, l'encouragea Pierrick.

— D'accord, mais tu peux me donner un indice pour le loup ? Pierrick, sans s'arrêter, désigna l'épagneul du doigt.

— C'est lui !

Michel comprit que le garçon ne lui mentait pas et qu'il perdrait son temps à lui poser des questions supplémentaires. Soizic Le Hir lui apporterait les réponses. Il en était maintenant convaincu.

La vieille femme les attendait devant sa maison, assise sur le petit banc de pierre de son jardin. Avallon, qui les avait devancés, était allongé à ses côtés et profitait des caresses de sa maîtresse. Elle se leva et marcha à leur rencontre. Pierrick sauta dans ses bras et l'embrassa. Michel se sentait bien, tout simplement. Il avait discuté avec Pierrick durant la fin du trajet et le trouvait touchant : sa vive intelligence, sa sagesse à la fois hors d'âge et encore enfantine, l'attachement qu'il lui montrait ainsi que sa vulnérabilité face aux gens « normaux ». Il se concentra sur Soizic. Quelque chose avait changé. Ses traits restaient identiques, mais ils dégageaient une énergie nouvelle. Elle s'approcha de lui et le prit dans ses bras à son tour. Il prolongea son accolade et le sentiment d'intimité qu'il éprouva le troubla.

— Bienvenue, Michel, c'est une grande joie de te revoir !

— Merci, Soizic. Ça me fait plaisir aussi. Ce soir, est-ce que j'aurai droit à quelques explications de votre part à mes questions existentielles ?

— Bien sûr ! Le moment est venu.

— T'aurais pas quelque chose à manger, s'il te plaît, Soizic ? les interrompit Pierrick. J'ai pas goûté depuis l'école et j'ai un peu faim.

— Désolé, mon bonhomme, s'excusa Michel avant que Soizic réponde. On aurait pu s'arrêter à la boulangerie, mais ça fait longtemps que j'ai oublié la notion de goûter.

— Pierrick est épais comme une sauterelle, mais il mange sans arrêt. Dans quelques années, ce sera un gaillard bien costaud et il doit nourrir son corps. On va rentrer et reprendre des forces. Peut-être as-tu aussi envie d'un morceau de pain et de fromage de chèvre ? ajouta-t-elle en s'adressant à Michel.

— Tu sais, les korrigans, et même leur chef Absalon, ils l'ont reconnu comme un des nôtres, annonça fièrement Pierrick, excité à l'idée de se rassasier et de partager sa soirée avec ces deux adultes bienveillants.

Michel laissa passer le temps du goûter et profita de l'hospitalité de son hôtesse. Une fois la faim du garçon apaisée, Soizic les invita à sortir ramasser des champignons pour le dîner. Michel fut surpris qu'il y en ait à cette époque de l'année : sans doute quelques morilles ? Pierrick s'éloigna rapidement pour courir avec l'épagneul, heureux d'avoir retrouvé son compagnon de jeu. Soizic s'arrêta un instant et observa Michel.

— Le fils de Paul et Blandine, enfin, devant moi !

— Vous savez donc que j'ai découvert ma véritable identité ? remarqua Michel.

— Tu peux me tutoyer, ça me fera plaisir. Et la réponse à ta question est oui. Yves m'a dit que tu étais allé demander des explications à ton père. Il était au moins aussi ému que moi !

— Tu as deviné depuis longtemps qui je suis ?

— Je le sais depuis toujours. Anne Le Coz m'a révélé qu'elle t'avait déposé chez Suzanne, la sœur de Blandine. C'est moi qui lui ai recommandé de dire à tout le monde qu'elle t'avait confié à un orphelinat, sans donner plus de détails. Cela te protégeait des Karantec. Hélas, elle, cela ne l'a pas protégée !

— Pourquoi ?

— En 1946, Yann Karantec a voulu savoir ce que tu étais devenu. Il a vite appris que Blandine t'avait amené chez Anne. Il a tenté de la faire parler et l'a maltraitée. Anne avait le cœur fragile et n'a pas supporté l'interrogatoire. Le médecin du village a délivré un certificat de complaisance et la pauvre femme, qui vivait seule, a officiellement été retrouvée morte dans son lit. Elle n'avait rien dit.

— Comment cette famille peut-elle disposer d'une telle impunité ? s'insurgea Michel, dégoûté.

— Parce que personne n'a osé s'opposer à eux ! Parce qu'elle a toujours détruit ceux qui pouvaient lui nuire ! Parce que tu n'étais pas encore de retour !

— Et pourquoi maintenant ? Car j'imagine que c'est toi qui as envoyé une messagère à mon père. Au passage, elle lui a fait une forte impression.

— C'est une femme exceptionnelle et tu vas très bientôt faire sa connaissance. Mais, d'ici là, il me reste des choses à te raconter, des choses que tu seras aujourd'hui en mesure de comprendre, ou du moins d'accepter.

— Ce sera nécessaire. Il y a une semaine, j'étais Michel Navarre. Depuis trois jours, je suis aussi Pierre Carhaix et, d'après Pierrick, je suis aussi quelqu'un d'autre. Explique-moi !

77. LA VISITEUSE

Soizic et Michel profitaient de la dernière chaleur du soleil printanier.

— Pourquoi tu m'as fait revenir à Saint-Ternoc, Soizic ? Et pourquoi maintenant ?

— Les Karantec mettent le village en grand danger. Et même beaucoup plus que le village.

— D'après ce que j'ai compris, ce n'est pas nouveau.

— Depuis exactement un siècle, cette famille n'a semé que désolation et malheur autour d'elle. Mais elle va aujourd'hui libérer des forces qui la dépassent complètement et que personne ne pourra contenir.

— Et c'est à moi de l'arrêter ?

— Je ne sais pas si nous réussirons, mais si quelqu'un a une chance d'y arriver, ça ne peut être que toi.

— Explique-moi comment ! l'invita Michel, dubitatif.

— Nous attendons quelqu'un qui m'aidera à te le révéler. Elle va venir très bientôt.

— D'accord, accepta Michel. J'espère que tu me diras aussi quelle est cette troisième personnalité en moi qui a mis au pas les korrigans de Pierrick ?

— Bien sûr, Michel. Tu es le descendant d'une famille vivant sur ces terres depuis des millénaires. Ton âme a commencé à s'ouvrir, et c'est pourquoi tu as pu raisonner ceux que les habitants ont appelés les « korrigans ».

— Parce qu'ils existent vraiment ?

— Les derniers ont disparu récemment, mais leurs esprits sont toujours là. J'ai conscience que mes paroles ressemblent à des radotages de vieille sorcière, mais, si la science a beaucoup apporté à l'humanité, elle lui a retiré tout ce qu'elle ne sait pas démontrer par des expériences ou des théories. Elle a beau nier le monde des esprits, ce n'est pas pour autant qu'il n'existe pas. Le jour où le monde saura ouvrir les yeux, il découvrira beaucoup de vérités qu'il a méprisées jusqu'à aujourd'hui.

— Parce que tu es aussi docteur ès sciences, Soizic ?

Soizic s'amusa du regard interloqué de son ami.

— Ce n'est pas parce que je vis au milieu de la forêt que je ne m'intéresse qu'aux champignons !

Elle se retourna soudain et fixa la maison.

— Notre invitée arrive. Nous allons dîner, puis Pierrick rentrera chez lui et je te raconterai...

Dans la clairière, Michel remarqua immédiatement la femme sculpturale qui jouait avec Avallon : grande, une crinière rousse cascadait sur ses épaules. Il devina tout de suite qu'il s'agissait de la mystérieuse visiteuse qui avait été si convaincante avec son père : n'avait-il pas envoyé son fils unique à Saint-Ternoc pour qu'il découvre ses origines ? Les yeux vert émeraude de l'invitée l'impressionnèrent. Comme dans un flash, une sensation de déjà-vu s'imposa à lui. C'était stupide, car il se serait souvenu d'une telle femme. Elle embrassa Soizic et lui tendit une main chaleureuse.

— Michel, je te présente une amie qui est venue spécialement pour toi ce soir. Aanig, voici le fils de Paul.

Aanig fixa Michel et lui sourit. Ce sourire le remua et l'attira de nouveau dans son passé. Où l'avait-il rencontrée ?

— Je suis heureuse que tu aies accepté de reprendre le flambeau que tes ancêtres ont porté avec tant de fierté.

— Je n'ai encore officiellement rien accepté, temporisa Michel.

— Ce n'est qu'une question d'heures, rétorqua Aanig en plongeant dans ses yeux.

Michel comprit pourquoi son père avait si rapidement accédé aux demandes de sa visiteuse.

— Aanig vit aujourd'hui dans le pays de Cornouailles, mais elle m'apporte son aide dans le combat contre les Karantec. L'âme de la Bretagne est en jeu.

78. DOLMEN

La nuit avait recouvert la forêt et l'avait isolée du monde. Escorté d'Avallon et muni d'une lampe de poche, Pierrick avait repris le chemin de la ferme des Lelan. Quand Michel s'était inquiété du risque qu'il pouvait y avoir à rentrer dans l'obscurité, Soizic lui avait simplement rappelé que le garçon était plus en sécurité dans la nature que dans les rues de Saint-Ternoc. Michel n'avait pu qu'approuver. Au cours du dîner, Pierrick et sa protectrice avaient animé la conversation : Aanig était restée plus silencieuse. Michel avait fouillé sa mémoire sans succès pour comprendre pourquoi le visage de la mystérieuse Bretonne l'avait autant marqué. Il n'avait pas osé l'interroger directement ; cependant, il devinait que chaque question trouverait sa réponse au moment opportun.

Précédé par Soizic et par Aanig, qui portait une torche dont la flamme dansait sous les frondaisons, Michel perdait le sens des réalités. Si son esprit cartésien le rattachait encore à cette commune du Finistère, son imagination était prête à lui faire traverser le monde et le temps. Ils suivirent un sentier que personne n'avait visiblement emprunté depuis des lustres. D'un geste discret de la main, Aanig écartait les plantes en travers de leur chemin. Seuls les hululements d'une chouette ou les battements d'ailes des chauves-souris attirées par la lumière du flambeau troublaient le silence presque religieux qui les enveloppait. Pas après pas, ils faisaient corps avec la forêt. Le craquement d'une branche d'un chêne séculaire, le glapissement d'un renard en chasse, le frissonnement des feuilles déplacées par le vent, Michel les ressentait dans sa chair. Il l'acceptait sans chercher à résister. L'épagneul les avait rejoints après avoir accompli sa mission. Michel s'arrêta quelques instants, s'agenouilla et fixa les yeux de l'animal. Lentement, le chien se métamorphosa en un magnifique loup blanc. Même ses iris avaient pris une chaude et formidable couleur ambrée.

— Tu sais maintenant que l'apparence des choses dépend de celui qui y pose son regard, lui confirma Soizic avec un sourire.

— La première fois que j'ai rencontré un loup, c'était lui ?

— Oui, c'était lui. Nous avons aussi fait fuir tes agresseurs dans le cimetière. Mais quand tu es venu avec Pierrick, tu commençais déjà à prendre conscience de ce pouvoir, sans le contrôler cependant. Ce soir, la forêt t'a adopté.

— Continuons, conseilla Aanig. Inutile d'attirer l'attention. Le temple nous offrira sa sécurité.

Surpris par ces paroles, Michel se releva et se remit en marche. Soudain, Aanig s'arrêta et indiqua une masse sombre sur leur droite. Elle s'en approcha et Michel devina un monument antique presque totalement masqué par la nature. Seule apparaissait par endroits la table de granit qui recouvrait la construction. Les parois latérales, dissimulées par la terre et les arbustes, étaient invisibles aux yeux des passants. Aanig leva le bras, la torche pointée vers le ciel, puis murmura quelques incantations dans une langue mystérieuse. Michel tendit l'oreille : les sons lui semblaient familiers, mais il n'en comprenait pas le sens. Puis elle se baissa, écarta un rideau de végétation et s'enfonça dans l'allée couverte. Il lui emboîta le pas sans hésitation. Soizic les imita et remit en place les branches, pour camoufler l'entrée. L'espace s'étendait sur une vingtaine de mètres et ils pouvaient se tenir debout sans avoir à se courber. Le sol dégageait une odeur tenace d'humus. Il devina, sur les parois, d'anciennes figures gravées dans la pierre et avança jusqu'au fond. Aanig se retourna vers lui et le fixa.

— Bienvenue dans le temple de Basulla, déesse de la forêt. Tes ancêtres l'ont servie avec ardeur, en protégeant ceux qui y habitaient et en vivaient avec raison. Est-ce que tu acceptes de suivre leur chemin ?

Michel interrogea silencieusement Soizic, mais elle resta imperturbable. C'était à lui de prendre sa décision. Une réponse négative, et ils rentreraient à la chaumière. Une réponse positive, et Michel pénétrerait dans l'inconnu. Tout être sensé aurait hurlé à la manipulation et au Grand-Guignol. Pourtant, chaque particule de son corps communiait avec la nature, avec l'esprit ou les mânes, quel que soit le nom qu'on leur donnât, des êtres qui avaient vécu là. Il ressentait leur chaleur, il ressentait leur amour, il ressentait également un danger, tapi dans les ténèbres. Ces mêmes sensations, il les avait déjà expérimentées en Égypte et elles l'avaient terrifié. Ce soir, en compagnie d'Aanig, de Soizic et de tous ceux qui, invisibles, l'entouraient, il savait qu'il n'avait pas le choix. Il savait aussi qu'il serait accompagné dans son improbable mission. C'était son destin qui l'avait attiré jusqu'à cette allée couverte, et non le hasard.

— C'est d'accord.

Une expression de soulagement se dessina sur le visage des deux femmes. Soizic et Michel se postèrent derrière Aanig. Les bras en croix, elle contempla la paroi qui murait l'extrémité du couloir. Subjugué, Michel ne la quittait pas du regard. Un brusque courant d'air éteignit le flambeau et les plongea dans une obscurité totale. Aanig psalmodiait des prières. Rapidement, Michel céda à leur pouvoir hypnotique, focalisé sur la voix chaude et grave de la prêtresse.

La pierre au bout de l'allée couverte s'était escamotée. Michel ne put cacher son étonnement. Il avança de quelques pas et n'en crut pas ses yeux. Ils entraient dans une salle construite par la main de l'homme. Au plafond, une substance inconnue éclairait le temple d'une étrange lueur diffuse. Les deux femmes lui accordèrent le temps de détailler la pièce. Elle aurait facilement pu accueillir une cinquantaine de personnes et ses murs étaient recouverts de couleurs encore chatoyantes. Devant lui, un autel composé d'une table en porphyre rouge posée sur des colonnes sculptées le charma par son élégance. Des représentations d'animaux et des scènes sylvestres en rehaussaient la beauté. L'archéologue s'agenouilla pour admirer les décors. À gauche de l'autel, une statue polychrome à taille humaine le dévisageait avec bienveillance : Basulla, sans doute ! La grâce des traits de la statue émut Michel. La compétence de l'artiste dépassait largement celle des meilleurs sculpteurs égyptiens de l'Ancien Empire.

— C'est splendide, lâcha-t-il en se relevant, et totalement incroyable ! Comment ces merveilles ont-elles pu être apportées ici ?

— Elles ont été créées dans ce temple, il y a près de cinq mille ans, répondit Aanig.

— Ici ? s'étonna Michel. Mais personne n'a réalisé de telles œuvres en Europe à cette époque !

— Cet endroit est unique ! C'est le roi bâtisseur du cromlech de Maen Du qui a ordonné sa construction. De même qu'il a honoré le soleil et les étoiles, il a également rendu hommage à la terre nourricière.

Toujours impressionné par la magnificence des décors rupestres, Michel relança :

— Ça remet en cause toutes nos connaissances. Ça veut dire qu'il y a cinq mille ans des hommes maîtrisaient déjà à la perfection l'art de la peinture et de la fabrication des couleurs. Mais pourquoi est-ce qu'on n'en a jamais rien retrouvé ?

Il avait totalement oublié la raison de leur présence dans la caverne et admirait chacune des scènes qui ornaient le mur.

— Les hommes seuls n'auraient pas pu embellir ce temple sans l'aide des autres habitants de la forêt. Observe bien la paroi juste derrière l'autel.

Michel s'en approcha et détailla la fresque qu'Aanig venait de lui indiquer. Des arbres gigantesques aux teintes vives, des animaux de toutes espèces, l'organisation d'une partie de chasse, une danse joyeuse dans une clairière ! Non loin, de petites créatures aux cheveux longs semblaient émerger d'un étang. Quelques personnages les regardaient, accompagnés d'un géant qui les dépassait de plusieurs têtes. À leur côté, une femme à la crinière d'un roux de feu les contemplait avec bienveillance. Michel se retourna vers Aanig, interloqué.

— Cette femme vous ressemble presque trait pour trait : c'est une de vos aïeules ?

— C'est ma sœur.

L'archéologue perdit pied. Tout cela n'avait aucun sens ! Incrédule, il s'adressa alors à Soizic en désignant la fresque :

— Et toi, Soizic, où est-ce que j'ai une chance de te trouver ?

— Nulle part : je suis née en Bretagne il y a soixante-dix-huit ans et j'y serai enterrée. Par contre, mes ancêtres et les tiens ont servi de modèles aux artistes qui ont immortalisé la forêt et ses habitants.

— Et vous ? demanda respectueusement Michel à Aanig.

— Aanig est la dernière morigane de Bretagne, expliqua Soizic. Avec les siennes, elle a veillé pendant des millénaires sur les peuples d'Armorique. Celle que tu as admirée sur le mur est Nora.

— Ça signifie… que vous avez plus de cinq mille ans !

La morigane prit la parole :

— La notion de temps est toute relative. Le psalmiste de la Bible ne dit-il pas en parlant de son Dieu : « Car mille ans sont à tes yeux comme le jour d'hier qui est passé. » Tu as étudié l'Égypte, tu sais que ses habitants considéraient que le temps était l'union de deux aspects complémentaires : Djet, la durée éternelle, et Neheh, le temps cyclique.

— C'est donc Nora qui est représentée sur la fresque. Du coup, pourquoi est-ce vous et pas elle qui m'avez accueilli ?

— Nora gardait la source de Maen Du depuis son origine. Il y a un siècle, ceux qui s'en sont emparés l'ont assassinée. C'est un crime impardonnable et ils ont attiré la malédiction sur leur famille.

— Ça ne les a pas empêchés de prospérer, remarqua Michel, même si le destin semble les rattraper. Vous lui avez succédé ?

— Non, on m'a confié une autre mission. Mais quand Soizic, l'une des dernières descendantes des gardiens de la forêt de Saint-Ternoc, m'a demandé de l'aide, je suis venue. Puisque tu as accepté ton destin, je vais te raconter l'histoire des terres de Basulla.

— C'est ainsi que s'appelait la région avant de prendre le nom de Saint-Ternoc et des villages alentour, précisa Soizic. La forêt s'étendait alors sur toute une partie du pays de Léon.

79. ERWAN LE BIHAN

Aanig s'installa dans l'un des sièges en pierre disposés le long de la paroi et invita ses deux compagnons à prendre place à ses côtés.

— Ce que je vais te dévoiler, Soizic le connaît depuis longtemps. Tout est déjà inscrit au fond de toi et je ne ferai que raviver tes souvenirs. Génération après génération, tes ancêtres ont gravé leur mémoire dans ton cœur.

Michel acquiesça par acquit de conscience, excité et inquiet.

— Aussi loin que remonte l'histoire, les dieux ont toujours pris soin des terres de Bretagne. Basulla, la déesse de cette forêt, veillait sur les peuples qui y habitaient.

— Les peuples ? répéta Michel dans l'attente d'une précision.

— Les hommes, même s'ils étaient les plus nombreux, n'étaient pas seuls sur ces terres, mais cohabitaient avec d'autres… créatures. Les légendes les ont magnifiées, les ont appelées elfes, géants ou korrigans, et les ont transformées en êtres magiques. Ils n'étaient pas magiques, mais ils demeuraient en ces lieux depuis bien plus longtemps que les hommes. Tous vivaient en bonne intelligence.

Michel décida de ne plus interrompre Aanig et de ranger son côté rationnel dans un coin de son cerveau. Puisque les légendes se fondent toujours sur quelques éclats de vérité, il ferait le tri plus tard.

Elle lui raconta les temps heureux, la source de Maen Du offerte par les dieux aux habitants des terres de Basulla, puis les invasions, la christianisation, l'âge d'or de l'abbaye bénédictine, et enfin l'oubli progressif dans lequel était tombée l'âme millénaire de la forêt… jusqu'à l'annonce du projet de pénitencier.

— Aussi loin que remonte la mémoire de l'homme, deux familles ont servi la forêt. Les derniers noms qu'on leur a donnés étaient Le Bihan et Guivarch. Jusqu'en 1884, c'était Erwan Le Bihan qui, à chaque solstice d'été, allait puiser de l'eau qu'il distribuait ensuite aux autres peuples de la forêt… ou ce qui en restait. Les hommes avaient toujours eu l'intelligence de ne pas se prendre pour des dieux et de ne pas utiliser pour eux cette eau de jouvence. Même lorsque les moines occupaient l'île, un accord avait été passé entre les religieux et les prêtres de Basulla. Ceux-ci puisaient l'eau une fois l'an et la partageaient avec les bénédictins.

— Qu'est-ce qui empêchait les moines d'aller la chercher eux-mêmes ?

— Seuls les prêtres connaissaient l'accès à la source. Quand Georges Karantec a dévoilé son projet d'exploitation de la carrière, Erwan Le Bihan, soutenu par de nombreux habitants, s'y est tout de suite opposé. Mais la pression de l'État français est allée grandissante, et Auguste Guivarch, le second prêtre, a convaincu Erwan d'accepter de céder quelques hectares plutôt que de risquer une déforestation massive. Erwan a consenti au compromis et l'a négocié lui-même avec Georges Karantec. Les travaux ont commencé, mais Karantec n'a pas tenu sa parole. Comme il payait mal les ouvriers et que les salaires n'arrivaient qu'au compte-gouttes, le mécontentement a vite grondé. Erwan Le Bihan a pris la tête du mouvement. Karantec, sûr de son bon droit et de l'aide des autorités, n'a rien voulu entendre. Cependant, il craignait l'influence de Le Bihan sur la population. Erwan était devenu une sorte d'icône, et même s'il n'avait que vingt-cinq ans, il avait su parler à toute l'armée de bûcherons et de terrassiers du chantier de défrichement. Alors, le jour de la fête du village, Karantec a fait assassiner Erwan en faisant passer sa mort pour un accident.

— Ils l'ont jeté du haut de la falaise de la lande, c'est ça ? murmura Michel.

— Oui, comment le sais-tu ? s'étonna Aanig.

— Je l'ai vu… une nuit… en rentrant de chez Yves…

Aanig hocha la tête et poursuivit son récit.

— Personne n'a vraiment cru à un accident, mais il n'y avait eu aucun témoin du drame. Le lendemain, tous les ouvriers se sont réunis. Ils ont choisi Auguste Guivarch pour les représenter. Il était loin d'avoir le charisme d'Erwan, mais il avait toujours été son bras droit. Ils ont décidé de faire une grève géante dès le jour suivant, en arrêtant le chantier, en prenant possession de la scierie et en bloquant l'exploitation de la carrière. Mais celui à qui ils avaient accordé leur confiance ne la méritait pas !

— Pourquoi ? Guivarch n'a pas eu la moelle pour les mener au combat ?

— Si ça n'avait été que ça ! Dès que Georges Karantec avait annoncé sa volonté de défricher la forêt, Guivarch était allé le rencontrer en secret. Il lui avait expliqué son rôle et avait proposé d'espionner pour lui. Karantec aurait sans doute refusé, mais Guivarch avait commis un sacrilège : il lui avait parlé de la source et d'éternité. Les deux hommes avaient alors conclu un pacte qui devait assurer leur richesse mutuelle. C'est Guivarch qui avait convaincu Erwan d'accepter une exploitation partielle de la forêt, et c'est lui qui, au cours des premiers mois, avait tenté de calmer la colère des habitants. C'est lui aussi qui, jour après jour, avait rapporté à Karantec l'influence grandissante d'Erwan sur la population. Enfin, pire que tout, il avait annoncé à Karantec la décision de grève générale qui venait d'être prise en assemblée. Karantec, avec son cheval le plus rapide, avait galopé jusqu'à Brest. Le lendemain midi, les gendarmes, accompagnés de deux escouades de dragons, étaient arrivés pour réprimer le mouvement. Ils n'avaient pas hésité à tuer. Georges Karantec avait gagné et plus aucune grève n'avait été déclenchée. L'abattement et la peur avaient cassé la volonté des plus motivés. Les choses ont repris leur cours : les plus puissants ont droit de vie et de mort sur les plus faibles.

— Vous m'avez dit que seul Erwan Le Bihan savait comment accéder à la source. Comment Guivarch s'est-il débrouillé ?

— Guivarch était effectivement particulièrement embêté. Il a alors eu une idée abjecte… une idée qui lui a valu sa malédiction, grimaça Aanig.

Michel remarqua les tremblements de la morigane, mais respecta sa réflexion.

— Il a enlevé ma sœur pour qu'elle lui livre le secret de la source. Nora connaissait bien Erwan et Auguste. Elle vivait retirée au milieu des derniers rescapés du peuple de la forêt, mais les rencontrait au moins deux fois dans l'année. Avec plusieurs de ses amis, il l'a attirée dans un piège et l'a séquestrée. Elle est morte sous les coups, mais elle n'a pas parlé. Une semaine plus tard, Guivarch et ses complices étaient retrouvés égorgés et exsangues à l'orée de la forêt.

80. FAMILLE GUIVARCH

Aanig avait cessé de parler, mais Michel restait plongé dans cette histoire extraordinaire. La voix grave d'Aanig rompit le silence.

— Demande-moi toutes les explications que tu veux, je suis venue pour ça ce soir. Ensuite, je m'effacerai et tu agiras avec Soizic et les quelques fidèles qui t'accompagneront.

— Pour être sincère, Aanig, tout ce que vous m'avez raconté défie le sens commun.

— Et tu m'as crue ?

— Aussi étonnants que puissent paraître vos propos, oui, je vous ai crue. Mais je dois comprendre certaines choses, à commencer par ces histoires de prêtres. Vous m'avez dit qu'ils descendaient de deux familles. Or, Erwan Le Bihan et Auguste Guivarch sont morts violemment, ainsi que Nora qui était leur protectrice. Que sont devenus les rescapés du petit peuple et les serviteurs de la forêt ?

— Le dernier membre du peuple de la forêt s'est éteint en 1953. À la disparition d'Erwan, l'accès à la source était devenu impossible. Dès qu'il a construit le pénitencier, Karantec a habilement manœuvré pour que des membres de sa famille en obtiennent la direction. Ils ont dû creuser pendant soixante ans avant de découvrir en 1944 la salle où jaillit la source. Entre-temps, à court d'espoir, quelques représentants du petit peuple s'étaient rendus sur Maen Du en 1922. Mais ils n'y ont trouvé qu'une mort atroce. Émile Karantec – le fils du fondateur, Georges, et le père de Yann – les a capturés et torturés dans l'espoir de leur soutirer les informations tant convoitées. Pour revenir à Erwan, il avait vingt-cinq ans quand Georges Karantec l'a fait assassiner. Il allait se marier deux mois plus tard avec Catherine, une jeune femme du village. Terrorisée par la répression qui s'était abattue sur les grévistes et les menaces qui planaient sur elle, elle est partie. Elle ne le savait pas encore, mais elle était enceinte. Peu de temps avant le terme, elle a rencontré un homme plus âgé qui l'a prise en pitié et s'est attaché à elle. Célibataire, il l'a épousée et a donné son patronyme au nouveau-né. Cet homme s'appelait Carhaix…

— Vous voulez donc dire, conclut Michel, qu'Erwan Le Bihan est le grand-père de mon père biologique Paul… donc mon arrière-grand-père ?

— C'est exactement cela. Ton grand-père était fils unique, ainsi que ton père, Paul.

— Je suis alors le dernier des prêtres de Basulla de la famille Le Bihan ! C'est dingue ! Et que sont devenus les descendants d'Auguste Guivarch, s'il en a eu ?

— Auguste Guivarch avait un garçon et une fille. Sa fille est entrée dans les ordres et son fils s'est marié et a eu deux filles : une avec sa femme et une autre, illégitime. La première s'appelle Ève, et c'est l'épouse de Yann Karantec. Quant à la seconde, il l'a conçue avec une couturière et ne l'a jamais reconnue.

— Et vous savez comment s'appelait cette couturière ?

— Jeanne Le Hir, intervint Soizic, et c'était ma mère.

Secoué par ces révélations, Michel prit le temps de réfléchir. Il conclut à haute voix, comme pour se persuader qu'il ne rêvait pas.

— Je suis le dernier descendant des Le Bihan, et les enfants Karantec, enfin… les deux survivants, sont, par leur mère, les héritiers des Guivarch. Sans oublier Soizic, qui est aussi une Guivarch. Les deux familles sont donc encore représentées... C'est bien cela, n'est-ce pas ?

Aanig opina lentement.

— Ève sait-elle tout cela ?

— Ève ne sait pas qu'elle est la demi-sœur de Soizic. Mais, pour répondre à ta question, elle est au courant de l'existence de la source. Son union avec Yann Karantec a été arrangée, au grand déplaisir des futurs époux. Sur l'insistance expresse de son mari, elle n'en a jamais parlé à ses enfants. Yann voulait, selon ses propres mots, extirper de leur intelligence ces superstitions paysannes… ou garder le secret pour lui.

— Superstitions qui lui ont quand même offert une jeunesse éternelle ! se révolta Michel.

— Non, et il commence tout juste à avoir quelques doutes. Il doit augmenter régulièrement les doses d'eau de jouvence qu'il consomme : son effet diminue avec le temps. Il ne le sait pas encore, mais le jour où son corps sera saturé, ses cellules se dégraderont rapidement et il finira en poussière.

— Et toi, Soizic ? questionna-t-il en se tournant vers son amie. Tu interviens où dans cette histoire ?

— Je suis née en 1907. Ma mère, une jolie femme, travaillait chez les Guivarch. L'héritier de cette famille de traîtres a abusé d'elle plusieurs fois dans sa demeure. Elle aurait voulu quitter la propriété, mais elle était orpheline et son métier de couturière représentait son seul revenu. Elle est tombée enceinte, et c'est le maître des lieux lui-même qui l'a renvoyée comme une bonne à rien. Il ne lui a rien donné, pas même un peu d'argent pour survivre jusqu'à ma naissance. Ma mère a donc été chassée de Saint-Ternoc, mais elle avait du caractère. Malgré son malheur, elle a démarché les fermes de la région pour proposer ses services. Être fille-mère, c'était pour beaucoup une malédiction. Cependant, certaines femmes lui offraient de réaliser des travaux de couture : elles savaient toutes que Jeanne Le Hir possédait des doigts de fée et qu'elle était une victime dans cette histoire. Au moment de me mettre au monde, elle était en chemin entre deux domaines. Je suis née par une nuit de pleine lune, sous un chêne, dans cette forêt… comme dans un conte de veillée. Dieu merci, c'était en été et l'accouchement s'est bien passé. Ma mère a dormi à la belle étoile, épuisée. Le lendemain, elle a repris la route avec son bagage et un nourrisson. Les cieux, ou qui tu veux, étaient avec nous. Elle a croisé un recteur miséricordieux qui ne l'a pas jugée. Trois jours plus tard, nous étions accueillies par un brave fermier veuf du pays de Léon. Il n'a jamais cherché à profiter de ma mère. Elle aidait les domestiques à tenir la maison et, en plus du gîte et du couvert, l'homme la rétribuait pour ses travaux. Il avait deux grands enfants qui vivaient à la ville et il m'a élevée comme sa fille et m'a envoyée à l'école. Le jour de mes dix ans, ma mère est morte, emportée par une mauvaise fièvre. Il m'a gardée auprès de lui. Peu après mes quinze ans, il est décédé à son tour. Ma vie a donc pris un tournant : ses deux fils me considéraient comme un poids et ont vendu l'exploitation, en prenant bien soin de ne rien me laisser. Je me suis retrouvée à la rue. Heureusement, je disposais des économies de ma mère et d'une somme remise par mon père adoptif quand il avait senti sa fin approcher. Je me suis rendue à Brest. Seule dans une grande ville, j'aurais dû trembler de peur, mais cette nouvelle aventure m'excitait. J'étais mineure, et même à six ans de la majorité civile, mais une connaissance m'a accueillie. Féministe avant l'heure, elle s'est prise d'amitié pour moi et m'a aidée dans toutes mes démarches, frappant à toutes les portes pour que je sois acceptée dans un lycée, puis à la faculté. Elle fréquentait la bonne société, ce qui a repoussé des barrières administratives, voire morales, théoriquement infranchissables. Une fille, qui plus est mineure et sans père ! Mais son obstination et son énergie ont eu raison des fonctionnaires les plus zélés ! Je rêvais de devenir une des premières femmes médecins. J'ai étudié sans relâche jusqu'à vingt-deux ans : la médecine le jour et la physique la nuit. Cela me passionnait et je voulais apprendre, tout connaître, découvrir le monde et ses mystères. Mais un jour d'été, le 19 juillet 1929 plus précisément, j'ai croisé une personne qui, une nouvelle fois, a fait basculer mon existence. J'ai abandonné mes objectifs pour revenir à Saint-Ternoc.

Le talent de conteuse et la simplicité de Soizic forçaient l'admiration de Michel. Elle s'accorda une pause, puis poursuivit :

— J'avais pris quelques jours de vacances et une épidémie de fièvre frappait à Saint-Ternoc. Laissant de côté mes griefs contre ce village, j'ai secondé le praticien qui s'y était rendu. Du matin au soir, nous avons circulé de maison en maison, multipliant les diagnostics et la distribution de médicaments. Le soir, nous avions épuisé notre stock et nous n'avions pas visité tous les malades. Je suis restée au chevet d'une fillette pendant que le médecin retournait à Brest. Il lui fallait près de trois heures pour rentrer avec sa Peugeot Quadrilette. Vers minuit, la température de l'enfant avait baissé et j'en ai profité pour aller me détendre au clair de lune. Après une journée éprouvante, j'avais besoin de me dégourdir les jambes. Je me suis dirigée vers la forêt. Je me promenais tranquillement quand, soudain, j'ai entendu du bruit derrière moi. J'étais sur mes gardes, car la rage sévissait à l'époque et j'ai craint un instant qu'un renard ou un chien contaminé me choisisse comme proie. Malgré tout, je ne me suis pas enfuie et j'ai serré mon bâton de marche à m'en faire blanchir les phalanges. Au bout de quelques secondes, les fourrés se sont écartés doucement. La lune était presque pleine et offrait une lumière suffisante. Un petit personnage est apparu, hésitant. J'ai d'abord pensé que c'était un enfant, mais ses traits étaient ceux d'un vieillard. J'ai aussitôt réagi comme un scientifique et je l'ai observé sans discrétion. Il s'est laissé faire, sans s'étonner de ma stupéfaction. Mon interlocuteur n'était pas un homme... ou alors, il était frappé de difformités dont je n'avais jamais entendu parler pendant mes études. Je me suis approchée de lui et il n'a pas bougé, m'accordant le temps de revenir de ma surprise. Puis, d'une voix curieuse, presque métallique, il m'a demandé de l'accompagner. J'allais refuser quand j'ai découvert dans ses yeux un terrible mélange de supplication et d'angoisse. Sans tenir compte du danger et de la bizarrerie absolue de la situation, j'ai suivi cet être étrange.

81. KALAOC

— J'ai suivi l'étrange personnage, qui m'avait dit s'appeler Kalaoc, et j'ai perdu toute notion du temps. Je n'aurais pas pu refaire seule le chemin inverse. Nous sommes arrivés dans une clairière parfaitement éclairée par la lune. Au centre trônait une table en pierre sur laquelle avaient été disposés quelques paniers de fruits et de baies. Autour de cette table, une douzaine de petits individus m'attendaient, la mine triste et fatiguée. Je me suis approchée d'eux doucement, impressionnée par cet accueil tellement surprenant. Une femme m'a tendu une des corbeilles, a insisté pour que je me restaure, et j'ai mangé quelques poignées de framboises. Pendant ce temps, des adultes et des enfants, d'un âge indéfini, m'observaient gravement. Le plus grand m'arrivait au niveau de la poitrine et le plus petit ne dépassait pas un mètre. Quand j'ai terminé mon repas frugal, Kalaoc m'a présentée à chacun. Puis nous nous sommes assis dans l'herbe et il a parlé, parlé pendant des heures. Il m'a raconté l'histoire de son peuple millénaire, son entente avec les hommes et les différents êtres de la forêt. Leur clan avait compté jusqu'à plusieurs centaines d'individus. J'avais face à moi les seuls rescapés… qui se mouraient, privés de l'eau de Maen Du indispensable à leur survie. Dépossédés de ce précieux liquide depuis plus de quarante ans, ils s'étaient éteints les uns après les autres. J'ai alors posé la question qui me brûlait les lèvres : qu'attendaient-ils de moi ? Kalaoc m'a dévoilé l'existence des deux familles de prêtres et m'a révélé, à mon immense surprise, que j'en étais l'une des dernières descendantes.

Il avait appris que j'étais à Saint-Ternoc ce jour-là et avait tenté le tout pour le tout pour me voir. Après son récit, il a fini par me transmettre sa supplique : il existait, quelque part, un représentant de la famille Le Bihan. Le seul à pouvoir accéder à la source et leur procurer cette eau vitale. La mission qu'il me confiait : retrouver cette personne inconnue de tous.

— Comment savait-il que tu étais la petite-fille d'Auguste Guivarch ?

— Il avait vu ma mère accoucher dans les bois et s'était intéressé à moi. Comment avait-il deviné que Guivarch était mon géniteur ? Il ne me l'a jamais dit. Mais, pour revenir à sa demande, elle dépassait l'entendement. Je n'avais rien d'une enquêtrice et je n'avais jamais vécu dans ce village. J'allais refuser, plus préoccupée par mon travail de médecin que par la survie improbable de ces êtres surnaturels. Soudain, l'un des plus jeunes individus est venu s'asseoir près de moi. Il avait en même temps un visage d'enfant et une allure de vieux. Je m'habituais à ce que j'avais considéré au premier abord comme une difformité : ils étaient simplement différents. La tristesse que j'ai lue dans ses yeux m'a retourné le cœur et, sans plus réfléchir, j'ai accepté sa requête. Ils se sont tous levés pour me serrer dans leurs bras. Quand je me suis réveillée, j'étais allongée sur le lit de ma chambre d'hôtel, en chemise de nuit.

— C'est donc à partir de ce moment-là que tu t'es installée dans la forêt ?

— Mon existence a été un peu plus complexe, sourit Soizic. Depuis ce jour de 1929, j'ai commencé à mener une double vie. Une partie du temps, j'étais l'ermite venue de nulle part, une étrange sorcière qui vivait recluse au fond des bois. Personne n'avait fait le lien entre la couturière chassée vingt ans plus tôt et moi. J'avais acheté la chaumière où j'habite aujourd'hui pour une bouchée de pain et, les premières années, je ne me rendais dans le village que lorsque c'était indispensable. Je profitais de ma présence à Saint-Ternoc pour tenter de soulager ces petits êtres, même si mon espoir de les guérir sans l'eau de Maen Du était pratiquement nul. J'ai amassé des cahiers entiers de notes sur leurs mœurs et leurs caractéristiques physiques : je les ai brûlés en 1953, juste après la disparition du dernier membre de ce clan millénaire. Kalaoc, qui est mort en 1935, m'avait appris à prendre conscience des dons dont j'avais hérité et à maîtriser une partie de mes capacités psychiques. Je sais maintenant, grâce à lui, te faire prendre un chien pour un loup, par exemple, ou, plus sérieusement, correspondre par télépathie avec des personnes réceptives à mes sollicitations.

— Nous en reparlerons, Soizic. Mais, pour revenir à ton histoire, comment t'occupais-tu le reste du temps ?

— J'enquêtais à Brest pour tenter de retrouver la trace du dernier Le Bihan et j'étudiais avec plus d'énergie que jamais. Mes absences régulières ne facilitaient pas les choses, mais mes professeurs mettaient de grands espoirs en moi et acceptaient mon emploi du temps. Je me suis spécialisée dans les maladies dégénératives, même si les connaissances dans ce domaine étaient encore limitées. Je passais beaucoup de temps dans les hospices, à observer des patients en fin de vie tout en leur apportant les soins nécessaires. Cette double vie m'épuisait, et elle est devenue impossible à mener à partir de 1941. Les autorités allemandes risquaient de me suspecter d'intelligence avec l'ennemi et de m'envoyer quelque part au fin fond de l'Allemagne. J'étais vêtue comme une paysanne lorsque je vivais à Saint-Ternoc et j'avais un petit côté zazou au cours de mes séjours brestois, mais quelqu'un qui se serait intéressé à moi de près aurait rapidement jugé mon comportement étrange. J'ai donc officiellement annoncé mon départ de la faculté, disant que j'allais vivre près de Grenoble, où j'avais de la famille éloignée. C'est à la fin de l'année 1942 que j'ai compris que Paul Carhaix était le dernier Le Bihan. J'ai réussi à gagner sa confiance et à le convaincre d'enquêter sur la source de Maen Du. Juste avant l'arrivée des Alliés, il l'a trouvée et m'a apporté un flacon d'eau, qu'il a caché dans cette allée couverte. Jamais je n'avais vu mes amis aussi joyeux. Hélas, ton père a été arrêté et tué très peu de temps après.

— Tu m'as connu quand j'étais encore Pierre Carhaix ?

— Oui. J'allais voir tes parents de temps en temps, et j'ai eu le plaisir de te faire sauter sur mes genoux.

— Et le petit peuple… Comment s'appelait-il, d'ailleurs ?

— Eux s'appelaient les *Enfants de la forêt*, mais les quelques hommes qui les apercevaient exceptionnellement à la lueur d'un clair de lune les ont surnommés les korrigans. Ils ont repris des forces durant une année, puis ont de nouveau souffert du manque.

Ton père avait disparu, et tu étais bien trop jeune pour accomplir une telle quête. Ils sont morts, les uns après les autres, dans mes bras. La dernière, une fillette que j'avais baptisée Line, est décédée le 19 mai 1953, le jour de la Saint-Yves. Je l'ai enterrée au pied de leur dolmen sacré... comme tous les autres.

— Pourquoi est-ce que tu n'as pas quitté ta chaumière après ça ?

— Je l'ai quittée, partiellement du moins. Je suis retournée à Brest, et mon arrivée en a surpris plus d'un. J'avais quarante-six ans et je n'avais plus donné aucun signe de vie depuis douze ans. Je ne souhaitais plus continuer mes études de médecine, car mes connaissances initiales et le savoir des plantes que m'avaient légué les *Enfants de la forêt* me suffisaient pour soigner efficacement mes semblables. En revanche, je voulais comprendre pourquoi l'eau de Maen Du possédait ces caractéristiques, et d'où elle venait. J'ai donc repris le chemin de la faculté et j'ai fréquenté des spécialistes que j'avais précisément ciblés, à Brest ou ailleurs.

— Et quelles ont été tes conclusions ? s'intéressa Michel, passionné par le récit de son amie.

— L'abbaye, puis le pénitencier de Saint-Ternoc ont toujours été alimentés en eau soit à partir de citernes remplies par la pluie, soit par des conteneurs apportés par bateau depuis le continent. La source de Maen Du est unique et provient sans doute d'une nappe phréatique située juste sous l'île, dans la masse granitique. Peut-être de faibles infiltrations d'eau de pluie la réapprovisionnent-elles régulièrement ? D'après Paul, ton père, le débit était très faible : c'est donc un filet qui coule depuis des millénaires. J'en avais gardé une quantité infime pour une éventuelle analyse. En 1956, une fois mon réseau scientifique constitué, j'ai transmis un échantillon de ce précieux liquide au responsable d'un laboratoire que je connaissais bien, un homme de toute confiance et très amoureux de moi. L'analyse minéralogique n'a rien révélé, si ce n'est la composition classique d'une eau bretonne. Par contre, quand il a commencé à étudier la radioactivité du produit, les résultats l'ont fait douter de la qualité de son matériel de mesure. L'eau est souvent un peu radioactive, surtout en Bretagne. Mais les concentrations qu'il a relevées étaient plus de mille fois supérieures à celles d'échantillons prélevés près du village de Saint-Ternoc. Avec mon accord, il a envoyé le spécimen à un laboratoire du CEA, le Commissariat à l'énergie atomique, dans la région parisienne. Un de ses célèbres confrères, le professeur Moutin, a mené ses expériences de nuit, afin de ne pas alerter les autorités. Il a mis au jour les traces d'un composé radioactif inconnu. Inquiète des conséquences potentielles de cette découverte, j'ai demandé à mon ami de faire cesser les recherches.

— Les connaissances ont beaucoup évolué en trente ans. Tu ne t'es jamais repenchée sur la question ?

— Je ne voulais pas prendre ce risque. D'ailleurs, qu'est-ce que nous y aurions gagné ? Nous savons que, quelque part dans cette nappe phréatique, existe un matériau encore ignoré du monde scientifique en 1956 et qui confère à cette eau des propriétés de guérison miraculeuse. Pendant deux ans, j'ai essayé de construire une théorie rationnelle pour comprendre ce phénomène, mais je n'ai trouvé aucune explication satisfaisante. Cette eau est comme… magique.

— Pourquoi es-tu revenue t'installer ici ? Le dernier *Enfant de la forêt* était mort et une magnifique carrière te tendait les bras… et l'amour aussi, si j'ai bien suivi.

— C'est vrai… C'est pour protéger la source et organiser ton retour que j'ai décidé de rester à Saint-Ternoc.

82. LA MISSION

Le temps passait, mais Michel ne ressentait pas la fatigue. Enfin un début d'explication aux visions et cauchemars qui le hantaient depuis son enfance ! Tout n'était pas encore clair, mais il savait maintenant qu'il n'était pas fou… Soizic esquissa un bâillement, puis détendit discrètement son cou et ses épaules avant de poursuivre :

— J'ai effectivement éconduit un homme que j'aimais pour tenir une promesse faite une nuit à Kalaoc. Est-ce que je le regrette ? Ma vie aurait été totalement différente, mais je m'étais engagée moralement. Je suis donc revenue dans la forêt de Saint-Ternoc et j'ai joué le rôle de la guérisseuse vagabonde. Une partie de la population fait régulièrement appel à moi pour soulager ses soucis de santé ou prendre des conseils. L'existence était devenue presque monotone, mais je veillais.

— Quelle est cette parole que tu avais donnée à Kalaoc ?

— Un soir, il est venu vers moi, plus inquiet qu'à l'accoutumée. Karantec n'avait pas encore trouvé la source, mais Kalaoc avait compris qu'il la cherchait. Il m'a alors raconté une ancienne légende qui disait, en quelques mots, que lorsque la source serait asséchée, la terre tremblerait et la forêt de Saint-Ternoc disparaîtrait à jamais. Il m'a suppliée de faire en sorte que cela n'arrive jamais. J'ai vu que cette éventualité le terrorisait, et j'ai accepté. Des années plus tard, j'avais remisé ce serment dans un coin de ma tête, jusqu'à ce que j'aie accès aux analyses du CEA. Si l'hypothèse d'un élément radioactif mystérieux s'avérait, une surexploitation de la source viderait l'eau qui l'entoure et pourrait dénoyer le combustible nucléaire, conduisant ainsi à un emballement de la réaction. La légende de Kalaoc prendrait tout son sens : une explosion atomique !

— Rien que ça ! Et tu y crois ? s'étonna Michel.

— Au départ non, mais plus je retournais le problème, moins ce dénouement me paraissait impossible. À tel point que je suis revenue à Saint-Ternoc. Pendant des années, j'ai suivi les turpitudes des Karantec sans pouvoir m'y opposer. J'ai ri en entendant les arguments avancés pour expliquer son « éternelle » jeunesse. Les premières années, il a tenté de me nuire, mais, après avoir connu quelques désagréments, il a compris qu'il avait tout intérêt à s'en tenir à des paroles fielleuses. Le temps a passé et j'ai cru que je m'étais peut-être inquiétée pour rien. Mais, depuis octobre, une information préoccupante est arrivée à mes oreilles. Information vérifiée pas plus tard que ce matin par une employée de Karantec qui me renseigne régulièrement !

Michel ne disait pas un mot, captivé.

— Karantec a décidé de surexploiter la source. Il y a quelques mois, il a fait appel à un géologue : j'ai convaincu ce garçon… d'effrayer son client. Le maître de Saint-Ternoc n'en a finalement pas tenu compte. Plutôt que de laisser l'eau sourdre à son rythme, comme c'est le cas depuis des millénaires, il s'apprête à la pomper directement dans la nappe phréatique. Est-ce que ça va provoquer une catastrophe ? Rien ne permettait jusque-là de l'affirmer, mais c'est un risque qu'on ne pouvait pas courir. De récentes secousses sismiques me portent, hélas, à croire que j'avais raison. On doit à tout prix l'arrêter… C'est pour ça que je t'ai fait revenir dans le village de tes origines.

Michel s'accorda le temps de la réflexion. Quand, à l'entrée du temple, il avait accepté une hypothétique mission, il s'attendait à tout, mais pas à ça. Empêcher le déclenchement d'une réaction nucléaire incontrôlable : de la science-fiction ! Il ne savait pas quelle était la part de vérité de ce récit, mais ces deux femmes ne s'étaient pas amusées à le mener en bateau. Sans un mot, il se leva et s'approcha des fresques : il reconnut *les Enfants de la forêt*. Il s'agenouilla, examina les peintures avec soin et laissa son âme d'archéologue les expertiser. Elles étaient indubitablement anciennes, très anciennes même… Cependant, cette histoire de petit peuple n'avait pas de sens ! Quoique… On a bien cru que l'univers avait six mille ans, puis que la terre était plate, que les hommes descendaient tous d'Adam et Ève, que des dieux habitaient les montagnes, les rivières, le ciel et les nuages ! La vérité évoluait perpétuellement au rythme des connaissances du moment. Néanmoins, la discussion ne traitait pas de métaphysique, mais d'un éventuel emballement d'une réaction nucléaire sur Maen Du. Le raisonnement de Soizic était logique et étayé de faits scientifiques… même si ses conclusions étaient nettement plus personnelles.

On avait confié à Michel une énorme responsabilité ! Il l'acceptait sans penser aux conséquences, au grand soulagement des deux femmes.

— Maintenant que j'ai repris le rôle vacant de prêtre de Basulla, vous pouvez m'en dire plus sur la suite des événements ?

— Le futur ne dépend que de toi, Michel, annonça Aanig. Tu tiens le destin de Saint-Ternoc entre tes mains.

— Vous plaisantez ! Je suis revenu depuis moins de deux semaines, je ne connais pas la région et je suis censé intervenir pour mettre fin à un trafic lucratif qui implique certainement des organisations mafieuses du monde entier ! Ce n'est pas à moi que vous auriez dû faire appel, mais à une unité de commandos de marine : ils auraient neutralisé Karantec et ses sbires en deux temps trois mouvements. D'ailleurs, ajouta-t-il à l'attention de Soizic, tu savais qu'un ancien militaire s'efforçait lui aussi de trouver cette eau de jouvence ?

— Oui, répondit la vieille femme, j'ai rencontré Christophe Maleval.

Devant la stupéfaction de Michel, elle continua :

— Je l'ai soigné, un peu après son arrivée, alors qu'il avait eu un grave accident en abattant un arbre. Il délirait et faisait sans arrêt allusion à une source miraculeuse. Tremblant de fièvre, il m'a expliqué qu'il avait besoin de cette eau pour guérir sa jeune sœur. Le lendemain, il avait repris ses esprits et ne se souvenait plus de notre discussion. Quelques jours plus tard, il a appris le décès de sa sœur et a cessé ses recherches.

— J'ai enquêté sur cet homme. Il aurait constitué un allié de choix.

— Pourquoi en parles-tu au passé ?

— Enfin ! Il est mort noyé, non ? Nous nous sommes croisés à son… enterrement.

— Il a disparu, mais son corps n'a jamais été retrouvé.

— D'accord, mais après un séjour de plus de deux semaines au fond de l'océan, on n'en ramasserait que les morceaux que les crabes ont oublié de manger !

— Leur bateau n'a pas coulé et ils ont échoué sur Maen Du. Christophe Maleval et Corentin Corlay sont encore vivants : leur sort n'est pas enviable, mais ils sont vivants.

— Comment le sais-tu ? s'exclama Michel.

— Je suis entrée en contact avec Christophe, par la force de l'esprit. Il sert de cobaye à Karantec pour ses expériences. Je l'ai persuadé de trouver le courage de rester en vie pour lui et pour toi. Tu auras un allié.

— Enchaîné et à bout de forces… mais c'est mieux que rien… Sur l'île, je devrai affronter des gardiens armés jusqu'aux dents et, depuis l'assassinat de Patrick Karantec, son père est plus méfiant que jamais. En face, je vais rappliquer tel un boy-scout. Si je suis vraiment le seul espoir, je vais devoir trouver une idée géniale. Si ce n'est pas le cas, prépare mes funérailles ! J'aimerais reposer auprès de Paul et Blandine.

— Ne sois pas pessimiste, Michel, l'encouragea Aanig. Les prêtres de Basulla ont toujours tenu leur rôle et, cette nuit, je t'aiderai à prendre conscience de tes pouvoirs.

— Les deux derniers ont quand même été trucidés par les Karantec. « Jamais deux sans trois » : c'est ce qu'on dit, non ? Quoi qu'il arrive, et même si mes chances de succès sont quasi nulles, je ferai de mon mieux.

83. SUSPECTÉ. 10 AVRIL 1985

Midi. Hôtel de police de Brest. Un long silence accompagna le départ du commissaire Moretto. Palangon venait de faire le point avec son supérieur hiérarchique et Moretto était sorti en tirant une tête de six pieds de long. Le peu de certitudes qu'avait acquises la police dans cette affaire et l'absence presque totale d'indices n'étaient pas pour le réjouir.

Palangon était bien conscient que, depuis le début, ils ne maniaient que des hypothèses. Quelque chose lui échappait. Les révélations de Kerandraon l'avaient troublé : Blandine Carhaix était peut-être en vie, et âgée aujourd'hui de soixante-huit ans. Sans avoir trop besoin d'insister, il avait décidé son ancien supérieur à lui donner un coup de main. Depuis hier après-midi, le retraité s'était plongé dans les fiches d'état civil à la recherche de pistes. Les deux employés de mairie de Morgat venus à son aide s'étaient laissé gagner par son enthousiasme et avaient accepté de faire fi des horaires officiels pour avancer.

Un autre personnage intriguait singulièrement Augustin Palangon : Michel Navarre. Son alibi pour la nuit du meurtre, même confirmé par Le Goff et Le Brozec, ne l'avait pas convaincu. La veille, l'inspecteur n'avait pas dormi aux *Boucaniers* et était rentré à Brest. S'enfermant dans son bureau, il avait passé de nombreux appels téléphoniques à des collègues parisiens. À neuf heures du matin, il avait reçu une réponse qui l'avait particulièrement troublé. La mère de Navarre et Blandine Carhaix étaient sœurs, et Pierre Carhaix et Michel Navarre étaient tous les deux nés début 1943. Ce n'était peut-être qu'une coïncidence, mais elle était très étrange ! Il avait demandé un complément d'enquête sur la famille Navarre et sur Michel lui-même. Le profil de l'écrivain ne ressemblait pas à celui des assassins qu'il avait côtoyés. Cependant, il n'avait jamais été sur les traces d'un véritable psychopathe.

— Inspecteur, un appel de Saint-Ternoc pour vous, l'informa un policier en civil en poussant la porte.

— OK, passez-le-moi.

Palangon attrapa le téléphone.

— Chef, c'est Manu.

— Salut. Quoi de neuf ?

— J'ai fait ce que vous m'avez demandé ce matin. Navarre n'est pas rentré à l'hôtel cette nuit, du coup j'en ai profité pour visiter discretos sa chambre.

— Et alors ?

Un long sifflement lui répondit.

— Vous ne devinerez pas ce que j'ai trouvé au fond de sa valise.

— Tant que tu me l'auras pas dit !

— Un poignard. Un vrai surin de tueur !

— Un poignard ? Pas dans le style du personnage... Des marques de sang ?

— Non, mais je peux vous dire que la lame est parfaitement aiguisée ! C'est pas un truc pour se curer les ongles.

— À quoi il ressemble ?

— J'ai pris une photo et je l'ai fait développer en urgence chez le photographe du bled.

— Bien vu, Manu, t'as pas perdu ton temps. Dégote un fax et envoie-m'en une copie vite fait.

— Je m'en occupe tout de suite, chef.

Peu après, Augustin Palangon recevait la télécopie. Il reconnut un poignard de l'armée américaine : le fameux Ka-Bar, qui permettrait, d'après la tradition militaire, d'affronter et de tuer un ours kodiak. Pourquoi un écrivain en repérage emportait-il avec lui un couteau de guerre ? À moins que la réponse ne s'impose d'elle-même ? Il appela aussitôt le médecin légiste et obtint un rendez-vous pour quatorze heures. Il en saurait plus sur l'arme du crime.

Il filerait ensuite à Saint-Ternoc et agirait en fonction des conclusions du légiste.

Il aperçut aussi un dossier posé sur sa table par l'un de ses collaborateurs. Il comprenait une dizaine de pages de notes manuscrites envoyées par un contact parisien. Le coup de fil de son collègue donnait un intérêt totalement nouveau à ce rapport sur Michel Navarre. Il le parcourut avec attention. Michel Navarre était né le 30 janvier 1943 à Suresnes : ça n'était pas ce qu'il espérait ! Il fronça les sourcils, mais poursuivit sa lecture. Fils d'un industriel, enfance parisienne dans les beaux quartiers, scolarité classique, puis études supérieures. Service militaire au 8e RPIMa, puis départ pour l'Égypte dans l'équipe de Christiane Desroches Noblecourt : joli cursus. La fiche suivante était annotée d'un « important » souligné deux fois. Palangon la lut en détail et sentit ses mains le picoter en tournant les pages. Michel Navarre avait été fortement suspecté dans une affaire de quadruple meurtre par égorgement et avait finalement été innocenté par la justice égyptienne. Il était rentré en France, avait fréquenté le monde psychiatrique et s'était lancé avec succès dans une carrière de romancier. Palangon s'adossa à son siège et mordilla son crayon. Les coïncidences s'accumulaient ! Navarre était nettement moins lisse qu'il l'avait pensé jusque-là ! Il ne pouvait pas laisser sa sympathie pour le romancier prendre le dessus sur son flair de flic. L'un de ses instructeurs lui avait d'ailleurs martelé pendant sa formation que de bons indices remplaçaient toujours avantageusement un instinct.

84. L'INCONNUE DE MORGAT

Augustin Palangon était retourné à Saint-Ternoc. Après son entretien avec le légiste, il se posait toujours autant de questions. Tout comme son frère, Christian Karantec avait été égorgé, mais le médecin avait remarqué de très légères différences entre les deux plaies. Il avait expliqué cela par un geste un peu moins assuré. Autant la première incision avait été parfaite, autant la seconde avait demandé un effort plus important. Quoi qu'il en soit, chaque victime s'était vidée de son sang en moins d'une minute. L'émasculation du second Karantec avait tourné à la boucherie : le bas-ventre avait été charcuté, du haut des cuisses jusqu'au nombril. Le pénis et les testicules n'avaient pas été retrouvés. Le tueur les avait-il gardés en souvenir ou, plus vraisemblablement, étaient-ils en train de pourrir quelque part dans le marais ? Par ailleurs, la castration avait été perpétrée *post mortem*, la quantité d'hémoglobine relevée au niveau du pubis étant peu abondante. Quand l'inspecteur avait montré la photo du poignard de Navarre, le médecin l'avait longuement observée. Si la lame de l'arme était extrêmement affilée et si son propriétaire était particulièrement bien entraîné, elle pouvait infliger une telle blessure. Le légiste avait cependant insisté sur le conditionnel et n'avait fait qu'émettre un avis officieux.

Cette fois, le policier s'était installé à la gendarmerie. À l'*Hôtel des Boucaniers*, la présence des journalistes, restés en nombre après l'enterrement, menaçait la confidentialité de son enquête. Les lieux devenant trop petits, il avait jeté son dévolu sur une des salles de la mairie. Plus d'une vingtaine de policiers et militaires opéraient en ce moment dans les environs, et ils devaient avoir les moyens matériels de travailler correctement. Dans un coin de la pièce, la sonnerie fatiguée d'un téléphone le détourna de ses pensées. Un gendarme décrocha :

— C'est pour vous.

Palangon attrapa le combiné et s'assit dans un fauteuil déglingué.

— Inspecteur Palangon, j'écoute.

— Bonjour, c'est votre agent spécial, répondit en écho la voix hachée de l'ex-commissaire Kerandraon.

— Je vous entends mal, commissaire, j'ai l'impression que vous êtes à l'autre bout du monde.

— Pas si loin, je suis dans un bar de Morgat. J'ai récupéré des informations sur Blandine Carhaix.

— Des trucs intéressants ?

— Comme on est pressés, je n'ai pas fait dans la dentelle et j'ai directement interrogé les villageois de plus de soixante ans que je croisais. Entre retraités, le courant passe plus facilement. Lorsque je donnais le nom de Blandine, personne ne la connaissait. Puis, quand je racontais sa possible évasion de Maen Du, certains visages se fermaient. Bref : quelques fantômes hantent encore des foyers de Morgat. Hier soir, j'ai invité le maire à dîner. Il doit attaquer son cinquième ou sixième mandat. Après deux bouteilles de bourgogne et quelques digestifs, il est devenu une intarissable source de renseignements. Le commissaire Moretto va hurler en signant la note de frais que je vais vous transmettre, mais ça en valait la peine ! Il m'a glissé le nom des trois derniers gardiens du pénitencier de Maen Du.

— Et alors ?

— J'en avais déjà rencontré un : mon fameux informateur. Je me suis intéressé aux familles des deux autres. L'un des deux s'appelait Adrien Menez : ce nom me rappelait quelque chose. Et effectivement, il a un fils prénommé François et il s'agit bien du photographe de Saint-Ternoc. Donc, il y a une chance sur deux pour que ce soit cet Adrien Menez qui ait ramené Blandine Carhaix de la prison de Maen Du.

— Excellent travail, commissaire. Je savais que vous aviez toujours la fibre. Je pars à la recherche du photographe dans la seconde. Il pourra sans doute me renseigner sur cette Blandine. Vous retournez à Brest ?

— Je vais encore traîner dans les rues de Morgat quelques heures. La rumeur aura enflé et si jamais un villageois avait des envies de confession je ne voudrais pas le rater. Et puis mon épouse a son après-midi bridge à la maison, alors il n'y a pas d'urgence à ce que je rentre…

— Alors je vous souhaite bonne chance, commissaire.

85. ADRIEN MENEZ

Augustin Palangon raccrocha et quitta la gendarmerie. Il monta dans sa vieille Renault de service et gagna la boutique de Menez. Il entra dans le magasin alors que le photographe finissait d'emballer du matériel pour deux touristes visiblement satisfaits de leurs acquisitions. Menez leva un sourcil en direction du nouvel arrivant et termina sa discussion en endossant son chèque. Le policier le détailla pendant qu'il raccompagnait ses clients. Bronzé, des cheveux bruns bouclés lui mangeant la moitié du visage, son éternel chèche autour du cou : plutôt beau mec, reconnut Palangon. Il aurait pu se tailler un franc succès auprès des femmes s'il n'avait pas été aussi solitaire, parfois à la limite de la misanthropie, d'après ce que Palangon avait entendu dire.

— Bonjour, inspecteur. J'imagine que vous n'êtes pas venu m'acheter de la pellicule ou des cartes postales… même si je vous en vendrais avec plaisir, sourit François Menez.

— Une autre fois peut-être, quand l'enquête sera terminée.

— Au rythme où vont les choses, et n'y voyez aucun manque de respect, j'ai peur de ne pas faire affaire avec vous avant longtemps. Sinon, qu'est-ce que vous attendez de moi ?

— Je vais faire appel à votre mémoire, monsieur Menez.

— Ma mémoire… Normalement, elle m'est fidèle. Venez, je vais fermer le magasin et nous irons discuter au bord de l'eau… si le vent ne vous dérange pas !

— Si ça vous inspire…

Cinq minutes plus tard, les deux hommes marchaient sur le chemin côtier. Des nuages gris roulaient haut dans le ciel et la mer avait forci.

— On va bientôt avoir droit à une tempête. Sans doute demain soir, annonça Menez.

— En plus d'être le photographe officiel du coin, vous tenez aussi le rôle de météorologue ?

— Ça fait trois ans que j'habite à Saint-Ternoc et j'ai toujours été un contemplatif. Et puis, prédire le temps, c'est un sport local en Bretagne.

Palangon s'amusa du franc-parler de son interlocuteur. Il l'avait déjà rencontré pour les besoins de l'enquête et l'avait classé dans la catégorie des gens difficiles à impressionner.

— Mais vous n'êtes pas venu pour prendre les prévisions météo ! Je vous écoute.

— Blandine Carhaix, lâcha simplement le policier.

François Menez s'arrêta quelques instants, le visage tourné vers l'océan mais les yeux fermés.

— Donnez-moi un indice supplémentaire.

— 1944.

Il hocha plusieurs fois la tête, très lentement.

— J'ai entendu parler d'une Blandine il y a un peu plus de trois ans. Je ne connaissais pas son nom de famille, mais je pense qu'avec deux informations sur trois qui concordent, c'est la même personne.

— Qu'est-ce que vous pouvez m'en dire ? demanda Palangon en tentant de maîtriser l'excitation qui le gagnait.

— Mon père est décédé en janvier 1982. Il souffrait d'un cancer, mais il n'avait rien dit à personne. Ma mère était morte cinq ans plus tôt d'une crise cardiaque. Mes deux parents étaient enfants uniques et je n'ai ni frère ni sœur. Il n'a pas voulu déranger ses voisins ni son fils. J'ai appris sa maladie par le plus grand des hasards... ou peut-être que le destin a joué son rôle ? Je suis aussitôt rentré d'Afrique, où je travaillais en freelance, et je l'ai accompagné durant son dernier mois de vie. Dès que je suis arrivé, mon père m'a demandé de le faire sortir de l'hôpital. J'ai réussi à convaincre son médecin et il a été soigné à domicile, enfin... mis sous morphine. Je crois que c'est le plus beau cadeau que je lui ai offert. Deux semaines avant sa mort, je l'ai trouvé un matin dans son bureau. Il avait enfilé un pantalon en laine, une chemise et une veste, ce qui avait dû représenter pour lui un effort surhumain. Il s'était même coiffé et rasé de près. J'ai compris que le moment était grave. Il voulait m'entretenir de sa jeunesse, de la mienne, de ma mère. Nous avons passé toute la journée dans cette pièce et il m'en a autant raconté qu'au cours de toute ma vie.

— C'est là qu'il vous a parlé de Blandine ?

— Que savez-vous d'elle ? questionna François.

Palangon joua la franchise et résuma ses informations, sans évoquer son hypothèse sur le retour possible de Blandine Carhaix dans le rôle de la vengeresse. Menez attaqua à son tour :

— Je n'ai pas connu Blandine, ou plutôt, j'étais beaucoup trop petit pour m'en souvenir. De 1937 à 1944, mon père a été gardien de prison sur l'île de Maen Du. Un métier difficile, particulièrement à partir de 1942 ! L'établissement continuait à recevoir des prisonniers de droit commun, mais il servait également de centre de détention pour des résistants ou des opposants au régime collaborationniste de Vichy : des terroristes, disaient les Allemands. C'est essentiellement de cette période que s'est purgé mon père au cours de notre tête-à-tête. En août 1944, quand le pénitencier a fermé, il a trouvé du travail dans un restaurant de Morgat : c'était un cuisinier hors pair. Il y a passé le reste de sa vie. Mais, pour revenir à votre histoire, il n'était pas seul le jour de son dernier retour de Maen Du. Il portait dans les bras une jeune femme, nommée Blandine, torturée, violée et laissée pour morte. La charité, mêlée à la culpabilité, mais aussi une dose certaine de courage l'ont poussé à la ramener à la maison. Ma mère l'a tout de suite recueillie et soignée. À cette époque, maman était enceinte de moi. Elle a prétexté une grossesse difficile pour rester chez elle et s'occuper de leur… invitée. Tout devait se passer dans le plus grand secret : la nouvelle de la réapparition de Blandine aurait causé des problèmes à mes parents. Elle était censée avoir été jetée à la mer et certaines personnes auraient appris sa résurrection avec un vif déplaisir. Quand je suis né, elle vivait chez nous, dans la chambre qui servait de bureau à mon père.

— Comment ont-ils pu la cacher sans que la population du village découvre sa présence ? s'étonna Palangon.

— Certains connaissaient son histoire, à commencer par le médecin. Ils ont gardé le silence toute leur vie ! Pour les autres, mes parents se sont inventé une petite sœur bigoudène : c'était le pays d'origine de ma mère et personne n'est allé vérifier. D'ailleurs, pourquoi est-ce qu'ils auraient eu des doutes ?

— Vos parents ont accueilli Blandine Carhaix pendant combien de temps ?

— Près de deux ans. D'après mon père, elle avait assez rapidement recouvré ses moyens physiques, mais le viol collectif ultra-violent qu'elle avait subi l'avait définitivement traumatisée.

Il s'interrompit quelques instants, se remémorant malgré lui les images terribles ramenées d'Afrique et qui le hantaient encore régulièrement. Flash de femmes et de jeunes filles abandonnées, hagardes, dans des villages massacrés et pillés par des bandes armées sans foi ni loi !

— Puis, le jour de mon premier anniversaire, elle a soudainement disparu.

— Savez-vous ce qu'elle est devenue ? insista le policier.

— Mes parents l'ont cherchée. Ils étaient inquiets. En même temps, ils ne pouvaient pas prévenir les autorités. Cela serait arrivé aux oreilles des Karantec et, comme vous m'avez dit qu'ils étaient directement impliqués dans cet acte de barbarie, notre famille en aurait forcément pâti.

— Et ?

— Ils ne l'ont pas retrouvée…

— Elle est morte ?

— Ils se renseignaient dès qu'ils entendaient parler d'un fait divers, mais elle n'a plus jamais donné signe de vie.

— Pensez-vous qu'elle ait pu partir loin d'ici ?

— Je n'en sais pas plus que ce que je vous ai raconté.

— Je vous remercie pour vos confidences, monsieur Menez, elles sont précieuses. Je vous pose une dernière question et je vous rends à votre boutique. Avez-vous trouvé dans les affaires de votre père des photos prises à cette époque ?

— Avec Blandine ? Je ne suis pas tourné vers le passé et je n'ai pas regardé. Mais je jetterai un coup d'œil à l'occasion, promis.

— Si cette occasion pouvait se présenter rapidement…

— Je vérifierai cela dès ce soir.

Augustin Palangon salua son interlocuteur et se dirigea vers le parking. Les révélations de François Menez l'avaient à la fois frustré et excité. Blandine Carhaix était peut-être encore en vie, traumatisée par les sévices qu'elle avait subis. Peut-être avait-elle retrouvé son fils, confié à des inconnus en 1944, ou peut-être avait-elle convaincu un tiers de l'aider à se venger ? Cela faisait beaucoup de « peut-être », mais ces meurtres n'étaient pas l'œuvre de purs esprits. Cette hypothèse pouvait aussi expliquer le pieu enfoncé dans l'anus et l'émasculation : la punition ultime pour ses humiliations sexuelles. Il devait progresser sur la piste de Blandine Carhaix. Mais comment remettre la main sur une personne disparue trente-neuf ans plus tôt ? Il en parlerait avec Moretto. Le commissaire lui accorderait des ressources supplémentaires sans hésitation, trop heureux d'avoir un nouvel os à ronger et de pouvoir montrer au préfet les efforts déployés par ses services.

Cependant, il ne devait pas négliger non plus l'éventualité d'un règlement de comptes plus prosaïque : cocus, femmes bafouées, affaires véreuses… Il pouvait se l'avouer : il n'avait pas avancé d'un pouce sur cette enquête !

Il monta dans son véhicule et démarra. Navarre était peut-être rentré à l'hôtel.

86. RENCONTRES

Après avoir quitté le temple de Basulla, ils étaient rentrés dormir chez Soizic. La soirée de la veille avait éveillé en Michel quelques-uns des dons transmis dans sa famille depuis des millénaires. Il lui aurait fallu des semaines entières pour les maîtriser totalement, mais il entendait les voix des disparus qui s'adressaient à lui.

Aanig et Soizic s'employaient à combler ses lacunes. Quand Aanig parlait « esprit » et « déesse », Soizic répondait « sciences ». Elle avait développé une théorie sur les traces magnétiques ou électriques qui restaient présentes même après la mort d'un être vivant. Certaines personnes, dont Michel et Soizic faisaient partie, réussissaient à percevoir ces ondes et à les « traduire » grâce à certaines zones de leur cerveau plus actives que celles de la population moyenne. Michel n'avait pas discuté les affirmations de Soizic, ignorant jusqu'aux bases de la physique ondulatoire.

Soizic lui avait aussi dévoilé sa théorie sur l'existence des korrigans. Pour elle, il s'agissait d'une peuplade humaine, sans doute un peu plus petite que les *homos sapiens sapiens* classiques. Leur évolution aurait été liée à la consommation régulière d'eau radioactive. S'ils y avaient gagné des siècles de vie, leurs gènes en avaient été définitivement affectés.

Dix-huit heures. Le parking de l'*Hôtel des Boucaniers* était encore plein. Les journalistes étaient loin d'avoir abandonné l'affaire. Dans un geste réflexe, Michel ajusta le col de sa veste et poussa la porte du bâtiment.

Dès qu'elle l'aperçut, Katell se hâta vers lui, l'attrapa par le bras, posa un index sur ses lèvres et l'entraîna vers son appartement privé. Michel la suivit sans résister, surpris par cet accueil.

— On te recherche !

Le romancier fronça les sourcils.

— Qui ?

— L'inspecteur Palangon. Il est déjà passé deux fois et a l'air pressé de s'entretenir avec toi.

— J'imagine qu'il veut discuter de l'enquête. Où est le problème ? s'étonna Michel.

— Quelqu'un a visité ta chambre pendant ton absence.

— Comment tu le sais ?

Katell hésita quelques secondes et reprit :

— J'avais déposé un bouquet de fleurs sur ta table hier soir. Ce matin, quand j'ai vu que tu n'étais pas descendu pour le petit déjeuner, j'ai fini par monter et j'ai toqué à la porte. Comme tu ne répondais pas, j'ai voulu vérifier si tu étais là... et j'ai remarqué que le vase avait été déplacé. Des flics avaient traîné dans l'hôtel, et l'un d'entre eux semblait s'être perdu dans le couloir. Sur le coup, je n'y avais pas fait attention, mais en y repensant...

Michel avait hésité à mettre Katell dans la confidence, cependant il ne disposait pas de suffisamment d'alliés pour se passer d'elle. Elle venait de prouver son efficacité.

— Tu peux me consacrer quelques minutes ?

Elle regarda sa montre en serrant les lèvres.

— J'attends deux clients, ils arrivent vers sept heures. Je vais laisser un écriteau à l'accueil au cas où. Je peux t'accorder une petite demi-heure.

— Merci.

Katell n'avait pas douté du récit de Michel. Elle avait été très surprise d'apprendre l'existence de la fontaine miraculeuse, mais cela expliquait l'éternelle jeunesse de Yann Karantec. Cependant, elle s'était opposée à grands cris à son souhait de rencontrer Ève Guivarch-Karantec. Elle avait souffert de la malveillance de cette famille. Faire confiance à un Karantec était devenu inimaginable pour elle ! Si Ève Karantec se confessait à son mari, Yann n'aurait plus qu'à faire disparaître le dernier descendant des Le Bihan.

Michel avait fini par convaincre Katell qu'il n'avait pas d'autre option. La mort dans l'âme, elle avait fini par se ranger à son avis, lui suggérant de se servir d'Elsa Karantec comme intermédiaire.

87. RENDEZ-VOUS MATINAL. 11 AVRIL 1985

Sept heures du matin. Assis sur le siège passager, Michel se frotta les mains pour les réchauffer. La fraîcheur et l'humidité avaient pénétré dans l'habitacle par chaque interstice.

Il avait rencontré Elsa la veille au soir dans l'appartement de Katell, où elle l'avait consigné : inutile que Palangon se mette en travers de son projet. Michel avait en effet avoué la présence du poignard, raison probable de l'empressement du policier à l'interroger. Même si l'hôtelière lui avait offert un alibi pour la soirée du meurtre, il ne se souvenait toujours pas de ce qu'il avait fait cette nuit-là, et ce n'est pas sans hésitation qu'il en avait parlé. C'est donc dans la salle à manger privée qu'Elsa l'avait rejoint. Il s'était contenté de lui raconter la malédiction de la source, sans lui dévoiler l'histoire du petit peuple. Elsa n'avait aucune idée de la manière dont sa mère réagirait à tout cela. Ève avait perpétuellement vécu dans l'ombre de son mari, remplissant la fonction d'épouse, de mère et d'organisatrice des dîners d'affaires de Kercadec, abandonnant le rôle d'amante à des femmes plus jeunes ou plus entreprenantes. Elsa la voyait mal s'opposer au maître de Saint-Ternoc, mais la mort de Patrick et Christian avait changé quelque chose. Elle voulait bien essayer de convaincre sa mère et était donc exceptionnellement rentrée dormir au manoir. Michel l'avait remerciée pour ce sacrifice. Elsa avait tenu sa promesse et avait obtenu un rendez-vous le lendemain matin à l'aube devant une vieille chapelle proche de la sortie du village. Elle se trouvait légèrement en contrebas de la route et les taillis les abriteraient des regards.

Un bruit se fit entendre : une voiture venait à sa rencontre. Michel vérifia la présence du poignard sous le siège passager. Bien dérisoire protection si Yann Karantec avait été mis au courant et avait envoyé ses sbires ! Une lame d'acier ne peut rien contre les balles d'un pistolet. Mais une relation unique et sans doute malsaine le liait à ce couteau. C'était un cadeau de son père. Avec cette arme, Maurice avait tué un soldat allemand à Paris en juillet 1944. Plus tard, il l'avait offert à son fils pour ses quinze ans. Michel l'avait emporté au cours de tous ses voyages, notamment lors de sa dernière mission en Égypte. Il n'en avait jamais parlé à la police locale, ni à ses avocats, et l'avait caché dès qu'il avait recouvré toute sa raison. Même si aucune trace de sang ne souillait l'arme après le quadruple meurtre de ses collaborateurs, le procureur n'aurait pas manqué de faire courir un doute et l'archéologue aurait plongé. Michel avait décidé d'abandonner le poignard dans le désert égyptien. Toutefois, mû par une force à laquelle il n'avait pas pu résister, il avait récupéré le couteau la veille de son départ et l'avait rapporté en France au fond de l'une de ses malles.

Il lâcha un soupir de soulagement en reconnaissant la voiture de location d'Elsa. Elle se gara à ses côtés et lui adressa un signe discret de la main. Il quitta son véhicule, repoussa doucement la porte, comme si un claquement avait pu dévoiler leur rendez-vous secret, et se dirigea quelques mètres plus loin vers la petite église protégée par des arbres centenaires.

Ève Karantec le rejoignit d'un pas nerveux. Les traits tirés, elle offrait un visage fermé et sévère. Il décela de l'inquiétude au fond de ses yeux gris. Elle portait un manteau en vison, totalement décalé dans ce décor forestier, et un sac Hermès qu'elle serrait contre sa poitrine : c'était bien la maîtresse de Saint-Ternoc qui venait à sa rencontre ! À lui de la convaincre de l'aider. Les chances de réussite étaient faibles.

88. YANN ET ÈVE

Les hurlements de son père et la voix suppliante de sa mère avaient attiré Malo dans le bureau paternel. Il haïssait cette pièce qui lui rappelait tant d'humiliations. Il fut atterré par ce qu'il y découvrit. Sa mère était recroquevillée au fond d'un fauteuil et la haute et menaçante silhouette de son père levait une main prête à s'abattre une nouvelle fois sur la femme terrorisée.

Sans réfléchir, Malo se précipita sur l'agresseur et le déséquilibra. Les deux hommes s'effondrèrent sur la moquette. Profitant de l'effet de surprise, Malo frappa son père à la poitrine, laissant ressurgir des années de rage et de frustration. Cependant, l'issue du combat tourna rapidement à l'avantage du plus ancien. Malo n'était pas un méchant, alors que Yann Karantec avait toujours vécu dans la jouissance de la violence infligée. D'un coup d'épaule brutal, il projeta son fils au sol. Puis il se releva prestement et lui décocha un coup de pied dans les côtes. Malo hurla, pour le plus grand plaisir du maître de Saint-Ternoc, qui s'acharna jusqu'à ce que sa femme, sortant de sa torpeur, quitte le fauteuil pour essayer de l'arrêter. Il lui asséna une puissante claque qui lui fit perdre l'équilibre. Elle s'effondra à côté de Malo, des larmes de douleur et de rage plein les yeux. Yann Karantec les considéra avec animosité.

— Quel tableau touchant ! La mère et le fils dénaturé allongés côte à côte ! Je t'aurais presque admiré quand tu t'es jeté sur moi, mais, même pour te battre, tu ne vaux rien. Si tu avais appris à utiliser tes poings au lieu de te servir de ton cul pour accueillir les queues de tous les pédés de la région, tu aurais peut-être réussi à défendre ta mère. Est-ce que tu peux imaginer qu'elle a eu l'audace d'essayer de me faire chanter ? Après plus de quarante ans de mariage, elle menace de dénoncer mes activités au monde ! Mais pour qui tu te prends, Ève ? Tu sais pourtant que je t'ai épousée uniquement pour honorer un contrat signé par nos familles. Tu crois que je me serais embarrassé d'une femme comme toi alors que les plus beaux partis rêvaient de me passer la bague au doigt et de profiter de ma vigueur ? Bon, pour leur second souhait, j'ai tout de même donné de ma personne, ajouta-t-il dans un rire gras.

— Ça suffit, cria Malo qui se relevait avec difficulté. Plus personne ne supporte tes frasques !

— Tes frasques ? se moqua Yann. Tu es un des derniers pédants à utiliser cette expression. Ou alors c'est à la mode dans ton milieu de suceur de bites ?

— Même si tu me détestes, continua Malo sans réagir à l'insulte, respecte au moins la mère de tes enfants, celle qui t'a donné Christian et Patrick, les deux connards que tu as élevés selon tes préceptes de merde.

La sortie de Malo, d'habitude si posé, coupa la parole au maître de Saint-Ternoc. Il s'approcha, attrapa son fils par les pans de sa veste et le souleva du sol. Il hésita un instant, puis le relâcha.

— Ta haine me convient parfaitement. Débarrassez le plancher, tous les deux ! Mais je vous préviens, menaça-t-il, si l'un de vous tente, ne serait-ce qu'une seule fois, de s'opposer à mes projets, ma vengeance sera pire que tout ce que peuvent imaginer vos esprits dérangés. Allez, du vent !

Comme Malo allait riposter, Ève tira le bas de son pantalon et, d'un regard, le supplia de renoncer. Il aida sa mère à se relever et la soutint en la prenant par la taille. Vaincus, ils quittèrent le bureau.

89. ÉCHEC

Michel tournait en rond dans l'appartement de Katell. Il avait cédé aux injonctions de son amie et aux recommandations d'Aanig et ne s'était pas aventuré dans Saint-Ternoc avant de connaître la réponse des Karantec. Il était déjà quatorze heures et Elsa n'était pas encore revenue du manoir de Kercadec.

Après réflexion, Michel avait finalement décidé de rencontrer l'inspecteur Palangon. Des heures sombres s'annonçaient et il valait mieux qu'il ait les forces de l'ordre à ses côtés plutôt qu'à sa recherche. D'abord tendue, la discussion s'était ensuite débridée. Quand Augustin Palangon avait abordé le sujet du poignard, Michel n'avait pas joué les vierges effarouchées. Il avait eu le temps de préparer un argumentaire qui semblait avoir convaincu le policier. Ils s'étaient séparés en se promettant de boire un whisky au bar de l'hôtel avant le dîner.

Trois coups discrets frappés à la porte ramenèrent le romancier à la réalité. Il ouvrit et accueillit une Elsa livide. Elle entra sans un mot, s'assit sur une chaise et lui fit signe de s'installer en face d'elle. Le silence de la jeune femme révélait l'échec de la tentative d'Ève Guivarch. Elsa respira profondément pour calmer une colère qui ne l'avait pas quittée depuis son départ du domaine familial.

— Je savais que c'était une ordure, mais jamais je n'aurais imaginé qu'il pouvait tomber aussi bas.

Michel ne l'interrompit pas. Elle avait besoin de prendre son temps.

— Il a battu ma mère ! D'accord, il l'a toujours considérée comme une potiche, mais il n'a même pas respecté la mère de ses enfants ! Il l'a frappée et l'a jetée à ses pieds !

Une larme roula discrètement sur sa joue.

— Voir ma mère dans cet état, tremblante mais brave malgré l'humiliation, ça m'a révoltée !

Elle se tut de nouveau, tripota ses boucles d'oreille et fixa Michel.

— Comme tu l'as compris, mon père n'a pas été sensible à ses arguments et…

— Je me retrouve donc en pole position sur la liste des gêneurs, conclut Michel en sentant un grand froid s'emparer de lui.

— Je suis désolée, souffla Elsa en baissant la tête.

— Tu n'y es absolument pour rien et tu as parfaitement tenu ton rôle. Je savais les risques que je prenais en impliquant ta mère. Même si les chances de succès étaient presque nulles, j'ai essayé. J'ai joué et j'ai perdu. Il ne me reste plus qu'à trouver une autre solution. Remercie bien ta mère pour sa tentative. Je ne pensais pas que ton père réagirait aussi violemment.

— Si elle en veut à quelqu'un, ce n'est certainement pas à toi. En ce qui concerne mon père, c'est en vivant à ses côtés qu'on se rend compte de sa perversité. En tout cas, une chose est sûre, je suis ton alliée !

— Merci, Elsa, mais c'est très dangereux !

— Parce que tu crois que tu as le choix ? s'exclama Elsa. Ma mère m'a tout répété sur le chemin du retour. Ton histoire et celle de tes parents m'ont bouleversée et je tiens à me battre avec toi, tu comprends ? Ce n'est pas de la pitié, ni des remords par rapport aux saloperies commises par ma famille. Malgré tout, Saint-Ternoc est la terre de mes ancêtres et la sauver est aussi… ma mission, comme tu dis !

Comme Michel ne répondait pas, elle s'anima davantage.

— Mon père n'a pas assassiné mes parents, comme dans ton cas, mais il a tué ma jeunesse, et sans doute une partie de ma vie d'adulte. Si ce que t'a raconté la vieille…

— Soizic, précisa Michel.

— Si ce que t'a raconté Soizic est vrai, il faut le mettre hors d'état de nuire. C'est mon géniteur, et pourtant je n'ai rien en commun avec ce type. Je peux rester ici encore quelques jours et le surveiller. Michel, tu as besoin de moi ! Je n'ai pas le physique d'un commando, mais je te promets qu'il va en baver à son tour.

Michel s'émut malgré lui de l'argumentaire d'Elsa. Il savait qu'il pouvait lui faire confiance. Blandine, Soizic, Katell, Aanig… Elsa rejoignait donc la liste des femmes qui s'élevaient contre le pouvoir autoritaire des maîtres de Saint-Ternoc.

— Tu as raison, j'ai besoin de toi, reconnut Michel, même si je n'ai aucune idée de la façon dont on va s'en sortir.

Un grand sourire effaça durant quelques instants la tension du visage d'Elsa. Elle se leva et, dans un réflexe enfantin, elle le prit dans ses bras et lui appliqua un baiser sonore sur la joue. Elle avait mis plus de tendresse dans ce geste qu'au cours de la nuit qu'ils avaient passée ensemble. Ils n'en avaient d'ailleurs pas reparlé, comme si la chose avait été normale. Elle se rassit et reprit son sérieux.

— Je te propose même d'élargir l'équipe, dit-elle.

Étonné, Michel lui fit signe de poursuivre.

— Malo ! Ça peut surprendre au premier abord, n'est-ce pas ? Qu'est-ce qu'on peut attendre de lui ? dirait mon père. Je te promets que pour résister à ce qu'il a enduré il a fait preuve d'une force de caractère hors du commun.

— Je ne dis pas le contraire, mais en quoi est-ce qu'il peut nous aider ?

— Si nous devons aller sur Maen Du, il pourra nous y accompagner. Il navigue comme un dieu et il connaît l'île comme sa poche.

— J'approuve le principe. Mais vérifie qu'il accepte et raconte-lui aussi l'histoire de la source.

— Je connais déjà sa réponse.

L'enthousiasme soudain d'Elsa réconforta Michel. Il n'avait toujours pas de solution. Il craignait des mesures de rétorsion de Karantec et des gardiens lourdement armés surveillaient les installations de Maen Du, mais il n'était plus seul.

90. UN SI JOLI TAILLEUR

Michel était à bout de souffle. Il avait traversé le village en courant et avait à peine ralenti en entrant dans la forêt. Le chemin s'imposait à lui. Il n'avait pas cherché à comprendre, gardant son énergie pour atteindre la chaumière le plus vite possible.

Dans l'après-midi, Michel avait donné rendez-vous à François Menez dans son magasin et les deux hommes avaient longuement discuté. Il avait décidé de lui faire confiance. François l'avait écouté attentivement et n'avait pas caché sa surprise en apprenant le nom des véritables parents de son ami. Au moment où Michel révélait au photographe la présence de Christophe Maleval sur l'île de Maen Du, une évidence l'avait soudain frappé comme un flash ! Un terrible danger menaçait Soizic ! Il en informa François, qui le suivit sans poser de questions lorsqu'il partit en sprint en direction de la forêt.

Arrivé à la lisière de la clairière, Michel reprit son souffle durant quelques secondes. François le rejoignit quelques instants plus tard et s'accroupit, épuisé par la course folle. Tout semblait tranquille. Michel hésita à appeler Soizic, mais préféra rester prudent. Il saisit le poignard qui ne le quittait plus depuis l'échec d'Ève Karantec et fit signe à son compagnon de l'attendre. Il avança à l'abri des arbres, puis, le buste penché, trottina jusqu'à l'arrière de l'habitation. Il se plaqua contre le mur : aucun bruit. Il se précipita dans la maison. Les tiroirs des quelques meubles avaient été vidés et toutes sortes d'objets jonchaient le sol, mais pas de trace de Soizic. Des taches attirèrent son regard : des flaques de sang brillaient sous les derniers rayons du soleil de l'après-midi. Un véritable cauchemar ! Soizic avait été attaquée et, si ce sang était le sien, elle était en train d'agoniser quelque part. Mais où ?

Un jappement bref le tira de son indécision. Il se dirigea vers le bosquet d'où venait l'aboiement et écarta quelques branches. Une femme, chignon gris, élégamment vêtue d'un tailleur bleu et d'un manteau en laine à la coupe impeccable, était assise contre un arbre. Avallon veillait sur sa maîtresse, sa tête sur les genoux de Soizic. Michel mit quelques instants à la reconnaître.

— Je suis contente de te voir, Michel, annonça-t-elle d'une voix blanche. J'avais un rendez-vous ce soir à Brest. J'ai peur de ne jamais pouvoir l'honorer, ajouta-t-elle en dévoilant une blessure.

Une tache en forme de fleur rouge maculait son chemisier de soie grège.

— On va soigner ça, s'exclama aussitôt Michel, qui reprenait ses esprits.

— Non, ce n'est pas le plus important. Retrouve Pierrick et mets-le à l'abri.

— Où est-il ? s'inquiéta Michel.

— Il bavardait avec moi quand ils sont arrivés : deux hommes du village qui venaient se renseigner sur toi… envoyés par Karantec. Je n'ai pas coopéré. Ils m'ont frappée et ont voulu interroger Pierrick. Je m'y suis opposée… conclut-elle, le visage marqué par la douleur et la main sur sa blessure. Pierrick a réussi à s'enfuir. Je lui ai dit de se cacher dans l'allée couverte. Il est en grand danger…

Michel s'approcha de son amie, s'assit à ses côtés et examina la plaie. La lame qui l'avait pénétrée avait fouillé l'abdomen.

François les rejoignit et ne put retenir un juron.

— Pierrick connaît la forêt ; il va échapper à ses poursuivants. On doit s'occuper de toi, Soizic. On va chercher du secours, et dans moins de deux heures tu dormiras à l'hôpital. Un hélicoptère peut se poser dans cette clairière. Je convaincrai Palangon d'en envoyer un, plaida Michel.

— Mon foie est touché et je ne verrai sans doute pas le jour se lever… même avec les meilleurs spécialistes du monde.

Une peur enfantine s'empara de Michel : la peur de l'abandon. Il avait perdu sa mère biologique, puis sa mère adoptive, et aujourd'hui Soizic, qui lui avait rendu ses origines, était sur le point de mourir à son tour. Il serait de nouveau seul, seul face à ses démons. Une lueur d'espoir le traversa.

— Blandine a laissé dans mon trousseau une gourde contenant de l'eau de Maen Du. Je l'ai rapportée de Paris et elle est cachée dans ma chambre d'hôtel. Je vais aller la chercher et on va te sauver ! J'ai besoin de toi, je ne pourrai pas accomplir ma mission tout seul !

Comme il allait se relever, Soizic lui attrapa le poignet et le regarda intensément, avec des yeux à la fois doux et inflexibles.

— Ton amour me touche énormément, Michel, mais maintenant c'est Pierrick qui a besoin de toi. Il connaît la forêt, mais il a peur. Ce n'est qu'un enfant de onze ans et ceux qui le traquent sont butés, et ils le détestent.

François posa sa main sur l'épaule de Michel.

— Vas-y vite. Je vais m'occuper de Soizic et elle va me donner des conseils pour la soigner. Ramène Pierrick… et venge-la, ajouta-t-il dans un souffle. Je ne sais pas faire de miracle…

François la prit délicatement dans les bras pour la porter jusqu'à la maison. La rage se diffusa dans les veines de Michel, poison détruisant toute compassion. Il laissa la haine l'envahir. Plus de peur ni de tristesse, aucune pitié, juste un besoin de vengeance. Il retrouverait Pierrick. Elle donnait sa vie pour le sauver, il le ramènerait. Et même si Soizic n'approuverait pas sa démarche, il ferait couler le sang à son tour ! Tuer ou être tué : c'était le défi des heures à venir. Mais il avait un avantage sur les autres : il avait la forêt comme alliée !

91. LA TRAQUE

Penvern étudia avec attention l'étroit chemin dans lequel il s'était engagé. S'il avait enragé d'avoir laissé s'échapper le garçon, cette traque l'excitait maintenant au plus haut point. Le gamin connaissait la forêt et savait où il se rendait. Il était assez malin pour changer régulièrement de direction, mais l'expérience de Penvern lui avait appris la patience. Il se pencha et remarqua une branchette cassée tout récemment, cinquante centimètres au-dessus du sol. Il sourit à Leclerc, son partenaire, qui hocha la tête en retour. Karantec n'avait pas parlé du petit quand il les avait envoyés tirer les vers du nez à la sorcière, mais l'enfant les avait vus et c'était une raison plus que suffisante pour mourir. Le chasseur se releva et emprunta une sente qui les menait vers le centre de la forêt.

Quand le garçon s'était enfui, Penvern avait hésité entre le poursuivre et continuer l'interrogatoire de la vieille. Alors que Leclerc paniquait en imaginant les conséquences de la blessure infligée à la mère Le Hir, il avait laissé partir le gamin en pensant le rattraper facilement. Depuis sa plus tendre enfance il chassait, et jamais un animal ne lui avait échappé. Il pouvait suivre des traces pendant plus de vingt-quatre heures sans avoir besoin de dormir. Ils avaient fouillé la maison mais n'avaient rien trouvé. Ils avaient donc abandonné Soizic pour se lancer à la recherche du gosse. Personne ne venait jamais ici ! Ils s'occuperaient d'elle plus tard et décideraient de son sort… si elle survivait.

La poursuite avait débuté deux heures plus tôt, mais Penvern sentait sa proie à portée de main. Le garçon tournait autour d'un point fixe en cercles concentriques et s'en rapprochait. Il allait rejoindre sa cachette et ils n'auraient plus qu'à le cueillir. L'obscurité tombait et, dans une demi-heure au plus, Penvern ne pourrait plus distinguer sa piste. Ils avançaient à pas de loup. L'enfant était tout près, sans doute dissimulé dans un recoin naturel. Leclerc s'arrêta et scruta l'ombre. Il mit quelques secondes à discerner ce que lui montrait son complice. Une dizaine de mètres devant eux, il devina une allée souterraine dont l'entrée disparaissait entre les fougères. Voilà donc où s'était réfugiée leur proie !

Pierrick n'avait pas hésité un instant. Même s'il avait compris que Soizic était en danger, il avait obéi à ses ordres. Elle lui avait toujours dit qu'un jour, peut-être, des hommes méchants voudraient lui faire du mal. Il la respectait plus que n'importe qui et la considérait comme sa grand-mère, il se demandait pourtant bien qui pourrait agresser son amie. Elle était gentille avec tout le monde. Mais, cet après-midi, il avait eu la preuve qu'elle avait raison. Il s'était enfui en courant le plus vite possible, bien plus vite que lorsque les grands de l'école cherchaient à l'embêter. Il connaissait le chemin qui menait au temple : il y avait accompagné Soizic plusieurs fois. Elle lui avait expliqué que, derrière le mur du fond, il y avait une merveilleuse pièce construite des milliers d'années auparavant. Il ne savait pas si elle lui racontait une belle histoire ou s'il y avait vraiment quelque chose de l'autre côté de cette pierre gigantesque, mais il avait au moins fait semblant de la croire.

Malgré sa peur, il avait réussi à garder suffisamment de sang-froid pour brouiller sa piste. En quelques occasions, son père adoptif l'avait emmené à la chasse. Pierrick avait observé ses manœuvres et les tactiques des animaux pour échapper aux balles du fusil. Il avait compris que la fuite en ligne droite était le meilleur moyen de faciliter la tâche du traqueur. Il avait donc tourné autour du temple de Basulla, empruntant des chemins, puis coupant à travers les taillis. Il avait rejoint l'allée couverte et se sentait maintenant en sécurité. La forêt le protégeait : les anciens veillaient sur lui. Il passerait la nuit à l'abri et rentrerait le lendemain matin, dès que l'aube se lèverait. Il se ferait certainement disputer par le père, mais tant pis.

Un craquement le tira de sa torpeur et il sursauta, les sens en alerte. Il se plaqua contre la paroi du fond et attendit. Plus rien : sans doute un animal. Il ferma les yeux, concentré sur les sons extérieurs. Il s'assit, essayant de ralentir les battements de son cœur. Il devait être courageux, digne de Soizic. Alors qu'il respirait profondément pour se calmer, l'obscurité augmenta soudainement. Quelqu'un se tenait devant l'entrée du dolmen et bloquait la lumière du soir. Il tenta de se faire le plus petit possible. Peut-être cette personne ne le verrait-elle pas ? Il avait été si discret !

— Il va falloir nous rejoindre. T'as été malin, c'est sûr. Mais la nuit tombe et je t'ai retrouvé.

Le ton mielleux de l'inconnu était pire que celui du père quand il le menaçait d'une correction. Il ne répondit pas : peut-être que l'intrus penserait que la grotte était vide ?

— Alors, y va sortir le morveux ? s'énerva une voix que Pierrick reconnut aussitôt : celle du garagiste.

Il se leva lentement et, en tremblant, se dirigea vers eux. Arrivé au bout du dolmen, il sentit une poigne terrible lui attraper le bras et l'arracher à la protection du monument. La violence brute de l'homme qui le tenait sans ménagement l'effraya. La vue des couteaux de chasse que brandissaient ses deux traqueurs le terrorisa.

92. LA FIN

Un voile de brouillard s'étendit d'un seul coup sur la forêt. L'humidité, aussi froide que soudaine, surprit les deux hommes. Il était vraiment temps de rentrer, mais ils ne pouvaient pas laisser de témoin derrière eux. Ils allaient tuer l'enfant et le cacher dans l'allée couverte ! Personne ne fréquentait ce coin. Comme Leclerc repoussait Pierrick vers l'obscurité de la caverne, une voix forte s'éleva sous les frondaisons :

— Vous allez relâcher cet enfant et quitter cet endroit sacré.

Vexé de s'être fait suivre comme un débutant, Leclerc saisit dans sa poche un pistolet antédiluvien qu'il pointa vers l'arrivant. Dans la brume qui les entourait maintenant, il aperçut les silhouettes presque fantomatiques d'un homme et d'un énorme loup. Ces apparitions l'impressionnèrent malgré lui, le replongeant dans les contes de sa jeunesse. Il jeta un coup d'œil à Penvern, qui n'avait pas bronché, et se reprit aussitôt, secrètement honteux de sa peur passagère. Il baissa l'automatique, mais le garda au poing. Il n'aimait pas l'irrationnel et ce changement brusque de météo n'était pas normal.

— Dégage de là ! Si tu savais à qui t'as affaire, tu ferais moins le malin.

— Libérez l'enfant et il ne vous arrivera rien.

— T'entends ça, Penvern ? Des menaces ! ricana Leclerc. Viens nous montrer ta gueule, qu'on puisse discuter. On sera ravis de faire un brin de causette avec toi.

Michel avait rapidement laissé la forêt prendre possession de lui. Le vent lui avait soufflé les directions à suivre. Il avait repéré les deux assassins depuis plusieurs minutes et les avait d'abord surveillés. Ces hommes étaient sur la défensive et avaient prouvé leur dangerosité. Il avait reconnu Leclerc et, après leur dernière rencontre, il savait que le garagiste ne lui ferait aucun cadeau. Il devait sauver Pierrick, puis s'attaquer à Karantec. En approchant du dolmen, ses sens s'étaient affinés ; les lieux et ses anciens habitants lui étaient devenus intimes ; toute la nature se mettait à son service. Après des millénaires de patience et de miséricorde, la forêt avait décidé de ne plus pardonner. Lui non plus ne leur pardonnerait pas leur crime.

Michel entendit le rythme cardiaque de Leclerc s'accélérer, puis s'emballer. Même s'il possédait une arme à feu, l'homme était effrayé. Penvern était resté imperturbable. Leclerc vitupérait pour se donner une contenance, Penvern ne le lâchait pas des yeux et Pierrick regardait son libérateur avec un espoir fou mêlé à un respect craintif.

Michel s'avança de quelques pas, puis s'arrêta. À ses côtés, Avallon grognait. Michel lui flatta l'encolure pour le calmer. Si le chien chargeait frontalement, Leclerc l'abattrait sans l'ombre d'un doute. Les deux villageois s'écartèrent pour le prendre en sandwich. Le garagiste reconnut son adversaire et éclata d'un grand rire menaçant.

— Pas besoin d'avoir la pétoche, c'est que l'écrivaillon. Putain, Penvern, on va s'le faire et on aura les félicitations de Karantec… et sans doute la petite prime qui va avec.

— Et le loup ?

— C'est jamais qu'un gros clébard. On va leur arracher les tripes à ces bâtards. J'ai jamais vu à quoi ça ressemblait, l'intérieur d'un Parigot, brailla Leclerc soudain exalté.

Il rangea son pistolet pour récupérer son poignard. Les fellouzes avaient tâté de sa dextérité à jouer du surin quand il les pourchassait dans le djebel algérien. Navarre y goûterait lui aussi. D'un commun accord, les deux hommes de Karantec se précipitèrent sur leur victime.

En deux bonds, Avallon se rua sur Leclerc. L'homme n'avait pas imaginé que la bête puisse se déplacer aussi vite. Hypnotisé par les yeux du loup, il n'avait pas réagi. Une seconde plus tard, les crocs s'enfonçaient dans la chair molle de sa gorge. Le hurlement qui s'éleva dans le ciel se mua en un gargouillis qui ne dura pas. Michel avait sorti son poignard. Il sentait la lame comme un prolongement de son bras, comme s'il l'avait maniée depuis toujours. Penvern se jeta sur lui. Michel s'écarta rapidement pour éviter la pointe qui visait son cœur. Il l'attaqua sur le côté, mais le villageois para son coup sans problème. Les deux adversaires se jaugèrent. Ils étaient d'habileté égale et chacun voulait la mort de l'autre. Le combat débuta sous les yeux affolés de Pierrick. Il espérait voir Michel gagner, mais il n'avait jamais été confronté à autant de violence et de haine ; elles lui nouaient le ventre jusqu'à lui donner envie de vomir.

Michel fatiguait, mais sa soif de vengeance compensait son handicap. Les opposants étaient concentrés sur leurs gestes. Penvern était entraîné et ne faiblissait pas. Ils s'étaient sérieusement entaillé les chairs, mais aucun n'avait porté de coup fatal. Comme Penvern plongeait de nouveau vers Michel pour essayer de lui perforer l'estomac, une racine bloqua son mouvement. Il s'effondra et tenta de se remettre sur pied, mais la racine lui avait enserré la cheville et remontait lentement le long de la jambe. À son tour alors, il fut saisi d'effroi. Rageusement, il s'efforça de couper cette branche qui le retenait prisonnier, mais son adversaire se jeta sur lui. Il le retourna sur le dos et fit poids de tout son corps, la pointe du couteau posée sur le cœur. Sans un mot, Penvern le fixa, acceptant la fin inéluctable sans le prier de l'épargner. Il avait suffisamment donné la mort pour savoir que la sienne arrivait maintenant. Michel s'appuya de tout son poids et enfonça la lame sur toute sa longueur.

Abasourdi par la violence de son acte, il se releva avec difficulté et se dirigea vers l'entrée du dolmen. Encore sous adrénaline, il se saisit du corps de Leclerc et l'allongea au côté de celui de son complice. Puis il retourna vers l'allée couverte et y pénétra. Pierrick était blotti au fond de son abri : quand il vit son ami, il se précipita dans ses bras, les yeux pleins de larmes. Michel le serra contre lui.

Après la bestialité des minutes précédentes, la douceur et l'amour de l'enfant le remuèrent.

— Ils sont morts, les méchants ? demanda le garçonnet.

— Ils ne te feront plus jamais de mal !

— Et toi, pourquoi t'as tout plein de sang sur ton pull ? s'alarma Pierrick.

— C'est pas grave, ça va passer, grimaça Michel qui sentait maintenant une brûlure irradier dans son abdomen.

Ils quittèrent leur refuge. Lentement, la forêt commençait à digérer les deux corps. Déjà, leurs membres étaient recouverts de racines et de plantes grimpantes. Des colonnes de fourmis sorties de nulle part faisaient route vers les cadavres. Sur une branche, deux chouettes, côte à côte, observaient la scène d'un air hautain. L'étrangeté de la situation ne surprit pas Michel. Les dépouilles auraient disparu au petit matin.

93. RETROUVAILLES

Pierrick n'avait pas lâché la main de son sauveur et Avallon les avait guidés jusque chez Soizic. Michel était épuisé. Sa blessure au côté le lançait terriblement et il comptait sur François pour l'aider à la soigner. Il devait cependant tenir bon. Il s'accorderait du repos plus tard, si Karantec lui en laissait l'occasion.

La haine qui l'avait étreint en partant à la recherche de Pierrick avait reflué quand il l'avait serré contre lui. Épais comme une brindille, le garçon lui avait insufflé l'énergie positive dont il avait besoin. Pourtant, le plaisir intense éprouvé en tuant Penvern l'effrayait. Comme si ce meurtre avait nourri et satisfait une entité sombre qui se nichait en lui. Était-il un assassin en puissance ? Alors dans ce cas… Marina ? Le moment ne se prêtait pas à ce genre de réflexion. Il devait d'abord se soigner et s'occuper de Soizic. S'il l'avait évacuée de son esprit le temps de retrouver Pierrick, l'inquiétude revenait maintenant à grands pas.

La lumière diffusée par la fenêtre attira Pierrick comme un papillon de nuit. Il se précipita dans la chaumière.

— Soizic, Soizic, je suis là ! C'est Michel qui m'a sauvé et…

L'enfant se tut subitement. Anxieux, Michel entra à son tour et se dirigea vers la chambre. Sur son lit, Soizic ne bougeait plus. François l'avait recouverte d'un édredon et était assis à ses côtés. En entendant son compagnon pénétrer dans la pièce, il se retourna, interrogateur.

— Je vois que tu l'as ramené. Bien… Comment ça s'est passé ?

— Un peu tendu. Et Soizic ?

— Elle va mal.

Comme Michel s'approchait du lit, il ajouta :

— Elle respire avec peine. Je t'attendais pour aller chercher le toubib au village.

— Tu trouveras le chemin ?

— Si le chien m'accompagne, sans doute. Mais toi… s'exclama-t-il en l'observant soudain. Putain, qu'est-ce qui t'est arrivé ? Tu es plein de sang !

— Il a tué les méchants, annonça le garçonnet, partagé entre la fierté de l'exploit de son ami et l'angoisse du corps inerte de Soizic.

Michel acquiesça d'un bref mouvement de tête.

— Tu m'expliqueras ça. Pour le moment, enlève ta veste et ton pull, on va te soigner.

— On verra ça plus tard. Va plutôt chercher le flacon à l'hôtel.

— Parce que tu crois qu'avec ta blessure, tu vas passer la nuit comme une fleur ? Laisse-moi t'examiner et essayer de rafistoler ce qui peut l'être. Ensuite, je retournerai à Saint-Ternoc.

— Et si elle meurt pendant ce temps-là ?

Avant que François réponde, une petite voix les coupa :

— Moi, je peux y aller, et avec Avallon j'aurai même pas peur !

— Tu connais le chemin ?

— Bien sûr, se hâta d'ajouter Pierrick. C'est là que j'apprends mes leçons avec Katell.

— Alors tu vas chez Katell, tu lui demandes de prendre une gourde qui est dans le placard de ma chambre et tu reviens avec. Dedans, il y a de quoi sauver Soizic. Tu as bien compris ?

— Ben oui, c'est facile, cria presque le garçon, un immense sourire sur le visage.

— Dépêche-toi, mon grand, Soizic a besoin de toi.

— Je vais courir de toutes mes forces. Viens, Avallon. On y va.

Installé sur l'édredon aux pieds de sa maîtresse, l'épagneul hésita un instant. Puis il sauta au pied du lit et rejoignit Pierrick. Michel n'eut pas le temps d'ajouter un inutile conseil de prudence. L'enfant et le chien galopaient déjà vers le village.

Michel retira ses vêtements avec difficulté et résuma son face-à-face avec les hommes de Karantec.

— C'est normal, chez les archéologues, de savoir manier le poignard ? questionna François en examinant les plaies. Putain, les autres ne t'ont pas raté non plus. Tu les as reconnus ?

— Il y avait Leclerc, le garagiste, et un type qui s'appelait Penvern. Ça te dit quelque chose ?

— Plutôt, oui ! Un ancien militaire, cantonnier à ses heures perdues. Une vraie tête de con, mais le genre de mec violent que tu évites quand il a bu. Tu t'en es plutôt bien sorti. Tu m'impressionnes.

— Il n'y a pas de quoi. Pour la première fois de ma vie, j'ai tué un homme.

— Et alors ? demanda François, toujours concentré sur son travail.

— Alors ? s'étonna Michel. Alors… je ne sais pas ! Je crois que le plus terrible… c'est que je n'ai aucun remords.

— Et tu as raison. Des types qui poignardent une vieille femme et sont prêts à assassiner un gamin, c'est la chienlit de la société. L'existence est déjà assez dure sans avoir à se farcir ce genre de fumiers.

La remarque du photographe, d'habitude si souriant, surprit Michel.

— Des horreurs, j'en ai vu assez pendant ma carrière. Arrive un moment où ton seuil de tolérance est atteint. Et quand ça déborde… tu ne maîtrises plus rien.

Michel hurla quand François désinfecta ses plaies à l'alcool et nettoya la blessure principale.

— Il faudrait opérer ça vite ! Qu'est-ce que tu ressens ?

— C'est comme si mon ventre était anesthésié et en même temps… je crois que j'ai jamais eu aussi mal ! C'est grave ?

— Franchement… c'est sérieux. Mais si Pierrick trouve rapidement Katell et que ton produit fonctionne encore, tu t'en sortiras sans problème, tenta de le rassurer François.

— Tu m'as caché des études de médecine ? répondit Michel avec un sourire forcé.

— Non, mais j'ai assisté des toubibs dans mes campagnes africaines.

— Et Soizic ?

— Elle n'en a plus pour longtemps. À mon avis, elle ne tiendra pas jusqu'au retour de Pierrick. Au moins, il ne la verra pas mourir.

Un profond désespoir s'empara de Michel. Il repensa à ses derniers moments avec Soizic. Il repensa à la fin dramatique de ses parents naturels. Il repensa à sa mère, Suzanne, qui l'avait toujours surprotégé pour tenter de lui faire oublier un traumatisme qu'il devinait sans doute inconsciemment. Il repensa à Marina, égorgée dans un désert égyptien, et à son propre corps déchiré. À quoi avait servi sa vie ? Il était reconnaissant à François de lui avoir donné de l'espoir, mais la douleur ne mentait pas. Deux larmes discrètes coulèrent le long de ses joues. François s'assit à ses côtés, le prit par l'épaule et le serra contre lui.

— Tiens le coup. On va les venger ensemble. On va venger Soizic… et notre mère !

94. FAMILLE

Les mots de François avaient laissé Michel sans réaction. Son cerveau n'avait pas réussi à enregistrer la dernière phrase. Il se demanda même s'il ne venait pas de la rêver.

— … notre mère ? Tu as dit « notre mère » ?

— Oui, reprit François.

— Alors… tu serais mon frère ? Mais comment… murmura Michel, la gorge nouée.

— Il va falloir t'y faire, mais tu n'es plus fils unique. Blandine, ma mère et ta mère, n'est pas morte au pénitencier de Maen Du, même si tout le monde l'a cru. Cet enculé d'Émile Karantec l'a livrée à des détenus pour qu'ils la violent et la tuent. Puis il a ordonné à l'un des gardiens de jeter le corps à la mer. Ce qu'il ne savait pas, c'est qu'elle vivait encore. Alors, le gardien a désobéi et il l'a ramenée chez lui. Cet homme, c'était Adrien Menez. Sa femme, Yvonne, et lui l'ont recueillie et soignée pendant des mois, comme si elle avait été leur fille. Rapidement, ils se sont aperçus qu'elle était enceinte. Yvonne a simulé une grossesse, et lorsque je suis né ils m'ont adopté… à la demande de Blandine. Je me suis appelé François Menez et ils m'ont offert une famille et une enfance. Comme tu peux l'imaginer, Blandine ne s'était jamais remise de son séjour à Maen Du. Elle avait retrouvé ses forces physiques, mais son esprit était parti ailleurs. Je n'ai aucun souvenir d'elle, juste une photo où elle me tient dans ses bras. Elle esquisse un vague sourire, un des seuls pendant les vingt mois qu'elle a passés à la maison.

Comme François ne disait plus rien, Michel lui saisit le poignet et, d'une légère pression, l'invita à continuer.

— Tout ce que je te raconte, reprit François, c'est mon père… enfin, Adrien, qui me l'a révélé quelques jours avant de mourir. Le jour de mon anniversaire, ma mère, Blandine, m'a offert un petit ours en laine qu'elle avait tricoté elle-même. Je l'ai toujours… Le midi, elle a préparé un repas pour toute la famille, délicieux d'après mon père. Il était d'autant plus heureux que c'était la première fois qu'elle montrait de la joie de vivre. Elle s'était habillée avec coquetterie pour le déjeuner. Puis elle m'a couché pour la sieste, elle m'a longuement embrassé et elle est partie se promener. Le soir, mon père a retrouvé son corps sans vie sur la plage de Morgat. Comme elle nageait bien, il a d'abord cru qu'elle s'était noyée accidentellement. Le lendemain, un ami lui a rapporté qu'il l'avait vue s'avancer tranquillement dans la mer jusqu'à perdre pied. Il n'a pas eu le temps d'intervenir. Elle a été enterrée discrètement avec l'accord du recteur.

À bout de forces, Michel fondit en larmes. Enfin, il savait ce qu'était devenue sa mère ! Il détailla son frère assis à ses côtés, son frère qui prenait soin de lui… Son frère ! Rien que le mot le bouleversait ! Il avait rêvé toute sa vie d'un frère avec qui partager ses expériences, ses projets, ses joies et ses tristesses. Et maintenant, au milieu de ce drame, il en avait trouvé un ! Ses sentiments balançaient entre sa terrible souffrance et le bonheur de cette découverte. En fait, il était totalement perdu. François reprit son récit.

— Ce que j'ignore, c'est qui est mon père biologique. D'après Adrien, elle était déjà enceinte quand ils l'ont accueillie à Morgat. J'ai d'abord craint d'être le résultat d'un viol collectif par des déchets de l'humanité. Mais, après quelques calculs et vu ma date de naissance, la probabilité est devenue très faible. Alors, est-ce que je suis le fils de Paul Carhaix ou celui de Yann Karantec ? Mystère… Pour me rassurer, je me suis dit que si ma mère a survécu assez longtemps pour me mettre au monde dans une famille aimante, c'est que j'étais plutôt le fruit de ses amours avec l'homme de sa vie.

— Tu es mon petit frère ! répéta une nouvelle fois Michel.

— Oui... mais ne compte pas là-dessus pour essayer de m'imposer tes points de vue, plaisanta François pour tenter de faire baisser l'émotion.

— Dès que j'irai un peu mieux, je te raconterai tout ce que m'a appris Soizic. Que tu sois le fils de Paul ou celui de Karantec, ça ne change rien pour moi !

— Merci, mais ça peut changer beaucoup de choses pour moi, même si j'ai pris ma décision il y a déjà longtemps, avoua François d'une voix soudain lugubre.

95. QUI FRAPPE PAR L'ÉPÉE

— Ce que je vais te raconter, je ne l'aurais jamais dit à Michel Navarre, même si je t'ai trouvé sympa dès notre première rencontre. Je le confie à mon frère, à celui qui veut aussi faire régner la justice à Saint-Ternoc, notre justice, devrais-je dire. Avant de revenir ici, j'ai vécu des moments extrêmement éprouvants. J'avais photographié des massacres de population jusqu'à en avoir la nausée, jusqu'à douter de l'homme. J'étais arrivé au terme de mon « voyage » en Afrique. Le hasard, ou plutôt le destin, m'a mis en contact avec un journaliste freelance de Morgat qui m'a informé de la maladie de mon père. J'ai pris le premier avion pour la France et je suis rentré à la maison. Quand mon père m'a dévoilé mes origines, je me suis occupé de lui avec encore plus de respect. Après l'avoir enterré, j'ai acheté mon magasin à Saint-Ternoc : je voulais connaître ce Yann Karantec. Il était indirectement l'assassin de ma mère… de notre mère, et il l'avait détruite alors qu'elle s'était sacrifiée par amour pour son mari. Quelques mois plus tard, j'ai fait la connaissance de Christophe. Notre passé nous a rapidement rapprochés. Comme moi, Christophe espérait évacuer ses démons africains. Mais les cauchemars, c'est comme la latérite des pistes : tu as beau prendre douche sur douche, tu ne réussis jamais à t'en débarrasser complètement. Un soir de déprime, Christophe m'a raconté son histoire, sa traque d'un chef mozambicain du nom de Nigawa, sa quête de l'eau qui guérit. Il était venu la chercher à Saint-Ternoc pour sauver sa sœur. Mais elle est morte peu de temps après, et ça l'a miné. Et puis un petit miracle s'est produit :

Christophe a découvert la mer et sa rudesse. Il comptait sur les tempêtes et la difficulté du métier de pêcheur pour se laver de ses actes passés. L'océan lui a offert sa rédemption. Quand il a connu Annick, il s'est transformé. J'ai été profondément heureux pour lui, et sa disparition m'a mis un sacré coup au moral. Depuis que tu m'as appris qu'il est vivant, je n'ai qu'une envie : le libérer pour qu'il puisse la retrouver. C'est mon côté sentimental…

— Et toi, tu as réussi à évacuer tout ça ?

— Pas vraiment, non… Alors que Christophe se relevait, j'ai plongé. J'étais obsédé par Karantec, je l'observais mener ses petites et grosses saloperies avec son look de dragueur des années cinquante et son insupportable suffisance. Sa putain de jeunesse éternelle m'a amené à croire à l'histoire de l'eau miraculeuse de Nigawa ! Et puis, un jour, j'ai fait un cauchemar où je voyais Karantec abuser de Blandine, ma mère… enfin, notre mère. Nuit après nuit, ce cauchemar revenait me hanter, toujours plus détaillé, et de plus en plus violent, humiliant. Elle faisait semblant de prendre du plaisir alors que ses yeux pleuraient en silence et que l'autre porc la baisait en hurlant ! À partir de là, j'ai compris que je n'avais plus le choix. J'ai directement pris contact avec Karantec. Je lui ai confié que j'avais tiré le portrait de nombreux chefs d'État ou dictateurs africains, ce qui est souvent assez proche. Ça a marché tout de suite : il m'a demandé de devenir son photographe officiel. La vanité est un merveilleux moteur ! J'ai accepté, pénétrant ainsi dans son intimité… et j'ai pris ma décision : Yann Karantec devait mourir.

— Alors l'Ankou que les flics et Karantec cherchent depuis six mois, c'est toi ? conclut Michel.

— C'est moi.

— Pourquoi ses enfants ?

— Quand j'ai tué Patrick, ce n'est pas lui que je visais. J'avais donné rendez-vous au père, mais le vieux renard s'est méfié. J'ai hésité un instant, mais j'avais fréquenté Patrick. Un glandeur qui vivait du fric de sa famille et profitait de sa belle gueule pour baiser tout ce qui passait. Perso, je n'en avais rien à foutre. Chacun fait ce qu'il veut de ses fesses. Seulement, il a poussé une fille de vingt ans à se pendre en la larguant comme une merde après lui avoir promis la lune et l'avoir mise enceinte. Blandine s'était suicidée à cause de

Yann, et cette gamine à cause de Patrick. Il a donc payé pour son crime. Comme j'avais préparé un pieu pour son père, c'est dans le cul du fils que je l'ai enfoncé : « Qui frappe par l'épée périra par l'épée. » Enfin… l'épée, si on peut dire…

— Et le second ? Christian ? interrogea Michel, anxieux.

— Même s'il était encore plus pourri que son frère, ce n'est pas moi qui l'ai tué.

Un filet de sueur froide coula dans le dos de Michel.

— Et tu as une idée de qui c'est ?

François se retourna et le fixa :

— Oui, je le sais.

Abasourdi par la révélation et épuisé par la douleur, Michel sentit ses forces le quitter. Il tourna de l'œil et sombra dans l'inconscience.

96. LE GARDIEN

Georges Ollagnon enfila sa veste matelassée et referma soigneusement les boutons un à un. Il était inquiet et n'arrivait pas à trouver le sommeil : autant aller vérifier le bon fonctionnement de l'installation. Il aurait préféré que Yann Karantec ajourne sa décision, et il avait même pris son courage à deux mains pour lui en glisser un mot. Sa hardiesse lui avait valu une sacrée branlée, et il n'était pas fier en repensant à la scène terrible que lui avait servie son employeur. Il s'était donc tu, exécutant les ordres à la lettre. Depuis, il était certain de ressentir les premiers effets de ce choix. La terre avait déjà légèrement tremblé deux fois depuis qu'ils avaient commencé l'exploitation intensive de la source. Pas bon signe…

Il éteignit la lumière et quitta la chambre qu'il occupait depuis près de trois ans. Il en connaissait chaque recoin par cœur et l'avait en aversion. Le salaire mensuel qu'on lui versait aidait à atténuer la tristesse des murs de béton gris. Il touchait exactement dix-huit mille cinq cent douze francs pour stocker l'eau qui sourdait de la source de Maen Du : en réalité, ce salaire inespéré avait surtout pour objectif d'acheter son silence. Il n'avait pas signé de contrat officiel et il savait que toute indiscrétion signifierait son licenciement immédiat… du monde des vivants. Cependant, à cinquante-deux ans et après des années de galère, il avait besoin de cet argent pour rêver d'une vie nouvelle.

Dans le couloir, un gardien armé le salua. Georges Ollagnon lui rendit son salut sans un mot : l'autre ne le comprenait pas.

Karantec avait confié la sécurité des installations à une société qui laissait en permanence une dizaine de mercenaires sur l'île. D'après ce que Georges Ollagnon avait deviné, les types ne passaient pas par Saint-Ternoc pour débarquer sur Maen Du, mais arrivaient directement d'un port anglais. D'ailleurs, il n'était pas bien sûr que Karantec soit le vrai propriétaire des lieux, car il l'avait vu plusieurs fois avec un gars, du genre *british*, qu'il traitait comme son égal. C'était suffisamment rare pour surprendre. Les mercenaires parlaient entre eux un jargon guttural que Georges Ollagnon était incapable d'identifier. Il avait joyeusement séché les cours de langue au collège, mais avait toutefois compris une chose : si des intrus voulaient s'introduire sur l'île, ils avaient intérêt à être particulièrement bien entraînés… ou totalement inconscients.

Il poussa une porte et quitta la base de vie de l'île. C'était l'aile qui abritait le quartier des surveillants de Maen Du à l'époque du pénitencier. Les différents blocs de cellules étaient pratiquement tous abandonnés, mais ils demeuraient lugubres et hantés des cris que leurs murs avaient étouffés. Un seul bâtiment était toujours en activité et deux gardiens, les plus lourdement armés de la bande, en protégeaient l'entrée. Il traversa l'ancienne cour de prison pour le rejoindre.

Les deux mercenaires s'écartèrent à son arrivée. L'un d'eux déverrouilla la porte pour le laisser entrer et le salua en portant deux doigts à sa tempe. L'humidité était encore plus prégnante dans le vieux bâtiment qu'à l'extérieur. Dans une odeur de moisi, il évolua entre les anciennes cellules, puis, une fois au fond, partit sur sa gauche dans une ancienne salle de repos des surveillants. Devant lui, une nouvelle porte blindée, qui, elle, ne datait pas de la Seconde Guerre mondiale, mais avait été installée récemment. Il était l'un des quatre détenteurs de la clé. Il ouvrit la porte, entra et respira profondément à plusieurs reprises. Il avait beau venir là quotidiennement depuis trois ans, il avait chaque fois l'impression étrange de pénétrer dans une enceinte sacrée. Il tâtonna la paroi à la recherche de l'interrupteur. Placées tous les dix mètres, des lampes de faible intensité éclairaient le couloir d'une lumière diffuse. Cela lui rappelait les mines de sa jeunesse, alors qu'il vivait à Saint-Étienne : il y avait travaillé plusieurs années. Ici, le granit avait été taillé à main d'homme par des ouvriers ou des prisonniers, il ne savait pas trop. Quoi qu'il en soit, cela avait dû être une tâche titanesque, de percer de tels boyaux dans une roche aussi dure. Il se voûta pour emprunter la galerie qui se dirigeait plein nord. De temps à autre, un embranchement partait sur la gauche ou sur la droite pour s'arrêter un peu plus loin. Il resta sur le chemin balisé par la lumière. Georges l'avait parcouru des centaines de fois et avait fini par en estimer la longueur : il allait arriver pratiquement sous le cromlech de Maen Du.

Comme il s'approchait de sa destination finale, une sorte de vibration inhabituelle lui provoqua un début de nausée. Il ne savait pas comment l'expliquer, mais c'était comme si le lieu se défendait face à l'agression nouvellement imposée. Georges hésita un instant ; devait-il faire demi-tour ? Non, c'était totalement stupide. Pour trouver le courage nécessaire, il repensa à ses dix-huit mille cinq cent douze francs et à la punition que Karantec ne manquerait pas de lui infliger. Encore quelques pas et il y serait…

Au débouché de la galerie, il accéda à la caverne et, inconsciemment, marqua une pause presque religieuse. Lui qui avait été élevé dans le culte de Staline et Thorez et la détestation des curés se retrouvait chaque fois, sans réussir à se maîtriser, dans le même état qu'une bigote qui aurait embrassé la calotte du pape. Il entrait dans le Saint des saints.

97. L'EAU

Au milieu de rires métalliques, une farandole diabolique tournait autour de lui à une vitesse vertigineuse. Un personnage, portant un masque noir d'animal mythique au museau effilé et aux oreilles dressées, s'approcha et planta ses crocs dans son côté. Il se retira avec un hurlement féroce. Alors, une femme en larmes, le visage immensément triste et la gorge ouverte, le remplaça. La tête penchée, elle le fixa intensément, puis l'embrassa d'un baiser glacial. Il attrapa les lèvres bleues qui s'offraient à lui avec avidité. Peu à peu, la douleur s'atténuait et la paix gagnait chaque parcelle de son corps. Il allait cesser de souffrir et s'endormirait pour toujours en compagnie de celle qu'il avait tant chérie et qu'il avait peut-être tuée. Non, il ne l'avait pas tuée, puisqu'elle l'aimait encore et venait le chercher pour un repos éternel. Il se sentait bien, léger. Quand il expirerait, les derniers vestiges de cette vie qui lui avait apporté tant de peines et de désillusions s'évaporeraient.

Un violent choc sur sa joue éloigna la figure de Marina, le second la renvoya dans les limbes. La douleur le submergea à nouveau et il entrouvrit les yeux quand il comprit qu'on le giflait. Il devina un foulard rouge, des cheveux courts, mais fut incapable de distinguer les traits du visage. Pourquoi le maltraitait-on ainsi ? Il se força à détourner la tête et reconnut la silhouette d'un enfant. La raison lui revint aussitôt : il était chez Soizic et Pierrick était de retour avec du secours. Il tenta de tendre la main, mais son corps était paralysé par le froid.

— Ne bouge pas, et dis-moi ce que je dois faire de cette gourde ? demanda la voix féminine.

Katell n'était pas à l'hôtel quand Pierrick, à bout de souffle, s'y était discrètement introduit. Il avait vécu un moment de terrible angoisse. Il ne connaissait pas la chambre de Michel. Comment lui rapporter l'eau de Maen Du ? Le garçon avait deviné la gravité des blessures de Soizic et savait qu'il devait faire vite. Il s'était précipité au premier étage et, à court d'idées, s'était effondré en larmes devant toutes ces portes fermées.

Elsa, qui rentrait d'une soirée passée à Brest, était tombée nez à nez avec ce gamin trempé comme une soupe, habillé de vêtements d'adulte bien trop larges pour lui et en proie à une profonde crise de désespoir. Elle qui était d'habitude peu sujette à l'empathie, elle avait été touchée par cette détresse. Elle s'était assise à côté de lui et avait tenté de le réconforter. Surpris, il avait sursauté, puis l'avait regardée comme s'il avait vu la Vierge.

— Tu peux me dire où elle est, la chambre de Michel ? lui avait-il aussitôt demandé.

— Michel Navarre ?

— Je sais pas. C'est celui qui raconte des histoires.

— Oui, je la connais, répondit-elle, étonnée.

— Je peux te faire confiance ? avait questionné Pierrick avec une enfantine naïveté.

Elsa s'inquiéta : elle n'ignorait pas que son père avait pris l'écrivain en chasse. Sa franchise avait rassuré le garçon. En quelques mots, il lui avait retracé leurs aventures nocturnes, mais elle avait surtout compris deux choses : il disait la vérité et Michel était en danger. Elle était descendue, avait attrapé la clé de la chambre au tableau d'accueil. Ils avaient ensuite fouillé l'armoire de Michel et y avaient trouvé la gourde. Elle avait tenu à raccompagner Pierrick. Ils parcourraient une partie du chemin en voiture et économiseraient ainsi un temps précieux. Le garçon avait accepté, soulagé.

— Qu'est-ce que je dois faire, Michel ? s'angoissait Elsa en secouant le récipient au-dessus du blessé.

Les yeux épuisés de Michel ne lui apportèrent aucune réponse. Elle essaya alors de se concentrer. Pierrick lui avait expliqué qu'il s'agissait d'eau magique. Elle s'était demandé où Michel avait pu la récupérer, avant de décider que la question n'était pas d'actualité. Par contre, elle avait repensé à son père. Elle n'avait jamais remarqué la moindre trace de piqûre sur son corps, pour les très rares fois où elle l'avait aperçu en maillot de bain. L'eau devait sans doute tout simplement s'administrer par voie orale. Avec l'aide de François, qui avait été surpris de la voir arriver, elle cala délicatement Michel sur le dos, puis s'agenouilla auprès de lui et laissa un filet de liquide glisser entre ses lèvres tremblantes. Dès qu'il pénétra dans sa gorge, il le recracha avec un hoquet de dégoût.

— Fais un effort, Michel, souffla-t-elle. Tu dois boire ça pour guérir.

Ils avaient équitablement versé le breuvage dans deux verres, malgré les récriminations de Soizic, qui avait retrouvé une partie de sa conscience. Elsa ordonna à François de boucher le nez de Michel et réussit ainsi à faire passer une infime quantité d'eau dans sa gorge. Elle attendit quelques secondes puis recommença l'opération. Michel ne résistait plus et avalait le liquide par petites gorgées. La quantité était-elle bien adaptée ? Ils n'en avaient aucune idée et, au bout de cinq minutes, il avait tout bu.

La respiration de Michel était devenue plus calme et ses tremblements avaient cessé. Pendant que François et Pierrick faisaient boire Soizic à son tour, Elsa retira la chemise collée contre le flanc meurtri et poussa un cri de surprise. Sous ses yeux, la peau était en train de cicatriser. Fascinés, ils regardèrent les chairs se refermer. Une demi-heure plus tard, plus aucune trace de coup ne marquait l'abdomen et Michel semblait dormir paisiblement. Elsa serra les mains de Pierrick et François, consciente qu'ils venaient d'assister à un événement extraordinaire. Ainsi, c'est ce produit qu'utilisait son père depuis quarante ans ! Une bouffée de rage la gagna rapidement quand elle se remémora le jour de pluie où, petite, elle s'était fracturé le fémur en glissant sur des rochers. Son père l'avait laissée souffrir sans états d'âme pendant des jours. Plutôt que de lui donner quelques gouttes de ce liquide dont il disposait à volonté, il lui avait rabâché que sa stupidité lui servirait de leçon pour le futur.

— Qu'est-ce qui se passe ?

Au son de la voix, les pensées lugubres d'Elsa s'évaporèrent et elle se jeta au cou du revenant. Pierrick se joignit à eux et ils demeurèrent immobiles, sous les yeux de Soizic, debout, qui s'appuyait sur le bras de François.

Michel les repoussa doucement. Tous ses souvenirs étaient réapparus et il examina avec stupeur son côté ainsi que ses membres entaillés lors du combat avec Penvern. Plus rien ! Il se releva et marcha quelques pas : les douleurs qu'il ressentait régulièrement au genou depuis une rupture des ligaments croisés mal soignée avaient disparu elles aussi. Son esprit était vif et il se sentait prêt à courir un marathon. L'effet de l'eau de Maen Du était fabuleux. Pour la première fois, il comprit d'où Yann Karantec tirait son arrogance : il avait l'impression d'être immortel ! Soizic lui dit en souriant :

— Paul et Blandine nous ont offert un magnifique cadeau : ils nous ont accordé une seconde vie !

98. EN MER. 12 AVRIL 1985

Le Zodiac sautait de vague en vague, secouant les passagers. La météo avait annoncé un avis de grand frais. Le vent soulevait des gerbes glacées d'écume pour les projeter au visage de ceux qui défiaient l'océan.

Assis à l'arrière, Malo Karantec gardait imperturbablement son cap dans la nuit noire. Les yeux rivés sur son compas, il fonçait sans hésiter en direction de la pleine mer, faisant vrombir les soixante chevaux du moteur. Ce soir, Malo n'avait plus rien d'un propriétaire de galerie d'art. Veste de quart hauturière, bonnet de laine vissé sur la tête, son regard perçait l'obscurité. Si Michel avait eu quelques doutes lorsque Elsa lui avait proposé son frère comme pilote, la suggestion prenait maintenant tout son sens et il se réjouissait d'avoir avec lui un tel marin. Malo leur avait aussi trouvé un hors-bord, emprunté à l'un de ses amis de l'Aber Wrac'h. Même si arriver sur Maen Du était la partie la plus simple de l'opération, le mot « simple » était devenu très relatif depuis que le vent avait forci dans l'après-midi et que des creux de plusieurs mètres s'étaient formés au large. Quand il avait avoué son inquiétude à Malo, le dernier des garçons Karantec avait répondu en souriant : « Ça devrait passer. »

Elsa s'était directement installée à l'avant de l'embarcation, défiant les vagues avec une sorte de folie intérieure que seul son frère semblait comprendre. François regardait la mer, songeur. Quant à Michel, il s'accrochait de son mieux au bateau et déployait tous ses efforts pour ne pas montrer son appréhension. Il n'avait pratiquement jamais navigué, et foncer en aveugle dans cette immensité rugissante et noire était pour lui tout sauf naturel. Il visualisa un instant les plaques commémoratives vissées sur les murs des églises à la mémoire des marins disparus, mais se força à chasser cette image de son esprit. Il vérifia une nouvelle fois les attaches de son gilet de sauvetage et se concentra sur le plancher du hors-bord.

Après sa guérison, Soizic avait tenu à rester chez elle. Michel avait réfléchi toute une partie de la nuit et de la matinée. Vers midi, il avait pris sa décision. Il irait sur Maen Du, accéderait à la source et essaierait de libérer les deux prisonniers, s'ils étaient encore en vie. Ensuite, il verrait bien... Il avait tenu une sorte de réunion de crise avec François, Katell et Elsa. Elsa s'était occupée de l'embarcation avec son frère et devait récupérer des informations sur les installations de l'île. Était-elle toujours aussi douée pour fouiller le bureau de son père que lorsqu'elle était petite ? Elle le saurait vite. Quant à Michel, il irait dans l'allée couverte de la forêt. Puisqu'il était un descendant des Le Bihan, il essaierait de communiquer avec ses ancêtres, ou qui que ce soit, pour trouver un autre accès à la source que le tunnel creusé par les Karantec.

Il s'était rendu, une nouvelle fois, à la chaumière de Soizic. Plutôt que de renvoyer Pierrick à la rudesse de la ferme des Rapilles, Katell avait proposé de le garder avec elle durant quelques jours. Sur le chemin, Michel était donc passé à la ferme et avait convaincu Guillaume Lelan en le dédommageant financièrement : trois cents francs avaient changé de main et l'histoire avait été réglée.

Arrivé près de l'entrée de l'allée couverte, il avait fait un rapide détour par l'endroit où, la veille, il avait abandonné les deux cadavres. Comme il l'avait pressenti, il n'en restait plus aucune trace. La forêt avait englouti les deux corps et n'en avait rien laissé. Il se baissa, le regard attiré par un objet au pied d'un arbuste. Il écarta quelques feuilles mortes et reconnut le poignard de Penvern. Il avait déjà commencé à se décomposer sous l'effet de la rouille. Michel reposa l'arme : dans quelques jours, la nature aurait terminé son travail de nettoyage.

D'un pas décidé, il s'enfonça jusqu'au fond de l'allée couverte, là où Aanig avait accédé au temple de Basulla. Ici, il tutoyait l'âme de la forêt et de ceux qui l'avaient servie avec droiture. Il s'assit en tailleur sur le sol et prit conscience du contact des éléments sur son corps. Ses sens avaient été aiguisés par l'absorption de l'eau de Maen Du. Progressivement, des voix s'adressèrent à lui, d'abord à peine audibles, puis de plus en plus fortes. Si, deux semaines plus tôt, sa première expérience l'avait effrayé, il n'avait plus aucune appréhension maintenant qu'il avait été adopté par les anciens. Il ferma les yeux et se concentra sur les conversations qui fusaient autour de lui. Soudain, une voix plus claire que les autres attira son attention : elle lui était familière. Il répondit à son appel et s'enfonça dans un demi-sommeil. Des images s'imposèrent lentement à son esprit, floues au début, puis peu à peu plus précises. Face à lui se tenait une magnifique femme à la chevelure rousse. Nora, la grande prêtresse assassinée ! Sa voix était pareille à celle d'Aanig. Elle lui sourit et lui tendit la main. Michel l'attrapa et un étrange tourbillon l'aspira jusqu'au sommet d'une colline. La mer qui l'entourait scintillait sous le soleil. Il était… oui, il était au cœur du cromlech de Maen Du. Sur les versants de la colline, le vent jouait avec la cime des arbres ; il ne vit ni le pénitencier, ni l'abbaye bénédictine, ni les bunkers en béton. Nora l'invita à grimper sur la haute table de pierre noire posée à l'extrême ouest du cercle de menhirs. D'un mouvement souple, il se hissa sur le plateau d'obsidienne. Il cligna des paupières et observa le sol. Des dalles de forme hexagonale tapissaient l'espace délimité par les pierres levées. Nora s'éloigna, lui indiquant d'un geste ample le centre du cromlech. Michel se redressa et, debout sous un soleil de plomb, ne quitta pas des yeux le point indiqué. Il fixait la surface de granit qui reflétait le soleil de midi. Tout à coup, un rayon éblouissant frappa une des plaques. Le phénomène dura quelques secondes, imprimant à jamais dans sa rétine la position de la dalle illuminée en son centre. La lumière disparut, Michel glissa et tomba dans un puits sans fond. Quand il reprit connaissance, il était toujours assis dans l'allée couverte, les mains sur les cuisses. Il prit le temps de reprendre pied dans la réalité. La forêt venait de lui révéler l'accès à la source de Maen Du !

99. QUI SÈME LE VENT

Michel s'approcha précautionneusement de François, les mains crispées sur les cordages de sécurité. Protégé des oreilles indiscrètes par le fracas des vagues, il s'adressa à lui :

— Je peux te poser une question ?

François sortit de ses pensées et hocha la tête en signe d'assentiment. Michel décida de ne pas tergiverser et de jouer la franchise.

— C'est moi, n'est-ce pas ? C'est moi qui ai égorgé Christian Karantec.

— Qu'est-ce qui te fait dire ça ? réagit calmement François.

— Il m'arrive d'avoir des absences… peut-être mortelles. Katell et Yves m'ont fourni un alibi pour la police, mais je suis incapable de me souvenir où j'étais cette nuit-là. Et… ce n'est pas la première fois.

— Non, bien sûr que ce n'est pas toi qui as assassiné Christian Karantec !

Michel éprouva un intense soulagement. Non pas que l'élimination du fils Karantec lui aurait laissé des regrets éternels, mais il n'était peut-être pas le Mister Hyde qu'il craignait !

— Alors qui ?

— Quelqu'un qui a utilisé mon… matériel.

— Il est disponible ? s'amusa Michel, malgré la gravité de la situation.

François hésita un instant puis se lança :

— Après tout, on est en plein dans les « petits meurtres en famille », entre frères, même. On s'est confessé nos crimes respectifs la nuit dernière… C'est Katell qui a tué Christian.

— Katell ? Mais… elle ne dînait pas avec Yves, ce soir-là ?

— Non, il l'a aussi couverte. Katell et moi, on partage… un lien privilégié. Disons qu'on a une attirance physique mutuelle et qu'on couche régulièrement ensemble. On est ce que les Anglais appellent des *sex friends*, le truc où tu n'as pas le courage de t'engager, mais où tu veux quand même de l'intimité. Apparemment, je parle pendant mon sommeil… Katell m'avait avoué qu'elle avait des relations sexuelles avec Karantec, plutôt du genre « imposé ». Ça ne me réjouissait pas, mais chacun sa vie. Elle, ça la dégoûtait, mais ça l'excitait en même temps. Katell est assez complexe… tout comme moi d'ailleurs. L'après-midi du meurtre, Christian a violé et humilié Katell : c'était la fois de trop. Elle savait où étaient cachés ma faux et mon costume d'Ankou. Cette nuit-là, j'étais resté dormir à Rennes pour le boulot. Katell a donné rendez-vous à Karantec et a monté le scénario que tu connais.

— Comment est-ce que tu as deviné que c'était elle ?

— Elle a eu des scrupules… Elle m'a tout avoué parce qu'elle avait peur de m'avoir frustré de ma vengeance.

Michel ne répondit pas et repensa à Katell : sa bonne humeur, son sens du service, mais également ses larmes et les marques de coups sur son visage. Personne n'irait la soupçonner et il ne pouvait s'empêcher de… l'admirer pour son geste !

Malo diminua les gaz. L'embarcation se mit aussitôt à rouler, ballottée par les vagues qui la secouaient comme une coquille de noix.

— On doit se trouver à peu près à quatre cents mètres de l'île, annonça Malo en tentant de couvrir le sifflement du vent.

Michel écarquilla les yeux, mais ne vit rien. Malo lui tapota l'épaule et lui indiqua quelque chose avec son bras. À peine perceptible, une lueur se devinait dans l'obscurité.

— C'est l'entrée du port. Évidemment, on ne va pas l'emprunter. On va suivre Maen Du par l'est sur un kilomètre. Il y a une petite crique avec une plage de sable au bout. On va aborder l'île par là et on échouera le Zodiac sur la grève.

— Comment tu vas la repérer ? s'étonna Michel.

— Je longerai la côte au plus près et je ferai appel à ma mémoire.

— D'accord. Et si on rate la crique ?

— On le saura vite. Il y a un amas de récifs juste derrière. Avec cette météo, le bateau se déchirera directement… et on n'aura pas vraiment le temps d'avoir peur.

Michel s'épargna tout commentaire. Débarquer sur une île aux contours déchiquetés pendant une nuit de tempête, c'était effectivement une manœuvre qui présentait beaucoup de risques. Il laissa donc Malo se concentrer sur le pilotage, les yeux rivés sur une ligne invisible. De temps à autre, une gerbe d'écume plus haute que les autres les avertissait qu'un rocher affleurait, prêt à pulvériser leur embarcation. Dans le vacarme infernal des vagues qui s'écrasaient sur la côte toute proche, personne ne parlait. Leur vie était entre les mains expertes du marin. Michel, tendu comme un arc, craignait les lames les plus fortes qui frappaient le bateau et avaient déjà manqué de les renverser plusieurs fois. Malo remit les gaz sans prévenir : il arracha le Zodiac d'un profond creux, évita de justesse une masse sombre surgie devant eux, la contourna et vira sur bâbord. Quelques secondes plus tard, la mer se calma soudainement. Il coupa le moteur et le bateau fila sur sa trajectoire ; le léger choc annonçant le contact avec le sable de la plage détendit les visages. Malo remonta le moteur. Ils sautèrent à l'eau et tirèrent l'embarcation sur plusieurs mètres, la cachant dans un recoin de la crique. La chance, ou la malchance, de voir des gardiens patrouiller ici cette nuit était presque nulle, mais ils ne voulaient pas prendre de risques.

100. AU PORT

Avec un sentiment proche de la jouissance, Yann Karantec serra la crosse de son Smith & Wesson .44 magnum. S'il n'avait plus abattu lui-même qui que ce soit depuis longtemps, il s'entraînait régulièrement au tir sportif. Savoir utiliser une arme à feu faisait partie des qualités de base que devait posséder un homme digne de ce nom. Son revolver était celui de l'une de ses idoles cinématographiques : l'inspecteur Harry, incarné par Clint Eastwood. Quelqu'un que les lois n'arrêtaient pas et qui appliquait la justice comme bon lui semblait.

Ce soir, c'est lui qui ne se laisserait plus emmerder. Il allait faire d'une pierre deux coups et se débarrasser des deux ordures qui avaient la prétention de se mettre en travers de ses projets : la chance avait tourné en sa faveur. En début d'après-midi, et malgré sa colère de la veille, Ève était revenue à la charge avec son idée fixe de mettre fin à l'exploitation de la source. Yann était conscient que la poule aux œufs d'or ne pondrait pas indéfiniment et qu'un jour où l'autre la source se tarirait, mais ce n'était pas pour demain. D'ici là, il aurait stocké suffisamment d'eau pour vivre des siècles et des millions de francs pour occuper toutes ces années comme un prince. Quand les habitants du village et des environs se poseraient trop de questions sur son éternelle jeunesse, il quitterait Saint-Ternoc pour parcourir le monde dans une fête permanente. Il abandonnerait ses proches sans aucun remords. Ève était, depuis toujours, un boulet qu'il supportait pour honorer un contrat familial. Malo ne lui offrirait ni fierté ni descendance. Quant à sa fille, à moitié folle et prête à coucher dès que l'occasion se présentait, elle finirait sans aucun doute alcoolique, droguée ou sous haute dose de neuroleptiques. Rien ne le retenait donc sur les terres de ses ancêtres, et surtout pas les enfants qui lui restaient ! D'ici là, il avait quelques affaires à régler. Il repensa à l'argument de sa femme pour tenter de le faire changer d'avis : Malo et Elsa se liguaient contre lui. Pauvre Ève ! Elle n'avait pas encore compris que seuls Christian et Patrick l'avaient intéressé ? Leur mort l'avait meurtri, et pas uniquement parce que son nom avait fait la une des journaux. Il avait cependant veillé à paraître concerné par les explications de son épouse : s'il y avait anguille sous roche, il devait l'attraper. Trompée par la sollicitude apparente de son mari, Ève n'avait pas hésité longtemps avant de lâcher le morceau : Malo s'apprêtait à accompagner cette nuit même Michel Navarre et François Menez sur l'île de Maen Du.

Abasourdi, Yann avait exigé plus de détails et Ève s'était épanchée : Malo avait emprunté un Zodiac et, malgré le sérieux grain qui s'annonçait, il assurerait le convoyage de ses deux compagnons. Le maître de Saint-Ternoc avait été étonné par la témérité de Malo. Ensuite, la présence de François Menez dans cette tentative digne des Pieds Nickelés le surprenait. Qu'est-ce qu'il venait faire dans ce merdier ? Depuis trois ans, le photographe agissait en bon professionnel et ne s'était jamais mêlé des affaires des autres, surtout de celles de la famille Karantec ! Il le ferait parler : personne n'avait jamais laissé ses questions sans réponses ! Yann Karantec avait remercié sa femme et, pour ne pas l'alarmer, lui avait promis qu'il y réfléchirait, mais pas dans l'urgence. Il ne pouvait pas non plus faire semblant d'accepter sa demande trop vite, au risque de perdre sa crédibilité. Il voulait surtout cueillir ses trois adversaires sur Maen Du. Il avait prétexté une réunion à Brest pour s'éclipser et avait embarqué sur une puissante vedette à partir d'un port voisin.

Karantec s'était installé dans la maisonnette du gardien du port naturel de l'île. La bâtisse en granit, ramassée sur elle-même et battue par la pluie, faisait autrefois partie d'un ensemble architectural plus imposant. C'était le seul édifice qu'ils avaient entretenu depuis la fin de la guerre. Il n'accostait en moyenne que deux ou trois bateaux par semaine, un peu plus depuis le pompage de la source. Le gardien ne risquait pas pour autant une crise de surmenage. Quatre des dix mercenaires de l'île sécurisaient le port. Les autres étaient répartis entre la garde de la source et celle du pénitencier. Personne ne dormirait tant que les assaillants n'auraient pas été interceptés.

Karantec avait débarqué à vingt et une heures. La mer l'avait déjà bien secoué et il imaginait mal son fils et ses complices arriver ici en pleine nuit. Mais après tout, pourquoi pas ? Même s'il ne l'avait jamais félicité, il se souvenait que Malo avait été l'unique marin de la famille, et qu'il était plutôt doué. Les intrus ignoraient qu'un comité d'accueil avait été organisé. De nuit et avec une grosse mer, le seul accès à l'île qui ne soit pas totalement suicidaire était celui du port. Avec le mauvais temps, aucun des gardes de l'île n'aurait entendu le Zodiac approcher. Quel était leur objectif ensuite ? La source, sans aucun doute, puisque Navarre voulait lui faire arrêter la production. Comment comptaient-ils l'atteindre ? Mystère ! Ils n'avaient aucune idée du dispositif de sécurité ni de la topographie des lieux. Peut-être imaginaient-ils qu'ils pourraient se rendre à la source sans rencontrer de résistance ? Quoi qu'il en soit, Yann n'avait plus qu'à les attendre et à les appréhender à leur arrivée.

101. DÉBARQUEMENT

Une fois le bateau à l'abri, ils s'étaient accordé quelques minutes pour boire un café emporté dans un thermos. Michel en profita pour calmer les tremblements qui l'avaient saisi à la fin de la traversée. François fouilla son sac, récupéra un Makarov PM, souvenir de ses pérégrinations africaines, puis il tendit à son frère un pistolet Browning que Katell avait sorti de sa table de nuit. « Une femme seule dans un hôtel n'est jamais assez prudente », avait-elle indiqué sans fournir de plus amples explications.

Ils quittèrent la plage et avancèrent en file indienne derrière Malo, qui se glissait dans des passages invisibles à leurs yeux. Ils grimpèrent une première volée de blocs de granit, veillant à assurer leurs prises sur la pierre glissante. Le mugissement des vagues qui se jetaient sauvagement sur les rochers en contrebas les invitait à redoubler de vigilance. Ils atteignirent un bois de pins et se reposèrent quelques secondes dans ce havre de tranquillité relative. Partiellement protégés de la pluie, ils écoutèrent les recommandations de Malo. Ils traverseraient la zone forestière, puis remonteraient sur leur droite vers le monument néolithique, abandonnant sur leur gauche le pénitencier et, un peu plus bas, le port de l'île.

Parvenant à la lisière des bois, ils découvrirent les formes fantomatiques des ruines de l'abbaye, témoins silencieux et majestueux de la présence séculaire des moines bénédictins et de la foi des populations bretonnes. Ils les parcoururent avec un respect inconscient avant de gravir le versant qui menait au cromlech. Plus aucun abri ne cachait leur progression, mais la météo était leur meilleure alliée. Après deux cents mètres de marche, ils atteignirent l'imposante construction mégalithique. Malo s'arrêta et confia la responsabilité du groupe à Michel. Il avait conduit ses amis au cromlech ; il devrait ensuite les ramener à Saint-Ternoc. Ils pénétrèrent presque religieusement à l'intérieur du cercle de pierres. De tous côtés, la mer se lançait sans relâche à l'assaut des côtes. Autour d'eux, ces pierres millénaires dressées vers le ciel veillaient, cathédrale qu'aucune tempête n'avait jamais jetée au sol. Au milieu de ces menhirs, ils se sentirent à l'abri de la rudesse de la nature et de la folie des hommes. Michel éprouva dans sa chair la souffrance de l'île. Malo et Elsa, les deux héritiers des Guivarch, ressentaient également quelque chose qu'ils ne comprenaient pas. Michel s'installa sous le large plateau d'obsidienne, la pierre noire, et invita ses compagnons à le rejoindre pour échapper quelques instants aux intempéries. Il s'assit en tailleur et ferma les yeux. Il devait réussir. Il comptait sur les conseils d'Aanig et surtout sur l'énergie phénoménale de Maen Du pour y arriver.

L'homme sursauta, tiré de sa torpeur et de son indicible angoisse par des voix dans sa tête. Comme si quelqu'un cherchait à communiquer avec lui. Pour la première fois depuis le début de sa captivité, un soupçon d'espoir le ramenait à la vie. La veille, un des gardiens avait nettoyé et désinfecté le sol de sa cellule et l'avait sommairement lavé avec du savon et de l'eau tiède. L'odeur devenait-elle trop éprouvante pour ses geôliers ? À moins que la prochaine session de supplices ne nécessite qu'il fût présentable ? Ils avaient aussi rallongé les chaînes qui l'attachaient au mur de quelques dizaines de centimètres, ce qui augmentait la surface à laquelle il avait accès et lui évitait de terribles crampes. Après chaque séance d'expérimentation, son corps avait guéri grâce à l'eau que lui avaient fait boire ses tortionnaires. Christophe avait été surpris par la vitesse de régénération des tissus et il avait amèrement déploré de n'avoir pas pu se procurer ce produit pour sauver sa sœur. Il avait ensuite remisé les regrets dans un coin de son cerveau, conservant toute son énergie pour assurer sa survie. Si son organisme se revivifiait après chaque ingestion, son esprit accumulait du stress et les souvenirs de la souffrance. Ces derniers jours, il avait adopté une stratégie déjà utilisée en Afrique : toujours cacher à ses geôliers l'espoir et le feu qui brûlent encore en soi ! Un gardien se méfie moins d'un prisonnier apathique que d'un révolté, c'est évident, mais contrôler sa haine demandait un effort constant. Depuis la précédente séance de torture, il n'avait plus réagi aux brimades et violences de ses bourreaux. S'il avait crié sa colère les premiers jours de captivité, il n'ouvrait maintenant plus la bouche. Comme ils n'entendaient plus le son de sa voix, ses surveillants avaient cru pouvoir discuter entre eux en anglais. Ils n'imaginaient pas que le pêcheur breton tombé entre leurs mains avait pratiqué cette langue pendant des années, à l'autre bout du monde. C'est ainsi qu'il savait que le docteur « Mengele » reviendrait ce soir-là.

Christophe se concentra sur les mots qui résonnaient dans son cerveau. Ce n'était plus une femme, mais un homme, qui s'adressait à lui. Un frisson d'excitation le traversa : l'inconnu venait à sa rencontre et l'aiderait à s'en sortir. Il fallait qu'il se détende. Il obéit et comprit que son allié prenait corps en lui. Quelques secondes plus tard, il retrouva sa pleine conscience, prêt à en découdre. Il n'endurerait pas de nouvelle session de torture. S'il devait mourir, ce serait en se battant.

102. CROMLECH

Michel rapporta à ses compagnons sa prise de contact avec Christophe Maleval. Il avait réussi à pénétrer son esprit et avait pu voir par ses yeux. La pièce dans laquelle il était enfermé n'était pas une cellule classique, mais ressemblait à un cachot dans le roc.

— Quand j'étais petit, je me suis faufilé une fois dans le pénitencier, expliqua Malo. Il est composé de deux blocs de bâtiments qui possèdent chacun leur cour de promenade. Il n'y a aucun mur pour encercler l'ensemble : huit kilomètres de mer et des courants, c'est bien plus efficace. Par contre, les deux ou trois cellules que j'avais aperçues étaient construites sur le même modèle et ne faisaient pas penser à un cachot.

— Donc tu es en train de me dire que Christophe n'est pas retenu captif ici ?

— Pas dans la prison officielle, intervint Elsa.

Les visages se tournèrent vers la jeune femme.

— J'ai fouillé chez mon père. En début d'après-midi, il avait rendez-vous avec le notaire de Ploubestan, ou plutôt avec sa nouvelle épouse. Sans doute pas pour parler actes administratifs… Bref, ça m'a laissé un peu de temps et j'ai eu un coup de pot. Je ne sais pas si c'est parce qu'il pensait à sa notable, mais il avait oublié sur sa table un dossier que je me suis empressée de consulter. Une telle imprudence ne lui ressemble pas trop, mais réfléchir avec sa queue a toujours été une de ses faiblesses.

— Elsa, si tu pouvais éviter de faire le panégyrique des activités sexuelles de notre père, suggéra Malo.

— OK, pardon ! Dans ce dossier, j'ai trouvé des courriers d'un certain Philip Mayerthomb.

— Bon Dieu, réagit Michel, le propriétaire anglais de l'île !

— Ah oui, quand même ! Je n'ai pas eu l'occasion d'en faire des copies. Au milieu d'un fatras administratif, j'ai découvert un plan, que j'ai étudié avec précision. À partir d'un des bâtiments du pénitencier débute un couloir qui file plein nord. Il n'y avait pas d'échelle sur la carte mais, à vue de nez, j'ai estimé sa longueur à plusieurs centaines de mètres. Le corridor n'a pas été percé de façon rectiligne : il zigzague et, régulièrement, des galeries partent de chaque côté. Au bout du passage principal, il y a un grand cercle qui symbolise sans doute une pièce. J'y ai ensuite réfléchi. J'imagine que ce sont des boyaux creusés par ma famille depuis le jour de la construction de la prison. Ils devaient essayer de retrouver la fontaine de Jouvence.

— Mais pourquoi tu ne nous en as pas parlé avant ? s'exclama Malo.

— Qu'est-ce que ça aurait changé ? s'amusa Elsa. Tu nous as admirablement conduits sur Maen Du, François est le baroudeur attitré de la bande et Michel va nous guider jusqu'à la source. Il fallait bien que je tienne aussi mon petit rôle.

— Si je comprends bien, relança François, Christophe serait dans une cellule creusée dans l'une de ces multiples galeries.

— C'est bien ce que je pense, confirma sérieusement Elsa.

— Et Corentin ? demanda François. Tu as réussi à entrer en contact avec lui, Michel ?

— Non… mais ça ne veut pas dire qu'il soit mort. Je ne maîtrise pas encore bien la télépathie. Soizic avait déjà sondé Christophe : il savait à quoi s'attendre.

— De toute façon, si on trouve le premier, on trouvera aussi le second, les rassura Elsa. Par contre, le problème, ça va être de les récupérer. Si on peut imaginer que la source n'est pas gardée en permanence, l'accès à la galerie l'est forcément. Et là, ça risque d'être chaud.

Un éclair aveuglant, suivi d'une violente déflagration, zébra momentanément le ciel breton. L'espace d'un instant, le cromlech apparut dans toute sa splendeur, alliance de géants éternels qui veillaient sur la destinée des hommes. La foudre avait frappé les ruines de l'abbaye et avait rappelé sa mission au groupe.

— La météo n'avait pas prévu d'orage, s'étonna Malo.

— Ils se seront trompés, et ce ne sera pas la dernière fois, philosopha François.

Le ciel semblait encore s'assombrir. Ils quittèrent leur abri précaire. Michel demanda à ses équipiers de se disposer face à lui sur l'aire du cromlech. Puis il se hissa avec prudence sur la pierre noire glissante et étendit les bras. Immobiles sous la pluie qui les fouettait, ses trois compagnons le fixaient avec intensité.

Michel replongea dans l'état de semi-conscience qu'il avait atteint l'après-midi près du temple de Basulla. Peu à peu, la géométrie du pavage du sol se dessina devant lui, plus précise à chaque seconde. Il rouvrit les yeux et, dans la nuit, situa avec exactitude l'endroit que Nora lui avait indiqué.

— Elsa, hurla-t-il pour tenter de couvrir la fureur du vent, avance de deux pas. Bien, un pas sur la gauche maintenant… encore un peu. Bouge plus, c'est là !

Comme pour valider son choix, la foudre tomba directement sur les ruines de l'abbaye. Assourdi par le tonnerre, Michel sauta de la table. Elsa, en prêtresse hiératique, se tenait au centre d'une plaque de granit d'environ soixante centimètres de largeur. Elle s'écarta et Michel s'agenouilla devant la pierre patinée par les millénaires. François tira de son sac une lampe de poche et l'alluma. Le faisceau lumineux perça l'obscurité et éclaira les joints qui scellaient la dalle sur le sol. Aucune marque ne permettait d'envisager, comme il l'avait espéré, que la pierre s'ouvrait sur un puits qui conduirait à la source. Michel ne laissa pas le découragement le gagner. Si cette entrée existait, personne ne l'avait utilisée depuis plus d'un siècle. Il attrapa le pied-de-biche que lui tendait François et retira le sable et la boue qui encombraient les jointures. Ensuite, sous le regard crispé de ses équipiers, il passa ses mains contre les rebords de la dalle, avec une patience infinie. Millimètre par millimètre, ses doigts palpaient les irrégularités. Soudain, une excroissance ! Il emprunta un couteau et, avec douceur, gratta la pierre jusqu'à mettre au jour ce qui ressemblait à une charnière. Aussitôt, il comprit le principe d'ouverture : en Égypte, il avait découvert des arrangements identiques, anciens de plus de quatre mille ans. Un système de démultiplication des efforts permettait à un homme seul de manipuler des blocs de plus de cent kilos. Sa mine satisfaite rassura ses compagnons, qui en avaient oublié le froid et la pluie. Michel se releva et, après leur avoir rapidement expliqué le fonctionnement de la porte, la souleva en quelques secondes. Devant eux, un puits plongeait dans les profondeurs de la terre : une lumière diffuse émanait de la galerie souterraine, et une incroyable sensation de chaleur les frappa de plein fouet.

103. LA SOURCE

Pas un mot n'accompagna l'ouverture de la dalle. Ils avaient conscience de vivre un moment exceptionnel, un moment terrible aussi. Même sans avoir étudié la géologie, chacun des membres de l'expédition avait compris qu'une telle température était anormale. Michel avait souvent exploré des salles souterraines lors de sa carrière d'égyptologue et ce phénomène inédit l'inquiétait. L'avertissement de Kalaoc hantait son esprit. Ils sortirent une corde de trente mètres d'un grand sac de toile. Si des hommes étaient descendus par là des siècles auparavant, elle devrait largement suffire.

Michel s'engagea le premier. Une étroite galerie s'enfonçait dans le sol ; sa pente aurait permis de se passer de la corde. Des entailles étaient creusées dans la roche à intervalles réguliers, sans doute pour y introduire les doigts et se retenir afin d'éviter une glissade vers le fond du puits. Comme dans le temple de Basulla, une radiation naturelle émettait assez de lumière pour que l'on puisse progresser sans allumer les torches électriques. Michel estimait la distance qu'il parcourait en comptant les nœuds de la corde. En deux minutes, il avait déjà franchi vingt-cinq mètres et la température avait encore augmenté. La sueur coulait dans son dos et l'effort qu'il fournissait n'en était pas le seul responsable. Il s'octroya une petite pause pour recouvrer son souffle. C'était comme si... son rythme cardiaque était entré en symbiose avec celui de l'île et s'accélérait au fur et à mesure de sa descente dans le ventre de Maen Du. Il chassa ces idées délirantes et respira lentement pour reprendre le contrôle de ses sens. Il avait besoin de tout son sang-froid pour mener à bien cette mission. Il continua sa progression et abandonna la corde, finalement trop courte. Il peinait à poser les mains sur la paroi brûlante. Il conserva son équilibre en utilisant les coudes pour se coincer contre la roche. Heureusement, la pente du boyau diminua jusqu'à devenir pratiquement nulle, puis le passage s'élargit. Soulagé, Michel se redressa et parcourut encore quelques mètres, le dos courbé. Il manqua de se cogner quand la galerie s'arrêta brusquement devant lui. Il était face à un mur, et pas auprès de la source comme il l'avait espéré. Un cul-de-sac ! Ils s'étaient engagés dans un cul-de-sac ! Il se força à ne pas paniquer : non, pas tout ça pour rien !

— Tout va bien ? Tu l'as trouvée ?

La voix inquiète d'Elsa, partie une minute plus tard, retentit derrière lui.

— Je suis arrivé au bout, je la cherche, répondit-il le plus calmement possible.

L'accès était là, forcément ! Il posa son sac, sortit la lampe et inspecta soigneusement les parois. Le faisceau de lumière vibrait au rythme des tremblements d'excitation de sa main. Ils en étaient proches, toutes les particules de son corps le lui hurlaient, mais où, bon Dieu ? Comme Elsa le rejoignait, il poussa un cri de soulagement. Sur le côté, il venait d'apercevoir une faille suffisamment large pour laisser passer une personne. Elle avait été sommairement obstruée par quelques pierres. Il les retira nerveusement, s'engouffra dans le passage et déboucha dans un couloir où il pouvait se tenir debout. Sans attendre ses équipiers, il avança vers la salle qu'il devinait devant lui.

Michel fut partagé entre une exaltation quasi mystique et une indicible fureur. Il venait de pénétrer au cœur du lieu le plus mystérieux qu'il ait jamais exploré. Il ne put s'empêcher de comparer cette découverte à celle des tombeaux égyptiens : elle était plus émouvante, et particulièrement impressionnante. Jamais aucun vestige de cette civilisation inconnue n'avait été mis au jour ! Les parois de cette cathédrale néolithique à l'arrondi presque parfait étaient décorées de pétroglyphes aux formes abstraites : méandres, cupules et spirales à la symbolique perdue au fil des siècles. De chaque point cardinal de la caverne démarrait un corridor. Il était arrivé par la galerie ouest. Cette salle avait vu passer ses ancêtres, elle avait donné la vie aux hommes. Et, contrairement aux pyramides ou autres mastabas, ce n'était pas une sépulture : elle vivait encore. Mais cette salle était martyrisée, elle était outragée par la cupidité d'êtres aveuglés par l'argent et le pouvoir. Un vrombissement mécanique qui résonnait contre la pierre brisait le silence de ce lieu magique. Une pompe, fixée à une structure métallique, transmettait ses vibrations à la pièce. Face à lui, Michel devina l'emplacement de la fente par laquelle sourdait la source depuis des milliers d'années. Cette fente avait été récemment bétonnée ; un tuyau en acier, protubérance obscène, la pénétrait en son centre et violait impudiquement cet endroit sacré en aspirant l'eau dans les profondeurs. La pompe déversait le liquide directement dans une large cuve en inox.

Le visage en sueur, le dernier descendant des Le Bihan examina tous les détails de la pièce. La main de François tapota son épaule, lui indiquant que ses compagnons l'avaient rejoint. Comme lui, ils n'avaient pu prononcer un mot, fascinés par le spectacle. Michel étudia la pompe. Il avait déjà utilisé des machines similaires au cours de ses fouilles. Il trouva le boîtier électrique et coupa l'alimentation de l'appareil. D'un coup, un silence bienfaisant les enveloppa et rendit à la caverne sa sérénité. François s'approcha de la citerne de stockage et s'apprêta à y tremper les doigts. Michel arrêta son geste :

— N'y touche pas. Il y a des risques qu'elle soit dangereuse !

Devant les haussements de sourcils de ses équipiers, il continua :

— Maen Du est en train de se révolter. La salle monte en température, et l'eau est peut-être fortement radioactive.

— Maen Du est en train de se révolter… répéta François, dubitatif. Tu ne crois pas que tu nous la joues un peu trop légende bretonne ?

— D'accord, oublie l'allégorie ! Tu sais ce que ça fait, un cœur de centrale nucléaire dont le liquide de refroidissement aurait fui par accident ?

— Non, je ne suis pas un spécialiste, reconnut le photographe. Je suppose que ce n'est pas bon pour la santé.

— Exact. L'eau ne refroidit plus le combustible, qui surchauffe, et la réaction nucléaire s'affole. Le peu d'eau qui reste s'enrichit alors en éléments radioactifs. Ensuite, on peut tout imaginer… Dans notre cas, c'est le pompage excessif qui fait office de fuite.

— Et ceux qui ont lancé ce projet n'y ont pas pensé ?

— Karantec a été mis au courant, mais l'appât du gain était plus fort.

— Du coup, on fait comment pour enrayer définitivement ce processus infernal ? interrogea Malo, qui avait retiré son bonnet et sa veste, incommodé par la température qui dépassait les trente-cinq degrés.

Michel réfléchit rapidement :

— Tant que l'île sera la propriété de l'Anglais, on ne trouvera pas de solution viable. À court terme, on sabote l'installation pour limiter l'ampleur de la réaction et on part à la recherche de Maleval et Corlay.

Le bruit de pas qui s'approchaient de la caverne répondit aux propos de Michel.

104. LA DERNIÈRE SÉANCE

Au bruit de clé dans la serrure, son corps se tendit comme un arc. Christophe Maleval se contrôla et s'adossa contre le mur de sa geôle dans une position apathique. Diminuer la vigilance de ses bourreaux pour saisir l'ultime chance de liberté qui s'offrait à lui ! La lumière violente l'aveugla.

— Mon ami ! commença la voix qui l'avait obsédé ces derniers jours. Prêt pour une nouvelle petite séance ensemble ? Votre précédente prestation a épousouflé nos clients et nos ventes grimpent en flèche. Vous êtes une vraie star !

Christophe avait rouvert les yeux. Le médecin, si tant est qu'on puisse lui donner ce titre, portait toujours son masque de carnaval. Il avait passé un costume crème et avait déjà enfilé une paire de gants en caoutchouc. Derrière lui, un assistant poussait une servante remplie de scalpels et autres instruments chirurgicaux. Il quitta la pièce pour revenir avec une caméra et un projecteur. Un gardien restait en surveillance près de la porte, observant la scène d'un œil distrait.

— Alors, mon patient préféré, savez-vous que nous allons offrir à nos spectateurs une opération à cœur ouvert ? Sans anesthésie, bien sûr !

Christophe se recroquevilla et se colla contre le mur, dans un inutile mouvement de protection.

— Non, épargnez-moi ça, supplia-t-il d'une voix affolée qu'il n'eut aucun mal à simuler.

Il tremblait de frayeur en se remémorant la dernière séance. Ne pas céder à la panique, ne pas céder à la panique… Le médecin saisit un scalpel, en vérifia le fil à la lumière du projecteur, s'approcha de sa victime et, du ton que l'on prendrait pour convaincre un enfant capricieux :

— Allez, quelqu'un qui a affronté la mer pendant des années ne devrait pas s'effrayer ainsi !

Il se pencha vers son cobaye et lui attrapa le bras pour le relever. Christophe réagit dans l'instant : c'était maintenant ou jamais ! Chassant sa peur, il se jeta sur son tortionnaire. Déstabilisé par la rapidité de la scène, le bourreau ne se défendit pas. Deux secondes plus tard, la chaîne du prisonnier comprimait violemment sa gorge. Christophe lui arracha le scalpel et appliqua brutalement l'instrument contre la carotide de son bouclier humain. Le geôlier avait sorti son pistolet, mais ne savait pas comment intervenir.

— À présent, c'est moi qui donne les ordres, avertit Christophe d'une voix ferme, en entaillant le cou de son adversaire. D'abord, personne ne quitte cette pièce ou je le saigne comme un goret… et rien ne me ferait plus plaisir.

— Que voulez-vous ? hoqueta le médecin.

— Détachez-moi, tout de suite !

— *No way,* pas question, répondit le gardien en pointant les deux hommes de son arme.

— *Just do it !* Faites ce qu'il dit, couina le tortionnaire en sentant la lame pénétrer dans les muscles de son cou.

— *Right* now ! ordonna froidement Christophe qui avait retrouvé tous ses réflexes de soldat.

— Obéissez, reprit le médecin. De toute façon, il ne pourra pas s'échapper de cette île.

— Ce serait dangereux, réfuta le geôlier.

— Je suis un grand ami de votre patron, et s'il m'arrivait quoi que ce soit vous en seriez tenu pour responsable !

Les quatre protagonistes se regardaient en chiens de faïence. L'assistant n'avait pas osé quitter la salle, rappelé à l'ordre par leur cobaye. Christophe accentua la pression : il ne pouvait pas rester ici indéfiniment et le temps jouait en sa défaveur. Si un autre garde les rejoignait, la situation se compliquerait considérablement.

— Détachez-le, hurla le tortionnaire en entendant ses vertèbres émettre un craquement suspect.

Le gardien soupira et porta sa main gauche à la poche. Il en sortit une clé et s'approcha du prisonnier.

— OK, envoie le doc et je te relâche.

— Évite de me prendre pour un con et vire-moi ces chaînes. D'abord, tu poses ton flingue et ta ceinture près de la porte. Dès que tu m'auras libéré, je vous enfermerai là-dedans et je me casserai.

— Tu te fous de moi, *motherfucker* ?

— J'en ai l'air ? La vie de mon otage contre la mienne… et apparemment, sa mort te vaudra des emmerdements. Alors t'as cinq secondes pour te décider, lâcha Christophe sans lui laisser le temps de réfléchir. Si dans cinq secondes t'as pas commencé à me détacher, un beau dégueulis d'hémoglobine salopera ton uniforme. Tu sais que quand on tranche une carotide ça pisse loin. Un, deux, trois…

Le gardien choisit de ne pas risquer sa carrière. Après tout, il mettrait ça sur le compte de cette pourriture de toubib. Ils partiraient ensuite à la chasse avec ses potes. Ce marin n'était qu'un tâcheron sur un putain de chalutier puant la morue et pas un membre des forces spéciales. Il ne pourrait pas quitter l'île, et la traque serait excitante ! Il retira d'abord les fers qui maintenaient les pieds du prisonnier. Comme il lui libérait le second poignet, Christophe projeta violemment le médecin contre le mur du fond. Le garde, surpris, ne réagit pas dans la seconde. Il comprit qu'il avait fait une connerie quand une intense brûlure lui enflamma la gorge : le type n'avait pas toujours été un pêcheur ! Il porta les mains à sa carotide et s'effondra dans son sang. Christophe se précipita vers la porte, la referma et ramassa le Beretta 92. Le médecin se relevait à peine de sa chute.

— Assis contre le mur ! ordonna Christophe.

Une fois les deux hommes adossés à la paroi, il s'approcha du gardien qui tressautait encore dans des mouvements réflexes. Il posa son arme sans lâcher la surveillance de ses prisonniers et déshabilla le cadavre. Il eut besoin de cinq bonnes minutes pour enfiler les vêtements du mort. Pas question de s'enfuir à poil ! Le médecin avait retrouvé de l'assurance et tenta de se lever. Le regard noir de Christophe et le canon du Beretta calmèrent ses ardeurs. Cependant, il décida de dialoguer avec son ancien cobaye :

— Et maintenant que vous avez tué ce pauvre gars, comment comptez-vous vous en sortir ?

— Je vais improviser, ça m'a souvent réussi, marmonna Christophe en endossant la veste.

— Je vous propose une solution ! Emmenez-moi chez le responsable de l'installation et je me fais fort d'obtenir votre libération.

— Pour qui tu te prends, connard ? s'énerva Christophe en vérifiant que le chargeur contenait bien les quinze cartouches réglementaires.

— Pour l'unique personne qui peut vous permettre de survivre, mon ami.

— Mon ami ? Et tu continues ton cinéma ! Tu doutes de rien, fils de pute…

— Peut-être, mais je sais négocier et votre vie dépend de mon bon plaisir.

— T'es vraiment un gros trou du cul, s'étrangla Christophe. Si t'avais un seul truc à négocier, là, tout de suite, ce serait ta façon de mourir. J'adorerais te voir mettre des heures à crever. Estime-toi heureux, j'ai déjà passé trop de temps avec toi.

— Qu'est-ce que vous voulez dire ? s'alarma le médecin.

Christophe donna sa réponse en posant le canon de l'arme sur le front de son interlocuteur. Il appuya sur la détente. Le bruit de la détonation l'assourdit, mais la satisfaction de voir les morceaux de cervelle de son bourreau, mélangés aux esquilles de la boîte crânienne, s'étaler sur le mur lui offrit le premier sourire de son séjour. Les pleurs de l'assistant le tirèrent de sa contemplation.

— Pitié, j'ai rien fait, hoqueta l'homme dont les sphincters venaient de lâcher.

— C'est vrai. Tu t'es contenté d'obéir aux ordres et de me filmer à l'agonie… et c'est bien ce que je te reproche.

Il lui logea à son tour une balle dans la tête et se dirigea vers la sortie. Le corps bascula et recouvrit celui du médecin dans une posture grotesque.

Christophe ouvrit lentement la porte et déboucha dans un couloir faiblement éclairé. Il scruta prudemment les deux côtés avant d'y pénétrer. Il avait enfilé la casquette du geôlier et pourrait faire illusion durant quelques secondes si nécessaire. Maintenant, libérer Corentin ! Il avait ramassé le trousseau du gardien. La cellule devait logiquement être proche de la sienne. Il parcourut quelques mètres et aperçut une porte en métal sur sa gauche. Après quelques essais, Christophe trouva la bonne clé. Il assura son pistolet dans la main et poussa brusquement le battant. La pièce était plongée dans le noir. Il attendit un moment que ses yeux se réhabituent à la pénombre. En entrant dans le cachot, il devina un imperceptible râle de souffrance. Anxieux, il se précipita vers la forme allongée au sol, se pencha et l'examina. Nu, Corentin Corlay baignait dans son sang. Ses jambes avaient été atrocement mutilées et son bourreau l'avait amputé à vif juste sous le genou gauche. Ses tortionnaires avaient placé un garrot pour éviter une hémorragie trop rapide. Ils avaient persécuté Corentin avant de venir dans sa cellule. Mais qu'espéraient-ils montrer aux acheteurs de l'eau de Maen Du ? Que sa jambe repousserait comme celle d'une étoile de mer ? Non, ils avaient simplement décidé de s'offrir une petite séance de torture pour le plaisir… et la cassette se trouvait peut-être encore dans l'appareil.

Il abandonna quelques instants son camarade, retourna dans sa geôle, éjecta la bande magnétique insérée dans la caméra vidéo et la glissa dans la poche de son blouson. Pour le cas où il s'en sortirait vivant ! Il récupéra aussi la veste en laine de l'assistant et rejoignit son ami. Dans le silence de son enfer, Corentin Corlay sanglotait sans bruit. Impuissant, Christophe le serra dans ses bras : si une personne n'avait pas mérité un tel traitement, c'était bien le jeune marin pêcheur. Un jour, il leur ferait payer ça ! Pour l'instant, il devait sauver son compagnon ; mais il ne disposait ni d'antalgique, ni de morphine, ni d'antibiotique, ni d'aucun moyen de panser les plaies.

Malgré cela, il fallait agir. L'absence de signe de vie des tortionnaires allait finir par se remarquer. Il devait trouver celui qui lui avait donné l'envie de survivre : son mystérieux interlocuteur l'attendait. Christophe ne connaissait des lieux que sa cellule et le couloir qu'il avait franchi. Il choisirait une direction au hasard et avancerait. Il se pencha, enfila la veste à son ami avec un maximum de précautions, puis souleva le corps. Il s'effondra aussitôt, pris de vertige. Il avait présumé de ses forces. Il était sous-alimenté depuis des jours et seule l'adrénaline lui avait permis de se sortir des griffes de ses bourreaux. Il devait tenir quelques heures. Ensuite, il dormirait vingt-quatre heures d'affilée… ou pour toujours. L'oreille aux aguets, il s'accorda une longue minute pour se reposer. Il devait optimiser ses gestes. Comme il allait de nouveau se saisir de Corentin, un bruit de pas résonna dans le couloir, puis un appel en anglais. Putain, la relève de la garde ! Il pouvait profiter de l'avantage de la surprise. Il avança la tête dans le corridor et l'arrivant l'apostropha en reconnaissant la casquette :

— *Hey Pieter, it's me, Dwayne. What happened ?*

Christophe tira deux balles sur le mercenaire. Un cri lui répondit, ponctué du staccato d'une rafale d'arme automatique. Il plongea dans la cellule pour éviter les projectiles suivants. Dwayne s'éloigna en courant. Christophe sortit à nouveau et fit feu deux fois dans l'obscurité. Il l'avait manqué et venait de déclencher le compte à rebours.

105. SABOTAGE

Georges Ollagnon était inquiet, très inquiet même. Depuis la nuit dernière, la température montait sans discontinuer dans la salle de la source. Il ne comprenait pas ce phénomène. À ce rythme-là, le matériel surchaufferait rapidement et tomberait en panne… ce qu'il espérait secrètement. Il savait cependant qu'il devrait réussir l'impossible pour reprendre le pompage. Du coup, le silence qui l'avait accueilli lorsqu'il s'était approché de la caverne ne l'avait pas étonné. Le compresseur ou l'un de ses périphériques avait dû rendre l'âme. Anxieux, il pressa le pas. Les deux canons de pistolet qui se posèrent sur ses tempes quand il pénétra dans la salle l'arrêtèrent net. Incrédule, il vit quatre individus qui le menaçaient. La surprise l'emporta sur la peur : par quel tour de magie avaient-ils atterri dans le Saint des saints sans se faire attraper par la milice ?

— T'es qui ? interrogea l'un des inconnus en le contournant pour empêcher toute tentative de fuite.

— Georges Ollagnon. Je suis le technicien responsable de l'exploitation de la source, répondit-il sans tergiverser.

— C'est toi qu'as installé cette merde ? enchaîna une voix plus agressive.

— Sur les ordres de M. Karantec, mais… mais je pense qu'on fait une connerie. On… on pompe en une journée ce qu'elle donnait avant en un mois. C'est beaucoup trop ! Cette température, c'est pas normal, pas plus que mes nausées et…

— Ta gueule, lui intima l'un des individus.

Il se tut, perturbé par le comportement de ces gens. Même s'ils étaient entrés par effraction et qu'il n'avait aucune idée de leurs intentions, il décida de leur faire confiance. Ils étaient armés, mais ne lui avaient fait aucun mal. Avec leur aide, il pourrait peut-être réparer son erreur. Il ne chercha pas à écouter leur conciliabule.

— Georges, reprit celui qui semblait être leur chef.

— Oui…

— Je pense qu'on peut s'entendre. On est venus mettre fin à l'exploitation de la source.

Un rictus de soulagement marqua le visage du technicien.

— Comment on peut saboter ce truc ?

— Le compresseur est tombé en carafe... ou c'est vous qui l'avez bousillé ? se renseigna Ollagnon.

— J'ai juste coupé le jus.

— Bien, je peux le détruire, mais on a une seconde machine en rechange. Et même si je la casse aussi, Karantec pourra en recommander une en urgence.

— Je veux mettre l'installation hors service pour deux ou trois jours. Pour la suite… on verra bien.

Michel n'avait pas précisément réfléchi à une solution pérenne ; il devait d'abord surseoir à cette apocalypse annoncée.

Sous les regards encore méfiants, Georges s'approcha d'une petite armoire dont il détenait la clé. Il l'ouvrit et en sortit une boîte à outils. François en contrôla le contenu avant de la lui rendre. Le technicien accepta ces vérifications sans broncher. Il saisit un tournevis et se dirigea vers le boîtier électrique. Il dévissa les borniers et arracha un à un tous les câbles. Puis il s'arma de son marteau et détruisit une partie des composants.

— Avec ça, j'en aurai pour des heures à le remettre en état de marche. Allez, on s'occupe de la pompe maintenant !

Il s'installa près de l'appareil, le démonta en quelques tours de clé et en sortit les éléments de l'attelage mobile. Le marteau les rendit définitivement inutilisables. À la surprise de Michel et de ses compagnons, Georges Ollagnon sifflotait, satisfait du travail accompli. Comme il s'approchait du tuyau inséré dans la faille, le sol trembla dans un long grondement sourd. Une des lampes attachées sur les murs se détacha et explosa en tombant. Malo, déséquilibré, se retint à la paroi. Campé sur ses jambes, chacun attendit avec effroi la fin de la secousse. La bonne humeur passagère du technicien s'évapora.

— C'est la quatrième fois depuis qu'on a commencé à pomper la flotte, précisa-t-il, mais c'est plus fort à chaque coup. Si ça continue, on n'aura bientôt plus besoin de saboter ce foutu montage. C'était jamais arrivé en trois ans !

— Vous êtes en train de déclencher une réaction nucléaire.

Sidéré, Georges Ollagnon releva brusquement la tête et fixa l'homme blond qui venait de lui parler. Il n'avait pas l'air de plaisanter ! Il ne savait pas ce que cela impliquait, mais les mots « réaction » et « nucléaire » résonnaient assez dramatiquement pour s'en méfier comme de la peste. S'il disait vrai, cela expliquait l'origine de ses nausées.

— Si on veut gagner plus de temps, faut aussi détruire les canalisations. Je vais dévisser les brides et vous m'aiderez à tordre les tuyaux. Il faudra plus de deux jours pour récupérer du matériel neuf et remettre le bazar en état de marche.

Confiants dans la collaboration du technicien, Michel et François rangèrent leur pistolet et se servirent dans la boîte à outils pour accélérer le rythme du démontage. Plongé dans son travail, Michel ne devina pas l'ombre qui avançait vers lui. Un contact dur et froid entre ses reins le prit de court : il leva les mains. François se maudit de son imprudence. Derrière eux, un gardien, casquette enfoncée sur la tête, braquait un automatique dans le dos de son frère.

— Vous allez faire ce que je vous dis ! menaça l'inconnu en appuyant le canon contre la colonne vertébrale de son prisonnier.

Cette voix ! François l'aurait reconnue entre mille !

— Christophe ! Putain, c'est bien toi ?

Christophe Maleval scruta les visages. Épuisé, il s'était contenté d'observer l'homme le plus proche de lui. François… son ami François était là pour lui ! Il remit son arme dans l'étui et s'effondra dans les bras du photographe.

— Alors t'es venu ! … C'est toi que j'ai entendu dans ma cellule ?

— Non, c'est Michel, celui que tu as si cordialement apostrophé.

Michel se retourna et lui sourit. Christophe l'embrassa, ainsi qu'Elsa et Malo. Des larmes coulaient sur ses joues, fruits de sa fatigue, de son stress et de son émotion.

— Et Corentin Corlay ? demanda Michel en mettant fin à ces retrouvailles silencieuses.

— Je l'ai déposé à l'entrée ; il est dans un très sale état.

Elsa se précipita sur le blessé et resta quelques secondes en arrêt :

— Mais qui lui a fait subir ces horreurs ? s'étrangla-t-elle.

— On nous torture depuis des jours, répliqua Christophe. Je ne sais pas qui est derrière ça, ni où je me trouve d'ailleurs.

— C'est mon père, répondit froidement Elsa. Et on est dans l'île de Maen Du.

Devant la stupéfaction de Christophe, Michel présenta brièvement ses amis.

— Elsa et Malo Karantec, les enfants de Yann. Mais ils sont avec nous.

— Ne vous inquiétez pas, le rassura Malo. Nous avons la même opinion de notre père que vous.

— En attendant, reprit François en examinant les plaies du pêcheur, il faut soigner Corentin. Avec ce qu'ils lui ont fait, il sera mort quand on arrivera à Saint-Ternoc. Je ne vois qu'une solution, Michel : l'eau de Maen Du.

— Vous en avez ? espéra Christophe.

— Vous êtes dans la salle où la source coule depuis des millénaires, expliqua rapidement Michel.

— Y en a plein là-dedans ! s'exclama le technicien en montrant la citerne. Au moins deux cents litres ! Si ça peut aider le gamin, y a qu'à ouvrir le robinet du bas et se servir.

Christophe se précipita vers la réserve, mais Michel l'attrapa par l'épaule.

— L'eau est devenue complètement radioactive.

— Comment tu sais ça ? se rebella l'ancien soldat.

— Je le sais, c'est tout. On ne peut pas deviner ses effets sur Corentin s'il en boit.

Christophe saisit Michel par l'avant-bras et l'amena devant le jeune pêcheur, qui gémissait, allongé sur le sol. De ses profondes blessures suintait un mélange de sang et de lymphe. Le blanc nacré de l'os à nu de la cuisse renvoyait la pâle lumière de la grotte. L'ancien mercenaire le laissa contempler son compagnon mutilé avec horreur ; il avait compris que la décision revenait à l'homme blond.

— OK, on tente le coup. J'espère juste qu'on n'aura pas à le regretter… pour lui.

— Qu'est-ce que tu crains ? demanda Malo.

— Qu'il soit contaminé et développe des saloperies ! François, trouve de quoi lui faire avaler un verre d'eau.

— Tu connais le dosage ?

— Non, mais c'est à peu près ce qu'Elsa m'a donné… et je suis toujours là.

François récupéra un gobelet que Georges avait déniché dans son armoire. Il se baissa et tourna fiévreusement le robinet. Un liquide translucide coula dans le récipient. Tremblant, il le laissa légèrement déborder et lâcha le verre avec un cri :

— Putain, il y en avait que quelques gouttes et ça m'a brûlé comme de l'acide, expliqua-t-il en examinant la peau de sa main rosie.

— François, ramasse le quart et remplis-le. On a pris cette décision, on va jusqu'au bout, affirma Christophe.

François jeta un regard à Michel, qui confirma l'ordre d'un discret mouvement de tête.

Quand ils administrèrent la potion au marin agonisant, un hurlement de douleur emplit chaque espace du temple souterrain de Maen Du, jusqu'au plus infime.

106. VERS LA RENCONTRE

La main en visière pour se protéger des trombes d'eau qui le giflaient violemment, Yann Karantec ne décolérait pas. Le gardien qui avait déboulé dans la maison leur avait d'abord tenu des propos incohérents. Blessé au bras, il ne savait pas qui lui avait tiré dessus : son collègue Pieter frappé d'une crise de folie ou l'un des prisonniers qui se serait échappé ? Mais comment les pêcheurs auraient-il pu s'évader après ce qu'ils avaient subi ? Karantec connaîtrait très bientôt la réponse. Il avait laissé deux vigiles avec le responsable du port pour s'occuper de ses invités, même si la mer s'était peut-être finalement chargée d'accomplir sa vengeance.

Devant lui apparut le bâtiment nord du pénitencier. Il attendit que les deux mercenaires y pénètrent et vérifient les locaux : il n'avait pas envie de prendre une balle en guise de cadeau d'accueil.

— *OK boss*, c'est *clean*. On peut y aller.

Ils progressèrent silencieusement. Arrivés à proximité de la porte blindée qui protégeait la galerie d'accès à la source, ils stoppèrent leur avancée et se signalèrent. Leurs deux collègues tenaient leur poste, pistolet-mitrailleur Uzi au poing, doigt sur la détente. D'après eux, le tireur n'avait pas quitté les lieux. La situation avait échappé à Karantec et il n'aimait pas cela.

— Il est seul ? demanda-t-il aux deux hommes de garde.

— Non, le technicien a insisté pour aller contrôler l'installation, répondit le plus âgé. Il avait l'air sacrément inquiet.

— Vous pensez qu'il pourrait être lié à ce bordel ? suggéra Karantec.

— *No idea.*

L'inquiétude du maître de Saint-Ternoc grimpa d'un cran. Si leur adversaire avait capturé Ollagnon, il pourrait avoir accès aux secrets de la source. Impossible de le laisser agir sans intervenir !

— On y va et on flingue ce Pieter ou qui que ce soit.

Les quatre mercenaires se regardèrent un instant, surpris par l'ordre. Il risquait d'y avoir de la casse. Mais ils étaient grassement payés pour jouer à la guerre... et cela les excitait.

— *Yes Sir* ! Si je peux vous donner un conseil, attendez que nous ayons nettoyé le terrain avant de nous rejoindre.

— Vous savez où vous pouvez vous les foutre, vos conseils ?

L'ancien militaire n'insista pas. Si l'autre voulait risquer sa vie pour rien... Il déverrouilla la porte et la poussa avec prudence. Les quatre hommes avancèrent pas à pas, collés aux parois, se déplaçant en perroquet. Quelques mètres à l'arrière, Karantec les suivait, le doigt crispé sur la détente de son Smith & Wesson. Douze galeries latérales à vérifier : le fugitif se cachait peut-être dans l'une des cellules. Elles avaient à peine servi, et seules deux d'entre elles venaient d'être réhabilitées. Apparemment, la sécurité avait failli. Karantec admira le professionnalisme des mercenaires, qui progressaient depuis cinq minutes avec la même agilité et sans baisse de vigilance. Arrivés à la quatrième galerie, ils firent signe à Karantec de les rejoindre et le laissèrent pénétrer dans une cellule encore éclairée. Un massacre ! Le maître de Saint-Ternoc mit quelques secondes pour reprendre son souffle et deviner ce qui s'était passé : les fers déverrouillés, la gorge béante du garde, le docteur Merkel et son assistant décérébrés. Comment un prisonnier qui avait subi autant de sévices avait-il pu jouer à Rambo dans son état ?

— Qui était ici ?

— Christophe Maleval, répondit un des gardiens.

— C'est le plus vieux des deux, c'est ça ? Et à côté ? Le type est toujours là ?

— Non, commenta un des mercenaires qui en revenait. Son binôme l'a délivré, mais ils n'iront pas loin. Le sol est couvert de sang : ce taré de Merkel s'était amusé avec le jeune !

— Ce que faisait Merkel, c'est pas votre problème, lâcha Karantec. Comme on ne les a pas croisés, ils se sont forcément rendus au bout de la galerie principale. Ils se cachent quelque part dans la salle de la source et...

Il s'arrêta net. Il venait de s'apercevoir que le silence était anormal. Ils auraient dû entendre la pompe fonctionner. Nom de Dieu ! Les prisonniers s'y étaient réfugiés... avec le technicien dont lui et ses hommes n'avaient pas retrouvé le cadavre. Si les choses se passaient mal par sa faute, il risquait d'avoir des soucis avec Philip Mayerthomb et ses associés ! Inutile de se faire des nœuds au cerveau pour rien : ils devaient mettre ces enfoirés hors d'état de nuire, et vite.

— Allez, on se bouge le cul !

Alors que les mercenaires s'apprêtaient à poursuivre leur avancée, un grondement sourd les bloqua sur place. Le son s'amplifia et le sol trembla sous leurs pieds. Dans un réflexe de protection, ils s'accroupirent et se collèrent aux parois. Une fissure se développa sur le plafond de la galerie, mais la secousse s'éloigna sans provoquer plus de dégâts. Les hommes se regardèrent en hésitant : ils savaient combattre, mais une panique viscérale les avait envahis pendant quelques secondes. Karantec s'était déjà relevé et, à grands moulinets de revolver, réactiva leurs automatismes et les persuada de reprendre la marche.

107. SCÈNE DE FAMILLE

François Menez et Christophe Maleval évacuèrent Corentin Corlay, qui avait définitivement perdu connaissance après avoir bu l'eau de Maen Du. Si ses blessures commençaient à cicatriser, sa peau s'était déjà nécrosée par endroits. Ils avaient maintenu le jeune pêcheur en vie, mais à quel prix ?

À la surprise générale, Georges Ollagnon avait insisté pour donner son pantalon à Corentin ; cela protégerait ses jambes lors de l'ascension dans le boyau. Après de rudes efforts, Christophe et François avaient passé le corps inerte à travers la faille d'accès au puits qui remontait au cromlech. Christophe avait dû s'arrêter plusieurs fois, proche de l'épuisement. Michel les avait rejoints, laissant la tâche du démantèlement de l'installation à Malo et Elsa, encadrés par Georges Ollagnon. Ce dernier mettait autant d'énergie à la détruire qu'il avait eu de répugnance à la faire fonctionner. Michel regarda sa montre : ils avançaient trop lentement. Christophe leur avait sommairement raconté son évasion. Le gardien blessé allait revenir avec du renfort et le combat ne tournerait certainement pas à leur avantage. Il attrapa Corentin sous les bras et, avec l'aide de François, le transporta dans la galerie. La chaleur rendait la progression difficile et les forçait à de fréquentes et dangereuses pauses. Quand ils atteindraient la corde, ils pourraient attacher le pêcheur et le tirer jusqu'à la surface.

Un coup de feu, puis des cris lointains résonnèrent jusque dans le tunnel. Michel vérifia la présence de son arme dans sa poche et fit demi-tour. Christophe lui emboîta le pas :

— Reste avec François et remontez Corentin, ordonna Michel.

— Ça sent mauvais, on ne sera pas trop de deux, rétorqua Christophe.

— Je peux me débrouiller tout seul… et tu es crevé. Si jamais ça merde trop, tu viendras à notre secours !

Comme Christophe hésitait, il utilisa le premier argument qui lui passa par la tête.

— J'ai servi au 8ᵉ RPIMa, Christophe, comme toi.

Dans l'état de fatigue où il se trouvait, l'ancien militaire accepta le raisonnement et retourna s'occuper de son compagnon.

Michel redescendit rapidement, s'introduisit dans la faille et avança prudemment dans la galerie. Il se jeta à terre en entendant une double détonation et les cris d'Elsa. Il se força à ne pas s'élancer vers elle, mais progressa au ras du sol pour observer la scène.

À genoux, Georges Ollagnon tremblait, les mains crispées sur son abdomen. Elsa s'était précipitée près du technicien et lui enserrait les épaules dans un geste de protection dérisoire. Devant lui, arme au poing, Yann Karantec avait éclaté d'un rire nerveux.

— Tu m'as chié dans les bottes, fils de pute, cracha-t-il en contemplant l'installation dévastée.

Georges avait le ventre en feu, mais l'esprit en paix. Comme ses dix-huit mille cinq cent douze francs mensuels lui paraissaient ridicules ! Il ne profiterait jamais de son argent. Mais il avait fait le bon choix.

— Mes héritiers aussi me trahissent, ajouta-t-il en repoussant sa fille et en posant le canon sur la poitrine de Georges Ollagnon.

Celui-ci ne se demanda pas plus d'une seconde comment cet homme pouvait être le père d'une femme à peine plus jeune que lui. La balle de .44 magnum lui broya le cœur, mettant fin à son interrogation. Yann Karantec regarda successivement les équipements détruits, ses deux enfants et le cadavre à ses pieds. Les dommages étaient considérables. Cependant, le pire avait été évité et il ne manquerait que quelques jours de production. Il saurait négocier ce contretemps avec Mayerthomb.

— Alors, tu es content de toi ? explosa Elsa.

Les mercenaires qui s'apprêtaient à appréhender les deux saboteurs s'arrêtèrent net, stupéfaits.

— Tu as toujours agi en maître du monde et tu vois ce que t'as fait ! continua-t-elle dans une fureur noire. Depuis que je suis née, tu sèmes le malheur autour de toi, de ton petit toi, centre de ton petit univers de merde ! Est-ce que tu as offert un moment de bonheur à quelqu'un, ne serait-ce qu'une seule fois dans ta vie ? Tu…

— Ça suffit ! ordonna son père.

— Oh non, ça ne suffit pas ! Tu es dans un lieu sacré et tu l'as profané. Il agonise. Ça te semble normal qu'il fasse plus de quarante degrés ici ? Et à ton avis, la secousse sismique, elle était liée au changement de marée ?

— Ce n'est pas une petite salope comme toi qui va me faire la leçon ! hurla Yann.

— Une petite salope qui te tient tête devant quatre primates armés jusqu'aux dents, c'est ça qui te gêne ? Tu es en train de tuer Maen Du, « Père », tu mets en danger de mort toute la région… et tu le sais !

— Parce que t'es assez conne pour croire les divagations de ta mère et de l'autre écrivain ? ricana le maître de Saint-Ternoc. T'as baisé avec, d'ailleurs ? ajouta-t-il pour la provoquer.

— Bois l'eau de Maen Du qui est dans cette citerne, répondit-elle sans réagir à l'attaque. Bois-en et je deviendrai la fille obéissante dont t'as toujours rêvé.

Une gifle retentissante envoya Elsa à terre. Malo s'écarta pour ramasser un morceau de tuyau qu'il venait de démonter et se précipita vers son père. Pris de vitesse, Karantec ne put éviter la barre métallique qui le frappa violemment à l'épaule. Il hurla et chancela quand un second coup lui défonça l'omoplate. Malgré la douleur, il se jeta dans un corps à corps sauvage. Déconcerté par l'agressivité de son adversaire, il ne parvenait pas à déséquilibrer Malo, fou de haine, qui l'avait allongé et s'était assis sur son abdomen, le rouant de coups de poing. Le poids du corps s'allégea soudain et Yann Karantec reprit son souffle. Les mercenaires s'étaient enfin décidés à intervenir. Alors qu'un premier ceinturait Elsa d'une main, les deux autres avaient arraché Malo à son père et l'avaient plaqué au sol. Humilié, Yann se releva, dévisagea son fils avec hargne et lui décocha un violent coup de pied dans le foie.

— Alors, t'as voulu faire croire à ta sœur que t'étais un homme, petit trou du cul ?

Contrairement à toutes les fois précédentes, Malo ne lâcha pas le regard de Yann. Il aurait peut-être pu endurer de nouvelles brimades paternelles, mais il n'avait pas supporté de le voir frapper Elsa. Malo ne savait pas comment finirait cette soirée, mais sa peur avait soudainement disparu. Pour la première fois de sa vie, il se sentait libre. Son père se baissa, lui saisit la mâchoire entre les doigts et écrasa brutalement les articulations. Des larmes de souffrance coulèrent des yeux de Malo, mais pas une plainte ne sortit de sa bouche.

— La scène de famille est terminée et on passe aux choses sérieuses, grinça Karantec en se relevant. Par où êtes-vous arrivés ? Où sont Navarre et Menez ? Où sont les fugitifs ?

Puis, s'adressant aux mercenaires :

— Allez vérifier qu'ils ne sont pas planqués dans les galeries latérales !

Les quatre hommes, surpris par l'altercation, hésitèrent avant d'obéir à un chef devenu hystérique. Ils ne savaient pas qui étaient ces fuyards dont il venait de citer les noms, mais ils n'avaient pas oublié que le prisonnier possédait un pistolet et s'en servait comme un pro.

— L'entrée de la légende existe donc vraiment, marmonna Karantec pour lui-même. C'est par là que vous êtes entrés ! hurla-t-il soudain à Malo. Et elle part du cromlech, c'est ça ?

Devant le silence de son fils, il ordonna à l'un des gardiens :

— Allez chercher vos collègues et montez par l'extérieur jusqu'aux menhirs.

Puis il vociféra dans la caverne :

— Navarre, je sais que vous m'entendez ! Rendez-vous ou vos deux nouveaux amis auront de gros soucis !

108. ÉVASION

Aucun son ne troubla le silence qui suivit l'injonction de Karantec. La colère noire et incontrôlée de son ennemi avait surpris Michel, mais de là à menacer la vie de ses enfants ! Un coup de feu lui prouva le contraire.

— Malo a momentanément perdu l'audition de l'oreille gauche, expliqua Karantec d'un ton docte. Si vous voulez le sauver, mettez les mains au-dessus de la tête et rejoignez-nous.

Michel ne donnait pas cher de ses chances de survie s'il se soumettait au chantage. Le maître de Saint-Ternoc basculait dans la folie. Les mercenaires n'avaient pas encore bougé, mais avaient épaulé leur arme, prêts à tirer dès que leur employeur le leur demanderait.

— Si vous souhaitez pimenter la situation, je peux jouer à décompter les secondes, Navarre.

Michel devait engager la conversation et la faire durer, laisser à François et Christophe le temps de déboucher sur le parvis du cromlech... en espérant qu'ils ne croiseraient pas les hommes lancés à leurs trousses.

— Qu'est-ce que vous me proposez ?

— Allez, exceptionnellement, je vais négocier avec vous ! affirma Karantec.

Michel attendit avant de formuler sa réponse. Chaque seconde était précieuse.

— OK. Dans ce cas, c'est moi qui vais imposer mes conditions, Karantec. Vous libérez Elsa et Malo et vous arrêtez de pomper la source. Vous savez comme moi que vous courez… que nous courons à la catastrophe. Profitez tranquillement de votre argent et de votre jeunesse.

— Et je suis curieux de découvrir ce que vous m'offrez en échange.

— Je ne raconte rien de ce que j'ai vu aux flics et vous poursuivez votre vie de milliardaire.

Les mercenaires avaient repéré le couloir d'où provenait la voix. Ils avancèrent discrètement sans que Michel puisse les en empêcher. Il s'aplatit au sol, prit son browning à deux mains, étendit les bras devant lui et visa la tête de Karantec. Il crispa son doigt sur la détente, mais hésita à faire feu : s'il manquait sa cible, il condamnait Malo et Elsa… et il n'avait jamais été un champion de tir.

— Dites à vos sbires de s'éloigner, Karantec !

— Ou sinon ? demanda Yann suavement en posant le canon de son revolver sur le genou de son fils. À mon tour de vous soumettre une proposition, Navarre. Écoutez-la bien, car je ne la répéterai pas.

Angoissé, Michel serra son arme de toutes ses forces. L'histoire allait encore recommencer. Une nouvelle fois, la femme qu'il aimait courait un terrible danger… Car il ressentait plus que de l'affection pour Elsa et son caractère rebelle. Il en prenait conscience au moment où il risquait de la perdre.

— Voici donc mon offre. Vous me renvoyez mes deux prisonniers, car je sais qu'ils se planquent à côté de vous. Contre eux, je vous donne mon fils : beau cadeau, non ! Elsa restera avec son père comme… assurance-vie. Je suis rarement aussi magnanime, Navarre. Alors, dépêchez-vous d'en profiter ! Je vous laisse exactement une minute pour en discuter avec vos camarades et me transmettre votre réponse.

Les mercenaires avaient pris position autour de la galerie ouest, mais ils n'osaient pas se placer à découvert. Ils se souvenaient des crânes réduits en bouillie du docteur Merkel et de son assistant. Si le fugitif se cachait là, comme ils l'imaginaient, ils ne prendraient pas le risque de lui servir de cible. Michel avait gagné une nouvelle minute ; il vit François et Christophe qui remontaient le blessé dans le puits. Ils devaient approcher de la sortie, mais les derniers mètres étaient difficiles à franchir.

Une détonation suivie d'un hurlement de douleur mit fin à ses supputations.

— Une minute et cinq secondes ! Vous devez une rotule à Malo, Navarre !

Michel devina les imprécations d'Elsa, sans doute étouffées par la main d'un des mercenaires. Les cris de souffrance de Malo résonnaient dans la caverne. Michel ne pouvait pas le laisser à la merci de ce taré. Il allait encore gagner du temps pour aider ses compagnons en fuite. Il se releva et quitta lentement la protection de la galerie. Il paria que Karantec ne l'abattrait pas sans sommation : il était trop orgueilleux pour ne pas profiter de la reddition de son adversaire… Le pistolet dissimulé dans le dos, Michel avança, les bras en croix.

— Monsieur Navarre, quel plaisir de vous voir ! s'exclama Karantec dans un geste d'accueil factice. Mais j'attendais mes prisonniers. Où se cachent-ils ? Je ne pensais pas que la timidité les handicapait à ce point.

Michel avait retrouvé tout son sang-froid. Il analysa la scène en quelques secondes. Sous la menace des armes des trois mercenaires, ses chances de s'échapper flirtaient avec le néant.

— Ils sont partis… répondit calmement Michel.

— Comment ça « partis » ?

— Par le même chemin que celui qui m'a amené jusqu'à vous !

— Alors je vais vous descendre comme un chien ! claqua Karantec.

— Réfléchissez avant de prendre une décision que vous regretterez, Karantec. Dès qu'ils seront rentrés à Saint-Ternoc, ils iront chez les flics. En entendant le témoignage de vos cobayes, le juge d'instruction sera forcément ému. Demain, un commando de marine débarquera sur l'île.

— Des conneries tout ça !

— Je réitère ma proposition, Karantec. Arrêtez tout et je les convaincs de taire l'affaire !

— Allez au diable ! vociféra Karantec en le pointant soudainement de son revolver.

Dans un effort surhumain, Malo se projeta dans les jambes de son père. La balle, déviée par le choc, ricocha contre une paroi avant de se perdre. Michel profita de l'hésitation des mercenaires pour se jeter à l'abri de la galerie. Les premiers projectiles frappèrent la roche juste derrière lui. Les gardes se précipitaient dans sa direction. Il sortit son pistolet et tira deux fois sur le premier qui s'inscrivit dans son champ de vision. Blessé à l'épaule, l'homme retourna se protéger : le prisonnier n'était donc pas le seul à être armé ! Une nouvelle détonation, puis un hurlement déchirant. Elsa ! Sous les yeux de la jeune femme, son père venait d'abattre Malo !

— Enfuis-toi, Michel ! hoqueta-t-elle.

Même s'il savait qu'il l'abandonnait à un avenir plus qu'incertain, Michel n'avait pas d'autre choix. Il fit un rapide bilan de sa situation, plutôt pessimiste. Pour atteindre la faille qui donnait accès au puits, Michel était obligé de se trouver quelques instants à découvert. Les mercenaires, enragés par la blessure d'un des leurs, s'étaient positionnés face à la galerie. Ils avaient compris que leur adversaire passerait forcément dans leur ligne de mire. L'hallali était proche ! Les premières rafales retentirent autour de lui. Il riposta au jugé et hésita. Comme il allait s'élancer, une salve s'écrasa contre la paroi en face de lui.

— Tu vas crever comme ton père ! hurla Karantec, qui joignit sa puissance de feu à celle de ses hommes.

Ils se rapprochaient. Michel devait prendre le risque mortel d'y aller avant qu'ils le capturent. Les muscles bandés, il ressentit une légère vibration. Il attendit quelques secondes : la vibration s'amplifia et gagna en intensité. Des morceaux de roche se détachèrent de la voûte et le sol trembla violemment. Paniqués, les mercenaires abandonnèrent leur position. Maintenant ! Michel se lança dans une course effrénée. Les trois secondes à découvert lui parurent une éternité. Il se précipita dans la faille sans avoir entendu de tirs derrière lui. Il devait remonter le puits d'accès le plus rapidement possible. Il se plaqua contre le mur pour éviter une pierre qui roulait sur lui. Il n'imagina pas un instant que le passage du cromlech puisse se disloquer sous la puissance de la secousse. Les surfaces étaient brûlantes, mais il se moqua de la douleur. Quand il arriva dans la partie de plus forte pente, la corde avait disparu. Elle avait servi à hisser Corentin. Il s'accrocha aux encoches taillées dans la paroi, les doigts déchirés par la rugosité du granit. Il s'arrêta une seconde : si les mercenaires le poursuivaient, il offrirait une magnifique cible dans le boyau. Aucun bruit. La terre avait cessé de trembler et personne ne s'était élancé derrière lui. Tout à coup, il sentit l'eau qui ruisselait sur lui. Ce n'était plus uniquement la sueur, mais la pluie du dehors. La plaque était toujours ouverte ! Dans un ultime effort, il s'extirpa du trou et referma la dalle. Il ne se protégea pas du vent violent qui lui prouvait une chose : il avait survécu.

109. EN FUITE

Retrouver ses amis, puis retourner au Zodiac ! La tempête avait encore forci et Malo ne les guiderait plus. Ils ne connaissaient pas le chemin qui menait à la crique, ni le découpage mortel des côtes de l'île. Enfin, ils avaient des mercenaires aux trousses. Ils étaient dans la merde ! Le proverbe favori de son père lui revint soudainement en tête :

— Tu sais comment on mange un éléphant, mon garçon ?

— Mais, on peut pas !

— Si, et c'est tout simple, fiston : petit morceau par petit morceau.

Prendre chaque problème l'un après l'autre : merci, papa !

Comment aurait-il réagi à la place de François ? La première cachette qui s'offrait à eux étaient les ruines bénédictines : ils pourraient l'y attendre et se protéger d'une attaque éventuelle. Redescendre vers l'abbaye ! Il se dirigea vers le sud et dévala le versant en aveugle. Il ne voulait pas penser tout de suite aux conditions dantesques qu'ils affronteraient sur la mer. Une chose après l'autre. Il repéra la masse sombre de l'édifice et ralentit sa course. Devant lui, le chœur de l'église ouvert aux quatre vents. Il sortit son pistolet de sa poche et y pénétra en longeant l'un des murs. Il tenta de percer la noirceur de la nuit. Il ne distinguait rien. Et s'il s'était trompé, si ses amis étaient encore en haut ? Ne pas paniquer et examiner les lieux. Une voix couverte par les bourrasques l'interpella brusquement :

— On ne bouge plus !

— C'est Michel ! cria-t-il, apaisé en reconnaissant François.

Une ombre se détacha d'un recoin et s'approcha de lui. Ils tombèrent dans les bras l'un de l'autre, soulagés de se revoir.

— Faut faire gaffe, Karantec a envoyé des tueurs à nos trousses, enchaîna Michel.

— Yann Karantec traîne dans les parages ? s'étonna François. Pour ses sbires, on les a déjà croisés. Christophe en a flingué un là-haut ; ses collègues n'ont pas demandé leur reste. Avant qu'ils nous retrouvent avec cette météo pourrie, on aura eu le temps de dégager ! Elsa et Malo ne sont pas avec toi ?

— Karantec a abattu Malo et gardé Elsa en otage. Il a pété un câble… Je vous expliquerai tout plus tard ! ajouta-t-il devant la mine ahurie de son frère. Et de votre côté ?

— Corentin est toujours dans le cirage. Ses plaies ont cicatrisé, mais sa peau est bouffée par la saloperie qu'on lui a fait boire. Quant à Christophe, je ne sais pas comment il a réussi à tenir jusqu'ici, mais on ne peut plus trop lui en demander. Il est à deux doigts de s'effondrer physiquement. Maintenant, il faut retrouver la crique… et, sans Malo, c'est pas gagné, lâcha François, qui, malgré sa volonté farouche, avait conscience des embûches qu'ils devaient encore affronter.

— Je m'occupe de Corentin et tu aides Christophe. On va d'abord traverser le bois. À l'aller, on avait dépassé un énorme bloc de pierre qu'on devrait pouvoir repérer facilement et après… après, il sera temps de se poser la question. Au fait, tu as déjà conduit un Zodiac ?

La moue de François valait toutes les réponses.

— Deux ou trois fois, pour des balades. Mais avec cette tempête...

— Tu penses qu'on peut attendre que ça se calme un peu ? tenta Michel.

— Et se faire flinguer par les gardes de l'île ? intervint Christophe, qui avait suivi la conversation depuis le début. Jusque-là, on a eu du bol. Maintenant, ils ont compris que vous avez débarqué ailleurs qu'au port, et Maen Du ne doit pas abriter des dizaines de criques protégées. Je prendrai les commandes : ça fait trois ans que je navigue avec Corentin. On va y arriver.

La détermination de l'ancien mercenaire rassura ses deux compagnons. Michel chargea le corps inerte de Corentin sur son dos. François força Christophe à s'appuyer sur lui. Ils avaient plus que jamais besoin de ses connaissances marines. Ils se dirigèrent vers le bois qu'ils traversèrent lentement. Michel reconnut l'endroit où ils avaient fait halte à l'aller... avec Elsa et Malo. Il repoussa sa peur et concentra son énergie sur leur survie. Il pouvait encore tirer Elsa des griffes de son père ! Il s'arrêta quelques instants pour reprendre son souffle, replaça Corentin sur ses épaules et repartit. À la lisière du bois, le vacarme assourdissant des vagues qui se jetaient sans relâche sur les rochers les fit hésiter. Ils allaient descendre dans la marmite du diable. Devant lui, François cherchait le passage par lequel ils étaient arrivés. Il avait sorti la lampe torche de son sac et examinait la zone. Après une inspection minutieuse, il leva le bras :

— C'est ici ! On va devoir y aller mollo avec Corentin. C'est casse-gueule et le vent va nous déséquilibrer.

Mètre par mètre, les quatre hommes entamèrent la descente. Chaque pas devait être réfléchi, assuré, sous peine de glisser et de finir broyé par la mer en furie. François aidait d'abord Christophe à trouver ses marques, puis revenait assister Michel, qui fatiguait sous le poids du jeune marin évanoui. Le temps n'avait plus cours. François avait éteint sa lampe, limitant le risque de se faire repérer. Chaque mètre gagné dans le noir leur demandait plus d'efforts et chacun n'espérait secrètement qu'une chose : ne pas s'être trompé de chemin. Ils seraient incapables de remonter à quatre. Cette descente interminable les avait plongés dans un état second. Seul leur instinct animal leur permettait de rester encore en vie. Soudain, juste devant lui, François devina une tache plus claire. La plage de la crique ! Il adressa une prière expresse de remerciements à saint Ternoc et marcha sur le sable avec l'impression de pénétrer dans un petit paradis niché au milieu de l'enfer.

Le bateau les attendait, camouflé dans une faille. Michel allongea Corentin sur le fond et poussa le Zodiac vers la mer. Une fois l'embarcation à l'eau, Christophe vérifia le moteur, puis le démarra. Satisfait par le bruit, il demanda à ses compagnons :

— Pour sortir, on peut aller tout droit ou on se mange des brisants ?

— Pour ce qu'on a pu en voir, la crique fait une cinquantaine de mètres de long et je n'ai pas aperçu de rochers au milieu, se souvint Michel, mais le rivage est bordé de récifs.

— OK, on va directement en pleine mer pour les éviter et on rentre ensuite à Saint-Ternoc. Il est quelle heure ?

— Quatre heures dix, répondit Michel.

— Les vents ont tourné à l'ouest. Avec ce que ce bateau a dans le ventre, on arrivera au port avant cinq heures. Avec un peu de chance, JP aura ouvert son bar et il pourra nous préparer de quoi manger un bout et boire un canon.

Cette réflexion terre à terre offrit à Michel le baume au cœur dont il avait besoin. Il oublia les vagues scélérates pour fixer son esprit sur un sandwich au pâté de campagne et une bouteille de muscadet frais.

110. INTERVENTION. 13 AVRIL 1985

« Saint-Ternoc est aujourd'hui au centre de l'attention de la Bretagne. Le soleil radieux que vous voyez derrière moi ne peut faire oublier la terrible nuit et la mystérieuse journée vécues par ce village du Finistère. Les météorologues étaient loin d'avoir prévu la violence de la tempête qui a frappé le littoral breton, mais c'est surtout la série de secousses sismiques ressenties jusqu'à Rennes qui a terrorisé les habitants. Les nombreux témoignages recueillis confirment que jamais, de mémoire de Saint-Ternocien, la terre n'avait tremblé aussi fortement. L'institut de géophysique de Strasbourg a annoncé une secousse de magnitude 6,8 sur l'échelle de Richter et a localisé l'épicentre au large des côtes. Alors que les ingénieurs attendaient les classiques répliques, leurs appareils n'ont enregistré aucune nouvelle activité tellurique. Les chercheurs de la communauté scientifique s'interrogent sur ce phénomène tout à fait inhabituel et n'ont pas d'explication pour le moment. Mais, à Strasbourg, on demande du temps pour dépouiller toutes les données. La seconde surprise qui a marqué les esprits est arrivée dans la matinée. C'est le retour – la résurrection, devrais-je dire – de deux pêcheurs disparus en mer au cours de la terrible tempête d'il y a trois semaines. D'où viennent-ils ? Comment ont-ils survécu ? Les autorités sont muettes sur le sujet. Malgré les efforts déployés par nos équipes, nous n'avons pas réussi à obtenir leur témoignage. Enfin, nous avons appris qu'un commando de marine avait débarqué sur l'île de Maen Du en fin d'après-midi. De nombreuses questions restent pour le moment sans réponse. Où se trouvaient ces deux pêcheurs pendant tout ce temps ? Pourquoi l'armée est-elle intervenue sur cette île, propriété d'un citoyen britannique ? La réapparition des deux hommes et l'assaut des militaires sur l'île de Maen Du ont-ils un rapport ? Nous attendons une déclaration du procureur de la République, mais les services officiels prennent leur temps. Nous vous informerons dès que nous en saurons plus. À Saint-Ternoc, Glenn Tavennec pour FR3 Bretagne. À vous les studios »

Avec un discret soupir de soulagement, Yann Karantec éteignit le poste de télévision installé dans son bureau. Il avait évité le pire. Toute la journée, il avait craint un appel qui lui demanderait des éclaircissements sur sa présence sur Maen Du cette nuit-là. Il aurait farouchement nié, mais un doute aurait plané. Navarre n'avait rien balancé, sans doute pour ne pas mettre Elsa en danger. La mort de Malo lui avait prouvé qu'on ne plaisantait pas avec le maître de Saint-Ternoc. Yann devait-il se débarrasser de sa fille ? Quand sa femme s'était alarmée de l'absence de ses deux derniers enfants, il avait fait mine de partager sa détresse. La disparition en mer d'Elsa et Malo au cours d'une tempête ferait une belle histoire à raconter aux journalistes et aux enquêteurs. Il étudierait ce point plus tard. Restait le problème de l'exploitation de la source et des geôles. La nature s'était chargée de le régler, le dégageant de toute responsabilité vis-à-vis de ses associés anglais. La sonnerie du téléphone le coupa dans ses réflexions :

— Yann Karantec à l'appareil.

— Bonjour, monsieur Karantec, c'est Paul Moiraz.

— Bonjour, monsieur le Préfet. Qu'est-ce qui me vaut l'honneur de votre appel ?

— Je voulais vous tenir rapidement au courant de la situation… en tant que maire de Saint-Ternoc, bien évidemment.

— C'est très aimable à vous et je vous en remercie, répondit poliment Karantec. Il évita toute allusion aux photos compromettantes de Paul Moiraz nu, collé derrière les fesses d'une blonde à forte poitrine qui n'était pas Mme Moiraz mais avait l'âge d'être sa fille.

— Comme vous le savez, les deux marins que vous avez « enterrés » il y a deux semaines ont réapparu. Ils sont allés témoigner auprès de l'inspecteur principal Palangon, qui a aussitôt prévenu le juge et le procureur. Les deux rescapés affirment avoir été retenus et suppliciés sur l'île de Maen Du.

— Sur Maen Du… C'est incroyable !

— C'est aussi ce qu'ont estimé les policiers, jusqu'à ce qu'ils leur remettent une cassette VHS. Le film montre plusieurs hommes en train de torturer le jeune… merde, j'ai oublié son nom !

— Corentin Corlay.

— C'est cela. Vous étiez au courant ?

— Non, mais je connais les noms de mes administrés.

— Vous pensez bien qu'avec cette pièce à conviction les représentants de la justice n'ont pas traîné, reprit le préfet. Ils ont décidé d'intervenir. Rien ne dit que d'autres personnes ne soient pas encore détenues !

— Mais qui diable pouvait en vouloir ainsi à ces deux gars ?

— Aucune idée, mais l'affaire a été jugée suffisamment grave pour que des fusiliers marins de Lann-Bihoué soient héliportés en urgence sur Maen Du. Ils n'ont trouvé personne sur l'île. Par contre, les locaux d'habitation étaient en parfait état. D'après ce que j'ai compris, les lieux ont été évacués avant l'arrivée de l'armée.

— Ont-ils repéré les cellules où étaient enfermés les prisonniers ?

— L'un des bâtiments de l'ancien pénitencier donnait accès à un couloir creusé à même la roche. Malheureusement, le tremblement de terre de la nuit a détruit la galerie. Les soldats ont essayé de la déblayer, mais elle s'était effondrée sur au moins plusieurs mètres. Impossible d'aller plus loin.

— Quelle malchance !

— C'est votre famille qui a dirigé ce pénitencier jusqu'à la fin de la guerre, nota Moiraz. Connaissiez-vous l'existence de ce couloir ?

— Je n'y ai pas travaillé moi-même. Des projets d'agrandissement avaient peut-être été prévus. Cependant, mon père ne m'en a jamais parlé.

— Pensez-vous que le propriétaire actuel ait pu les faire creuser ?

— J'entretiens quelques contacts avec Mr Mayerthomb, mais essentiellement comme maire de Saint-Ternoc. Je l'imagine mal transformer Maen Du en camp de concentration, mais bon… C'est délirant ! On ne connaît pas forcément bien les gens. En tout cas, je vous remercie pour ces renseignements.

— Je vous en prie, Karantec. Sachez que nous mettrons toute l'énergie nécessaire pour découvrir la vérité.

— N'hésitez pas à me tenir informé, monsieur le Préfet ! conclut Yann en raccrochant.

Satisfait, il avait la confirmation que Navarre et Menez s'étaient tus. Il se repassa rapidement le film des événements de la nuit. Alors que ses hommes s'apprêtaient à attraper Michel Navarre, une forte secousse avait frappé l'île. Le fugitif en avait profité pour s'enfuir et les mercenaires avaient refusé de le poursuivre. Fou de rage, il avait dû abandonner la chasse en espérant que les gardes en surface avaient pu arrêter les fuyards. Quand il avait appris la mort d'un des gardiens, il avait paniqué. Si Navarre et compagnie réussissaient à rejoindre Saint-Ternoc, ils se précipiteraient à la police. Comment faire disparaître les preuves de l'incarcération des deux marins pêcheurs ? Comment cacher l'existence de la source ? Pour la première fois de la soirée, il avait eu de la chance. Une secousse particulièrement violente avait provoqué l'effondrement de la galerie. Il s'était contenté d'organiser l'évacuation du personnel vers Angleterre pour le lendemain matin et était rentré chez lui. À peine arrivé, il avait appelé Philip Mayerthomb pour lui conseiller la plus grande prudence.

Son plan avait fonctionné et il avait maintenant les mains libres pour quelques jours. C'était largement suffisant pour mettre ses affaires en ordre. Plusieurs de ses amis de débauche lui avaient affirmé que l'Asie du Sud-Est savait se montrer très accueillante pour les riches touristes européens et américains. Il allait vérifier ça.

111. FACE-À-FACE

Vingt-trois heures. Le calme de la nuit paraissait presque irréel par rapport à ce qu'ils avaient enduré la veille. Michel et François n'avaient cependant pas l'esprit à profiter de la douceur nocturne. Arrivés devant le portail du domaine de Kercadec, ils sonnèrent avec insistance. Yann Karantec ne devait pas attendre de visiteurs à cette heure avancée, et certainement pas eux.

Au bout de cinq minutes, des pas crissèrent sur l'allée en gravier, accompagnés par les aboiements rauques d'un chien de garde.

— Qui c'est qui fait chier à c't'heure ? menaça une voix irritée.

— Dites à votre patron que Michel Navarre et François Menez demandent à lui parler.

— Vous vous foutez de moi ?

— Monsieur Karantec serait très contrarié s'il apprenait que nous sommes venus et que vous ne nous avez pas accueillis. Rappelez-vous, Navarre et Menez.

Dans un grognement inaudible, l'homme retourna se renseigner auprès de son employeur. Les deux frères avaient passé la journée ensemble. Arrivés par ce que Michel qualifiait de miracle au port de Saint-Ternoc, ils avaient appelé Katell depuis une cabine. Elle était descendue les chercher sur le quai avec son break. Ils avaient installé Corentin dans une chambre. Toutes ses plaies avaient cicatrisé, mais il était défiguré et sa peau était horriblement brûlée. Katell était ensuite allée réveiller Palangon, qui dormait sur place. Michel et François n'avaient pas évoqué leur participation aux événements de la nuit. Cependant, même si le policier avait rapidement noté les évidentes zones d'ombre, le visionnage de la cassette, accompagné des commentaires de Christophe, avait rejeté ses doutes au second plan. Palangon avait aussitôt pris les affaires en main. Il avait laissé à Michel et François leur liberté de mouvement pour la journée. Il allait traiter les sujets les uns après les autres. Intervenir sur Maen Du était la priorité. Les deux marins avaient été évacués vers le CHU de Brest une heure plus tard. Michel s'était reposé un moment, puis avait déjeuné avec François, Soizic et Katell. Il n'avait qu'une idée en tête : récupérer Elsa. Il était ensuite parti en forêt se ressourcer au temple de Basulla. À présent, il patientait avec son frère devant le manoir de celui qu'il haïssait.

Un déclic… et le portail s'ouvrit dans un ronronnement électrique. Deux gardiens armés de fusils de chasse leur faisaient face, un gigantesque dobermann assis à leurs pieds. Ils fouillèrent les intrus sans ménagement.

— C'est bon, suivez-nous. Monsieur Karantec vous attend, mais vous avez intérêt à lui raconter un truc qui vaut le coup.

La première étape était passée et ils se jetaient maintenant dans la gueule du loup. Michel avait remarqué un autre homme en faction dans le jardin. Depuis la mort de Christian, le maître de Kercadec redoublait de prudence. Ils pénétrèrent dans la maison, traversèrent un salon aux murs couverts de tableaux. Malgré lui, Michel s'approcha d'une toile et reconnut le style de Gauguin. Un rappel à l'ordre du cerbère le tira de sa contemplation. Leur gardien frappa à une porte en bois et les introduisit dans une pièce spacieuse. Derrière un large bureau, Karantec. Sur le bureau, un revolver placé en évidence.

— Ils sont pas armés, m'sieur Karantec. Même pas un cure-dents !

— Laissez-nous tranquilles. Restez quand même à proximité, ordonna-t-il en regardant ses invités d'un air torve.

Au bout de quelques instants, Michel prit la parole :

— Votre Gauguin, c'est un original ? Je n'en ai jamais vu de reproduction.

Déconcerté par l'entrée en matière de son adversaire, Karantec hésita à répondre, puis décida de jouer le jeu.

— Bien sûr. Vous croyez que je m'amuse à afficher des copies sans valeur ?

— Si je vous disais ce que je crois, Karantec, on se fâcherait sans doute très rapidement. Ma curiosité étant satisfaite, je pense que vous vous doutez de la raison de notre présence ici.

— Je n'ai pas vos talents d'écrivaillon. Alors ?

— Bien ! entama Michel en se calant dans un fauteuil. Inutile de vous rappeler notre rencontre de la nuit dernière et le meurtre ignoble de votre fils, n'est-ce pas ?

— Des menaces ?

— Ça en a l'air ? Par contre, vous détenez Elsa, et l'état de votre santé mentale m'inspire quelques inquiétudes pour elle.

— Vous êtes venus pour m'insulter sous mon toit ? s'énerva Karantec en saisissant la crosse de son Smith & Wesson. Vous n'êtes pas en position de force !

— Je n'en suis pas si sûr. Comme vous l'avez remarqué, nous n'avons pas fait allusion à votre présence sur l'île dans notre déposition. Même si ça nous en coûte, nous maintiendrons cette version une fois que vous aurez rendu à Elsa sa liberté.

Karantec éclata d'un rire faux.

— Alors, c'est pour ça que vous êtes là ? Elsa, ma tendre et douce Elsa ! Vous vous êtes entiché de la belle Elsa. Vous voulez que je vous dise combien d'hommes l'ont baisée ? Elle n'est pas la jolie poupée fragile dont vous rêvez, Navarre. Au demeurant, si mes informations sont bonnes, les femmes que vous avez aimées ont toujours connu une fin tragique, non ? Il semblerait que vous ayez aussi porté la poisse à ma fille. Quel terrible destin que le vôtre !

Michel se contrôla pendant que son interlocuteur poursuivait :

— Chez les Karantec, les sentiments n'ont pas voix au chapitre. Quand on veut quelque chose, on ne perd pas notre temps en simulacre de romantisme : on le prend !

— Ça a tellement bien réussi à Patrick et Christian...

— Silence ! hurla Karantec en frappant du poing sur la table. D'ailleurs, qui me dit que vous n'êtes pas leur assassin ? trembla-t-il en agitant son arme.

— Je n'avais jamais entendu parler de votre famille quand votre premier fils est mort, Karantec. La libération d'Elsa en échange de notre complicité : voilà pourquoi nous sommes ici !

— Et qu'est-ce qu'il fout là, l'autre ? demanda hargneusement Karantec, sans répondre à la question et en se tournant vers François. Il est venu photographier votre tentative de chantage ?

— J'accompagne Michel, déclara calmement François. On a pensé qu'on serait peut-être plus convaincants à deux.

— Alors, messieurs, allons droit au but. Nous sommes tous fatigués après cette nuit éprouvante sur Maen Du, et votre présence m'est particulièrement désagréable. Elsa est effectivement restée avec moi et je mène le bal. Elle vivra tant que vous vous tairez. J'ai prévu de voyager un peu ces prochaines semaines. Plusieurs de mes employés fidèles veilleront sur elle durant mon absence. Si jamais ils apprenaient que mon nom est apparu dans des auditions ou dans la presse, votre amie Elsa disparaîtrait définitivement… Et je tiens toujours mes engagements. C'est mon dernier mot.

Comme Karantec se levait pour signifier la fin de l'entretien, François lui répondit d'une voix très calme.

— Vous ne les avez pas tous tenus, Yann. Je connais au moins un exemple où vous avez cruellement manqué à votre parole… en juillet 1944.

Interdit par l'intervention du photographe, Karantec se rassit.

— Le 24 juillet 1944, la police allemande, secondée par quelques zélés collaborateurs français, a arrêté Paul Carhaix pour espionnage. Vous l'avez incarcéré au pénitencier de Maen Du et…

— Les boches l'ont emprisonné. Vous croyez que je disposais de ce pouvoir ?

— Je ne sais pas. Donc, si vous préférez, les Allemands l'ont écroué et vous vous êtes empressé d'aller voir Blandine Carhaix afin de lui proposer votre aide pour libérer son mari. Comme rien n'est gratuit en ce bas monde et que, comme vous venez de nous l'expliquer, un Karantec se sert, c'était son cul contre tous vos efforts pour convaincre l'administration.

— Blandine a été la seule femme que j'ai aimée. Si Paul ne me l'avait pas volée, je l'aurais épousée, rétorqua Karantec.

— Vous l'avez violée pendant plus d'une semaine et…

— Elle aimait ça, pauvre con ! Vous étiez dans son lit pour l'entendre jouir pendant nos ébats ? Vous étiez là quand elle me redemandait de la prendre comme une chienne après un premier orgasme ? Même si son esprit accompagnait son soi-disant mari, ses cuisses étaient brûlantes comme la braise !

— Vous l'avez violée, poursuivit François sans se laisser démonter, et vous avez continué même après la mort de Paul. Vous êtes d'ailleurs peut-être directement impliqué dans son meurtre. Voilà donc un engagement que vous n'avez pas tenu. Blandine vous avait tellement dans la peau, comme vous le dites, qu'elle a essayé de vous assassiner. L'eau de Maen Du vous a sauvé, mais votre père l'a livrée à des sauvages qui l'ont violée jusqu'à ce qu'elle en crève.

— J'étais contre ! hurla Karantec. Mais je n'ai pas pu intervenir à temps. Je ne voulais pas qu'elle meure !

— Vous avez alors annoncé à tout le monde qu'elle s'était noyée au cours d'une tentative d'évasion… mais elle n'a pas succombé à ses blessures, ajouta-t-il après une longue pause.

Karantec, qui s'apprêtait à réagir, resta sans voix.

— Un gardien l'a ramenée sur le continent et l'a soignée. Au bout de quelques semaines, ce gardien et sa femme se sont aperçus que Blandine était enceinte. Par peur des représailles, ils n'en ont parlé à personne et elle a discrètement accouché d'un garçon quelques mois plus tard.

Le maître de Saint-Ternoc semblait anesthésié par le récit. Abasourdi, il bafouilla :

— Blandine, vivante ?

— Avec l'aide de ses hôtes, elle a élevé son enfant.

— Blandine, vivante… répéta-t-il, l'esprit projeté quarante ans en arrière.

— Non. Le jour de l'anniversaire de son fils, elle s'est maquillée, elle a mis sa plus belle robe et elle a marché jusqu'à la mer. On l'a retrouvée le lendemain sur la plage. Sans vie. Vous l'avez tuée deux fois, Yann ! On ne peut donc pas vous faire confiance.

Un long silence conclut les derniers mots de François. Yann Karantec était perdu, assommé par les révélations de son interlocuteur.

— Pourquoi est-ce que vous me racontez ça ?

— Pour vous remémorer qu'on est toujours rattrapé par les serments qu'on ne tient pas. Blandine vous a cru et, malgré sa répugnance, elle vous avait offert son corps contre la libération de son mari. Elle n'est plus là pour vous le rappeler, mais ses enfants le sont.

— Ses enfants ? Ah oui, Navarre ! sembla se souvenir Karantec. Vous êtes vraiment son fils ou vous avez embobiné ma femme ?

— Il l'est et je suis son frère, asséna à sa place François. Celui qui est né en 1945 dans les environs de Morgat.

Incapable de prononcer un mot, Karantec examina attentivement le visage des deux hommes et y superposa celui de Blandine, le seul qu'il n'ait jamais oublié. Des yeux pétillants, des pommettes hautes, une bouche charmante qui souriait à tous ceux qu'elle croisait, un visage qui l'avait rendu fou de désir et de jalousie, un visage qui l'avait conduit à la trahison et au meurtre. Il se tendit en reconnaissant les traits de son éternelle passion chez ses deux adversaires. Ils disaient la vérité.

— En fait, reprit François, je ne sais pas exactement si Michel est mon frère ou mon demi-frère.

— Parce que ? chuchota Karantec d'une voix cassée.

— Parce que je ne sais pas si je suis le fruit de l'amour de Paul ou de vos viols. C'est aussi simple que ça.

— Alors… vous pourriez être mon fils ?

— Croyez bien que ça me désolerait et que je m'accroche à l'autre version.

Le maître de Saint-Ternoc mit de longues secondes à rassembler ses idées. François Menez représentait l'héritier qu'il aurait souhaité avoir : viril, beau, indépendant, courageux, intelligent. Apprendre que le garçon de Blandine pouvait être le sien le transporta dans un état indéfinissable. Tout s'entrechoquait dans sa tête. Il prit le temps de se calmer. Les deux hommes n'étaient pas là pour d'émouvantes retrouvailles familiales.

— Pourquoi est-ce que vous m'avez raconté tout ça ?

— D'abord pour que vous le sachiez. Ensuite, pour vous prouver qu'un engagement qu'on ne tient pas peut avoir de douloureuses conséquences, même de nombreuses années plus tard.

— Soyez plus clair ! s'énerva Karantec

— Vous avez reçu un courrier le 9 octobre 1984... Une lettre qui vous invitait à vous rendre aux carrières. Et vous y avez envoyé Patrick…

— C'est vous ? C'est vous qui m'avez fait parvenir cette lettre de menace et qui avez tué mes fils ? explosa-t-il en saisissant son arme. Vous êtes venu me narguer ici et vous pensez en sortir vivant, fils de pute ?

— Fils d'ordure, peut-être, reprit calmement François, mais respectez au moins « l'amour de votre vie ». Vous imaginez bien que nous avons prévenu les flics de notre visite chez vous. Justifier la disparition de vos enfants et les nôtres, ça commencerait à faire beaucoup… même avec vos relations ! Et l'inspecteur Palangon ne vous apprécie pas beaucoup !

— Pourquoi vous avez tué mes fils ?

— Parce que vous n'avez pas eu le courage de me rencontrer. J'avais seulement prévu de me transformer en potentiel parricide. Mais vous avez envoyé Patrick ! S'il n'avait pas poussé quelques années plus tôt une gamine au suicide, il vivrait encore.

— Vous êtes un malade ! Et Christian, pourquoi vous l'avez massacré de façon ignoble ?

— Il a violé Katell Le Brozec une fois de trop ! expliqua François en endossant le crime de son amie. C'est le problème récurrent chez les Karantec : cette impression que tout vous appartient.

— Alors vous avez dû vous réjouir que j'abatte cette petite fiotte de Malo !

— Absolument pas. Je m'entendais très bien avec lui !

— Et là, vous comptez m'éliminer comment ? cria Karantec en pointant son revolver sur François.

— Je ne vous tuerai pas. Trop de sang a coulé ! Je ne vous tuerai pas, sauf si vous ne libérez pas Elsa !

Fou de rage, Karantec crispa son doigt sur la détente. Ce visage calme et serein devant la mort, les yeux noirs de Blandine, les cheveux bruns aussi bouclés que les siens quand il avait vingt ans… Il abaissa l'arme. Il ne pourrait pas justifier un double meurtre supplémentaire.

— Barrez-vous, barrez-vous avant que je change d'avis et que je vous massacre. C'est pas de vos petites gueules que j'ai pitié, mais je le fais en mémoire de Blandine. Allez, foutez le camp !

D'un commun accord, les deux hommes se levèrent et se dirigèrent vers la porte.

— Nous témoignerons auprès des flics demain soir, monsieur Karantec, conclut Michel… Demain soir ou jamais. Cela dépendra uniquement de vous. Et dans les deux cas, nous tiendrons notre engagement.

112. LA NUIT

Après le départ des deux hommes, Yann Karantec n'avait pas pu échapper à une entrevue avec Ève. Il aurait aimé rester seul pour digérer l'annonce de François Menez… De son fils ? Sa femme, pleine d'espoir, avait cru un instant que les deux visiteurs apportaient des nouvelles de ses enfants. N'avaient-ils pas décidé de se rendre ensemble sur Maen Du ? Elle l'avait quitté, abattue, sans comprendre pourquoi Malo, sans doute accompagné d'Elsa, avait pris la mer ce soir-là.

Quel sort devait-il réserver à Elsa ? Devait-il la libérer pour acheter la complicité de Navarre et Menez ? Mais comment réagirait alors sa fille ? Quand il avait tué Malo, elle avait piqué une véritable crise de nerfs et ils avaient dû l'assommer pour pouvoir évacuer les lieux sans qu'elle devienne un obstacle supplémentaire. Il l'avait enfermée dans l'une de ses nombreuses propriétés bretonnes. Le fermier, un homme de confiance, avait accepté d'en assurer la garde. Karantec était persuadé que les flics ne la trouveraient jamais. S'il la libérait, elle parlerait sans aucun doute : sa fille avait toujours été impulsive et il n'avait jamais su lui faire entendre raison. La réponse à sa question coulait finalement de source. Il la garderait prisonnière et donnerait de temps en temps des preuves de sa bonne santé à ses adversaires en échange de leur silence. C'était lui, le maître de Saint-Ternoc ! Menez et Navarre, malgré leur posture de vengeurs, ne risquaient pas la vie d'Elsa en témoignant contre lui. Si jamais ils le dénonçaient, il la tuerait de façon que sa mort paraisse accidentelle. Demain matin, il réfléchirait à un scénario solide et impliquerait ses obligés. L'argent qu'il investissait depuis des années en cadeaux, prêts gracieux, voyages et autres prostituées serait enfin rentabilisé !

Avant de rejoindre sa chambre, il ouvrit l'un des tiroirs de son bureau, en retira les dossiers et démonta une plaque de bois qui faisait office de double fond. Il sortit avec délicatesse une vieille photo en noir et blanc, impeccablement conservée. Une femme aux yeux rieurs et au sourire doux le regardait avec bienveillance. Il contempla ce portrait de Blandine réalisé lors d'une fête de la société des carrières. Il se souvenait de la date : le 13 juillet 1941. Blandine était encore célibataire et Yann aurait rompu le contrat qui le liait à la famille Guivarch pour l'épouser. Mais elle avait refusé ses avances. Au bout d'un long moment, il rangea le cliché, referma le tiroir et partit se coucher.

Comme chaque soir, Yann Karantec s'était crémé le visage avec soin pour garder son allure de quadragénaire. Il savait pertinemment que tous s'interrogeaient sur sa jeunesse éternelle. Il laissait filtrer des informations, balançant entre dérèglement génétique et chirurgie esthétique dans une clinique anglaise très privée. Personne n'aurait pu imaginer qu'il buvait une eau de jouvence. C'était tellement incroyable ! Il admira dans le miroir le corps musclé qu'il entretenait régulièrement dans la salle de sport installée au sous-sol. Cela conforta sa décision d'aller jouir de son argent à l'autre bout du monde ! Il s'allongea nu et éteignit la lumière.

Depuis son adolescence, Yann Karantec dormait avec la fenêtre entrouverte, persuadé que la fraîcheur renforçait ses défenses immunitaires. Il ferma les yeux, mais, comme tous les soirs depuis la mort de Patrick, se tourna et retourna dans son lit. Tout s'entrechoquait : il avait découvert en même temps le meurtrier de ses enfants et un fils qu'il avait eu avec Blandine, car, si Menez avait des doutes, lui n'en avait pas. Il s'était juré d'infliger à l'assassin les pires sévices, de lui faire regretter ses actes pendant des jours… et il l'avait laissé repartir. François avait prononcé des paroles très dures, mais Yann savait manipuler ses semblables depuis toujours. Devait-il essayer de ramener à lui ce fils qui méritait de perpétuer la lignée des Karantec ? Après tout, Patrick et Malo étaient peut-être les victimes qui devaient être offertes pour trouver cet héritier autrement plus couillu et digne de lui ? Il sombra dans un demi-sommeil agité, mélangeant les visions des dépouilles de Patrick et Christian avec celle du sourire enjôleur de Blandine.

Un bruit sec réveilla le dormeur. Il entrouvrit un œil et aperçut la fenêtre grande ouverte. Perdu dans ses pensées, il avait dû oublier de la bloquer. Tant pis, il n'avait pas le courage de se relever. Elle claqua de nouveau, plus violemment. La température de la chambre s'abaissa soudainement. Nerveux, Karantec prit conscience que la pièce était plongée dans le noir. Le ciel était pourtant étoilé lorsqu'il s'était couché. Il repoussa ses draps, se leva et, à tâtons, se dirigea vers la fenêtre. Son inquiétude se mua en angoisse quand il remarqua que les volets étaient fermés. Il les avait laissés ouverts, il en était certain. Était-il devenu somnambule sans s'en rendre compte ? Son précédent cauchemar remonta aussitôt à la surface. Il ne se ferait pas avoir deux fois : au jugé, il se précipita vers son lit et récupéra son revolver dans sa table de nuit. Le petit plaisantin qui s'amusait avec lui ferait vite la connaissance de ses balles de calibre .44 magnum. L'histoire allait s'inverser ! Comme il se retournait, le son d'un frottement attira son oreille. Quelqu'un marchait derrière lui ! Par où était-il arrivé ? Peu importait ! Karantec leva son arme dans l'obscurité :

— Tu restes où t'es, putain, où j'te flingue direct !

Les bruits de pas s'arrêtèrent, le léger clapotis d'un filet d'eau qui ruisselait sur le plancher les remplaça. Affolé, Karantec appuya sur la détente à deux reprises. L'écho des détonations déchira ses tympans. Rien ne bougea et, quand il retrouva son audition, le clapotis était toujours là. La température baissa encore et Karantec frissonna de tous ses membres. Ce n'était pas normal… ce n'était pas humain ! Pris de panique, il vida son barillet au hasard dans la chambre. Aucune réaction au claquement des tirs ! Il devait sortir, il fallait quitter ce cauchemar ! Il lâcha son arme, devenue inutile, pour atteindre la porte d'entrée. Ses jambes refusèrent de lui obéir, anesthésiées par la gangue glacée qui l'emprisonnait. Un silence remplit la pièce, uniquement troublé par le bruit assourdi des gouttes qui tombaient une à une sur le plancher. C'était comme une chanson macabre dont la conclusion le terrorisait d'avance. Soudain, une forme se dessina devant lui, d'abord diffuse, puis, seconde après seconde, plus distincte. Un corps, le corps d'un homme détrempé et abîmé par les eaux. Il lui tournait le dos. Karantec reconnut l'uniforme que portaient les forçats du pénitencier de Maen Du. Le visiteur se retourna lentement. Non, ce n'était pas possible !

— Bonsoir, Yann !

L'apparition ne parlait pas, mais il percevait clairement les mots dans sa tête... Et la voix, même s'il ne l'avait plus entendue depuis quarante ans, ne lui laissa aucun doute sur l'identité de l'intrus.

— Je t'avais dit, juste avant que tu m'achèves d'une balle dans le cœur, qu'on se reverrait un jour.

— Paul… lâcha Karantec sans quitter son ancienne victime des yeux. Pourquoi tu es revenu ?

Un grand rire vide lui répondit. Paul Carhaix s'approcha et tendit la main vers son bourreau. Le contact de la peau visqueuse sur sa chair tira un hurlement à Yann Karantec. Il venait de ressentir une brûlure atroce. Il regarda son bras : là où les doigts l'avaient touché, sa peau s'était immédiatement flétrie.

— Qu'est-ce que tu m'as fait ?

Le sourire triste de Paul Carhaix se transforma en un rictus sardonique.

— Tu es inquiet, Yann ? Tu l'étais moins quand tu te débarrassais de nous avec tes amis miliciens.

Une musique douce envahit la pièce. Karantec reconnut le canon de Pachelbel. C'était le morceau qu'il aimait écouter lorsqu'il aidait les Allemands à faire parler les résistants dans les cachots de Maen Du. C'était surtout le morceau qu'il passait sur un vieil électrophone quand il frappait Paul Carhaix, avant de rembarquer et de rejoindre Blandine le soir pour la baiser. Rêvait-il cette musique ou l'entendait-il vraiment ? La voix de Paul se fit percevoir à nouveau.

— En tuant ton fils Malo, tu as commis l'irréparable, Yann. Je n'ai pas le pouvoir de t'ôter la vie, mais je vais te retirer ce à quoi tu tiens le plus au monde.

Paniqué, Karantec le vit se déshabiller. D'une maigreur extrême, la peau collée à ses os saillants, Paul ne conserva qu'un caleçon en toile. Karantec ferma les yeux : la silhouette blanchâtre de sa victime le dégoûtait. Dans un éclair, il comprit les intentions de

Paul et tenta de hurler, mais aucun son ne sortit de sa bouche. Le contact froid et cadavérique le submergea d'horreur et de douleur. Il ressentit dans chaque partie de son corps la dégénérescence de ses cellules. Quand il rouvrit les yeux, Paul s'était volatilisé, mais un halo lumineux nimbait toujours la chambre. Il baissa son regard avec épouvante. Son corps ! Son corps était celui d'un vieillard ! D'un coup, il s'effondra, incapable de rester debout plus longtemps.

Il prit conscience que l'adagio de Pachelbel s'était tu lorsqu'il devina une nouvelle mélodie, une mélodie plus rassurante qu'il connaissait depuis son enfance. Une ombre se glissa vers lui, flottant gracieusement sur le sol. Il crut que son cœur allait s'arrêter de battre quand il reconnut Blandine. Blandine, dans la robe qu'elle portait sur la fameuse photo du 13 juillet 1941. Et la musique, c'était celle que jouait l'orchestre au cours du bal donné ce soir-là ! Il essaya de se relever pour faire bonne figure, mais il n'était plus qu'un vieil homme devant une femme encore plus belle que dans ses souvenirs. Elle le détaillait avec une tristesse qui imprégnait chacun de ses traits.

— Tu as tout gâché, Yann !

Yann tenta de lui expliquer qu'il l'avait adorée plus que tout, implora sa clémence, mais Blandine l'interrompit.

— Si tu avais vraiment tout fait pour libérer Paul, j'aurais peut-être accepté de te pardonner ta conduite envers moi. Mais tes actes ont été indignes !

— C'est parce que je t'aimais, Blandine. D'ailleurs, tu as joui durant les nuits que nous avons passées ensemble !

— Mon pauvre Yann ! Tu as cru que tu m'amenais à l'orgasme parce que tu apportais une bouteille de champagne et que tu me prenais comme un taureau prend une vache !

— Mais tu me suppliais de recommencer !

— J'ai joué ce rôle par amour pour Paul. Tu m'as juste traitée comme une prostituée, sauf qu'une prostituée, on la paye à la fin de sa prestation. Toi, tu t'es jeté sur ce que je t'ai offert, mais tu ne m'as rien donné en échange, si ce n'est du malheur.

Effondré, Yann Karantec attendit le verdict.

— Je te laisse vivre avec tes souvenirs, Yann.

Yann patienta durant d'angoissantes minutes. Plus rien ne se passait… Il se traîna jusqu'à son lit et s'y hissa avec difficulté. Il devait boire l'eau, ce précieux liquide qui l'avait sauvé un jour de juin 1944 et qui le ressusciterait encore cette nuit. Avant cela, il devait reprendre des forces pour descendre sans risque l'escalier et atteindre son bureau. Il y gardait en permanence quelques flacons à portée de main ; le reste était caché dans un lieu que lui seul connaissait. Exténué, il sombra dans un état second.

Épuisé, Michel s'adossa contre le mur extérieur de la propriété des Karantec. Assis à côté de François, il regardait la voûte étoilée. L'effort qu'il venait de fournir avait aspiré ses forces. Il avait provoqué le cauchemar de son ennemi. Ses parents avaient utilisé son énergie pour se venger de leur bourreau.

Il avait ressenti avec jouissance la peur du maître de Saint-Ternoc. Il avait vu cette peur faire de lui un vieillard. Il avait fait pire que le tuer. Il lui avait retiré ce à quoi il tenait le plus : sa jeunesse.

François l'attrapa sous les bras et l'aida à se relever.

— Allez, grand frère, il est trois heures du mat' et c'est l'heure de rentrer se coucher. T'as plus l'âge pour veiller si tard !

Michel profita de l'aide du photographe. Ils s'étaient cachés derrière le mur d'enceinte de Kercadec après leur entretien. Michel avait ensuite attendu le milieu de la nuit pour exercer sa vengeance… leur vengeance.

113. LE JOUR D'APRÈS. 14 AVRIL 1985

La tempête frappait le navire et Michel était ballotté par les flots, roulant au rythme des vagues déchaînées. Une voix lointaine traversa son cerveau embrumé.

— Michel, réveille-toi.

Nauséeux, il souleva ses paupières avec difficulté. Il n'était pas allongé dans le Zodiac, mais dans son lit. Quelqu'un le secouait vigoureusement pour le tirer de son sommeil. Il grogna, se frotta les yeux et se retourna. Il posa la main sur l'avant-bras de Katell, rassurée de le voir émerger.

— Il est quelle heure ? demanda Michel en s'étirant.

— Six heures et demie !

— Six heures… Attends, ça fait tout juste deux heures que je dors.

— Je sais, parce que je me suis couchée en même temps que vous. Mais je viens de recevoir un appel d'Ève Karantec pour toi. Elle est restée en ligne.

Michel s'assit sur son lit. Sa nuit était ruinée, mais la situation progressait.

— Qu'est-ce qui se passe ?

— Aucune idée. Elle ne veut parler qu'à toi. En tout cas, elle a l'air paniquée.

— Tu peux lui dire que j'arrive ? Je mets un pantalon et un pull, et je descends… Merci de m'avoir prévenu.

Katell lui adressa un large sourire.

— Qu'est-ce que je ne ferais pas pour toi ! Tu auras même droit à un café pour que tes yeux tiennent ouverts autrement qu'avec des allumettes !

— Tu es un amour, remercia-t-il en bâillant.

— Je sais, répondit-elle en quittant la chambre. Et ne fais pas trop poireauter Mme Karantec !

Sept heures et demie. François gara sa voiture devant le perron du manoir de Kercadec. Les gardiens les avaient accueillis beaucoup plus aimablement que la veille. Ève Karantec les attendait à l'entrée, pâle comme une morte. Elle ne se formalisa pas de la présence du photographe et les entraîna sans un mot dans le bureau du maître de Saint-Ternoc. Elle referma soigneusement la porte et contourna la table de travail. Sur la moquette gisait un vieillard, la main crispée sur un flacon de verre dépoli. Son visage était figé dans une dernière grimace et ses yeux regardaient le plafond dans une question qui resterait définitivement sans réponse.

— Je l'ai trouvé ce matin à six heures et quart. J'ai mis plusieurs secondes avant de comprendre que c'était Yann. Qu'est-ce qui lui est arrivé ?

À côté du cadavre de Karantec, Michel dénombra quatre récipients vides. Dans sa panique, l'homme avait avalé plus d'un litre de l'eau de Maen Du.

— Je ne sais pas, Ève. Il a peut-être fait une overdose. L'eau offrait la guérison, pas l'immortalité. Quoi qu'il en soit, on ne peut plus rien pour lui.

— Dès que j'ai repris mes esprits, c'est vous que j'ai appelé. Qu'est-ce que je dois faire, maintenant ?

— Est-ce que quelqu'un, à part nous, a appris son décès ?

— Je n'ai raconté ça à personne… Ah si, j'en ai parlé à ma cuisinière.

— Elle va garder ça pour elle ? insista Michel.

La moue d'Ève la dispensa de réponse.

— C'est important ? s'inquiéta-t-elle.

— Oui. Informez le village que votre époux a succombé accidentellement.

— Mais pourquoi ?

— Il en va de la vie d'Elsa !

— Elsa ? Qu'est-ce qu'elle est devenue ? Et où est Malo ?

— Faites ce que je vous ai demandé, Ève. Elsa est emprisonnée sur ordre de votre mari. Quand son geôlier saura qu'il est mort, il la relâchera sans doute. Je vous promets que je vous expliquerai tout.

Obéissante, Ève quitta le bureau pour aller passer trois ou quatre appels à des interlocuteurs bien choisis. La nouvelle du décès du maître de Saint-Ternoc se répandrait comme une traînée de poudre. François ouvrit sa veste et montra un flacon plein qu'il venait de ramasser sur la moquette.

— Il n'avait pas encore bu celui-là. À ton avis, ça peut guérir Corentin ?

— T'en as trouvé un ? Génial ! Il doit provenir d'un ancien stock : la peau de Karantec n'est pas brûlée.

— Tu crois à une overdose ?

— Franchement, aucune idée ! Mais je pense que ses cauchemars ont largement dû aggraver son état. File à l'hôpital de Brest avec Annick. En tant que sœur de Corentin, elle devrait pouvoir accéder à sa chambre.

— Et comment tu vas rentrer ?

— À pied… ça finira de me réveiller. Avant ça, il faut que j'aie une discussion avec Ève.

Ève Karantec avait insisté pour que Michel l'accompagne dans la chambre à coucher de son mari. Elle n'avait pas osé s'y rendre seule, angoissée par ce qu'elle risquait d'y découvrir. Quelle force avait pu faire vieillir son mari en une seule nuit ? Ils grimpèrent l'escalier et, arrivés devant la porte, Ève lui laissa le soin de l'ouvrir. La pièce était éclairée par le soleil levant et le vent frais du matin s'engouffrait par la fenêtre ouverte. Les draps étaient défaits et la couette avait été jetée au sol, mais le reste de la pièce était impeccablement rangé. Michel remarqua le tiroir de la table de nuit légèrement entrouvert et le tira complètement. Il devina l'acier du canon du revolver de Karantec.

— Vous n'avez rien entendu cette nuit ?

— Non, rien du tout. Et pourtant, j'ai le sommeil léger. C'est incroyable… tout bonnement incroyable, répéta la femme. Qu'est-ce qui a pu le mettre dans cet état ? Vous n'en avez aucune idée ?

Michel haussa les épaules.

— Le remords, peut-être ?

Il repensa à sa nuit épuisante et revoyait les cauchemars qu'il avait provoqués chez le maître de Saint-Ternoc. Ses parents s'étaient vengés et avaient définitivement mis fin aux exactions de leur bourreau.

— Pourquoi le remords ? Yann n'était pas un homme à s'en encombrer !

Michel l'attrapa doucement par le coude et redescendit avec elle au salon.

— Accordez-moi une petite demi-heure avant de prévenir les secours. J'ai une histoire à vous raconter et je souhaite qu'elle reste entre vous et moi… Vous comprendrez pourquoi.

114. LA TRAPPE

Dix heures. Ainsi, Yann Karantec était mort. Marcel n'imaginait pas que le maître de Saint-Ternoc passerait un jour de vie à trépas ! Il lui avait confié sa fille la veille. « S'il m'arrive le moindre souci, tuez-la », lui avait-il froidement ordonné. Marcel s'y était d'abord opposé vigoureusement : il n'était pas un meurtrier, ma doué ! Karantec s'attendait à sa réaction et avait posé un épais dossier sur la table.

— Est-il nécessaire que je vous rappelle votre situation financière, Marcel ? J'ai racheté votre ferme il y a quinze ans pour éponger vos dettes, mais ça n'a pas arrêté d'empirer. Vous me devez une fortune !

— Pourtant, j'vous jure que c'est pas faute de travailler dur, m'sieur Karantec.

— Sans doute, mais les résultats, ou plutôt les pertes, sont là. Si je vous lâche, votre famille et vous n'aurez plus rien. Si, en plus, je vous envoie les huissiers pour saisir vos quelques biens... Vous avez combien d'enfants, Marcel ?

— Six, m'sieur Karantec. La plus grande a vingt-six ans et le petit dernier vient de faire ses dix ans.

— Et votre femme va mieux ?

— Vous savez qu'elle est handicapée depuis l'accident de tracteur, m'sieur Karantec. Les médicaments coûtent cher, mais je me saignerai toute ma vie pour la soigner.

— Donc, si je vous retire mon soutien, que se passera-t-il d'après vous ?

Marcel avait baissé la tête, humilié. Sa modeste exploitation, sa vingtaine de poules et ses trois cochons ne lui permettaient pas de vivre dignement. Même si les deux aînés qui travaillaient à la ville aidaient la famille dans la mesure de leurs moyens, il ne pouvait pas s'en sortir sans l'argent de Karantec.

— Vous avez compris, c'est bien. Rassurez-vous, je compte rester en excellente santé : je suis un type solide. Je tiens à la vie… comme vous, n'est-ce pas ?

— Et comme votre fille, avait failli lui répondre le fermier. Mais la vue de ses deux garçons qui jouaient innocemment dans la cour avait bloqué les paroles dans sa gorge.

— Et puis vous égorgez des cochons depuis plus de trente ans : vous êtes un professionnel, Marcel.

Karantec était reparti en laissant une liasse de billets de cent francs sur la table. Honteusement, Marcel les avait ramassés. Il allait au moins pouvoir rembourser le médecin et le pharmacien.

Un couteau à désosser à la ceinture, il souleva la trappe cachée au fond de son cellier. Personne ne connaissait l'existence de ce réduit. Il descendit un escalier antique aux marches inégales taillées dans la pierre, alluma une lampe torche et entra dans la pièce humide. Il y avait jeté un vieux matelas qui traînait depuis des années dans son grenier. Il s'approcha doucement. Sa prisonnière était allongée, les genoux regroupés sous le menton. Elle avait hurlé et pleuré, et les menaces n'y avaient rien fait. Elle avait fini par s'endormir, épuisée. Il observa son visage, ravagé par les larmes. Il avait appris la mort de son patron une demi-heure plus tôt et avait pris sa décision. Il n'avait pas le choix, sous peine de vivre avec des risques de représailles toute son existence. Il saisit son couteau. Une énième fois, il vérifia du bout du pouce le fil de la lame. Il attrapa Elsa par le bras et, d'un geste sec, trancha les liens qui entravaient ses poignets. Comme la jeune femme se réveillait, il lui libéra les chevilles. Elle le fixa, l'air hagard :

— Je suis où ?

Après un long moment, elle se remémora sa situation.

— Vous allez me tuer ? paniqua-t-elle en voyant le couteau.

— J'en ai l'air ? répliqua le fermier en lui montrant les cordes qu'il venait de couper.

— Non… effectivement… alors je suis libre ?

— Vous l'êtes, ma p'tite dame.

— J'imagine que je dois vous remercier ?

— Vous faites comme vous voulez.

— Et mon père ?

— Il est mort.

— Mort ?

La nouvelle stupéfia Elsa. Elle avait toujours connu Yann avec le même visage et, comme la peste ou la lèpre, elle était persuadée qu'il ne disparaîtrait jamais complètement.

— On est où, là ? interrogea-t-elle en se levant avec difficulté.

L'homme hésita quelques instants et précisa d'un vague mouvement de la main :

— Du côté de Brest…

— Vous pouvez me ramener à Saint-Ternoc ? S'il vous plaît, ajouta-t-elle en voyant la mine renfrognée de celui qui avait été à la fois son garde-chiourme et son sauveur.

— C'est que…

— Vous avez peur que je vous dénonce, c'est ça ? Vous venez de me libérer, et j'imagine que si vous m'avez enfermée c'est que mon père vous avait fait un bon chantage pourri. C'est sa spécialité !

— Ben, lâcha le fermier, j'en suis pas fier. Mais c'est que j'ai des dettes, une famille à nourrir et une femme gravement malade. Alors, comme j'dois beaucoup d'argent à m'sieur Karantec et que j'peux pas le rembourser...

— Il est mort et c'est moi qui vais hériter. Ramenez-moi au moins à l'entrée de Saint-Ternoc et je vous promets que je vous en serai reconnaissante.

Marcel haussa les épaules et passa devant Elsa. Il n'était pas sûr qu'elle tiendrait sa promesse, mais elle ne le dénoncerait pas à la police. C'était déjà ça.

115. RETOUR À MAEN DU

Michel observa la crique sur laquelle ils avaient accosté quelques semaines plus tôt. Yves Le Goff coupa le moteur en approchant du rivage. Le ciel d'un bleu profond et la mer d'un calme absolu contrastaient avec les conditions dantesques de leur expédition nocturne.

— Ça aurait quand même été plus simple de débarquer directement à la cale du port, bougonna le marin.

— On en a déjà parlé, Yves, et tu étais d'accord. C'est important pour moi de refaire ce chemin. Et puis c'est plus discret.

— Un chalutier qui fait le tour de Maen Du et qui s'arrête, c'est pas vraiment discret non plus. Mais bon, tu as raison, mon garçon ; j'ai accepté ta décision. Tu sais, à mon âge, on a besoin de râler de temps en temps : ça garde en forme. Je vais t'aider à descendre la plate pour faire les vingt derniers mètres. Si j'avance davantage, je risque de toucher le fond.

La barque s'échoua sur la plage ; Michel sauta sur le sable mouillé et tira l'embarcation jusqu'en haut de la grève. Puis il examina avec attention les rochers et les escalada en pensant à Malo. Il traversa le bois, contourna l'abbaye et arriva au pied de la colline qui menait au cromlech. Il la gravit lentement, laissant son esprit vagabonder et profitant de la vue et des senteurs de la nature en fleurs.

Depuis la mort de Karantec, il s'était demandé ce que deviendrait la source de Maen Du. Il en avait longuement discuté avec ses amis. Christophe et Katell proposaient de poursuivre une exploitation discrète, non pas pour gagner de l'argent, mais pour soigner gratuitement des personnes qui en avaient vraiment besoin. L'eau aurait sauvé la sœur de Christophe. Elsa, quant à elle, ne voulait plus entendre parler de cette source, au cœur de tellement d'horreurs et responsable de la mort de son frère. François n'avait pas d'avis tranché. Michel, lui, tout comme Soizic, s'interrogeait. Qui étaient-ils pour décider qui aurait droit ou non à cette guérison miraculeuse ? Et si jamais le retour de l'eau de Maen Du arrivait aux oreilles des précédents exploitants, le cauchemar recommencerait. Ils étaient finalement tombés d'accord : ils devaient s'assurer que la source demeurerait inaccessible.

Interpol avait lancé un mandat d'arrêt contre le propriétaire officiel de l'île, la société Black Isle. Un mois plus tard, Scotland Yard avait retrouvé Philip Mayerthomb flottant dans la Tamise, deux balles dans les poumons. La disparition du produit miracle avait clairement contrarié plus d'un riche et puissant client. Sous une forte pression de l'État français, qui n'avait pas du tout apprécié les sévices infligés aux deux pêcheurs, l'île de Maen Du était sur le point d'être revendue pour un franc symbolique à la commune de Saint-Ternoc.

Arrivé au cromlech, Michel se hissa sur la table de pierre noire. Il contempla le panorama en pensant aux générations successives venues, à chaque solstice d'été, puiser l'eau des dieux. Il était le dernier, celui qui mettait fin à cette tradition vieille de plusieurs millénaires. La société humaine avait sombré dans la folie et ne méritait plus un tel cadeau. Il redescendit et se dirigea vers la dalle d'accès. Plus rien ne la distinguait des autres ; la pluie, le vent, le sable et la poussière avaient supprimé toutes les traces de son passage. En quelques semaines, la nature les avait déjà effacés de sa mémoire.

116. JUIN 1985

Assis sur un rocher, Michel avait retiré sa veste et profitait du chaud soleil de début d'été. Cette crique qu'Annick Corlay lui avait fait découvrir était devenue son refuge. Il y avait donné rendez-vous à Elsa. Elle était arrivée de Paris tôt dans la matinée et voyait son notaire pour régler la succession de son père. Elle lui avait promis de le rejoindre dès qu'elle pourrait s'échapper de l'étude de Me Rivallan.

Michel repensa aux deux mois qui s'étaient écoulés depuis le décès de Yann Karantec. Ce jour-là, il avait quitté le manoir de Kercadec en abandonnant Ève, dévastée par le sort de ses enfants. Il avait ensuite rencontré l'inspecteur Palangon. Pendant deux heures, il lui avait raconté par le menu la terrible nuit sur Maen Du, omettant cependant d'évoquer la source. Le policier l'avait cru. Cette version des faits était nettement plus acceptable que celle de l'évasion quasi miraculeuse des deux pêcheurs. Il sentait bien qu'il manquait encore un élément, mais il avait compris que Navarre ne lui en dirait pas plus, tout comme il ne signerait pas de déposition. Michel ne lui avait pas donné non plus d'indices susceptibles de confondre l'assassin de Patrick et Christian. Néanmoins, au regard des derniers événements, retrouver la fille de Yann Karantec était la priorité du flic. Il en avait sa claque du maître de Saint-Ternoc et il refourguerait volontiers le dossier à ses collègues parisiens... s'ils venaient un jour au fin fond de la Bretagne. À la fin de leur entretien, Katell était arrivée avec Elsa : Michel se souviendrait toute sa vie de ce moment et de son soulagement. Elsa s'était effondrée dans ses bras et, sans un mot, elle avait pleuré.

Le jour de l'enterrement de Yann Karantec, Michel, après une interminable réflexion, avait accepté d'accompagner Elsa à l'église. Il avait fait passer ses sentiments pour elle avant tout : priorité aux vivants. Elsa n'avait assisté à l'office que par compassion pour sa mère et avait apprécié à sa juste valeur l'immense effort consenti par Michel. Il l'avait quittée à la sortie de la célébration et n'avait pas écouté les oraisons funèbres plus hypocrites les unes que les autres. Pour ses deux petits-enfants, Ève n'avait pas souhaité rendre publique la perversion de son mari. Le médecin de famille avait complaisamment attribué le décès de Yann Karantec à un arrêt cardiaque.

Quant à Malo, il était officiellement mort en héros en délivrant Christophe et Corentin. Sur le trajet de retour, il avait basculé par-dessus bord à cause de la tempête. Comment avait-il appris la détention des deux pêcheurs ? Son secret avait disparu avec lui ! Palangon, conseillé par l'ex-commissaire Kerandraon, avait bâti un scénario qu'il avait défendu auprès de sa hiérarchie. Des zones d'ombre subsistaient, mais personne n'avait été capable de lui opposer une autre version.

Michel avait vécu les deux derniers mois entre Saint-Ternoc et Paris. Il avait quotidiennement rendu visite à Soizic, ainsi qu'à Corentin et Christophe jusqu'à ce qu'ils quittent l'hôpital de Brest.

Le contenu du flacon trouvé dans le bureau de Yann Karantec avait produit l'effet attendu. Annick l'avait discrètement administré à son frère et, quatre heures plus tard, la peau de Corentin avait retrouvé son teint de pêche. Les médecins n'avaient rien compris, tout comme ils n'avaient pas pu élucider l'origine de sa contamination. Ils avaient quand même insisté pour le garder deux semaines de plus et le bombarder d'examens. Annick avait attribué ce miracle à l'intercession de saint Ternoc. Quand Corentin avait enfin quitté le CHU, les praticiens les plus incrédules adhéraient à cette théorie, faute d'une explication plus rationnelle. Corentin et Christophe avaient décidé de reprendre la mer le plus rapidement possible. Même estropié, le jeune Breton se sentait capable de faire son métier. Les deux hommes avaient besoin de ça pour oublier ce qu'ils avaient enduré. Ève et Elsa leur avaient offert un chalutier.

Quand il n'était pas en Bretagne, Michel passait son temps avec son père. La découverte de ses origines les avait rapprochés. Malgré son manque de tendresse apparent, Maurice Navarre l'avait accueilli, lui avait donné son nom et l'avait toujours considéré comme son fils. Maurice avait aussi rencontré Elsa Karantec. Le courant avait instantanément circulé entre eux. Depuis ce jour, son père traquait les comptes *offshore* de Yann Karantec pour qu'Elsa puisse en disposer. Il y consacrait toute son énergie… délaissant même sa maîtresse italienne au profit des intérêts de celle qu'il surnommait « ta p'tite Bretonne ». Michel avait attaqué l'écriture d'un nouveau manuscrit : une histoire romancée de la vie de Blandine Carhaix.

Michel sortit de ses songes en entendant des appels. En haut de la falaise, Elsa souriait en agitant les bras. Il lui répondit en la regardant descendre le chemin escarpé qui menait à la plage. Il ne l'avait vue que trois fois depuis l'enterrement de Malo. Entre ses activités professionnelles et la succession qu'il fallait faire avancer, elle était toujours par monts et par vaux. Leur dernière rencontre avait eu lieu à Paris deux semaines plus tôt. Il était allé la chercher à l'aéroport d'Orly, puis ils avaient profité du soleil pour s'accorder une longue promenade le long de la Seine, ponctuée de haltes régulières à des terrasses de café. Ils avaient ensuite dîné ensemble et avaient terminé la soirée chez Elsa. C'est naturellement qu'ils avaient fait l'amour. Ils avaient uni leurs corps avec tendresse et passion, évacuant les horreurs qu'ils avaient partagées malgré eux. Elle était repartie le lendemain à l'aube pour une réunion en Allemagne de l'Ouest.

— Tu aurais pu me donner rendez-vous dans un bar, ça aurait été plus simple ! le salua-t-elle en lui déposant un rapide baiser sur les lèvres.

— Tu sais que je suis un incurable romantique !

— Ce n'est pas vraiment le terme que j'aurais employé après notre dernière nuit, s'amusa-t-elle, mais ça m'allait parfaitement ! Comment vas-tu ?

— En pleine forme. Et toi ?

— Pfff, j'ai travaillé toute la matinée avec le notaire et on n'arrête pas de découvrir de nouveaux biens de mon père. Il était plein aux as ! D'après Mᶜ Rivallan, près d'un quart des terres du canton lui appartenaient.

— Je parle donc à une milliardaire !

— On en a déjà discuté : pas question que j'utilise un seul centime de ce fric ! En plus, maman m'a annoncé qu'elle renonçait à la succession. Elle va quitter Saint-Ternoc pour s'installer chez une de ses rares amies dans le sud de la France, du côté de Cannes je crois. Au passage, elle a trouvé un acheteur pour le manoir de Kercadec.

— Je la comprends… après tout ce qu'elle y a vécu. Et toi, qu'est-ce que tu vas faire de ton héritage ?

— Je vais jouer au père Noël avant l'heure. Les œuvres de bienfaisance de la région vont brûler des cierges avec mon nom écrit dessus en lettres d'or pendant des siècles ! Pour commencer, je vais donner l'*Hôtel des Boucaniers* à Katell… même si ça ne lui fera jamais oublier les saloperies de mon frère.

— Tu ne sais pas qu'elle veut partir s'installer à Brest ?

— Non. Dans ce cas, elle le vendra. Ça lui permettra de s'acheter une maison là-bas. Mais quand est-ce qu'elle a pris cette décision ?

— Qu'ils ont pris cette décision ! Elle va vivre avec François : ils vont se marier. Ils envisagent même de demander à adopter Pierrick.

— Mais il est déjà chez les Lelan…

— Il avait juste été placé.

— C'est une super-nouvelle ! s'exclama Elsa, qui poursuivit : Puisqu'on passe en revue les nouvelles amours du village, Christophe et Annick, ça a des chances de marcher ?

— Plus que jamais ! Depuis que Christophe lui a ramené son petit Corentin, Yvonne Corlay le vénère comme un dieu vivant, alors qu'elle le traitait comme un bon à rien avant leur naufrage. Gare à celui qui ose critiquer son futur gendre !

— Alors ça fait un second mariage ?

— Dès qu'il se sera remis de son traumatisme ! Entre ses expériences au Mozambique et les atrocités subies sur Maen Du, c'est un miracle qu'il soit encore psychiquement équilibré… À la demande d'Annick, il a accepté de suivre une thérapie.

— Et toi ?

— Moi ?

Michel fit semblant d'hésiter.

— Oui, toi. Tu m'as plu dès notre première rencontre aux *Boucaniers*. Un mec qui discutait avec moi sans avoir l'œil qui luit, une bosse dans le pantalon et l'intention manifeste de me baiser, ça ne m'était pas arrivé depuis longtemps ! Pour me séduire, tu m'as même offert une magnifique croisière jusqu'à l'île de Maen Du, avec juste un ticket aller ; ça crée des liens. Enfin, je me suis définitivement convaincue que je t'avais dans la peau quand j'ai repoussé sans aucun regret les avances d'un mannequin suédois beau comme un dieu qui me draguait. C'était la semaine dernière à Munich.

— Waouh ! Ce soir, on s'envoie une bolée de cidre pour fêter ça !

— Ne plaisante pas, insista Elsa soudain sérieuse. C'est la première fois de ma vie que je dis à quelqu'un que je suis amoureuse… et c'est la première fois que je le suis. C'est pareil pour toi ? hésita-t-elle.

Michel la serra contre lui.

— Comment ne pas craquer pour une fille comme toi ? Moi aussi je t'aime… et je n'ai pas eu besoin de croiser une belle Scandinave pour m'en rendre compte.

— T'es con ! réagit-elle en éclatant de rire. Alors on peut envisager un long bout de chemin ensemble ?

Sans répondre, Michel la prit par la main et l'invita à s'asseoir à côté de lui sur le sable sec. Son silence soudain alarma Elsa. Elle se crispa quand, d'une voix triste, son ami commença :

— Oui, j'en ai vraiment envie… mais tu dois savoir quelque chose. Il faut d'abord que je te raconte pourquoi j'ai quitté l'Égypte, il y a cinq ans.

— C'est si terrible ?

— Oui. Ensuite, tu pourras te décider en toute connaissance de cause.

Elsa attrapa doucement le menton de Michel et le fixa dans les yeux.

— Raconte-moi ton histoire si tu en as besoin. Mais je te préviens, j'ai toujours su juger les gens. Et tu m'en as montré bien assez pour me convaincre que tu es un type bien. Tu ne m'échapperas pas comme ça !

***

FIN

***

REMERCIEMENTS

La première personne que je tiens à remercier est mon épouse. Si vous avez entre les mains ce roman, c'est qu'elle y a activement travaillé. Ses relectures poussées, ses conseils, ses judicieuses suggestions ont donné au texte toute sa cohérence et sa fluidité. Si mon prénom apparaît sur la couverture de l'histoire, le sien lui est intimement lié.

Merci aussi à nos enfants, qui ont fini par s'intéresser à notre aventure et à être nos ambassadeurs, ainsi qu'à tous les membres de notre famille qui nous ont encouragés.

Merci à nos bêta-lecteurs. Ce sont les premiers à avoir découvert ce livre. Leurs retours nous sont précieux. Merci donc à Sophie de la Roche, Nicolas Eschrich, Chantal Guyonvarch, Isabelle Martin-Sert, Véronique Perdu, Fred Roigoon et Guillaume Serre.

Merci à Yvan Gouriou pour ses informations très précises sur les interventions de l'armée française en Afrique.

Merci à Alain Quénehervé et à son épouse, pour leur expertise bretonne ainsi que pour leur accueil chaleureux.

Merci à nos relecteurs et correcteurs. À Bernadette Bordet, notre extrémiste de l'orthographe, qui apporte sa compétence et sa pointe d'humour dans son travail de relecture approfondie et qui a maintenant un accès direct à l'Académie française pour des conseils en orthographe. Et à Bernard Morin, dont la rigueur et le sens du détail sont parfois agaçants, mais tellement nécessaires pour donner toute sa crédibilité au texte.

Et, bien sûr, un grand merci à tous les lecteurs et lectrices qui m'ont encouragé à poursuivre l'écriture par des messages ou des commentaires positifs et sympathiques et de nombreux échanges sur les réseaux sociaux.

Merci à tous de nous avoir permis cette belle aventure…

L'AUTEUR

Ingénieur de formation, Jacques Vandroux est amené à effectuer de fréquents déplacements. Voyages en train, voyages transatlantiques, connexions à n'en plus finir dans les aéroports. Écrire est devenu pour lui un moyen de transformer ces longues heures en moments passionnants et en donnant vie à des personnages qui l'accompagneront durant des mois.

Peu enclin à multiplier les envois de manuscrits à des éditeurs, pour une issue plus qu'incertaine, il a commencé par partager ses écrits avec ses proches, ce qui constituait déjà pour lui une grande satisfaction.

Encouragé par quelques amis, et grâce à l'aide de son épouse, devenue à cette occasion son agent littéraire attitré, il a ensuite utilisé l'avènement du numérique pour mettre ses romans à disposition sur différentes plateformes numériques.

Le succès qui a suivi l'a conduit à écrire davantage, pour son plaisir et celui des lecteurs. Certains de ses ouvrages traduits et publiés par Amazon Publishing, sont également disponibles en anglais ou en allemand.

Après quatre best-sellers numériques, des éditeurs l'ont contacté. C'est avec Robert Laffont, et donc les circuits traditionnels de l'édition, qu'il poursuit dorénavant l'aventure, tout en continuant de publier en tant qu'auteur indépendant.

Si vous avez aimé ce livre, n'hésitez pas à en parler autour de vous et à laisser un commentaire sur la plateforme de vente sur laquelle vous l'avez acquis. Cet ouvrage est autopublié, les retours des lecteurs sont sa seule publicité.

POUR RETROUVER OU CONTACTER L'AUTEUR :
Mail : vandroux.jacques@gmail.com

Blog : http://jacquesvandroux.blogspot.fr/

Facebook :
https://www.facebook.com/vandroux
https://www.facebook.com/jacques.vandrouxauteur

Page auteur Amazon :
http://www.amazon.fr/Jacques-Vandroux/e/B007JXZEYS/

Google +
https://plus.google.com/u/0/+Jacquesvandroux/posts

DU MÊME AUTEUR

Retrouvez tous les titres de Jacques Vandroux sur Amazon :
http://www.amazon.fr/Jacques-Vandroux/e/B007JXZEYS/

En français

- *Les Pierres couchées* : roman, Robert Laffont

- *Multiplication* : roman, Robert Laffont

- *Au cœur du solstice* : roman, Robert Laffont

- *Projet Anastasis* : roman, Robert Laffont

- *Le Sceau des sorcières* : roman, Robert Laffont

- *Décollage imminent* : nouvelle, éd. Vandroux

- *Les Enchères* : nouvelle, éd. Vandroux

En anglais

- *Take-off !* : traduction de *Décollage imminent*, éd. Vandroux

- *Heart Collector* : traduction de *Au cœur du solstice*, Amazon Publishing

- *Project Anastasis* : traduction de *Projet Anastasis*, Amazon Publishing

En allemand

- *Der Herzenssammler* : traduction de *Au cœur du solstice*, Amazon Publishing

En italien

- *Decollo imminente* : traduction de *Décollage imminent*, éd. Vandroux

Pour les enfants

- *L'Arbre à chocolat : Le Petit Bonhomme des volcans,* tome I, éd. Vandroux

- *La Rivière disparue : Le Petit Bonhomme des volcans,* tome II, éd. Vandroux

Guide pratique

- *Grimpez vers le TOP 100, Publiez sur Amazon ou ailleurs, pour bien débuter dans l'autoédition numérique,* Jacques et Jacques-Line Vandroux, éd. Vandroux

Marque éditoriale : Independently published
Vandroux.jacques@gmail.com Grenoble

Impression à la demande
Kindle Direct Publishing
Amazon Media EU S.à r.l.
5 Rue Plaetis, L-2338 Luxembourg
Luxembourg

ISBN-13 : 9781980477204

Prix France : 19.99 € TTC

Dépot légal mars 2018

Printed in Great Britain
by Amazon

46196132R00295